KAT MARTIN
Geliebter Teufel

Buch

Bisher war Ramon de la Guerra nur von einem besessen: von dem Gedanken an das Land, das ihm einst von einem skrupellosen Gringo gestohlen wurde. Tagsüber der seriöse Rancher, legt er Nacht für Nacht die Maske des »El Dragón« an und reitet mit seinen Banditen aus, um diesen Mann zu vernichten. Plötzlich aber schleicht sich immer öfter die Erinnerung an die schöne, blonde Nichte des Amerikaners in seine Träume. In dem Moment, als der attraktive spanische Rancher sich von seinem Hengst herabbeugt und ihr eine Rose reicht, weiß Caralee McConnell, daß Kalifornien voll besonderer Gefahren für sie ist. Aber schnell verdrängt sie ihre heißen Gedanken wieder, denn sie hat ihrem Onkel längst versprochen, einen anderen zu heiraten.
Eines Nachts wird Caralee jedoch von einer Bande mexikanischer Banditen in die Berge verschleppt. Und das geheime Versteck der Bande wird zum Paradies für die junge Amerikanerin: In der Abgeschiedenheit der Sierras macht Ramon Caralee zu seiner innig geliebten Räuberbraut – bis eines Tages die Realität wieder einkehrt und ihre gemeinsame Liebe auf eine harte Probe stellt ...

Autorin

Kat Martin studierte an der University of California Geschichte und Anthropologie. Sie lebt mit ihrem Mann Larry, ebenfalls Schriftsteller, in Kalifornien.

Bisher ist bei Goldmann von Kat Martin erschienen:

Der Pirat und die Wildkatze (42210), Duell der Herzen (42623), Dunkler Engel (42976), Heißer als die Sonne (42781), Heißer Atem (42224), Hungrige Herzen (42781), In den Fängen der Leidenschaft (42699), Kreolisches Feuer (42054), Süße Rache (42826), Teuflischer Verführer (43546), Wilde Rose (43215)

KAT MARTIN
Geliebter Teufel
Roman

Aus dem Amerikanischen
von Ursula Maria Röder

GOLDMANN

Originaltitel: Midnight Rider
Originalverlag: St. Martin's Press, New York, 1996

Umwelthinweis:
Alle bedruckten Materialien dieses Taschenbuches
sind chlorfrei und umweltschonend.
Das Papier enthält Recycling-Anteile.

Der Goldmann Verlag ist ein
Unternehmen der Verlagsgruppe Bertelsmann

Deutsche Erstveröffentlichung Dezember 1997
© der Originalausgabe 1996 by Kat Martin
© der deutschsprachigen Ausgabe 1997 by
Wilhelm Goldmann Verlag, München
Umschlaggestaltung: Design Team München
Umschlagillustration: Luserke/Spiak
Satz: IBV Satz- und Datentechnik GmbH, Berlin
Druck: Elsnerdruck, Berlin
Verlagsnummer: 43794
Lektorat: SK
Redaktion: Petra Zimmermann
Herstellung: Heidrun Nawrot
Made in Germany
ISBN: 3-442-43794-6

3 5 7 9 10 8 6 4 2

Zum Andenken an meinen Onkel Joaquin Sanchez, einen der großen amerikanischen Cowboys, seinen Vater Pete und das Dutzend Männer, die zu den letzten Vaqueros gehörten.

Besonderer Dank gilt meinem Mann für seine Unterstützung bei diesem und allen anderen Büchern. Ich liebe dich, Schatz. Du bist der Wind unter meinen Flügeln!

Was sagen die Glocken von San Juan
den Männern, die an ihnen vorüberkommen?

Nicht mehr als der Wind den Blättern zuraunt
oder der Strom den Kieselsteinen
auf dem Grund des Flusses.

Die Kapelle, in der die Glocken ruhen, ist verfallen,
die Glocken mit grünen Flechten bedeckt.

Doch ihr Echo ist noch zu hören, der Klang der Zeit
bleibt über die Jahre erhalten.

Spanisches Gedicht

1. Kapitel

Kalifornien, 1855

Silberne *conchos*. Caralee McConnell richtete ihren Blick auf die leuchtenden Verzierungen, die im Fackellicht glitzerten, die hellen Kreise, die wie Tapferkeitsorden die langen, schlanken Beine des Spaniers zierten.

Eine dazu passende kurze, schwarze *charro*-Jacke, mit einem silbernen Stickstich verziert, spannte sich über seine breiten Schultern, und an den Rändern seiner enganliegenden *calzonevas* blitzte roter Satin über blankpolierten, schwarzen Stiefeln, die aus dem feinsten Cordovan-Leder gefertigt waren.

Carly beobachtete den hochgewachsenen spanischen Don, der im Schatten am Rand der Terrasse in ein Gespräch mit ihrem Onkel, Fletcher Austin, und mehreren anderen Männern vertieft war. Selbst von der Dunkelheit unter der massiven, mit Schnitzereien verzierten Eichenüberdachung des großen spanischen Landhauses aus konnte sie das Profil des gutaussehenden Mannes erkennen, seine markant geschnittenen Gesichtszüge, die durch den Kontrast von Licht und Schatten deutlich hervorgehoben wurden.

Carly wußte natürlich, wer er war. Oopesh, eine der indianischen Bediensteten, hatte es ihr gesagt. Und Candelaria, ihr junges Dienstmädchen, schien halb ohnmächtig zu werden, wenn jemand nur seinen Namen erwähnte. Don Ramon de la Guerra besaß ein kleines Grundstück, das an Rancho del Robles, die Hazienda ihres Onkels, Carlys neues Zuhause, grenzte. Doch bisher war sie nie einem echten spanischen Don begegnet, und immerhin war dieser Mann ihr Nachbar.

Sie glättete das dunkelgrüne Satinband an ihrem Hals und das Oberteil ihres tiefausgeschnittenen smaragdfarbenen Seidenkleids, dessen Rock weit und nach der neuesten Mode geschnitten war. Das Kleid war ein Geschenk ihres Onkels, dessen Farbe er, wie er sagte, ausgewählt hatte, weil sie zu ihren Augen und dem kupfernen Ton ihres Haares paßte.

Es war das schönste Kleid, das Carly je besessen hatte. Seine vielen Spitzenvolants betonten ihre schmale Taille, wenn auch ein wenig zu sehr ihre hohen, vollen Brüste, wie sie betroffen festgestellt hatte. Doch es gab ihr das Selbstvertrauen, das sie so dringend brauchte, und half ihr zu vergessen, daß sie nur die Tochter eines Kohlengrubenarbeiters aus Pennsylvania war.

Carly ging auf die Männer zu.

Ein Mann namens Hollingworth, ein *haciendado* etliche Kilometer nördlich von ihnen, redete gerade. »Ich weiß nicht, wie Sie darüber denken«, meinte er, »aber mir reicht sein Treiben allmählich. Der Mann ist ein Bandit. Nicht besser als Murieta, Drei-Finger Jack Garcia oder als sonst einer dieser üblen Verbrecher, die in den Bergen herumziehen. Der Bastard müßte gehängt werden.«

»Das wird er auch«, hörte sie ihren Onkel versprechen. »Da können Sie ganz sicher sein.« Fletcher Austin war größer als die anderen, aber nicht so groß wie der Don. Er trug einen teuren dunkelbraunen Frack mit einem breiten Samtkragen und einem makellosen weißen Hemd mit einem Rüschenjabot.

»Was sagen Sie dazu, Don Ramon?« Die Frage kam von Royston Wardell, dem Bankier ihres Onkels aus San Francisco. Neben ihm standen ein reicher Unternehmer namens William Bannister und dessen dreißigjähriger Sohn Vincent. »Sie sind doch ein gebildeter Mann, der für Kultur und Erlesenes ist. Sicherlich sind Sie nicht einverstanden mit dem Verhalten des Mannes, selbst wenn er ein ...« Wardell brach ab. Sein Hals über dem weißen, gestärkten Hemdkragen wurde rot.

Carly verhielt ihren Schritt, um die Antwort des Don zu hören. Sie wußte, die Männer sprachen über den Gesetzesbrecher El Dragón. Sie hatte gehört, wie die Dienstboten sich seinen Namen zuflüsterten. Ihr Onkel jedoch verurteilte diesen Mann.

»Selbst wenn er was ist, Señor Wardell?« erkundigte sich der Don höflich, doch seine Worte hatten einen eigenartig scharfen Unterton. »Ein Mann meines Volkes? Vielleicht ein Mann mit spanischem Blut?« Er schüttelte den Kopf. Sein ebenholzschwarzes Haar, das wellig war und ein wenig zu lang, glänzte im Feuerschein. »Daß er ein Californio ist, spricht ihn nicht von der Schuld frei ... obwohl er vielleicht glaubt, seine Sache sei rechtens.«

»Rechtens?« wiederholte ihr Onkel. »Ist es etwa rechtens, einem anderen das zu stehlen, was er mit harter Arbeit verdient hat? Die Unschuldigen zu überfallen und die Unachtsamen zu ermorden? Der Mann ist ein Schurke ... nichts als ein Mörder und Dieb. Er hat del Robles bereits dreimal überfallen. Das nächste Mal, wenn er es versucht, schwöre ich, werde ich dafür sorgen, daß er zum Tode verurteilt wird.«

Carly hätte zu gern die Erwiderung des Don gehört, aber ihr Onkel hatte sie bemerkt.

»Ah, Caralee, meine Liebe.« Lächelnd hatte er seine Unterhaltung beendet, aber zuvor sah Carly noch, wie ein finsterer Blick zwischen ihrem Onkel und dem Don wechselte. »Ich habe schon gerätselt, wohin du verschwunden warst.«

Sie trat neben ihn und nahm den kräftigen Arm an, den er ihr bot. »Entschuldige, Onkel Fletcher. Ich bin leider so lange Abende nicht gewohnt, und ich glaube, ich bin noch etwas müde von meiner Reise.« Sie versuchte, den Spanier nicht anzusehen, nicht seine silbern glänzenden *conchos*, die im Feuerschein leuchteten, zu beachten und auch nicht auf seine langen schlanken Beine und seine schmalen Hüften zu blicken, ebensowenig wie auf seine breiten Schultern. Sie waren mindestens so breit wie der Griff der Axt, die die Vaqueros benutzten, um die Flammen unter dem jungen Stier, den sie brieten, zu schüren.

»Dafür habe ich Verständnis, meine Liebe. Fünf Monate an Bord eines Klippers, der um Kap Hoorn schippert ... Ich weiß noch zu gut, was für eine anstrengende Reise das ist.« Er war ein Mann Anfang Fünfzig, leicht ergraut, doch sonst noch mit wenig Anzeichen des Älterwerdens. Seine Haut war recht glatt und sein Bauch flach. Er wirkte so standfest wie der Boden unter seinen Füßen, so imposant wie die mächtigen Eichen, nach denen seine Ranch benannt war. »Vielleicht hätten wir noch etwas warten und die Fiesta ein wenig später veranstalten sollen, aber ich wollte dich so bald wie möglich meinen Freunden vorstellen.«

Carly lächelte. Sie war nicht weniger neugierig darauf, sie kennenzulernen, insbesondere diesen hochaufgewachsenen, gutaussehenden Don. »Ich fühle mich jetzt besser. Das Ausruhen hat mir gutgetan.«

Sie verstummte und wartete darauf, daß er sie vorstellen würde, damit sie den einzigen der Männer kennenlernte, den sie noch nicht kannte. Er zögerte länger, als es schicklich war, dann geriet er in Verlegenheit und murmelte etwas Unverständliches vor sich hin.

»Entschuldige, meine Liebe. Ich hatte ganz vergessen, daß du einen unserer Gäste noch nicht kennst. Don Ramon de la Guerra, darf ich Ihnen meine Nichte Caralee McConnell vorstellen?«

»Carly«, korrigierte sie mit einem Lächeln und reichte ihm ihre Hand. Ihr Onkel runzelte mißbilligend die Stirn, aber das Lächeln, mit dem der Don sie bedachte, war so strahlend und männlich anziehend, daß Carlys Herz schneller schlug.

»Ich fühle mich geehrt, Señorita McConnell.« Er führte ihre

Hand an die Lippen und hauchte einen Kuß auf ihre Finger, aber seinen Blick hielt er dabei auf ihr Gesicht gerichtet. Leichte Wärme zog durch ihren Arm und breitete sich in ihrem Körper aus. Carly mußte sich anstrengen, um gleichmütig darauf zu antworten.

»*El gusto es mio*, Señor de la Guerra.« Das Vergnügen ist ganz meinerseits, bedeutete das. Sie hatte in den vergangenen vier Jahren Spanisch gelernt, nachdem ihre Mutter gestorben und der Bruder ihrer Mutter ihr gesetzlicher Vormund geworden war. Onkel Fletcher hatte dafür gesorgt, daß sie Mrs. Stuarts Fashionable School für junge Damen in New York besuchte. Sie hatte gehofft, daß er sie eines Tages zu sich holen würde, und an ihrem achtzehnten Geburtstag hatte er das schließlich auch getan.

Der Don hob amüsiert eine schwarze Braue bei der korrekten Aussprache ihrer Worte. »Ich bin beeindruckt, Señorita. *Se habla Español?*«

»*Muy poquito*, Señor ... nicht annähernd so gut, wie ich es mir wünschen würde.« Ein wenig verwirrt runzelte sie die Stirn. »Aber ich verstehe nicht, warum Ihre Aussprache so anders klingt als meine.«

Er lächelte. »Das liegt daran, daß ich in Spanien geboren bin.« Sie hätte schwören mögen, daß er sich bei diesen Worten ein wenig straffte. »Was Sie hören ist ein leicht kastilischer Akzent. Obwohl ich in Alta California aufgewachsen bin, war ich die meiste Zeit meiner Ausbildung in Spanien und habe die Universität in Madrid besucht.«

»Ich verstehe.« Carly hoffte nur, ihm würde nicht auffallen, daß sie die meiste Zeit ihres Lebens in Pennsylvania verbracht hatte, in Kohlenstaub und Elend aufgewachsen war, wo ihr Vater vierzehn Stunden am Tag hatte arbeiten müssen, bis er schließlich bei einer Grubengasexplosion umgekommen war, und ihre Mutter Fußböden schrubben mußte, damit sie zu essen hatten.

Entschlossen, ihr Geheimnis nicht zu verraten, bemühte sie

sich, so weltgewandt, wie sie es in Mrs. Stuarts Schule gelernt hatte, darauf zu reagieren. »Europa«, erklärte sie. »Wie schrecklich aufregend. Vielleicht können wir uns mal eines Tages näher darüber unterhalten.«

Es flackerte etwas in den dunklen Augen des Don auf, so als mustere er sie genauer oder wäre enttäuscht. Doch schon war es verschwunden. »Es wäre mir ein Vergnügen, Señorita.«

Ihr Onkel räusperte sich vernehmlich. »Gentlemen, ich fürchte, Sie müssen uns jetzt entschuldigen.« Sie fühlte den Druck seiner Hand auf ihrem Arm. »Ich würde mich gern unter vier Augen mit meiner Nichte unterhalten, und da sind noch andere Gäste, die sie unbedingt kennenlernen muß.«

»Sicherlich«, räumte der hellhaarige Vincent Bannister mit einem herzlichen Lächeln ein. »Vielleicht reserviert Miss McConnell mir einen Tanz für nachher.«

»Das wird sie sicherlich tun«, erwiderte ihr Onkel.

Carly nickte nur, den Blick hatte sie noch auf die dunklen Augen des Don gerichtet.

»*Hasta luego*, Señorita.« Er deutete eine leichte Verbeugung an und schenkte ihr ein hinreißendes Lächeln. »Bis wir uns wiedersehen.«

Das Gesicht ihres Onkels wurde grimmig und sein Griff um ihren Arm fester. »Gentlemen...« Wortlos ging er mit ihr zu dem majestätischen spanischen Landhaus hinüber, betrat es mit ihr durch die schweren Eichentüren, die in den *sala* führten, und nahm sie mit sich den Flur hinunter in sein Büro. Dort schloß er nachdrücklich die Tür hinter sich.

Bei seinem ernsten Gesichtsausdruck wurde Carly nervös. Sie nagte an ihrer Unterlippe und überlegte, womit sie ihn verärgert haben mochte. »Was ist, Onkel Fletcher? Ich hoffe, ich habe nichts verkehrt gemacht.«

»Nicht direkt, meine Liebe.« Er bedeutete ihr, auf einem der mit Schnitzereien verzierten Holzstühle vor seinem schweren Eichentisch, dessen dickes Holz sich mit den Jahren stark verdunkelt hatte, Platz zu nehmen. Fletcher trat dahinter und setzte sich auf den ledergepolsterten Stuhl. Er beugte sich vor, öffnete einen schweren, kristallenen Behälter und entnahm ihm eine lange, schwarze Zigarre.

»Du hast nichts dagegen, oder?«

»Natürlich nicht, Onkel.« Sie hatte wirklich nichts dagegen. Sie mochte den würzigen Duft. Er erinnerte sie an ihren Vater und die Männer, die in den Gruben gearbeitet hatten. Plötzlich überkam sie ein schmerzliches Gefühl der Einsamkeit. Geistesabwesend glättete sie ihre spitzenbesetzten Röcke, schaute dann aber ihren Onkel an und wunderte sich über sein verändertes Benehmen. Sie konnte nicht verstehen, womit sie ihn verärgert hatte.

Er seufzte in die Stille hinein. »Du bist noch nicht lange hier, Caralee, erst drei Wochen. Du hast nicht die Möglichkeit gehabt, gewisse Dinge zu erfahren und dich damit vertraut zu machen, wie hier alles so läuft. Mit der Zeit wirst du das natürlich merken, aber bis dahin...«

»Ja, Onkel?«

»Bis dahin mußt du dich von mir leiten lassen und genau das tun, was ich dir sage.«

»Natürlich, Onkel Fletcher.« Wie hätte sie etwas anderes tun können? Schließlich hatte sie ihm alles zu verdanken. Ihre Ausbildung, die hübschen Kleider, die er ihr gekauft hatte, die Chance auf ein neues Leben hier im Westen – sogar das Essen in den vergangenen vier Jahren. Da ihre Eltern nicht mehr lebten, wäre sie in ein Waisenhaus gekommen, wenn ihr Onkel nicht gewesen wäre.

»Versuch mich zu verstehen, meine Liebe. Ein Mann wie ich kennt eine Menge verschiedener Leute. Manche sind Geschäftsbekanntschaften wie Royston Wardell und William Bannister, Leute, die mir sehr häufig einen großen Gefallen tun. Andere sind Nachbarn wie die Hollingworths oder aber Leute, die ich wegen ihrer gesellschaftlichen Verbindungen zu schätzen weiß, wie Mrs. Winston und ihren Mann, George.« Ein Ehepaar, das sie schon etwas früher am Abend kennengelernt hatte. »Dann gibt es einflußreiche Kalifornier wie die Montoyas ... und solche wie Don Ramon.«

»Don Ramon? W-was ist mit ihm?«

»Meine Bekanntschaft mit dem Don ist von vollkommen anderer Art ... mehr eine Verpflichtung. Die Familie de la Guerra lebt bereits seit dem Beginn des spanischen Einflusses in Kalifornien hier. Es hat eine Zeit gegeben, da waren sie reich und mächtig, kannten jede wichtige politische Persönlichkeit im Umkreis von weit über tausend Kilometern. Das bedeutet natürlich, daß ich, gesellschaftlich gesehen, Don Ramon nicht übergehen kann.«

»Ich verstehe.«

»Leider ist es eine Tatsache, daß der Mann nicht mehr diese Macht hat. Heute sind seine Finanzen begrenzt, und er besitzt auch weniger Grund und Boden. Er sorgt für seine Mutter und eine altjüngferliche Tante, abgesehen von den Arbeitern, die er nicht entlassen will. Was ich damit sagen will, ist eigentlich, daß der Mann dir kaum gesellschaftlich gleichgestellt ist. Ich hatte gehofft, du würdest das so erkennen und dich entsprechend verhalten.«

»Ich hatte keine Ahnung ...« Aber sie bekam das Gefühl, daß sie, bis auf ihre teuren Kleider und die Ausbildung, die ihr Onkel finanziert hatte, dem Don weitaus weniger gesellschaftlich gleichgestellt war als er ihr.

»Das glaube ich gern.« Sein Ton wurde nachdrücklicher. »Zum Glück weißt du es jetzt, und ich erwarte von dir, Caralee, daß du deine teure Ausbildung, die ich dir habe zuteil werden lassen, einzusetzen weißt. Ich erwarte auch von dir, daß du dich verhältst wie eine gebildete Dame, die du geworden bist. Aber noch viel mehr erwarte ich von dir, daß du dich mit den Leuten umgibst, die ich für dich aussuche.«

Er stand auf und beugte sich über den Tisch. »Habe ich mich klar ausgedrückt?«

»J-ja, Onkel Fletcher.«

Etwas von der Spannung wich aus seinen muskulösen Schultern. »Ich will nicht hart zu dir sein, meine Liebe. Aber immerhin bin ich auch dein rechtlicher Vormund. Es ist meine Pflicht, zu entscheiden, was das Beste für dich ist.«

Möglicherweise stimmte das. Jedenfalls war sie verpflichtet, sich so zu verhalten, wie er es wünschte. »Es tut mir leid, Onkel Fletcher. Ich hatte bloß keine Ahnung. Ich verspreche dir, es wird nicht wieder vorkommen.«

»Braves Mädchen. Ich wußte, daß ich mich auf dich verlassen kann. Du bist immerhin die Tochter unserer geliebten Lucy.«

Carly lächelte. Ganz offensichtlich hatten ihr Onkel und ihre Mutter sich einmal gut verstanden. Allein das zu wissen half ihr sehr.

Als er neben ihr auf das Stimmengewirr der *fandango* zuging, den Klängen der Gitarre, dem Duft des gegrillten Fleisches und dem lauten Gelächter der Vaqueros und seiner Freunde entgegen, schwor sie sich, alles zu tun, was er wollte, um ihm eine Freude zu machen, und den gutaussehenden spanischen Don zu vergessen.

Aber als sie Don Ramon lässig an der rauhen Hauswand der Hazienda lehnen, seine silbernen Verzierungen aufblitzen sah und seinen durchdringenden Blick auf sich gerichtet fühlte, wurde ihr klar, daß es alles andere als leicht sein würde, ihn zu vergessen.

Ramon de la Guerra trank einen Schluck seiner Sangria und genoß den wohlschmeckenden Rotwein, angereichert mit dem süßsauren Aroma von Orangen und Limonen. Auf der anderen Seite der Terrasse stellte Fletcher Austin seine Nichte einer weiteren Gruppe Anglos vor. Einige davon waren Nachbarn, die meisten jedoch Freunde, die aus Yerba Buena – San Francisco, wie es jetzt hieß – angereist waren.

Es ließ sich nicht leugnen, daß Austins Nichte ein hübsches Mädchen war, mit ihrer hellen Haut und dem feurigen Haar, mit dem zarten, ovalen Gesicht und dem Grübchen in der Wange – wie von Engeln geküßt, hatte er dazu sagen hören. Sie war zierlich, aber nicht zerbrechlich, hatte volle Brüste und eine unglaublich schmale Taille.

Zuerst, als sie einander gegenübergestanden hatten, hatte er den Eindruck gewonnen, sie sei anders als ihr Onkel – herzlicher und zuvorkommender. Doch allzubald hatte sie bewiesen, daß sie nicht anders war, als er erwartet hatte, nämlich ganz die verwöhnte, gebildete junge Dame, die sich kühl, abweisend und überheblich gab.

Nach ihrer Rückkehr aus dem Haus hatte er sie um einen Tanz gebeten, doch sie hatte ihn abgelehnt, höflich, aber auffallend distanziert. Gleich darauf schon hatte sie mit Vincent Bannister getanzt. Warum auch nicht? dachte er. Bannister besaß weitaus mehr Geld, und Geld war immer das, wonach eine Frau wie sie Ausschau hielt.

Ramon hatte eine Reihe solcher Frauen kennengelernt. Sie kamen während der Saison nach Madrid, reisten auf Kosten ihrer Ehemänner und suchten Abenteuer in einem fremden, fernen Land, wurden leicht Beute für einen Mann wie ihn ... oder vielleicht war es auch umgekehrt.

Im Mondlicht erspähte Ramon flammendrotes Haar, sah die smaragdgrünen Augen, zu denen die Farbe ihres Kleides paßte, und dachte an solch eine andere Frau. Lillian Schofield. Lily mit den großen, blauen Augen und dem hellblonden Haar. Lily – die Frau, die er geliebt hatte.

Er schaute wieder zu Fletcher Austins Nichte hinüber. Sie war jünger als Lily, aber mit der Zeit würde sie genauso werden ...

wenn sie nicht schon so war. Dennoch mochte es interessant sein, mit ihr ins Bett zu steigen. Verführerisch war sie jedenfalls, und die kleine Rache an ihrem Onkel dabei würde ihm die Eroberung um so mehr versüßen.

Doch Austin war ein mächtiger Mann, und in den augenblicklichen Zeiten war das viel zu gefährlich. Außerdem gab es andere, an die er denken mußte.

Er beobachtete, wie sie sich mit Royston Wardell unterhielt, einem weiteren reichen Freund ihres Onkels. Lächelnd schaute sie unter ihren dunklen Wimpern zu ihm auf und lachte dann leise über etwas, das Wardell gesagt hatte. Ja, sie war mehr als verlockend. Vielleicht sollte er noch etwas abwarten und ...

»*Buenas noches*, Don Ramon.«

Er hob seinen Blick und sah Isabel Montoya neben sich stehen. Es überraschte ihn, daß er sie nicht hatte kommen hören.

»Guten Abend, Señorita Montoya. Ich hoffe, Sie amüsieren sich gut.«

Volle rote Lippen verzogen sich zu einem hübschen Schmollmund. »Da *mi novio* geschäftlich unterwegs ist, macht es mir nicht soviel Spaß. Manchmal ist es schwer, sich selbst zu unterhalten, nicht?«

Er lächelte. »*Si*, Señorita. Es ist immer schmerzlich, wenn ein lieber Mensch nicht bei einem ist.«

Isabel lächelte schwach. Sie hatte schwarzes Haar und dunkle Augen, war jung und makellos schön. »Ich habe überlegt ... ich dachte ... vielleicht ... da Sie auch allein sind heute abend, könnten wir einander unterhalten.«

Er runzelte die Stirn. »Ich glaube nicht, daß Ihr Verlobter davon begeistert wäre. Außerdem sind Sie nicht allein hier. Ihr Vater und Ihre Mutter, Ihre Schwester und Ihr Bruder begleiten Sie, wie auch Ihre *dueña* Louisa.«

Große, dunkle Augen richteten sich auf ihn. Unter ihrer weißen Spitzenmantilla erschien sie ihm noch jünger als sechzehn.

»Sicherlich haben Sie keine Angst vor meinem Vater ... oder vor Don Carlos.« Kühn strich sie mit ihrer Hand über seinen Jackenaufschlag und schaute ihn eindeutig auffordernd an. »Ich habe gehört, daß Sie, wenn es um die Damen geht ...«

Er umfaßte ihr Handgelenk und unterbrach sie. »Sie vergessen, Señorita, daß Don Carlos Ramirez – Ihr Verlobter – mein Freund ist. Ich werde nichts tun, was diese Freundschaft verletzt.« Er drehte sie um und schob sie in die entgegengesetzte Richtung. »In Zukunft, Señorita, falls ich von ähnlichem Verhalten erfahre, wie ich es heute abend bei Ihnen erlebt habe, werde ich auf jeden Fall Ihren Vater darüber informieren. Vielleicht finden Sie eine Weidenrute hinreichend unterhaltsam.«

Sie wirbelte herum und straffte sich. Ihre Augen funkelten zornig. Er hielt sie davon ab, etwas zu erwidern.

»Noch ein Wort, *niña*, und ich werde es auf der Stelle tun.«

»Sie ... Sie sind kein Gentleman.«

»Und Sie, *chica*, benehmen sich wohl kaum wie eine Lady. Gehen Sie jetzt, und überlegen Sie das nächste Mal erst, ehe Sie etwas sagen.«

Tränen füllten ihre hübschen dunklen Augen. Sie wandte sich ab und stürmte davon.

Ramon schaute ihr nach und fand, er hätte etwas behutsamer reagieren können. »Frauen!« schimpfte er in der Dunkelheit vor sich hin. Er dachte über Isabels Verhalten nach und überlegte, ob sie sich womöglich deshalb so benommen hatte, weil ihr Vater mehr und mehr Freundschaften mit Anglos pflegte.

Er sah ihren Bruder Alfredo auf sich zukommen und hoffte, daß ihm nicht noch Schlimmeres bevorstand. Aber es waren nicht Alfredos Worte, die die Stille brachen. Es war der Klang trommelnder Hufe, die auf dem Boden hallten. Ein Reiter schoß durch das hohe Hintertor der weitausladenden Hazienda, rief schon von weitem und schwenkte seinen staubigen, braunen Hut in der Luft.

»Was ist denn das?« fragte Alfredo und wandte sich in die Richtung. »Was, glauben Sie, ist da passiert?«

»Ich habe keine Ahnung«, erwiderte Ramon. Sie eilten zu den Stallungen hinüber, wo der Mann sein Pferd gezügelt hatte. Fletcher Austin, William Bannister und Royston Wardell liefen ebenfalls dem Reiter entgegen.

»Was ist passiert?« rief Austin dem Mann auf dem Pferd zu, der sein müdes, verschwitztes Tier auf sie zusteuerte.

»Der spanische Dragon«, sagte er und klang so atemlos wie sein Pferd. »Dieser Schurke El Dragón hat den Overland erwischt, wo er an dem Hollingworth-Grundstück vorbeikommt. Er hat eine ganze Ladung Gold geraubt, das von San Francisco kam.«

Hollingworth kam eilig aus der Dunkelheit neben der Scheune angelaufen. Er war ein Mann in den Fünfzigern, hochaufgewachsen, sehnig und von den Jahren harter Arbeit gezeichnet. Sofort erkannte er in dem Reiter einen seiner Männer.

»Um Himmels willen, Red – das meiste Gold davon war unseres. Geld, das ich brauchte für die Lohnauszahlungen.«

»Er hat früh zugeschlagen, Boß. Das hat er sonst nie gemacht. Es ist gleich passiert, nachdem die Kutsche Beaver Creek verlassen hatte, kaum daß es dunkel war. Sie sagen, er hätte sich wie ein Blitz auf sie herabgestürzt, das Gold an sich gerissen und wäre schon halbwegs in den Bergen verschwunden gewesen, ehe sie wußten, wie ihnen geschah.«

»Verdammt! Dieser Lump schafft es immer, einen kalt zu erwischen. Ich hatte so ein ungutes Gefühl, als ich heute abend hierherkam.«

Der Mann namens Red rieb sich über die Bartstoppeln. »Er ist ein geschickter Bursche, das muß man ihm lassen.«

»Hat er jemanden erschossen?« wollte Fletcher Austin wissen.

»Nein, er und seine Vaqueros haben nur das Gold an sich genommen und sind davon.«

»Wie viele waren es?« fragte Austin.

»Ein Dutzend. Das jedenfalls sagt der Wächter. Er sucht ein paar Helfer, um ihnen zu folgen. Ich dachte, die meisten Männer seien hier.«

»Hol dein Pferd, Charley«, sagte Austin zu Hollingworth. »Ich trommel die übrigen Männer zusammen.«

»Ich komme auch mit«, boten Ramon wie auch Alfredo Montoya an.

»Was soll das?« widersprach Hollingworth. »Mittlerweile ist der Bastard längst auf und davon. Hat sich bestimmt schon in seinem Felsenloch verkrochen, aus dem er kommt.«

»Diesmal werden wir ihn finden.« Austin riß das schwere Scheunentor auf. »Wir werden nicht eher ruhen, bis wir den Hurensohn zur Strecke gebracht haben.«

Die anderen Männer murmelten etwas Zustimmendes vor sich hin. Inzwischen war eine ziemlich große Gruppe beisammen. Die Frauen standen vor dem Scheunentor und wußten nicht genau, was geschehen war, als die Männer bereits mit ihren gesattelten Pferden herauskamen. Ramon führte seinen Palomino auf sie zu und wartete auf Alfredo, der sich zu ihm gesellte. Bei dem Klang einer Frauenstimme wandte er sich jedoch um.

»Was ist passiert, Onkel Fletcher?« Caralee McConnell faßte ihren Onkel beim Arm und schaute ihn sichtlich besorgt an, während sie ihr Schultertuch enger um ihre bloßen Schultern zog.

»Geh ins Haus zurück, Kind. Das ist Männersache. Kümmer dich um die Damen, und die Männer werden den Rest schon erledigen.«

Ramon sah, daß sie dringend mehr wissen wollte, ihr die Fragen auf der Zunge lagen, sie sich aber dann zurückhielt. »Onkel Fletcher weiß sicher, was das beste ist«, sagte sie zu den Frauen. »Warum machen wir es uns nicht im Haus bei einem Glas Sherry gemütlich? Ich bin sicher, nach dem anstrengenden Abend können wir das vertragen.« Mit einem unsicheren Blick zu Ramon hinüber machte sie kehrt.

Nach dem anstrengenden Abend, dachte er. Wie lange konnte die verwöhnte kleine Caralee McConnell das anstrengende Leben wohl aushalten, das viele seiner Leute Tag für Tag ertragen mußten – und das alles nur wegen solcher Betrüger wie Fletcher Austin, deren Gier grenzenlos war.

»Steigt auf, Männer!« kommandierte Austin. »Es wird Zeit.«

Ramon schwang sich auf seinen Palominohengst, schob seine Stiefel in die mit Silber beschlagenen *tapaderos* und folgte Austin mit seinen Männern in halsbrecherischem Tempo zur Hollingworth-Ranch.

Sie hatten nicht das Glück, den Banditen zu erwischen, was Onkel Fletcher zwei Wochen nachhaltig beschäftigte und aus der Fassung brachte. Abends ging er vor dem großen Kamin am anderen Ende des *sala* unentwegt auf und ab. Carly versuchte, mit ihm zu reden, ihn auf irgendeine Art auf andere Gedanken zu bringen, aber er war furchtbar unleidlich, mußte sie feststellen, und meistens schickte er sie weg.

Erst am Anfang der dritten Woche hatte er sich wieder gefangen. Sie redeten beim Abendessen miteinander, allerdings nicht über El Dragón. Statt dessen berichtete Onkel Fletcher ihr stolz von seinen Errungenschaften auf der Ranch, dem Zuwachs an Rindern und Pferden und seinen Plänen für die Zukunft.

»Die Politik, das ist mein Ziel. Dieser Staat braucht Männer, die sich für ihn einsetzen und sich darum kümmern, daß Gerechtigkeit herrscht. Einer dieser Männer will ich sein, Caralee.«

»Ich bin sicher, du würdest gute Beiträge dazu leisten, Onkel Fletcher.«

Sie saßen an dem langen Eichentisch im Eßsaal, ließen sich schmecken, was es zu Abend gab, gebratenes Fleisch, frischgebackene Tortillas, *pastel de toma*, einen Zwiebelkuchen, Knoblauch, Hähnchen, Mais, Tomaten und Paprika in Maismehl und *mostaza*, der spanische Name für Senffrüchte, in Öl und Knoblauch gebraten. Das ungewohnte Essen war lecker, wie Carly bald schon entdeckte, obwohl es eine Weile gedauert hatte, bis ihr Magen die scharfen, würzigen Speisen vertrug.

Onkel Fletcher nahm sich bereits nach. Dampf stieg von seinem Teller auf. »Vielleicht wäre ein Termin bei der Landkommission ein Anfang«, sagte er. »Bannister hat dort Einfluß. Vielleicht ...« Er brach ab und lächelte. Bei dem flackernden Licht der Kerzen zeigte sich ein roter Schimmer in seinem dichten, leicht ergrauten Haar. »Vincent wäre eigentlich eine gute Partie. Er scheint auch sehr von dir hingerissen.«

Carly versuchte sich an den jungen Mann zu erinnern, mit dem sie getanzt hatte, aber das Bild, das vor ihrem geistigen Auge auftauchte, glich dem des dunkeläugigen Don. »Vincent ... ja, er scheint recht nett zu sein.«

»Es freut mich, daß du ihn magst, meine Liebe. Und du wirst ihn schon bald wiedersehen.«

Sie hob eine Braue. Es war ein Zwei-Tages-Ritt von San Francisco nach Rancho del Robles. Sie hatte nicht damit gerechnet, daß der Mann so rasch wiederkehren würde. »Wirklich? Wie kommt das?«

»William und ich veranstalten ein Pferderennen. Bannister hat die halbe Stadt eingeladen. Es wird ein ziemliches Spektakel, wie du dir vorstellen kannst.«

Carly beugte sich begeistert vor. »Ein Pferderennen? Hier auf der Ranch?«

»Genau. William hat ein hervorragendes Tier erworben. Einen Vollbluthengst namens Raja, der gerade aus Australien eingetroffen ist. Er wird gegen de la Guerras andalusischen Hengst reiten.«

»Du meinst doch nicht etwa Don Ramons Palomino?« Sie

hatte das wunderbare Tier an dem Abend draußen vor der Scheune gesehen.

»Doch, den meine ich in der Tat. Das Pferd ist bisher unbesiegt. William wollte es kaufen, aber de la Guerra hat jedes Angebot abgelehnt. Bannister will nicht aufgeben. Er hat den Don zu einem Pferderennen herausgefordert und dann wie besessen gesucht, bis er ein Tier finden konnte, von dem er glaubt, daß es Chancen hat zu gewinnen.«

»Aber du sagtest doch, der Don hätte nur wenig Geld. Sicher wurde auch ein Einsatz gemacht.«

Er nickte. »Bannister hat zweitausend Dollar gegen das Pferd des Don gesetzt.«

Carly dachte darüber nach. Wenn Don Ramon Geldprobleme hatte, konnte er den Gewinn sicher gut brauchen. Der Gedanke, daß er so ein wunderschönes Pferd verlieren sollte, erschien ihr unerträglich. Sie hoffte im stillen, daß er gewinnen würde.

Sie hatte den Don seit dem Abend der Fiesta nicht mehr gesehen, obwohl seine hochgewachsene, gutaussehende Gestalt gelegentlich vor ihrem inneren Auge auftauchte. Sie dachte auch jetzt an ihn und versuchte sich einzureden, daß die Begeisterung, die sie verspürte, nur mit der kommenden Veranstaltung zusammenhing.

Sie versuchte es wirklich – aber irgendwie spürte sie, daß es nicht die Wahrheit war.

2. Kapitel

Ramon de la Guerra führte seinen andalusischen Palominohengst, Rey del Sol – Sonnenkönig – über das trockene Gras auf eine Gruppe Leute zu, die sich versammelt hatte, um dem Rennen zuzusehen: William Bannisters reiche Freunde aus San

Francisco in Begleitung einiger Frauen, Austins Anglo-Nachbarn und Californio-Rancher von den Haziendas der näheren Umgebung.

Mindestens vierzig Vaqueros hatten sich am Ziel aufgestellt. Die Montoyas waren dabei wie auch Ramons Mutter und seine Tante Teresa.

Austin hatte sich die Mühe gemacht, einen drei Kilometer langen Parcours zu erstellen, hatte für seine Gäste hohe Holztribünen aufgebaut, die Startlinie mit rotblauen Flaggen dekoriert und das Ziel mit einem Torbogen versehen. Ausgelassen wartete die Menge bereits auf das Schauspiel, Gelächter war zu hören, und die Wetteinsätze gingen hoch.

Da es noch eine halbe Stunde dauerte, ehe das Rennen begann, verweilte Ramon am Ziel, um sich mit einigen seiner Männer zu unterhalten, und entdeckte seinen Bruder Andreas unter ihnen. Obwohl er fast fünf Zentimeter kleiner war als Ramon, war er ebenso schlank, muskulös und dunkelhäutig. Er sah gut aus, und hätte er blondes Haar und helle Haut gehabt, wäre er geradezu schön gewesen. Andreas war intelligent und viel zu charmant.

Nur alte Freunde wußten, daß sie miteinander verwandt waren. Während seines jahrelangen Aufenthaltes in Mexiko, eine Zeit, in der er mit seinem Vater in Fehde gelegen hatte, hatte Andreas sich sehr verändert. Mit dem Aufkommen des Goldrauschs hatten viele der alteingesessenen spanischen Familien ihr Land verloren und waren weggezogen. Bis auf die de la Guerras wußte niemand von Andreas' Rückkehr. Nach dem Tod ihres Vaters hatte Andreas sich in die Berge zurückgezogen und Rache geschworen. Heute war er für die meisten Leute einfach ein Vaquero, bekannt unter dem Namen Perez.

»Don Ramon!« rief sein Bruder ihm zu und redete ihn an, als wären sie nur Bekannte. »*Un momento, por favor.* Kann ich Sie einen Moment sprechen?«

Ramon nickte. Er hatte damit gerechnet, daß sein Bruder

käme. Mit sechsundzwanzig, drei Jahre jünger als er, war Andreas de la Guerra hitzig, kühn und sogar ein wenig leichtsinnig. Natürlich ließ er sich die Gelegenheit, Ramon gegen das Pferd der Anglos reiten zu sehen, nicht entgehen. Andreas haßte die Nordamerikaner noch mehr als Ramon. Er würde es genießen, sie verlieren zu sehen. Zweifel, daß sein Bruder gewann, hatte er nicht.

Ramon amüsierte sich. So sicher war er sich nämlich nicht. Aber seine Ehre verlangte, daß er die Wette annahm. Zudem war Bannisters Wette aufrichtig.

»*Buenas tardes*, kleiner Bruder. Es wundert mich nicht, daß du hier bist, obwohl du wahrscheinlich besser nicht hättest kommen sollen.« Sie standen etwas abseits unter einer Eiche, wo sie sicher sein konnten, daß niemand ihr Gespräch mitbekam.

Andreas lächelte und klopfte ihm freundschaftlich auf die Schulter. »Das Rennen wollte ich nicht verpassen. Außerdem langweile ich mich allmählich in der Abgeschiedenheit.«

Ramon erwiderte sein Lächeln. »Du bist es bloß leid, daß du keine neue Frau in dein Bett bekommst. Ich habe gehört, es sollen wieder neue in San Juan Bautista angekommen sein. Vielleicht solltest du einmal nachsehen, ob du eine findest, die dir gefällt.«

Andreas' Blick glitt zu der Gruppe der Anglos hinüber, die sich an der Startlinie versammelt hatten. »Ich glaube, so weit brauche ich nicht zu gehen.« Ramon folgte dem Blick seines Bruders zu Fletcher Austins Nichte, die ein grüngestreiftes Tageskleid aus Taft trug und einen passenden kleinen Schirm bei sich hatte. Ihr feuriges Haar floß in schimmernden Locken auf ihre Schultern herab. »Ich könnte mich sofort verlieben.«

Ramon runzelte die Stirn. »Sei kein Narr, kleiner Bruder. Mit der halst du dir nur Schwierigkeiten auf.«

»Du hast sie schon kennengelernt?«

»*Si*. Bei Austins *fandango*. Sie ist seicht und prahlerisch, deiner Beachtung nicht wert.«

»Mag sein.« Andreas schaute erneut zu ihr hinüber, und ihr helles Lachen wurde vom Wind herübergeweht. Auch hob sich ihr Rocksaum von dem Wind ein wenig an und gab den Blick auf ihre kleinen Füße und schmalen Fesseln frei, so daß Ramon eine Anspannung in den Lenden fühlte.

»Aber andererseits...«, begann Andreas, »lohnt es sich, die Schwierigkeiten für die Señorita auf sich zu nehmen.« Er grinste auf seine anzügliche Art, aber Ramon erwiderte sein Lächeln nicht.

»Eines Tages, *hermano*, wirst du wegen solch einer Frau noch mal dein Leben verlieren.«

»Ach, wenn ein Mann sterben muß, gibt es dann eine schönere Art?«

Ramon schmunzelte. Der Hengst tänzelte ungeduldig und schüttelte seine lange, helle Mähne. »Rey wartet schon darauf, seinen Gegner kennenzulernen. Es wird Zeit, daß ich gehe.«

»Da wäre noch etwas.« Andreas blickte verlegen zu Boden, und Ramon wußte sofort, daß er jetzt den Grund ansprechen würde, aus dem er in Wirklichkeit gekommen war.

»Laß hören.«

»Ich habe gerade erst erfahren, daß Fletcher Austin in drei Tagen eine große Pferdeherde hereinbringt.«

»*Si*, das wußte ich schon. Seine Männer haben sie in den vergangenen Wochen zuammengetrieben.«

»Warum hast du mir nichts davon gesagt? Wir brauchen Zeit, die Männer zusammenzurufen, Pläne zu schmieden und Vorbereitungen zu treffen. Wir müssen...«

»Ich habe es dir nicht gesagt, weil es zu gefährlich ist, del Robles zu überfallen. Die Pferde werden wir uns nicht holen.«

»So ein Unsinn. Die Versorgung ist schlecht. Wir brauchen die Tiere dringend.«

Ramon grinste spöttisch. »Bei dem Gold, das du vergangene Woche gestohlen hast ...«

»Du weißt, daß ich das nicht ...« Er brach ab, als er das Lächeln seines Bruders sah. »Das ist nicht komisch.«

»Nein, das finde ich auch nicht«, pflichtete Ramon ihm bei. Ihn störte es ebenso wie seinen Bruder, daß sie Taten beschuldigt wurden, die sie nicht begangen hatten. Er schaute zu den Vaqueros hinüber, die ihre Wetten auf das Rennen abgaben, und wandte sich wieder an Andreas. »Austin ist auf alles vorbereitet. Er hat ein paar Männer zusätzlich angeheuert. Die Pferde werden schwer bewacht sein.«

Andreas lachte. Tiefe Grübchen zeigten sich in seinen Wangen. »Deshalb werden wir warten, bis sie die Hazienda erreichen, ehe wir sie uns holen.«

Ramon stöhnte auf. »Du brauchst so dringend eine Frau, daß du schon nicht mehr klar denken kannst.«

»Überleg doch mal, Ramon. Sobald die Pferde auf der Ranch sind, wird Austin die Männer entlassen. Er rechnet doch nicht damit, daß wir sie uns so nah beim Haus holen wollen. Wir können die Pferde stehlen und weg sein, ehe Austin ein Auge aufgemacht hat.«

Gedankenversunken tätschelte Ramon den schlanken Hals seines Pferdes und überdachte die Worte seines Bruders. Eine schlechte Idee war es nicht, aber ziemlich gefährlich. Andererseits gab es, wie Andreas gesagt hatte, eine Reihe Mäuler zu stopfen, und eine solche Gelegenheit mochte sich vorläufig nicht mehr ergeben.

»Ich habe schon mit den anderen gesprochen«, fuhr Andreas fort. »Die Männer haben alle zugestimmt. Wir holen uns die Pferde, Ramon.«

Er stieß ein ärgerliches Schnauben aus. Als Kopf der Familie de la Guerra war im allgemeinen sein Wort Gesetz, aber in dieser Angelegenheit konnte er seinem Bruder nichts befehlen.

»Wenn du so entschlossen bist, das zu machen, werde ich die Männer anführen.«

»Nein. Deine Rancho liegt zu nahe an Austins. Es ist besser, wenn du zu Hause bleibst.«

Ramon schüttelte den Kopf. »Du bist das letzte Mal gegangen. Wenn wir uns die Pferde holen wollen, bin ich an der Reihe.« Er wollte den Hengst zum Start führen, doch Andreas hielt ihn am Arm zurück.

»Ich habe ein persönliches Interesse daran, Ramon. Jedesmal wenn wir del Robles überfallen haben, durfte ich nicht mitkommen. Ich habe lange genug darauf gewartet, mich rächen zu dürfen. Diesmal komme ich mit, gleichgültig wer von uns beiden das Kommando hat.«

Einen besseren Kompromiß konnte er nicht aushandeln. »*Muy bien*«, sagte er, obwohl er nicht zulassen würde, daß Andreas sich solch einer Gefahr allein aussetzte. Ramon hatte die Familie einmal im Stich gelassen. Deswegen lebte sein Vater nicht mehr, und das Land war ihnen gestohlen worden. Er liebte seinen jüngeren Bruder – er würde alles tun, um ihn zu schützen.

Er wollte die Familie nicht wieder im Stich lassen.

»Dann werden wir beide reiten.«

Andreas lächelte. Die Anspannung fiel von ihm ab. »Wann schlagen wir zu?«

»In fünf Tagen, kurz vor Morgengrauen«, erwiderte Ramon und wandte sich zum Gehen. »Wir treffen uns am Fluß.«

Andreas nickte, und Ramon führte den Hengst zum Start. Rey senkte den Kopf und blähte die Nüstern, als sie sich der lärmenden Menge näherten. Dort bellte erfreut ein kleiner braunweißer Hund, nicht viel größer als ein wohlgenährtes Eichhörnchen, und paßte sich Ramons Schritten an. Lächelnd bückte er sich und hob das Tier hoch.

»Na, hast du deinen Freund vermißt?« fragte er und blieb kurz stehen. Er setzte den Hund auf den Sattel. Der Hengst wieherte sofort zufrieden und beruhigte sich. Rey und Bajito waren im Abstand weniger Tage geboren worden. Da sie in derselben Box im *establo* untergebracht waren, hatten sie sich, so merkwürdig das auch schien, angefreundet.

Ramon lächelte, als er über das ungleiche Paar nachdachte und auf die Stelle zuging, wo Bannisters wunderschönes Vollblut, Raja, ungeduldig neben dem Start herumtänzelte.

Carly versuchte, sich auf die Unterhaltung mit Vincent Bannister zu konzentrieren, doch ihr Blick glitt unwillkürlich zu dem Spanier und seinem feurigen Palomino hinüber. Ein schöneres Tier hatte sie bisher nicht gesehen. Es hatte eine breite Brust, einen kräftigen Hals, eine helle, lange Mähne und einen noch längeren Schweif. Auch war sie, das mußte sie sich eingestehen, noch keinem Mann begegnet, der männlicher und anziehender war als Don Ramon.

Heute trug er nichts Silbernes, sondern nur ein langärmeliges, weißes Hemd und eine hellbraune Lederhose, die seine muskulösen Schenkel umschloß. Die Hose war an den Seiten mit Spitze verziert, wie sie bemerkte, und unten hing sie locker über ein paar braunen Lederstiefeln herab. Ein flacher schwarzer Hut mit schmaler Krempe hing ihm an einer dünnen, geflochtenen Kordel auf den Rücken.

Beeindruckt musterte sie den kräftigen Mann, das schöne Pferd und den winzigen weißbraunen Hund, der jetzt auf dem Hengst ritt. Sie beobachtete, wie die drei stehenblieben und der Don mit einer alten, zierlichen Frau sprach, die, so nahm Carly an, seine Mutter war. Eine größere, schmale Frau, die wohl ein paar Jahre jünger war, stand neben ihr und Pilar Montoya den beiden gegenüber. Auffallend herzlich lächelte sie den Don an.

Carly hatte Pilar an dem Abend der *fandango* kennengelernt. Sie war Witwe, hatte Onkel Fletcher ihr berichtet, aber ihre Trauerzeit sei vorüber. Sie wäre auf der Suche nach einem Mann, und Ramon de la Guerra schien der führende Bewerber um ihre Hand.

Bei dem Gedanken runzelte Carly unwillkürlich die Stirn und fürchtete auch zu wissen, warum.

Von dem Augenblick an, als sie dem gutaussehenden Don begegnet war, hatte sie sich zu ihm hingezogen gefühlt. Er war so anders als jeder andere Mann, den sie bisher kennengelernt hatte, größer, charmanter und weitaus aufregender. Ein einziger Blick von ihm, und ihr wurde warm ums Herz. Doch sie wußte, die Anziehungskraft brachte ihr nur Ärger. Was sie ihrem Onkel versprochen hatte, wollte sie auch halten.

Außerdem, soweit sie das erkennen konnte, hatte der Don gar kein vergleichbares Interesse an ihr.

»Sie machen sich zum Start bereit«, sagte Vincent. »Wir setzen uns jetzt besser auf unsere Plätze.«

»Ja. Da ist auch Onkel Fletcher.« Sie gesellten sich zu ihm und nahmen in der ersten Reihe auf der Tribüne Platz, von wo aus sie die gesamte Strecke übersehen konnten. William Bannister und einige andere Freunde ihres Onkels hatten im Nu die restlichen Plätze eingenommen, und immer noch trafen Leute am Start ein.

Weniger als ein Zehntel der Zuschauer waren Frauen. Bei dem ermüdenden Seeweg um Kap Hoorn, der Fahrt über den Isthmus oder der Aussicht auf eine langwierige, gefährliche Reise zu Land waren die meisten Männer in Kalifornien allein nach Westen gekommen. Es gab natürlich auch kalifornische Frauen und das übliche Gesindel, das sich in Lagern aufhielt und auf die Beute aus den Goldminen lauerte. Aber Frauen aus dem Osten waren eine Seltenheit. Carly war bisher erst wenigen begegnet und hatte noch keine Freundinnen unter ihnen gefunden.

»Was halten Sie von dem Pferd meines Vaters?« erkundigte

sich Vincent, als Raja zum Start geführt wurde. Es war ein langbeiniger, schlanker, gescheckter Wallach mit glänzendem Fell, graziler gebaut als jedes Pferd, das sie bisher gesehen hatte.

»Es sieht so aus, als wäre es schnell, aber die Strecke ist recht lang und nicht ganz eben. Der Boden ist rauh. Onkel Fletcher befürchtet, es hätte nicht genug Durchhaltevermögen.«

Vincent zuckte zurück, als hätte er eine Ohrfeige bekommen. »Raja kann es mit jedem Pferd in Kalifornien aufnehmen. Mein Vater hat ein Vermögen für das Tier bezahlt, und Stan McCloskey ist der beste Reiter an der Westküste.«

Obwohl die meisten Hilfskräfte Arbeitskleidung trugen und die Vaqueros offene weiße Hemden zu grobgeschnittenen Lederhosen, saß Vincent in einem marineblauen Frack mit breiter, weißer Krawatte neben ihr.

»Raja wird gewinnen«, sagte er. »Darauf können Sie sich verlassen.«

»So einfach wird das nicht sein«, wandte sie ein. »Wie ich gehört habe, zählen die Californios zu den besten Reitern der Welt.«

Vincents Gesichtsausdruck veränderte sich. Selbstzufrieden hob er eine helle Braue. »Das wird sich zeigen.«

Die Reiter saßen auf. Beide Tiere waren äußerst feurig, tänzelten nervös seitwärts und schüttelten ihre Mähnen. Allmählich brachten die Männer sie wieder unter Kontrolle, aber das war so einfach, als wollte man den Wind aufhalten. Carly fiel auf, daß der Don heute auf einem anderen Sattel saß, einem kleineren, leichteren, ohne silberne Verzierung.

Er war ein gutes Stück größer als Stan McCloskey, wohl ein Hindernis. Erst als der Spanier ihrem Blick begegnete und sie anlächelte, merkte Carly, daß sie ihn angestarrt hatte. Betroffen errötete sie. Er faßte sich amüsiert mit der Hand zum Gruß an den schwarzen Hut, lockerte dann die geflochtene Kordel, nahm den Hut ab und warf ihn einem seiner Männer zu.

Obwohl sie ein schlechtes Gewissen hatte, wünschte sich Carly inbrünstig, er möge gewinnen.

Als der Startschuß fiel, sprang sie fast von ihrem Sitz auf.

»Es geht los!« rief ihr Onkel.

Der Graue hatte Vorsprung vor dem Palomino, aber der Hengst blieb seinem Gegner dicht auf den Fersen. Auf dem ersten Abschnitt der Strecke behielt das graue Pferd seinen Vorsprung. Selbst aus der Ferne konnte Carly das Donnern der Hufe hören und hätte schwören können, daß ihr Herz ebenso heftig klopfte. Die Pferde bogen um eine große Eiche und erreichten den zweiten Abschnitt der Strecke, die einen leichten Hügel hinaufführte und für die ein breiter Streifen durch das trockene, braune Gras des Spätsommers gezogen worden war.

Noch mehr Eichen verteilten sich auf die Strecke. Dafür waren jedoch die meisten Steine weggeräumt worden. Bis sie den Fluß erreichten, mit einem großen Sprung hinübersetzten und am anderen Ufer im seichten Wasser aufkamen, hatte Rey del Sol bis auf eine halbe Pferdelänge aufgeholt, aber der graue Wallach führte noch.

Vor zwei Tagen hatte es ein wenig geregnet, und stellenweise war der Boden noch feucht. Die Tiere versackten leicht darin, mußten ihre Muskeln anstrengen und zusätzliche Kraft aufbringen, aber dem kräftiger gebauten Palomino schien das nichts auszumachen. McCloskey beugte sich über den Grauen und drängte das Tier vorwärts. Der Don beugte sich auch nach vorn, aber während der andere Reiter bei jeder Bewegung des Vollbluts hochgehoben wurde, schien der Spanier eher mit seinem Tier verwachsen und bewegte sich mit ihm.

»Sie sehen wunderschön aus«, bemerkte Carly. Nie zuvor hatte sie einen Mann so gekonnt reiten sehen.

»Sie kommen jetzt zu dem flachen Stück der Strecke«, entgegnete Vincent. »Der Graue ist schneller – jetzt wird er noch mehr Vorsprung bekommen.«

Aber da war Carly sich nicht so sicher. Der Graue schien bereits zu ermüden, während der andalusische Hengst noch nicht seine volle Kraft eingesetzt hatte. Sie flogen förmlich über den ebenen Streckenabschnitt auf der Anhöhe und stürmten den Abhang auf der anderen Seite hinunter. Der Graue führte noch um eine halbe Länge.

Nun runzelte Vincent die Stirn. Seiner Meinung nach hätte Raja weit vorn liegen müssen.

»Ich habe tausend Dollar auf dein Pferd gesetzt, William«, sagte ihr Onkel. »Es sollte sich mal mehr anstrengen.«

Bannister war ein großer Mann, dessen blondes Haar erst begonnen hatte, grau zu werden. Er kleidete sich tadellos und bewegte sich mit einer gewissen Eleganz. Vornehm war das Wort, mit dem man William Bannister beschreiben konnte.

»Ich stecke viel tiefer drin«, erwiderte er. »Keine Sorge, McCloskey wird es schon schaffen.«

Als die Pferde um einen riesigen Felsen bogen, der den letzten Abschnitt darstellte, schnappten alle Zuschauer hörbar nach Luft, und Carly sprang auf. Der Palomino war gestolpert und fast gestürzt, aber dann hatte er sich gefangen und rannte vorwärts. Sie konnte den Stolz des Tieres fast spüren ... oder vielmehr den des Don.

Was immer es auch war, das Paar schien noch entschlossener, zu gewinnen.

»Meine Güte!« rief Fletcher Austin. »De la Guerras Hengst ist ja unglaublich.«

»Ja«, pflichtete ihm Bannister bei, und in dem Moment war Carly sicher, daß selbst William Bannister den Sieg des wunderbaren Pferdes sehen wollte. »So ein großartiges Tier habe ich noch nicht gesehen.«

»Der Graue wird Sieger«, behauptete Vincent starrköpfig, aber der Palomino holte rasch auf. Seine Schritte waren so ausgreifend, daß seine Hufe fast die Nüstern berührten.

Das Ziel war nicht mehr fern. Alle waren aufgestanden und feuerten die Reiter an, selbst Fletcher und Carly. »Du schaffst es«, flüsterte sie. »Du schaffst es – ich weiß es!«

Und tatsächlich gelang es ihnen. Der herrliche Palomino und sein kühner Reiter donnerten wenige Zentimeter vor dem Grauen über die Ziellinie. Carly freute sich wie ein Kind, jubelte und lachte und hatte plötzlich Tränen in den Augen. Vincent Bannister blickte entsetzt drein, und Carly errötete betroffen.

Sie wagte nicht, ihren Onkel anzusehen – oder gar William Bannister. Doch als sie es tat, runzelte ihr Onkel nur die Stirn, und Bannister lachte.

»Unglaublich«, war alles, was er sagte.

»Hat mich einen Tausender gekostet«, erklärte ihr Onkel und seufzte schwer. »Aber das war es verdammt noch mal wert.«

»Laßt uns zum Ziel gehen«, schlug Carly vor und hoffte, die Männer würden ihr zustimmen. Überraschenderweise taten sie das auch. Als sie dort ankamen, war Don Ramon von Dutzenden begeisterter Vaqueros, seiner erfreuten Mutter und Tante, den Montoyas, den Herreras, den Estradas und ein paar anderen Californio-Familien umringt.

Als sie näher kam, schaute er auf, und das Lächeln auf seinem Gesicht erstarb.

»Meinen Glückwunsch, Don Ramon«, sagte Bannister. »Wieder einmal haben Sie bewiesen, daß Sie Kaliforniens bestes Pferd reiten.«

»Sehr gütig von Ihnen, Señor Bannister. Ich habe nicht damit gerechnet ... bei einem Mann, der versucht, mit Betrug zu gewinnen.«

Bannister blieb reglos stehen, und ihr Onkel runzelte ungläubig die Stirn. »Wovon sprechen Sie?« wollte William wissen.

»Hiervon.« Don Ramon reichte ihm ein Objekt mit einem kleinen Griff und drei scharfen Zacken am unteren Ende. Die Zacken wiesen eine feine Blutspur auf. »Damit hat Ihr Mann,

Señor McCloskey, meinem Pferd in der letzten Runde zugesetzt. Es war sein Pech, daß ich es ihm entreißen konnte.«

Die Menge teilte sich, als Bannister auf Rey del Sol zuging. Er entdeckte sofort die leichten Einstiche an den Rippen des Tieres, das helle Fell war mit etwas Blut bedeckt. Betroffen und hochrot wandte er sich an Ramon de la Guerra.

»Ich gebe Ihnen mein Wort, daß ich davon nichts wußte. Ich hoffe, Rey del Sol eines Tages zu besitzen. Niemals würde ich so einem herrlichen Tier etwas zugefügt sehen wollen.«

Der Don schwieg.

»Es tut mir außerordentlich leid, Don Ramon«, fuhr William fort. »Ich verspreche Ihnen, ich werde mich persönlich mit McCloskey auseinandersetzen, und ich hoffe, daß Sie meine aufrichtige Entschuldigung annehmen.«

Der Spanier musterte ihn eine spannungsgeladene Weile. »Die Verletzung ist geringfügig. Ich bin froh, daß Sie nicht daran beteiligt waren und nehme Ihre Entschuldigung an ... wie auch Ihre zweitausend Dollar.«

Jubel brach unter den Umstehenden aus. Der Don lächelte wieder, so unglaublich strahlend, daß Carly heiß wurde. Besonders wenn er sie so anschaute wie jetzt gerade.

»Meinen Glückwunsch, Don Ramon«, hauchte sie. »Ihr Ritt war einmalig.«

Fragend hob er eine Braue und musterte sie mit neuem Interesse. Sie freute sich tatsächlich, daß er gewonnen hatte. »*Muchas gracias*, Señorita. Sie interessieren sich für Pferde?«

»Ich habe auf der Reise aus dem Osten hierher eine Menge über sie gelesen. Und ich nehme gerade Reitunterricht. Ja, ich interessiere mich wirklich sehr für Pferde.«

Ihre Worte schienen ihn zu überraschen. Da fiel ihr ein, daß die meisten Damen von Stand jung reiten lernten. Sie errötete und hoffte, niemandem unter den reichen Freunden ihres Onkels würde ihr kleiner Fehler auffallen.

»Es sieht so aus, als hätten die meisten von uns ein Interesse an Pferden«, mischte sich William Bannister ein und reichte dem Don den Gewinneranteil, einen Lederbeutel gefüllt mit Goldmünzen. »Ich möchte immer noch Ihren Hengst kaufen. Gern bezahle ich Ihnen doppelt soviel, wie Sie für ihn wollen.«

Der Don schüttelte den Kopf. »Rey ist eines der letzten andalusischen Pferde meines Vaters. Er muß zur Zucht aufbewahrt werden.« Carly hatte von dieser Rasse gelesen. Es waren jene Tiere, die mit Cortez in die Neue Welt gelangt waren.

»Wir könnten entsprechende Termine ausmachen. Ich würde mich freuen ...«

»Tut mir leid, Señor Bannister, Rey del Sol ist unverkäuflich.«

Bannister seufzte. Der Blick des Don kehrte zu Carly zurück. »Vielleicht – sobald Señorita McConnell sich hinreichende Fähigkeiten angeeignet hat – kann Señor Austin eines von Reys Fohlen erwerben. Eine hübsche Palominostute wäre das passende Pferd für eine Dame wie sie.«

Fletcher strich sich über das Kinn. »Da haben Sie nicht ganz unrecht, Don Ramon. Ein Fohlen des Hengstes wäre ein guter Erwerb für Rancho del Robles.«

Als wollte er sein Versprechen besiegeln, bückte der Don sich und hob eine der langstieligen roten Rosen auf, von denen ihm die Californio-Frauen ein halbes Dutzend zugeworfen hatten, als er durchs Ziel geschossen war.

»Für Sie, Señorita. Zum Andenken an diesen Tag ... obwohl ihre Schönheit sich nicht mit der einer so wunderschönen Frau wie Ihnen vergleichen läßt.«

Carly nahm die Rose entgegen. Wärme stieg ihr in die Wangen. Sie wollte schon lächeln und sich bei ihm für seine galante Geste bedanken, als sie das Stirnrunzeln ihres Onkels bemerkte. Lieber Himmel, dachte sie. Schon wieder passierte es ihr. Sie ließ sich von dem gutaussehenden Don betören. Onkel Fletcher würde wütend sein, wenn sie nach Hause kamen.

Das herzliche Lächeln konnte sie noch verdrängen. Statt dessen gab sie sich kühl, freundlich. »Danke, Señor de la Guerra«, erwiderte sie förmlich und so geziert, wie sie konnte. Sie hielt sich die Rose unter die Nase und atmete den schwachen Duft ein. »Ihre Bräuche sind sehr charmant. Das werde ich sicher nicht vergessen.«

Der Gesichtsausdruck ihres Onkels entspannte sich. Er faßte nach ihrer Hand und hakte sie bei sich unter. »Es wird Zeit, daß wir gehen, meine Liebe.«

»Natürlich, Onkel.« Sie wandte sich von dem Don ab, wollte ihm nicht länger in die Augen sehen und kehrte mit ihrem Onkel zu den anderen zurück.

»Sehr gut gemacht, meine Liebe. Höflich und damenhaft hast du dem Mann seinen Platz zugewiesen. Ich bin stolz auf dich.«

Da wurde Carly übel. Hatte sie das wirklich getan? Don Ramon seinen Platz zugewiesen? Beabsichtigt hatte sie das nicht. Sie schaute sich ein letztes Mal nach ihm um, begegnete seinem finsteren Blick und bemerkte ebenso das aufreizende Lächeln, das Pilar Montoya ihm schenkte.

Erschrocken schnappte sie nach Luft, als sie sich an einem der Dornen stach.

Andreas de la Guerra ging mit den Vaqueros zurück zu den Pferden. Die Männer waren von einem Dutzend verschiedener Haziendas gekommen, um mitzuerleben, wie Ramon gegen den *gringo* ritt. Sie waren nicht enttäuscht worden, und der Sieg bedeutete jedem von ihnen so viel, als hätten sie ihn persönlich errungen.

Unwillkürlich ballte Andreas die Hand zur Faust, als er an den Betrug des Anglos dachte. Nur der waghalsige Ritt seines Bruders hatte die Sache wettgemacht, aber das minderte seinen Zorn nicht im geringsten. Und er durfte schon gar nicht daran denken, was alles hätte passieren können.

Andererseits, was hatte er erwartet?

Seit seiner Rückkehr nach Kalifornien und seit jenem Tag, als er seinen Vater auf dem Sterbebett in der kleinen Hazienda Rancho Las Almas, dem ursprünglichen Haus von Rancho del Robles, das verlassen worden war, nachdem das größere Haus errichtet worden war, angetroffen hatte, wehrte er sich schon gegen die *gringos*.

Er hatte sie sechs Monate lang bekämpft, ehe sein Bruder aus Spanien zurückgekehrt war und versucht hatte, das einzufordern, was rechtmäßig ihnen gehörte.

Ramon hatte ihm beigestanden, obwohl zuerst nur widerstrebend, überzeugt, daß Gewalt nicht der rechte Weg sei. Nur durch das schlechte Gewissen hatte er den Beistand des Bruders gewonnen. Das schlechte Gewissen, daß der Vater aus Kummer über die Anglos gestorben war und die Mutter leiden mußte, während er in Spanien ein gutes Leben geführt hatte.

Andreas wußte, der Bruder konnte sich nicht verzeihen, daß er nicht eher nach Hause gekommen war und für seine Familie gesorgt hatte, als sie in größter Not gewesen war.

Es war nicht allein seine Schuld. Diego de la Guerra war überzeugt gewesen, er könnte die Sache allein regeln, könnte beweisen, daß das Land ihnen gehörte oder sich gegen die Anglos wehren, falls es notwendig sein sollte, um es zu behalten. Nach seinem Tod hatte Andreas das gleiche geglaubt. Es hatte sich gut angefühlt, ein Mann zu sein und nicht mehr im Schatten seines Bruders zu stehen. Er war entschlossen gewesen, für Recht zu sorgen, Gerechtigkeit mit oder ohne das Gesetz der Anglos auszuüben.

Unter dem Decknamen El Dragón hatte er begonnen, sich zu wehren, und daran bis zum heutigen Tag festgehalten.

»Es wird Zeit, daß wir in die Berge zurückkehren, Amigo.« Pedro Sanchez, früher einmal der *segundo* seines Vaters, Vorarbeiter auf Rancho del Robles, ritt neben ihm. Er war ein Mann

Anfang Sechzig, hatte Erfahrung als Vaquero und war von seiner Erscheinung her drahtig, kräftig und zäh.

»Reite vor.« Andreas grinste. »Ich habe noch etwas in San Juan Bautista zu erledigen.«

»So etwas Ähnliches wie dein Bruder gern mit der hübschen, jungen *gringa* haben möchte?« fragte Pedro. Offenbar hatte er gesehen, wie Ramon ihr die Rose geschenkt hatte.

»Mir hat er gesagt, sie würde einen nur in Schwierigkeiten bringen. Ich glaube, das trifft mehr auf ihn zu als auf mich.«

»Señor Austin wird über sein Interesse nicht begeistert sein. Er ist nicht der Mann, gegen den dein Bruder sich öffentlich stellen sollte.«

»Ramon weiß das viel zu gut. Ich glaube nicht, daß er das will. Er hat geschworen, es würde nie wieder ein andalusisches Pferd auf del Robles' Boden geben, ehe wir es nicht wieder in Besitz haben.« Andreas zuckte mit den Schultern. »Ach, ob er es glaubt oder nicht, mein Bruder ist auch nur ein Mensch – und die Frau ist wirklich ungewöhnlich schön, oder nicht?«

»Sie bringt nur Schwierigkeiten, wie Ramon gesagt hat.«

»Vielleicht sollte ich ihn davor bewahren. Wenn er mit mir nach San Juan reitet ...«

»Die Witwe Pilar kann ihn auch davor bewahren. Und außerdem ist da noch Miranda. Sie trauert ihm jede Minute nach, die er sich aus dem Lager entfernt.«

»*Si*, ich schätze, da hast du recht.« Andreas warf einen letzten Blick zu den Leuten hinüber, die sich wie ein Insektenschwarm unten am Hügel versammelt hatten. Er glaubte, eine kleine Frau mit kastanienfarbenem Haar deutlich unter einem rosaweiß gestreiften Sonnenschirm zu erkennen.

Er lächelte. »Auf der anderen Seite, was hat das Leben schon für einen Sinn, wenn man nicht ein paar Schwierigkeiten zu bewältigen hat?«

Pedro lachte, und die beiden Männer gaben ihren Pferden die

Sporen und ritten auf die Berge zu. An der Gabelung wandte Andreas sich nach Süden, und Pedro ritt höher hinauf. Die Gedanken an die Amerikanerin mit den hübschen grünen Augen und der hellen Haut, den hohen, vollen Brüsten und den schlanken Fesseln trieben Andreas vorwärts. Er hoffte, in San Juan eine Frau mit den gleichen vollen Brüsten zu finden, die ihn für ein paar Silberlinge oder ein paar schmeichelhafte Worte mit in ihr Bett nehmen würde.

Gern hätte er gewußt, ob sein Bruder zu Pilar ging oder ob er so viel Geduld aufbrachte, um auf das hübsche Anglo-Mädchen zu warten.

3. Kapitel

Auf einem Hengst so schwarz wie die Kleidung, die er trug, ritt Ramon de la Guerra über den Hügel und blickte hinunter zu dem schmalen Fluß, der sich zwischen den Platanen unter ihm entlangschlängelte. Andreas wartete bereits dort, begleitet von einem Dutzend Vaqueros, die der Familie de la Guerra treu geblieben waren wie ihre Väter und Großväter vor ihnen. Zwei Yocut-Indianer aus dem großen Tal im Osten befanden sich am Ende der Gruppe.

Ramon drängte seinen schwarzen Hengst vorwärts und stieg den Abhang hinunter, der zu dem mit Steinen übersäten Fluß führte. Nur das Licht einer schmalen Mondsichel half ihm, den Weg zu finden, und selbst die wurde noch von einem Vorhang dünner, grauer Wolken verschleiert.

»*Buenas noches, amigos*«, rief er den Männern zu und zügelte sein Pferd, um es zum Stehen zu bringen. »Schön, euch alle zu sehen.« Pedro Sanchez war mit dabei, wie auch Ruiz Domingo, Ignacio Juarez, Cisco Villegas, Santiago Gutierrez und eine Reihe anderer. Die meisten kannte er bereits seit seiner Kindheit.

»Wie ich bereits Andreas gesagt habe, was wir heute nacht machen, ist wesentlich gefährlicher als jeder andere Überfall, den wir bisher verübt haben. Austin und seine Männer lauern uns vielleicht auf. Natürlich besteht die Möglichkeit, daß es nicht so ist und er keine Wachen aufgestellt hat, aber ganz sicher können wir nicht sein. Wenn einer von euch etwas Verdächtiges bemerkt, muß er sofort alle anderen warnen. Dann müssen wir umgehend die Ranch verlassen, mit oder ohne Pferde.«

»Wir brauchen die Pferde, Ramon«, entgegnete Andreas. »Verunsichere die Männer nicht mit dem Gerede, was alles passieren kann. Wir werden schon mit Fletcher Austin und seinen Leuten fertig werden.«

Ramon fluchte leise. Andreas war wie immer sehr hitzköpfig. Doch vor den Männern wollte er die Autorität seines Bruders nicht untergraben. »Seid vorsichtig. Unterschätzt Austin nicht. Wenn irgendwas passiert, reitet so schnell ihr könnt davon. Bringt euch in Sicherheit.«

Ehe Andreas ihm widersprechen konnte, gab Ramon seinem Hengst die Sporen und ritt den Pfad entlang. Von ihrem Lager in den Bergen lag Rancho del Robles mehr als einen Zwei-Tages-Ritt entfernt, aber Andreas und die anderen hatten in den Hügeln in der Nähe gecampt. Die Pferde waren ausgeruht, die Männer wachsam und gut auf die nächtliche Arbeit vorbereitet.

Sie erreichten die Anhöhe, von der aus man die Ranch überblicken konnte, und hielten im Schutz einer Baumgruppe an. Ramon stieg ab, Andreas und Petro Sanchez ebenfalls.

»Was meinst du?« fragte Andreas seinen Bruder, als dieser seinen Blick über die Gebäude der Hazienda schweifen ließ, den *establo* und den Kornspeicher, die Barracke und das *matanza* – Schlachthaus –, die Korrale, in denen sich die Pferde befanden.

»Es scheint ruhig genug.«

»*Si.* Sieh mal, wieviel Pferde! Er hat einen extra Korral anlegen lassen, um sie alle unterzubringen.«

»Der *gringo*-Käufer in Sacramento City wird sich freuen«, bemerkte Pedro. »Ihn interessiert es nicht, wo die Tiere herkommen, Hauptsache, es sind viele und sie sind gesund.«

Ramon blickte eine Weile schweigend hinunter. Beruhigt, daß alles in Ordnung schien, wandte er sich ab und kehrte zu seinen Männern zurück. »Wir müssen darauf achten, daß wir die Sattelpferde dabeihaben.« Das waren die Tiere, die die Arbeiter benutzten. »Wir wollen nicht, daß sie uns hinterherkommen.«

Er faßte nach dem Knauf seines breiten, spanischen Sattels, schwang sich geschmeidig hinauf, zog sich den Hut tief in die Stirn und sein schwarzes Halstuch bis über die Nase hoch. Dann gab er seinem Pferd die Sporen.

Carly konnte nicht schlafen. Sie hatte sich immer noch nicht an die späte Abendbrotzeit der Kalifornier gewöhnt oder an die seltsamen Nachtgeräusche ihres neuen Zuhauses: das Knacken der schweren, geschnitzten Holzbalken über ihrem Bett, das Zirpen der Grillen draußen vor dem Fenster, das ferne Heulen der Kojoten und das gelegentliche Wiehern der Pferde. Die Uhr, die auf dem Schrank tickte, zeigte zwei Uhr. Sie konnte die glänzenden Messingzeiger in dem schwachen Licht, das durch die Fensterläden hereinfiel, deutlich erkennen.

Müde kletterte Carly aus dem Bett. Zum Abendessen hatte sie etwas von dem starken Rotwein getrunken, den ihr Onkel aus den Trauben herstellte, die auf der Ranch geerntet wurden, und jetzt hatte sie Durst. Sie ging hinüber zu dem Porzellangefäß, das in der Waschschüssel auf der Kommode stand. Doch die Kanne war leer. Ihr Onkel erwartete von ihr, daß sie ihr junges Dienstmädchen weckte, aber das wollte sie nicht tun. Außerdem mußte sie sich ein bißchen bewegen. Vielleicht konnte sie dann hinterher endlich schlafen.

Rasch zog Carly einen leichten, umhäkelten Morgenmantel über ihr langes, weißes Nachthemd. Sie hob den schmiedeeisernen Riegel ihrer Schlafzimmertür an und trat in den Flur hinaus. Ganz dem spanischen Baustil entsprechend, hatte die Hazienda auf drei Seiten eine überdachte Veranda und lag mit der Rückfront an einer großen Terrasse. Die Küche befand sich in einem separaten Gebäude, ein paar Schritte vom Haupthaus entfernt, falls dort einmal Feuer ausbrechen sollte.

Carly wickelte sich etwas fester in den Morgenmantel, trat in die kühle Nachtluft hinaus, überquerte den Hof und öffnete die Tür der *cocina*. In der Küche war es dunkel, aber sie konnte die getrockneten, roten Pfefferschoten riechen, die von der Decke hingen, die Knoblauchblüten und die Lorbeerblätter, die alle zusammengebunden über dem schweren, hölzernen Schlachttisch hingen.

Körbe mit Weizen, Bohnen, Linsen, getrockneten Erbsen, Mais und frischem Gemüse reihten sich an der Wand auf. Behutsam setzte Carly einen Fuß vor den anderen, um nichts umzustoßen. Es befanden sich zwei Eisenöfen mit sechs Brennstellen im Raum, und an der gegenüberliegenden Wand hingen gußeiserne Pfannen, Töpfe, Bratgeschirr, Löffel, Pfannenschieber und eine Handkaffeemühle an dem Regal über dem Holzschrank.

Im allgemeinen war es ziemlich laut in der Küche, wenn die Tortillas zubereitet wurden, die indianischen Dienstmägde und die Californio-Frauen miteinander redeten. Aber jetzt herrschte Stille. Carly ging an dem hölzernen Butterfaß vorbei zum Wasserfaß und hob den Deckel an. Sie tauchte ihr Porzellangefäß hinein, füllte es bis zum Rand, legte den Deckel wieder auf und wischte die Kanne mit einem frischgewaschenen Mehlsack ab, der als Geschirrtuch diente.

Sie hatte gerade die Tür erreicht, als sie es hörte – Pferdegetrappel, Schnauben, das leise Donnern von Hufen auf dem trockenen Boden und das Knarren des Korraltors, das geöffnet wurde. Carly trat ans Fenster und schaute nach draußen. Was mochte dort los sein?

Zuerst sah sie niemanden und dachte schon, die Pferde hätten es irgendwie geschafft, das Tor zu öffnen und würden davontraben. Sie bewegten sich ruhig, nicht hastig. Ihre Fellfarben verschwammen zu einem Farbenmeer, das jetzt an ihr vorbeizog. Braune, gescheckte, rotbraune, weiße, graue und schwarze Tiere liefen durch das Tor, bis der Korral leer war. Carly rannte zur Tür und riß sie auf, aber beim Anblick einer Gruppe Reiter blieb sie wie erstarrt auf der Schwelle stehen.

Lieber Gott im Himmel! Die Männer waren Vaqueros. Das konnte sie an den kurzen Jacken, den weiten Hosen und den niedrigen, breitkrempigen Hüten erkennen. Aber es waren keine Männer von del Robles. Meine Güte, es mußten die Banditen sein, von denen sie gehört hatte – Männer, die zu dem spanischen Dragon gehörten!

Carlys Hand an dem kalten Eisenriegel zitterte, als sie die Holztür behutsam zuschob und durch den Spalt hinausspähte. Sie mußte ihren Onkel und die Männer in der Baracke warnen, aber sobald sie nach draußen ging, würden die Banditen sie sehen. Sie würden vermutlich auf sie schießen, ehe sie jemanden erreichen konnte.

Dann fiel ihr Blick auf die schwere Metallglocke.

»Das ist es«, flüsterte sie vor sich hin, straffte sich und nahm all ihren Mut zusammen. Die Glocke wurde zu den Mahlzeiten, wenn Post kam und für ein Dutzend anderer verschiedener Mitteilungen benutzt. Sie diente auch als Warnung bei Gefahren, und um diese frühmorgendliche Stunde würde es sicher keinen Zweifel geben, was das Läuten der Glocke bedeutete.

Carly überprüfte vom Fenster aus, ob einer der Räuber das Haus beobachtete, zählte langsam bis drei und riß dann die Küchentür wieder auf. Sie raffte ihr Nachthemd und entblößte ihre

Beine, um rennen zu können. Doch weder den feuchten Boden noch die Steine, die ihr in die Füße schnitten, bemerkte sie.

Sie rannte schnurstracks auf die Glocke zu, die gut sechs Meter von ihr entfernt an einem kräftigen Holzbalken hing. Ihr dichtes kupferrotes Haar wehte im Wind. Mit beiden Händen ergriff Carly das geflochtene Seil und läutete wie besessen.

Ramon riß an den Zügeln, als das erste harsche Läuten die Luft zerschnitt. »*Madre de Dios*«, fluchte er leise und suchte die Umgebung nach der Ursache für den Alarm ab. Er entdeckte die kleine Gestalt im Morgenmantel am Rand der Terrasse und wußte im selben Moment, daß es das Mädchen war.

»*Andele, muchachos!* Nehmt die Pferde und macht euch davon!«

»Was ist mit den Sattelpferden?« fragte Andreas, sprengte heran und konnte sein nervöses Tier kaum zügeln. »Ohne sie können wir nicht wegreiten.«

»Sanchez und Domingo treiben sie schon zusammen. Ich werde ihnen helfen – begleite du die anderen.« Doch Andreas stürmte bereits auf den zweiten Korral zu. Ramon schimpfte. Seine Worte gingen jedoch im Wiehern der Pferde und dem Gebrüll der Männer unter. Er gab seinem Pferd die Sporen, ritt an Andreas vorbei, rief Sanchez und Ruiz Domingo etwas zu und wendete seinen Hengst in Richtung der Frau, die so heftig die Glocke geläutet hatte.

Inzwischen brannten in der dickwandigen Hazienda die Lampen, und Männer strömten aus der Baracke, nur notdürftig bekleidet und manche von ihnen bewaffnet. Um Austins Vaqueros machte er sich keine Sorgen, da viele von ihnen sich nicht gegen El Dragón stellen wollten und die meisten sich mit jedem Spanier verbunden fühlten, die sich gegen *gringos* wehrten. Aber die Anglos waren auch bewaffnet, und sie feuerten bereits ihre Gewehre ab. Fletcher Austin gehörte auch dazu.

Die Glocke war verstummt. Jetzt sirrten die tödlichen Gewehrkugeln durch die Luft. Villegas erwiderte das Feuer, verwundete zwei von Austins Männern, aber eine Kugel traf Ignacio am Arm, und Santiagos Schenkel war rotgefärbt von Blut. Das Mädchen hatte sich hinter einen hölzernen Wassertrog geduckt. Ramon hatte sich von ihr abgewandt und wollte zu seinen Männern zurückkehren, als er merkte, daß Andreas auf sie zuritt.

»Andreas!« schrie er. »Komm zurück!« Doch es war schon zu spät. Ein Gewehrschuß ertönte, sein Bruder zuckte getroffen von der Kugel zusammen und sackte auf dem Sattel nach vorn. Schon sickerte das Blut durch sein Hemd.

Ramon empfand einen unbändigen Zorn, wie er ihn noch nie verspürt hatte. Er wollte schon seinem Bruder zu Hilfe eilen, als Pedro Sanchez an Andreas' Seite auftauchte und die beiden zusammen zu dem hinteren Tor ritten, das von der Ranch führte. Er dachte an das Mädchen, das das Durcheinander verursacht hatte, ihr kühles Verhalten und ihr arrogantes, typisch östliches Benehmen. Vor seinem geistigen Auge sah er noch einmal, wie sein Bruder auf sie zuritt und hörte erneut den ohrenbetäubenden Gewehrschuß.

Wieder wallte sein Zorn auf und steigerte sich in grenzenlose Wut. Das schwarze Pferd unter ihm stieg hoch. Er riß den Hengst herum, hieb ihm die Hacken in die Flanken, beugte sich tief über den Sattel und galoppierte auf das Mädchen hinter dem Wassertrog zu. Kugeln zischten an ihm vorbei, aber er verringerte sein Tempo nicht. Sie schrie auf, als sie ihn auf sich zustürmen sah, sprang hoch und wollte davonlaufen.

Genau das hatte er erwartet.

Als er sie mit seinem schwarzen Pferd eingeholt hatte, beugte er sich vor, reckte sich, faßte mit einem Arm um ihre Taille und zog sie zu sich hoch über den Sattel. Sie schrie und wehrte sich aus Leibeskräften, wollte sich ihm entziehen, aber natürlich kam sie gegen ihn nicht an. Er drückte sie bäuchlings übers Pferd und hielt sie mit einer Hand im Rücken fest. Als das Tier schneller wurde, spürte er deutlich, wie sie vor Angst zitterte, und blickte auf ihr langes, rotes Haar, das bis über die Schulter des Hengstes herabhing. Sie hatte Angst, sich zu bewegen, jetzt, wo das Tier davontrabte, fiel ihm auf. Eine grimmige Zufriedenheit erfüllte ihn. Er holte die anderen ein, als sie den Wald erreicht hatten. Seine Vaqueros trieben die Herde gnadenlos vor sich her.

Sie beeilten sich entsprechend und nahmen die Route, die sie vorher ausgesucht hatten. Gewehrschüsse hallten in der Ferne wider, aber seine Männer waren bereits außer Reichweite. Sie drangen tiefer in den Wald, entfernten sich immer weiter von der Ranch und damit auch von der Gefahr und gelangten in die Berge, in denen sie jeglicher Verfolgung entgehen konnten.

Er hielt einen Moment inne, um der Frau die Arme auf den Rücken zu binden, die Füße zu fesseln und ihr einen Knebel zu verpassen, falls sie versuchen sollte zu schreien. Dann warf er sie über die Kuppe seines Tieres und ritt vorwärts, um seinen Bruder zu suchen.

Ramon traf ihn im Sattel zusammengesackt an. Andreas konnte sich kaum noch auf dem Pferd halten.

»Hier, nimm das Mädchen!« befahl Ramon einem Vaquero namens Enriquez, der sie bereits von seinem Hengst zog und auf sein Pferd verlud.

Der untersetzte Mann verfrachtete sie ebenfalls mit dem Gesicht nach unten über seinen Sattel. Dann schwang er sich hinter sie auf sein Tier. Sanchez warf Ramon einen mißbilligenden Blick zu, um ihm deutlich zu zeigen, was er davon hielt, daß er die Frau mitgenommen hatte. Doch dann wandte er sich rasch Andreas zu.

»Wie geht es ihm?« fragte Ramon und machte sich Sorgen, wie schwer die Verletzung sein mochte.

»Es steht sehr schlecht um ihn, mein Freund«, erwiderte der ältere Mann. »Sehr schlecht.«

Kälte durchfuhr Ramon. Also doch nicht nur eine Schulterwunde, wie er zuerst geglaubt hatte. »Wir können nicht eher haltmachen, bis wir den Paß erreichen. Schafft er es bis dahin?«

Als Sanchez den Kopf schüttelte und »Das glaube ich nicht« antwortete, wuchs Ramons Sorge noch.

Sein Herz begann dumpf zu klopfen, und er glaubte, keine Luft mehr zu bekommen. Er wandte sich an Ruiz Domingo. »Was ist mit den anderen Verwundeten?« wollte er von dem schmalgesichtigen jungen Vaquero wissen. »Schaffen Sie es bis zum Paß?«

»*Si*, Don Ramon. Die anderen sind nicht so schwer verletzt.«

»Reitet bis zum Cañon bei Los Osos. Dort findet ihr reichlich Schutz und Wasser für die Pferde. Dann müßt ihr euch teilen, wie wir das vorhatten. Martinez wird mit fünf Männern und den Pferden nach Sacramento City im Norden aufbrechen. Der Rest von euch wartet auf uns am Fuß des Cañons. Wenn wir nicht bis morgen früh eingetroffen sind, macht euch ohne uns auf zum Lager.«

Es folgte nur ein kurzes Zögern. »*Si, patron.*«

Ramon nickte knapp. Bei der Sorge um Andreas konnte er kaum noch an etwas anderes denken. Als die Männer davonritten, mit Ruiz an der Spitze und Enriquez mit dem Mädchen, kehrte er zu Sanchez und seinem Bruder zurück. Andreas war fast bewußtlos und hing leblos auf seinem Pferd. Ramon biß die Zähne zusammen, als die Angst ihn erfaßte, und griff nach den Zügeln, um das Tier in den Schutz von ein paar Bäumen zu führen, in deren Nähe sich auch ein schmaler Bach befand.

Obwohl seine Hände zitterten, hob er Andreas aus dem Sattel und hörte das leise, schmerzgequälte Aufstöhnen seines Bruders. »Keine Angst, kleiner Bruder. Ramon ist da. Es wird alles gut.«

Sanchez rollte seine Schlafdecke aus, und sie betteten Andreas darauf. Ramon riß den Hemdstoff seines Bruders mit klammen Fingern auf und entfernte den blutdurchtränkten Lappen, den Pedro auf die Wunde gedrückt hatte, um die Blutung zu stoppen.

»*Madre de Dios*...« Ramon wurde schwer ums Herz. Er mußte an sich halten, als er das aufgerissene Fleisch seines Bruders sah, die zerbrochene Rippe, die durch die glatte, dunkle Haut gedrungen war, und das pulsierende Blut, das mit jedem Atemzug seines Bruders aus der Wunde quoll.

»Es ... es tut ... mir leid, Ramon«, sagte Andreas.

»Sei still«, flüsterte Ramon und spürte, wie sich ihm die Kehle zuschnürte. Plötzlich hatte er Tränen in den Augen. »Du darfst dich nicht anstrengen.«

Ein rasselndes Geräusch zwängte sich über die blutleeren Lippen seines Bruders.

Ramon strich dem jüngeren Mann über das feuchte schwarze Haar. »*Por Dios*, Andreas«, raunte er. »Warum konntest du nicht hören?«

Andreas schlug die Augen auf. Als er das Gesicht seines Bruders sah und dessen feuchte Wangen, sprangen auch ihm die Tränen in die Augen. »Quäl dich ... nicht ... Ramon. Der Überfall war ... meine Idee. Es war meine ... Schuld ... nicht deine.« Er hustete schwach. Die Bewegung schmerzte ihn so sehr, daß er sich krümmte und ihm der Schweiß auf der Stirn ausbrach. Ramon versuchte, ihn festzuhalten, aber seine Hände zitterten so stark, daß er es nicht konnte.

»Bleib ruhig liegen, kleiner Bruder.«

Andreas schaute ihn an. »Bestell ... unserer Mutter ... daß ich sie liebe.«

Ramons Kehle war wie zugeschnürt. Er konnte nichts darauf erwidern. Statt dessen faßte er nach der Hand seines Bruders, drückte sie, so fest er konnte, und wünschte sich, er wäre derjenige, der auf der Schlafstatt läge und diese unerträglichen Schmerzen hätte.

»Und auch ... Tia Teresa«, hauchte Andreas.

»Ich werde es ihnen bestellen.« Ramon brachte die Worte kaum über die Lippen. Stumm liefen die Tränen über seine Wangen, benetzten sein Hemd. Darauf war er nicht gefaßt gewesen. Bei der Mutter Gottes, er hatte nicht vermutet, daß sein Bruder so schwer verwundet war.

»Wie ich auch dich ... liebe ... Ramon.«

Ramon senkte den Kopf. Er wiederholte dieselben Worte seinem Bruder gegenüber, Worte, wie er sie noch keiner Menschenseele gegenüber ausgesprochen hatte.

Andreas hustete erneut und krümmte sich vor Schmerzen. Ramon litt mit ihm, als hätte er dieselbe Pein. Als er schließlich zur Ruhe gekommen war, huschte erstaunlicherweise ein Lächeln über das Gesicht seines Bruders und brachte die Grübchen in den Wangen zum Vorschein.

»Du hast gesagt..., daß ich eines Tages ... wegen einer Frau noch ... mal mein Leben verlieren würde. In gewisser ... Weise hat ... das wohl gestimmt.« Danach schloß er die Augen und hauchte den letzten Atem aus.

»Nein. Neiiiiin!« Ramon legte den Kopf in den Nacken und schrie seinen unfaßbaren Schmerz in die Dunkelheit hinaus. Seine Stimme hallte in der Stille der Nacht wider, und sein Schrei klang, als würde die Qual ihn in Stücke reißen, so urtümlich wie das Aufheulen eines waidwunden Wolfs.

Wortlos löste sich Pedro Sanchez von seiner Seite. Seine Augen waren ebenso feucht wie Ramons. »*Vaya con Dios*, mein Freund«, flüsterte er rauh und gepreßt, bekreuzigte sich und schritt zu den Pferden hinüber. Ein paar Minuten später kehrte er mit einer Decke zurück, die er sacht über Andreas' reglosen Körper ausbreitete. Keiner der beiden Männer sagte etwas. Es gab auch nichts zu sagen.

Erst einige Stunden später konnte Ramon schließlich die leblose Hand seines Bruders loslassen. Doch ihm war so schwer ums Herz, daß er kein Wort über die Lippen brachte.

4. Kapitel

Innerlich hin und her gerissen zwischen Erschöpfung und Furcht hockte Carly unter den Zweigen einer hohen, dickstämmigen Eiche, die Hände vorn gebunden und die Füße gefesselt. Den Rest der Nacht und den ganzen Tag hatten sie die Pferde schonungslos vorwärts getrieben. Carly war mit dem stämmigen Vaquero geritten, den der Don mit Enriquez angesprochen hatte. Ihr Körper schmerzte bei jedem Schritt, den sein braunes Pferd machte.

Sie trennten sich von den anderen am Fuß des steilwandigen Cañons. Fünf Männer wandten sich mit den gestohlenen Pferden Richtung Norden, während sie und die anderen auf ein Ziel zuritten, das sie nicht mal erahnen konnte. Als sie schließlich kurz nach Einbruch der Dämmerung anhielten, wurde ihr der Knebel aus dem Mund genommen, und ein junger Vaquero namens Ruiz brachte ihr etwas zu essen, aber der Teller mit dem gerösteten Kaninchen blieb unberührt, das Fleisch wurde kalt und erstarrte in der abendlichen Kälte. Ein paar Schritte entfernt streckte sich der Mann namens Enriquez auf seiner Bettdecke aus und zog seinen großen Sombrero tiefer in sein kantiges Gesicht.

Wie die anderen im Lager hatte auch er nur einen leichten Schlaf und wachte schon beim leisesten Geräusch auf, vorgewarnt für jegliche Gefahr, die folgen mochte. Carly hatte überhaupt nicht geschlafen. Mit müden Augen blickte sie in die Dunkelheit, suchte nach dem Mann, der sie mitgenommen hatte, wartete auf seine Rückkehr und fürchtete sich davor, was er mit ihr machen würde.

Ihr wurde kalt, wenn sie daran dachte, was das sein mochte: Folter, Vergewaltigung, Mord? Sie hatte die Geschichten über ihn gehört. Sie wußte, was für ein Mann er war.

Bei dieser schrecklichen Vorstellung schloß sie die Augen und nickte vor Erschöpfung ein. Erst als in der Stille der grauen Morgendämmerung die Kiesel unter nahenden Schritten knirschten, wachte sie plötzlich auf und wußte, daß jemand vor ihr stand. Ihr Herz raste wie verrückt, und ihr angstvoller Blick fiel auf ein paar hohe, schwarze Stiefel. Beklommen schaute sie an zwei langen, sehnigen Beinen in enger, schwarzer Hose hinauf: schmale Hüften, eine Taille, die in eine muskulöse Brust überging, und breite, gerade, kräftige Schultern. Sie zwang sich, noch höher zu gucken, und starrte in das Gesicht des gutaussehenden spanischen Don, Ramon de la Guerra.

Erleichterung durchflutete sie, so mächtig, daß ihr fast schwindlig wurde. Der Spanier hatte sie gefunden. Statt ermordet zu werden, war sie in Sicherheit.

»Don Ramon – Gott sei Dank!« Sie stemmte sich hoch, wankte ein wenig und hatte Mühe, sich aufrecht zu halten. »Ich ... ich hatte solche Angst. Ich dachte ... Gott sei Dank sind Sie jetzt da.«

»Señorita McConnell«, erwiderte er ohne eine Spur von Herzlichkeit, »wie nett, daß Sie bei uns sind.« Seine Gesichtszüge wirkten kantiger und grimmiger, als sie bisher bemerkt hatte. Seine sinnlichen Lippen waren fest aufeinandergepreßt. Kalt begegnete er ihrem Blick. So unergründlich, ausdruckslos und finster schaute er drein, daß seine Augen schwarz schienen.

Eisige Kälte kroch ihr über den Rücken. Ein Blick in diese harten, dunklen Augen, und sie wußte, sie war nie weniger in Sicherheit gewesen in ihrem Leben als in diesem Moment.

»Sie ... Sie sind nicht ... nicht ...«

»Don Ramon Martinez y Barranca de la Guerra«, entgegnete er leicht spöttisch. »Zu Ihren Diensten, Señorita.« Das Aufblitzen seiner geraden, weißen Zähne beim Lachen wirkte fast wie bei einem wilden Tier. »Oder vielleicht ist Ihnen El Dragón lieber.«

Carly wankte erneut. Furcht durchzuckte sie so heftig wie ein Messerstich. Möglicherweise wäre sie hingefallen, wenn er sie nicht festgehalten hätte. Seine Finger gruben sich wie Krallen in ihren Oberarm. Carly riß sich von ihm los.

Im ersten Moment brachte sie kein Wort über die Lippen, starrte ihn nur an, als sähe sie ihn zum ersten Mal. Trotz gefesselter Handgelenke zog sie mit zitternden Händen ihren hellblauen Morgenmantel fester um sich. Zorn gewann die Oberhand über die Furcht. Erbost reckte sie ihr Kinn vor und schaute ihm geradewegs in die Augen.

»El Dragón...«, wiederholte sie, und Verachtung schwang deutlich hörbar in ihrer Stimme mit. »So ein charmanter Betrüger... das hätte ich niemals gedacht.« Sie hob ihr Kinn noch etwas an. »Ich habe tatsächlich geglaubt, Sie wären ein richtiger spanischer Edelmann, der bewundernswert ist. In Wirklichkeit sind Sie nichts anderes als ein Dieb und ein Mörder.«

Um seine Lippen zuckte es verdächtig. »Und Sie, Señorita, sind verantwortlich für das Leiden und den Tod meiner Männer.«

Carly erstarrte. Die Furcht wuchs. Es war sicherlich dumm, ihn zu reizen, und doch konnte sie sich nicht zurückhalten. Er hatte sie zur Närrin gemacht, er hatte sie alle zu Narren gemacht.

»Sie sind dafür verantwortlich, Don Ramon. Sie und Ihre Stehlerei, Ihre Überfälle und Morde. Ich habe nur die Männer meines Onkels gewarnt. Ich habe nur versucht, Sie aufzuhalten – und ich würde es jederzeit wieder tun!«

Unbändiger Zorn zeichnete sich auf seinem Gesicht ab und verdunkelte seine Augen, so daß er wirklich aussah wie der gemeine Mensch, der er war. Die Männer um ihn herum regten sich nicht. Sie starrten sie nur mit demselben Haß in den Augen an wie der Don. Der Schlag traf sie rasch und heftig, eine kräftige Ohrfeige, die auf ihrer Wange brannte und durch die sie zu Boden stürzte. Er sah riesig aus, wie er da über ihr stand, zornentbrannt, die Hände zu Fäusten geballt.

Sie schloß die Augen, rechnete mit weiteren Schlägen und wappnete sich innerlich auf die Schmerzen, die sie zur Folge haben mußten. Statt dessen sah sie, als sie die Augen öffnete, wie er sich abwandte. Ein älterer Mann trat auf sie zu, bückte sich und zerschnitt den Strick, mit dem ihre Füße noch gefesselt waren.

Rasch und erzürnt sprach er mit dem Don in Spanisch. Worte, die sie versuchte zu verstehen, aber nicht konnte, so wie sie sich fühlte. Ihr Magen brannte, und alles um sie herum drehte sich.

Er reichte ihr seine Hand und half ihr auf. »Ich bin Sanchez«, sagte er und in einem wesentlich sanfteren Ton. Er war sehnig und stark, wie die übrigen Männer, und das Leben an frischer Luft hatte deutliche Spuren in seinem Gesicht hinterlassen. »Sie müssen ein bißchen Verständnis aufbringen, Señorita. Don Ramon ist kein unmöglicher Mensch.«

»Er ist ein Ungeheuer.« Mit bebender Hand faßte sie nach dem brennenden roten Flecken auf ihrer Wange.

»Er ist nur ein Mensch – der im Moment nicht klar denken kann. Dafür ist er zu tief in Trauer.«

»Trauer? Ich verstehe nicht, was Sie damit sagen wollen.« Im ersten Moment dachte sie, er würde es ihr nicht erklären, so aufmerksam, wie er sie musterte.

Dann seufzte er und wirkte plötzlich wesentlich älter. »Bei dem Überfall gestern abend ist Don Ramons jüngerer Bruder Andreas umgekommen. Der Don hat ihn sehr geliebt. Er hätte sein Leben dafür gegeben, ihn zu retten. Doch das war ihm nicht vergönnt.«

Carly bemerkte den Kummer in dem Gesicht des Mannes. »Lieber Gott.« Im ersten Moment verspürte sie Mitgefühl mit ihm, sogar mit allen beiden. Dann fing sie sich jedoch und verdrängte es. »Sein Bruder war ein Bandit. Beide sind Banditen. Was hat der Don anderes erwartet? Erschossen zu werden war vermutlich noch zu gut für ihn.«

»Er hat nur versucht, seinen Besitz zu retten, seine Lebensweise. Vielleicht werden Sie das eines Tages verstehen.«

Carly fröstelte in der kühlen Morgenluft. Solche Männer wie diese hier würde sie nie verstehen, Männer, die stahlen und töteten, die weder Skrupel noch Gnade kannten.

»Mit der Zeit wird er sich davon erholen«, fuhr der alte Vaquero fort. »Bis dahin sollten Sie ihn nicht zu sehr reizen.«

Carly blickte über die Schulter des alten Mannes und sah Don Ramon mit einem seiner Männer sprechen. Er war ein Verbrecher, ein Mörder – und er gab ihr die Schuld am Tod seines Bruders. Eisige Kälte kroch ihr über den Rücken. Gleich darauf empfand sie tiefes Bedauern, daß der gutaussehende spanische Don nicht der war, für den sie ihn gehalten hatte. Der Mann, zu dem sie sich hingezogen gefühlt hatte, hatte nie existiert.

Sie starrte den hochgewachsenen, kräftigen Spanier an und bemühte sich, den hartgesottenen Mann mit dem Charmeur übereinzubringen, der er zuerst zu sein schien. Sie versuchte sich vorzustellen, was in seinem Innern vor sich ging, vermochte aber nicht zu erahnen, zu welchen Grausamkeiten er ihr gegenüber fähig sein mochte. Aber in dem Moment spielte das keine Rolle – Carly war entschlossen, sie durchzustehen.

Er hatte sie einmal zur Närrin gemacht. Das würde nicht wieder passieren.

Wenn sie außerdem lange genug ausharrte, blieb ihrem Onkel Zeit, sie zu finden. Sie zweifelte keine Sekunde daran, daß er käme. Fletcher Austin war ebenso hart und wild entschlossen wie der Mann, der sich El Dragón nannte.

Dieser Gedanke verlieh ihr neue Kraft, und sie wurde leichter mit ihrer Angst fertig. Um sich gegen die Kälte zu schützen, wickelte sie sich fester in ihren hellblauen Morgenmantel ein und sank auf ihren Platz unter dem Baum. Sie hatte Härte und Grausamkeit schon früher kennengelernt. Ihre Schwester und ihren Vater zu verlieren war hart gewesen, vom Morgengrauen bis zur Abenddämmerung Seite an Seite mit ihrer Mutter in den Minen zu arbeiten war ebenso hart gewesen, zusehen zu müssen, wie die Mutter langsam dahinsiechte, war grausam gewesen, aber sie hatte es durchgestanden, und genauso würde sie das hier durchstehen.

Mit jeder Minute, die verstrich, wuchs ihr Mut. Als sie endlich aufbrechen mußten, war es nicht Caralee McConnell, frisch von Mrs. Stuarts Fashionable School für junge Damen, die sich auf die Qualen ihres Entführers einstellte, sondern Carly McConnell, die Tochter des Kohlengrubenarbeiters aus Pennsylvania, eine Frau, deren Willenskraft vermutlich der des Don in nichts nachstand.

»Das, was du da gemacht hast – die Frau mitgenommen –, kann dir zum Verhängnis werden.« Pedro Sanchez stand vor Ramon, den schmalkrempigen Hut in der wettergegerbten, von Altersflecken bedeckten Hand.

»Was geschehen ist, ist geschehen. Jetzt ist es zu spät, um die Dinge zu ändern.«

»Du hättest ihr nicht dein Gesicht zeigen sollen.«

Ramon ignorierte den mißbilligenden Ton und die Besorgnis seines älteren Freundes. »Laß die Männer sich fertigmachen und aufsteigen. Das Mädchen kann mit Enriquez reiten. Wir haben schon genug Zeit vertan.«

»Ihr Onkel wird uns folgen. Er wird es als persönlichen Angriff werten und nicht eher ruhen, bis er sie gefunden hat.«

Ramon schaute zu dem Mädchen hinüber. Sie war wieder aufgestanden, hielt sich gerade und abweisend. Die Abwehr war deutlich in der Tiefe ihrer großen, grünen Augen zu erkennen. Er dachte an Andreas, und Zorn erfaßte ihn, wie sich sofort Trauer seiner bemächtigte. Er hatte sie, so gut er konnte, verdrängt. Seine Männer brauchten ihn, die Leute im Lager waren auf ihn angewiesen, und Andreas durfte nicht umsonst gestorben sein.

Aber dennoch konnte er den Schmerz nicht vergessen. Ein Wort, der bloße Gedanke daran, brachte ihn sofort zurück. Er lauerte in ihm wie ein Raubtier, bereit, ihn jeden Moment zu überwältigen.

Er starrte das Mädchen an und hörte im Geist die Worte seines sterbenden Bruders: »Du hast gesagt..., daß ich eines Tages... wegen einer Frau noch... mal mein Leben verlieren würde...« Der Schmerz wurde übermächtig, machte ihn blind und brach aus seinem Inneren hervor.

»Bei näherem Nachdenken bin ich dafür, daß die Frau zu Fuß geht«, entschied er. »Wir wollen doch mal sehen, ob mehr an der *gringa* ist als ihre hochnäsige östliche Art und ihr herablassendes Getue.« Er wollte zu seinem Pferd gehen, Viento Prieto, dunkler Wind, aber Sanchez hielt ihn am Arm zurück.

»Das ist nicht dein Ernst, Ramon. Es sind viele Kilometer bis Llano Miranda.«

Ramon befreite sich aus dem Griff des älteren Vaquero und ging weiter. »Enriquez!« Auf der anderen Seite des Lagers schaute der kräftige Vaquero auf. »Bring das Mädchen zu mir.«

»Ich bitte dich, Ramon, tu nicht etwas, das dir noch mehr Kummer einträgt.«

»Halt dich da raus, Pedro.« Ramon erreichte seinen großen, schwarzen Hengst und schwang sich in den Sattel. Hinter ihm kam Esteban Enriquez mit dem Mädchen an. Sie trug einen hellblauen Morgenmantel über ihrem weißen Nachthemd, das kupferrote Haar hing ihr in einem langen, dicken, geflochtenen Zopf den Rücken hinunter. Sie war barfuß, wie er jetzt sah, und ihre kleinen Füße bereits blau vor Kälte.

Schlechtes Gewissen beschlich ihn. Sie war so zierlich. Und so furchtlos, wie sie auftrat! Sie mußte doch Angst haben. Dann dachte er an Andreas, kalt und leblos unter der Decke, die sie um seinen Körper geschlungen hatten, und das ungebetene Schuldgefühl verschwand.

Er band seine geflochtene, lederne *reata* von seinem Sattel, formte eine Schlinge daraus und legte sie ihr um die schmalen, gefesselten Handgelenke. Das andere Ende band er an seinem breiten, flachen Sattelhorn fest. Dabei wartete er darauf, daß sie betteln und flehen würde, weinen und ihn um Gnade bitten würde. Durch nichts würde er sich von seinem Entschluß abbringen lassen. Trotzdem wollte er sie jammern sehen. Jeden Augenblick davon würde er genießen.

Er dachte an Fletcher Austin, an Rancho del Robles, an die seiner Familie gestohlenen Ländereien und an die brutale Ermordung seines Bruders. Er dachte an Caralee McConnell, die gebildete junge Dame aus dem Osten, die sich für etwas Besseres hielt, nur an Geld und ihr eigenes Wohlergehen dachte, und schon wurde sein Zorn stärker, lag ihm wie ein heißer Stein im Bauch.

»Es ist eine ziemliche Entfernung, Señorita«, sagte er und schaute sie an. »Und es wird Zeit, daß wir uns auf den Weg machen.« Er zog an dem Strick und rechnete damit, sie in Tränen ausbrechen zu sehen. Doch sie reckte stolz ihr Kinn. Ihre grünen Augen funkelten. Deutlich ließ sie ihn ihre Verachtung spüren.

Er mußte sein Temperament schwer zügeln, drängte seinen Hengst zum Gehen und zog sie rücksichtslos vorwärts. Zuerst stolperte sie leicht, nahm dann drei Meter hinter dem Pferd ihren Weg auf und folgte ihm. Zunächst ging die Strecke durch das kleine, abgelegene Tal, und dann begann der Aufstieg in die

Berge. Die ganze Zeit blieb der Strick locker. Das Mädchen hielt mit dem Pferd Schritt.

Vier Stunden später lief sie immer noch hinter ihm her und warf ihm finstere, haßerfüllte Blicke zu. Fast konnte er sie im Rücken spüren.

Gelegentlich wandte er sich um, vermochte der Herausforderung nicht zu widerstehen, war überrascht, daß sie ihn nicht gebettelt hatte anzuhalten, oder sich auch nur beschwert hatte. Sie machten nur kurze Rast an einem Fluß, um die Pferde zu tränken und eine Handvoll *carne seca*, gewürztes in Streifen geschnittenes, getrocknetes Fleisch, zu essen. Als das Mädchen die Portion ablehnte, die Sanchez ihr anbot, ging Ramon zu ihr.

»Sie werden tun, was Pedro sagt.« Mit kaltem Gesichtsausdruck gab er ihr das Fleisch. »Ich will mir nicht nachsagen lassen, wir wären nicht gastfreundlich.«

Sie warf ihm das getrocknete Fleisch vor die Füße. »Ich habe keinen Hunger. Und selbst wenn ich welchen hätte, würde ich nicht in Gegenwart eines solchen Tieres speisen, wie Sie es sind.«

Blinde Wut erfaßte ihn. Er packte sie bei den Armen und riß sie hoch. »Sie werden keine Lebensmittel verschwenden, solange Sie sich bei uns aufhalten. Es gibt zu viele Menschen, die jeden Tag sterben, weil sie nicht mal das zu essen haben, was Sie achtlos wegwerfen. Aber davon haben Sie natürlich keine Ahnung, nicht wahr, Señorita?«

Sie reckte trotzig ihr Kinn vor. »Warum sollte ich auch?«

Er schenkte ihr ein diabolisches Lächeln. »Vielleicht werden Sie mit der Zeit die kleinen Dinge des Lebens schätzen lernen, die Sie bisher für selbstverständlich gehalten haben. Sie werden vermutlich darum bitten, daß Sie sie bekommen.«

»Wahrscheinlich werden Sie erleben, daß ich niemals bitte – und schon gar nicht Sie!«

Er verstärkte seinen Griff. Dann ließ er sie los. Er fluchte vor sich hin, kehrte zu Viento zurück, stieg auf und trieb sein Pferd an, so daß sie von der langen Leder-*reata* hinter ihm hergezogen wurde. Zweimal tauchte Sanchez am späten Nachmittag an seiner Seite auf, bat ihn anzuhalten und das Mädchen mit einem der Männer mitreiten zu lassen, doch jedesmal, wenn er sich nach ihr umschaute, hörte er den Schuß, der seinen Bruder getroffen hatte, hörte die leisen Worte, die Andreas gesagt hatte, während er starb und Ramons Hand umklammert hielt.

Es war dunkel, als sie den Ort erreichten, wo sie ihr Nachtlager aufschlagen wollten. Das Mädchen lief blindlings mit, stolperte dann und wann, hielt sich aber auf den Beinen, nur durch schiere Willenskraft, wie ihm schien. Es erzürnte ihn noch mehr, daß sie sich entschieden hatte, sich hartnäckig gegen ihn zu wehren und nicht schwach wurde, wie er erwartet hatte. Doch teils war er auch froh darüber. Denn so konnte er den Zorn, der ihn innerlich auffraß, gegen jemand anderen richten.

Sie zitterte vor Erschöpfung, als er anhielt und abstieg. Zwar wankte sie leicht, hielt sich aber eisern aufrecht. Ihr blauer Morgenmantel war schmutzig und zerrissen, war an scharfkantigen Felsen hängengeblieben und hatte sich in dornigen Sträuchern längs des Pfades verhangen. Ihr Haar hatte sich aus dem geflochtenen Zopf gelockert, fiel ihr jetzt in dunklen, kupferroten Wellen über den Rücken und klebte ihr in feuchten Locken an den Wangen, auf denen sie einen leichten Sonnenbrand hatte.

Erneut bekam er ein schlechtes Gewissen. Nie zuvor hatte er eine Frau grausam behandelt. Nie eine Hand gegen eine von ihnen erhoben. Aber dies war nicht irgendeine Frau. Diese Frau hier hatte seinen Bruder auf dem Gewissen. Kälte kroch ihm durch den Körper. Sie würde für das, was sie getan hatte, büßen. Wie auch ihr Onkel. Das war Ramon seinem Bruder schuldig.

Dann fiel ihm auf, daß ihre Füße bluteten.

Madre de Dios. »Sanchez!« rief er, und Pedro kam sofort gelaufen. »Versorg das Mädchen.« Seine Stimme klang belegt, und die Worte kamen leicht gepreßt über seine Lippen, als sich in ihm etwas schmerzlich zusammenzog. Dieses Gefühl vermischte sich mit der Trauer, wühlte sie erneut auf und erschwerte ihm das klare Denken. »Sie hätten etwas sagen sollen«, hielt er der Frau verärgert vor. »Ich hätte dafür gesorgt, daß Sie etwas an die Füße bekommen.«

Sie spuckte vor ihm aus. »Ich will nichts von Ihnen. Haben Sie gehört? Nichts!«

Sie verkörperte das, was er haßte – das war ihm gleich bei der ersten Begegnung aufgefallen. Sie war besitzergreifend, lustbetont, verwöhnt und egoistisch.

All das, was er selbst einmal gewesen war.

Er wandte sich ab. Der Schädel brummte ihm mächtig. Er griff in die *bolsa*, die hinter seinem Sattel hing, und holte eine Flasche mit einem starken *aguardiente* heraus. Dann zog er den Korken und trank einen kräftigen, betäubenden Schluck. Aber nur einen. Mehr wagte er nicht zu trinken. Er wußte genau, daß er sonst nicht mehr hätte aufhören können, sondern die Flasche geleert hätte, bis er den Schmerz nicht mehr fühlen konnte.

Hinter ihm führte Pedro das Mädchen zum Fluß hinunter, kniete sich hin und half ihr, die blutenden Füße zu säubern. Ein paar Minuten später brachte einer seiner Männer ein paar kniehohe, weiche Mokassins. Der Vaquero sprach mit dem Mädchen, und obwohl Ramon nicht verstehen konnte, was er sagte, konnte er es sich denken.

Sosehr es ihm auch widerstrebte, das zuzugeben, sosehr er wünschte, es wäre nicht die Wahrheit, so wenig konnte er es leugnen: der Respekt, den seine Männer für die Frau empfanden, keimte auch in ihm auf.

Jedes Geräusch schien in der Dunkelheit vertausendfacht. Carly war es nicht gewohnt, sich draußen aufzuhalten. Ihr Onkel hatte sie gewarnt, sich allein nicht weit vom Haus zu entfernen. Im Wald, so hatte er gesagt, waren gefährlich viele wilde Tiere: Berglöwen, giftige Klapperschlangen, große Bullen mit spitzen Hörnern, Wildschweine, und am schlimmsten seien die riesigen, menschenfressenden Grizzlybären. Auch jetzt hörte sie etwas nicht weit vom Lager weg in der Dunkelheit knurren. Eine zweite Kreatur heulte oben auf dem Berg.

Carly fröstelte, wenn sie darüber nachdachte. Selbst wenn sie entkommen könnte, worauf sie wenig Hoffnung hatte, würde sie den Weg nach Hause nicht finden. Die wilden Tiere würden ihr auflauern und nur darauf warten, sie in Stücke zu reißen.

Eine noch größere Gefahr lag nur wenige Meter weit weg auf der anderen Seite des Lagers.

Don Ramon hatte sich auf seiner Schlafdecke ausgestreckt und den scharfen flachkrempigen Hut nach vorn über die Augen gezogen. Eben erst war er auf die Lichtung gekommen, nachdem er zuvor in den Wald gegangen war, während die Männer das Lager aufschlugen. Er war nicht eher zurückgekehrt, bis alle Männer sich schlafen gelegt hatten. Stumm hatte er sich vor das Feuer gesetzt und in die Flammen gestarrt. Sanchez war wach geworden und zu ihm gegangen, aber der Spanier hatte die Mahlzeit, die der ältere Vaquero ihm anbot, abgelehnt.

Trotz aller Erschöpfung, der Angst und dem Entsetzen über die brutale Behandlung durch den Spanier, empfand Carly auch ein wenig Mitleid mit ihm. Sie hatte eine Schwester gehabt, ein kleines Mädchen namens Mary, vier Jahre jünger als sie. Mary war an einem Fieber gestorben, als Carly neun gewesen war. Sie erinnerte sich noch zu gut, wie ihre Mutter geweint hatte, wußte genau, wie schrecklich leer sie sich selbst gefühlt hatte, konnte sich an die Bitterkeit und die Trauer erinnern, die sie durch den Verlust Marys erfahren hatte. Deshalb konnte sie sich gut vorstellen, wie der Don den Verlust seines Bruders empfinden mußte.

Carly lehnte sich an den Baum und schloß die Augen. Sie hatte ein Stück gebratenes Fleisch gegessen, das Sanchez ihr gebracht hatte, und hatte die Decke angenommen, die er ihr gegeben hatte, obwohl er sie mit einem Bein an den Baum gefesselt hatte. Sie hüllte sich tiefer in die warme Decke und versuchte, nicht an den Don zu denken, nicht an ihre müden, schmerzenden Muskeln, die aufgeschrammten Schienbeine, die offenen Füße und den dunkler werdenden Fleck auf ihrer Wange. Statt dessen dachte sie an ihren Onkel, wünschte sich ihn herbei, überzeugt, daß er käme, und versank schließlich in einen tranceähnlichen Schlaf.

Sie erwachte vor dem Morgengrauen durch das Wiehern der Pferde und das Auflegen der Ledersättel, als die Männer das Lager abbrachen. Der junge Vaquero namens Ruiz brachte ihr das Frühstück: aufgewärmte Tortillas, etwas übriggebliebenes Fleisch und eine Blechtasse mit dampfend heißem Kaffee, der besser schmeckte als jeder andere, den sie bisher getrunken hatte. Hunger hatte sie keinen, aber sie zwang sich, etwas zu essen und fühlte sich noch müder als die Nacht davor. Alle Knochen schmerzten, jeder Muskel tat ihr weh. An den Füßen hatte sie Blasen, Schrammen und offene Wunden. Ihre Arme und Beine waren verkratzt, ihre Lippen trocken und aufgeplatzt.

Sie hörte den älteren Vaquero bei dem Don für sich bitten, doch er wandte sich wie zuvor schon ab.

Zumindest lebte sie noch. Sie war nicht vergewaltigt worden, wie sie befürchtet hatte, und bis auf den Don war niemand grausam mit ihr umgegangen. Inzwischen mußte ihr Onkel ihnen mit seinen Männern dicht auf den Fersen sein. Sicherlich würde er sie bald finden.

»Es wird Zeit zum Aufbrechen, Señorita.« Die Worte rissen sie aus ihren Gedanken. Der Spanier trat zu ihr und blickte sie ausdruckslos an. Tiefe Schatten lagen unter seinen kalten, dunklen Augen. Er wirkte rücksichtslos, abgestumpft und gefühllos.

Bodenlose Abneigung erfaßte sie. »Wo gehen wir hin? Wohin bringen Sie mich?«

Ein grimmiges Lächeln huschte über sein Gesicht. »Wir ziehen hoch in die Berge. Nach Llano Mirada, ein Ort, der manchmal mein Zuhause ist.«

»Mein Onkel wird Sie finden, gleichgültig, wohin Sie gehen. Er wird nicht eher ruhen, bis er Sie erlegt hat wie das Tier, das Sie sind.«

»Tüchtigere Männer haben das schon versucht. Keiner hat es geschafft. Ihrem Onkel wird das nicht anders ergehen.«

»Was wollen Sie von mir? Was haben Sie vor?«

Er musterte sie prüfend, dreist, sinnlich und mit unverhohlenem Interesse. »Das bleibt abzuwarten, Señorita.« Er legte ihr das geflochtene Lederband um eines ihrer Handgelenke, zog es fest, führte sie zu seinem Pferd und schwang sich geschmeidig in den Sattel. »Jetzt müssen wir uns erst einmal auf den Weg machen.«

Ärger erfaßte sie. Bitterkeit und Haß breiteten sich in ihrem Innern aus. Sie ignorierte ihr zerrissenes Nachthemd, das zerzauste Haar und die viel zu großen Mokassins an ihren Füßen, warf ihm ein kühles, einstudiertes Lächeln zu und gab sich dabei so hochnäsig sie konnte. »Ich bin bereit, wenn Sie es sind, Señor El Dragón.«

Das Gesicht des Don verhärtete sich, und ein Muskel zuckte an seiner Wange. Carly verspürte eine gewisse Befriedigung. Er hatte sie erniedrigen, sie zum Winseln und Betteln bringen wollen. Er war sicher gewesen, er würde ihren Willen brechen.

Jedesmal, wenn sie seine breitschultrige Gestalt von hinten sah, wie arrogant er auf dem rabenschwarzen Pferd ritt, dachte sie unwillkürlich an den gutaussehenden Mann, von dem sie geträumt hatte und der ihr die Rose geschenkt hatte. Nachdrücklich erinnerte sie sich daran, daß ebendieser reizende Mann, zu dem sie sich so hingezogen gefühlt hatte, sie in Wirklichkeit im stillen ausgelacht hatte.

Der Hengst schüttelte seinen Kopf und begann, den Pfad hinaufzuklettern. Carly folgte ihm. Ungeachtet ihrer schmerzenden Muskeln, Wunden, Schrammen und blauen Flecken richtete sie ihren Blick auf den breiten Rücken des Spaniers und setzte beständig einen Fuß vor den anderen. Sanchez folgte ihnen, zusammen mit den übrigen Männern.

Gegen Mittag brannte die Sonne heiß über ihnen. Der geflochtene Lederstrick schnürte ihr ins Handgelenk, und der blaugeränderte Bademantel verhedderte sich bei jedem Schritt zwischen ihren Beinen. Sie stolperte und wäre vermutlich hingefallen, wenn der Don sein Tempo nicht verlangsamt hätte. Der Pfad führte eine lange, steile Anhöhe hinauf, raubte ihr die Kraft samt dem eisernen Willen. Ihre Beine fühlten sich wacklig an, und ihr Mund war wie ausgetrocknet. Sie war sich nicht sicher, wie weit sie noch gehen konnte.

Als ob er ihre Gedanken erraten hätte, zügelte er sein Pferd, löste seine Feldflasche, kam zu ihr und reichte sie ihr. Carly setzte sie an die Lippen und genoß jeden kühlen Schluck, aber sie schaffte es kaum, das Zittern ihrer Hände zu unterdrücken.

»Llano Mirada ist gleich dort«, sagte er, nahm die Feldflasche wieder an sich und deutete zur Spitze des steilen Bergs hinauf. »Dort wollen wir hin.«

Sie folgte seinem Blick, konnte aber nichts erkennen, das im mindesten auf ein Lager hinwies. Nur Eichen, Pinien und Bärentrauben wuchsen dort. Ein langer, steiniger Cañon führte zu dem schroffen Felsen hinauf.

»Der Aufstieg ist nicht leicht.« Ein teuflisches Grinsen zuckte um seine Mundwinkel. »Wenn Sie mich sehr nett bitten, nehme ich Sie vielleicht auf meinem Pferd mit.«

Die Cañonwände ragten erdrückend vor ihr auf. Ihre Beine zitterten bereits vor Erschöpfung. Wie sollte sie den schwierigen Aufstieg schaffen? Sie war den Tränen und dem Zusammenbruch nahe. »Fahren Sie zur Hölle.«

Er runzelte die Stirn, dann schaute er den steilen, mit Steinen übersäten Cañon, der keinen sichtbaren Pfad hatte, hinauf. Einen Moment lang wirkte er unentschlossen. »Ihr Stolz wird Ihnen zum Verhängnis, Señorita.«

Carly wurde zornig. »Und was ist mit Ihrem Stolz, Don Ramon?« Die Verzweiflung trieb sie dazu, ihn zu reizen. Ohne die Wut würde sie nicht länger durchhalten. »War es Ihr unglaublicher spanischer Stolz, durch den Ihr Bruder den Tod gefunden hat? Oder war es bloß Ihre Gier?«

Zorn flammte in seinen dunklen Augne auf, wirkte versengend und eisig zugleich. Er wandte sich ab, so daß sie nur sein klares, vornehmes Profil sah, und schwang sich auf sein Pferd. Er gab dem Tier die Sporen und ließ es hinaufklettern.

Zunächst gingen sie ein Stück vorwärts. Dann tauchte wie aus dem Nichts der Pfad auf. Es war unmöglich, ihn vorher zu sehen, merkte Carly, und hinter ihr achteten die Männer darauf, mit Zweigen und Blättern den Weg zu verbergen, den sie gekommen waren. Nun verlor sie jeglichen Mut. Niemals würde ihr Onkel den Pfad finden, und selbst wenn, dann konnte er nicht unbemerkt an den Wachen vorbei, die in regelmäßigen Abständen in den felsigen Wänden des Cañon postiert waren.

Carly stolperte. Heiß brannten ihr die Tränen in den Augen. O Gott, warum hatte sie den Don nicht um Hilfe gebeten? Warum hatte sie nicht ihren Stolz überwunden und ihn den Sieger sein lassen, wie er es unbedingt wollte? Was spielte es für eine Rolle? Doch so einfach war das nicht. Ihr Stolz war alles, was sie noch besaß, und er half ihr, die Angst zu verbergen, die sie empfand. So leicht konnte sie ihn nicht überwinden. Sie wischte sich die Tränen weg.

Die Hälfte des Weges hatte sie bereits hinter sich gebracht, als sie stolperte und den Halt verlor. Sie fiel der Länge nach unter einer Bärentraube in den Staub. Scharfe Dornen gruben sich in ihr Fleisch. Einer der Vaqueros ritt zu ihr, stieg vom Pferd und half ihr behutsam auf die Füße. Er redete leise auf sie ein, sprach ihr aufmunternd in Spanisch zu, soweit sie verstehen konnte. Ihr war so schwindlig, daß sie kaum etwas mitbekam.

Pedro Sanchez ritt heran und zügelte sein Pferd neben dem Don.

»Es reicht, Ramon! Laß das Mädchen gehen.«
»Nein.«
»Hör auf mich, *hijo*. Ich kenne dich von klein auf. Immer war ich so stolz auf dich, als wärst du mein eigener Sohn. Tu das jetzt nicht.«
»Halt dich da raus, *amigo*.«
»Ich weiß, daß du dich innerlich zerfrißt. Deine Trauer macht dich blind – ich bitte dich deshalb, hör endlich mit dieser Grausamkeit auf.«
»Ich sagte, du sollst dich da raushalten.«

Einen Moment lang bewegte der alte Mann sich nicht. »Hör mir gut zu, Ramon de la Guerra. Wenn du es so weitertreibst, wird das dein größter Fehler sein, und zum ersten Mal, seit ich dich kenne, werde ich mich für dich schämen.«

Beim Don zuckte ein Muskel am Kiefer. Sein Blick wanderte von Sanchez zu Carly, und ein süffisantes Lächeln zuckte um seine Lippen. »Wir werden das Mädchen fragen. Wenn sie reiten möchte, braucht sie es nur zu sagen, und ihr Wunsch wird erfüllt.« Er musterte sie mit seinem herausfordernden Blick. »Wünschen Sie mit mir zu reiten, Señorita McConnell?« Er verspottete sie, versuchte sie zu erniedrigen und sie dazu zu bringen, daß sie sich gegen ihn wehrte. »Wenn ja, brauchen Sie es nur zu sagen, und ich werde dafür sorgen, daß Ihnen Ihr Wunsch erfüllt wird.«

Tränen brannten in ihren Augen, doch sie starrte ihn nur abweisend an, haßte ihn aus ganzem Herzen für das, was er tat, und wünschte sich, sie könnte ihm das gemeine Lächeln mit Gewalt austreiben.

Aber noch mehr wünschte sie sich, sie könnte aufgeben und

die Worte aussprechen, die er hören wollte. Doch sie wußte nur zu gut, daß sie das nicht konnte. Sie schaute den Pfad hinauf. Allzuweit erschien es ihr nicht mehr.

»*Si*, Señorita«, stachelte er sie an, als hätte er ihre Gedanken gelesen. »Llano Mirada ist genau dort.« Er deutete die Anhöhe hinauf. »Nicht weit für jemand, der so entschlossen ist. Nun, wie hätten Sie's gern?«

»*Por Dios*, Ramon ...«

Carly begegnete offen seinem Blick. Mit letzter Willenskraft straffte sie ihre Schultern. »Sie stehen mir im Weg, Señor. Reiten Sie weiter oder lösen Sie den Strick, damit ich an Ihnen vorbeigehen kann.«

Seine dunklen Augen funkelten. Er schaute den älteren Vaquero an, der betrübt den Kopf schüttelte. Zuerst bewegte Ramon sich nicht, dann drängte er sein Pferd vorwärts. Sie setzten den Aufstieg ein wenig langsamer fort. Als er merkte, wie sich der Strick spannte, weil sie erneut stolperte, drosselte er sein Tempo noch etwas. Der Hengst begann nervös zu tänzeln. Er wollte nach Hause, aber der Spanier hatte ihn fest unter Kontrolle und achtete darauf, daß er nicht zu schnell ging, sondern sie das Tempo bestimmen konnte.

Warum? fragte sie sich, wo er doch so dringend ihren Willen brechen wollte, sie zu seinen Füßen liegen sehen wollte. Wenn sie es nicht besser gewußt hätte, wäre sie auf den Gedanken gekommen, er wollte es sie schaffen lassen. Das war natürlich unsinnig, aber ...

Carly befeuchtete ihre Lippen. Der Strick drehte sich und schaukelte vor ihr. Der hellblaue Morgenmantel schien ihr schwer wie Eisen. Sie trug allerdings darunter nur ihr Baumwollnachthemd, das jetzt schmutzig war, die kleine, rosa Schleife war aufgerissen und hing locker am Halsausschnitt. Mit letzter Verzweiflung zerriß sie einen Ärmel des Morgenmantels, streifte den Mantel ab und setzte ihren Weg bergauf fort. Schweiß brach ihr auf der Stirn aus und rann zwischen den Brüsten über ihre Haut. Sie keuchte, ihre Lungen brannten bei jedem Atemzug. Die Blasen an den Füßen schmerzten, und die Spitze des Hügels schien sich mit jedem zittrigen Schritt, den sie machte, weiter zu entfernen. Dennoch lief sie vorwärts.

Die anderen ritten schweigend hinter ihr, keiner sagte etwas, doch alle schauten ihr mitleidig zu. Das interessierte sie nicht. Sie wollte nur die Spitze erreichen.

»Jetzt ist es nicht mehr weit«, sagte der Don, und seine Stimme klang verändert, sanfter, so wie an dem Tag, als er ihr die Rose geschenkt hatte. »Nur noch ein paar Schritte.«

Plötzlich merkte sie, daß sie neben seinen Steigbügeln stand und wußte gar nicht, wie sie dorthin gelangt war, doch hielt sie sich an seinem Sattel fest. Und dann sah sie auch, daß der Strick nicht länger um ihr Handgelenk lag. Selbst die Fußfesseln waren ihr abgenommen worden. Das Pferd bewegte sich vorwärts wie Carly, behutsam einen Schritt nach dem anderen. Der letzte brachte sie auf ein breites Plateau, von dem aus man einen Ausblick über die Berge hatte. Llano Mirada, eine Ebene mit Ausblick.

Sie schaffte noch zwei zittrige Schritte, dann stolperte sie. Der Don zügelte sofort das Pferd, aber ihr schwanden schon die Sinne. Sie spürte noch eine Hand um ihre Taille greifen, dann fühlte sie den Boden auf sich zukommen und sank in die Dunkelheit.

Ramon sprang sofort vom Pferd, aber es war Pedro Sanchez, der das Mädchen auf die Arme nahm.

»Halt dich von ihr weg, Ramon«, verlangte sein Freund in einem Ton, wie er ihn schon seit Ramons Kindheit nicht mehr angeschlagen hatte. Sofort bekam Ramon ein schlechtes Gewissen. Nie war er absichtlich grausam gewesen. Er war ein harter Mann, ja, aber nur weil er das sein mußte. Er schaute die Frau an, sah ihr kupferrotes Haar über Sanchez' Arme hängen, blickte auf ihre vollen Brüste, die sich mit jedem ihrer viel zu raschen Atemzüge hoben und senkten. Reue erfaßte ihn.

Er wich zurück und ließ den älteren Mann vorbeigehen. Sanchez hielt das Mädchen wie ein Kind im Arm.

Aber dieses Mädchen war kein Kind, erinnerte er sich. Sie war Fletcher Austins Nichte. Sie war reich, verwöhnt und machtgierig wie ihr Onkel. Sie war die Frau, die den Tod seines Bruders verschuldet hatte. Er sah ihnen nach, und sein Herz verkrampfte sich. Sie hatte Mut und Stolz bewiesen, hatte seinen Respekt gewonnen, wie er ihn noch keiner anderen Frau gezollt hatte.

Das änderte nichts daran, wer sie war. Es änderte auch nichts daran, was er empfand. Und doch ...

Sanchez trug sie in das kleine Haus, das er und Andreas mit ihren eigenen Händen aufgebaut hatten. Florentia, seine Haushälterin, schloß die Tür hinter ihnen. Auf der anderen Seite des Lagerplatzes begrüßten die Vaqueros ihre Familien und Freunde. Ignacio und Santiago, den beiden Männern, die bei dem Überfall verwundet worden waren, wurde beim Absitzen geholfen. Sie wurden in ein anderes kleines Haus geführt, wo sich ihre Frauen um sie kümmern konnten.

Ruiz Domingo, sein jüngster Vaquero, brachte das Packpferd mit, das die Leiche seines Bruders trug. Die Nachricht war schon vorausgeschickt worden. Padre Xavier würde im Morgengrauen eintreffen. Im Schatten auf der Veranda sprach Miranda Aguilar kurz mit Ruiz, dann kam sie auf Ramon zu. Sie war groß und graziös und wirkte sehr anziehend. Sie war halb Miwok-Indianerin und halb spanischer Herkunft, besaß eine samtene Haut und glänzendes, langes, schwarzes Haar.

»Ramon«, begrüßte sie ihn und streckte ihm die Hände entgegen, während ihre schönen, dunklen Augen sich mit Tränen füllten. Ihr Mann war mit Murieta geritten und bei einem Überfall auf eine Gruppe Reisender umgekommen, etwa zehn Monate nach Joaquin Murietas letztem Zusammenstoß mit dem Gesetz.

»*Dios mio*, es tut mir so leid.« Sie schlang ihre Arme um seinen Hals und drückte sich an ihn.

Sie würde mit ihm gehen, das wußte er, ihn auch in ihren weichen Frauenkörper aufnehmen und seinen Schmerz zu lindern suchen. Aber er wußte genau, daß er das nicht zulassen würde.

»Es tut uns allen leid, *querida*.« Er löste sich von ihr. »Bitte ... geh jetzt mit den anderen.«

»Aber ich will bei dir sein. Schick mich nicht weg, Ramon.«

Er wich noch weiter von ihr zurück. »Ich habe gesagt, du sollst gehen. Das habe ich auch gemeint.«

Sie stand einen Moment reglos da, den Kopf stolz erhoben, das lange schwarze Haar reichte ihr fast bis zur Taille. Dann wandte sie sich um und ging. Er wußte, sie würde sich nicht gegen ihn stellen. Nicht wie die Amerikanerin, die *gringa*. Doch genau an die mußte er denken, als er zum Wald hinüberging, sich von den anderen entfernte und einen Ort aufsuchte, an dem er beten konnte.

5. Kapitel

Verärgert und zugleich mitleidig beobachtete Pedro Sanchez den Mann, der für ihn wie ein eigener Sohn war. Ramon de la Guerra stand am Grab seines Bruders unter einer hohen Eiche, hielt seinen Hut in Händen, hatte die Augen geschlossen und den Kopf leicht gesenkt. Es war fast Abend. Padre Xavier hatte am frühen Morgen eine kurze Messe für Andreas gelesen. Seither war Ramon bereits dreimal ans Grab zurückgekehrt.

Er ging jetzt dort weg, kam zum Lagerplatz zurück, obwohl er noch nicht im Haus gewesen war, nicht mal in der vergangenen Nacht, um zu schlafen. Pedro seufzte in die Stille, wollte schon gehen und ihn seiner Trauer überlassen, doch dazu war er im Moment zu verärgert. Außerdem hatte er das Gefühl, Ramon müsse vom Tod seines Bruders abgelenkt werden.

Pedro biß die Zähne aufeinander. Er wußte genau, was da jetzt am besten wirken würde.

Er ging zu seinem Freund hinüber und trat neben ihn. »Ich würde gern mit dir sprechen, Ramon. Es gibt etwas, das ich dir unbedingt sagen muß.«

Ramon hob den Kopf. »Was denn, Pedro?«

»Es geht um das Mädchen.«

»Über das Mädchen will ich nicht sprechen.«

»Nein? Vielleicht hast du recht, und du solltest dir dein Werk lieber selbst ansehen.«

Er trat unangenehm berührt von einem Fuß auf den anderen. »Wovon sprichst du?«

»Komm mit.«

Wortlos ging Pedro zum Haus vor, und Ramon folgte ihm. Sie betraten das kleine spanische Landhaus, in dem es kräftig nach roten Pfefferschoten roch, die in einem schweren gußeisernen Kessel über dem Feuer im Herd hingen. Gleichzeitig hörten sie, wie *masa* auf dem Tisch geklopft und geknetet wurde.

Florentia, eine kleine, rundliche, schwarzhaarige Frau um die Fünfzig, wandte sich um, als die Tür so laut zufiel. »*La comida* wird bald fertig sein, Don Ramon«, rief sie ihm zu. »Es wird Zeit, daß Sie etwas essen.«

Ramon erwiderte nichts, sondern folgte Sanchez zu der Tür, die in das eine kleine Schlafzimmer führte. Der ältere Vaquero schob die Tür auf, und Ramon ging hinein.

Pedro wandte sich ihm zu. »Du hast dem Mädchen die Schuld an Andreas' Tod gegeben. Und du hast dir selbst die Schuld gegeben. Das Mädchen hat nichts anderes gemacht, als wir in derselben Situation auch getan hätten. Und du hast nur gemacht, was dein Bruder wollte. Du hättest weder das eine noch das andere verhindern können.«

Ramon sagte nichts dazu. Er starrte nur auf die zierliche Gestalt, die zusammengekauert in dem Bett lag.

»Es wird Zeit, daß du dem Mädchen verzeihst. Wichtiger ist vermutlich noch, daß du dir selbst verzeihst.«

Bewußtlos lag sie da. Ihr Gesicht war schweißgebadet. Die Decke hatte sie beiseite getreten, und das Nachthemd hatte sich um ihre bloßen Knie verfangen. Es war ein sauberes Nachthemd, stellte er fest. Florentia mußte es ihr gebracht haben. Sicherlich hatte sie es von Miranda oder einer der Indianerinnen geliehen. Ihre Beine und Füße waren auch nicht mehr schmutzig, aber stark verschrammt. Selbst der blaue Flecken von der Ohrfeige war noch an ihrer Wange zu sehen. Gelegentlich zuckten ihre Lider, als ob sie etwas Schlimmes träumte. Es mochte sogar etwas Schrecklicheres sein als die Reise, durch die sie so zugerichtet worden war.

Ramons Mund war wie ausgetrocknet. Die Luft schien in seinen Lungen zu brennen. Sein Gesicht war blutleer, und er sah fast so blaß aus wie das Mädchen.

»Wenn du Buße suchst, mein Freund«, flüsterte Pedro, »hier ist das Verbrechen, für das du verantwortlich bist.«

Ramon beugte sich vor und umklammerte die Schnörkelverzierung am Fuß des alten Eisenbettes. So zusammengekauert glich das Mädchen einem unschuldigen Kind. Die kleinen Hände hatte sie zu Fäusten geballt und ans Kinn gehoben und die Beine angewinkelt. Ihr kupferrotes Haar lag zerzaust und verschwitzt um ihre Schultern.

Ramon zog sich die Brust zusammen. Mit jedem Atemzug wurde der Schmerz noch stärker. »*Madre de Dios* – was habe ich da angerichtet?«

Sanchez' Spannung ließ ein wenig nach. Er trat neben ihn. »Wichtig ist nur, daß es dich berührt. Daß du wieder klar denkst. Florentia und ich werden uns um das Mädchen kümmern. Wenn es ihr bessergeht, kannst du ...«

»Ich werde mich um das Mädchen kümmern. Das ist allein meine Schuld. Alles. *Por Dios*, ich kann es nicht fassen, daß ich dafür verantwortlich bin.«

»Jeder von uns macht mal Fehler, mein Freund. Selbst du. Ein kluger Mann lernt daraus.«

Ramon schüttelte bloß den Kopf. »Ich habe mir eingeredet, sie sei selbst schuld. Sie hätte Andreas auf dem Gewissen. Von Anfang an wußte ich, daß es nicht die Wahrheit war, daß es meine eigene Schuld war. Es war verkehrt, was ich getan habe. Unverzeihlich verkehrt.« Er zog die schwarze Lederjacke aus, die er trug, warf sie über einen Stuhl und setzte sich auf den Bettrand. Er beugte sich vor und berührte ihre Stirn. Sie war heiß.

»Sie hat sehr hohes Fieber«, bemerkte er.

»*Si*. Florentia versucht schon, es herunterzudrücken, aber bis jetzt hat nichts geholfen.«

»Hol mir Wasser und ein paar saubere Tücher. Bestell Miranda, sie soll die Indianerin aus dem Dorf holen. Sag ihr, sie soll Ruiz mitnehmen und so schnell, wie sie kann, zurückkommen.«

Pedro lächelte. »Ich werde mich darum kümmern, *patron*.«

Bei dem Wort, das so selten zwischen den zwei Freunden benutzt wurde, schaute Ramon auf. Es flackerte so etwas wie Respekt oder auch Anerkennung in den Augen des älteren Vaquero auf.

»*Gracias*, mein Freund«, antwortete Ramon. Es war deutlich spürbar, was der eine Mann für den anderen empfand. Dann nickte Sanchez, verließ das Zimmer und machte leise die Tür hinter sich zu.

Die ganze Nacht hindurch saß Ramon bei dem Mädchen, kühlte ihr die Stirn, öffnete ihr Nachthemd und kühlte auch ihre Schultern sowie ihre Beine und Füße. Er hätte ihr gern alles ausgezogen, um sie rundum zu versorgen, doch verzichtete er darauf, um sie keiner weiteren Demütigung auszusetzen.

Wußte er doch, wie stolz sie war. Wie sehr sie darunter leiden würde, wenn sie erführe, daß er sie nackt gesehen hatte.

Hätte er sich nicht so elend gefühlt, hätte er bei dem Gedanken gelächelt. Selbst ohne ihr Schamgefühl zu verletzen, wußte er natürlich, wie schön sie war. Er konnte es deutlich unter der dünnen Bettdecke sehen: ihre schmale Taille, die wohlgeformten Beine und die hohen, vollen Brüste, ihre rundlichen Hüften, ihren schlanken Hals und ihre zierlichen Füße und Hände.

Er musterte ihr zerzaustes rotbraunes Haar, das einmal feurig geschimmert hatte. Er runzelte die Stirn. Wie seine Besitzerin hatte es den Glanz verloren, den es besessen hatte. Es mußte nur gewaschen werden. Sobald es ihr besserging, schwor er sich, das zu tun.

Er befeuchtete ihr Gesicht und drückte das Tuch einen Moment auf ihre trockenen Lippen. Caralee hieß sie mit vollem Namen, erinnerte er sich. Carly, hatte sie selbst gesagt. Ein hübscher Name, frech und willensstark, wie sie es war. Und wieder werden würde, nahm er sich vor.

In der Nacht wälzte und warf sie sich im Bett herum, begann im Schlaf zu sprechen und riß Ramon aus seinen Gedanken, während er neben ihr im Sessel saß. Zuerst waren die Worte unverständlich, nur vom Fieber ausgelöst, unzusammenhängendes Gestammel, doch dann wurden Sätze daraus.

»Pa? Bist du da, Pa? Ich liebe dich, Pa.« Sie zerknüllte die Laken in ihren Händen, und Tränen rannen ihr über die Wangen. »Geh nicht weg, Ma, bitte laß mich nicht allein.«

Er strich ihr das feuchte Haar aus der Stirn. »Du bist nicht allein, *niña*«, erwiderte er auf Englisch. »Schlaf ruhig.«

»Das werde ich nicht tun«, sagte sie plötzlich. »Ich werde sie nicht allein lassen. Sie ist krank. Sie wird sterben. Es ist mir egal, wenn ich mich anstecke, aber ich werde nicht weggehen.«

Ramon neigte sich vor und lauschte verwundert ihren Worten. Genau in dem Moment kam Pedro herein.

»Du warst die ganze Nacht wach, Ramon. Ich werde jetzt auf das Mädchen aufpassen, damit du schlafen kannst.«

»Sie hat geredet, Pedro. Ich habe mehrmals Englisch mit ihr gesprochen, aber es klang nicht, wie sie sonst spricht. Sie redet sonst kultiviert, gebildet. Jetzt eben klang sie mehr wie diese ungehobelten *gringos*, die von den Schiffen kommen und sich zu den Goldminen aufmachen. Hier stimmt etwas nicht.«

Pedro kam näher. »Was glaubst du, was es bedeutet?«

»Ich weiß es nicht, aber ich werde es herausfinden.« Er beugte sich weiter vor, hörte ihr erneut aufmerksam zu und wandte sich wieder an seinen Freund. »Such Alberto auf. Seine Cousine Candelaria arbeitet auf der Hazienda von Rancho del Robles. Sie hat uns schon mal geholfen. Bitte ihn, sich bei ihr zu erkundigen, was sie über unseren Gast weiß.«

Pedro nickte. »Dann schicke ich Florentia herein, damit sie ...«

»Ich bleibe hier.«

»Aber du brauchst auch deinen Schlaf. Du mußt ...«

»*Por favor*, Pedro, tu, um was ich dich gebeten habe. Sag Alberto, wir müssen es so rasch wie möglich wissen.«

Sanchez nickte bloß. Es hatte keinen Zweck, Ramon zu widersprechen. Er wollte bei ihr bleiben. »Ich werde tun, was du möchtest.«

Vier Tage vergingen. Lange, schlaflose Tage für Ramon de la Guerra, in denen sich Carlys Zustand noch verschlechterte. Sie atmete schwer und flach, so wie sein Bruder kurz vor dem Ende. Es verstärkte seine Reue noch.

Die Indianerin kam am zweiten Tag. Trah-ush-nah, Blauer Vogel, hieß sie. Die Kalifornier nannten sie jedoch Lena, das war ihr Taufname. Sie war dunkelhäutig, hatte langes schwarzes Haar und einen Pony, die Frisur, die die meisten Indianer hier in der Gegend trugen, aber sie sah zarter, gebildeter aus. Sie war noch jung, um die Zwanzig, eine Schamanin aus Familientradition.

Sie ignorierte Ramon, während sie arbeitete. Mit einem Stößel zerdrückte sie getrocknete Zitronenmelisseblätter in einer Reibschale, bis sie pulvrig waren, kochte sie in einer Brühe über dem Feuer und fütterte das Mädchen löffelweise damit. Sie bereitete einen Tee aus Birkenrinde und zwang ihre Patientin, alle paar Stunden ein paar Schlucke zu trinken. Sie rieb Carlys Brust mit einer Salbe aus Schweinefett, pulverisierten Mohnsamen und gerösteten Butterblumenkernen ein. Zusätzlich strich sie ihr mit einem Fächer aus Adlerfedern über das blasse Gesicht. Ramon interessierte es nicht, was sie tat. Hauptsache, das Mädchen würde genesen.

Am vierten Tag hatte er fast die Hoffnung aufgegeben. Die Indianerin war in ihr Dorf zurückgekehrt und hatte ihm gesagt, sie hätte alles getan. Wenn sich Carlys Zustand bis zum Morgen nicht verbessert hätte, müsste der Priester gerufen werden.

Es war zwei Uhr in der Frühe, doch auf dem grobgezimmerten Tisch neben dem alten Eisenbett brannte noch eine Lampe. Ramon konnte nicht schlafen. Er hatte kaum etwas gegessen. Bei dem Gedanken, noch einen Toten auf dem Gewissen zu haben, wurde ihm übel. Daß es eine so junge Frau und er dafür verantwortlich war, schnürte ihm fast die Kehle zu.

Madre de Dios, das hatte er nicht gewollt! Wäre er nicht so in seine Trauer versunken gewesen, hätte er wenigstens etwas klarer denken und den Kummer besser unter Kontrolle bringen können.

Hätte er sie doch auf Rancho del Robles gelassen!

Mit schwerem Herzen und todmüde rückte Ramon nach vorn auf seinem Stuhl und stützte die Ellbogen auf die Knie. Er faltete seine dunklen Hände, neigte den Kopf vor und begann leise zu beten.

Jemand rief sie. Carly konnte die geflüsterten Worte kaum verstehen, aber sie klangen lieblich und klagend, unglaublich rührend. Es war eine tiefe, heisere, melodiöse Stimme. Sie betete zur Jungfrau Maria, zum heiligen Johannes und zu den himmlischen Heerscharen. Bitte, flehte die Stimme, laß die Kleine leben.

Carly befeuchtete ihre trockenen Lippen und bewegte sich. Die schöne Stimme mit dem ebenmäßigen Rhythmus zog sie magisch an. Die Sprache, in der geredet wurde, war Spanisch, fiel Carly auf, und die Stimme hatte einen so inbrünstigen Klang, daß sie sich innerlich stark bewegt fühlte, förmlich dazu getrieben wurde, die Augen zu öffnen, um zu sehen, von wem die eifrigen Fürbitten stammten.

Sie lauschte der wohlklingenden männlichen Stimme, die mal forderte, mal flehte. Das maskuline Timbre war Labsal für ihre wunde Seele. Sie wollte das Gesicht sehen, das zu dieser Stimme gehörte, um sich zu überzeugen, ob es ebenso schön war.

Sie schaffte es, die Augen aufzumachen, und sah einen schwarzhaarigen Mann, der leise neben ihrem Bett betete. Sein Gesicht war genauso, wie sie es sich ausgemalt hatte. Kräftig geschwungene, schwarze Brauen, schlanke, gerade Nase, hohe Wangenknochen, ein markantes Kinn und sinnliche Lippen. Dichte Wimpern ruhten auf den Wangen. Er hatte die Augen geschlossen, den Kopf gesenkt. Das Haar fiel ihm in die Stirn, und Tränen rannen ihm übers Gesicht.

»Weinen Sie nicht«, sagte sie leise in seiner Sprache. »Sie sind ... zu schön, um ... zu weinen.«

Ruckartig hob er den Kopf. Im ersten Moment sagte er nichts. Dann sprudelten die Worte nur so auf Spanisch hervor, aber so schnell, daß sie nicht mitkam. Aber bei seinem glücklichen Lächeln konnte sie nicht anders, als es zu erwidern.

»*Chica*«, flüsterte er. »Endlich sind Sie wieder bei uns.«

Sie musterte ihn eine Weile und fühlte sich von der Wärme und Kraft in seinem Gesicht gefangen. »Ich bin so müde«, hauchte sie, befeuchtete ihre Lippen und schaute zu ihm auf. »Und ich habe Hunger. Könnte ich etwas zu essen bekommen?«

Er stand auf. »*Sí*, natürlich. Ich werde mich sofort darum kümmern.« Er faßte nach ihrer Stirn, atmete erleichtert auf, ergriff ihre Hand und drückte sie sacht. »Rühren Sie sich nicht vom Fleck. Ich verspreche Ihnen, ich bin sofort wieder da.«

Wohlig schmiegte sie sich unter die Decken. Sie war froh, daß der Mann sich um sie kümmerte. Wenn sie wieder aufwachen würde, hatte er bestimmt etwas Gutes zu essen für sie.

Als Ramon mit einer warmen Suppe wiederkam, war Caralee McConnell bereits wieder eingeschlafen. Aber das Fieber war gesunken. Seine Gebete waren erhört worden. Er war überzeugt, daß das Mädchen durchkommen würde.

Mit der Erleichterung kam die Müdigkeit. Er stellte das Tablett mit dem Essen auf die Kommode, setzte sich in den Sessel und genehmigte sich etwas Schlaf, bis Pedro anklopfte. Draußen graute bereits der Morgen. Die Kühle der Nacht hing noch spürbar im Raum. Er stand auf, streckte sich und dehnte seine schmerzenden Muskeln, dann kniete er sich vor das heruntergebrannte Feuer.

»Ihr Fieber ist gesunken«, teilte er seinem Freund mit, als der hereinkam. »Ich glaube, sie hat es geschafft.«

Pedro bekreuzigte sich. »Dank der Heiligen Jungfrau.«

»Das habe ich bereits getan«, erwiderte Ramon und lachte zum ersten Mal seit Wochen.

Pedro seufzte bloß. »Ich bringe dir Neuigkeiten, Ramon.«

»Von Alberto?«

»*Sí*. Ich fürchte, die werden dir nicht gefallen.«

Ramon runzelte die Stirn. »Mir hat in letzter Zeit sowieso nicht viel gefallen. Du kannst mir ruhig sagen, um was es geht.«

»Das Mädchen ... Señorita McConnell ist nicht die Frau, die du in ihr gesehen hast.«

»Was meinst du damit?«

»Albertos Cousine Candelaria war ihr persönliches Dienstmädchen. Sie sagt, das Mädchen wäre von ihrem Onkel gewarnt worden, niemals über ihren Hintergrund zu sprechen, aber sie fühlte sich so einsam, daß sie sich vermutlich nach einer Freundin sehnte. Sie vertraute sich Candelaria an und gestand ihr die Wahrheit.«

»Die Wahrheit?« wiederholte Ramon.

»*Si.*«

»Und die wäre?«

»Das Mädchen stammt nicht aus reichem Elternhaus, wie wir geglaubt haben. Ihr Vater war ein armer, unwissender Kohlengrubenarbeiter. Er starb an einer Lungenkrankheit, als die Señorita gerade zehn Jahre alt war. Das Mädchen und die Mutter mußten Wäsche waschen, um sich ihr Brot zu verdienen. Vor vier Jahren ist ihre Mutter an der Cholera gestorben. Señor Austin ist der Bruder ihrer Mutter und ihr einziger noch lebender Verwandter. Er hat ihr Geld geschickt und dafür gesorgt, daß sie ein Mädchenpensionat besuchen konnte und eine Ausbildung erhielt. Candelaria sagt, die Señorita ist ihm dankbar für alles, was er für sie getan hat. Sie gehorcht ihm, auch wenn sie nicht seiner Meinung ist. Er war es, der ihr nicht erlaubte, mit dir zu tanzen. Er hat sie gewarnt, dich in keiner Weise zu ermuntern. Candelaria sagt, das Mädchen hätte sich dafür geschämt, wie sie dich an dem Tag behandelt hat, als du ihr die Rose geschenkt hast. Candelaria meint, es wäre nicht die Art der Señorita, anderen gegenüber unfreundlich zu sein.«

Ramon wurde mulmig zumute. Er hatte mehr als einmal Fehler in seinem Leben gemacht, aber keiner war so schlimm gewesen wie dieser.

»Ich habe ihr großes Unrecht getan.«

»*Si*, das stimmt, aber zumindest weißt du jetzt die Wahrheit.«

Ramon begann am Fuß des Bettes auf und ab zu gehen. »Ich werde es wiedergutmachen. Ich finde einen Weg – das schwöre ich.«

Hinter ihnen regte sich die Frau. Ramon war an ihrer Seite, als sie die Augen öffnete.

»Sie!« schrie sie entsetzt auf und war sofort hellwach. Sämtliche Farbe wich aus ihrem hübschen Gesicht. »Was ... was machen Sie in meinem Schlafzimmer?«

Pedro schwieg klugerweise und stahl sich aus dem Raum.

Ramon lächelte. »Ich fürchte, das ist mein Schlafzimmer, *chica*, nicht Ihres.«

Sie erschrak, als ihr klarwurde, daß das die Wahrheit war, und erzitterte. Einen Moment lang stand ihr die Angst in den Augen.

Im stillen fluchte Ramon. »Haben Sie keine Angst, *niña*. Ich werde Ihnen nicht weh tun. Ich gebe Ihnen mein Wort.«

»Ihr Wort?« Sie richtete sich auf und lehnte sich gegen das Kopfende. Durch die kleine Bewegung zitterte sie sofort am ganzen Körper vor Schwäche. »Welchen Wert hat das Wort von einem Mann wie Ihnen?«

»Mehr als Sie vermutlich glauben«, erwiderte er leise. »Aber ich bin Ihnen nicht böse, daß Sie daran zweifeln. Doch ich möchte nicht, daß Sie sich überanstrengen. Sie waren schwer erkrankt, und es ging Ihnen lange schlecht. Sie brauchen Zeit, um sich zu erholen und zu Kräften zu kommen. Bleiben Sie ruhig, Kleines. Ich werde Florentia bestellen, daß sie Ihnen etwas zu essen bringen soll.«

Der Spanier verließ das Zimmer, und Carly starrte ihm verwundert nach. Sie wurde ein ungutes Gefühl nicht los und merkte, daß sie noch schwach war. Dennoch versuchte sie, sich damit auseinanderzusetzen, was sich hier gerade abgespielt hatte, aber das wollte ihr nicht recht gelingen. Seine Freundlichkeit mußte sie sich eingebildet haben. Er besaß nicht die Spur davon.

Sie schaute sich in dem kleinen, gemütlichen Zimmer um, betrachtete die bunte Quiltdecke auf dem alten Eisenbett, den handgewebten Teppich auf dem festgestampften Lehmboden.

An der gegenüberliegenden Wand befand sich eine grobgezimmerte Kommode, im selben Stil wie der Tisch neben dem Bett, auf der eine blaue Porzellanschüssel mit einem Gefäß stand.

Carly wehrte sich gegen das unangebrachte Herzklopfen und die Spannung im Magen. Sie versuchte, das wenige, was sie wußte, zusammenzusetzen. Sie lag im Schlafzimmer des Don in seinem kleinen spanischen Haus in den Bergen. An einem Ort, der Llano Mirada genannt wurde. Sie war von El Dragón entführt worden, einem Mann, der ihr die Schuld am Tod seines Bruders gab. Carly fröstelte, als sie daran dachte. Lieber Gott, was würde er machen?

Sie umklammerte die Quiltdecke fester. Wie lange war sie schon hier? Er hatte gesagt, sie sei lange krank gewesen. So schwach, wie sie sich fühlte, mußten es tatsächlich mehr als ein oder zwei Tage gewesen sein. Sie musterte das weiße Baumwollnachthemd, das sie trug. Es war größer als ihr eigenes, makellos sauber und duftete stark nach Kernseife. Wem gehörte es? Warum hatte diejenige es ihr gegeben? Wer kümmerte sich um sie – und warum hatte der rücksichtslose Don sich überhaupt die Mühe gemacht, jemanden für sie sorgen zu lassen?

Plötzlich war ihr kalt, und Carly zog die Quiltdecke bis zum Kinn hoch. Warum auch immer, früher oder später würde sie es schon erfahren. Müde schloß sie die Augen und wünschte sich fast, sie wäre nicht wieder aufgewacht.

Ramon verließ leichten Herzens das Haus. Lange würde dieses Gefühl nicht währen, das wußte er. Da das Mädchen außer Gefahr war, mußte er zur Hazienda zurückkehren. Er hatte bereits wesentlich länger damit gewartet, als er wollte. Er konnte es sich nicht leisten, Verdacht zu erregen, Bedenken zu erzeugen, er könnte mit El Dragón zu tun haben.

Außerdem mußte er sich um seine Mutter und seine Tante kümmern. Eine Nachricht, daß Andreas umgekommen war, hatte er ihnen zukommen lassen. Die Frauen hatten bestimmt ebenso getrauert wie er und warteten bereits auf seinen Beistand. Natürlich würde ihn das Wissen, in seiner Trauer nicht allein zu sein, auch etwas trösten. Sicherlich würden sie sich erleichtert fühlen, wenn sie erfuhren, daß Padre Xavier die Messe gelesen hatte, und mit der Zeit, sobald die Gefahr der Entdeckung vorbei war, würde er dafür sorgen, daß die sterbliche Hülle seines Bruders ins Familiengrab umgebettet wurde, das Rancho Las Almas seinen Namen gegeben hatte – Ranch der Seelen. Der Ort, an dem Generationen von de la Guerras zur letzten Ruhe gebettet worden waren, und der einzige Grund, warum das zweihundert Hektar umfassende Grundstück noch im Besitz der de la Guerra war, obwohl ihnen alles übrige genommen worden war.

Gestohlen worden war, korrigierte er sich im stillen. Von diesem *gringo* – Fletcher Austin und seiner Bande von Dieben.

»Du willst nach Hause?« fragte Pedro und trat zu ihm in den Schatten des Verschlags, wo Ramon stand und ein großes, kräftiges braunes Pferd sattelte. Viento, der Hengst, den El Dragón ritt, blieb in Llano Mirada. Jetzt würde er nur mehr einen Reiter kennen.

Ramon zwang sich, den Schmerz zu verdrängen, der erneut in ihm aufwallte. Er glättete die dicke Wolldecke auf dem Rücken des Pferdes, hob den schweren Sattel darüber und rückte ihn zurecht. »Es wird Zeit, daß ich nach Las Almas zurückkehre. Ich komme wieder, wenn es sicher ist.«

»Florentia und ich werden uns um das Mädchen kümmern.«

»Das weiß ich. Und ich bin sicher, du wirst dafür sorgen, daß sie auf den Beinen ist, bis ich wiederkomme.« Ein Lächeln huschte über sein Gesicht. »Ich freue mich schon darauf.«

»Was hast du mit ihr vor, Ramon? Du kannst sie nicht gehen lassen. Sie weiß jetzt, wer du bist und wo wir hier sind.«

Schritte ertönten in dem Verschlag und zogen die Aufmerksamkeit der Männer auf sich. »Vielleicht kannst du sie verkaufen.« Francisco Villegas kam auf sie zu, ein hartgesottener Vaquero, der erst vor ein paar Monaten zu ihnen gestoßen war. »Es wird erzählt, der Preis für eine hübsche *gringa* sei hoch in Nogales hinter der Grenze.«

Ramon zog den Gurt unter dem Bauch des Pferdes stramm und bemühte sich dabei, den Zorn, den er unerwartet verspürte, nicht zu zeigen. »Das Mädchen bleibt hier. Sie gehört mir.« Er schnallte den Riemen fest. »Ich habe das den anderen Männern auch schon klargemacht.«

Francisco Villegas grinste unter seinem dichten, schwarzen Schnäuzer. Ein Schneidezahn fehlte ihm. Der andere trug eine Goldkrone. »Ich glaube nicht, daß Miranda darüber begeistert sein wird.«

Ramon wandte sich ihm langsam zu. Seine Geduld war zu Ende. »Um Miranda brauchst du dich nicht zu kümmern. Ebensowenig wie um die *gringa*. Ich würde dir raten, das nicht zu vergessen.« Sein durchdringender Blick enthielt eine deutliche Warnung, und Villegas wich gleich zurück.

»*Si*, Don Ramon. Was immer Sie sagen.« Er wandte sich auf dem Absatz um und marschierte aus dem Schatten in Richtung Korral.

»Den Mann mag ich nicht«, bemerkte Pedro.

»Ich auch nicht«, erwiderte Ramon.

»Er ist ein Freund deines Cousins Angel. Dein Bruder hat ihm vertraut.«

»*Si*. Ich hoffe, das war nicht verkehrt.«

»Ich werde ihn im Auge behalten.«

Ramon nickte nur. Er drückte dem Pferd die schwere spanische Gebißstange zwischen die Zähne, legte dem Tier das Zaumzeug über und nahm die langen, geflochtenen Zügel in die Hände. Er steckte den einen Fuß in eine lederne *tapadero* und schwang sich in den Sattel. »*Hasta la vista, compadre.*«

Pedro lächelte. Viele Falten zeichneten sich auf seinem wettergegerbten Gesicht ab. »*Hasta la vista*, mein Freund.«

Fletcher Austin saß auf seinem großen Falben, nahm den staubigen, braunen Hut ab und wischte sich den Schweiß mit dem Unterarm von der Stirn. »Irgendeine Spur?« fragte er Cleve Sanders, seinen Vorarbeiter, eine schlaksigen, schmalgesichtigen Mann mit lockigem braunen Haar.

»Nicht die geringste. Es ist jedesmal dasselbe, wenn wir sie verfolgen. Sie verschwinden einfach.«

»Vielleicht gelingt es Collins und Ramirez, die Herde aufzutreiben«, erwiderte Fletcher, obwohl er nicht viel Hoffnung hatte. Zwei Tage nach dem Überfall hatten sich die Banditen in zwei Gruppen geteilt, die Pferde waren nach Norden getrieben worden, während die meisten Männer ihren Ritt nach Osten fortgesetzt hatten. Fletcher hatte dasselbe getan: einen kleinen Teil seiner Leute nach Norden hinter den Männern hergeschickt, während er mit der größeren Gruppe den anderen Männern gefolgt war, in der Hoffnung, El Dragón sei unter ihnen.

Fast eine Woche lang hatten sie die Banditen verfolgt. Er war müde und konnte sich kaum noch im Sattel halten, genau wie seine Männer, aber er wollte die Pferde wiederhaben. Mehr als das wollte er El Dragón.

Der Bastard hatte seine Nichte mitgenommen. Jetzt war es eine persönliche Angelegenheit zwischen ihnen.

»Es kann sein, daß die Herde längst auf dem Weg zu den Goldminen ist«, bemerkte er. »Dort wird viel Fleisch gebraucht. Die Pfade für die Viehherden sind ständig überlaufen. Collins und seine Männer dürften eigentlich nur einen Tag hinter ihnen sein. Wenn die Banditen klug sind – und bisher waren sie das –, bleiben sie auf den Hauptwegen, bis ihre Spuren verwischt sind. Dann biegen sie irgendwo ab und ziehen in die

Berge. Dann werden Collins und die anderen sie kaum finden. Es sei denn, sie haben zufällig so viel Glück.«

»Was ist mit El Dragón?«

Fletcher bemühte sich, einen Anflug von Zorn zu unterdrücken. »Er hat Caralee. Ich werde nicht eher aufgeben, bis sie zurückgebracht worden ist. Einstweilen machen wir uns auf nach del Robles und bilden neue Gruppen. Wir bitten ein paar der Rancheros, uns zu helfen, nehmen Vorräte mit und frische Pferde für die Männer. Dann können wir nur noch hoffen, daß sich etwas zeigt.« Fletcher ballte eine Hand zur Faust. »Ich schwöre, ich werde nicht eher ruhen, bis ich den Bastard von einem Ast einer Eiche auf Rancho del Robles hängen sehe.«

Fletcher lächelte grimmig bei dem Gedanken. Es würde nicht das erste Mal sein, daß er einen Taugenichts und Tagedieb aufhängte. Und vermutlich auch nicht das letzte Mal.

6. Kapitel

Die Frau, Florentia Nunez, stieß die schwere Eichentür auf und betrat das Schlafzimmer. Sie lächelte, als sie Carly auf dem Stuhl daneben sitzen sah.

»Sie fühlen sich schon besser, ja?« Sie trug ein Tablett mit dampfendheißem Kaffee und gerollten Tortillas herein. Ihre Wangen glühten.

»Ja, viel besser. Ich habe überlegt ... ich würde mich gern anziehen. Ob mir wohl jemand etwas zum Anziehen leihen könnte?« Es war bereits über eine Woche her, daß der Don gegangen war. In den letzten beiden Tagen hatte Carly sich im Haus bewegt, da sie wieder bei Kräften war, aber draußen war sie noch nicht gewesen. Sie war auch nicht sicher, daß man sie aus dem Haus lassen würde.

»*Si*, gern, Señorita.« Beim Nicken der Haushälterin wackelte ihr mächtiges Doppelkinn mit. »Ich habe schon für Kleidung gesorgt. Ich hole Ihnen die Sachen.« Sie stellte das Tablett auf die Kommode und verließ das Zimmer. Kurz darauf kehrte sie mit einem hellgelben Baumwollrock und einer schulterlosen, weißen Bauernbluse zurück. Die Kleidung legte sie aufs Bett und stellte ein paar flache Ledersandalen dazu.

»Ich hoffe, sie passen Ihnen. Die Sachen habe ich bei Miranda Aguilar geliehen, den Rock etwas gekürzt und in der Taille eingenäht. Die Schuhe hat Pedro gemacht.«

»Sie und Señor Sanchez ... Sie sind beide sehr nett zu mir.« Damit hatte sie nicht gerechnet. Sie war überzeugt gewesen, daß sie schlecht behandelt werden würde. »Besonders wenn man bedenkt, daß ich Don Ramons Gefangene bin.«

Die rundliche Frau lächelte. »Sie sind Don Ramons besonderer Gast. Das jedenfalls hat er gesagt.«

Besonderer Gast. Das war schon fast komisch. Sie hätte gern gewußt, was der schwarzhaarige Teufel mit ihr vorhatte. »Trotzdem möchte ich mich bei Ihnen bedanken. Sie haben für mich gesorgt, mir vielleicht sogar das Leben gerettet.«

»Das stimmt nicht ganz. Hauptsächlich hat das der Don getan. Ich habe mich nur um Ihre persönlichen Bedürfnisse gekümmert, aber Don Ramon hat die Indianerin aus dem Dorf holen lassen. Er hat ...«

Ein Klopfen an der Tür unterbrach sie mitten im Satz. Sie watschelte hinüber und öffnete. Zwei Jungen trugen Eimer mit heißem Wasser herein.

Carly musterte das Wasser und seufzte. »*Gracias*, Señora Nunez. Etwas Besseres habe ich schon lange nicht mehr gesehen.«

»Sie dürfen ruhig Florentia zu mir sagen. Ein schönes, warmes Bad wirkt Wunder.«

Das war tatsächlich der Fall. Sie wusch sich sogar das Haar. Wenig später saß sie wieder auf dem Bett und versuchte, die

Knoten auszubürsten, als es zum zweiten Mal klopfte. Sie schaute auf und sah den Don hereinkommen.

Carly zog sich der Magen zusammen, aber der Spanier lächelte nur. Ganz anders, als sie erwartet hatte, eher so wie an dem Tag, als sie ihm zum ersten Mal begegnet war. Ein kalter Schauer rieselte ihr über den Rücken.

»Señorita McConnell, wie ich sehe, geht es Ihnen viel besser«, begrüßte er sie.

Sie schaute ihm ins Gesicht und zuckte innerlich zusammen. Das Gesicht kannte sie gut und wußte auch, wie es aussah, wenn es sich verhärtete und er kalt wurde, wie die Augen mitleidlos durchdringend auf jemandem ruhen konnten. Im Geiste sah sie vor sich, wie sie von Rancho del Robles entführt und auf diese brutale Reise durch die Berge verschleppt worden war. Sie überlegte, was ein Mann wie er wohl als nächstes mit ihr anfangen mochte, und Angst erfaßte sie. Der Don mußte es bemerkt haben, denn sein Lächeln erstarb.

»Es tut mir leid. Ich bin nicht hergekommen, um Ihnen angst zu machen. Was passiert ist ... das war ein Fehler. Ein großer, schrecklicher Fehler. Es wird Ihnen hier kein Leid geschehen. Ich hoffe, Sie glauben mir das.«

Carly sprang auf und ärgerte sich, daß sie ihm ihre Schwäche offenbart hatte. Doch noch mehr ärgerte sie sich über ihn. »Warum sollte ich? Warum sollte ich irgend etwas glauben, das ein Mann wie Sie sagt?«

»Weil es die Wahrheit ist.«

Sie erinnerte sich an die kalten Nächte, die sie unterwegs verbracht hatte, die rücksichtslose Art, wie er sie gezwungen hatte, zu Fuß zu gehen, und schon breitete sich erneut Furcht in ihrem Innern aus. Sie reckte ihr Kinn. »Ich glaube Ihnen nicht. Sie sind gemein, verachtenswert, ein Bandit und vermutlich ein Mörder. Sicherlich stecken Gründe dahinter, warum Sie sich um mich gekümmert haben. Vermutlich selbstsüchtige Pläne.«

Er schaute sie an. »An Ihrer Stelle würde ich genauso empfinden. Mit der Zeit werden Sie erkennen, daß es nicht so ist.«

Carly dachte darüber nach. Sie vermochte es nicht zu glauben, nicht auch nur einen Moment. »Wenn es stimmt, was Sie sagen, warum haben Sie dann so plötzlich Ihre Meinung geändert? Ich bin immer noch die Frau, die ich war. Die Frau, die Sie verachten. Die Frau, die Ihrer Ansicht nach verantwortlich ist für den Tod ...«

»Sagen Sie das nicht, denn es ist nicht so.« Die Haut über seinen hohen Wangenknochen straffte sich. Eine leichte Anspannung erfaßte seinen Körper. »Es ist alles meine Schuld«, erwiderte er leise. »Im allgemeinen mache ich nicht andere für meine eigenen Sünden verantwortlich.«

Es lag etwas in seinem Blick, das sie bereits zuvor gesehen hatte, eine Trostlosigkeit überschattet von Kummer, aber diesmal wurde er nicht von Zorn verdrängt. Es schien auch, als wäre er nach innen, auf ihn selbst, und nicht auf sie gerichtet.

Carly wußte sehr gut, was es hieß, einen geliebten Menschen zu verlieren, den Kummer, der einen erfaßte, und die Leere, die sich nicht füllen ließ. Ihre Schwester, ihr Vater und ihre Mutter, alle waren bereits gestorben. Nur der Gedanke daran schmerzte schon. Es widerstrebte ihr, sich vorzustellen, daß er ebensolchen Kummer empfinden mochte. Mitleid keimte in ihr auf.

Doch das verdrängte sie rasch. Ein Mann wie der Don hatte kein Mitleid verdient. Auch würde er es nicht wollen.

»Florentia sagt, ich sei Ihr Gast. Wenn das so ist, weiß ich Ihre Großzügigkeit zu schätzen, Don Ramon, aber ich möchte lieber meinen Besuch beenden. Es gibt eine Menge auf Rancho del Robles, um das ich mich kümmern muß, und sicherlich macht mein Onkel sich große Sorgen um mich.«

Ein Lächeln huschte über sein Gesicht. »Ich hatte nie den Eindruck, daß Sie dumm sind, *chica*. Bestimmt ist Ihnen klar, daß ich Sie nicht gehen lassen kann.«

Carly lächelte grimmig. »Dann ist Ihnen wohl auch klar, daß ich nicht Ihr Gast bin, sondern Ihre Gefangene. Das ist schon ein mächtiger Unterschied.«

»Nur wenn Sie einen daraus machen.« Er lehnte sich mit der einen Schulter gegen die Wand. »Sie dürfen ein wenig durchs Lager streifen. Es gibt nur einen Weg nach draußen, und der Pfad ist gut bewacht. Ich glaube nicht, daß Sie nach Hause finden, selbst wenn Sie es schaffen sollten, zu entkommen.«

Carly erwiderte nichts.

Der Don musterte sie prüfend. »Ich würde die Dinge gern ändern, *chica*, wenn ich könnte. Leider ist es zu spät dafür. Hier gibt es aber eine Reihe netter Menschen, die Sie freundlich behandeln werden.«

»Bis wann, Don Ramon? Wie lange wollen Sie mich gegen meinen Willen hier festhalten?«

Der Don schüttelte den Kopf. Sein glänzendes schwarzes Haar strich über den offenen Kragen seines Hemdes. Sein Hals war sehnig und muskulös, und aus dem Hemdausschnitt guckte das lockige schwarze Brusthaar hervor. »Ich fürchte, das kann ich jetzt noch nicht sagen.«

»Sind Sie hinter Geld her? Wollen Sie Lösegeld für mich verlangen? Wenn ja, werden Sie vielleicht merken, daß ich nicht so viel wert bin, wie Sie glauben.«

Seine verhärteten Gesichtszüge wurden weicher, und der Blick, mit dem er sie bedachte, wirkte ein wenig mitleidig. Sofort fühlte sie sich entblößt, so als könnte er bis in ihr Inneres gucken und erkennen, wer sie wirklich war. Die Vorstellung machte ihr mehr angst als der Don.

»Auf Lösegeld bin ich nicht aus«, erwiderte er.

»Dann lassen Sie mich gehen. Wenn Sie von mir verlangen, daß ich Ihr Wort akzeptieren soll, dann müssen Sie auch meines akzeptieren – wenn ich gehen darf, werde ich niemandem verraten, wer Sie sind und wo dieser Ort hier ist.«

Leises Lächeln war die Antwort darauf. »Tut mir leid, Señorita, das kann ich nicht machen. Selbst wenn ich gewillt wäre, Ihr Wort zu akzeptieren, sind hier noch eine Reihe anderer Menschen, die das nicht mitmachen würden.«

Carly wandte sich wütend und leicht verwirrt von ihm ab. Sie traute ihm nicht. Sie hatte erfahren, wie kalt und gemein er war. Aber er gab sich jetzt ganz anders und erinnerte sie mehr an den Mann, der ihr die Rose geschenkt hatte.

»Als Ihr Gast«, begann sie spitz, »sollte ich frei über meine Zeit verfügen können. Wenn Sie mich als Gast betrachten, möchte ich jetzt, daß Sie gehen.«

»Wie Sie wünschen, Señorita.« Ein schwaches Lächeln huschte über sein Gesicht. »Sie können Ihre Zeit meinetwegen schmollend hier verbringen, wenn Sie das wollen, oder Sie können das Beste daraus machen und die Leute in dem Land näher kennenlernen, das Sie zu Ihrer Heimat machen wollen. Es gibt vieles, das ich Ihnen zeigen könnte, wenn Sie mich lassen.«

Carly musterte ihn aufmerksam. Warum gab er sich so viel Mühe? Sie wußte doch, wie herzlos er sein konnte, auch wenn er sich jetzt wieder von seiner charmanten Seite zeigte. »Ich will nach Hause – Señor El Dragón. Das ist mein Wunsch, und je eher, desto besser. Bis dahin, wenn ich mich frei bewegen darf, wie Sie sagen, möchte ich mir gern den Rest meines Gefängnisses ansehen.«

Sie straffte die Schultern, durchquerte den Raum, trat an die Tür, vor der er stand, und wollte an ihm vorbeigehen. Doch er hielt sie am Arm zurück.

»Wie ich sagte, sind die Menschen hier nett, aber es sind auch die darunter, die nur bei uns sind, weil wir sie brauchen und sie Gewinn aus der Sache ziehen. Das sind harte, rücksichtslose Männer.«

»Männer wie Sie also«, unterbrach sie ihn kühl.

»Mag sein. Aber bei mir können Sie sich sicher fühlen.« Er

nahm sie beim Arm, führte sie aus dem Raum in den kleinen *sala*, in dem eine aus Weidenzweigen geflochtene Couch mit zwei passenden Sesseln stand. Helle, bunte Kissen dienten als Polster, und ein gewebter Teppich lag auf dem hartgestampften Lehmboden.

»Bis zum Essen sind wir zurück«, rief der Don Florentia zu, die ihnen nachwinkte, während er Carly nach draußen auf die Veranda schob. In seinem langärmeligen weißen Hemd und der enganliegenden schwarzen Hose, die nach unten weit ausgestellt war, strahlte Ramon de la Guerra männliche Energie und Kraft aus. Ob sie ihn haßte oder nicht, ob er rücksichtslos war oder charmant, er blieb der bestaussehendste Mann, den Carly je gesehen hatte.

Wie zur Vorwarnung rieselte ihr ein leichter Schauer den Rücken hinunter. Den wollte sie auf keinen Fall ignorieren.

Ramon schritt neben der zierlichen Amerikanerin her und bewunderte sie, wie sie in der schlichten Kleidung einer *paisano* aussah. Das grüngestreifte Kleid, das sie bei dem Pferderennen getragen hatte, war hübsch gewesen, aber merkwürdigerweise erschien sie ihm heute viel schöner. Vielleicht lag es daran, daß sie ihr langes, seidiges Haar offen trug und es ihr wie ein kupferroter Vorhang bis zur Taille hing oder an der Art, wie ihre Brüste sich bei jedem Schritt verführerisch unter ihrer Bluse bewegten.

Als er das Schwingen ihrer Hüften betrachtete, verspürte er eine Spannung in den Lenden. Zu dieser Frau fühlte er sich hingezogen. Schon seit dem ersten Tag, an dem er ihr begegnet war. Mehr jedoch jetzt noch, nachdem er gesehen hatte, welchen Geist, welchen Mut sie besaß, und jetzt wußte er auch, daß sie kein bißchen so war, wie er gedacht hatte.

Zumindest noch nicht.

Ja, aber dennoch war sie eine *gringa*. Was immer er für sie empfand, konnte nicht mehr sein als Lust, und eine solche Behandlung würde er ihr nicht zumuten. Nicht nach dem, was er ihr schon angetan hatte.

Und trotzdem konnte er nicht anders, als ihre vollkommenen Gesichtszüge, die feingeschwungenen kupferroten Brauen, die leicht angehobene Nase, die großen grünen Augen und die vollen roten Lippen zu bewundern. Wenn er sie so anschaute, erschien es ihm unmöglich, daß er sie so schlecht behandelt hatte.

»Don Ramon!« Sanchez kam lächelnd auf sie zu und unterbrach seine Gedanken. »Und Señorita McConnell.« Er schaute auf ihre kleinen Füße, die in den Sandalen steckten. »Ich bin froh, daß die Schuhe passen.«

»Sie sitzen ausgezeichnet. Danke, Señor Sanchez.«

Er nickte und wandte sich dann ab. »Es ist gut, daß du wieder da bist, Ramon.«

»Ich kann nicht lange bleiben. Nur ein paar Tage. Ich dachte, in der Zeit würde ich die Señorita ein wenig herumführen.«

»*Bueno.* Die frische Luft wird ihr guttun. Und ich bin sicher, sie will auch gern mal aus dem Haus kommen.«

Ramon nickte. »Bis zum Abendessen sind wir zurück.« Er wandte sich von Sanchez ab, lächelte Carly an und bot ihr seinen Arm. Wie er erwartet hatte, ignorierte sie ihn und lief alleine los.

Das Lager selbst war nicht groß, überwiegend bestand es aus provisorischen Häusern, die auf dem Hügel unter den Nadelbäumen erbaut worden waren. Einige der alleinstehenden Männer lebten in Zelten. Die beiden Indianer vom Stamm der Yocuts, die sich ihnen angeschlossen hatten, besaßen kleine Hütten aus Weidenzweigen, die sie auf die Lichtung gebaut hatten. In der Mitte gab es einen Korral und ein paar Verschläge. Ein rasch fließender Strom am Rand des Lagerplatzes versorgte die Bewohner mit ausreichend Wasser und vielen Bergforellen.

»Wie viele Menschen leben hier?« Carly musterte die Frauen, die am Wasser ihre Kleidungsstücke wuschen, und die Kinder, die mitten auf dem Lagerplatz Ball spielten. Sie war überrascht, daß der Ort so angenehm gestaltet war, mit Wiesenflächen hier und dort und den gepflegten Landhäusern im spanischen Stil.

»Etwa fünfunddreißig«, erwiderte der Don und lächelte ein Kind an, das auf ihn zugetapst kam, ein kleines Mädchen, nicht älter als drei Jahre. Lachend hob er die Kleine auf den Arm, drückte ihr einen Kuß auf die pausbäckige Wange und reichte sie einer Frau, die zu ihnen gelaufen kam.

»*Gracias*, Don Ramon. Meine Celia läuft immer weg.« Die Frau war nicht älter als fünfundzwanzig, hatte ein liebenswürdiges Gesicht und sanftmütige braune Augen. Sie schaute Carly an und lächelte zögerlich.

»Maria, das ist Señorita McConnell«, stellte der Don sie vor. »Sie wird eine Zeitlang unser Gast sein.«

Das kleine Mädchen streckte seine Hand nach Carly aus, faßte mit ihren Patschfingern in ihr dichtes kupferfarbenes Haar. Unwillkürlich erwiderte Carly das Lächeln der Kleinen. »Carly«, bot sie der Frau an. »Ich heiße Carly.«

»Es freut mich, Sie kennenzulernen.« Sie lächelte den Don an, drückte ihr Kind an sich und kehrte langsam zu den anderen zurück.

»Ich hätte nicht gedacht, daß Banditen mit ihren Familien zusammenleben«, bemerkte Carly und verdrängte das eigenartige Gefühl, das sie bei dem freundlichen Umgang des Spaniers mit der Kleinen verspürt hatte.

»Die meisten von ihnen sind enteignete *rancheros*, Männer, die ihr Land an die *gringos* verloren haben. Die Vaqueros und die anderen, die für sie gearbeitet haben, haben ihr Zuhause verloren. Sie wurden durch billigere Arbeitskräfte, durch Indianer ersetzt, die von den Amerikanern gekauft und verkauft werden. Sie werden fast wie Sklaven behandelt.«

»Das kann nicht sein. Sklaverei ist in Kalifornien nicht erlaubt.«

»Nicht? Die Löhne der Indianer betragen zehn Dollar im Monat. Das meiste davon behält der Haziendabesitzer für Kost und Logis ein. Wenn ein Indianer als Landstreicher aufgegriffen wird, versteigern sie ihn an den Meistbietenden. Das Geld, das er einbringt, geht an die Regierung. Meiner Ansicht nach, meine hübsche *gringa*, ist das fast schon Sklaverei.«

Carly sagte nichts dazu. Sie hatte gesehen, daß auf der Ranch ihres Onkels Indianer arbeitete, aber sie hatte keine Ahnung, wie er sie bezahlte. Es belastete sie jedoch, daß der Don recht haben mochte.

Der Klang von Eisen, das auf Eisen schlug, zog ihre Aufmerksamkeit auf einen großen Holzschuppen, der auf der einen Seite des Lagerplatzes stand. Handriemen, breitflächige Hufeisen, Hammer, Sägen, Äxte, Klammern, Gebißstangen und Hobel zierten die eine Wand. Außer einigen Sätteln und anderem Zaumzeug hingen zwei große Pferdehalfter von der Decke.

Sie gingen bis ans Ende des Schuppens, wo der Don sie Santiago Gutierrez, einem Mann, an den sie sich vom Überfall her erinnerte, vorstellte. Heute arbeitete er als Schmied, beugte sich über einen großen Eisenamboß und reparierte eine zerbrochene Karrendeichsel.

Er schaute auf, musterte sie bedächtig, so wie sie ihn musterte. »Es geht Ihnen besser, wie ich sehe. Das ist gut.«

Carly verbarg ihre Überraschung. Besorgnis war das letzte, was sie erwartet hatte. »Es ... es geht mir sehr viel besser, danke.« Er wirkte kaum wie ein Bandit, sondern mehr wie ein hart arbeitender Mann, dem der Schweiß im Gesicht steht und der sich anstrengen muß. Der Don erkundigte sich nach der Frau, Tomasina, und den beiden Kindern. Santiago erwiderte, daß es ihnen gutginge.

Als ihr Blick auf den großen Verband um seinen Schenkel fiel, erinnerte sie sich an die Wunde, die er sich bei dem Überfall zugezogen hatte, und wollte schon fragen, wie das Bein verheile.

Doch im letzten Moment hielt sie sich noch zurück. Der Mann war ein Verbrecher. Er war verletzt worden, weil er die Pferde ihres Onkels gestohlen hatte, meine Güte. Es war kaum angebracht, daß sie sich um seine Gesundheit sorgte.

Der Don stellte die Frage für sie. »Deine Wunde ... wie verheilt sie?«

Gutierrez hob ein Stück glühendes Eisen aus dem Feuer und tauchte es in eine mit Wasser gefüllte Wanne daneben. Heißer Dampf zischte auf. »Tomasina hat mir die Kugel rausgenommen. Die Wunde verheilt gut.«

»Freut mich zu hören.«

Der Schmied lächelte und begann auf das noch heiße Eisen einzuhämmern, während der Don Carly nach draußen führte.

»Für einen Banditen ist er überraschend nett«, bemerkte sie.

Der Spanier lachte leise und schüttelte den Kopf. »Er ist nur ein Mensch. Und er kämpft um das, was ihm abgenommen wurde. Nach unserer Meinung ist keiner von uns ein Bandit.«

Sie hätte ihm darauf widersprechen können, aber sie tat es nicht. »Ich bin überrascht, daß er mich nicht haßt. Ich dachte, alle Ihre Männer würden so empfinden.«

Er hob seine breiten Schultern und wich ihrem Blick aus. »Mag sein ... eine Zeitlang. Sie haben Andreas genauso geliebt wie ich.« Wieder war er da, dieser schmerzliche Augenblick. Doch er war so rasch verflogen, wie er aufgekommen war.

»Aber warum ...«

»Vermutlich haben sie das Gefühl, wenn ich verwinden kann, was Sie getan haben, müssen sie sich auch anstrengen, damit fertig zu werden.«

Carly hob ihr Kinn. »Wenn Sie verwinden können, was ich getan habe! Ich bin diejenige, die nicht verwinden kann, was Sie getan haben!« Sie raffte mit beiden Händen ihren gelben Rock und stapfte aus dem Schuppen. Sie kehrte nicht zum Haus zurück. Viel zu lange hatte sie sich eingesperrt gefühlt. Statt dessen lief sie zum Fluß hinunter und schlenderte am Ufer entlang. Sie sollte ihn nicht reizen, Zorn bei ihm wecken. Vom Verstand her wußte sie das. Sie war seine Gefangene, restlos auf seine Gnade angewiesen. Und doch wollte sie sich nicht von ihm einschüchtern lassen. Das hatte sie zuvor auch nicht getan. Und sie würde es jetzt ebensowenig tun.

Er holte sie an einem stillen Platz, wo das Wasser rauschte und toste, ein. Sie saß allein dort, fühlte sich verloren und einsam. Sie sehnte sich zurück nach Rancho del Robles und wollte am liebsten weinen, gab sich aber alle Mühe, keine einzige Träne kommen zu lassen. Obwohl sie auf den plätschernden, schäumenden Fluß hinausstarrte, bemerkte sie seine Gegenwart, ehe sie ihn sah.

»Es tut mir leid«, sagte er leise. »Das hatte ich nicht sagen wollen. In Wirklichkeit empfinden die Männer sehr viel Respekt für Sie. Wenn Sie möchten, werden sie Sie ganz bei sich aufnehmen.«

Er sprach angenehm leise. Seine Stimme klang maskulin und warmherzig. Der Klang erinnerte sie an etwas ... an jemanden ... wenn sie nur wüßte, an wen. Sie kramte in ihren Gedanken, vermochte aber nichts zu finden, was sie weiterbrachte. Carly hob ihren Blick.

»Ich möchte nach Hause, Don Ramon. Ich verstehe, daß das ein Problem aufwirft, aber ich bitte Sie, nach einer Lösung zu suchen.«

Der Spanier erwiderte nichts darauf. Er konnte sie nicht gehen lassen, und beide wußten es. Aber wie lange konnte er sie dazu zwingen zu bleiben? Und was würde er mit ihr machen, wenn er seinen ungewollten Gast leid war?

Sie kehrten zum Haus zurück. Carly verdrängte die Sorge, die sie sich machte und die ihr Unwohlsein im Magen bereitete. Ganz ruhig bleiben, sagte sie sich. Im Moment bin ich in Sicherheit. Ihr Onkel suchte sicherlich nach ihr, und vielleicht schaffte sie es, auf irgendeine Weise zu entkommen.

Mit dem Gedanken im Sinn schaute sie sich auf dem Lagerplatz um, beobachtete die Männer, die Frauen und Kinder, wie sie ihren alltäglichen Aufgaben nachgingen, sah aber auch die Karren und die Pferde und alles, was sie als Waffe benutzen konnte. Sie würde nicht aufgeben, sondern einen Weg suchen und etwas finden, das ihr zum Nutzen sein würde.

So in Gedanken versunken, war sie ziemlich überrascht, eine schöne schwarzhaarige Frau auf der Veranda stehen zu sehen, als sie um die Ecke kamen. Sie war groß und schlank, hatte kleine, spitze Brüste, eine enge Taille und schmale Hüften. Die Frau wirkte elegant, kein bißchen jungenhaft, etwas exotisch und war schöner als jede andere Frau, der Carly bisher begegnet war.

Sie schien aber auch wütend. Ihre schwarzen Augen funkelten drohend, ihre Brust hob und senkte sich mit jedem feindseligen Atemzug.

»*Buenas tardes*, Miranda«, begrüßte der Don sie freundlich, aber eine gewisse Spannung war ihm sofort anzumerken, und offensichtlich gefiel es ihm nicht, daß die Frau da war.

»Willst du mich nicht der Frau vorstellen, die du in unser Lager gebracht hast?« griff sie ihn spitzzüngig an. »Die Frau, die deinen Bruder umgebracht hat.«

Die dunklen Augen des Don flammten auf. Seine Haltung wurde steif, seine Muskeln verspannten sich, und er strahlte einen fast greifbaren Zorn aus. Den Blick kannte Carly nur zu gut. Sie war froh, daß sie diesmal nicht das Objekt seiner Wut war.

»Ich habe dir gesagt, Miranda, die Frau ist nicht verantwortlich dafür. Solange ich das bestimme, wird sie unser Gast sein. Und entsprechend wirst du sie behandeln.«

Solange ich das bestimme. Die Worte erschreckten Carly. Wie lange würde das sein? Und dazu noch der Haß, den die schwarzhaarige Frau ausstrahlte... Carly wurde mulmig zumute.

»Ich bin Miranda«, stellte sich die Frau mit drohendem Unterton und blitzenden Augen vor. »Ich bin Don Ramons Frau. Ich bin hergekommen, damit Sie das wissen und es zwischen uns kein Mißverständnis gibt.«

Carly, die an Don Ramons Seite stand, spürte, wie ihr Temperament sich regte. »Und Sie, Señorita – ich hoffe, Sie werden es nicht falsch auffassen. Ich habe kein Interesse an Ihrem El Dragón. Was mich betrifft, ist er nichts als ein gewissenloser Bandit. Wenn es Ihnen Spaß macht, mit ihm zu schlafen, ist das Ihr Pech. Ich wünsche mir nichts mehr, als nach Hause zurückzukehren.«

Ramon spürte die Verärgerung der zierlicheren Frau so heftig, als wäre es seine eigene. Wenn auch widerstrebend, so empfand er doch tiefen Respekt für Carly. Ohne einen von ihnen weiter zu beachten, hastete sie an ihm vorbei ins Haus. Wenn er an ihre bescheidene Herkunft dachte, mußte er sie einfach bewundern, wie meisterhaft sie es schaffte, das zu verbergen. Sie war so herrschaftlich wie jede andere Frau adliger Herkunft, der er begegnet war, so hochnäsig und stolz wie jede echte Spanierin.

Der Gedanke löste Unbehagen bei ihm aus. Sie war eine *gringa.* Daran ließ sich nichts ändern. Ebensowenig wie an Mirandas halbindianischer Herkunft. Zum Glück empfand er nur wenig Zuneigung Miranda gegenüber. Mehr durfte er auch nicht für dieses freche amerikanische Mädchen in sich aufkommen lassen.

Während des Abendessens saß Carly neben dem Don. Florentia und Pedro hatten auf der anderen Seite des kräftigen Eichentisches Platz genommen. Wie schon vorhin war der Spanier charmant und aufmerksam. Das machte Carly jedoch nervös, so daß sie sich innerlich zurückzog. Sie wußte nicht, auf was er hinaus wollte. Sie wußte nur, daß sie den unerbittlichen Mann nicht vergessen konnte, den sie kennengelernt hatte.

Mit der Ausrede, sie hätte Kopfschmerzen, zog sie sich vom

Tisch zurück und ging zu Bett. Aber es fiel ihr schwer zu schlafen. Welche Absichten verfolgte er? Warum war er so nett zu ihr, wenn er zuvor so grausam gewesen war? Bedauerte er, was er getan hatte? Er hatte es nie gesagt, nur daß er einen Fehler begangen hätte. Vielleicht wollte er das wiedergutmachen, aber sie schaffte es nicht, ihm das zu glauben.

Und selbst wenn es so wäre, änderte das nichts an den Tatsachen. Sie blieb seine Gefangene und er der Herr über ihr Schicksal.

Als sie so im Bett lag, zu den grobgezimmerten Balken über ihrem Kopf aufschaute, erinnerte sie sich an den wütenden Blick, mit dem er seine Mätresse bedacht hatte, die Frau, die sich als Miranda vorgestellt hatte. Sie war schön, dunkelhäutig und wirkte exotisch. Offenbar war Verführung nicht das, was dem Don vorschwebte. Er hatte bereits eine Frau, die ihm das Bett wärmte.

Merkwürdigerweise störte sie der Gedanke, daß er jetzt vielleicht bei Miranda weilte, sie küßte und leidenschaftlich liebte. Carly wußte zwar wenig über solche Dinge, doch bisher hatte sie eine recht romantische Vorstellung von der Liebe gehabt. Sie hatte gehofft, eines Tages zu heiraten, vielleicht sogar einen Mann wie den Don, ein Mann, der so charmant sein konnte.

Aber nicht annähernd so gefühllos war.

Irgendwann schlief sie ein, aber kaum war das passiert, träumte sie. Ganz in Schwarz gekleidet donnerte der Spanier hoch zu Roß auf sie zu. Er hob sie hoch, warf sie über seinen Sattel und ritt mit ihr in den Wald. Dort zügelte er den Hengst, trug sie, obwohl sie sich heftig wehrte und schrie, zu einem grasbewachsenen Hügel neben einem Fluß und begann, sie zu küssen.

Carly hörte auf, sich ihm zu widersetzen. Sein leidenschaftlicher Kuß nahm ihr jegliche Kraft. Sie schmolz förmlich dahin. Seine Lippen fühlten sich warm an und viel weicher, als sie erwartet hatte. Vollkommen unnachgiebig hielt er sie in den Armen, aber er tat ihr nicht weh.

Sacht ließ er seine Hände über ihren Körper gleiten. Doch seine Berührung war besitzergreifend zugleich. Er wollte etwas von ihr, mehr als die Freiheiten, die er sich schon herausgenommen hatte. Sie spürte es deutlich an dem Kuß, doch sie hatte keine Ahnung, was es war.

Teils wollte sie sich dagegen wehren, sich aus seiner Umarmung befreien. Und andererseits ...

Plötzlich wachte Carly auf. Ihr war heiß am ganzen Körper, sie schwitzte und zitterte, ihre Brustspitzen hatten sich verhärtet und waren sehr empfindsam, dort, wo sie gegen das Laken stießen.

Sie stand auf und ging auf wackeligen Beinen zur Kommode, wo sie sich etwas Wasser in die Porzellanschüssel goß, einen Lappen befeuchtete und sich das erhitzte Gesicht kühlte. Mit einem Seufzer kehrte sie ins Bett zurück, konnte jedoch nicht wieder einschlafen. Als sie schließlich einnickte, war die Dämmerung nicht mehr weit. Draußen vor dem Fenster wurde der Himmel schon ein wenig heller. Bald war es Morgen. Sie überlegte, ob der Don wohl kommen würde.

Oder ob er bei dieser Frau blieb.

Miranda Aguilar strich mit ihren Fingernägeln aufreizend über Don Ramons muskulöse Schenkel. Er regte sich mit dem ersten Licht der Dämmerung und rollte sich auf den Rücken. Sie lächelte über das lange, harte Glied, das sich aus dem dichtgelockten Haar emporreckte, prall und verführerisch aufragte.

Gestern abend hatten sie sich nicht geliebt. Ramon war zu verärgert gewesen. Sie hätte nicht zu dieser Frau gehen sollen. Er hatte sie davor gewarnt, aber daran hatte sie sich nicht gehalten. Sie wollte auch gar nichts davon wissen – Hauptsache, die Frau hielt sich von ihm fern.

Er umfaßte ihr Handgelenk, so daß sie keine Bewegung mehr machen konnte. »Ich werde keinen Ungehorsam dulden«, erklärte er leise, als hätte er ihre Gedanken erraten, und schaute sie durchdringend an. »Behandle die Frau ja nicht respektlos, sonst wirst du etwas erleben, das sage ich dir.«

Sie zog einen Schmollmund, beugte sich vor und drückte einen Kuß auf die Spitze seines Schaftes, so daß er erschauerte. »Es tut mir leid, daß ich dich verärgert habe.«

»Wie ich gestern abend schon gesagt habe, werde ich mehr als verärgert sein, solltest du das wieder machen.«

Ramon besaß ein schreckliches Temperament, aber er hatte ihr noch nie weh getan. Einmal, als sie gerade erst nach Llano Mirada gekommen war, hatte Elena Torres, das Mädchen, das zu der Zeit seine Geliebte gewesen war, jemandem Geld gestohlen. Als Ramon von ihr verlangte, sie solle das Geld zurückgeben, hatte sie ihn beschimpft. Kurzerhand hatte Ramon sie sich über die Schulter geworfen, zum Pferdetrog hinübergetragen und ins Wasser fallen lassen. Die Frau hatte es verdient gehabt, und das Eingetauchtwerden hatte ihr nicht geschadet. Hauptsächlich war ihr Stolz dabei verletzt worden.

Nein, er war nie grausam mit einer Frau umgegangen. Außer mit der *gringa*. Das allerdings fand Miranda nicht beruhigend.

»Sei mir nicht böse, Ramon«, bat sie verführerisch.

Sie beugte sich vor, strich mit ihren Fingern leicht über seine Brust und nahm seine Brustspitze zwischen die Lippen, um leicht daran zu saugen. Sie faßte nach ihm, streichelte ihn, und die Muskeln seines Bauches spannten sich. Unter ihrer Hand spürte sie, wie sein Herzschlag sich beschleunigte. Sie stemmte sich hoch, um ihn zu küssen, aber statt dessen packte er sie bei den Schultern, legte sich auf sie und begann, an ihren Brüsten zu saugen. Mit der Hand faßte er ihr zwischen ihre Schenkel. Sie war schon feucht und bereit für ihn. Ramon spreizte ihre Beine und drang tief in sie.

In wenigen Minuten brachte er sie zum Höhepunkt und erreichte gleich danach seinen eigenen. Einen Moment lag er vollkommen still da, starrte zu den Balken über ihnen hinauf und rollte sich auf den Rücken.

»Es ist noch früh«, flüsterte Miranda. »Die Sonne ist gerade erst aufgegangen. Kannst du nicht noch ein bißchen länger bleiben?«

»Heute nicht«, erwiderte er kurz angebunden, nahm sich ein frisches Handtuch von dem Stapel neben der Waschschüssel, schlang es sich um den Hals, zog seine enge schwarze Hose an und lief aus der Hütte zu einem Platz flußaufwärts, wo die Männer badeten.

Miranda seufzte. Mehr und mehr entfernte er sich von ihr. Sie würde ihn verlieren, das spürte sie, und doch konnte sie nichts dagegen tun. Sie dachte an die Frau, die schöne Amerikanerin mit dem feurigen, kupferroten Haar.

Ramon hatte sie schlecht behandelt, aber er war außer sich gewesen vor Trauer. Das machte Miranda Sorgen. Für solches Handeln bedurfte es großer Leidenschaft. Und diese Leidenschaft hatte sich von Haß in etwas anderes verwandelt. Sie wünschte sich nicht, daß es sich erneut verändern würde.

Miranda schlug mit ihrer zierlichen Faust auf die Matratze. Ramon begehrte die hübsche *gringa*. Miranda hatte es in seinen Augen gesehen, als er die Frau angeschaut hatte.

Sie fragte sich: Wie lange wird es dauern, bis er sie nimmt?
Und was kann ich tun, um das zu verhindern?

7. Kapitel

Ramon überquerte den Lagerplatz und ging zu Sanchez, der mit den Pferden arbeitete. Die meisten der Tiere hatten sie aus wilden Herden eingefangen, an den Sattel gewöhnt und zugeritten. Hauptsächlich machten das Pedro, Ignacio und Ruiz.

»*Buenos días, amigo*«, rief Ramon seinem Freund zu. Der ältere Mann führte die glänzende braune Stute, auf der er ritt, zu dem Holzzaun. Die meisten Vaqueros ritten einen Hengst. Stuten waren ihrer Ansicht nach für Frauen und Kinder. Zu einem richtigen Mann gehörte ein richtiges Männerpferd. Aber hier in den Bergen nahmen sie, was sie bekamen.

»Du hast dich entschieden, was mit dem Mädchen wird?« erkundigte sich Pedro.

»Ich fürchte nicht, mein Freund, noch nicht. Ich habe ihren Onkel gesehen, als ich im Tal war. Ich bin auf Rancho del Robles gewesen, um ihm mein Beileid zu der Entführung seiner Nichte auszusprechen und meine Hilfe bei der Suche nach ihr anzubieten. Ich habe ihm gesagt, es täte mir leid, daß ich in der Zeit weg gewesen wäre.«

»Und?«

»Er berichtete mir, sie hätten das Hochland durchkämmt, aber keine Spur von seiner Nichte oder El Dragón gefunden. Er hofft, daß ein Lösegeld gefordert wird.«

»Und?«

»Und er hat mein Angebot, ihm bei der Suche zu helfen, abgelehnt. Ich hatte den Eindruck, daß die Hilfe eines Californios das letzte ist, was er im Augenblick haben will.«

»Zum Glück für dich«, versetzte Pedro.

»*Sí*, großes Glück. Noch eine Woche mit Fletcher Austin herumzureiten wäre mir nicht sehr gelegen gekommen.«

»Nicht, wenn du lieber hier bei dem Mädchen sein willst.«

Bei der Bemerkung zuckte Ramon mit den Schultern. »Ich stehe in ihrer Schuld. Ich kann sie nicht gehen lassen, aber es gibt andere Dinge, mit denen ich das wiedergutmachen kann.«

»Wie mit ihr zu schlafen?«

Ramon brauste sofort auf. »Sei kein Narr, Pedro! Ich werde nichts tun, was sie entehrt. Ich habe ihr bereits genug Kummer zugefügt.«

»Ich hoffe, du denkst in Zukunft auch daran.«

Ramon erwiderte nichts darauf. Er begehrte das Mädchen, ja. Aber sie war noch unschuldig, und eine Ehe mit ihr kam für ihn nicht in Frage. Wenn es eines Tages soweit war, würde er sich nur mit einer Frau spanischer Herkunft vermählen, so wie er sich in den vergangenen zehn Jahren geschworen hatte.

Das war er seinen Leuten und seiner Familie schuldig. Das war er sich selbst schuldig.

Ramon seufzte. Er wünschte sich, er wüßte, was er mit Caralee McConnell anfangen sollte, aber bis er darüber eine Entscheidung fallen würde, wollte er das tun, was er sich vorgenommen hatte, und wiedergutmachen, was er ihr angetan hatte. Mit dem Gedanken im Sinn schritt er auf das kleine spanische Landhaus zu.

Noch müde von ihrer schlaflosen Nacht, stieg Carly aus dem Bett, gerade als Florentia hereingehastet kam. »Don Ramon ist da. Er möchte mit Ihnen ausreiten. Er sagt, Sie sollen sich beeilen.«

»Bestellen Sie ihm, er soll weggehen.«

Florentia bekreuzigte sich. »*Dios mio*, nein! Das darf man dem Don nicht sagen.«

Carly hob das Kinn an. »Mag sein, daß Sie das nicht können, aber ich kann das. Ich bin gleich angezogen.«

Ramon wartete geduldig im *sala*. Ein paar Minuten später kam Carly in ihrem gelben Rock und der weißen Bauernbluse herein. Ihr Haar hatte sie mit zwei Schildpattkämmen zurückgesteckt.

»*Buenos días*, Señorita«, begrüßte er sie und sprang auf. »Sie sehen aber heute morgen sehr hübsch aus.«

»Ich sehe genauso aus wie gestern. Und werde vermutlich jeden Tag so aussehen, wenn das meine einzigen Kleidungsstücke bleiben.«

Er konnte sich ein Lächeln nicht verkneifen. »Ich werde sehen, was ich tun kann. Aber da Sie sich offensichtlich stärker fühlen, dachte ich, Sie hätten vielleicht Lust, das Dorf der Indianer zu besuchen.«

»Ich glaube, Don Ramon, ich habe mich nicht deutlich genug ausgedrückt. Gestern habe ich einem Spaziergang durch das Lager zugestimmt. Abgesehen davon möchte ich Ihre Gesellschaft nicht öfter ertragen müssen als unbedingt erforderlich.«

Ramon hob gleichmütig die Schultern, obwohl er sich im stillen amüsierte. Ihre Einstellung, ihr Feuer gefielen ihm. Gern wollte er der Mann sein, der sie besänftigte und in die Hand bekam. »Das ist aber zu schade. Es ist ein interessanter Ort. Und die Frau, Lena, hat Ihren Dank verdient. Sie war für Sie da, als Sie krank waren.«

Sie dachte darüber nach und schaute ihn aus großen, grünen Augen an. »Señor Sanchez war sehr nett. Vielleicht bringt er mich hin.«

»Ich fürchte, Pedro hat viel zu tun. Da bleibe nur ich übrig. Es gibt eine Menge Neues in dem Dorf zu entdecken. Dinge, die Ihnen helfen würden, das Land besser zu verstehen. Aber ... wenn Sie Angst haben, mit mir hinzugehen, können Sie auch gern hierbleiben.«

Sie hob ihr Kinn noch ein Stück an. Farbe kam in ihre hübschen Wangen. »Ich habe keine Angst vor Ihnen.«

»Nein?«

»Wenn ich Ihr Angebot ausschlage, dann nur, weil ich mit einem Mann wie Ihnen nichts zu tun haben will.«

Sie würde mitgehen. Einschüchtern würde sie sich nicht von

ihm lassen. Darauf konnte er wetten. Deshalb stand er da und wartete.

»Warum tun Sie das? Die Nacht, in der Sie mich von der Hazienda meines Onkels entführt haben, waren Sie kein bißchen nett zu mir. Warum jetzt? Was wollen Sie von mir?«

Er ließ seinen Blick an ihrem Körper hinuntergleiten und hob ihn schließlich an, um ihr auf die sinnlichen rosigen Lippen zu schauen. Sofort wußte er, was er wollte, was er sich die ganze Zeit gewünscht hatte. »Am liebsten, *querida*, würde ich Sie in meinem Bett haben wollen. Aber ich verspreche Ihnen, das wird nicht passieren. Wie schon gesagt – bei mir sind Sie in Sicherheit.«

Ihre grünen Augen weiteten sich. Sie befeuchtete ihre sanftgeschwungenen Lippen. »Ich – ich weiß nicht, was ich von Ihnen halten soll. Den einen Tag sind Sie grausam, den anderen galant. Heute benehmen Sie sich wie ein Schürzenjäger. Vielleicht habe ich doch Angst vor Ihnen.«

»Das glaube ich nicht«, erwiderte er. »Eher etwas Angst vor sich selbst, aber nicht mehr vor mir.«

Carly sagte nichts dazu. Sie starrte ihn nur an, als ob sie seine Gedanken lesen wollte. Das würde er jedoch nicht zulassen.

»Reiten Sie jetzt mit mir, Señorita?«

»Das würde ich schon ... wenn ich reiten könnte.«

Er grinste und nickte. »*Si*, das hatte ich vergessen. Das sagten Sie ja an dem Tag, als das Pferderennen war. Nun, vielleicht ist das auch der Grund, warum Sie den Weg nach Llano Mirada lieber zu Fuß gegangen sind.«

Bei dem neckenden Ton, der in seiner Stimme mitschwang, konnte Carly nicht anders als lächeln. »Sie sind ein harter Mann, Don Ramon, aber wenigstens haben Sie ein wenig Humor.«

»Wie Sie auch, Señorita McConnell. Das freut mich.« Er faßte nach ihrer Hand und wollte losgehen. »Das Dorf ist nicht weit weg. Sie können mit mir reiten. Ab morgen nehmen Sie Unterricht und lernen selbst zu reiten. Sie sagten, daß Sie Pferde mögen. Wenn Sie in diesem Land bleiben wollen, wird es ohnehin Zeit, daß Sie reiten lernen.«

Sie mußte zugeben, daß ihr der Gedanke sehr gefiel – es mochte notwendig sein, wenn sie entkommen wollte. Schon seit ihrer Ankunft auf Rancho del Robles hatte sie reiten lernen wollen. Ihr Onkel hatte ihr versprochen, daß er es ihr beibringen lassen würde, aber es schien sich kein geeigneter Lehrer zu finden.

Und sie hatte den Spanier reiten sehen. Nie zuvor hatte sie etwas Vergleichbares erlebt.

»Ruiz!« rief der Don, als sie den Holzkorral erreichten. »Hast du Viento gesattelt?«

»*Si*, Don Ramon.« Der junge Vaquero lächelte. »Und eine sanfte Stute für die Señorita.« Er war drahtig, kleiner als der Don, sah aber auch gut aus, hatte ein nettes Gesicht und wache dunkle Augen. Er hatte ihr zu trinken und zu essen gebracht auf der schweren Reise durch die Berge. Vielleicht würde er ihr noch einmal helfen.

Carly lächelte ihn an. Der Don sah es und runzelte die Stirn.

»Die Stute kannst du wegbringen«, erklärte Ramon brüsk. »Señorita McConnell kann noch nicht reiten. Sie wird es ab morgen lernen. Deshalb nehmen wir jetzt Viento.«

Der junge Mann nickte und beeilte sich, der Anordnung des Spaniers zu folgen. »Ruiz arbeitet mit Sanchez und Ignacio. Sie kümmern sich um die Sattelpferde, die wir hier im Lager haben. Er ist der jüngste Vaquero – aber das heißt nicht, daß er ein Narr ist.«

Sofort dachte sie daran, daß sie ihn angelächelt hatte, und errötete schuldbewußt. »Ich verstehe nicht, was Sie damit meinen.«

»Diese Männer sind mir treu ergeben, »*chica*. Es ist keiner darunter, der Ihnen helfen würde.«

Sie straffte sich. »Der Junge war in den Bergen nett zu mir.

Netter jedenfalls, als ich das von Ihnen behaupten kann. Er sieht gut aus, und wenn ich ihn anlächeln will, dann tue ich das.«

Ramons Gesicht verfinsterte sich. »Sie stehen unter meinem Schutz, Señorita McConnell. Solange Sie sich benehmen, wird das auch so bleiben. Einen meiner Vaqueros zu verführen ist kein angebrachtes Benehmen. Habe ich mich klar genug ausgedrückt?«

»So eine Unverschämtheit! Ich nehme an, Sie halten es für durchaus ›angebrachtes Benehmen‹, junge Frauen zu verführen wie die, die ich gestern kennengelernt habe.«

Er hob die breiten Schultern. »Ich bin ein Mann. Bei mir ist das etwas anderes.« Er wagte es tatsächlich zu lächeln. Und dabei strahlte er so, daß ihr ganz eigenartig im Magen wurde. »Aber es freut mich zu sehen, daß Sie wenigstens ein bißchen eifersüchtig sind.«

Carly wollte schon leugnen, eine bissige Bemerkung darauf machen, aber in dem Moment wurde der große, schwarze Hengst gebracht. Ausgeruht, wie er war, tänzelte er nervös, hob unruhig seinen schönen Kopf und stampfte leicht auf den Boden. Carly wich erschrocken einen Schritt zurück.

»Keine Angst. Viento freut sich auf den Ausritt, aber er wird Ihnen nichts tun.« Geschickt hob er sie auf den Sattel und schwang sich hinter sie. Als sie seinen Arm um ihre Taille spürte und seine Hand direkt unter ihren Brüsten fühlte, sein warmer Atem ihr Ohr streifte, erschauerte sie, und es lag bestimmt nicht daran, daß es kalt war.

»Die Sonne ist schon da«, bemerkte er. »Aber vielleicht ist das ein Rest Ihrer Krankheit.« Ehe sie ihn davon abhalten konnte, rief er Ruiz zu, ein Tuch für sie aus dem Haus zu bringen, das er ihr fürsorglich um die Schultern legte.

»Besser?«

Carly nickte. Unwillkürlich mußte sie an den Traum denken, den sie vergangene Nacht gehabt hatte. War sie doch mit dem

Don auf seinem schwarzen Hengst geritten, leidenschaftlich von ihm geküßt worden und hatte seine Hände auf ihrem Körper gespürt. Sie machte sich Gedanken, wie weit es wohl bis zu dem Indianerdorf sein mochte, und plötzlich wünschte sie sich, sie hätte es abgelehnt mitzukommen.

Der Ritt war wesentlich aufreibender, als sie zuerst gedacht hatte. Die ganze Zeit spürte sie die kräftigen, maskulinen Schenkel des Spaniers an ihren Hüften und im Rücken die Muskeln seiner breiten Brust ebenso, wie er das Pferd an den Zügeln führte. Sie verließen das Lager durch den bewachten Paß, durch den sie hereingekommen waren, aber ehe sie den Fuß der Berge erreichten, bog er auf einen anderen Pfad ein und wandte sich in ein kleines Waldstück.

Während sie unter dem dichten Blattwerk daherritten, die Sonne direkt über ihnen schien, konnte sie weder Norden von Süden unterscheiden noch Osten und Westen, und da wurde ihr klar, daß er genau das beabsichtigt hatte.

Sie versuchte nicht länger herauszufinden, in welche Richtung es ging, und lehnte sich entspannt zurück. Doch als sie ihn dabei mehr berührte, richtete sie sich hastig wieder auf. Sie war überaus erleichtert, als der Don schließlich den Hengst auf einer Anhöhe zügelte, von der aus sie auf ein Dorf hinunterblicken konnten.

Es lag auf einer Lichtung, die rundum von Pinien umgeben war, und bestand aus fünfzehn bis zwanzig halbrunden Hütten, die aus Lehm und Weidenzweigen gebaut waren. Eine größere Hütte, die zum Teil in den Boden versenkt war, stand auf der einen Seite, eine *temescal*, wie die Spanier sie nannten, eine Schwitzhütte, der Platz, an dem die Indianer auch ihre Waffen unterbrachten. Riesige Körbe, so groß wie ein Mensch, hingen in den Bäumen und waren mit Vorräten von Eicheln und anderem Saatgut gefüllt.

»Dies sind überwiegend Yocuts«, erklärte Ramon und drängte den Hengst vorwärts. »Vom großen Tal bis nach Osten. Es gibt auch noch Miwok und Mutsen – das sind die Küstenindianer, die früher einmal nah am Meer gelebt haben.«

»Warum leben sie alle zusammen? Ich dachte, bei den Indianern lebt jeder Stamm für sich.«

»Bevor sie missioniert wurden, war das auch so. Die meisten bewegten sich in Gebieten von nicht mehr als zweihundertsechzig Quadratkilometern. Zum größten Teil wurde ihr Lebensbereich zerstört, als die Missionare eintrafen. Verstehen Sie mich nicht falsch. Die Pater hatten gute Absichten. Sie glaubten, für die Indianer sei es vorteilhaft, wenn sie sich der Kirche anschließen würden. Sie würden lernen, sich ihre eigene Nahrung zu ziehen, Ranches zu bauen, und somit wären ihre Seelen gerettet. Leider haben sie sich diesem Lebensstil nicht angepaßt und waren kaum widerstandsfähig gegen jede mögliche Krankheit. Die meisten von ihnen starben.«

Carly empfand Mitleid mit ihnen. »Und diese hier?«

»Als das Missionssystem sich aufgelöst hatte, gab man den Indianern gewisse Landparzellen, aber die haben sie auch mit der Zeit verloren. Sie ließen sich leicht betrügen, durften nicht vor Gericht gehen und konnten sich dadurch nicht verteidigen. So begannen sie auf den Ranches zu arbeiten, aber damit können sie sich inzwischen auch nicht mehr durchbringen. Dadurch ist ihre alte Lebensweise wiederaufgelebt. Die verschiedenen Stämme haben sich überall in den Bergen zu kleinen Gruppen wie dieser hier zusammengeschlossen.«

»Ich hörte, wie mein Onkel einmal von ihnen sprach. Er sagte, sie würden sämtliche Ranches in der Umgebung überfallen und unschuldige Menschen ermorden.«

Da sie vor ihm auf dem Pferd saß, spürte sie sofort, als er seine Muskeln anspannte und mit den Achseln zuckte. Erneut breitete sich ein eigenartiges Prickeln in ihrem Magen aus.

»Sie sind verbittert«, erwiderte er. »Und manchmal greifen sie an. So wie wir kämpfen sie nur ums Überleben.«

Genau wie ich, dachte Carly, aber sie sagte nichts weiter dazu. Sie setzten den Abstieg den Berg hinunter fort und hielten mitten im Dorf an. Nur eine alte Frau und zwei junge Männer kamen auf sie zu, um sie zu begrüßen. Die Männer hatten Bärte und Schnäuzer und hatten etwas an, das aussah wie eine viel zu große Windel aus Kaninchenfell. Sie trugen Haarnetze aus Seidenfasern, während die Frauen lockere Hemden anhatten, die nur bis zu den Knien reichten.

»Über tausend Jahre sind sie nackt herumgelaufen«, berichtete ihr der Don leicht amüsiert bei ihrem überraschten Gesichtsausdruck. »Das bißchen Kleidung, das sie jetzt tragen, ist ein Vermächtnis der Missionare.«

Er beugte sich vor, half Carly vom Pferd, dann stieg er selbst elegant ab. »Wo ist Lena?« erkundigte er sich bei der gebeugten alten Frau. »Trah-ush-nah und die anderen?«

Sie antwortete auf Spanisch, das sie in der Mission gelernt hatte. »Eine schreckliche Krankheit ist ausgebrochen. Sie geht schon seit über einer Woche um. Sie tötet ohne Gnade. Sie sollten nicht herkommen.«

Das Gesicht des Don verspannte sich. »Die Pocken?« fragte er.

Die Frau schüttelte den Kopf. »Die Krankheit heißt Masern. Vier von den Alten sind ihr schon zum Opfer gefallen. Alle Männer und die meisten Frauen sind erkrankt. Es ist niemand da, der sie und die Kinder versorgen kann.«

»Für Masern ist es etwas spät im Jahr. Sind Sie sicher, daß es das ist?«

»Ich habe sie in der Mission gesehen und sie selbst gehabt.«

Seine Spannung ließ etwas nach. »Ich werde zum Lager zurückkehren und nachhören, wer bei uns schon die Krankheit hatte. Dann werde ich Hilfe schicken.«

Er umfaßte Carlys Taille und wollte sie in den Sattel heben, doch sie löste sich aus seinem Griff.

»Ich hatte als Kind die Masern. Ich kann bleiben und helfen.«

Es flackerte etwas in der Tiefe seiner Augen auf. »Für Kranke sorgen ist keine angenehme Arbeit, *chica*.«

»Unangenehmes ist mir nicht fremd. Und ich habe schon kranke Menschen versorgt.«

»*Si*«, erwiderte er leise. »Ich dachte mir, daß Sie das vielleicht getan hätten.«

Sie musterte ihn befremdet und überlegte, woher er wissen könnte, daß sie sich um ihre Mutter und die anderen in den Kohlengruben gekümmert hatte, die an Cholera erkrankt waren. Es war eine schreckliche Zeit gewesen. Ihr drehte sich sofort der Magen um, wenn sie nur daran dachte. Sie hatte gearbeitet, bis sie sich nicht mehr auf den Füßen halten konnte, aber sie hatte ihre Mutter nicht retten können. Vier Frauen, zwei Männer und drei Kinder waren gestorben, und sie war ganz allein gewesen. Rasch verdrängte Carly die Erinnerung daran.

»Trotzdem halte ich es nicht für die beste Idee, Sie hierzulassen«, sagte er. »Sie haben sich gestern erst selbst von einem Fieber erholt.«

»Mir geht es gut«, widersprach sie ihm. »Schon seit ein paar Tagen. Ich will hierbleiben.«

Er bemerkte ihren entschlossenen Gesichtsausdruck, sah, wie selbstbewußt sie dastand, und gab schließlich nach. »*Esta bien*. Ich werde Sie hierlassen, aber Sie müssen mir versprechen, daß Sie keinen Fluchtversuch unternehmen. Sie würden sich nur in den Wäldern verirren, und dort gibt es viele Gefahren – Schlangen, Berglöwen, große Grizzlybären, die gern einen Menschen als Opfer verfolgen.« Er faßte unter ihr Kinn. »Versprechen Sie mir das?«

Sie schaute ihn erstaunt an. »Würden Sie mir das tatsächlich abnehmen?«

Er lächelte. »*Sí*, aber ich glaube auch, Sie sind klug genug und wissen, daß Sie ohne Vorbereitungen nicht weit kommen. Und wie ich schon sagte, Ihr Leben wäre in großer Gefahr.«

Natürlich hatte er recht, das wußte sie. Im ersten Moment hatte sie tatsächlich geglaubt, er würde ihr vertrauen, daß sie bliebe. Aus irgendeinem unerfindlichen Grund hätte sie sich darüber gefreut, selbst wenn sie hätte fliehen wollen.

»Wie Sie sagten, Don Ramon, es wäre dumm von mir, das zu versuchen.«

Der Don nickte bloß. Einen Moment lang schien es, als hätte er ihre Enttäuschung gespürt und ihre Empfindungen verstanden. Es gefiel ihr jedoch nicht, daß er so leicht ihre Gedanken lesen konnte. Nun wandte Carly sich von ihm ab und richtete ihre Aufmerksamkeit auf die alte Indianerin.

»Wo ist Lena?« fragte sie. »Sie ist die Heilerin, nicht wahr?«

»Kommen Sie mit. Ich werde Sie zu ihr bringen.«

Carly wandte sich an Ramon. »Sie sollten lieber nicht mit den anderen zurückkommen. Es wird niemandem helfen, wenn Sie auch krank werden.«

Er zeigte dieses unwiderstehliche Lächeln, das jedesmal ihren Herzschlag beschleunigte. »Ich hatte auch schon die Masern, *chica*. Ich werde alle Vorräte holen, die wir übrig haben, und wiederkommen.«

Carly starrte ihn sprachlos an. Welcher richtige Bandit würde einer Gruppe erkrankter Indianer helfen? Gleichgültig, wie sehr sie sich auch anstrengte, sie vermochte ihn nicht zu verstehen. Wortlos folgte sie der alten Indianerin, die mit gebeugten Schultern voranging und eine der bogenförmigen Hütten betrat.

Eine schlanke Frau kniete auf einem gewebten roten Teppich und betupfte den Bauch eines besonders unruhigen Kindes mit einer Art Salbe. Körbe mit Saatgut, Wurzeln und getrocknetem Fisch standen in der einen Ecke, und Rehhäute und Bärenfelldecken auf dem Boden dienten als Lagerstätten.

»Lena?« fragte Carly, und die schlanke Frau schaute auf. Sie hatte ein feingeschnittenes Gesicht, glänzende, geschwungene Brauen und vorstehende Wangenknochen. Dunkle Ränder der Erschöpfung lagen unter ihren Augen.

»Sie sind die Frau des Spaniers aus dem Lager«, stellte sie fest.

»Sie haben mir geholfen, als ich krank war«, entgegnete Carly und ignorierte die Hitze, die ihr in die Wangen stieg. »Ich hoffe, daß ich Ihnen jetzt helfen kann. Sagen Sie mir, was ich tun soll.«

In den kommenden Stunden arbeitete sie Seite an Seite mit Lena und kümmerte sich um die Leute im Dorf. Sie gab ihnen löffelweise lebensspendende Flüssigkeiten, um eine Austrocknung zu verhindern, und benutzte das eisige Flußwasser, den Rest der Schneeschmelze aus den Bergen, um ihre Gesichter zu kühlen und das schreckliche Fieber zu bekämpfen. Sie litten an einem trockenen Husten und einem brennenden Ausschlag, der am Haaransatz begann und sich über Hals und Körper ausbreitete.

Lena brühte ihnen Tee aus getrockneten Kornelkirschbaumwurzeln auf, um das Fieber zu senken, und Carly hielt die Holzschüsseln mit der bitteren Brühe an ihre Lippen. Sie half Lena, die getrockneten Kleeblätter zu einem dicken, klebrigen Sirup zu verarbeiten, und rührte eine Salbe aus dreiblättrigem Nachtschatten und Schmalz an, mit der sie den Ausschlag einrieb.

Ramon kehrte mit Decken und Lebensmitteln zurück. Außerdem brachte er Pedro Sanchez und drei Frauen mit: Tomasina Gutierrez, die Frau des Schmieds, Ramons Haushälterin Florentia und eine vollbusige, kräftige Frau namens Serafina Gomez. Alle arbeiteten unermüdlich.

Don Ramon auch.

Bis spät in den Abend hatten sie zu tun. Die Frauen versorgten die Kranken, die Männer halfen bei den schweren Arbeiten, wenn Patienten gehoben werden mußten, hackten Holz, legten Feuer nach und versorgten die Pferde. Gleich am Vormittag hatten sie Streifzüge durch den Wald gemacht, um Wild aufzutreiben. Überwiegend hatten sie Kaninchen erlegt, die enthäutet wurden und in großen Eisentöpfen über dem Feuer zusammen mit wilden Zwiebeln und Kräutern schmorten.

Irgendwann nach Mitternacht tauchte Ramon in einer der Hütten neben Carly auf.

»Für heute haben Sie genug getan«, erklärte er. »Sie müssen sich ausruhen. Kommen Sie mit.« Er faßte sie am Arm, aber sie entzog sich ihm und kniete sich erneut neben den Jungen, der auf der gewebten Strohmatte lag. Er war nicht älter als dreizehn, ein schlaksiger Junge, der trotz seiner Krankheit lächelte.

»Ich kann noch nicht Schluß machen. Lenas Bruder, Shawshuck, Two Hawks, braucht den Tee, damit sein Fieber sinkt. Sein Körper verbrennt förmlich. Er ...«

Ramon nahm ihr die Holzschale aus den müden, leicht bebenden Händen. »Ich werde mich um den Jungen kümmern.« Er stellte die Schale beiseite und zog sie hoch. »Sie müssen sich ausruhen ... zumindest eine Weile.«

»Aber ...«

»Ich verspreche Ihnen, daß ich dem Jungen den Tee gebe.« Er zog sie mit sich durch die kleine, niedrige Öffnung der Hütte und mußte sie festhalten, da sie ins Wanken geriet. Ihre Beine waren so zittrig vom langen Knien. Er fluchte leise, hob sie auf die Arme und begann, auf den hinteren Teil des Dorfes zuzugehen.

»Es ist jetzt alles in Ordnung, wirklich. Sie können mich absetzen.«

»Pst. Tun Sie, was ich sage, und legen Sie Ihre Arme um meinen Hals. Ich hätte Sie nicht hierlassen dürfen. Sie haben sich gerade selbst erst von Ihrer Krankheit erholt.«

»Ich bin nur müde, das ist alles. Florentia und die anderen sind genauso müde wie ich.« Aber sie folgte seiner Aufforderung und schlang ihre Arme um seinen Hals, um sich festzuhalten, während er entschlossen vorwärts schritt. Sie bemühte sich, nicht die kräftigen Muskeln zu beachten, die sie unter ihren Brüsten spürte, oder die Sehnen an seinem Hals, die sich bei jeder Berührung ihrer Finger verspannten.

Er blieb am Rand des Waldes stehen und kniete sich unter einen abgeschirmten Nadelbaum, dessen Zweige ein grünes Dach über ihnen bildeten. Ein paar Schritte weiter weg flackerte ein kleines Feuer in der Stille der Nacht, und unter dem Baum war eine Schlafmatte ausgebreitet worden. Behutsam legte der Don sie darauf.

»Sie müssen unbedingt eine Weile schlafen. Es nutzt niemandem, wenn Sie krank werden.«

»Was ist mit den anderen?«

»Pedro wird dafür sorgen, daß sie einen Platz zum Ausruhen bekommen.«

»Was ist mit Ihnen? Sie haben auch den ganzen Tag gearbeitet. Sicher sind Sie genauso müde wie ich.«

Er lächelte. Deutlich waren seine weißen Zähne im Feuerschein zu sehen. »Wie ich schon einmal sagte, ich bin ein Mann. Bei mir ist das etwas anderes.«

Mochte ja sein, aber sie wollte es ihm nicht glauben. Er war stärker und entschlossener, vielleicht. Wie auch immer, sie war jedenfalls müde, und während die Minuten verrannen und sie auf der Schlafmatte lag, wurden ihre Lider schwer. Doch das interessierte sie nicht länger. Bald schon war sie eingeschlafen, aber während der Nacht wurde sie unruhig, wälzte sich hin und her, träumte von ihrer Mutter und dem häßlichen Tod durch Cholera, den sie in den Kohlengruben bekämpft hatte. Dann wurde sie von etwas Warmem umfangen. Sie fühlte sich beruhigt und geborgen. Die schrecklichen Erinnerungen verschwanden, und endlich konnte sie gut schlafen.

Am Morgen wachte sie auf und fand sich in den starken, kräftigen Armen des Don wieder.

Carly schnappte nach Luft. Ihr Herz schlug hart gegen ihre Rippen. Sie versuchte sich zu bewegen, aber ihr Haar hatte sich aus dem Zopf gelöst und war unter seiner breiten Schulter eingeklemmt. Einer seiner muskulösen Schenkel lag zwischen ihren Beinen, und ihre Hüften berührten intim seine Lenden.

Lieber Himmel! Ihr Herzschlag beschleunigte sich und dröhnte ihr bis in die Ohren. Sein Atem streifte ihren Nacken und bewegte die Haarsträhnen neben ihren Ohren. Dort, wo sie sich erschreckend an sie drängten, fühlten sich die Muskeln seiner Schenkel hart an. Carly wand sich, wollte sich aus seiner Umarmung befreien, ohne ihn zu wecken, versuchte die aufsteigende Wärme in ihrem Bauch wie auch die Schwäche in ihren Gliedmaßen zu ignorieren.

»Es wäre besser, *querida*«, raunte er ihr zu, »wenn Sie sich nicht ganz so bewegen würden.«

Carly versteinerte. Zum ersten Mal fiel ihr auf, daß er erregt war, daß sie an ihrer Hüfte den Beweis seiner Erregung deutlich pochen fühlte. So naiv sie auch sein mochte, was das zu sagen hatte, wußte sie schon.

»Ich ... ich ... wie kommt es ... warum sind Sie ...?«

»Pst. Es gibt keinen Grund, Angst zu haben. Sie konnten nicht schlafen, das ist alles. Machen Sie die Augen zu, und schlafen Sie ruhig wieder. Der Morgen kommt früh genug.«

Carly schluckte schwer, kniff die Augen zu und spürte, wie er ein wenig von ihr wegrückte, sie aber in den Armen hielt. Sie versuchte, sich zu entspannen, und als ihr das nicht gelingen wollte, die Spannung zu verdrängen, die durch ihren Körper rann, aber schlafen konnte sie nicht mehr.

Jedenfalls nicht, wenn er sie in den Armen hielt und seine sinnlichen Lippen nicht weit von ihren Ohren entfernt waren.

Der Spanier seufzte und ließ sie los. Dann warf er seine Decke zurück und sprang auf. »Vielleicht haben Sie recht. In ein paar Minuten wird die Sonne am Horizont erscheinen. Es gibt sowieso noch viel zu tun. Ich werde uns schon mal Kaffee kochen.«

Sie schob ihr zerzaustes Haar aus dem Gesicht. »Danke.« Aber ihr Mund war so ausgetrocknet, die Worte blieben ihr fast im Hals stecken. Sie war nicht sicher, daß er sie mitbekommen hatte.

Die nächsten beiden Tage arbeiteten sie Tag und Nacht. Zwei von Carlys Patienten starben, aber der Junge, Two Hawks, würde es schaffen. Er war zwölf Jahre alt, wie sie von Lena erfahren hatte, ein gutaussehender Junge mit hohen Wangenknochen und kräftigem, glattem, schwarzem Haar. Er lächelte oft, und der Don schien ihn genauso zu mögen wie sie. Carly würde niemals den Anblick vergessen, wie der hochgewachsene, stolze Spanier neben ihm gekniet und ihm eine Schale Suppe an die trockenen Lippen gehalten hatte.

Jeden Abend hatte sie neben dem Don geschlafen, nicht so dicht wie zuvor, aber nah genug, daß sie ihre Hand nach ihm hätte ausstrecken und ihn anfassen können. Er war jeden Morgen da gewesen, als sie aufwachte, und hatte sie merkwürdig fürsorglich betrachtet. Gestern schien er ziemlich unruhig und begann sich von ihr zu distanzieren. Gestern abend war er erst sehr spät zu ihr gekommen. Und heute morgen, als sie aufwachte, war der Spanier schon weg.

Ramon beobachtete das Mädchen, wie sie durch das Lager zu der Heilerin ging. Sie war blaß im Gesicht, und ihre Kleidung war verschmutzt und zerknittert. Ihr Haar war leicht zerzaust und doch beschwerte sie sich nicht. In den vergangenen drei Tagen hatte sie unermüdlich gearbeitet, alles getan, was von ihr verlangt wurde, gleichgültig, wie unangenehm die Aufgaben waren. Sie glich kein bißchen der Frau, für die er sie gehalten hatte. Sie war weder selbstsüchtig noch mitleidlos, dachte nicht an Geld und den Luxus, den man sich damit leisten konnte.

Innerlich fühlte er sich noch beschämter, weil er sie so schlecht behandelt hatte.

Er begehrte sie mehr als je zuvor, mehr als er nach Lily je eine andere Frau begehrt hatte. Vielleicht sogar noch mehr als Lily.

In der ersten Nacht, als er neben ihr geschlafen hatte, hatte er davon geträumt, in sie zu dringen, sich tief in ihr warmes, weiches Innere zu senken, alle Verantwortung seinen Leuten gegenüber zu vergessen, auch den Schwur, den er seinem Bruder gegeben hatte, dafür zu sorgen, daß Rancho del Robles in die Hände der de la Guerra zurückgegeben wurde.

Statt dessen malte er sich aus, wie es wäre, sie zu lieben, wilde Leidenschaft mit ihr zu erleben, das brennende Verlangen auszukosten, das ihn zeitweise alles vergessen lassen würde.

Keine Trauer mehr um Andreas.

Keine Sorge mehr, entdeckt zu werden, und auch keine Gedanken mehr darüber, was er tun sollte, wenn das Geld, das sie mit den Pferden erzielt hatten, verbraucht war. Zumindest Martinez und die übrigen Männer waren sicher ins Lager zurückgekehrt. Eine Zeitlang würde das Geld reichen, aber früher oder später wäre es aufgebraucht. Ohne Andreas als El Dragón Überfälle zu machen, würde weitaus gefährlicher werden. Es würde bald auffallen, daß er jedesmal, wenn ein Überfall stattfand, nicht auf seiner Ranch war, und schon wäre klar, daß er hinter der Sache steckte.

Außerdem war da noch das Problem mit dem Mädchen. Er konnte sie nicht gehen lassen, und er konnte sie auch nicht bei sich behalten. Wenn er es doch täte, würde sein Wille früher oder später nachlassen, und er würde mit ihr schlafen.

Madre de Dios. Er wünschte sich, er wüßte, was er tun sollte.

Ramon fuhr sich mit der Hand durch das wellige schwarze Haar und zog sich den flachrandigen Hut tief in die Stirn. Es mußte ihm etwas einfallen. Unbedingt. Er hoffte nur, daß es recht bald sein würde.

8. Kapitel

»Señor Don Ramon!« Lena kam auf ihn zu, als er ins Dorf ging. Carly war bei ihr. Nicht weit von ihnen entfernt standen Florentia, Tomasina und Serafina, die bereits auf Pedro warteten. Er mußte jeden Moment mit dem schweren *carreta* kommen, mit dem er sie nach Hause zurückbringen würde.

»*Si*, es wird Zeit, daß wir heimkehren, jetzt, wo dein Volk außer Gefahr scheint.«

»Ich könnte mich bedanken, aber das würde nicht ausreichen. Mit Worten läßt sich nicht begleichen, was mein Volk dir schuldet.«

»Es gibt keine Schuld. Du hast mir geholfen. Du hast das Leben der Señorita gerettet. Das ist mehr als ausreichend Lohn.«

Lena schüttelte den Kopf. Ihr glatter, schwarzer Pony strich ihr über die niedrige Stirn. »Die Weißen haben uns seit Jahren den Tod gewünscht. Du bist anders. Wir werden das nicht vergessen.« Sie wandte sich an Carly. »Geh mit Gott, kleine Wah-suh-wi.«

Carly lächelte. »Danke, Lena. Gib gut acht auf Two Hawks, ja?«

»Er wird bald wieder wie ein junges Reh herumspringen und genug anstellen, ehe der neue Mond aufgeht.«

Ramon sah die Frauen lächelnd an. Durch die gemeinsame Arbeit waren Lena und Carly sich nähergekommen. Sie hatte sich auch mit dem Jungen angefreundet. Ramon mochte Two Hawks ebenso. Jedesmal wenn er ins Dorf kam, hatte der Junge ihn begrüßt. Sein innigster Wunsch war, wie er Ramon einmal gesagt hatte, eines Tages ein Vaquero zu werden. Er hatte Ramon schon gebeten, ihn darin zu unterrichten, ihn mit nach Las Almas zu nehmen, wo er die spanische Reitkunst erlernen konnte.

Jedesmal hatte Ramon abgelehnt.

Er hatte zu viele Münder zu stopfen. Er konnte niemanden gebrauchen. Und doch tat ihm der Junge leid. Die Aussichten, die er im Leben hatte, waren recht trüb. Aber ein Vaquero war ein meisterhafter Reiter. Er hatte seinen Stolz, der ihm zu überleben half, und mit etwas Glück fand er auch leicht Arbeit.

Carly schaute zu ihm auf, und er faßte nach ihrer Hand.

»Wie hat sie Sie genannt?« fragte er, als er sie zu den anderen drei Frauen und dem Karren führte.

»Wah-suh-wi. Das ist der indianische Name, den sie mir gegeben hat.«

»Was heißt das?«

»Sonnenblume.« Ein wenig verlegen wich sie seinem Blick aus. »Sie behauptet, wenn ich lächle, sei das so strahlend wie die Morgensonne.«

Ramon verspürte ein leichtes Ziehen. »So ist es«, bestätigte er. »Genau wie die Sonne.«

Röte stieg ihr in die Wangen, und sie schürzte die Lippen. Hastig blickte sie auf die Zehenspitzen in ihren Sandalen. »Sie wollen, daß wir wiederkommen, Ramon.« Offen schaute sie ihm ins Gesicht. »Sie wollen mit uns feiern und sich bei uns für unsere Hilfe bedanken.«

»Das möchten Sie gerne miterleben, *chica*?« Die Begeisterung in ihrem Blick gab ihm bereits die Antwort. Das gefiel ihm an ihr, dieser Hunger nach Leben, den sie besaß. Die Freude am Leben, wie seine Leute sie auch liebten, wie sie aber den vielen Amerikanern, die er kennengelernt hatte, fehlte.

Als sie seine Worte begriff, verschwand das Licht in ihren Augen. »Am liebsten möchte ich natürlich nach Hause. Wenn Sie mich aber nicht gehen lassen, dann möchte ich gern wiederkommen.«

Ramon berührte ihre Wange. Ihre Haut fühlte sich so weich an wie die Brust einer Taube. Ihre Hautfarbe verstärkte sich durch ein feines Rot, so daß er sich an Rosen erinnert fühlte. Er dachte an die Nacht, als sie in seinen Armen geschlafen hatte, und sofort verspannte sich sein Körper. Sein Herzschlag beschleunigte sich, und in seinen Lenden klopfte es.

Er verfluchte sich – und sie – und wandte sich ab. »Wenn das Ihr Wunsch ist«, sagte er in wesentlich härterem Ton als beabsichtigt, »warum sollte ich da nicht zustimmen?«

Carly erwiderte nichts, aber ihr Lächeln war längst verschwunden und mit ihm auch ein wenig von der Sonne. Sie wandte sich an Florentia, die neben dem zweirädrigen Lastkarren stand, mit dem die Frauen hergekommen waren.

»Fahren wir schon?« erkundigte sich Carly bei der Haushälterin.

»*Si*, Señorita McConnell.« Die mollige Frau winkte ihr, mit zu den anderen zu kommen, während Ramon Vientos Zügel ergriff und sich in den Sattel schwang. »Wir fahren auf der Stelle. Ich freue mich schon auf die Nacht in meinem eigenen Bett.«

»Eigenartigerweise freue ich mich auch darauf zurückzukehren«, sagte Carly. »Wenn auch nur, um endlich diese dreckigen Sachen waschen zu können.« Sie wollte schon auf den Karren klettern, hob ihren verschmutzten gelben Rock und zeigte, ohne es zu wollen, ein wenig ihrer schlanken Fesseln. Eine heiße Woge der Erregung erfaßte Ramon. Er ritt ein Stück vor, bückte sich, schlang einen Arm um ihre Taille, verstärkte seinen Griff und hob sie zu sich auf den Sattel.

»Der Karren ist schon überfüllt. Sie werden mit mir nach Hause reiten.«

Sie wehrte sich gegen ihn, aber das störte ihn nicht. Und wenn sie ihn dazu brachte, sie den ganzen Tag rund um die Uhr zu begehren, wollte er plötzlich, daß sie wenigstens das gleiche Schicksal erlitt.

»Sie mögen nicht auf Viento reiten?« flüsterte er ihr ins Ohr und streifte absichtlich den muschelähnlichen Rand mit seinen Lippen.

Sie versteifte sich noch mehr, und er spürte sogleich die Wirkung in seiner enganliegenden Hose. Er ärgerte sich über sich selbst, aber er gab sie nicht frei.

»Ich mag Viento sehr.« Sie verlagerte das Gewicht, um es sich bequem zu machen, da er sie zwischen seine Schenkel geklemmt hatte. »Eher finde ich Sie, Señor, zeitweise unerträglich.«

»Aha. Dann werde ich daran etwas ändern müssen.« Mit Hilfe der Zügel lenkte er das Pferd von den anderen weg und ritt zu einer Baumgruppe hinüber.

»Wo wollen Sie hin? Was haben Sie...?« Ihre Stimme erstarb, als er mit seiner Hand knapp unter einer ihrer Brüste entlangstrich. Sie war rund und voll, so weiblich, daß er darauf brannte, sie zu umfassen. Liebend gern hätte er sie gehalten und liebkost, bis ihre Knospen sich aufrichteten. Er hätte gern gewußt, ob sie klein und fest oder groß und rund waren, ob sie hell- oder dunkelrosa schimmerten. Unwillkürlich stöhnte er auf. Als er seine Lippen auf ihren pochenden Puls im Nacken drückte und die glatte weiße Haut spürte, flammte Verlangen in ihm auf.

»D-Don Ramon...?« Ein leichtes Zögern klang in ihrer Stimme mit, das er zuvor nicht gehört hatte... und noch etwas, das er nur zu gut kannte, denn seine eigene Sehnsucht wuchs mit jedem Herzschlag.

»*Si, cara*«, flüsterte er. »Ich bin hier. Willst du immer noch wissen, was ich möchte?« Er ließ die förmliche Anrede fallen, das erschien ihm jetzt nur zu selbstverständlich, zügelte den Hengst, so daß er hinter einem hervorragenden Felsbrocken stehenblieb, und nahm sie in die Arme. Sie hatte die Augen aufgerissen, und ihre Wangen waren erhitzt. Er faßte ihr unters Kinn und strich ihr über die Unterlippe, beugte sich über sie und verschloß ihr den Mund mit einem ungestümen Kuß.

Carly zuckte bei der Berührung erschrocken zusammen. Erstaunt über die Kühnheit des Spaniers, wollte sie sich wehren und losreißen, aber die unnachgiebige, drängende Wärme seiner Lippen und die leichte Hitze, die ihren Körper durchflutete, brachten sie dazu, statt dessen seine Schultern zu umklammern. Ihre Brüste stießen gegen seinen muskulösen Oberkörper, und ein heftiges Feuer flackerte in ihr auf. Mit der Zunge berührte er ihre Mundwinkel, drängte sie, sich für ihn zu öffnen, und nahm leidenschaftlich Besitz von ihr.

Carly stöhnte, als sie seine warme, feuchte Zunge spürte und eine erneute Hitzewelle sich in ihrem Inneren ausbreitete. Der Arm um ihre Taille erschien ihr hart und männlich und vollkommen unverrückbar. Meine Güte, es war genauso wie in ihrem Traum.

Nein, mit ihrem Traum ließ es sich nicht vergleichen. Kein Traum konnte jemals so beglückend sein.

Carly rutschte im Sattel hin und her, ihre Brustspitzen verhärteten sich und waren überaus empfindsam, wo sie den kräftigen Oberkörper des Spaniers berührten. Er streichelte ihre rechte Brust, massierte sie sanft und brachte die Knospe zum Stehen. Dann umfaßte er sie, streifte die Spitze mit seinen Fingern und ließ seine Hand höher gleiten, bis er die bloße Haut über dem tiefen Ausschnitt erreichte.

»Ramon«, flüsterte sie, »bitte ...«

Ein tiefes Brummen war die Antwort. Er küßte sie erneut, heiß und heftig, dann riß er sich von ihr los. Sein Atem ging viel zu rasch, und er schaute sie mit so dunklen Augen an, daß sie fast schwarz aussahen.

Sie befeuchtete ihre Lippen und vermochte nicht länger, die heißen Wogen der Erregung zu unterdrücken. »Ich hatte nicht den Eindruck, Sie wollten ... Sie sollten nicht ... Sie haben gesagt, bei Ihnen sei ich sicher.« Trotz allem konnte Carly nicht auf die förmliche Anrede verzichten.

Ein Muskel zuckte an seinem Kinn. »*Si, querida*. Da hast du recht.« Er blieb bei der persönlichen Anrede. »Ich sollte das nicht tun. Es war dumm und gefährlich.« Ohne weitere Worte schob er sie vor sich auf dem Sattel herum und ritt dann schweigend zu den Frauen hinüber, die bereits auf dem Karren saßen.

»Die Señorita hat mich überzeugt, daß ich sie mit euch fahren lassen soll«, bemerkte Ramon knapp, beugte sich vor und half ihr, sich zu Boden gleiten zu lassen. Er wich mit dem Hengst ein paar Schritte zurück.

Ihre Wangen brannten wie Feuer, davon war sie überzeugt, und ihr Herz klopfte noch so laut, daß es vermutlich jeder hören konnte. Dennoch hob sie den Kopf und straffte ihre Schultern. Zielstrebig ging sie auf den Karren zu und kletterte zu den Frauen hinauf. Keiner sagte etwas, als das braune Pferd, das vor den Karren gespannt war, kurz die Ohren aufstellte und dann das schwere Gefährt über den schmalen Pfad, der als Straße diente, zog.

Auch Carly schwieg. Aber innerlich zitterte sie, und ihr Herz klopfte heftig. Als sie einen verstohlenen Blick zum Don hinüberwarf, um zu sehen, ob er sie beobachtete, bemerkte sie, daß er mit grimmiger, finsterer und undurchschaubarer Miene daherritt.

War er verärgert? Falls ja, so hoffte sie, daß sein Zorn nur von kurzer Dauer war. Solange sie in Llano Mirada war, hielt Ramon de la Guerra ihr Leben in seiner Hand. Er konnte sie freigeben oder umbringen lassen.

Oder er konnte sie nehmen. Wann immer er wollte. Wie er wollte und wo er wollte. In dem kurzen Augenblick hatte er ihr das deutlich gezeigt.

Ein Schauer lief ihr über den Rücken, diesmal kühl und keineswegs angenehm. Sie hatte nicht vergessen, wie brutal er sein konnte, auch nicht, zu welcher Rücksichtslosigkeit und Grausamkeit er fähig war.

Sie hatte aber ebensowenig vergessen, was sie empfunden hatte, als er sie gerade eben geküßt hatte.

Lieber Himmel, ihr Onkel würde ihr niemals verzeihen, wenn sie ihrer Leidenschaft folgte. Sie wäre keine Jungfrau mehr, und Onkel Fletcher würde beschämt sein. Er konnte sie sogar wegschicken. Sie würde nicht wissen, wohin, hatte niemanden, an den sie sich wenden konnte. Die Vorstellung, weitere Jahre in Einsamkeit verbringen zu müssen, sich nach einem Zuhause zu sehnen oder zumindest nach jemandem, dem sie nicht gleichgültig war, konnte sie nicht ertragen.

Mehr als je zuvor wünschte sie sich, sie könnte nach Rancho del Robles zurückkehren, in die Sicherheit, die sie dort finden würde, und zu dem neuen Leben, das für sie begonnen hatte.

Zum ersten Mal wurde Carly so richtig bewußt, wie dringend sie versuchen mußte zu entkommen.

Darauf bedacht, daß Caralee den Weg nicht wiedererkennen konnte, geleitete Ramon die Frauen sicher zum Lager zurück. Sanchez sprach wenig auf dem Rückritt, aber seine Mißbilligung stand ihm deutlich ins Gesicht geschrieben.

»Du brauchst nichts zu sagen«, bemerkte Ramon, als sie allein waren. »Ich wollte ihr nur eine Lektion erteilen. Statt dessen habe ich eine Lehre daraus gezogen.«

»So? Und die wäre?«

»Daß, soweit es die *gringa* betrifft, ich mir nicht mal selbst vertrauen kann. *Sangre de Christo*, Pedro, ich kann mich nicht erinnern, daß ich jemals eine Frau so sehr begehrt habe.«

Der alte Vaquero lachte laut auf. »Die Amerikanerin hat Feuer, *verdad*? Sie besitzt Schönheit, Mut und Kraft. Wenn ich zwanzig Jahre jünger wäre, würde ich mich auch versucht fühlen. Du mußt dich aber entscheiden, was du mit ihr tun willst, Ramon.«

»Wenn ich meine Freiheit behalten will, habe ich keine Wahl – ich kann sie nur hierbehalten.«

»Wenn du ihr die Dinge vielleicht erklären würdest ... ihr die

Wahrheit sagst. Es gibt immerhin die Möglichkeit, sie auf deine Seite zu ziehen.«

Ramon schnaubte verächtlich. »Die Frau ist eine *gringa*. Sie wird niemals einen Californio ihrem eigenen Fleisch und Blut vorziehen.«

»Vielleicht hast du recht, ich weiß es nicht. Aber ich habe seltsamere Dinge in meinem Leben gesehen. Ich habe gelernt, daß die Wahrheit ein Mittel der Überzeugung ist, das oft die Schranken zwischen Rasse oder Religion niederreißen kann.«

Ramon schüttelte den Kopf. Sanchez wurde allmählich alt. Daß er tatsächlich glaubte, die Frau würde zuhören – er könnte ihr sein Geheimnis anvertrauen –, es war schon verrückt, nur darüber nachzudenken, ob es möglich wäre.

Dennoch quälte ihn der Gedanke. Am folgenden Tag machte er sich nach Las Almas auf. Er wollte sich von dem Mädchen fernhalten. Aber jeden Abend erinnerte er sich daran, wie es gewesen war, als er sie geküßt hatte, und malte sich aus, wie es sein würde, sie leidenschaftlich zu lieben. Und jeden Tag mußte er daran denken, was sein alter Freund gesagt hatte.

Wenn er tatsächlich Verständnis bei ihr finden würde. Wenn er ihr die Wahrheit über ihren Onkel beibringen könnte, konnte er sie nach Rancho del Robles zurückkehren lassen. Sein Problem wäre gelöst, und früher oder später würde er sie vergessen.

Vielleicht sollte er sich auf den Weg zum Lager machen und ihr die Wahrheit sagen. In der Hinsicht hatte er nichts zu verlieren.

Ramon fröstelte bei dem Gedanken, daß er sein Leben verlieren könnte, wenn er so dumm sein sollte, ihr restlos zu vertrauen.

Die Idee entstand wie aus dem Nichts, oder vielleicht durch den weiblichen Instinkt, den sie immer schon besessen, aber erst kürzlich entdeckt hatte.

Sie hatte überlegt, wer im Lager ihr vermutlich helfen würde. Die Antwort war – niemand. Alle waren dem Don treu ergeben. Für wen bedeutete es einen Gewinn, wenn er ihre Flucht unterstützte? Sie kannte jetzt einige von ihnen besser. Manche waren wirklich nur aus Gewinnsucht hier, wie der Don ihr zu Anfang angedeutet hatte. Sie waren nur auf einen Teil der Beute aus, aber Carly besaß kein Geld, das sie ihnen hätte geben können, und Versprechen waren wenig wert.

Dann kam ihr die Erkenntnis: *Miranda.*

Miranda Aguilar wartete nur darauf, daß Carly das Lager verließ.

Die Frau war gleich am ersten Tag vor dem Haus des Don erschienen, um ihr klarzumachen, daß sie zu ihm gehörte. Sie wäre nicht gekommen, wenn sie Carly nicht als eine Art Drohung betrachtet hätte. Ob Miranda ihr helfen würde?

Carly hatte inzwischen Reiten gelernt, zumindest ein bißchen. Der Don hatte es ihr nicht beigebracht. Er hatte nach ihrer Rückkehr aus dem Indianerdorf das Lager verlassen. Ruiz und Sanchez hatten ihr den Unterricht gegeben. Beide waren ausgezeichnete Reiter und sehr gute Lehrer, geduldig, jedoch streng, aber entschlossen, daß sie, jetzt, wo sie die Aufgabe übernommen hatten, auch reiten lernen sollte wie jede Spanierin adliger Herkunft.

Sie hatten ihr beigebracht, rittlings zu reiten, ihr aber versprochen, ihr auch das Reiten im Damensattel zu zeigen, sobald Don Roman einen entsprechenden Sattel finden würde. Sie wollte das unbedingt erlernen. Denn sie wußte, ihr Onkel würde sich darüber freuen, wenn sie wie eine Dame reiten konnte.

Im Moment reichte es, wenn sie mit einem Pferd so zurechtkam, daß sie fliehen konnte.

Falls es ihr gelingen sollte, Miranda zur Hilfe zu bewegen.

Carly kleidete sich an jenem Morgen besonders sorgfältig, kämmte sich ihr Haar, bis es kupferrot schimmerte, und steckte es mit einem hübschen Muschelkamm auf, so daß es verführerisch über eine Schulter fiel. Sie zog den Ausschnitt ihrer Bluse so tief herunter, wie sie konnte, und stellte ihre Brustansätze zur Schau. Dann machte sie sich auf den Weg zu Mirandas Hütte und klopfte leise an ihrer Tür an.

Schritte erklangen. Die Tür ging auf, und die dunkelhaarige Frau trat auf die Veranda heraus. Überraschung flackerte im ersten Moment in ihren Augen auf, dann wurde ihr Blick jedoch abweisend.

»Don Ramon ist nicht hier«, erwiderte sie und strömte Verachtung aus.

Carly lächelte dennoch unbeirrt freundlich. »*Buenos días*, Miranda. Heute ist ein schöner Tag, nicht wahr?«

»Gehen Sie. Ich habe Ihnen schon gesagt, daß Ramon nicht hier ist.«

»Ich wollte nicht zu Ramon«, erwiderte Carly und benutzte absichtlich seinen Vornamen, weil es vertrauter klang. »Ich wollte zu Ihnen.«

»Wozu?«

»Weil ich dachte, Sie könnten etwas für mich tun ... wenn ich etwas für Sie tue.«

Miranda musterte sie kalt, dann warf sie ihr langes, glänzendes schwarzes Haar in den Nacken und bedeutete ihr hereinzukommen. Die Hütte war klein, bestand nur aus zwei Räumen, aber der Erdboden war sauber gefegt, er wirkte wie poliert, und frischgewaschene Vorhänge hingen vor den Fenstern. Carly nahm den süßlichen Parfümduft der Frau wahr.

»Wie kommen Sie darauf, daß Sie irgendwas für mich tun könnten?« fragte Miranda.

Carly versuchte, nicht daran zu denken, wie hübsch sie war, wie graziös und geschmeidig sie wirkte und daß Ramon bei ihr im Bett schlief. Statt dessen konzentrierte sie sich darauf, die Frau davon zu überzeugen, daß sie diejenige sei, die Ramon bevorzugte. »Vielleicht ist das ja nicht der Fall. Andererseits wären Sie vermutlich glücklicher, wenn ich hier weg wäre. Falls das so ist, können wir sicher etwas aushandeln.«

Miranda ließ ihren Blick prüfend über Carlys Figur gleiten und versuchte die Größe und Form ihrer Brüste abzuschätzen. »Ramon will Sie hierhaben. Warum sollte ich mich nicht seinem Wunsch fügen?«

Sie standen neben einem rustikalen Tisch mit Stühlen, aber Miranda bot ihr keinen Platz an. »Das ist ja der Grund – denn Ramon *will* mich hier haben. Oder vielleicht begehrt er mich sogar.«

»Er begehrt Sie nicht, *puta*. Warum sollte er? Schließlich hat er schon mich.«

»Wenn das tatsächlich der Fall ist, warum hat er mich dann geküßt?«

Miranda reckte ihr Kinn vor. Zorn flammte in ihren dunklen Augen auf, nicht Überraschung. Sie wußte sofort, es war etwas zwischen ihnen geschehen. Die Frauen, die mit ihr im Karren gesessen hatten, mußten es erraten haben. Vermutlich glaubten sie auch, daß der Don deshalb das Lager verlassen hatte.

»Ramon ist ein Mann«, erklärte Miranda. »Einem Mann gefällt es, sich mit jeder Frau einzulassen, die sich ihm willig zeigt.«

Carly lächelte und zuckte gleichmütig mit den Achseln. Sie wandte sich zur Tür, als wollte sie gehen. »Wenn es Ihnen nichts ausmacht, ihn mit mir zu teilen ...«

»Wenn Sie freikämen, wäre Ramon nicht sicher. Sie würden ihn den Behörden ausliefern.«

Carly wandte sich um, beugte sich vor und stützte sich mit den Händen auf dem abgeschabten Holztisch auf. »Nicht, wenn wir einen Handel machen. Geben Sie mir Ihr Wort, daß Sie mir zur Flucht verhelfen, und ich werde Ihnen versprechen, daß ich Ramon nicht verrate.«

»Sie sind eine *gringa*. Wieso soll ich Ihnen vertrauen?«

»Sie sind die Geliebte des Don. Wieso soll ich Ihnen vertrauen? Sie können mich in die falsche Richtung schicken. Sie können dafür sorgen, daß mir unterwegs jemand auflauert, um mich zu ermorden. Wir müssen einander vertrauen, wenn wir jeder unseren Erfolg haben wollen.«

Miranda nagte an ihrer Unterlippe, und Carlys Herz begann erwartungsvoll zu hämmern. Für beide bedeutete der Handel ein Risiko. Würde diese Frau ihr Wort halten? Die Gefahr, die Carly erwähnt hatte, war sicherlich mehr als realistisch. Sie würde sehr auf der Hut sein und sich auf irgendeine Art schützen müssen, sobald sie erst einmal hier weg war.

Soweit es sie betraf, würde sie alles mögliche versprechen, nur um zu entkommen. Noch weigerte sie sich, darüber nachzudenken, ob sie ihr Schweigen halten würde, wenn sie erst einmal zu Hause war.

»Ich werde Sie heute abend benachrichtigen«, entschied Miranda. »Lassen Sie das Fenster auf. Um Mitternacht werde ich Ihnen mitteilen, wie ich mich entschieden habe.«

Carly verließ die Hütte und hatte Angst, zuviel zu erhoffen, obwohl sie zum ersten Mal spürte, daß es vielleicht eine Chance gab. Die Frau verachtete sie sichtlich, doch Carly mochte nicht glauben, daß sie eines Mordes fähig war. Sie konnte Carly in die falsche Richtung schicken und darauf bauen, daß Carly in den Bergen umkommen würde, aber wahrscheinlich würde sie einfach ablehnen, auch nur einen Finger zu rühren.

Miranda machte sich Sorgen um Ramon, und das mit Recht. Carly war überzeugt, daß sie, wenn sie an ihrer Stelle stünde, alles tun würde, um ihn zu schützen. Andererseits würde sie, wenn sie tatsächlich zusammengehörten, auch dafür sorgen, daß er sich keiner anderen Frau zuwandte.

Der Gedanke erschreckte sie. Ramon de la Guerra war ein Bandit, vielleicht sogar ein Mörder, wie ihr Onkel behauptet hatte. Sie würde ihn ausliefern müssen – oder nicht? Es war ihr nicht ganz wohl bei dem Gedanken, daß sie ihr Wort vielleicht brechen mußte.

Mit der Ausrede, sie habe Kopfschmerzen, zog sich Carly nach dem Essen mit Pedro und Florentia früh in ihr eigenes Schlafzimmer zurück und ging dann in dem kleinen Raum unruhig auf und ab. Um Mitternacht, so wie Miranda versprochen hatte, erklangen ihre leisen Schritte draußen unter dem Schlafzimmerfenster.

»Señorita McConnell?«

»Ich bin hier, Miranda.« Sie stand neben dem offenen Rahmen, zog aber nicht die dünne Gardine beiseite.

»Morgen früh in der Dämmerung wird einer mit dem Karren nach San Juan Bautista fahren, um Lebensmittel einzukaufen. Ein Vaquero namens Francisco Villegas hat die Aufgabe übernommen. Er tut alles für ein bißchen Gold. Ich habe ihn bezahlt, damit er Sie aus den Bergen führt. Wenn er in die Nähe der Ranch Ihres Onkels kommt, wird er Ihnen zeigen, welchen Weg Sie einschlagen müssen.«

Carly schloß die Augen. Ein Glücksgefühl erfaßte sie. »Ich habe verstanden.«

»Sie müssen vor Sonnenaufgang hinten auf die Ladefläche des Karren klettern. Er wird nicht weit von diesem Fenster weg stehen.«

»Das werde ich machen.«

»Versprechen Sie mir, daß Ramon sicher sein wird?«

Carly holte tief Luft, um ruhig zu antworten. »Das verspreche ich Ihnen.«

»Falls Sie lügen und jemandem sagen, ich hätte Ihnen zur Flucht verholfen, werde ich Sie umbringen. Haben Sie mich verstanden?«

Nervös befeuchtete Carly ihre Lippen. »Ja.«

Kies knirschte unter dem Fenster, als die Frau wegging, und Carly atmete erleichtert auf. Sie hatte keine Ahnung, was auf sie zukommen würde, so wenig wie sie wußte, was sie tun würde, sobald sie aus dem Lager geflüchtet war. Aber die Ereignisse waren in Gang gesetzt worden, und sie wollte den eingeschlagenen Weg gehen.

Stunden vergingen. Sie zog die Decken vom Bett. Die würde sie als Schlafunterlage benutzen, und wickelte das Umhängetuch, das der Don ihr geschenkt hatte, samt dem zweiten Rock und der Bluse, die Florentia ihr gebracht hatte, hinein. Auch nahm sie eine niedergebrannte weiße Talgkerze mit. Der etwa sechzig Zentimeter große Kerzenhalter war aus schwerem Eisen. Im Notfall würde er ihr als Waffe dienen. In den vergangenen zwei Tagen hatte sie bereits Nahrungsmittel gesammelt. Auch die packte sie, zusammen mit der Wasserkanne von der Kommode, in ein grobes Leinentuch und legte es zu dem übrigen Gepäck.

Sie flocht ihr Haar zu einem Zopf im Nacken, band ihn mit einer Kordel und legte sich schlafen. Doch sie wälzte sich hin und her, warf sich von einer Seite auf die andere und starrte blicklos an die Decke. Hoffentlich war es richtig, was sie tat!

Gegen vier Uhr gab sie auf, schrieb Florentia eine Notiz, auf der sie sie bat, kein Frühstück zu machen, da sie mit ein paar anderen Frauen im Morgengrauen zum Fluß aufgebrochen sei, um zu baden und ihre Sachen zu waschen. Sie würde später mit Tomasina etwas essen.

Irgend etwas mußte sie angeben, um sie davon abzuhalten, daß sie nach ihr suchten.

Es war kälter, als sie gedacht hätte. Deshalb holte sie das Umhängetuch heraus und schlang es sich um die Schultern. Dann schlüpfte sie in ihre Sandalen und kletterte mit ihrem Gepäck in der Hand aus dem Fenster.

Es war niemand in der Nähe des Karren. Sie kletterte hinten auf die Ladefläche und zog die Segeltuchplane über den Kopf. Minute um Minute verging, wuchs zu einer langen, zermürbenden Stunde an. Schließlich hörte sie Stimmen und das Klirren des Zaumzeugs, als die Pferde eingespannt wurden. Der Karren knarrte unter dem mächtigen Gewicht des Mannes, der auf den groben Holzsitz stieg. Francisco Villegas hieß er, hatte Miranda gesagt.

Es war noch kalt draußen, aber Schweiß rann ihr zwischen den Brüsten entlang. Ihre Hände waren feucht, und ihr Herz klopfte ungestüm. Als der Karren sein Tempo beschleunigte, holte sie den langen, schmiedeeisernen Kerzenständer aus ihrer Bettdecke und versteckte ihn unter ihrem Gepäckbündel. Dann wartete sie und achtete nicht auf die Stöße, die sie durch das harte Holz hinnehmen mußte, so wie der Karren über die staubige Straße holperte.

Jetzt fiel ihr auf, daß der Karren nicht zum Eingang des Lagerplatzes gewendet hatte, sondern in die andere Richtung davonfuhr. Ebenso wurde ihr klar, daß der steile Pfad, auf dem sie heraufgekommen war, mit einem Karren abwärts nicht zu schaffen wäre.

Es mußte einen anderen Eingang zu Llano Mirada geben. Don Ramon hatte gelogen.

Etwas von dem Unbehagen, das sie empfand, weil sie sich aus dem Lager geschlichen hatte, fiel von ihr ab. Sie konnte Ramon de la Guerra nicht trauen, gleichgültig, wie charmant er vorgab zu sein. Sie hatte ihm schon einmal vertraut und war seine Gefangene geworden. Er hatte versprochen, sich ihr nicht zu nähern, und doch hatte er sie leidenschaftlich geküßt und ihre Brüste gestreichelt. Vermutlich hätte er sich gern noch mehr Freiheiten herausgenommen. Die Flucht – mit welchen Mitteln auch immer – war die einzige Wahl, die ihr blieb.

Die Plane raschelte und wurde vorn neben dem Sitz hochgehoben. »Bleiben Sie unten und verhalten Sie sich ruhig«, befahl ihr eine rauhe Stimme. »Längs des Pfades stehen Wachen. Niemand darf Sie sehen.«

Carly nickte nur, und die Plane fiel zurück, doch das Gesicht des groben, bärtigen Mannes mit den blitzenden Goldzähnen konnte sie nicht so rasch vergessen.

Angst befiel sie, und es wollte ihr nichts einfallen, womit sie sie hätte vertreiben können.

Mit besorgter Miene zog Pedro Sanchez den Gurt an seinem Sattel fest und schwang sich auf seinen gesprenkelten grauen Hengst. Im Eingang des Verschlags rang Florentia ihre fleischigen Hände.

»Wohin kann sie nur gegangen sein?« fragte sie ängstlich.

»Keine der Wachen hat sie weggehen sehen.« Es war fast zehn Uhr. Erst nach neun, als die Haushälterin Tomasina gesehen hatte, die gerade zum Fluß hinunter wollte, um ihre Sachen zu waschen, hatten sie begonnen, Carly zu suchen. Weder sie noch eine der anderen Frauen hatten Carly gesehen.

»Es gibt nur eine Möglichkeit, wie sie hier weggekommen sein kann«, versetzte Pedro grimmig. »Im Lastkarren mit Cisco Villegas. Er war ziemlich unruhig in letzter Zeit, hat auf neue Unternehmungen gewartet oder hätte wenigstens schon mal gern seinen Anteil vom Verkauf der Pferde ausgegeben.«

Florentia bekreuzigte sich über ihrem kräftigen, vollen Busen. »*Madre de Dios.* Cisco ist der Schlimmste von allen. Das Mädchen wäre bei einem Berglöwen sicherer.«

Eine Bewegung draußen vor dem Korral zog Pedros Aufmerksamkeit auf sich. Er schaute hinüber und sah Ramon de la Guerra auf einem großen, braunen Pferd heranreiten.

Erleichterung durchflutete ihn und vermischte sich mit dem Bedauern, daß es ihm nicht gelungen war, die kleine *gringa* zu beschützen. »Ich bin froh, daß du da bist, Don Ramon.«

»Was gibt es denn, Pedro? Ich sehe dir am Gesicht an, daß etwas nicht stimmt.«

Pedro seufzte müde. »Das Mädchen wird vermißt. Villegas

ist der einzige, der sie mitgenommen haben kann.« Trotz seiner Bräune wirkte Ramon plötzlich blaß. »Ruiz und ich wollten ihnen nachreiten. Es tut mir leid, mein Freund, daß ich mein Versprechen dir gegenüber nicht halten konnte, aber ich werde dafür sorgen, daß sie heil zurückkehrt.«

Im ersten Moment erwiderte Ramon nichts darauf. Er blickte betroffen drein, und seine dunklen Augen funkelten zornig. »Dich trifft keine Schuld. Ich wollte, daß sie ein gewisses Maß an Freiheit hat. Du konntest nicht ahnen, daß Villegas es ausnutzen würde.« Er schob seinen Hut vom Kopf in den Nacken, so daß er ihm bis auf den Rücken hinunterrutschte und an dem dünnen geflochtenen Riemen um seinen Hals hing. Mit beiden Händen fuhr er sich durch sein dichtes, schwarzes Haar. »Dieser *bastardo* will sie verkaufen. Wie lange sind sie schon weg?«

»Er war an der Reihe, Nahrungsmittelnachschub zu holen. Im Morgengrauen ist er aufgebrochen.«

Ramon schwang sich von seinem müden Pferd, reichte Ruiz Domingo, der gerade herbeigekommen war, die Zügel und bereitete sich vor, mit Sanchez zu reiten. »Sattel mir Viento«, befahl Ramon ihm. »Und zwar rasch.«

»*Si*, Don Ramon.«

Ramon wandte sich an Sanchez. »Du hast schon deine Satteltaschen gepackt?« erkundigte er sich.

»*Si*. Das wird für drei Tage reichen.«

»Gut, dann übernehme ich sie.«

»Florentia kann dir etwas bringen, wenn du mit uns kommen willst.«

Ramon schüttelte den Kopf. »Ich reite allein. So kann ich sie besser einholen. Außerdem ist das eine Angelegenheit, die Villegas und ich allein regeln müssen.«

Pedro wollte ihm widersprechen und ihn daran erinnern, wie gefährlich Cisco war, aber er hielt sich zurück. Erst einmal hatte der Don so unnachgiebig wie jetzt gewirkt – und das war an dem Abend gewesen, als sein Bruder gestorben war und er das Mädchen mitgenommen hatte.

»Ich brauche meine Waffen«, erklärte Ramon.

»Ich hole sie dir.« Als Pedro zum Korral zurückkehrte, war Viento bereits gesattelt, mit Schlafmatte und vollen *bolas* bepackt. Ein schweres Sharpgewehr steckte in der Scheide neben den Flanken des Pferdes.

Ramon nahm die Pistolen entgegen, die Pedro ihm brachte, und schwang sich auf den kräftigen, schwarzen Hengst. »Sollte ich in drei Tagen nicht zurück sein, nimm ein paar der Männer und mach dich auf den Weg nach Nogales. Sucht das Mädchen und bringt Villegas um – denn mit Sicherheit hat er mich dann getötet.«

9. Kapitel

Carly zuckte bei dem heftigen Stoß, den ihr Körper mitbekam, als das Pferd in ein Loch trat, zusammen. Sie waren bereits seit Stunden unterwegs, zwar hockte sie nicht mehr im Karren, sondern saß auf einem der Pferde, die ihn gezogen hatten, wie Villegas auch. Die Hälfte des Vormittags war sie unter der Plane verborgen geblieben. Jedesmal, wenn sie sie anhob, hatte Villegas sie gewarnt, darunter zu bleiben und sich nicht zu regen. Schließlich hatte er unter einer Baumgruppe angehalten und die Pferde ausgespannt.

Zuerst hatte sie die Sättel hinten im Karren nicht bemerkt, aber als sie ihr aufgefallen waren, hatte sie Angst bekommen. Doch andererseits verstand sie, daß es so besser war.

»Früher oder später werden die anderen uns folgen«, erklärte der Bandit, als er den Sattelgurt strammzog, ehe er sie auf den Rücken des Tieres hievte. »Ohne den Karren kommen wir schneller vorwärts.«

»Sie wollen nicht umkehren?«

Er grinste. Sein goldener Schneidezahn funkelte, an der Stelle des anderen klaffte nur eine große Lücke. »Ich bin Llano Mirada allmählich leid. Es ist der richtige Zeitpunkt, um zu verschwinden.«

Die meiste Zeit hielten sie sich Richtung Süden wie schon seit dem frühen Morgen. Sie erinnerte sich, daß sie an dem Abend des Überfalls aus dem Norden gekommen waren, aber die Richtung, die sie dabei eingeschlagen hatten, war mehr östlich als nördlich gewesen. Demnach hätten sie eigentlich in südwestliche Richtung reiten müssen, fand sie leicht beunruhigt, zwang sich aber, nicht darüber nachzudenken. Sie kannte diese Berge nicht, und sie hatten das Lager auf einer vollkommen anderen Route verlassen, als sie bei ihrer Ankunft benutzt hatten.

Carly bewegte ihren Kopf hin und her und versuchte, die Verspannung ihrer Muskeln in Nacken und Schultern zu lockern. Ihre Beine schmerzten, und ihre Schenkel waren wund von dem harten Leder des dürftig behandelten Sattels. Sie hätte gern gewußt, wie lange Villegas noch weiterreiten wollte, ehe er eine Pause einzulegen gedachte und das Nachtlager aufschlagen wollte. Sie war sich nicht sicher, wie weit sie es noch schaffen würde.

Carly bedeckte ihre Augen und schaute in die frühe Nachmittagssonne. Sie stand gleißend am Horizont, ihre kräftigen Strahlen ließen die Eichen golden erscheinen und glitzerten auf dem Wasser des felsigen Flußlaufes, dem sie folgten. Ein paar Minuten später bedeutete Villegas ihr, auf einen anderen Pfad hinüberzuwechseln, einen, der in östliche Richtung führte anstatt in westliche, und all ihre verborgenen Ängste tauchten sofort wieder auf.

Eine Zeitlang sagte sie nichts und hoffte im stillen, es sei nur ein Bogen um einen Berg herum oder die einzige Möglichkeit, einer natürlichen Grenze auszuweichen. Als sich die Kilometer jedoch in die Länge zogen, mußte sie stark an sich halten, um nicht die Frage auszusprechen, die ihr auf den Lippen lag – Lieber Himmel, wohin bringen Sie mich?

»Ich brauche eine kurze Rast«, erklärte sie schließlich und gab sich peinlich berührt. »Dort drüben ist ein Fluß. Während ich ... beschäftigt bin, können Sie vielleicht die Pferde tränken.«

Er brummte etwas Unverständliches vor sich hin, hielt aber sein Tier an und stieg ab. Carly kletterte ebenfalls von ihrem Pferd. Ihre zittrigen Beine wollten sie kaum noch tragen. Sie machte ein paar Schritte und reckte sich ein wenig, und schon wurde es etwas besser. Jetzt oder nie. Jeder Kilometer, den sie hinter sich legten, zehrte an ihren Kräften. Sie brauchte jedoch ihre ganze Energie, um einem Mann wie Villegas gegenüberzutreten.

Sie wandte sich in seine Richtung, und als er sein Pferd zum Fluß führte, zog sie leise den schweren, schmiedeeisernen Kerzenhalter aus ihrem Gepäck.

»Beeilen Sie sich lieber«, riet er ihr. »Wir haben noch einen weiten Weg vor uns.«

»Ja, das ist mir klar.« Mit feuchten Händen umklammerte sie das schwere Eisen aus Angst, es könnte ihr wegrutschen, hielt es hinter sich und trat näher an ihn heran. »Doch ich wüßte gern, wohin Sie mich bringen wollen. Wir halten uns nach Osten und nicht nach Westen. Warum schlagen wir die falsche Richtung ein?«

»Es ist nur ein kleiner Umweg«, erwiderte er sachlich. »Morgen halten wir uns wieder westlich. Den Tag danach werden Sie Rancho del Robles erreichen.«

Er log. Es stand ihm in seinem häßlichen Gesicht geschrieben. »Ich glaube Ihnen nicht. Sagen Sie mir, wohin Sie mich bringen wollen. Und diesmal möchte ich die Wahrheit hören.«

Überzeugen Sie mich, dachte sie. *Machen Sie mir glaubhaft, daß ich mich irre und Sie mich wirklich nach Hause bringen werden.*

Francisco Villegas grinste. »Sie wollen die Wahrheit hören, Señorita? Wir sind nach Nogales unterwegs. Sie sind eine sehr schöne Frau ... und unschuldig, nicht wahr? Die Frauen im Lager haben gesagt, Sie wären noch Jungfrau. Mit dem hübschen, kleinen Körper und dem feurigen Haar wird der Preis für Sie ganz schön hoch liegen.«

»Sie ... Sie wollen mich verkaufen?« Schrill entfuhr ihr die Worte. Meine Güte, er wollte sie in ein Bordell bringen! Er wollte sie zur Hure machen!

»Natürlich«, erwiderte er. »Warum würde ich mir sonst solche Mühe geben?«

Carly befeuchtete ihre bebenden Lippen und umfaßte das schwere Eisen hinter sich noch fester. »Wenn Sie ... Sie Geld wollen, wird mein Onkel Ihnen welches geben. Mehr sicherlich, als Sie in Juarez bekommen.«

Sein Grinsen verstärkte sich noch. Sie haßte seinen selbstzufriedenen Gesichtsausdruck. »Das glaube ich nicht. Außerdem gibt es jede Menge Frauen in Nogales. Und ich brauche dringend eine Frau.« Er trat auf sie zu, zog an dem Band, das ihren Zopf hielt, und faßte mit seinen wulstigen Fingern danach. Sein übler Atem streifte ihre Wange. »Vielleicht haben sich die Frauen im Lager geirrt und El Dragón hat dich bereits genommen. Dann könnte ich dich auch haben, was?«

»Sie ... sie haben sich nicht geirrt. Ich war noch nie mit einem Mann zusammen.«

Er legte seine Hand gegen ihre Wange. Seine Haut fühlte sich rauh und schwielig an. Mit seinen schmutzigen Fingern streichelte er sie. »Selbst wenn ich dich nähme, würdest du mir noch eine hübsche Summe einbringen. Ich glaube fast, das wäre es wert.«

Meine Güte! Sie zwang sich, ruhig stehenzubleiben. Sie mußte ihn niederschlagen. Es gab keine andere Möglichkeit. Die Waffe dazu hielt sie fest in Händen. »Sie werden mich nicht bekommen – Sie werden mich nicht anfassen!« Sie schaute ihm geradewegs in die Augen und holte mit aller Kraft aus. »Ich werde nach Hause kommen.« Der Kerzenhalter stieß mit solcher Wucht gegen seinen Kiefer und die Wange, daß ihm der Goldzahn ausfiel und ein Schwall Blut aus seinem Mund quoll.

Erschrocken ließ sie das Eisen fallen und rannte zu ihrem Pferd. Sie schob den Fuß in den Steigbügel, schwang sich mit einer Kraft hoch, die sie nicht geglaubt hatte noch zu haben, und drückte dem Pferd ihre Fersen in die Flanken. Das Tier machte genau in dem Moment einen Satz nach vorn, als der Bandit seinen Arm um ihre Taille schlang und sie vom Sattel riß.

Sie wehrte sich, befreite sich aus seinem Griff und schrie auf, als er sie so heftig ohrfeigte, daß sie zu Boden stürzte.

»Das hätten Sie nicht tun sollen«, grunzte er und japste vor Zorn.

Sie schaute zu ihm auf. Entsetzen erfaßte sie und raubte ihr jegliche Kraft. Ihre Wange brannte schmerzlich und der eisenhaltige Geschmack von Blut breitete sich in ihrem Mund aus. Sie rollte sich auf die Knie. Das offene Haar fiel ihr über die Schultern. Angstvoll sah sie sich nach ihrer Waffe um. Sie entdeckte das schwere Eisenstück und streckte die Hand danach aus, aber Villegas versperrte ihr den Weg. Er packte ihr Haar, riß ihren Kopf hoch und verpaßte ihr eine weitere Ohrfeige.

»Du hast es gewagt, mich zum Kampf herauszufordern?« Mit dem Handrücken wischte er sich das Blut vom Mund, zerrte sie hoch und riß ihre Bluse auf. »Kein Mann, der jemals gegen mich angetreten ist, hat das überlebt – und du bist nur eine Frau.«

»Dann bringen Sie mich doch um«, keuchte sie. »Wenn Sie das nicht tun, schwöre ich, werde ich Sie umbringen!«

Er lachte nur. Mit seinen fleischigen Fingern umfaßte er ihre

Brust und preßte sie so rücksichtslos, daß Carly ein heftiger Schmerz durchzuckte. »*Puta*«, knurrte er. »Jetzt wirst du meine Hure.«

Carly hatte solche Angst, daß ihr schwindlig wurde. Verzweiflung erfaßte sie, und im selben Moment wurde sie auf ein Rascheln aufmerksam. Beide erstarrten.

»Laß die Frau los!« Ramon de la Guerra stand nicht mehr als anderthalb Meter von ihnen entfernt. Er hatte die Beine gespreizt, und kalter Zorn zeichnete sich auf seinem Gesicht ab. Der flachrandige schwarze Hut saß ihm tief in der Stirn, doch das wütende Funkeln seiner dunklen Augen blieb ihr nicht verborgen. Er hatte die Zähne so fest aufeinandergebissen, daß die Anspannung seiner Wangenmuskeln deutlich zu erkennen war.

Villegas ließ ihre Brust los. »Aha ... du bist also selbst gekommen, um das Mädchen zu holen. Das hätte ich nicht gedacht.« Er lachte spöttisch. »Aber sie ist ziemlich hitzig, was?«

»Ich sagte, laß sie los.«

Villegas gab sie frei, und Carly sank vor ihm zu Boden.

»Trete von ihm zurück, Cara«, bat Ramon sie. »Er wird dir nichts mehr tun.«

Sie unterdrückte ein Aufschluchzen und versuchte aufzustehen, aber ihre Beine zitterten so sehr, daß sie es nicht schaffte. Sie versuchte es erneut, zwang sich dazu, ihre schwachen Gliedmaßen zu bewegen und kroch durch den Staub von dem primitiven, gewalttätigen Mexikaner weg. Ihre Hände bebten, und ihre Brust hob und senkte sich heftig. Angst schüttelte sie und erschwerte ihr das Atmen. Angst um sich. Angst um Ramon.

»Ich werde dich umbringen, *jefe*. Und dann nehme ich das Mädchen.« Villegas grinste unverschämt. Zwei Zahnlücken waren zu sehen, wo seine Schneidezähne hätten sitzen müssen. »Ich werde mich mit ihr vergnügen, wie es mir beliebt, und dann werde ich sie an Ernesto verkaufen. Er hat das feinste Bordell in Nogales.«

Ramon verlor die Beherrschung. Seine Muskeln im Nacken und an den Schultern spannten sich kraftvoll, als er sich mit einem Satz auf Villegas stürzte, ihn am Hals packte und zu Boden riß. Es gelang dem Bandit, sich zu befreien, doch Ramon wirbelte zu ihm herum und schlug so rasch und kräftig mit der Faust zu, daß der massige Mann zu Boden sackte und mit dem Kopf auf der hartgestampften Erde aufschlug. Ein weiterer Schlag folgte, dann noch einer und noch einer. Villegas blutete. Es lief ihm aus der Nase zum Kinn. Er schnappte Ramon am Hemd und wälzte sich mit ihm, so daß er mit seinem schweren Körper über ihm zu liegen kam.

Ramon steckte mehrere harte Schläge ein, ehe er sich befreien konnte, doch dann war er wieder über Villegas, bekam die Kontrolle und verpaßte ihm blindlings einen Schlag nach dem anderen. Der Kampf war fast vorbei, als Carly sah, wie der Mexikaner nach einem Messer griff, das aus seinem Stiefel gerutscht war.

»Ramon, ein Messer«, schrie sie. Die Warnung kam gerade rechtzeitig. Er erwischte die Hand, in der der Bandit das Messer hielt. Sie rangen miteinander, und einen Moment lang fürchtete Carly, der schwerere Mann könnte siegen. Sie rannte über die Lichtung und schnappte sich das schwere Eisenstück. Dann kehrte sie zurück und sah, wie Ramon mit dem dünnen Messer auf Villegas einstach. Die fleischigen Arme des Mannes sanken langsam zur Seite. Seine Augen waren jedoch schon leblos, und er starrte blicklos in den Himmel. Sein Mund stand offen wie ein dunkles, blutiges Loch. Ramon ließ das Messer fallen und richtete sich auf. Als er sich umwandte, sah er Carly mit dem hocherhobenen Kerzenständer in den Händen dastehen. Bereit zuzuschlagen, starrte sie angstvoll auf Villegas.

»Du kannst deine Waffe weglegen, *chica*«, sagte er leise. »Der Mann ist tot. Er kann dir nichts mehr anhaben.«

Sie ließ die Hände sinken, und der schwere Kerzenhalter entglitt ihr. Er landete mit einem dumpfen Plumps auf dem staubigen Boden zu ihren Füßen. Tränen sprangen ihr in die Augen und rannen ihr über die Wangen. Sie sah Ramons grimmigen Gesichtsausdruck, als er mit raschen, geschmeidigen Schritten auf sie zukam. Gleich darauf drückte er sie an seine starke Brust.

»Weine nicht«, flüsterte er. »Ramon ist hier.«

Sie schluchzte nur heftiger. »Ich weine nicht«, behauptete sie. »Ich weine nie.«

Er strich ihr beruhigend durchs Haar und lehnte ihren Kopf an seine Schulter. »Das macht nichts, *querida*. Es gibt Zeiten, da kommen jedem von uns einmal die Tränen.« Sanft streichelte er ihren Rücken, flüsterte ihr leise und ermunternde Worte zu, aber sie verstand sie kaum. Dennoch klangen sie so lieb, seine Stimme so zärtlich, so unglaublich schön. Sofort wußte sie, diese lieben, süßen Worte hatte sie bereits zuvor gehört. Irgendwo... sie wünschte, sie könnte sich besser erinnern.

Mit tränenfeuchten Augen schaute sie zu ihm auf und bemerkte zum ersten Mal, daß seine Augen nicht nur braun waren, sondern mit goldenen Flecken durchwirkt.

»Bitte, Ramon«, flüsterte sie betroffen. »Bitte, sei mir nicht böse. Ich mußte es tun. Ich mußte einfach.«

»Es ist nicht deine Schuld, daß Villegas...« Er schob sie ein wenig von sich und musterte sie genauer. »Du bist freiwillig mit ihm gegangen? Du wolltest fliehen?«

Unsicherheit erfaßte sie. Er hatte nicht gewußt, daß sie hatte davonlaufen wollen. Meine Güte, wie würde er jetzt reagieren? »Ich... ich mußte gehen. Ich... bitte... versuch das zu verstehen.«

Er nahm sie erneut in die Arme und hielt sie fest umfangen. »Ich verstehe das, Cara. Mir ist klar, daß ich daran schuld bin.« Sacht faßte er unter ihr Kinn und strich behutsam über den blauen Fleck auf ihrer Wange. Dann küßte er sie. So zart wie ein Hauch war sein Kuß, mit dem er zum Ausdruck brachte, wie leid es ihm tat, was passiert war. Aus einem unerfindlichen Grund hätte sie am liebsten erneut angefangen zu weinen.

Da hob er sie auf seine Arme und ging mit ihr auf die Baumgruppe zu, wo er sein Pferd angebunden hatte.

»Ich hatte solche Angst«, gestand sie ihm und barg ihren Kopf an seiner Schulter. Mit jedem seiner Schritte fühlte sie an ihrer Wange, wie seine kräftigen Muskeln sich bewegten. »Wenn du nicht in dem Moment gekommen wärst, als ...«

Ramon schenkte ihr sein charmantes Lächeln. »Ich habe gesehen, welche Angst du hattest, *chica*. Du hast ihn so mächtig geschlagen, daß ihm fast der Kopf abgefallen wäre.« Er trug sie zu einem Platz unter einem dichtbelaubten Ahornbaum, ganz in der Nähe seines Hengstes, der friedlich graste, und stellte sie sacht auf den Boden. »Wir werden uns bald einen Lagerplatz für die Nacht suchen. Morgen kehren wir heim.«

Carly unterdrückte einen neuerlichen Tränenausbruch. Sie haßte die Vorstellung, nach Llano Mirada zurückkehren zu müssen. Aber wäre Ramon nicht gewesen, wäre es ihr weitaus schlimmer ergangen. Sie schaute zu dem hochgewachsenen, gutaussehenden Spanier auf. Er war ein Mann, wie sie ihn noch nie kennengelernt hatte, stärker, tapferer und anziehender als jeder andere. Und zärtlich. Sie hätte nie gedacht, wie zärtlich er sein konnte. Bei dem Gedanken zog sich ihr Herz zusammen.

»Fühlst du dich jetzt besser?«

»Ja«, antwortete sie, aber er hielt sie trotzdem in den Armen, und keiner von ihnen bewegte sich. Er stand dicht vor ihr, sie konnte seinen Puls am Hals klopfen sehen. Sie hatte die Hände leicht gegen seinen Oberkörper gestemmt, der sich mit jedem Atemzug hob und senkte.

Er faßte nach ihrer Wange und strich ihr das Haar aus der Stirn. »Als ich merkte, daß du weg warst ... habe ich Angst bekommen.

Den Gedanken, daß dir etwas zustößt, konnte ich nicht ertragen.« Durch ihren Tränenschleier glaubte sie, seine goldbraunen Augen feucht schimmern zu sehen. Er schaute ihr ins Gesicht, als könnte er mit ihrem Blick bis in ihre Seele dringen. Augenblicke verstrichen. Sie war überzeugt, er wollte sie küssen. Doch er seufzte tief, wandte sich um und ging langsam weg.

Ramon überquerte die Lichtung und bemühte sich, nicht an Carly zu denken und an das, was beinahe geschehen wäre. Statt dessen griff er nach Vientos Zügeln und führte den Hengst zu Carly. Er umfaßte ihre Taille, hob sie in den Sattel und setzte sie rittlings auf das Pferd. Dann, mit einer raschen, gezielten Bewegung schwang er sich zu ihr hinauf und umfaßte sie. Noch immer spürte er deutlich, wie sie zitterte, empfand jeden winzigen Schauer, der durch ihren zierlichen Körper rann. Sein eigenes Herz hämmerte dumpf.

Nie zuvor hatte er solche Angst verspürt oder war so kurz davor gewesen, jegliche Beherrschung zu verlieren, als in dem Moment, wo er sie mit Villegas auf der Lichtung gesehen hatte. Er hatte sich zwingen müssen zu warten, sich die Zeit zu nehmen, die er brauchte, um die richtige Position einzunehmen. Cisco hatte so dicht vor Carly gestanden, daß er nicht hätte schießen können. Auch hatte er das innere Bedürfnis verspürt, das Leben dieses Mannes mit der Kraft seiner Hände zu beenden.

Es war ein Gefühl, das er nie zuvor erlebt hatte. Er hoffte auch, es nie wieder erleben zu müssen.

Beschützend hielt er Carly umfangen, ritt über die Lichtung, nahm das andere Pferd an den Zügeln und tauchte tiefer in den Wald ein. Er würde erst Carly in Sicherheit bringen, bevor er sich um Ciscos Leiche kümmerte – falls die Wölfe ihm nicht zuvorkamen.

Ramon strich Carly übers Haar. Sie war fast eingeschlafen vor Erschöpfung nach dem anstrengenden Ritt und dem brutalen Angriff des Banditen. Ihr Kopf ruhte an seiner Schulter.

Sie war Jungfrau, hatte sie gesagt, und Ramon bezweifelte das keine Sekunde lang. Er freute sich, daß noch kein anderer Mann sie angefaßt hatte, aber es ärgerte ihn auch, denn er wußte genau, daß er sie nicht haben konnte. Erneut wollte er ihr nicht weh tun, und das war das einzige, was er damit anrichten würde. Carly brauchte einen Ehemann, und Ramon war entschlossen, daß seine Kinder spanischer Herkunft sein sollten.

Er lächelte, als er daran dachte, wie tapfer sie sich gegen Villegas gewehrt hatte. Sie war stark, diese kleine *gringa*. Eine Kämpferin. Sie verdiente es, frei zu sein.

Mehr als je zuvor wünschte er sich, er könnte sie gehen lassen.

»Warum tust du das, Ramon?« Sie saßen unter einer großen, schwarzen Eiche an einem Felsrand, von dem aus sie einen Ausblick auf ein schönes, kleines Tal hatten. Die Sonne ließ die Gräser aufleuchten und die Senfpflanzen und den wilden Hafer hellgelb schimmern. Ein Adler zog seine Kreise über ihnen, und ein paar Wachteln stoben auseinander wie Saatgut im Wind, als Ramon einen Kieselstein in die Mitte der Schar warf.

»Wir kämpfen dafür, daß uns unser Land zurückgegeben wird«, erwiderte er. »So einfach ist das.« Sie hatten sich Zeit gelassen. Ramon mußte sich wohl denken können, daß sie sehr müde war und ihre Muskeln schmerzten, weil sie noch nie so lange geritten war.

»Du verstößt damit gegen das Gesetz. Dadurch wirst du zum Verbrecher.« Zum ersten Mal seit der Nacht des Überfalls dachte sie darüber nach, welche Zukunft Ramon und die Familien in dem Lager hatten. Sie hätte nie gedacht, daß das passieren könnte, aber sie machte sich Sorgen um ihn.

»Unserer Meinung nach sind wir keine Verbrecher. Wir sind Männer, die nur versuchen, das wiederzugewinnen, was rechtmäßig uns gehört.«

»Die Menschen unterliegen manchem Irrtum, investieren unklug. Das bedeutet nicht, daß sie ungerecht behandelt wurden.«

»Die Regierung ist schuld daran, daß wir unseren Besitz verloren haben.«

»Wieso? Ich kann mir nicht vorstellen, daß sie absichtlich so etwas tut.« Wenn sie ihm nur klarmachen könnte, wie sinnlos seine Bemühungen waren, vielleicht würde er keine Überfälle mehr verüben. Dann wäre er in Sicherheit.

Sie schaute ihn an und bemerkte das Zucken eines Muskels an seinem Kiefer.

»Du glaubst das nicht? Vielleicht war es keine direkte Absicht. Mit Sicherheit kann das auch niemand sagen. Vor drei Jahren hat eure Regierung eine Reihe von Reformen verabschiedet. Damit sollten Grundstücksstreitigkeiten geregelt und die Spannung zwischen mexikanischen Californios – Männern, die einen Krieg gegen die *gringos* verloren hatten – und eingewanderten Amerikanern gemildert werden. Aber die Californios hatten nicht mit dem amerikanischen Gesetz gerechnet.«

Er blickte über das Tal in die Ferne. Schmerzliche Erinnerungen zeichneten sich in seinem schönen Gesicht ab. Die Wachteln hatten begonnen, sich wieder zu sammeln, pickten die Samenkörner und Beeren auf, die auf dem fruchtbaren Boden verstreut lagen, bis ein weiterer Stein sie erneut verscheuchte.

»Erzähl weiter«, bat Carly interessiert. »Ich möchte wirklich gern wissen, was geschehen ist.«

Ramon seufzte. »Die Californios hatten schon so lange auf ihren Grundstücken gelebt, sie dachten gar nicht über ihre Besitzrechte nach. Ihre *disenos* – Landkarten, auf denen die Grenzen ihres Besitzes eingezeichnet waren – waren zumeist verlorengegangen. Die Urkunden, die es jedoch gab, waren von den *gringos* bestätigt worden. Die Besitztümer waren alt, die Grenzen mit vagen, unkenntlichen Beschreibungen bezeichnet: durch Flüsse, die längst ihren Lauf verändert hatten, zwei Meilen nach Norden bis zu einem Schädelknochen auf einem Felsen, im rechten Winkel nach Westen bis zu der Gabelung einer geneigten Eiche, so etwas.«

»Ich verstehe.«

»Dann tauchten die Geier auf. Männer wie dein Onkel. Sie haben Intrigen gesponnen und mit anderen *gringos* Pläne geschmiedet, um uns den Grundbesitz zu stehlen.«

Carly verspannte sich. Der Stoff ihrer Bluse raschelte, als sie sich gegen die Baumrinde lehnte. »Mein Onkel? Sicherlich glaubst du doch nicht, er hätte damit etwas zu tun. Mein Onkel ist ein sehr angesehener Mann der Gemeinde. Es ist verständlich, daß du ihn nicht magst. Bloß habe ich nicht verstanden, warum. Was soll er dir denn angetan haben?«

Er musterte sie befremdet. »Du weißt es nicht? Dein Onkel hat es dir nicht gesagt?«

»Mir was gesagt?«

»Daß, ehe er kam, Rancho del Robles den de la Guerras gehörte. Dein Onkel hat uns den Besitz gestohlen.«

Sie atmete hörbar aus. Es konnte nicht wahr sein. Ramon log. Carly versteifte sich noch mehr. »Du erwartest doch nicht, daß ich dir das glaube. So ein Mensch ist mein Onkel nicht.«

»Du kennst ihn kaum, *chica*. Du bist erst kurze Zeit in Kalifornien. Aber du bist nicht dumm und wirst sicher bald merken, daß es stimmt, was ich sage.« Carly musterte ihn eingehend und hoffte, ihm die Lüge am Gesicht ansehen zu können. Sie wollte ihm schon widersprechen, aber Ramon sprang plötzlich auf. »Es wird Zeit, daß wir uns auf den Weg machen. Wir haben noch ein ziemliches Stück vor uns, und der Tag vergeht so rasch.«

Carly stand ebenfalls auf, aber innerlich stöhnte sie. Ihre Beine schmerzten, und der harte Ledersattel schrammte mit jedem Kilometer, den sie hinter sich legten, gegen die wunde Haut ihrer Schenkel. Ramon half ihr aufs Pferd, und dann mußte sie die ganze Zeit daran denken, was er gesagt hatte.

Konnte es tatsächlich stimmen? Sollte ihr Onkel der Familie de la Guerra das Land gestohlen haben? Sie hatte keine Ahnung, wie er in den Besitz des Grundstücks gekommen war. Sie hatte auch nie darüber nachgedacht. Seltsamerweise hatte Lena Rancho del Robles erwähnt, wie ihr jetzt einfiel, als sie ihr von den Jahren in der Mission berichtete. Sie hatte gesagt, Gier sei die zweite Natur der Weißen. Sie fänden immer einen Weg, das zu stehlen, was sie nicht anders bekommen könnten.

Carly war zu dem Zeitpunkt so müde gewesen, daß sie nicht wirklich hingehört hatte. Jetzt wünschte sie sich, sie hätte es getan.

Eine Stunde lang ritten sie weiter, bis Ramon die Pferde erneut zügelte. Carly zuckte zusammen, als er sie herunterhob. Sofort runzelte der Don die Stirn.

»Bist du so wund?«

Carly errötete vor Verlegenheit. »Es liegt an dem Sattel. Er schrammt an meinen Beinen. Die Haut ist...«

»Zeig mal«, befahl er ihr.

»Da... dagegen kannst du nichts machen. Sobald wir zu Hause sind, wird das von allein besser.«

Ein Lächeln huschte über sein Gesicht. »Frauenbeine habe ich schon öfter gesehen, Cara. Ich verspreche dir, ich werde nicht meine Beherrschung verlieren und dich vergewaltigen.«

»Es gehört sich nicht. Ich kann dir nicht...«

Ehe sie ihren Satz beenden konnte, nahm er sie auf die Arme, trug sie zu einem gefällten Baumstamm, setzte sie darauf ab und schob ihren hellgelben Rock bis weit über ihre Knie hoch. Carly wurde rot, aber der Gesichtsausdruck des Spaniers verfinsterte sich nur.

»Du hättest viel eher etwas sagen sollen.« Behutsam betastete er die aufgeschürften, roten Hautstellen auf der Innenseite ihrer Schenkel. Carly wurde heiß. »So kannst du nicht weiterreiten.« Er ließ sie auf dem Baumstamm zurück, ging zu seinem

Pferd, holte etwas aus den Satteltaschen und kam mit einer kleinen Dose zurück, in der sich Salbe befand. »Für die Pferde«, erklärte er. »Für Schrammen und Schnittwunden. Florentia hat sie gemacht. Ich habe sie immer bei mir.«

»Pferdemedizin? Ich soll ...«

»Du sollst stillhalten, während ich mich um deine hübschen, langen Beine kümmere.«

Die Farbe ihrer Wangen verstärkte sich noch. Carly spürte, wie er mit seinen Fingern über ihre empfindsame Haut strich, während er die Salbe auftrug, und eine ungewöhnliche Hitzewelle durchflutete sie. Du lieber Himmel – allein bei dem Anblick dieser langen, braunen Finger, die über ihre Haut glitten, war ihr Mund plötzlich wie ausgetrocknet, und ihre Hände wurden feucht. Die Salbe roch stark nach Tanne und Klee. Ihr Duft vermischte sich mit dem Geruch nach Pferden, Leder und Mensch.

In wenigen Sekunden war er fertig, so sicher und zielbewußt ging er zur Sache, aber als er aufsah, verdunkelten sich seine Augen, und ein Muskel in seiner Wange zuckte.

»D-danke.«

Im ersten Moment schwieg er und starrte sie nur mit funkelnden, dunklen Augen an. »Weißt du, wie sehr ich dich begehre?«

Carly schluckte und versuchte, bei seinem durchdringenden Blick nicht zusammenzuzucken. Sittsam schlug sie ihren Rock über die Beine, hielt ihre Augen jedoch auf sein Gesicht gerichtet. »Du hast gesagt, du würdest mich nicht vergewaltigen.«

»Nein ... das würde ich auch nicht tun. Ich würde dich lieben. Zuerst würde ich dich ganz zärtlich nehmen, bis du dich an mich gewöhnt hast, dann würde ich so tief in dich dringen, wie ich es jedesmal am liebsten tun möchte, wenn ich dich ansehe.«

Carly befeuchtete ihre Lippen. Ungeahnte Hitze breitete sich in ihrem Bauch aus. Sie hatte nicht gewußt, daß er so großes Verlangen nach ihr hatte. Besonders deshalb nicht, weil er eine so schöne Frau hatte wie Miranda. »Ich bin deine Gefangene. Warum ... warum hast du dir nicht längst genommen, was du willst?«

Er legte eine Hand gegen ihre Wange. »Weil ich dir genug weh getan habe. Du bist noch unschuldig. Der Mann, der dich nimmt, sollte dein Ehemann sein, jemand, der dich beschützen kann. Selbst wenn ich kein Verbrecher wäre, könnte ich dir nicht die Ehe anbieten. Ich habe geschworen, nur eine Frau spanischer Herkunft zu heiraten.«

Ihr Herz zog sich schmerzlich zusammen. Es hätte ihr nichts ausmachen dürfen. Tat es auch nicht, redete sie sich nachdrücklich ein. »Miranda?« Sie hoffte, daß die schwarzhaarige Frau nicht seine Auserwählte war. Hatte Miranda sich nicht mit Villegas zusammengetan, um den Verrat gegen Ramon zu planen und Carly als Rivalin auszuschalten? Ramon hatte eine weitaus bessere Frau verdient.

»Miranda ist nur teils spanischer Herkunft. Sie bringt mir Vergnügen im Bett, aber keiner von uns möchte heiraten. Ich habe bis jetzt noch nicht die Frau gefunden, die ich heiraten werde.«

Carly unterdrückte die Woge der Erleichterung, die in ihr aufwallte. »Daß deine Frau spanischer Herkunft ist ... ist das wirklich so wichtig?«

»*Si.* Das ist ein Versprechen, das ich den Californios gegenüber abgegeben habe, die meine Freunde sind. Ich habe das mir und meiner Familie geschworen. Das Blut spanischer Adliger fließt in den Adern der Familie de la Guerra. Meine Kinder und deren Kinder müssen spanischer Herkunft sein.«

Carly mußte unwillkürlich an die Kohlengruben denken und die niedere Herkunft, der sie entstammte. Die McConnells waren nicht adlig, doch sie würde sich nicht wünschen, jemand anders zu sein. »Du hast das gemacht, weil du die *gringos* so sehr haßt.«

»*Si.* Die *gringos* haben meinen Bruder umgebracht. Sie haben meiner Familie den Besitz gestohlen. Ich bin ein Californio. Meine Frau und meine Kinder werden auch Californios sein.«

Carly sagte nichts dazu. Unerwarteterweise war ihr schwer ums Herz. »Die Salbe hat geholfen«, erklärte sie schließlich und rang sich ein Lächeln ab. »Ich glaube, wir sollten unseren Weg fortsetzen.«

Ramon nickte. Er trat an sein Pferd und zog eine Decke aus seiner aufgerollten Schlafmatte. Die legte er über den Sattel, bevor er Carly auf das braune Pferd half. Dann schwang er sich auf seinen schwarzen Hengst.

Für den Rest des Nachmittags sprachen sie wenig miteinander, aber Ramon hielt die Pferde ein paarmal an. Bald schon war es offensichtlich, daß sie vor dem Abend nicht mehr bis nach Llano Mirada kommen würden.

Da sie sich an das Verlangen in seinen Augen erinnerte, die Hitze seiner Finger auf ihrer Haut spürte, wenn sie daran dachte, wie er ihre Schenkel mit der Salbe eingerieben hatte, nagte Carly betroffen an ihrer Unterlippe und überlegte, ob er das mit Absicht so geplant hatte, um sie nehmen zu können, wie er es offenbar gern wollte. Oder konnte sie ihm tatsächlich trauen, daß er sein Wort halten würde?

Ramon saß kerzengerade im Sattel und ärgerte sich, daß sie nur so langsam vorwärts gekommen waren. Vor Morgen würden sie das Lager nicht erreichen, so daß er die ganze Nacht mit dem Mädchen allein war.

Er sog deutlich hörbar die Luft ein und seufzte schwer. Diese Nacht würde er kaum ein Auge zutun. Nachdem er sie heute nachmittag so fürsorglich behandelt hatte, war sein Körper jetzt verspannt und erregt. Er fühlte Carly McConnells glatte, helle Haut förmlich noch unter seinen Fingern und wußte, wie nah er ihrer Weiblichkeit gewesen war. Mühelos hätte er ihre hübschen Beine spreizen, seine Hose öffnen und sie nehmen können, um endlich die quälende Sehnsucht zu stillen, die er verspürte, wann immer sie in der Nähe war.

Verdammt, aber er hatte noch nie so darauf gebrannt, mit einer Frau zu schlafen.

Sie gelangten an eine Lichtung neben einem sumpfigen Teich, umgeben von Weiden, und er bedeutete ihr, das Pferd zu zügeln. Ein kleiner, klarer Bach speiste den Teich. Eine Reihe Felsbrocken umrandeten die Lichtung und bot so einen natürlichen Schutz. Schweigend schlugen sie ihr Lager auf. Dann ritt er in den Wald, in der Hoffnung, frisches Wild zu finden.

Er entfernte sich nicht allzu weit von ihr. Die Gefahr, die von Berglöwen und Grizzlybären ausging, hatte er nicht hochgespielt. Erst noch am Nachmittag waren ihm frische Bärenspuren aufgefallen. Und wildlebende Rinder mit ihren langen, scharfen Hörnern und ihrem nicht einschätzbaren Temperament konnten leicht tödlicher sein als alles andere.

Dennoch brachte er ein kräftiges Kaninchen mit, das Carly häutete und das sie zusammen an einem grünen Weidenzweig über dem Feuer rösteten. Hinterher saß er mit dem Rücken an einen Felsen gelehnt da und schaute ihr zu, wie sie die Kochutensilien spülte, während er einen dünnen Stumpen rauchte.

Als sie mit der Arbeit fertig war, setzte sie sich ein paar Schritte von ihm entfernt ans Feuer, verschränkte ihre Beine unter sich und musterte ihn leicht mißtrauisch.

Sie nahm einen kleinen, mit Blättern besetzten Zweig in die Hand, der auf dem Boden lag, und drehte ihn in ihren Fingern. »Ich habe überlegt...« Sie schaute zu ihm hinüber. Das niedergebrannte Feuer beschien ihr ebenmäßiges Gesicht. »... an dem Abend des Überfalls... warum hast du mich da mitgenommen?«

Er nahm den Stumpen aus dem Mund und bemühte sich, nicht auf den schimmernden Kupferton in ihrem Haar zu achten. »Weil es die Absicht meines Bruders war. Ich habe es ihm angesehen, als er auf dich zuritt. In dem Moment, kurz nachdem sie ihn erschossen hatten, habe ich mich gefühlt, als wäre ich Andreas, als wäre sein Wille meiner, und so habe ich getan, was er hatte tun wollen.«

»Dein Bruder wollte mich haben?«

»*Sí.* Er hatte dich schon an dem Tag gesehen, als das Pferderennen stattfand. Schon da hat er dich begehrt.«

Nervös befeuchtete sie sich die sinnlichen Lippen, und Ramons Lenden verspannten sich.

»Dein ... dein Bruder hätte mich vergewaltigt?«

Er sog kräftig an seiner dünnen Zigarre, blies den Rauch langsam aus und schaute ihm nach, wie er in den klaren Abendhimmel aufstieg. »Ich weiß es nicht. Nie zuvor hat er so etwas getan ... aber andererseits hat er auch noch nie eine Frau gehabt, die ausgerechnet die Nichte seines ärgsten Feindes war.«

Stumm dachte sie eine Weile darüber nach, dann beugte sie sich vor, und der Feuerschein zauberte einen rosigen Hauch auf ihre glatte, weiße Haut. »Hättest du das zugelassen?«

Ramon schaute ihr in das hübsche Gesicht, dachte daran, wie zierlich und unschuldig sie war, wie zart und fraulich. Auf keinen Fall hätte er zugelassen, daß sein Bruder ihr so etwas hätte antun können. »Nein.«

Ihr Gesichtsausdruck veränderte sich, und sie lächelte erleichtert. »Vielleicht habe ich mich in dir doch nicht so sehr geirrt, wie ich schon dachte.«

Er lächelte in die Dunkelheit, sog erneut kräftig an seiner Zigarre. »Wenn das heißen soll, du findest mich nicht ganz so verabscheuungswürdig, hoffe ich, daß es die Wahrheit ist.«

Sie lachte leise und schien dann nachdenklich zu werden. Schatten vermischten sich mit dem Feuerschein und bildeten Muster auf ihrem langen, kastanienroten Haar. Er versuchte, nicht zu beachten, daß ihre zerrissene Bluse aufklaffte, den Blick auf ihre helle Haut und ihre vollen, vorgewölbten Brustansätze freigab. Sein Puls beschleunigte sich, das Herz pumpte schneller. Hitze breitete sich in seinen Lenden aus, verstärkte seine Erregung, und er war froh, daß er im Schatten saß.

»Woran denkst du?« erkundigte er sich.

Gedankenverloren spielte sie mit dem kleinen Zweig. »Ich mußte daran denken, was du getan hast.«

»Du mußtest daran denken, daß ich Villegas umgebracht habe?«

»Nein. Ich mußte daran denken, wie du mich in die Arme genommen und liebevoll auf mich eingeredet hast.« Sie schaute ihm in die Augen. »Es hat schon mal jemand mit mir so gesprochen, in den Nächten, als ich krank war. Ich habe versucht, mich daran zu erinnern. Zuerst habe ich gedacht, es wäre ein Traum gewesen. Aber das warst du, nicht wahr? Du warst der Mann an meinem Bett.«

Er hatte sich bereits Gedanken gemacht, ob sie es wohl merken würde. »*Si*, ich war da.«

»Du hast dich um mich gekümmert. Ich weiß noch, daß du meine Stirn gekühlt hast. In der einen Nacht, als ich aufgewacht bin und ... da hast du gebetet.«

Ramon lächelte. »*Si, querida.* Zum ersten Mal hat Gott meine Gebete erhört.«

Ihre Augen leuchteten auf, und so wie sie ihn anschaute, hatte sie ihn nie zuvor angeblickt. »Danke.« Ihre Erwiderung war kaum mehr als ein Flüstern.

Ramon sagte nichts dazu. Eine Weile musterte sie ihn, betrachtete sein Gesicht so eingehend, als ob sie versuchte, seine Gedanken zu lesen. Dann stand sie auf und ging über die Lichtung zu ihrer Schlafmatte, die sie ein Stück von ihm entfernt ausgebreitet hatte.

Heute abend war er froh, daß sie nicht ganz so nah neben ihm lag. Bei jedem Schritt, den sie machte, guckten ihre schmalen Fesseln unter dem Saum ihres schlichten Baumwollrockes hervor. Unwillkürlich dachte er an ihre wohlgeformten Beine und die Art und Weise, wie sie erschauert war, als er ihre Schenkel eingerieben hatte. Ihre vollen Brüste bebten unter ihrer Bluse und erinnerten ihn daran, wie wunderbar sie sich angefühlt hatten, als er sie umfaßt hatte. Seine Erregung wuchs noch, und bei jeder Bewegung ihrer Hüften breitete sich ein fast unerträglicher Schmerz in seinen Lenden aus.

Es kostete ihn seine ganze Beherrschung, nicht zu ihr zu gehen, sie an sich zu reißen, ihren Rock hochzuheben und tief in sie zu dringen. Sie weckte bei ihm einen Hunger, den er nicht stillen konnte. Sie war für ihn wie ein Fieber in seinem Körper, das er nicht abzuschütteln vermochte. Und trotzdem konnte er sie nicht nehmen.

Er war vollkommen verspannt, fast restlos beherrscht von Lust, und empfand dieselbe brennende Enttäuschung wie damals bei Lily. Aber Lily war kein junges, unerfahrenes Mädchen mehr, sondern eine reife Frau, die sich sehr wohl mit ihren weiblichen Waffen auskannte. Schließlich hatte sie sich seiner angenommen und zu sich ins Bett geholt. Nach einer blassen Mondnacht in Sevilla hatte er vier glorreiche Wochen mit Lily verbracht. Die meiste Zeit davon hatte er zwischen ihren langen, hellen, wohlgeformten Schenkeln gelegen. Er war wie besessen von ihr gewesen – bis er herausgefunden hatte, daß er nicht der einzige junge Narr war, mit dem sie ihr Bett teilte.

10. KAPITEL

Carly saß rittlings auf dem braunen Pferd und betrachtete die Gabelung des Pfades vor ihnen. Die eine Abzweigung führte weiter nach Norden, die andere nach Westen in eine eichenbewachsene, hügelige Landschaft und weiter hinunter in die Täler.

Wehmütig dachte sie an Rancho del Robles, die irgendwo dort in der Richtung liegen mußte. Ramon hielt vor ihr auf der höchsten Stelle des steilen Abstiegs an, der über die Berge in ein kleines, abgelegenes Tal führte. Sie konnte nicht umhin, den Anblick seiner schmalen Hüften und breiten Schultern zu bewundern. Aber vor allem die Anmut, mit der er auf dem Pferd saß, fand sie faszinierend.

Carly lächelte. Heute fühlte sie sich wesentlich besser. Ihre Beine hatten sich an die vielen Stunden auf dem Rücken des Tieres gewöhnt. Die Salbe, die Ramon benutzt hatte, wirkte Wunder. Hitze stieg ihr jedoch in die Wangen, wenn sie daran dachte, was sie empfunden hatte, als er sanft ihre Haut gestreichelt hatte. Er wendete sein Pferd und kehrte zu der Stelle zurück, wo sie haltgemacht hatte. Sofort zwang Carly sich, die Erinnerung an diese Augenblicke zu verdrängen.

»Sind wir in der Nähe des Lagers?« erkundigte sie sich. »Müssen wir doch jetzt sein. Zumindest hoffe ich das inständig.«

Ramon ignorierte ihre Frage. »Da ist etwas, das ich gern wüßte. Es ist wichtig, daß du mir die Wahrheit sagst.«

Bei dem ernsten Unterton in seiner Stimme hob sie sofort den Kopf. »Gut.«

»Als du das Lager mit Villegas verlassen hast ... als du weglaufen wolltest ... warum hast du das getan?«

Carlys Magen verkrampfte sich. *Weil ich Dinge in deiner Nähe verspüre, die ich nicht verstehe.* »Weil ich Angst hatte.«

»Angst? Aber doch nicht mehr vor mir?«

Carly rutschte in ihrem Sattel hin und her und schaute ihm offen in die Augen. »Ich war deine Gefangene, Ramon. Du hättest alles mit mir machen können, was du wolltest. Alles mögliche. Natürlich hatte ich Angst vor dir.«

Er musterte sie so prüfend und eindringlich, als rechnete er damit, daß sie ein Geheimnis vor ihm hatte. »Und jetzt, *chica*? Hast du immer noch Angst vor mir?«

Es lag etwas in seinem Blick, das sie nicht ganz ergründen konnte. »Als wir in den Bergen waren mit Villegas – da hast du mein Leben gerettet. Und dein eigenes dafür riskiert. Du hast mir versprochen, daß ich in Sicherheit bin, und du hast dein Wort gehalten. Nein, Ramon, ich habe keine Angst mehr vor dir.« *Höchstens vor mir selber.*

Einen spannungsgeladenen Moment lang sagte er nichts. »Der Pfad gabelt sich hier«, erklärte er ihr dann. »In westlicher Richtung geht es nach Rancho del Robles. Wenn ich sicher sein könnte, daß du deinen Onkel nicht zu unserem Lager führst, würde ich mir überlegen, dich nach Hause zurückkehren zu lassen.«

Ihr Herz machte einen freudigen Satz und klopfte heftig in ihrer Brust. Meine Güte, er wollte sie tatsächlich gehen lassen! »Ich habe keine Ahnung, wo das Lager ist. Ich war unter der Plane versteckt, als ich es mit Villegas verlassen habe, sonst hätten mich deine Wachen gesehen. Außerdem hat er sich nach Süden gehalten. Ich kenne mich in der Gegend hier gar nicht aus und könnte nicht mal den Weg zurückfinden, den wir jetzt gekommen sind.«

»Und in der Nacht des Überfalls?«

»Da war es dunkel, und ich hatte Angst. Ich weiß nicht, welchen Pfad du genommen hast. Ich war nur mit mir selbst beschäftigt.«

»Das dachte ich mir, aber ich wollte es von dir hören. Ich kann das Leben meiner Leute nicht aufs Spiel setzen.«

Sie schaute ihm ins Gesicht, betrachtete seine langen, schwarzen Wimpern und die hohen Wangenknochen. »Was ist mit dir, Ramon? Wenn du mich gehen läßt, legst du dann nicht dein Leben in meine Hände? Ich weiß, wer du bist und daß du auf Las Almas wohnst. Du mußt meinem Wort vertrauen, daß ich dich nicht ausliefere und verrate.«

»*Si*, Cara, das ist richtig. Wie du gesagt hast, weißt du, wer ich bin. Meine Ranch liegt nur wenige Kilometer von der Hazienda deines Onkels entfernt. Wenn du mir den Tod wünschst, dann brauchst du ihm nur zu sagen, daß Ramon de la Guerra El Dragón ist.«

Ihr zog sich der Magen zusammen, als sie daran dachte, daß er so leblos im Staub liegen könnte wie Villegas. »El Dragón war hauptsächlich dein Bruder. Serafina hat mir erzählt, daß es anfangs allein seine Idee war und er mehr als die Hälfte der Überfälle ausgeführt hätte. Sie hat mir auch erzählt, daß El Dragón an dem Abend, als ich dich auf der *fandango* meines Onkels kennengelernt habe, nicht die Kutsche ausgeraubt hätte. Sie sagte, es gäbe zahlreiche Banditen, die in den Goldfeldern Reisende überfallen, aber im allgemeinen wird El Dragón für alles die Schuld zugeschoben.«

»Wie ich schon mal feststellte, du bist nicht dumm. Und ich habe Respekt vor dir. Wenn du mir dein Wort gibst, daß du mich nicht verrätst, werde ich dich gehen lassen.«

Innerlich zuckte sie zusammen. Er hatte bereits einmal sein Leben für sie riskiert, um sie von Villegas zu befreien. Und jetzt riskiert er es wieder. »Warum? Warum willst du ein solches Risiko eingehen?«

»Es gibt eine Menge Gründe dafür, Cara. Vielleicht tue ich es nur deshalb, weil ich dich so sehr will und nicht haben kann.«

Sollte das tatsächlich ein ausreichender Grund sein? Das würde sie vermutlich nie erfahren. Aber eigentlich spielte es auch keine Rolle, wenn sie nur nach Hause kam. »Wenn alle, was du mir erzählt hast, die Wahrheit ist, gebe ich dir mein Wort. Dein Geheimnis ist bei mir sicher aufgehoben, Don Roman.«

Der Spanier nickte. »Erzähl ihnen, wir hätten unser Lager verlegt und wollten weiter nach Süden ziehen, als du uns entkommen konntest. Sag ihnen, du hättest die meiste Zeit die Augen verbunden gehabt und dadurch nichts gesehen, was ihnen helfen könnte, uns zu finden. Und sag ihnen, wir hätten dich gegen

Lösegeld freilassen wollen. Deshalb wärst du auch nicht angefaßt worden und El Dragón hätte dich nicht mit in sein Bett genommen.«

Leichte Röte stieg ihr in die Wangen. »Das werde ich ihnen sagen«, erwiderte sie leise. Trotz allem wurde ihr plötzlich schwer ums Herz, und sie merkte zum ersten Mal, daß sie eigentlich nicht gehen wollte. Sie schaute Ramon an, und er hatte wohl erkannt, was sie empfand, denn seine Augen wurden dunkler und wirkten verhangen. Er beugte sich vor, umschlang mit einer Hand ihren Nacken und zog sie etwas zu sich herüber. Er preßte seine Lippen auf ihre, küßte sie drängend und merkwürdig zärtlich zugleich.

Sie ertappte sich dabei, wie sie ihre Arme nach ihm ausstreckte, um seinen Nacken schlang und seinen Kuß erwiderte. Tränen brannten ihr in den Augen, als er sie sachte auf die Stirn, die Wangen und die Nase küßte, bevor er ihr den Mund mit seinen Lippen verschloß. Ein letzter, fester Kuß, und er löste sich von ihr.

»Bleib auf dem Pfad«, empfahl er ihr rauh. »In zwei Stunden müßtest du die Grenze der Ranch erreichen. Nimm die Abzweigung nach rechts und du reitest geradewegs auf das Ranchhaus zu.« Er wirbelte den großen schwarzen Hengst herum. »*Vaya con Dios, querida.* El Dragón wird dich nicht vergessen.« Und dann war er weg.

Carly umklammerte die Zügel. Innerlich bebte sie, und ihr Herz verkrampfte sich. Tränen füllten ihre Augen und rannen ihr über die Wangen.

»Gott sei mit dir, Ramon«, flüsterte sie der hochaufgerichteten Gestalt auf dem großen, schwarzen Hengst hinterher, die sich rasch von ihr entfernte. Sie schaute ihm nach, bis er verschwunden war. Selbst dann ritt sie noch nicht weiter, sondern saß betrübt und einsam auf dem braunen Pferd, obwohl sie hätte erfreut sein müssen.

Schließlich wendete sie das Tier und ritt den Pfad hinunter auf die Hazienda ihres Onkels zu. Ich werde ihn wiedersehen, sagte sie sich. Nicht, daß es einen Unterschied machen würde. Don Ramon würde gelegentlich zu Besuch kommen, wie er es zuvor auch getan hatte. Und er würde den Gentleman spielen. Aber er war El Dragón, der gutaussehende Spanier, der sie faszinierte und anzog, von dem sie träumen würde.

Von einem Felsvorsprung hoch über ihr beobachtete Ramon, wie Carly den Pfad hinunterritt. Er folgte ihr in einiger Entfernung, bis sie die Grenze von Rancho del Robles erreicht hatte, dann wandte er sich ab. Er fühlte sich erschöpft und seltsam leer, als ob jemand eine Kerze ausgeblasen und ihn in einem dunklen Raum allein gelassen hätte.

Vielleicht machte er sich Sorgen, daß das Mädchen nicht Wort halten würde. Aber eigentlich glaubte er das nicht. Eine Verbindung war zwischen ihnen gewachsen, eine eigenartige Seelenverwandtschaft, die nichts mit dem Verlangen zu tun hatte, das er für sie empfand. Es war passiert, als er die Lichtung betreten hatte, in dem Moment, wo er sich vorgenommen hatte, sie vor Villegas zu beschützen. Die Verbindung hatte sich verstärkt, als er gesehen hatte, daß sie ebenso bereit war, für ihn zu kämpfen.

Und wenn er sich doch irrte?

Ohne es zu merken, hob er gleichmütig die Schultern. Dann spielte es auch keine Rolle. Er hatte sie nicht bei sich halten können, und er wollte ihr auf keinen Fall erneut weh tun. Wenn sie ihn verriet, dann sollte es so sein. Sein Leben war reich gewesen. Er hatte die Gesellschaft schöner Frauen genossen, die körperlichen Freuden erlebt, feine Weine gekostet, getanzt und gelacht. Das einzige, was er bedauerte, war, daß er seine Leute im Stich gelassen hatte. Sie waren auf ihn angewiesen. Seine Mutter und seine Tante Teresa brauchten ihn. Und er wollte Rancho del Robles wieder in den Händen der de la Guerras sehen.

Vielleicht war er ein Narr gewesen, und doch würde er nicht anders handeln, müßte er es noch einmal entscheiden. Die Zeit würde zeigen, ob die Frau ihr Wort hielt.

Ramon ritt zurück zum Lager. Er wollte Pedro und die anderen wissen lassen, daß er wohlauf sei, was er mit dem Mädchen gemacht hatte, und dann würde er nach Rancho Las Almas zurückkehren. In den Tagen danach würde er sich nach Monterey aufmachen. Dort war ein Mädchen, Catarina Micheltorena, eine direkte Nachfahrin des früheren Gouverneurs von Alta California. Sie war gerade siebzehn geworden, nicht so alt, wie er es sich gewünscht hätte, aber sie war schön und spanischer Herkunft. Sie war so eine Frau, die jede seiner Anordnungen aufs Wort befolgen und ihm eine Schar kräftiger Söhne gebären würde. Ihr Vater glaubte, daß sie beide zusammenpaßten, und Ramon wollte gern die Ehe mit ihr eingehen.

Dann dachte Ramon jedoch an Carly. An ihren Mut und die Entschlossenheit, ihre Unschuld und ihre weiblichen Rundungen. Er dachte daran, wie es gewesen war, als er sie in den Armen gehalten hatte, und ein dumpfer Schmerz breitete sich in seiner Brust aus. Er drängte den Hengst zum Galopp.

Zum ersten Mal seit langer Zeit fiel ihm auf, wie einsam er war.

»Nun, Caralee, meine Liebe, laß uns das Ganze noch einmal durchgehen.«

Carly seufzte und lehnte sich im Sessel zurück. »Ich habe dir mindestens ein Dutzend Mal erzählt, was passiert ist, Onkel Fletcher. In der Nacht des Überfalls haben sie mir die Augen verbunden und jedesmal, wenn das Lager verlegt wurde. Ich hatte Glück, daß ich ihnen entkommen konnte, daß ich den Pfad gefunden habe, der in diese Richtung führte, daß mir ein alter Indianer gezeigt hat, wo Rancho del Robles liegt. Ich habe nichts gesehen, was dir hilfreich wäre, um sie zu finden.

Ich wünschte, ich könnte dir mehr berichten, aber ich kann es nicht.«

Sie saßen in seinem Arbeitszimmer auf dem braunen Ledersofa vor dem Kamin. Draußen war es noch warm, ein herbstlicher Septembertag, deshalb brannte auch kein Feuer. Dafür funkelten die grünen Augen ihres Onkels um so mehr.

Ein Mann namens Jeremy Layton saß ihnen gegenüber. Er war der Sheriff von San Juan Bautista. »Was ich nicht verstehen kann, Miss McConnell, ist, daß er nicht versucht hat, schon früher eine Lösegeldforderung für Sie zu stellen. Warum hat er damit so lange gewartet?« Der Sheriff war ein Mann um die Vierzig, sehnig, blond und knochig, mit stark gebräunter Haut und leicht wettergegerbtem Gesicht.

»Ich ... ich weiß es nicht. Ich glaube, er wollte, daß mein Onkel sich große Sorgen macht. Wahrscheinlich mag er ihn nicht sonderlich.« Es war schwerer zu lügen, als sie gedacht hatte. Die Geschichte wurde immer umfangreicher mit jedem Erzählen.

»Keiner von diesen Dieben mag mich.« Ihr Onkel ballte die Hand zur Faust. »Sie können sich nicht damit abfinden, daß sie den Krieg verloren haben. Sie waren zu schwach, ihren Besitz zu halten, jetzt lassen sie es an jedem Amerikaner aus, der ihren Weg kreuzt.« Durchdringend schaute er Carly an. »Erzähl mir noch mal, wie dieser Bastard aussah.«

Carly fröstelte und dachte an Villegas, den Schurken, den sie für sich als El Dragón bezeichnete. Der häßliche Bandit sah Roman de la Guerra so wenig ähnlich wie sonst irgendein Mann, den sie je kennengelernt hatte. Und glücklicherweise war er tot. Müde rieb sie sich die Schläfen. Allmählich bekam sie Kopfschmerzen.

»Wie ich schon sagte, er war ein großer, stämmiger Mann mit einem langen schwarzen gezwirbelten Schnäuzer. Ihm fehlte ein Schneidezahn, und der Zahn daneben war eine Goldkrone.«

Nach der ersten Überraschung, daß sie heimgekehrt war, nach

einer festen, kurzen Umarmung und der Sorge um ihr körperliches Wohl hatte ihr Onkel begonnen, sie mit seinen endlosen Fragen zu überschütten.

»Klingt das nach jemandem, den Sie kennen, Sheriff Layton?« fragte er.

»Nicht direkt, aber wenn ich wieder in der Stadt bin, werde ich den Stapel der Fahndungsposter auf meinem Schreibtisch durchsehen. Könnte sein, daß ich irgend etwas übersehen habe.« Der Sheriff war zuerst nicht da gewesen, als Carly heimgekehrt war. Er war erst am heutigen Morgen auf der Ranch eingetroffen, vier Tage nach ihrer Rückkehr.

Vier Tage. Ihr kam es vor wie vier Wochen.

»Erzähl uns noch mal, was sie mit den gestohlenen Pferden gemacht haben«, drängte ihr Onkel. »Du sagtest, du glaubst, sie hätten sie verkauft?«

»Ja. Ich habe gehört, wie einer der Männer sagte, daß das Geld eine gute Weile reichen dürfte.« Er war überzeugt, sie hätte etwas bemerkt haben müssen, was ihnen helfen würde, die Verbrecher aufzuspüren. Und um so überzeugter er war, desto entschlossener wurde Carly, ihr Wort nicht zu brechen.

Fletcher seufzte und lehnte sich erneut gegen das gepolsterte Ledersofa. »Es tut mir leid, meine Liebe. Ich weiß, die ganze Angelegenheit war schrecklich für dich. Ich bin heilfroh, daß du diesem Bastard entkommen bist..., ehe er sich irgendwelche Freiheiten dir gegenüber herausnehmen konnte.«

Sie bemühte sich, nicht zu erröten, wehrte sich verzweifelt, nicht daran zu denken, wie Ramon ihre Brüste umfaßt hatte, ihre Knospen sich unter dem Stoff ihrer Bluse aufgerichtet hatten, als er ihre Schenkel berührt hatte. Sie versuchte die Erinnerung an seine Küsse, an das Eindringen seiner Zunge zu verdrängen. »Das bin ich auch«, flüsterte sie.

Ihr Onkel musterte sie scharf, sagte aber nichts weiter dazu. Statt dessen wandte er sich an den Sheriff. »Es tut mir leid, Jeremy. Ich hatte gehofft, daß meine Nichte sich an mehr erinnern würde, bis Sie kommen.«

»Ich bin sicher, es war schwer für sie, und sicherlich ist es nicht einfach, sich an alles erinnern zu müssen.« Er stand auf und schaute Carly an. »Es tut mir leid, daß Sie das alles noch mal durchgehen mußten, Miss, aber ich versichere Ihnen, das war notwendig. Wenn Ihnen noch etwas einfällt, soll Ihr Onkel mir das berichten lassen.« Er nahm seinen braunen Filzhut von der Sessellehne und ließ ihn auf seinem sehnigen Finger kreisen. »Ich verspreche Ihnen eins – früher oder später finden wir ihn. Und wenn das passiert, wird er am höchsten Baum aufgeknüpft.« Carly erblaßte, aber der Sheriff lächelte nur. »Einen schönen Tag noch, Miss McConnell.«

»I-ihnen auch, Sheriff Layton.« Sie rang sich ein freundliches Lächeln ab. »Danke, daß Sie gekommen sind.«

Der schlaksige Sheriff nickte. Ihr Onkel begleitete ihn nach draußen, und Carly machte sich auf den Weg zu ihrem Zimmer. Mit einem Seufzer schloß sie die Tür hinter sich, durchquerte den Raum und sank auf die Satindecke, die über ihrem Bett lag. In gewisser Weise war es gut, wieder zu Hause zu sein. Das Haus ihres Onkels war luxuriös, verglichen mit der kleinen Hütte, die sie im Lager bewohnt hatte. Aber Ramon hatte einmal dort gelebt, und alles an dem Ort, angefangen von den handgefertigten Weidenmöbeln, den bunten gewebten Decken bis hin zu dem Geruch seiner Zigarren, der noch in den gemütlichen Räumen hing, hatte sie an ihn erinnert, und sie stellte fest, daß sie die Umgebung des Lagers vermißte.

In Wirklichkeit vermißte sie natürlich Ramon. Doch sie konnte es sich nicht leisten, darüber nachzudenken. Es würde ihr nicht helfen, und je eher sie diese Wochen vergaß – sowie ihn –, um so besser für sie. Dennoch beschäftigte sie, was Ramon über ihren Onkel gesagt hatte. Hatte er sich tatsächlich Rancho del Robles widerrechtlich angeeignet? Das wollte sie auf jeden Fall versuchen herauszufinden, aber im Moment wollte sie erst einmal Ramon vergessen und alles, was in den Bergen geschehen war. Ihr Leben ging jetzt weiter.

Carly seufzte. Sie wünschte sich, ihr Onkel würde die Angelegenheit auch vergessen, ihr keine endlosen Fragen mehr stellen und ihr die Möglichkeit geben, die Sache zu verwinden.

Doch irgendwie fühlte sie, daß er ihr so leicht keine Ruhe lassen würde.

»Nun, Jeremy, was meinen Sie zu der ganzen Sache?« Sie traten vor das weitausladende mit Ziegeln gedeckte Landhaus. Der Sheriff führte sein rotbraunes Pferd mit sich, während Fletcher neben ihm herging.

»Schwer zu sagen, Mr. Austin. Es könnte sein, daß sie noch Angst hat. Vielleicht hat er ihr gedroht, wenn sie jemals verrät, wo sie sind, daß er wiederkommt und sie umbringt. Es kann aber auch sein, daß sie die Wahrheit sagt und nichts Hilfreiches weiß. Sie sagten selbst, sie ist neu in der Gegend hier und kennt sich nicht aus. Sie hatte auf jeden Fall Angst, daß er sie umbringen würde. Da erscheint es mir vollkommen natürlich, daß sie nicht mehr dorthin zurückfindet, wo sie sie hingebracht haben. Und nach dem, was sie sonst noch erzählt hat, wollten sie ganz woanders hin.«

Fletcher nickte. Der Sheriff sprach laut aus, was er dachte. Im Zweifelsfall mußte er Caralee glauben. »Und was ist mit dem anderen? Sie sagt, der Bastard hätte sie nicht angerührt. Glauben Sie, das stimmt?«

Der Sheriff hob seinen verschwitzten Hut und kratzte sich auf dem dünnbehaarten Kopf. »Eine Frau wie sie ... so hübsch und so ... da ist es verdammt schwer, das zu glauben. Aber um ihretwillen hoffe ich, daß es stimmt.«

Fletcher sagte nichts dazu. Das war ein Thema, das er noch einmal aufgreifen wollte. Er hatte zu viel in das Mädchen investiert, um irgendwelche Risiken einzugehen. Er hatte sie absichtlich nach Westen geholt und sich gut überlegt, daß sie einen Mann heiraten sollte, der ihm in seiner politischen Karriere weiterhelfen konnte. Er wußte auch genau, wer dieser Mann sein sollte. Die Zeit, jetzt die Gelegenheit beim Schopf zu packen, war günstig – er konnte es sich nicht leisten, daß sich plötzlich herausstellte, sie trüge das Balg eines Verbrechers unter ihrem Herzen.

Fletcher verabschiedete sich von dem Sheriff und kehrte ins Haus zurück. Er wollte Caralee die Möglichkeit geben, sich wieder einzuleben und das Schreckliche, das sie durchgemacht hatte, zu vergessen. Etwas Zeit wollte er ihr lassen, aber zu lange durfte er nicht warten. Falls Caralee in Umständen sein sollte, mußte er was unternehmen.

Er mußte die Wahrheit wissen.

Seine Pläne würde er sich von ihr nicht durchkreuzen lassen.

Schließlich war die erste Woche um und ging in die nächste über. Carlys starke Willenskraft hatte sich ein paar Tage später wieder eingestellt, und sie schaffte es, Gedanken an Ramon und die Zeit im Lager entsprechend von sich zu weisen. Aber die Zweifel, die ihren Onkel betrafen, wurde sie nicht so leicht los.

Am vergangenen Abend, als es vollkommen still im Haus gewesen war und Onkel Fletcher und die Dienerschaft bereits schliefen, war sie in sein Arbeitszimmer geschlichen und hatte seinen Schreibtisch durchsucht. Sie hatte den Kaufvertrag über del Robles in einer kleinen Blechdose in der untersten Schublade gefunden. Der Besitz war ihm von einem Mann namens Thomas Garrison verkauft worden. Carly hatte keine Ahnung, wer das war, aber offenbar hatten die de la Guerras Grund und Boden bereits an Garrison verkauft gehabt, ehe ihr Onkel es aufgekauft hatte. Zur Zeit des Verkaufs hatte Ramon sich noch in Spanien aufgehalten.

Ein Seufzer der Erleichterung entschlüpfte ihr. Ramon hatte sich in ihrem Onkel geirrt. Vielleicht konnte sie ihn davon überzeugen, wenn sie ihn wiedersah. Der unbewußte Gedanke an ihn weckte eine eigenartige Woge der Erregung in ihr, und sofort sah sie seine dunklen Augen mit den dichten Wimpern, seine breiten Schultern, seine schmalen Hüften und seine dunkle, glatte Haut vor sich. Als sie den Flur hinunter verstohlen zu ihrem Zimmer hastete, kostete es sie ihre ganze eiserne Willenskraft, die Erinnerung an ihn zu verdrängen.

Carly schlief unruhig in der Nacht, mußte sich gegen heiße Träume von Ramon wehren und ärgerte sich mächtig über sich selbst, daß sie überhaupt an ihn gedacht hatte. Welchen Glauben er auch haben mochte, der Mann blieb ein Verbrecher, und selbst wenn er sie begehrte, so wollte er nichts anderes von ihr als eine leidenschaftliche Liebesnacht. Sich in ihrer Phantasie mit Ramon zu beschäftigen brachte ihr nichts ein.

Carly wachte müde und schlechtgelaunt auf. Nur der frische Herbstmorgen mit seinen bunten Blättern und dem taufrischen Gras riß sie aus ihrer Niedergeschlagenheit. Sie verließ in Reitkleidung, wie sie es die letzten beiden Tage schon getan hatte, ihr Zimmer und war überraschenderweise entschlossen, weitere Reitstunden zu nehmen – wenn man bedachte, wie sehr sie zuvor gelitten hatte.

Aber jetzt lernte sie im Damensattel zu reiten. Einer von den Vaqueros ihres Onkels, ein netter älterer Mann namens José Gonzales, hatte sich freiwillig bereit erklärt, ihr das beizubringen. Sie erwähnte nicht, daß sie bereits bei Pedro Sanchez Unterricht bekommen hatte, und daher war er mehr als erfreut über ihre, wie er es nannte, »natürliche Fähigkeit«. Und daß sie lernte, wie eine Dame zu reiten, gefiel ihrem Onkel offenbar sehr.

Sie war bereits ein gutes Stück den Flur hinuntergelaufen, ihr grünblaues Reitkleid aus Samt raschelte bei jeder Bewegung, die sie machte, als ihr Onkel auf sie zukam und sie stehenblieb.

»Ich möchte gern mit dir reden, meine Liebe, wenn du nichts dagegen hast.«

»Natürlich, Onkel Fletcher.« Neugierig folgte sie ihm in sein Arbeitszimmer, wo er hinter seinem breiten Eichenschreibtisch Platz nahm. Carly setzte sich auf einen der holzgeschnitzten Stühle davor. »Was gibt es denn, Onkel?«

Er wirkte ein wenig verlegen und räusperte sich. »Da ist etwas, das wir unbedingt besprechen müssen, meine Liebe. Leider ist es kein angenehmes Thema, besonders aber wohl nicht für ein junges Mädchen in deinem zarten Alter. Doch in der Hinsicht mußt du mir vertrauen und die Wahrheit sagen.«

Ein Schauer rann ihr über den Rücken. »Sicher, Onkel Fletcher.«

Er beugte sich vor. »Ich habe dich schon mal nach dem Mann gefragt, der dich in der Nacht des Überfalls entführt hat. Du hast gesagt, es sei El Dragón gewesen.«

Sie machte sich auf eine neuerliche Runde Fragen über Ramon gefaßt. »Das stimmt.«

»Du bist ein wunderschönes Mädchen, Caralee. Der Mann, der dich mitgenommen hat, ist ein Bandit. Ein rücksichtsloser, brutaler Verbrecher, der nicht das leiseste Gewissen hat. Es wäre nicht deine Schuld, wenn solch ein Mann sich dir aufgezwungen hätte. Ich muß es wissen, meine Liebe – du hast mich in der Hinsicht nicht belogen, oder? Der Mann hat dich nicht vergewaltigt?«

Sie errötete, verspürte jedoch gleichzeitig eine seltsame Erleichterung. Zumindest konnte sie ihm in der Hinsicht die volle Wahrheit sagen. »Nein, Onkel Fletcher.« Ein schwaches Lächeln huschte um ihre Mundwinkel. »Ich schätze, er hat wohl gewußt, daß du ihm nichts geben würdest, wenn er mir die Unschuld raubt.« Das Lächeln verflog jedoch, als ihr ein schrecklicher Gedanke durch den Sinn ging. »Es hätte aber keine Rolle gespielt ... oder, Onkel Fletcher?«

Er krauste die Stirn. »Sei nicht albern. Natürlich hätte es keine Rolle gespielt. Du bist das Kind meiner lieben Schwester, das Fleisch und Blut meiner engsten Verwandten. Du glaubst doch nicht etwa, ich hätte dich der Gnade des Schurken ausgeliefert?«

Sie lächelte wieder und empfand eine weitaus größere Erleichterung als zuvor. »Du hättest mich dann versorgen müssen. Gefallene Frauen lassen sich heutzutage nicht so gut unterbringen.«

Ihr Onkel lächelte auch. »So ist das nun auch wieder nicht. Du bist Amerikanerin, schön und ganz offenbar eine Lady.«

Unruhig rutschte Carly ein wenig auf ihrem Sitz herum. Einen Moment lang war ihr so zumute wie in dem Augenblick, als Ramon erklärt hatte, er werde nur eine Frau spanischer Herkunft heiraten; überdeutlich spürte sie, was sie war – ein Gassenkind aus den Kohlengruben.

»Hier draußen«, erklärte Onkel Fletcher, »sind Frauen wie du eine Seltenheit. Was meinst du, wie außer sich Vincent Bannister war, als er erfuhr, daß du entführt worden warst. Er hat sofort angeboten, diese Verbrecher selbst zu verfolgen. Aber natürlich hatte ich das nicht zugelassen. Vince kommt immerhin aus der Stadt. Er hat keine Ahnung, wie es bei einer Verbrecherjagd durch die Wälder zugeht.«

Nein, das hatte er bestimmt nicht. Wenn sie den hellhaarigen Vincent Bannister schon zuvor für einen Lebemann gehalten hatte, dann erschien er ihr jetzt im Vergleich zu Ramon eher wie ein Angeber.

»Übrigens wird er mit seinem Vater Ende nächster Woche hierherkommen. Er hat sich Sorgen um dich gemacht. Ich habe ihn natürlich schon benachrichtigt, daß du wohlbehalten zurückgekehrt bist, und jetzt möchte er dich gern besuchen.«

»Das ist sehr nett von ihm, Onkel. Ich hoffe nur, er ...«

Sein Blick wurde leicht durchdringend. Die Adern auf seiner Stirn traten deutlich hervor. »Was denn, meine Liebe? Du willst doch nicht sagen, daß du ihn nicht sehen willst?«

»Vincent ist sehr nett. Ich hoffe nur, er nimmt nicht an, daß ich ... an ihm interessiert bin.«

»Soll das heißen, du bist es nicht? Wieso, wenn ich fragen darf – und es sollte auf keinen Fall etwas mit diesem Bastard El Dragón zu tun haben.«

Carly richtete sich etwas gerader auf. »Na-natürlich nicht.«

»Wenn ich herausfinde, daß du mich belogen hast, Caralee – wenn sich herausstellt, daß du doch ein Kind von diesem Verbrecher bekommst, schwöre ich, werde ich ...«

»Was wirst du tun, Onkel Fletcher?« Carly sprang auf. »Mich irgendwo hinschicken, wo du mich nicht mehr siehst? Mich enterben? Mich verstoßen, daß ich mich allein durchschlagen muß?«

Ihr Onkel hieb mit der Faust auf den Tisch und wurde knallrot. »Natürlich nicht. Das habe ich nicht gemeint.« Er fuhr sich mit der Hand durch das leicht ergraute, kastanienbraune Haar. »Setz dich, Caralee. Eins wollen wir gleich mal klären.«

Sie kam seiner Aufforderung nach, setzte sich auf die Kante des Stuhls und faltete ihre Hände sittsam im Schoß.

»Was ich über Männer gesagt habe, ist die Wahrheit. Es gibt eine große Auswahl hier, aber nur wenige von ihnen besitzen die Erziehung, den Reichtum und den Einfluß, den die Bannisters haben. Und diese kleine Eskapade wird kaum deinen Ruf verbessern. Vincent Bannister will dich heiraten. Das hat er mir ganz offen gesagt.«

»Vincent will mich hei-heiraten?«

»Ja, das will er. Warum auch nicht? Du bist eine wunderschöne junge Frau und gut erzogen im gesellschaftlichen Umgang – dafür habe ich persönlich gesorgt. Er will dich zur Frau haben, und ich halte das für eine verdammt gute Idee.«

Sie bemühte sich, nicht ihre Beherrschung zu verlieren, aber es war nicht leicht. »Nun, ich glaube, das ist eine furchtbare Idee. Ich kenne Vincent Bannister doch kaum.« Sie zerknüllte ihren

Rock, stellte sie betroffen fest und ließ den Samtstoff los, in den sie vor Nervosität ihre Finger gekrallt hatte. Rasch glättete sie den Stoff.

»Es tut mir leid, meine Liebe, ich wollte dich nicht aus der Fassung bringen. Vielleicht hätte ich es Vincent überlassen sollen, dir das zu sagen, aber nach dem, was passiert ist, bin ich doch sehr dafür, daß du nicht lange zögerst. Eine Ehe mit Vincent wird dir den Zugang zu den richtigen Gesellschaftskreisen verschaffen. Das wünsche ich mir für dich, Caralee. Und ich werde dafür sorgen, daß du das auch bekommst.«

Oder will er das für sich? fragte sich Carly. Einmal hatte er ihr erzählt, er wolle in die Landkommission berufen werden. Er hatte auch erwähnt, daß die Bannisters in dem Bereich einen großen Einfluß besaßen. Unwillkürlich dachte sie an das, was Ramon ihr erzählt hatte, wie ihnen Rancho del Robles gestohlen worden war und fragte sich, ob die Urkunde von Thomas Garrison solch ein geheimes Vorgehen verdecken sollte.

»Was wird passieren, wenn ich ihn nicht heiraten will? Wenn ich lieber jemanden möchte, den ich auch liebe?«

Fletcher schnaubte verächtlich. »Sei nicht kindisch, Caralee. Liebe gibt es nicht. Ehen werden aus Vernunftgründen geschlossen. Es wäre vorteilhaft für uns beide, wenn du Vincent Bannister heiratest.«

»Ich ... bin noch nicht bereit für die Ehe. Ich möchte mir lieber etwas Zeit lassen und mir das überlegen. Ich habe Vincent doch gerade erst kennengelernt.« Mit einem Mal konnte sie keinen klaren Gedanken mehr fassen. Es geschah alles viel zu schnell. Ihr war klar gewesen, daß ihre Entführung Folgen haben könnte, aber an so etwas hatte sie nicht gedacht.

»Ich bin der einzige Verwandte, den du hast, Caralee«, sagte ihr Onkel. »Du mußt mir vertrauen, daß ich das Beste für dich tue.«

Sie rang sich ein Lächeln ab. Natürlich hatte sie ihm viel zu verdanken. Er hatte sie gerettet und ihr eine Chance gegeben, ein neues Leben zu beginnen. Selbstverständlich wollte sie ihm gern einen Gefallen tun, nachdem er so viel für sie getan hatte. Auch wollte sie seine Anerkennung gewinnen, und vielleicht sogar seine Liebe.

Sie würde fast alles für ihn tun.

Alles, nur nicht das.

»Wie gesagt, Vincent ist sehr nett. Ich verstehe deine Sorge, aber abgesehen von Freundschaft empfinde ich nichts für Vincent Bannister, und deshalb werde ich ihn nicht heiraten.« Mit gestrafften Schultern erhob sie sich. Ihr dunkelblaues Reitkleid raschelte, als es die geschnitzten Stuhlbeine streifte. »Wenn du mich jetzt entschuldigst...«

Er versuchte nicht, sie zurückzuhalten. Mit finsterem Blick sah er ihr nach, wie sie aus dem Zimmer rauschte.

Fletcher wartete, bis sie die Tür hinter sich zugemacht hatte, dann trat er an das Sideboard und schenkte sich einen Drink ein. Im allgemeinen sprach er nicht so früh am Tag dem Alkohol zu, aber seine eigenwillige Nichte trieb ihn förmlich dazu. Ein widerstrebendes Lächeln huschte über sein Gesicht. Gewiß, teils bewunderte er sie. Sie besaß Mut, war schön und klug. Sie erinnerte ihn an seine liebe Schwester, Lucy, die einzige Frau, die er je wirklich respektiert hatte. Wenn er eine Frau gefunden hätte, die nur die Hälfte vom Geist seiner Nichte besäße, würde er sie gleich morgen vom Fleck weg heiraten.

Was nicht bedeutete, daß er beabsichtigte, Caralee ihren Willen zu lassen.

Er hob den feinen Kristallschwenker an, nahm einen Schluck Brandy und genoß die Wärme, die ihm in den Magen rieselte. Ein wenig seiner Spannung ließ nach. Caralee war anstrengender, als er gedacht hatte. Er hatte es ihr gleich zu Beginn angesehen, obwohl sie sich bemüht hatte, sanftmütig und umgänglich zu erscheinen. Sie brauchte einen Mann, der sie straff zu führen wußte, der mit ihr umgehen konnte, und es sollte ein Mann nach Fletchers Wahl sein.

Er gönnte sich einen weiteren Drink. Vincent mochte ein wenig wie ein Milchgesicht wirken, aber Fletcher hatte ihn mit seiner Geliebten umspringen sehen. Der Junge zögerte nicht, seine Hand gegen sie zu erheben, wenn die Situation es erforderte. Er verstand es, die Frau an ihren Platz zu verweisen. Und seine Lust auf Bettsport würde sicherstellen, daß Caralee ihm Söhne schenkte.

Zu diesem späten Zeitpunkt mochten ihre Nachkommen die einzigen Erben sein, die Fletcher Austin je haben würde.

Er genehmigte sich noch einen Drink. Zumindest war das Mädchen nicht in Umständen. In der Hinsicht war er sich ziemlich sicher. Ebenso glaubte er, daß sie Vincent Bannister heiraten würde.

Fletcher lächelte. Er bekam immer, was er haben wollte. Diesmal würde es nicht anders laufen. Er wußte genau, was zu tun war, um seine Nichte und den Sohn seines reichen Freundes bis Ende nächster Woche zu verheiraten.

Teresa Apolonia de la Guerra liebte ihren Neffen Ramon, als wäre er ihr eigener Sohn. Sie hatte keine Kinder, denn sie war nie verheiratet gewesen. Ihr *novio*, Esteban, war mit knapp zwanzig Jahren im spanischen Krieg mit Napoleon ums Leben gekommen. Aber sie hatte ihn nie vergessen. Nur durch die enge Verbindung zu ihrem Bruder Diego und dessen Frau Anna Maria sowie ihren beiden Söhnen Andreas und Ramon war ihr in all den Jahren die Einsamkeit erträglich gewesen.

Jetzt weilte Diego schon lange nicht mehr unter ihnen. Andreas war ihm gefolgt und würde bald an seinem rechtmäßigen Platz neben seinem Vater auf dem Friedhof oben auf dem Berg ruhen. Sie schaute zu Ramon hinüber, der am Fenster stand und den Blick auf den westlichen Horizont gerichtet hielt.

Sie hob ihre dunkelbraunen Bombazinröcke an, durchquerte das Zimmer und legte ihre schmale Hand, auf der die Adern deutlich hervortraten, auf seinen muskulösen Unterarm. »Was hast du, Ramon? In letzter Zeit bist du so anders. Ich weiß, daß du um deinen Bruder trauerst, aber ich habe nicht das Gefühl, daß es das ist, was dich so beschäftigt.«

Er wandte sich ihr zu und verdrängte die Schatten aus seinen Augen. Doch das gelang ihm nicht, bevor sie es nicht bemerkt hatte. Er sah so gut aus und war anziehender als jeder Mann, den sie je kennengelernt hatte ... bis auf Esteban.

Ramon lächelte freundlich. »Es tut mir leid, *tía*. Du brauchst dir keine Sorgen zu machen. Ich muß an die Menschen im Lager denken. So ohne Andreas wird El Dragón nicht mehr lange seine Freiheit behalten.«

Ihr Griff um seinen Arm verstärkte sich. »Selbst wenn dein Bruder noch leben würde, früher oder später wärt ihr beide erwischt worden. Das hast du versucht, ihm von Anfang an klarzumachen. Du hast ihm oft genug gesagt, wie sinnlos seine Mühe ist, daß es einen anderen Weg geben muß, wie wir rechtmäßig das wiederbekommen, was uns gehört. In deinem Herzen glaubst du noch immer, daß das die Wahrheit ist.«

Er faßte nach ihrer Hand, die von Altersflecken gezeichnet war. »*Sí*, das ist es auch. Aber damit läßt sich nicht das Problem lösen, wovon wir unsere Leute ernähren sollen.«

»Sie sind stark, Ramon. Sie werden überleben, auch ohne deine Hilfe. Du kannst dich nicht um sie alle kümmern.«

»Wäre ich nur hiergewesen, als Vater mich brauchte ... wäre ich nicht in Spanien gewesen ...«

»Das ist nicht deine Schuld. Dein Vater hat geglaubt, das Gericht würde seinen Titel achten. Er dachte, er würde allein mit dem Problem fertig werden. Bis du erfahren hast, was geschehen war, war es schon zu spät.«

Das wußte er alles, doch fühlte er sich deshalb nicht weniger schuldig. Wäre er hier gewesen, hätte er vielleicht etwas tun können, um ihren Besitz zu retten. Sein Vater wäre nicht darüber krank geworden und an gebrochenem Herzen gestorben.

»Was hast du vor?« erkundigte sich Teresa.

Ramon schüttelte den Kopf. »Ich weiß es nicht.« Er schaute wieder aus dem Fenster und starrte nach Westen, wie er es schon so viele Male getan hatte. Er hatte behauptet, er mache sich Sorgen um seine Leute. Teresa wußte zwar, daß das stimmte, aber sie hatte das Gefühl, es müsse noch etwas anderes sein, das ihn so beschäftigte.

»Wirst du am Samstag zu Señor Austins *fandango* gehen?« Einer der Vaqueros von Rancho del Robles hatte am Nachmittag die Einladung gebracht.

»Ich bin mir nicht sicher.« Er schaute sie an. Wieder wirkte er betrübt. »Es sei denn, du und Mutter, ihr wollt hingehen.«

»Du weißt, daß wir in Trauer sind.«

»Wir trauern alle, aber die Anglos wissen das nicht, und wir dürfen es ihnen auch nicht zeigen. Außerdem wäre die Musik und die Fröhlichkeit gut für euch beide.«

Sie spürte, daß sie zusagen sollten – um Ramons willen –, daß sie eine Ausnahme machen sollten, sich nicht an die Tradition, die alten Bräuche und Sitten halten sollten. Er wollte gehen. Sie wußte nicht, warum, aber sie konnte es ihm ansehen. Dennoch glaubte sie, er würde seinem Wunsch nicht nachgeben.

»Vielleicht ist das eine gute Idee«, erwiderte sie und musterte ihn aufmerksam. »Es sind nur noch wenige de la Guerras da, nur wir drei, abgesehen von deinem Cousin und deiner Cousine. Da Maria und der arme, liebe Angel so weit weg sind, sollten wir das tun, was für uns das beste ist. Es ist sicher ganz nett, wenn wir hingehen.«

Er lächelte, aber gleichzeitig lag eine Finsternis in seinem Blick, die sie nicht verstand. »*Bien.* Wenn du es so möchtest, werden wir hingehen.«

Teresa tätschelte ihm die Hand. »Ich werde mit deiner Mutter sprechen. Ich glaube, sie wird mit mir einer Meinung sein.« Zu Anfang nicht. Anna richtete sich grundsätzlich danach, was sich gehörte, und sie trauerte sehr um ihren Sohn. Doch liebte sie auch Ramon und würde alles für ihn tun.

Teresa wollte unbedingt wissen, was es mit Rancho del Robles auf sich hatte, daß die Aufmerksamkeit ihres Neffen ständig davon angezogen wurde und er seine Stirn in Falten legte, als bereite ihm etwas großen Kummer.

11. Kapitel

Sie gaben eine *fandango*. Eine Party war das letzte, wonach Carly der Kopf stand, aber Vincent Bannister und sein Vater waren vor drei Tagen eingetroffen. Offenbar wollte ihr Onkel sie stilgerecht unterhalten.

Mit einem innerlichen Seufzer der Resignation wandte sie sich ihrem persönlichen jungen spanischen Dienstmädchen zu. »Bist du bald fertig, Candelaria?« Sie saß vor dem Spiegel, der sich auf ihrer mit Schnitzereien verzierten Eichenkommode befand. Unruhig rutschte Carly hin und her, während das Mädchen ihr Haar aufsteckte. Candelaria war inzwischen ziemlich geschickt darin, wenn man in Betracht zog, daß sie diese Arbeit noch nicht oft gemacht hatte.

»*Si*, Señorita. Einen Moment, dann sind Ihre wunderschönen Locken alle gut frisiert.« Sie war ein hübsches Mädchen mit vollem rundem Gesicht und der Veranlagung, später rundlich zu werden, hatte aber helle Haut, braunes Haar und große, braune Augen mit dichten, schwarzen Wimpern.

Carly mochte das Mädchen. Es war immer freundlich und gut gelaunt. Zu Anfang hatte Carly sich so einsam gefühlt, daß sie sich Candelaria anvertraut hatte. Jetzt war es ihr peinlich, wie offen sie über manches mit ihr gesprochen hatte. Sie hatte ihr von ihrer Mutter und ihrem Vater erzählt und dem Leben in Armut, das sie in den Kohlengrubensiedlungen geführt hatte.

Ihr Onkel würde vor Scham sterben, wenn er das wüßte.

Carly seufzte. Vermutlich spielte es aber keine Rolle. In gewisser Weise waren sie und Candelaria Freundinnen geworden. Ihr Onkel würde es kaum gutheißen, aber es lag ihr nicht, sich über andere zu erheben.

Offenbar rann nicht ein einziger Tropfen fürstliches Blut durch ihre Adern.

Bei dem Gedanken runzelte Carly die Stirn, und ihr Magen verkrampfte sich vor Nervosität. Die Familie de la Guerra war auch eingeladen. Sie hätte gern gewußt, ob Ramon auch kam.

»Sie sehen wunderschön aus, Señorita McConnell.« Candelaria trat einen Schritt zurück, um ihre Arbeit in Augenschein zu nehmen, die aufgesteckten kupferfarbenen Locken, die im Lampenlicht rot schimmerten und sich deutlich von dem topazfarbenen Kleid abhoben. Es hatte einen gewagten, tiefen Ausschnitt und gab einen guten Teil ihrer Brustansätze frei. Auch ihre Schultern waren leicht entblößt. Der Rock war weit geschnitten, leicht glockig, und die schmale Taille vorn im V-Schnitt eingesetzt. Dunkelbrauner Samt zierte den Rand des Kleides, zusammen mit kräftiger goldener Spitze.

»Ihr Onkel wartet sicher schon«, drängte Candelaria. »Sie wollen ihn doch nicht verstimmen.«

Nein, das wollte sie nicht, aber sie wollte auch keinen weiteren Abend mit Vincent verbringen.

Schicksalsergeben stand sie auf. Bei jeder Gelegenheit führte ihr Onkel sie zusammen. Tatsächlich hatte Carly zu Anfang versucht, sich vorzustellen, sie würde Vincent heiraten. Onkel Fletcher würde sich riesig freuen. Sie konnte nicht von ihm verlangen, daß er auf immer und ewig für sie sorgte.

Es dauerte nicht lange, bis sie herausfand, was für ein schreckliches Schicksal sie an Vincents Seite erwartete.

»Ich brenne darauf, daß du in die Stadt kommst«, hatte er ihr eines Abends auf einem kleinen Spaziergang unter den hohen Eichen hinterm Haus gestanden. »San Francisco ist unglaublich aufregend.« Er seufzte dramatisch. »Natürlich läßt es sich mit Philadelphia nicht vergleichen.« Die Stadt aus der er stammte. »Du triffst nicht annähernd auf die gleiche Sorte Leute oder den gleichen Grad an Bildung, aber zumindest kannst du dort eine anständige Mahlzeit bekommen. Du mußt nicht ständig diese gräßlichen Tortillas und Bohnen essen, mit denen man sich hier begnügen muß.«

»Also, ich mag das Essen sehr«, erwiderte Carly ein wenig abweisend. Sie hatte versucht, ihn auf andere Themen zu bringen, aber er kehrte zu seiner Abneigung dem Landleben gegenüber, seinen Vorurteilen über die spanischen Grundbesitzer oder sein Lieblingsthema – sich selbst – zurück. Er schien sich nur dafür zu interessieren, wer wer war in der Gesellschaft von San Francisco, wer das meiste Geld hatte und für die Geschäftsangelegenheiten seines Vaters.

»Eines Tages wird den Bannisters ganz San Francisco gehören«, prahlte er. »Die Frau, die ich einmal heirate, lebt wie eine Königin.« Er wandte sich ihr zu und faßte unter ihr Kinn. »Du könntest die Frau sein, Caralee. Alle Frauen der Stadt würden dich beneiden ... und mich alle Männer.«

Dann hatte er sich vorgebeugt und sie geküßt. Carly hatte die Augen zugemacht und gehofft, sie würde die sengende Hitze spüren, die Ramon bei ihr erzeugt hatte. Aber sie hätte ebensogut die Aubergine küssen können, die sie am Morgen im Garten gepflückt hatte.

Es war jedoch die Hand, mit der er nach ihrer Brust faßte, die den Kontakt beendete. Sie wollte ihm keinerlei Freiheiten zugestehen. Denn sie empfand nichts für Vincent Bannister, und ihr war allzu deutlich geworden, das sich das niemals ändern würde.

Jetzt stand sie allein unter dem Vordach des Hauses, schaute ihrem Onkel und seinen Gästen zu und fand sich innerlich damit ab, einen weiteren Abend in seiner unerwünschten Gesellschaft zuzubringen. Im stillen schwor sie sich durchzuhalten, holte tief Luft und schritt auf die Gruppe gutgekleideter Leute am Rand der großen Holzbodentanzfläche zu, die ihr Onkel extra für die *fandango* hatte aufbauen lassen.

Zwei Männer spielten Gitarre, und ein dritter zog seinen Bogen über die Saiten einer Geige, der er die bittersüßen spanischen Weisen entlockte. Bunte Papierlaternen hingen zwischen den überhängenden Ästen der Eichen, und die Tische waren mit dampfenden Speisen in Schüsseln und auf Platten beladen. In der Nähe der Versammelten drehte sich ein Spanferkel auf einem Spieß und verbreitete seinen würzigen Bratenduft in der abendlichen Kühle. Einige Vaqueros ihres Onkels standen drum herum, lachten, rauchten und freuten sich über die Musik.

Die meisten Gäste hatten Gläser mit Sangria, einem Gebräu aus starkem Rotwein, wilden Beeren, Orangen und Zitronen. Einige Männer tranken den feinen importierten Whiskey, den ihr Onkel in San Francisco gekauft hatte.

»Caralee!« Onkel Fletcher winkte sie zu sich. »Es wird Zeit, daß du zu uns kommst. Vincent wartet schon ganz ungeduldig.«

William Bannister lachte, und ein paar der Umstehenden stimmten ein. Vincent errötete ein wenig.

Ihr Onkel grinste nur. »Sie ist ein erfrischender Anblick für müde Augen, nicht wahr, mein Junge? Habe das Kleid extra für sie bestellt und es den weiten Weg von New York City ums Kap kommen lassen.« Er klopfte dem blondhaarigen Mann auf den Rücken, und Vincent lächelte gutmütig.

Zumindest das sprach für Vincent. Er schien einigermaßen

ausgeglichen. »Sie sieht auf jeden Fall sehr hübsch aus, Mr. Austin. Ihre Nichte ist eine wunderschöne Frau.« Sein Blick glitt zu Carly hinüber. »Und da das der Fall ist, hoffe ich, wird sie mit mir tanzen.«

»Natürlich wird sie das tun.« Ihr Onkel warf ihr einen Blick zu, der keinen Widerspruch duldete, und Carly rang sich ein Lächeln ab.

»Gern sogar.« Das sprach auch für Vincent. Er war ein guter Tänzer. Sie ließ sich von ihm auf die Tanzfläche führen, und sie begannen sich zu den leisen Klängen eines Walzers zu drehen. Sie hatte gehofft, es würde eine Polka oder eine Mazurka gespielt, jedenfalls etwas Lebhaftes. Dann brauchten sie sich nicht zu unterhalten.

»Das, was ich gesagt habe, war ernst gemeint. Du siehst heute abend sehr hübsch aus, Caralee.« Vincent lächelte. Seine braunen Augen leuchteten. »Selbst in San Francisco wärst du die Schönste auf jedem Ball.«

»Danke, Vincent, das ist sehr schmeichelhaft.« Wie alles, was er sagte. Sie tanzten weiter. Carly genoß die Musik, schaffte es aber nicht, sich auf Vincents uninteressante Unterhaltung zu konzentrieren. Obwohl sie sich bemühte, es nicht zu tun, streifte ihr Blick über die Menge. Unwillkürlich suchte sie nach Ramon. Sie erkannte Sam Hollingworth und dessen Frau Amanda, ihre nächsten Nachbarn im Norden, wie George Winston und Royston Wardell. Die Montoyas und einige andere Californio-Familien waren auch da, aber nirgends konnte sie den hochgewachsenen, dunkeläugigen Spanier entdecken.

Es ist besser so, redete sie sich ein. Dennoch empfand sie eine tiefe Enttäuschung.

»Hörst du mir zu, Caralee?« wollte Vincent wissen, als er sie von der Tanzfläche führte. »Ich sagte, ich möchte dich unter vier Augen sprechen. Da ist etwas, das ich dir unbedingt zeigen möchte.«

Carly stemmte sich leicht gegen den Arm, der um ihre Taille ruhte. Mein Gott, was sollte sie tun, wenn er ihr einen Antrag machte? »Du w-willst mir etwas zeigen?«

»Das habe ich gerade gesagt. Wir treffen uns in zwanzig Minuten draußen vor der Scheune.«

»Vor der Scheune? Das halte ich für keine gute Idee, Vincent. Was passiert, wenn uns jemand dabei sieht?«

»Komm, Caralee. Ich wette mit dir, so ängstlich warst du nicht, als du mit dem spanischen Dragón durch die Wälder gezogen bist.«

Carly wurde noch ablehnender. Das Flackern in Vincents Augen gefiel ihr nicht. Aber als sie genauer hinschaute, lächelte er bloß. Vielleicht hatte sie es sich nur eingebildet. »Warum um alles in der Welt muß es ausgerechnet die Scheune sein? Gibt es keinen anderen Ort, wo wir hingehen können?«

»Da ist die Überraschung. Du mußt hinkommen, Caralee. Ich habe sie speziell für dich machen lassen. Ich verspreche dir, sie wird dir gefallen.«

Sie mußte zugeben, daß er sie neugierig gemacht hatte. »Na gut, in zwanzig Minuten.«

Er grinste und drückte ihr die Hand. »Laß mich nicht warten!«

Geistesabwesend nickte sie noch. Ihr Blick wanderte schon zu der Straße, die zur Ranch führte, und der Kutsche, die sich näherte, während sie miteinander sprachen. Carly zog beim Anblick Ramons hörbar die Luft ein. Mit zwei älteren Damen – von denen die eine seine Mutter und die andere seine Tante sein mußte – schritt er auf sie zu.

Im ersten Moment konnte sie sich nicht bewegen. Die Erinnerung an die Wochen in den Bergen kehrte plötzlich zurück, und ihr war, als wäre sie nie von dort weggegangen. Sofort spürte sie Ramons Lippen auf ihren, fühlte seine heißen Küsse ... und seine Hände ... meine Güte, diese wunderschönen, schlanken, braunen Finger... die Art, wie er ihre Brüste berührt hatte, daß ihre Knospen sich unter der Bluse aufgerichtet hatten. Carly schluckte, als er direkt vor ihr stehenblieb.

»Señorita McConnell, wie schön, Sie wiederzusehen.« Er trug seine enganliegende, schwarze *calzonevas* mit der silbernen Stickerei an den Seiten. Eine kurze, schwarze *charro*-Jacke spannte sich über seine breiten Schultern, die schmalen Aufschläge waren ebenfalls mit einem silbernen Faden verziert. »Ich glaube, meine Mutter und meine Tante haben Sie noch nicht kennengelernt.« Ihretwegen sprach er Spanisch und lächelte freundlich. Dabei war sein Blick jedoch starr auf Caralee gerichtet. Eindringlich musterte er sie und vermittelte ihr eine stumme Botschaft. *Du hast dein Versprechen gehalten und mich nicht verraten.*

Carly befeuchtete ihre Lippen. Plötzlich fühlten sie sich so trocken an, daß sie kaum sprechen konnte. »Nein, wir sind uns noch nicht begegnet. Guten Abend, Señoras. Es ist mir ein Vergnügen, Sie kennenzulernen.«

Seine Mutter nickte nur. Sie war eine untersetzte kleine Frau, trug ein dunkelblaues Kleid und hatte ein schwarzes, mit Fransen besetztes *rebozo* über Kopf und Schultern gelegt.

Seine Tante war größer, schlanker und wirkte zerbrechlicher als seine Mutter. Doch hatte sie einen scharfen Blick. »Mir ist es auch ein Vergnügen, Señorita McConnell.« Sie betrachtete Carly eingehend von Kopf bis Fuß und schaute dann Ramon an, dessen Blick weniger eindringlich war. »Jetzt, wo wir einander vorgestellt sind, erinnere ich mich, daß ich Sie an dem Tag, als das Pferderennen stattfand, mit meinem Neffen gesehen habe.«

Carly lächelte. »Ja, Don Ramon war sehr galant an dem Tag.« Sie fürchtete sich fast davor, ihn anzusehen, so stark klopfte ihr Herz.

Seine Tante musterte sie aufmerksam. Dann deutete sie mit dem Kopf zu den Musikanten hinüber, die am anderen Ende der

Bühne spielten. »Hör mal, Anna«, sagte sie zu der anderen Frau. »Die Musik ist wunderschön, nicht wahr?« Lächelnd wandte sie sich an Carly. »Mein Neffe ist ein ausgezeichneter Tänzer, genau wie sein Vater Diego, Gott hab ihn selig. Ramon – warum zeigst du der Señorita nicht, wie ein Spanier den Walzer tanzt?«

Er runzelte leicht beklommen die Stirn. »Ich glaube nicht, daß der Onkel der Señorita das besonders gut findet.«

»Ich finde es aber wunderbar«, verkündete Carly impulsiv. Gleichgültig, wie sehr es ihren Onkel verärgerte, nie wieder würde sie sich Ramon gegenüber so benehmen, wie sie es einmal getan hatte.

Er hob eine Braue und lächelte auf seine unglaublich anziehende Weise, die Carly sich so sehr bemüht hatte zu vergessen. Ihre Hände wurden feucht, und Schweißperlen bildeten sich zwischen ihren Brüsten. Vielleicht war es doch keine so gute Idee, mit Ramon zu tanzen.

Er faßte nach ihrer Hand und führte sie an seine Lippen. »Ich wüßte nichts, was ich lieber täte, Señorita McConnell.«

Sie ließen die beiden alten Damen unter einer roten Papierlaterne und einer hell strahlenden Mondsichel stehen und schritten zur Tanzfläche hinüber. Als Ramon sich ihr zuwandte und seine Hand um ihre Taille legte, schien die Wärme, die von ihm ausging, durch den Stoff ihres Kleides bis auf ihre Haut zu dringen. Die ersten Takte der Musik erklangen. Ramon zog sie schwungvoll mit sich und tanzte so anmutig, wie er auf seinem wunderbaren Hengst geritten war.

Er lächelte sie an, und seine goldbraunen Augen funkelten. »Nun ... ich lebe noch. Sicher war ich mir nicht, daß es so ausgehen würde.« Seine langen, sehnigen Beine trafen intim gegen ihre Schenkel. Bei der flüchtigen Berührung erschauerte sie. Ein wohltuendes Prickeln erfaßte ihre Hände, wo er sie anfaßte. Ramon schien das nichts auszumachen. Jede seiner Bewegungen war vollkommen, sein Lächeln blieb unverändert. Auch achtete sie darauf, den schicklichen Abstand zwischen ihnen zu wahren.

El Dragón hätte solche Anstandsformen verachtet. Carly fühlte sich ein wenig enttäuscht.

Dennoch lächelte sie, als sie zu ihm aufschaute. »Du bist überrascht, daß ich es nicht meinem Onkel gesagt habe? Das glaube ich dir nicht. Du wußtest ganz genau, daß ich dich nicht verraten würde.«

Amüsiert hob er eine Braue. »Woher sollte ich das wissen?«

Carly ignorierte das nervöse Zittern in ihrem Magen. »Ich weiß es nicht. Vielleicht wegen der vielen Frauen, die du kennst. Sicher merkst du sofort, wenn du wieder eine mit deinem Charme für dich eingenommen hast.«

Er lachte. Ein melodischer, leicht rauher Klang. Er beugte sich weit genug vor, um ihr ins Ohr zu flüstern. »Also war es mein Charme, dem ich dein Versprechen zu verdanken habe? Nicht meine heißen Küsse?«

Hitze stieg ihr in die Wangen. »Heute abend spielst du den Gentleman«, neckte sie ihn. »Aber ein Gentleman erinnert eine Dame nicht an so etwas. Es liegt wohl daran, daß Don Ramon und der spanische Dragón nicht so verschieden sind, wie die Leute glauben sollen.«

Ramons Griff verstärkte sich leicht, und seine Augen schienen aufzuleuchten. »Ich versichere dir, Cara, in vielerlei Hinsicht sind wir uns total gleich.« Sie konnte den viel zu kühnen Blick nicht mißverstehen. Ebensowenig wie die Leidenschaft, die ihm im Gesicht geschrieben stand. Doch so rasch, wie sie aufgeflammt war, war sie auch verschwunden. Die Musik verstummte plötzlich, und Ramon nahm seine Hand von ihrer Taille.

»Ich hoffe, das Tanzen hat dir Spaß gemacht. Mir auf jeden Fall. Jetzt wird es aber Zeit, daß ich dich zu deinen Freunden zurückbringe.«

Sie rang sich ein Lächeln ab. »Natürlich«, erwiderte sie und war eigenartigerweise über seine nüchterne Art erzürnt. »Inzwischen wird mein Onkel bemerkt haben, wo ich bin ... und Vincent wartet sicher schon.« Als er auf diese Worte hin die Stirn runzelte, empfand sie eine momentane Befriedigung. Dennoch ließ er sie in Gesellschaft einiger Frauen zurück und ging zu seiner Mutter und seiner Tante, die sich mit den Montoyas unterhielten.

Carly wartete nur ein paar Minuten, entschuldigte sich dann und lief zur Scheune hinüber. Sie hatte Vincent versprochen, ihn dort zu treffen, und sie wollte Wort halten. Besonders jetzt, wo Ramon mit der hübschen Witwe Pilar Montoya tanzte.

Es war dunkel in der dämmerigen, großen Landhausscheune, aber das Mondlicht fiel durch die offenen Fenster, und Vincent hatte in einer der Boxen eine Laterne angezündet. Der Duft nach Heu und Pferden wehte ihr mit der kühlen Brise entgegen. In dem weichen, gelben Licht der Lampe sah sie winzige Staubpartikel in der Luft tanzen, und Insekten schwirrten herum.

»Ich hatte schon Angst, du würdest nicht kommen.« Er trat auf sie zu, faßte nach ihrer Hand und zog sie ganz zu sich heran. Die Schnallen seiner eleganten, kantigen Schuhe glänzten im Licht. Seine weiße, eingeschlagene Krawatte war unter seinem Kinn zu einer auffällig großen Schleife gebunden.

»Ich kann nicht lange bleiben«, sagte Carly. »Was willst du mir zeigen?«

Er wich von dem rauhen Holzverschlag zurück, der die Boxen teilte, und gab den Blick auf einen der elegantesten Damensättel frei, den Carly je gesehen hatte und der dort am Geländer hing.

Vincent freute sich. »Du hast einmal erwähnt, daß du reiten lernen willst. Neulich schrieb dein Onkel in einem Brief an meinen Vater, daß du bereits begonnen hättest, Unterricht zu nehmen. Ich möchte, daß du die richtige Ausrüstung dazu hast.«

Sie starrte auf den Sattel. Das Leder war mit einem zarten, eingravierten Blumenmuster verziert und der gepolsterte Sitz mit einem beigen Leinenstoff bezogen, auf den kleine rosa Rosen aufgedruckt waren. Der Sattel war passend für sie, kleiner als der, auf dem sie bisher geritten war und den sie sich bei einem ihrer Nachbarn geliehen hatte.

»Er ist wunderschön, Vincent.« Carly trat näher und strich behutsam über das verzierte Leder. »Großartig.« Sie schaute ihn an und bekam ein schlechtes Gewissen, weil sie so wenig von ihm gehalten hatte. Im stillen wünschte sie sich, sie könnte ihn so mögen, wie ihr Onkel es gern hätte. Das freudige Lächeln auf ihrem Gesicht erstarb. »Leider kann ich das nicht annehmen.«

Vincent war bestürzt. »Du kannst es nicht annehmen? Wieso nicht, Caralee?«

»Weil wir nicht ... weil er viel zu teuer ist. Ich kann unmöglich ...«

Vincent zog sie in seine Arme. »Verstehst du denn nicht, Caralee? Ich will dich zur Frau nehmen. Der Sattel ist nur der Anfang. Ich werde dir Juwelen, Kleider und alles kaufen, was dein Herz begehrt. Du wirst das Hauptgesprächsthema in San Francisco – die Königin der Stadt.«

Innerlich zuckte Carly zusammen. Er sprach nicht von Liebe, nicht von Gefühlen, die er für sie hegte. Er dachte einzig und allein an Geld und wollte sie nur, weil sie gut aussah, wegen der Kleider, die sie trug, und der guten Manieren, die sie in der teuren Schule gelernt hatte. Was sie empfand und wie sie als Mensch war, interessierte ihn nicht. Er kannte sie nicht mal näher.

»Ich kann dich nicht heiraten, Vincent. Ich liebe dich nicht. Und wenn ich heirate, will ich den Mann auch lieben.«

Er faßte sie bei den Schultern. Ein paar Haarsträhnen fielen ihm in die Stirn. »Ich erwarte nicht, daß du mich liebst ... jedenfalls nicht zu Anfang. Unsere Zuneigung wird mit der Zeit wachsen. Eine größere Rolle spielt, daß wir gut zusammenpassen.«

»Wir passen nicht gut zusammen, Vincent. Wir sind uns kein bißchen ähnlich. Ich will dich nicht kränken, aber ich kann dein Geschenk nicht annehmen – und ich kann dich nicht heiraten.«

Die Herzlichkeit wich aus seinem Gesicht. Mit einem Mal wirkte er älter als sonst. Im Licht der Lampe erschien er ihr plötzlich eigenartig verbissen. Die Lippen hatte er fest aufeinandergepreßt. »Dein Onkel hat mir gesagt, du würdest nicht einwilligen. Aber trotzdem, Caralee, wirst du meine Frau werden.« In dem Moment sah er so sicher aus, daß sie laut auflachen wollte. Auf keinen Fall würde sie jemals Vincent heiraten.

»Ich muß zu unseren Gästen zurück. Jetzt bin ich schon etwas zu lange weg.« Sie wandte sich von ihm ab, aber er faßte nach ihrem Handgelenk und riß sie an sich.

»Du kannst noch nicht gehen, Caralee.«

»Laß mich los, Vincent. Mein Onkel ...«

»Mit der Zeit wirst du begreifen, daß dies nur zu deinem Besten geschieht. Und eines Tages wirst du mir dankbar dafür sein.« Ein ungeschickter Kuß folgte. Sie versuchte, sich seinem Griff zu entziehen, aber er hielt sie förmlich umklammert. Seine feuchte Zunge glitt über ihre Lippen, und eine Welle des Zorns erfaßte sie. Verdammt! Für wen zum Teufel hielt er sich? Sie trat ihm kräftig gegen das Schienbein, entlockte ihm einen Schmerzensschrei, aber er ließ sie nicht los. Statt dessen hielt er ihr den Mund zu und drückte sie mit dem Rücken in einen Stapel Stroh.

»Ich werde behutsam sein«, sagte er und begann an seiner Kleidung herumzuhantieren. »Ich verspreche dir, beim nächsten Mal wird es besser.«

Beim nächsten Mal? Da bekam sie endgültig Wut. Er wollte sich ihr aufzwingen und wollte ihr die Unschuld rauben, damit sie ihn heiraten mußte. Daß er zu einer solchen Tat bereit war, nur um zu bekommen, was er haben wollte, sagte ihr überdeutlich, was für ein Mann er war. Sie versuchte, um Hilfe zu schreien, aber er war stärker, als er aussah, und hielt sie sehr fest.

Seine Hände zitterten, als er ihre Brüste streichelte, und eine erneute Welle des Zorns durchflutete Carly. Sie wehrte sich gegen ihn, als er ihr die Nadeln aus dem Haar zog, so daß es auf ihre Schultern herabfiel, und schaffte es dann, ihm einen Kinnhaken zu verpassen. Vincent fluchte kräftig und zerriß ihr Kleid. Da merkte sie, daß er einfach ihre Röcke hochschob und erneut nach seiner Hose griff. Die Wut gab ihr Kraft. Sie stemmte sich gegen ihn – und dann war er plötzlich weg, so leicht hochgehoben, als wäre er ein Kind und kein erwachsener Mann.

Ramon de la Guerra stand nur wenige Meter von ihr entfernt da, leicht breitbeinig und die Hände zu Fäusten geballt. Vincent Bannister lag vor seinen Füßen im Heu.

»Halten Sie sich raus, de la Guerra.« Er setzte sich und wandte sich Ramon zu. »Das geht Sie nichts an.«

»Ich will aber, daß es mich etwas angeht.«

Carly hätte ihn umarmen können. Vincent sprang auf und griff Ramon mit einer Kraft an, die sie ihm nicht zugetraut hätte. Den ersten Schlag mußte Ramon einstecken, doch den zweiten teilte er aus. Schon hingen sie aneinander und prügelten sich. Doch als Fackellicht durch die Fenster hereinfiel, war der Kampf im Handumdrehen beendet.

Ihr Onkel eilte in die Scheune. Sam Hollingworth und dessen Frau Amanda, George Winston, Royston Wardell und wie es schien fast die Hälfte der Gäste von der *fandango* folgten ihm samt Vincents Vater.

Du lieber Himmel! Carly faßte erschrocken nach ihrem schrecklich zugerichteten Kleid und errötete vor Scham. Mit zitternden Händen zog sie sich das Stroh aus dem offenen Haar. Meine Güte, was würden die anderen denken? Vincent straffte die Schultern und schaute ihren Onkel an. Dabei setzte er eine bedauernde Miene auf, während Ramon sich zurückhielt.

»Was hat das zu bedeuten? Was ist hier los, Vincent?« Fackellicht erhellte das strenge Gesicht ihres Onkels. Sie hatte mit Entsetzen und Zorn gerechnet. Statt dessen schien er eigenartigerweise ruhig.

»Ich möchte mich höchst ernsthaft bei Ihnen entschuldigen, Mr. Austin. Caralee kann nichts dafür. Ich habe sie hierher eingeladen, um ihr ein Geschenk zu geben, was heute morgen erst eingetroffen ist.« Er lächelte liebenswürdig, fast jungenhaft. Carly hätte ihm am liebsten einen Tritt verpaßt. »Sie sah so wunderschön aus, daß ich schlicht den Verstand verloren habe.«

Ihr Onkel runzelte die Stirn. »Solche Dinge passieren unter den jungen Leuten eures Alters. Über die Folgen bist du dir natürlich im klaren.«

Carly schwindelte. Solche Dinge passieren? Unmöglich konnte Onkel Fletcher das gesagt haben. Dann fiel es ihr auf. Das triumphierende Leuchten seiner kühlen, grünen Augen konnte sie einfach nicht mißverstehen. Carly schaute Vincent an und stellte fest, daß er nicht minder triumphierend dreinblickte. Entsetzt starrte sie die beiden Männer an. Sie hatten es hinter ihrem Rücken so geplant! Vincent wollte mit ihr erwischt werden, möglicherweise mitten in der beschämenden Tat.

Ihre Röte verstärkte sich, und ihre Wut wuchs. Sie konnte kaum noch atmen. Wie konnten sie es wagen? Erschrocken, was nun folgen würde, suchte sie Ramon und fand ihn im Licht der Lampe. An seinem Gesichtsausdruck erkannte sie, daß er genau wie sie wußte, was passieren würde. Verärgerung zeichnete sich in seiner Miene ab, Mitleid flackerte in seinen Augen auf und etwas, das sie nicht näher beschreiben konnte.

Helfen würde er ihr nicht, wurde ihr dumpf klar. Ramon würde sie ihrem Schicksal überlassen, und sie hatte keine andere Wahl, als es anzunehmen.

Nun, das würde sie auf keinen Fall tun!

Eine der Frauen sagte etwas. Carlys Blick wanderte zu Amanda Hollingworth und den anderen Damen, die sich versammelt hatten. Wenn sie Vincent nicht heiratete, würde sie von ihnen nicht mehr beachtet werden. Sie würde ausgestoßen, wäre eine Schande für die Nachbarn und die wenigen Freunde, die sie gerade erst gewonnen hatte. Zorn auf ihren Onkel packte sie, so daß ihre Hände bebten. Doch gleich darauf folgte eine Welle der Niedergeschlagenheit. Ihre Schultern sackten herab, und ihr wurde übel.

Lieber Himmel, konnte sie denn gar nichts dagegen tun?

Vincent redete wortreich auf ihren Onkel ein, bat ihn um Verzeihung, hielt um ihre Hand an und versicherte ihm, er werde ihr ein guter Ehemann sein. Sie könnten noch vor seiner Rückkehr in die Stadt heiraten, erklärte er.

Bei dem Gedanken wurde Carly elend zumute. Sie schaute wieder Ramon an, der in stoischem Schweigen dastand, und das Mittel der Rettung schoß ihr wie eine Antwort auf ihre stummen Gebete durch den Sinn.

Es war so einfach, lag so greifbar nah, daß ihr vor Erleichterung schwindlig wurde. Ihre Gedanken überschlugen sich. Sie prüfte die Lösung auf mögliche Fallen, fand jedoch keine. Es war nicht die beste Idee, entschied sie, aber ihr blieb keine andere Wahl. Und die Lehre, die sie ihrem Onkel damit erteilen konnte, war es wert. Sie konnte kaum erwarten, was für ein Gesicht er machen würde.

Carly biß sich auf die Unterlippe, um nicht laut aufzulachen. Ramon würde wütend werden, aber sobald sie allein waren, konnte sie ihm alles erklären, und er würde sie verstehen.

Sie machte einen Schritt auf die Menge zu und setzte ihr liebenswürdigstes Lächeln auf. »Jetzt reicht es aber, Vincent. Du bist mehr als nett gewesen, ja sogar ein unglaublich zuvorkommender Kavalier, aber das kann ich dir nicht zumuten.«

»Was? Wovon redest du?« Er schaute sie an, als hätte sie den Verstand verloren. In Wirklichkeit jedoch hatte sie nur ihren klaren Kopf zurückgewonnen.

»Ich will mich bei dir bedanken, Vincent, daß du versucht

hast, so edelmütig zu sein. Ich weiß, du wolltest mir helfen, und das schätze ich mehr, als ich dir sagen kann, aber ich erkenne keinen Grund, warum du die Folgen für etwas auf dich nehmen solltest, was du nicht getan hast.«

Ein hörbares Raunen lief durch die Menge. Carly wandte sich offen zu Ramon um. »Da die Sache so steht und Señor de la Guerra ein gleichermaßen ehrenhafter Mann ist, bin ich sicher, er wird genauso gewillt sein, das Richtige zu tun.« Sie lächelte entschieden, und ihr Blick gab ihm zu verstehen, daß er ihr das schuldig war, eine stumme Erinnerung, daß sie sein Leben in der Hand hielt. »Ist es nicht so, Don Ramon?«

Im ersten Moment erwiderte er nichts, sondern starrte sie nur an, als könnte er nicht glauben, was sie gerade gesagt hatte. Aber Carly war sicher, daß er sich rasch genug zu Wort melden würde. Der Mann war El Dragón. Caralee McConnell wußte das. Dem Spanier blieb keine andere Wahl.

Er trat aus dem Schatten in das Licht der Fackeln. Sein Gesichtsausdruck war grimmig, und die Haut über seinen hohen Wangenknochen spannte sich. »Ich entschuldige mich hiermit bei der Señorita für die Freiheiten, die ich mir herausgenommen habe.« Ein kaltes, wenig reumütiges Lächeln huschte um seine Lippen. »Und natürlich bei Ihnen, Señor Austin. Es ist mein innigster Wunsch, Ihre Nichte zu meiner Frau zu machen.«

»W-wieso, das ist doch absurd!« Ihr Onkel sprang vor wie ein gereizter Bär. »Unter keinen Umständen könnte ich es zulassen, daß meine Nichte ...«

»Es tut mir leid, wenn wir dein Mißfallen erregt haben, Onkel«, mischte sich Carly ein. »Aber wie du eben sagtest, solche Dinge passieren unter jungen Leuten unseres Alters.« Es war ihm gelungen, sie zur Heirat zu zwingen – einen Ausweg gab es nicht mehr. Aber Ramon war die weitaus bessere Wahl. Zumindest würde er es sein, sobald er ihre Hintergründe erfuhr.

In der sehnigen Wange des Don zuckte ein Muskel. »Es bleibt

natürlich das Problem unserer verschiedenen Religionen.« Ein letzter Ausweg aus dem Dilemma. Sein Blick enthielt eine deutliche Warnung. *Mach dem Unsinn ein Ende!*

Diesmal war es Carly, die triumphierend lächelte. »Mein Vater war Ire. Ich bin im katholischen Glauben erzogen worden.« Sicher, sie war nicht mehr in der Kirche gewesen, seit sie in Kalifornien war, aber das änderte nichts an der Tatsache, daß sie derselben Religion angehörte wie Ramon. »Der Priester wird nichts gegen die Ehe einzuwenden haben.«

»Sag etwas, Vincent. Sprich endlich, Junge.«

»Was ... was soll das, Caralee? Wie kannst du diesen ...«

»Die Hochzeit wird am Sonntag stattfinden«, erklärte Ramon kühl, während er körperlich eine kaum im Zaum gehaltene Wut ausstrahlte. »Unter den Umständen bin ich sicher, wird Padre Xavier sofort das Aufgebot aushängen.« Inzwischen waren auch die Montoyas eingetroffen, eine der wenigen Californio-Familien mit Macht und Einfluß. Bei ihrem Auftauchen sackte Carlys Onkel sichtlich in sich zusammen, wußte er doch, daß er Ramons Antrag nicht ablehnen konnte, ohne sie zu beleidigen.

Carly wußte, daß sie gewonnen hatte.

»Ich werde morgen mit dem Priester sprechen«, erklärte der Don kurz angebunden. Seine dunklen Augen funkelten wenig verheißungsvoll, und das Versprechen, es ihr heimzuzahlen, ließ Carly erzittern. Einen solchen Blick hatte er ihr nur einmal zugeworfen, und zwar an dem Morgen nach dem Überfall, als sie aufgewacht und als erstes seine schwarzen Stiefel zu sehen bekommen hatte. Sie verdrängte jedoch die beunruhigende Erkenntnis. Wenn sie es ihm erst einmal erklärte, würde Ramon sie verstehen.

»Caralee?« Vincent wandte sich bittend an sie und musterte sie immer noch ungläubig. »Wirst du wirklich diesen ...«

»Ich fürchte ja, Vincent.« Sie lächelte ihn wesentlich liebenswürdiger an. »Schließlich ist es das einzig Richtige.«

12. Kapitel

Waren seit dem Vorfall in der Scheune erst drei Tage vergangen? Es erschien ihr wie eine Ewigkeit – und dann wiederum wie wenige Minuten. Onkel Fletcher hatte getobt und geschimpft, ihr verboten, das Haus zu verlassen, aber Carly hatte nicht nachgegeben. Vincent und sein Vater waren nach San Francisco abgereist. Der jüngere Bannister war sogar noch wütender gewesen als Ramon.

Jeder zürnte ihr, aber Carly interessierte es nicht.

Wieder einmal kämpfte sie nur um ihr Leben.

Sie schaute aus ihrem Schlafzimmerfenster. Matte, graue Wolken drohten mit Regen, und ein starker Wind fegte durch die dichten Zweige der weitausladenden Eichen, die das Haus umgaben. Gedankenversunken überlegte sie, wann der Sturm wohl einsetzen würde und ob er ihre morgendliche Reise beeinträchtigen würde.

In einer Stunde wollten sie sich auf den Weg in die Stadt machen, wo sie Ramon diesen Nachmittag in der Mission treffen sollten. Heute würde sie heiraten.

Nun, jedenfalls der Form nach.

Carly musterte sich in dem Drehspiegel, vor dem sie stand. Sie hatte ein Kleid aus perlmuttgrauer Seide gewählt, hochgeschlossen am Hals und mit langen Ärmeln, winzigen Biesen vorn am Oberteil und einer Reihe kleiner perlmuttfarbener Knöpfe. Der Rock war rundum mit einer magentaroten Borte besetzt, und der passende taillenlange Umhang war mit magentaroter Seide eingefaßt.

Sie liebte dieses Kleid. Es war schlicht im Schnitt, aber wunderschön. Sie fühlte sich gut darin, wenn sie es trug, und das brauchte sie heute. Sie brauchte so viel Zuversicht, wie sie nur bekommen konnte.

Carly fröstelte, aber ihr war nicht kalt.

Sie hatte gehofft, vor dem Tag der Hochzeit mit Ramon sprechen zu können. War sie doch überzeugt gewesen, er würde ihr helfen, wenn er erst verstand, daß es nur eine Vernunftehe sein sollte, die nicht länger als ein paar Monate dauern würde.

Leider hatte ihr Onkel ihr verboten, sich mit ihm zu treffen. Jetzt würde sie ihm gegenübertreten und seinem zornerfüllten Blick standhalten müssen, durfte sich nicht von seiner kalten Verbissenheit einschüchtern lassen. Er wollte eine Frau spanischer Herkunft, nicht ein armes, halbirisches Mischlingsmädchen aus den Kohlengruben von Pennsylvania. Ramon würde glauben, sie hätte ihn in die Falle einer ungewollten Ehe gezogen, und oberflächlich betrachtet, stimmte das auch.

»Sind Sie bereit, Señorita McConnell?« Candelaria stand an der Tür.

»Fast. Ich muß nur noch meinen Hut aufsetzen.« Sie hob ihn vom Bett auf, aber das Mädchen faßte nach ihrer Hand.

»Vielleicht möchten Sie lieber das hier tragen.« Sie hielt eine wunderschöne, weiße *mantilla* aus Spitze hoch. »Sie hat meiner Mutter gehört. Ich würde sie Ihnen gern geben, und ich glaube, Don Ramon würden Sie damit gefallen.«

Carly faßte die feine spanische Spitze an. Ihr Hals war plötzlich wie zugeschnürt. Eine Freundin hatte sie auf jeden Fall gefunden. »Sie ist wunderschön, Candelaria. Natürlich werde ich sie tragen.« Ihrem Onkel würde es kaum gefallen, aber Ramon würde es sicher gutheißen, wenn sie sie ansteckte.

Vielleicht aber würde sie ihn auch nur an die Frau spanischer Herkunft erinnern, die er hatte heiraten wollen.

Ihr wurde schwer ums Herz, und sie empfand einen eigenartigen Kummer, der sie eigentlich nicht hätte bedrücken sollen. Carly zwang sich, ihn zu ignorieren. Sie hatte nur getan, was sie hatte tun müssen. Bald schon würde Ramon frei sein, seine Wunschfrau zu heiraten.

Sie rang sich ein Lächeln ab und hob die *mantilla* über den Kopf.

»Hier ... das werden Sie auch brauchen.« Das Mädchen hielt ihr einen großen, geschnitzten Schildpattkamm hin. »Sie können ihn mir später wiedergeben.« Sie steckte Carly den Kamm ins Haar und drapierte die wunderschöne Spitze über Carlys Kopf und Schultern. Dann trat sie einen Schritt zurück, um ihre Arbeit in Augenschein zu nehmen, und zeigte sich vollauf zufrieden mit dem Ergebnis.

»Jetzt sehen Sie aus wie eine Californio-Braut.«

»Danke, Candelaria. Das ist ein wunderbares Hochzeitsgeschenk.« Carly schluckte schwer, verließ das Schlafzimmer und schritt den Flur hinunter zu dem Raum mit der hohen Decke, wo ihr Onkel bereits auf sie wartete.

Er musterte ihre Erscheinung und knirschte innerlich mit den Zähnen. »Wie ich sehe, übst du dich bereits in deiner Rolle.«

Carly ignorierte seine sarkastische Stichelei. »Ich weiß, ich habe dein Mißfallen erregt, Onkel. Aber mit der Zeit wirst du vielleicht erkennen, warum ich so handeln mußte.« Sie hatte ihm bereits verziehen. Er tat schließlich nur, was er für das beste hielt. Sicherlich würde er irgendwann einsehen, daß sie Vincent nicht heiraten konnte. Sobald alles vorbei war, würde er sie womöglich wieder bei sich aufnehmen. Jedenfalls hoffte Carly das. Ihr Onkel war immerhin der einzige Verwandte, den sie noch hatte.

Doch wenn er sie nicht wieder bei sich haben wollte, würde sie schon Mittel und Wege finden, aus eigener Kraft zu überleben.

Auf der Fahrt in den Ort herrschte zwischen ihnen angespanntes Schweigen. Es war bereits spät am Nachmittag, und die Sonne hing tief über den mit roten Ziegeln gedeckten Dächern, als sie in San Juan Bautista, einem geschäftigen kleinen Ort am Fuß der Gabilan-Berge, eintrafen. Wie mit Gold überzogene Hügel, bewachsen von weitausladenden Eichen, umgaben die Stadt, die aus einer ehemaligen Missionsstation mit der Entdeckung des Goldes gewachsen war.

Der anfängliche Zuzug war vorbei, aber es gesellten sich beständig neue Siedler zu den Californio-Einwohnern. Trotzdem behielt die Stadt ihr spanisch geprägtes Aussehen mit den typischen Landhäusern. Manche von ihnen waren sehr alt, sie hatten immer noch mit Häuten bedeckte Fenster.

Die Straßen waren überfüllt: hier ein Lastkarren mit einer Erzladung aus einer vor kurzem entdeckten New-Idria-Silbermine, dort eine Wells, Fargo & Co.-Kutsche vor dem eleganten neuen Plaza Hotel und dazwischen eine wackelige *carreta*, die von zwei müden Ochsen gezogen wurde, während der dunkelhäutige Fahrer die Tiere mit spanischen Flüchen überhäufte.

Das Missionsgebäude stand auf einer von knorrigen Olivenbäumen und buntblühenden Blumen umgebenen Rasenfläche. Es bildete den Mittelpunkt der Stadt und war das Zentrum der meisten Aktivitäten. Die Kirche war 1797 erbaut worden, die größte der Californio-Missionsbauten, wie Carly von Padre Xavier auf einem Rundgang erfuhr. Das Haupthaus hatte zwei Etagen, und zu der einen Seite war ein langer, gebogener Flügel angebaut worden. Es war aus weißgekalkten Ziegeln gefertigt, das beeindruckende Innere mit Holzbänken und bogenförmigen Säulen versehen und durchweg in erstaunlich leuchtenden Farben gehalten: Blau, Rot, Violett, Gelb und Grün. Riesige, schmiedeeiserne Kerzenleuchter hingen von der Decke herab. Dutzende brennender Kerzen tauchten den Raum in ein warmes Licht.

Carly lächelte den untersetzten kleinen Pater an, der sie durch die Kirche führte. Er war bereits ein wenig kahlköpfig, aber seine schwieligen Hände wirkten so kräftig wie seine muskulösen Unterarme, und sein Bauch unter der dunkelbraunen Robe schien flach.

»Ramon erzählte mir, Sie seien Katholikin«, sagte der Priester. »Wie kommt es, daß wir Sie noch nicht in der Kirche hier gesehen haben?«

Nervös nagte Carly an ihrer Unterlippe. »Es tut mir leid, Pater, aber ich bin noch nicht so lange in Kalifornien und, wie Sie wissen, gehört mein Onkel nicht derselben Religion an.« Sie versuchte, dem Priester aufmerksam zuzuhören, aber unwillkürlich wanderte ihr Blick immer wieder zur Tür. Wo blieb Ramon? Die vereinbarte Uhrzeit war bereits verstrichen. Vielleicht würde er nicht kommen.

Carly zog sich der Magen zusammen. Sie wäre gedemütigt, ihr Onkel entsetzlich blamiert – nicht, daß er es nicht verdient hätte. Doch sie mußte fest daran glauben, daß Ramon kam, wenn auch nur aus dem Grund, daß sie ihn nicht verriet.

Wenn er jedoch nicht kam, konnte sie ihm das andererseits auch nicht verübeln. Trotzdem würde sie ihn nicht verraten, nur weil er ihr nicht beistand.

Die Zeit verrann. Der Priester scharrte ungeduldig mit den Füßen, und ihr Onkel räusperte sich überlaut. Die beiden Männer waren sichtlich beunruhigt.

Weitere zehn Minuten verstrichen. Ihr Hände wurden feucht, und ihr Herz begann heftiger zu klopfen. Er hatte erraten, daß ihre Drohung nicht echt war. Ramon würde nicht kommen.

Carly starrte zur Tür und verdrängte das Bedürfnis, in Tränen auszubrechen. Sie hätte erzürnt sein müssen, daß ihre Rechnung nicht aufgegangen war, aber was sie empfand, glich eher einer schweren Enttäuschung.

»Nun, Caralee, bist du jetzt zufrieden?« Durchdringend schaute ihr Onkel sie an. »Es ist wohl klar, daß de la Guerra nicht kommen wird. Du hast deinen Ruf ruiniert, deine Chancen bei Vincent verspielt, und jetzt wirst du zum Gespött der Umgebung.«

Carly schluckte schwer. Sie machte sich nicht die Mühe, ihn daran zu erinnern, daß er derjenige war, der ihren Ruf ruiniert hatte. Sie hatte nur versucht, sich dem Zwang zu entziehen, den er auf sie ausüben wollte – leider hatte sie dabei verloren. Dummerweise hatte sie angenommen, sie könnte ihren Ruf retten, ohne Vincent heiraten zu müssen. Aber das Vorhaben war ihr mißlungen. Dafür hatte Ramon gesorgt.

Sie bemühte sich zu lächeln, aber ihre Unterlippe bebte. »Vielleicht sollten wir nach Hause zurückkehren«, schlug sie leise vor.

Ihr Onkel nickte bloß. Sein Gesicht war so rot wie die Nischen der Heiligen hinter dem Altar am anderen Ende der Kirche.

»Es tut mir leid«, sagte der Pater. »Etwas Unvorhergesehenes muß geschehen sein. Es ist nicht Don Ramons Art, sein Wort zu brechen.«

Carly klammerte sich zuerst an diese Ausrede, doch dann verdrängte sie den Gedanken wieder. In Wirklichkeit hatte er sein Wort nicht gebrochen. Denn er hatte ja nicht versprochen zu kommen. Sie schritten den Gang hinunter auf die große, holzgeschnitzte Eingangstür zu, aber als sie kurz davor standen, knarrten die schweren Türen und öffneten sich.

Als Ramon hereinkam, glaubte Carly im ersten Moment, das Herz würde ihr stehenbleiben. Es fiel ihr sofort auf, daß seine enganliegende *calzonevas* an den Seiten nicht festlich verziert war. Ein schlichtes, langärmeliges weißes Hemd und ein Paar hohe, schwarze Stiefel – mit dieser Kleidung drückte er deutlich aus, daß er den Anlaß nicht als feierlich betrachtete.

Carly schmerzte das, aber sie hob tapfer ihr Kinn. Er schaute reglos vor sich hin, während er auf seine Mutter und seine Tante wartete, die ein paar Sekunden später mit Pedro Sanchez hereinkamen. Ramons Blick streifte sie kurz. Er sah wohl das elegante perlmuttgraue Kleid und die weiße *mantilla* aus Spitze, die sie auf dem Kopf trug. Tief in seinen dunkelbraunen Augen flackerte etwas auf, aber schon war es wieder weg.

»Entschuldige, daß ich mich verspätet habe ... *mi amor.*« Ein schwaches Lächeln umspielte seine Lippen. »Ich hoffe, das hat dir keine Unannehmlichkeiten bereitet.« Es zeichnete sich jedoch keinerlei Bedauern in seinem Gesicht ab. Er war absichtlich zu spät gekommen. Damit wollte er sich an ihr rächen, weil sie ihn zu der Heirat gezwungen hatte. Wie hatte sie vergessen können, daß so etwas zu Ramon paßte?

»Es reicht, de la Guerra.« Onkel Fletcher fing seinen Blick auf und hielt ihm stand. »Wird jetzt eine Hochzeit stattfinden oder nicht?«

Er nickte. »Aber natürlich. Deshalb sind wir doch hier, oder?«

Carly erwiderte nichts, als er nach ihrer Hand faßte. Sein Griff war so hart und so absolut gefühllos wie sein Blick.

»Ich ... ich hatte gehofft, ich könnte vorher noch mit dir sprechen«, sagte Carly. »Ich muß dir was erklären.«

»Dafür haben wir nachher Zeit. Der Priester hat schon lange genug warten müssen.«

Carly erinnerte ihn nicht daran, daß er zu spät gekommen war. Bei der finsteren Stimmung, in der er sich befand, hielt sie es für besser, gar nichts zu sagen.

Die Zeremonie war kurz. Es wurde keine Heilige Messe am Altar gelesen, keine Feier für Freunde und Familie, wie Ramon es sich gewünscht hätte, wäre seine Braut die Frau seiner Wahl gewesen.

Zum ersten Mal, seit das alles passiert war, beschlich sie ein leises Schuldgefühl. Ramon gegenüber hatte sie sich nicht gerade korrekt verhalten. Andererseits hatte er sich an dem Abend des Überfalls auch nicht richtig verhalten, als er sie auf sein Pferd gehoben, verschleppt und gezwungen hatte, zu Fuß durch die Berge zu marschieren.

Carly straffte sich. Zum Teufel mit Ramon! Am Ende würde schon alles gut verlaufen. Und so lange würde sie ihn einfach ignorieren.

Sie starrte nach vorn, ließ sich von ihm führen, hörte sein leises Versprechen und wiederholte die Worte ebenfalls. Er steckte ihr etwas an den Finger. Sie schaute hinunter und blickte auf einen schweren Goldring mit blutroten Steinen, umgeben von der De-la-Guerra-Krone. Kurz darauf war die Zeremonie schon vorbei.

»Im Namen des Vaters, des Sohnes und des Heiligen Geistes«, beendete der Priester die Zeremonie, »erkläre ich euch zu Mann und Frau. Sie dürfen Ihre Braut küssen, Don Ramon.«

Ein zynisches Lächeln huschte über sein Gesicht. Er zog sie fest an sich und verschloß ihr den Mund mit einem heißen Kuß. Carly schnappte nach Luft, als er rücksichtslos mit der Zunge in ihren Mund drang und sie seinen heftigen Zorn spüren ließ.

Meine Güte, er war wütender auf sie, als sie geglaubt hatte. Er ließ sie so plötzlich los, daß er ihre Schultern umfassen mußte, damit sie nicht hinfiel. »Ramon, bitte, wenn wir uns kurz unterhalten könnten ...«

Reglos starrte er sie an. »Es ist schon spät, ein Unwetter braut sich zusammen, und es wird dunkel sein, ehe wir zu Hause sind. Sobald wir auf Las Almas sind, haben wir Zeit, uns zu unterhalten.«

»Aber ...«

Er nahm sie beim Arm, bedankte sich bei dem Priester für die Trauung, warf ein paar Münzen in den Opferstock und lief mit großen Schritten den Gang hinunter auf die breiten Doppeltüren zu. Carly mußte förmlich neben ihm herrennen. Pedro Sanchez folgte ihnen und geleitete die beiden älteren Damen mit besorgter Miene nach draußen.

Ihr Onkel verließ ebenfalls die Kirche und blieb an Ramons Kutsche stehen. Er griff nach Carlys Hand und drückte sie überraschend sacht.

»Auf Wiedersehen, meine Liebe.« Er schaute den reglos dreinblickenden Don an. »Ich hoffe doch sehr, du weißt, was du tust.«

Das hoffte sie auch. Lieber Himmel, so hatte sie sich das alles nicht vorgestellt. »Es ... es wird mir gutgehen.« Aus einer innigen Regung heraus beugte sie sich vor und umarmte ihn. »Es tut mir leid, daß alles so gekommen ist.«

Die unerwartete Geste verunsicherte ihn im ersten Moment. »Meine Schuld«, murmelte er rauh. »Verdammt, ich wünschte, du hättest dich von mir leiten lassen.«

Carly nickte nur. In diesem Augenblick wünschte sie sich auch, sie hätte das getan. Selbst eine Heirat mit Vincent hätte sie jetzt angesichts Ramons wachsendem Zorn vorgezogen.

Sie schaute zu ihm hinüber, beobachtete, wie er seiner Mutter und seiner Tante beim Einsteigen in die ehemals großartige Kutsche half. Inzwischen war die schwarze Farbe verblaßt und verwittert, die roten Ledersitze mit Rissen durchzogen, und der Boden knarrte unter dem Gewicht der älteren Damen. Da Pedro Sanchez nur ein paar Schritte entfernt stand, kam er zu ihr und drehte seinen Hut in Händen.

»Ich wünsche Ihnen alles Gute«, sagte er ernst.

»Er ist so wütend, Pedro. Wenn er mich nur erklären lassen würde ...«

Er strich ihr mit seiner schwieligen Hand über die Wange. »Du hast seinen Zorn schon einmal ertragen müssen, *pequeña*. Das hättest du nicht tun sollen.« Er schaute zu Ramon hinüber, musterte ihn und atmete seufzend aus. »Andererseits hat Gott hier vielleicht seine Hand im Spiel gehabt, und am Ende wird es sich herausstellen, daß es alles so bestimmt war.«

»Es ist nicht so, wie es aussieht, Pedro. Wenn er mich nur anhören würde.«

Der ältere Vaquero nickte. »Mit der Zeit wird sein Zorn sich legen. Dann bekommen Sie die Möglichkeit, ihm alles zu erklären.« Aber er schien nicht das Gefühl zu haben, daß es eine Rolle spielen würde.

Carly spürte ein Brennen im Magen. Sie hatte Ramon von Anfang an unterschätzt. Hoffentlich war ihr das nicht wieder passiert.

Auf der Heimfahrt nach Rancho Las Almas redeten die Frauen nicht viel, hießen sie willkommen in der Familie und sprachen ihre Glückwünsche zu der Hochzeit aus. Ramon sagte kein einziges Wort. Pedro ritt auf seinem feurigen, gescheckten grauen Hengst neben ihnen her. Als sie die kleine Ranch erreichten, fielen die ersten leichten Regentropfen auf das Kutschendach. In der Dunkelheit waren die herabhängenden Wolken nicht zu sehen. Doch es war noch hell genug, um das Haus zu erkennen, das in einem Platanenhain stand und neben dem auf der einen Seite ein von Weiden gesäumter Bach rann. Die meisten Gebäude waren weiß gekalkt: eine Scheune, eine ausgelagerte Küche, ein Räucherhaus und verschiedene, gut befestigte Korrale.

»Ich hoffe, du bist nicht enttäuscht«, bemerkte Ramon kühl, als er ihr beim Aussteigen half. »Es sind nur zweihundert Hektar – nicht achttausend wie Rancho del Robles. Aber ich schätze, mit der Zeit wirst du dich daran gewöhnen.«

»Es ist sehr schön hier, Ramon.« Da sie seinen mißbilligenden Blick nicht länger ertragen konnte, schaute sie sich nach den beiden alten Damen um, die keine Anstalten machten auszusteigen.

»Pedro wird sich um sie kümmern«, erwiderte er. Der ältere Vaquero war von seinem Hengst gestiegen und hatte das Pferd hinter der Kutsche angebunden. Er nahm auf dem Fahrersitz Platz, und Ramon lächelte kühl.

»Meine Mutter und meine Tante werden für die nächsten Tage bei Freunden übernachten ... damit das frischverheiratete Paar sich kennenlernen kann.«

Ein leichtes Unbehagen breitete sich in Carlys Innerem aus. Jetzt war die Sache weit genug gegangen. »Wir müssen miteinander reden, Ramon. Es ist wirklich dringend.«

Spöttisch hob er seine glänzende schwarze Braue, und ein ebenso bissiges Lächeln zuckte um seine Mundwinkel. »Wie du wünschst ... *mi amor*.«

»Verdammt, Ramon! Hör bitte auf, mich so zu nennen!«

Zum ersten Mal zeigte sich etwas anderes als nur Zorn in seinem Blick, doch schon war es wieder verschwunden. »Komm mit. Wir können uns drinnen unterhalten.«

Gott sei Dank! Unendliche Erleichterung durchflutete sie. Nun konnte sie die Dinge wenigstens mit ihm besprechen und die Angelegenheit klären. Sie ließ sich von ihm in das kleine Landhaus führen, in dem ein wärmendes Feuer brannte und Öllampen weiches Licht spendeten. Der Duft nach brennendem Zedernholz wehte ihr vom offenen Kamin entgegen und ein leichter Imbiß aus Brot, kaltem Fleisch und Käse stand neben einer Flasche Wein auf dem Tisch vor dem Sofa.

Ramon schloß die Tür. Das dumpfe Geräusch klang so endgültig, daß Carly zusammenzuckte. In dem Moment, als er sich ihr zuwandte, begann sie zu reden. Die Worte sprudelten so schnell über ihre Lippen, wie sie sie aussprechen konnte.

»Ich weiß, daß du verärgert bist, Ramon, und ich bin dir deshalb nicht böse. Ich ... ich hatte gehofft, daß wir noch am Abend der *fandango* darüber sprechen könnten. Aber leider hatten wir keine Gelegenheit dazu. Es tut mir leid, was vorgefallen ist, aber ich mußte das tun. Ich wollte diesen ... diesen hirnlosen Vincent Bannister nicht heiraten – es interessiert mich nicht, wie reich seine Familie ist. Und nach dem, was er mir in der Scheune angetan hatte, mußte ich jemanden heiraten. Sicher verstehst du das. Sonst wäre ich ruiniert gewesen. So wird die Angelegenheit mit der Zeit in Vergessenheit geraten. Wir können die Ehe für ungültig erklären lassen, und du kannst heiraten, wen immer du möchtest. Natürlich schadet das meinem Ruf etwas, aber ich bin dann nicht vollkommen ruiniert. Ich hoffe, mein Onkel nimmt mich wieder bei sich auf und erkennt, daß er mir nicht seinen Willen aufzwingen kann. Wenn ich nicht nach del Robles zurückkehren kann, werde ich schon eine andere Lösung finden. Dann gehe ich nach San Francisco. Sicherlich gibt es dort irgendwelche Arbeit, selbst für Frauen.« Sie schaute auf und errötete ein wenig. »Ehrbare Arbeit, meine ich. Das macht mir nichts aus. Ich lasse mich so leicht nicht unterkriegen und kann mich um mich selbst kümmern. Das habe ich sowieso ...«

Sie brach ab. Fast hätte sie ihm erzählt, daß sie in den Kohlengrubensiedlungen für andere Wäsche gewaschen hatte. Lieber Himmel, so etwas konnte sie ihm nun wirklich nicht sagen.

»Bist du fertig?«

»Ja ... ich denke schon. Ich muß nur noch mal betonen, daß es mir wirklich leid tut, dich mit hineingezogen zu haben. Aber ich weiß deine Hilfe sehr zu schätzen ... wenn du es auch nur widerstrebend getan hast.«

»Bist du jetzt fertig?«

Warum war er jetzt immer noch so wütend? »Du verstehst doch, was ich damit sagen will?«

Leichte Verwirrung zeichnete sich auf seinem Gesicht ab und spiegelte sich in der Tiefe seiner Augen wider. »Du willst damit sagen, dir bedeutet das Eheversprechen nichts. Es war nur ein Mittel, um Bannister loszuwerden?«

»Genau. Ich bin von Vincent befreit und bald schon du von mir. Ich werde zu meinem Onkel zurückkehren oder eine Arbeit finden ...«

Er umfaßte ihre Schultern und riß sie an sich. »Ich glaube, du verstehst das nicht ganz.«

»Wovon ... wovon sprichst du?«

»Du hast gesagt, was du sagen wolltest. Jetzt bin ich an der Reihe. Und ich will dir sagen, daß wir verheiratet sind. Ich habe dich vor Gott und dem Priester zur Frau genommen. Ich habe ein festes Versprechen abgegeben, und das werde ich nicht brechen. Ebensowenig ... *querida* ... wie du.«

Eine geraume Weile starrte Carly ihn nur an. »Du... du kannst das nicht ernst meinen. Wir müssen die Ehe für ungültig erklären lassen. Du wolltest mich doch nicht wirklich zur Frau. Du willst doch eine Spanierin heiraten. Deine Kinder sollten spanischer Abstammung sein. Das hast du geschworen und es deiner Familie und Freunden versprochen.«

Es zuckte spöttisch um seine Lippen, aber sein Lächeln war alles andere als freundlich. »*Si, chica.* Ich glaube, das hatte ich dir deutlich gesagt.«

»Warum können wir dann nicht einfach...«

»Ich habe dir gerade erklärt, warum. Weil wir uns ein Versprechen gegeben haben und uns vor dem geweihten Altar in der Kirche verbunden haben.«

»Aber...«

Er schnitt ihr das Wort ab. »Unser Schlafzimmer ist dort.« Er deutete zur Terrasse auf eine schwere Eichentür, die auf den Haupthof hinausführte. »Geh hinüber. Mach dich bereit, um deinen Ehemann zu empfangen.«

Plötzlich war Carlys Mund wie ausgetrocknet. Sie starrte Ramon an. »Das meinst du doch nicht... du erwartest doch nicht von mir, daß ich...«

»Ich erwarte von dir, daß du dich an dein Versprechen hältst, was du in der Kirche der Heiligen Mutter Gottes gegeben hast. Und jetzt geh hinüber!«

Carly biß sich auf die bebende Lippe. Ein Entsetzensschrei blieb ihr im Hals stecken. Das war nicht Ramon. Das war der grausame, rücksichtslose Mann, den sie auf ihrem Marsch durch die Berge kennengelernt hatte. Das war der spanische Dragón.

Es kostete sie jeden Zoll ihres Mutes, den Kopf hochzuhalten und das Zimmer annähernd würdevoll zu verlassen. Ihre Schritte wirkten hölzern. Sie ging auf die Tür zu, die in den Hof führte, dann bog sie in den überdachten Flur, durch den sie zu der Tür gelangte, auf die Ramon gezeigt hatte.

Mit zitternden Fingern hob sie den schweren, schmiedeeisernen Riegel an, stieß die Tür auf und betrat den erhellten Raum. Es war ein kleines Zimmer, sehr ordentlich, und erinnerte sie ein wenig an den Raum in dem schlichten Landhaus in den Bergen. Die Möbel allerdings waren eleganter, dunkle, geschnitzte Stühle aus Spanien. Es waren nur ein paar, ein schwerer Frisiertisch mit Spiegel, eine große, mit Schnitzereien verzierte Kommode, ein Nachttisch und ein überfüllter Roßhaarsessel.

Ein Paar Stiefel, aus feinem schwarzem Leder gefertigt, standen ordentlich nebeneinander vor dem Bett. Silberne Sporen mit großen spanischen Spornrädchen waren an den Absätzen befestigt. Einer seiner flachen, breitkrempigen Hüte hing an einem langen, geflochtenen Lederband hinter der Tür.

Carly ging weiter in den Raum und auf das Bett zu. Ihr Herz klopfte dumpf. Ein wunderschönes, weißes Nachthemd aus Seide, auf der Passe mit schneeweißen Blüten bestickt, war behutsam auf der Quiltdecke zwischen schwach duftenden Rosenblättern ausgebreitet worden. Als sie das Nachthemd sah, zog sich ihr der Magen zusammen, und plötzlich wurde ihr schwindlig. Lieber Himmel, alle glaubten, die Ehe sei echt.

Ramon glaubte es auch. Aus dem Grund war er so wütend. Er wollte sie nicht zur Frau, doch sie hatte ihn dazu gezwungen, sie zu heiraten, selbstsüchtig und ohne Rücksicht auf seine Gefühle zu nehmen. Sie hatte gedacht, er würde das verstehen und wäre bereit, ihr aus der Situation zu helfen.

Statt nun mit einem Dandy wie Vincent verheiratet zu sein, hatte sie einen Ehemann bekommen, der sie dafür verachtete, daß sie sein Leben ruiniert hatte.

Carly preßte eine Hand gegen ihre Lippen, um die Tränen zurückzuhalten, die ihr in den Augen brannten. Weinen würde sie nicht, auf keinen Fall! Sie war nicht zusammengebrochen, als er sie hatte zu Fuß gehen lassen, und sie würde sich jetzt auch nicht dazu hinreißen lassen, trotz der Angst, die sie empfand.

Sie hatte nicht vergessen, wie grausam er an dem Abend des Überfalls gewesen war, wie kalt und herzlos er sich verhalten hatte. Sie wußte kaum etwas über das, was sich zwischen Mann und Frau abspielte – sie fürchtete sich davor, was Ramon ihr in seinem Zorn antun mochte.

Mit zitternden Fingern faßte sie das weiße Nachthemd aus Seide an und fühlte, wie angenehm kühl der Stoff war, als er durch ihre Hände glitt. Ein schwaches Klopfen an der Tür schreckte sie auf. Sofort wandte sie sich um. Es war ein scheues Klopfen, fiel ihr auf. Ramon konnte es nicht sein.

Sie überwand sich, durchquerte den Raum und zog die schwere Holztür auf. Eine zierliche, leicht gebeugte Indianerin stand davor. Lächelnd kam sie herein. Ihr wettergegerbtes Gesicht legte sich in viele winzige Fältchen.

»*Buenas noches*, Señora de la Guerra. Ich heiße Blue Blanket. Don Ramon hat mich hergeschickt, damit ich Ihnen beim Ausziehen helfe.«

Nur schon bei dem Wort »ausziehen« stieg ihr die Hitze in die Wangen. Alles verkrampfte sich in ihrem Innern, und ihre Hände wurden feucht. Sie preßte sie auf ihr graues Seidenkleid, damit sie nicht so sehr zitterten. Hilfesuchend schaute sie zum Fenster und verdrängte den plötzlichen Wunsch zu fliehen. Weglaufen wäre sinnlos. Sie hatte kein Geld und wußte nicht, wohin. Sie hatte nicht mal Ahnung, wie sie irgendwohin gelangen sollte, selbst wenn sie die Mittel dazu hätte. Außerdem hatte sie sich die Lage, in der sie sich befand, selbst zuzuschreiben. Sie hatte den verrückten Plan in Gang gesetzt. Und jetzt blieb ihr keine andere Wahl, als sich dem zu stellen, was sie damit angerichtet hatte.

»Danke, Blue Blanket«, antwortete sie leise.

»Sie dürfen mich ruhig Blue nennen. Das reicht.«

Obwohl ihr vor Furcht übel war und ihre Nerven bis aufs äußerste gespannt waren, ließ Carly sich von der alten Frau die

Knöpfe im Rücken ihres perlmuttgrauen Kleides öffnen. Blue half ihr, es abzulegen sowie die Unterröcke abzustreifen und öffnete ihr Korsett. Auf das gute Zureden der Frau hin zog sie auch ihr Unterhemd und die lange Hose aus. Wie erstarrt stand sie da, als die Indianerin mit den gebeugten Schultern ihr das weiße Seidennachthemd über den Kopf stülpte. Blue löste Carlys Haar und glättete es behutsam mit einer weichen Bürste. Schließlich lächelte die alte Frau sie offen an, so daß Carly sehen konnte, wieviel Zähne ihr fehlten.

»Ich werde Don Ramon ausrichten, daß Sie fertig sind.« Sie wich zurück, huschte leise aus dem Zimmer und ließ Carly allein in der Stille zurück.

Ramon hob seinen schweren, kristallenen Cognacschwenker, ein Familienerbstück, das sie aus Spanien mit in die Neue Welt gebracht hatten, an die Lippen und leerte das Glas. Noch immer war er so zornig wie in den letzten drei Tagen.

Er konnte es nicht fassen, daß er verheiratet war. Und dabei in die Falle getappt war wie ein unreifer Schuljunge. Doch am wenigsten konnte er begreifen, daß die Frau, die das getan hatte, Caralee McConnell, Fletcher Austins Nichte war. Schlimmer noch jedoch fand er, daß sie eine *gringa* war.

Am liebsten hätte er sie erwürgt.

Sein Lächeln war kalt und verbittert. Zumindest würde sie ihm jetzt das Bett wärmen. Er wollte sie so nehmen, wie er es sich gewünscht hatte, als er ihr das erste Mal begegnet war. Leidenschaftlich und tief wollte er in sie dringen und sie stoßen, bis er seine Lust an ihr befriedigt hatte. Seine Lenden verspannten sich bei der Vorstellung, und seine Erregung war deutlich zu sehen. Das Blut rauschte durch seine Adern, ließ ihn anschwellen und hart werden, bis ihm ganz heiß war.

Carly hatte ihn zu der Ehe gezwungen. Sie hatte ihn benutzen wollen, um sich selbst zu retten. Nun, jetzt war sie seine Frau, und jetzt würde er sie benutzen.

Er stellte den Cognacschwenker auf den Tisch, hörte kaum den starken Regen, der inzwischen auf das Dach prasselte, und riß die Tür auf, die zur Terrasse führte. Ein kalter Wind drang durch seine Kleidung, aber er war zu aufgebracht und zu erregt, um das wahrzunehmen. Er klopfte nicht an, als er sein Zimmer erreichte, hob nur den schmiedeeisernen Riegel und riß die schwere Eichentür auf.

Sie stand neben dem Bett und trug das weiße Seidennachthemd, das seine Tante ihr als Hochzeitsgeschenk genäht hatte. Ihr Haar war offen und glänzte in dem Licht der Lampe wie poliertes Kupfer. Ein leichtes Beben rann durch ihren Körper, als er hereinkam und sie ihn mit großen, grünen Augen erschrocken anschaute.

Sie sah so schön aus, daß ihm der Atem stockte und er glaubte, sein Herz würde stehenbleiben. Wärme breitete sich in seinem Innern aus, und die Kälte, die er ihr gegenüber empfand, schmolz ein wenig. Er hatte das weiße Seidennachthemd gesehen, als seine Tante es genäht hatte. Er wußte, daß es außergewöhnlich schön war, aber er hätte sich niemals träumen lassen, wie wunderbar Carly darin aussehen würde. Er hätte sich nicht ausmalen können, wie herrlich ihr Haar glänzen und wie das Weiß des Nachthemds die Blässe ihrer Haut und das Grün ihrer Augen hervorheben würde.

Ebensowenig hätte er jemals geahnt, wie ihre sinnlichen, rubinroten Lippen vor Unsicherheit beben würden, auch wenn sie stolz ihr Kinn vorreckte.

Ein eigenartiger Schmerz erfaßte ihn und bedrückte ihn sehr. Er hatte das Gefühl, sein Hals sei wie ausgetrocknet. Das gefiel ihm nicht, so wenig wie er sich damit abfinden mochte, daß allein Carlys Anblick ihn derart nachhaltig berührte.

Er zwang sich, seinen Blick tiefer gleiten zu lassen, ihre weiblichen Rundungen zu betrachten. Bei den dunklen Rändern ihrer Knospen hielt er inne, und seine Erregung verstärkte sich.

Er musterte ihre schmale Taille, das schemenhaft durchschimmernde Dreieck zwischen ihren Schenkeln, und das Blut floß noch rascher durch seine Adern.

»Ich sehe, du hast dich in das gefügt, was kommen wird. Das ist gut.« Sie sagte nichts, als er sein Hemd aufknöpfte und auszog, sagte auch nichts, als er sich in den Sessel setzte und die Stiefel abstreifte. Der Regen trommelte heftig auf das mit roten Ziegeln gedeckte Dach, aber es kam ihm nicht lauter vor als das Klopfen seines Herzens.

Er sprang auf und begann, die Knöpfe seiner Hose aufzumachen.

»Ramon?«

Sofort hielt er inne. Nur seinen Namen aus ihrem Mund zu hören, steigerte schon sein Verlangen. Es wurde sowieso durch seinen Zorn angestachelt ... und seine unerwünschten Empfindungen.

»Die Zeit zum Reden ist vorbei.« Er öffnete den letzten Knopf an seiner Hose, zog sie aber noch nicht aus, sondern trat vor sie. »Jetzt möchte ich keine Worte mehr hören, sondern deine leisen Schreie, wenn ich in dich dringe.«

Sie schluchzte auf. Es klang erschrocken und ängstlich und wollte gar nicht zu ihr passen. Er schaute ihr ins Gesicht. Ihre Unterlippe bebte, und Tränen standen ihr in den Augen.

»Es tut mir leid, Ramon. Ich wünschte, ich könnte das ändern, was passiert ist.«

»Ich habe dir gesagt, ich wünsche nicht ...«

»Ich weiß, wie böse du mir bist ... und daß es allein meine Schuld ist.« Sie blinzelte, und die Tränen rannen ihr über die Wangen. Unwillkürlich mußte er daran denken, wie sehr sie es haßte zu weinen. »Ich habe deinen Zorn ertragen«, flüsterte sie, und die Trauer in ihren Augen berührte ihn zutiefst. »Ich habe auch deine Sanftmut kennengelernt. Ich bitte dich, Ramon, laß mich die wenigstens jetzt auch spüren.«

Ihm wurde schwer ums Herz, und der Zorn, der ihn eben noch beherrscht hatte, der sich Platz machen wollte, der drohte, ihn zu übermannen, war mit einem Mal verraucht. An seine Stelle traten die Gefühle, die er für sie empfand und die er aufs heftigste verdrängt hatte. Seine Hand zitterte leicht, als er ihr die Tränen von den Wangen wischte. Ihre Haut erschien ihm wie Seide unter den Fingern.

»Weine nicht, *querida*.« Er drückte ihr einen Kuß auf die Schläfe und spürte das feine Beben, das durch ihren Körper lief. »Selbst wenn ich es tun wollte, ich könnte dich nicht noch einmal verletzen.«

»Entschuldige, Ramon. Es tut mir leid, wirklich, glaub mir.«

Er faßte unter ihr Kinn und schaute ihr in die traurigen Augen, beugte sich über sie und streifte ihre Lippen mit einem zärtlichen Kuß. »Ich müßte mich eigentlich entschuldigen. Wir machen alle Fehler, und ich bin wohl der letzte, der das vergessen sollte.« Er legte eine Hand gegen ihre Wange und strich mit dem Daumen an ihrem Kiefer entlang. Dann neigte er sich vor, verschloß ihr den Mund und kostete die leicht zitternden Lippen.

»Hab keine Angst«, flüsterte er und streichelte sie zärtlich, um ihr die Furcht zu nehmen. »Ich wollte dich vom ersten Augenblick an, als ich dich sah. Jetzt bist du meine Frau. Vertrau mir so, wie du mir schon einmal vertraut hast.«

Carly schaute zu ihm auf und unterdrückte ihre Tränen. Bei der Zärtlichkeit und dem, was sie noch in seinem Gesicht sah, öffnete sich ihr Herz. Sie reckte sich und schlang ihre Arme um seinen Nacken.

»Ich vertraue dir.« Das war ihr Ramon. Der Mann, der ihr das Leben gerettet hatte. Er war zu ihr zurückgekehrt, und jetzt hatte sie keine Angst mehr.

Draußen zuckten Blitze auf, als seine Lippen wunderbar warm ihre Wange streiften und einfühlsam zu ihrem Hals hinunterglitten. Er strich mit seiner Zunge über ihre Haut, erzeugte dabei ein feines Prickeln, und sie schmiegte sich wie von selbst an ihn. Durch das dünne weiße Seidennachthemd spürte er ihre Brüste auf seinem bloßen Oberkörper und fühlte auf seiner erhitzten Haut, wie die Knospen hart wurden und sich aufrichteten.

Mit einem leidenschaftlichen Kuß verschloß er ihre Lippen und entfachte das Feuer in ihr. Er drang mit der Zunge in ihren Mund, während er unter das Nachthemd faßte und ihre Brust liebkoste. Mit den Fingern rieb er die Spitzen, zupfte daran, bis sie hart und fest wurden. Eine wahre Feuersbrunst breitete sich in ihrem Körper aus. Unbewußt drängte sie sich an ihn, ließ ihre Hände über seine Schultern gleiten und fühlte sich von dem lockigen, schwarzen Haar auf seiner Brust unwiderstehlich angezogen. Es fühlte sich erstaunlich weich und verführerisch an. Sie zeichnete ein Muster hinein, spürte deutlich das Spiel seiner Muskeln bei jeder Bewegung, die er machte, und hörte ihn aufstöhnen.

Er küßte sie erneut, als er ihr das Nachthemd von den Schultern streifte und zu Boden sinken ließ, so daß sie nackt vor ihm stand. Einen Moment lang hielt er inne, löste sich von ihr, um sie zu betrachten.

»Bist du schön!« erklärte er rauh. »Aber das habe ich vorher schon gewußt.«

Draußen vor dem Fenster peitschte der Wind durch die Bäume, die Himmelsschleusen hatten sich geöffnet, und es goß in Strömen. Ramon umfaßte ihre Taille, zog sie an sich und ließ sie seinen harten Schaft deutlich spüren. Er küßte sie leidenschaftlich, fest und sinnlich zugleich, stieß mit seiner Zunge tiefer in sie, immer wieder, und entfachte ein Feuer, das sich in ihrem ganzen Körper ausbreitete. Er preßte seinen Mund auf ihren, küßte sie innig und umfaßte sanft ihre Brust, die sich ihm entgegenreckte.

Blitze zuckten und Donner grollte, als hätte er das so bestimmt und gesteuert. Sie umfaßte seine Schultern und strich ihm über den Rücken. Dabei fühlte sie, wie seine Muskeln sich anspannten und geschmeidig bewegten. Er erkundete ihren Körper, umkreiste ihren Nabel und legte seine Hand besitzergreifend auf ihren flachen Bauch. Sacht strich er ihr durch das dunkle Haar zwischen ihren Schenkeln, spreizte ihre Beine und drang mit dem Finger in sie.

Carly stöhnte.

»Langsam, Cara.« Erneut suchte er ihre Lippen und küßte sie stürmisch. Gleichzeitig zog er seinen Finger zurück, stieß ihn wieder hinein und rieb dabei die hervortretende Knospe ihrer Weiblichkeit. Eine heiße Woge der Erregung rann ihr über den Rücken. Sie stöhnte und stemmte sich gegen seine Hand.

»Das gefällt dir, nicht wahr?«

»J-ja.« Sie hätte sich genieren müssen, aber sie konnte an nichts anderes mehr denken als an die herrlich süßen Empfindungen, an das Glücksgefühl, das sie durchflutete, und an den kräftigen Rhythmus seiner Hand. Dann hob er sie hoch, legte sie mitten aufs Bett und löste sich nur so lange von ihr, bis er sich seiner Hose entledigt hatte. Sie konnte das Heulen des Sturms hören und die Kühle der Blütenblätter auf der Matratze unter ihr auf ihrer heißen Haut spüren.

Unwillkürlich erschauerte sie am ganzen Körper, als er sich zu ihr auf das Bett legte, und betrachtete fasziniert seine Muskeln und seine glatte, dunkle Haut. Unterhalb seines Nabels reckte sich ein dicker, harter Stab vor seinem flachen Bauch auf. Sie hatte bereits nackte Männer gesehen, als sie damals in den Kohlengrubensiedlungen geholfen hatte, Kranke zu versorgen, aber so hatten sie nicht ausgesehen.

»Ramon?«

Der Wind rüttelte an den Fenstern. Ramon verschloß ihr den Mund mit einem leidenschaftlichen Kuß. Er knabberte spielerisch an ihrem Ohrläppchen. »*Si, querida?*«

»Du bist so ... groß.«

Ein leises Lachen entschlüpfte ihm. »Alle Männer sind so, Cara, wenn sie lieben.«

»Alle? Alle sind so groß?«

Wieder erklang das amüsierte Lachen. »Nun, vielleicht nicht ganz so groß. Aber wir passen zusammen ... du wirst schon sehen.«

Passen zusammen? Sie war sich nicht sicher, was er damit meinte. Zum ersten Mal fiel ihr auf, wie wenig sie über diese Dinge wußte. »Wie wirst du ... wie sollen wir ...?«

»Pst, *querida*. Nicht mehr reden. Ich werde dir zeigen, wie es geht.«

Er streichelte ihre Brüste, prickelnde Schauer durchliefen ihren Körper, als seine Lippen die hart aufgerichtete Spitze der rechten Brust umschlossen. Carly vergaß ihre Unsicherheit, dachte an nichts mehr. Sie spürte nur noch die Hitze, die sich in ihrem Körper ausbreitete, die durch ihre Adern strömte und gleichzeitig Feuchtigkeit zwischen ihren Schenkeln erzeugte.

Ramon streichelte sie wieder mit seinen langen Fingern, stieß tief in sie und brachte sie dazu, sich hochzustemmen. Blitze schossen über den Himmel. Das Krachen des Donners erschütterte den Raum, und die Lampe neben dem Bett flackerte und wurde schwächer. Carly wimmerte leise und begann, ihren Kopf unruhig hin und her zu werfen. Ramon preßte seine Lippen auf ihren Mund, liebkoste sie und schürte das Feuer, das sie zu verzehren drohte. Er umfaßte ihre linke Brust, umkreiste die Spitze mit seiner Zunge und biß sacht in die Knospe. Eine heiße Woge des Verlangens durchflutete sie.

»Ramon ...«, flüsterte sie, wand sich heftig und faßte in sein Haar, das sich für sie anfühlte wie schwarzer Samt.

Er schob einen zweiten Finger in sie, dehnte sie, bereitete sie sacht vor und erzeugte eine ungeahnte Hitze bei ihr. Ein heißes Prickeln lief über ihre Haut, und sie wand sich auf dem

Bett. Ihr Körper flehte stumm nach etwas, das sie nicht benennen konnte.

Ramon legte sich über sie, spreizte ihre Beine mit seinem Knie und streichelte sie noch intimer. Sie erschauerte und spürte, wie die Spannung in ihrem Innern stieg und auf Erlösung drängte.

Er zog seine Finger zurück und ersetzte sie durch sein langes, hartes Glied. Behutsam schob er sich vor, dehnte sie und füllte sie mit seiner ganzen Länge aus.

Meine Güte, sie hätte sich nicht ausmalen können ...

Einen Moment hielt er inne. Sein Atem ging schwer und stoßweise. Schließlich beugte er sich über sie und küßte sie innig. Carly stemmte sich im selben Augenblick gegen ihn, als er kräftig in sie stieß. Etwas zerriß, und sie schnappte erschrocken nach Luft bei dem Schmerz, der sie durchzuckte. Ramon verharrte reglos über ihr.

»Das tut mir leid, Cara. Gleich ist dein erstes Mal schon vorbei.«

Sie spürte, wie er seine kräftigen Muskeln anspannte und zitterte, so sehr bemühte er sich, sich zu beherrschen. »Aber ich möchte nicht, daß es schon vorbei ist. Ich möchte ...«

Ein Lächeln huschte über sein Gesicht. »*Si*, ich weiß, was du willst, Cara. Ich hatte schon befürchtet, ich hätte dir weh getan.« Langsam begann er, sich wieder zu bewegen. »Mal sehen, ob ich dir geben kann, was du möchtest.« Er füllte sie erneut aus, zog sich sanft zurück und rieb dabei die Stelle, die er vorhin bei ihr gestreichelt hatte. Mit jeder Bewegung wurde er schneller und erzeugte einen Rhythmus, der ihre Spannung noch steigerte.

Das kleine Haus wurde von einem heftigen Windstoß erschüttert. Der entfesselte Sturm toste ebenso wütend wie das Feuer, das in ihr loderte. Er beschleunigte sein Tempo noch, spannte die Muskeln seiner schmalen Hüften spürbar an, schob sich, so tief es ging, stieß fester und wilder in sie, als wetteifere er mit der Wildheit des Sturms draußen.

Die Spannung bildete sich erneut, machte sich tief und heiß in ihrem Bauch bemerkbar. Sie klammerte sich haltsuchend an ihn, grub ihre Nägel in seine breiten Schultern, als die Hitze stieg und das Blut durch ihre Adern rauschte.

Plötzlich löste sich die Spannung und wie von einer mächtigen Kraft, die ein Ventil gefunden hat, fühlte sich Carly mitgerissen. Sie hob ab, stieg auf und schwebte zu einem Ort unglaublicher Süße, in eine Welt des Glücks, wie sie sie noch nie erlebt hatte.

»Ramon!« rief sie, bog sich ihm entgegen und nahm ihn tief in sich auf, während bunte Lichter hinter ihren Augen aufflackerten. Eine Woge der Lust nach der anderen erfaßte sie, breitete sich heiß in ihrem Körper aus und erfüllte sie mit unbegreifbarem Entzücken.

Ramon spannte sich an, stieß heftig und tief in sie, legte den Kopf in den Nacken und stöhnte laut gurgelnd auf. Sie wußte, daß auch er an diesen Ort gelangt war, den sie gefunden hatte. Carly klammerte sich an ihn, als ob sie ohne ihn den Weg zurück nicht mehr finden könnte.

Sie spürte seine Lippen auf ihrer Stirn. Er drückte ihr heftig atmend kleine Küsse auf die Augen, die Nase und den Mund. Draußen hatte der Sturm nachgelassen. Der Regen trommelte eintönig auf das Dach, und der Wind strich beruhigend durch die Bäume. Ramon rollte sich auf die Seite, hielt sie dabei an sich gedrückt und blieb körperlich mit ihr aufs innigste verbunden.

Sacht strich er ihr ein paar Strähnen aus dem Gesicht. »Es tut mir leid, daß ich dir weh getan habe. Aber es schmerzt nur beim ersten Mal.«

Sie lächelte. »Du hast mir nicht weh getan. Es war nur einen Moment lang sehr unangenehm. Aber den Preis würde ich gern jederzeit wieder zahlen.«

Dort, wo ihre Körper miteinander verbunden waren, zuckte es leicht. Seine Augen verdunkelten sich, und Ramon umfaßte ihre Brüste, streichelte sie und liebkoste die Knospen. Dabei wurde er hart und richtete sich erneut in ihr auf. Wieder keimte Erregung in ihr auf und breitete sich in ihrem Körper aus.

»Ramon...?« flüsterte sie.

Er drückte sie auf den Rücken und schob sich über sie, ohne sich körperlich von ihr zu trennen. »Ich nehme dich nicht noch einmal, wenn du zu wund bist.«

Sie lächelte zu ihm auf. »Ich fühle mich wunderbar.«

Er nickte. »Gut. Ich brauche dich auch. Ich habe viel zu lange kein Weib mehr gehabt.«

Eine leise Enttäuschung befiel sie. Hatte sie doch das Gefühl bekommen, etwas Besonderes für ihn zu sein. Aber bei einer anderen Frau hätte er sich nicht anders verhalten. Carly blinzelte und mußte plötzlich aufsteigende Tränen unterdrücken.

Er hatte nur ein Weib gebraucht.

Und jetzt hatte er eine Frau.

Als Ramon sie jedoch erneut küßte und sich in ihr bewegte, verschwand die Traurigkeit. In kurzer Zeit wand sie sich unter ihm, und brachte ihre Leidenschaft haltlos zum Ausdruck. Wieder gelangte sie an den wunderbaren Ort, an den er sie vorhin schon geführt hatte. Auch Ramon erschauerte über ihr und hielt sie einen Moment lang reglos in den Armen.

Dann löste er sich von ihr, nahm sie aber in seine Arme und umfing sie mit seiner Wärme. Sacht kämmte er mit seinen schlanken Fingern das lange Haar aus ihrem Gesicht.

»Ramon?«

»Schlaf, Cara. Es war ein langer Tag, und morgen wirst du bestimmt wund sein.«

Bei den Worten errötete sie ein wenig. Zum ersten Mal wurde ihr bewußt, was sie gemacht hatten und wie kühn sie gewesen war. Sie wollte sich bei ihm erkundigen, ob es ihm gefallen hatte, aber er hatte schon die Augen geschlossen und schien an irgend etwas anderes zu denken. Vielleicht waren Männer immer so, wenn sie geliebt hatten. Leider wußte sie so wenig darüber.

Carly versuchte auch zu schlafen, aber es wollte ihr nicht recht gelingen. Statt dessen lauschte sie dem Regen und dem Wind und versuchte, nicht an das zu denken, was passiert war. Dennoch kreisten ihre Gedanken wieder und wieder um die Hochzeit, die sie erzwungen hatte, die ungewollte Braut, die sie war — und daß ihr Mann ein Verbrecher war und ständig in Gefahr schwebte, entdeckt zu werden.

So lag sie da im Dunkeln und grübelte, was Ramon wohl denken mochte, aber wagte es nicht, ihn zu stören. Hatte sie ihm doch schon genug Kummer bereitet.

Sie schmiegte sich an ihn und schlief schließlich ein.

Am anderen Morgen, als sie aufwachte, war Ramon bereits weg.

13. KAPITEL

Ramon wendete den großen braunen Hengst und ritt Richtung Llano Mirada. Er verließ das Tal und näherte sich der niedrigen Hügellandschaft. Strahlend hell schien die Sonne über ihm und trocknete den regennassen Boden. Eine kleine Herde Wild, ein Hirsch und sechs Rehe, äste auf der Wiese, und ein stolzer Adler kreiste über den Bäumen, seine gesprenkelten Flügel goldbraun im warmen Sonnenlicht.

Bereits im Morgengrauen hatte er das Haus verlassen, getrieben von dem verzweifelten Wunsch, der Enge zu entfliehen. Er brauchte die frische, kalte Luft der Berge, um einen klaren Kopf zu bekommen und in Ruhe darüber nachdenken zu können, was geschehen war.

Er rieb sich mit der Hand über die Bartstoppeln, rückte seinen Hut zurecht und zog ihn tiefer in die Stirn. Er hätte auf Las Almas bleiben sollen, sich seiner Verpflichtung und seiner frisch erworbenen Verantwortung als Ehemann stellen müssen. Statt dessen hatte er seiner Braut eine kurze, unpersönliche Notiz hinterlassen und war aufgebrochen.

Er hatte es tun müssen. Er hatte vor der Selbstverachtung über das, was er getan hatte, fliehen müssen. Im kalten Licht der Morgendämmerung war er gezwungen gewesen, sich damit auseinanderzusetzen, was an dem Abend der *fandango* und in den Tagen darauf wirklich passiert war.

Zum zweiten Mal, seit er Caralee McConnell begegnet war, hätte er den Ärger, den er an ihr ausgelassen hatte, gegen sich selbst richten müssen.

Ramon fluchte leise. Tatsache war, Carly hatte ihn nicht gezwungen, ihn zu heiraten. Es gab keine Frau auf der Welt, die das zuwege bringen konnte, wenn er es nicht wollte. Er hatte sich selbst belogen wie davor auch.

An dem Abend in der Scheune, als sie ihn so flehend angesehen, so stumm um Hilfe gebeten hatte, hatte es ihn die ganze Willenskraft gekostet, Vincent Bannister nicht zusammenzuschlagen und sie vom Fleck weg mitzunehmen. Ihr kluges Vorgehen war seine Rettung gewesen. Lieber Himmel, er wußte nicht, was er sonst in den nächsten Minuten getan hätte!

Zu der Zeit war er innerlich so verwirrt gewesen, daß sein Zorn die Oberhand gewonnen hatte. In den folgenden drei Tagen hatte die Wut ihn vollkommen beherrscht, selbst noch am vergangenen Abend, als er zu ihr ins Zimmer gegangen war.

Aber die bittere Wahrheit war, daß er Caralee McConnell wollte. So sehr, daß er seinen Schwur gebrochen hatte. Er hatte das Gelübde ignoriert, das er seiner Familie und den Männern, die von ihm abhängig waren, gegeben hatte. Schlimmer noch als das, jetzt nachdem er mit ihr geschlafen hatte, begehrte er sie noch mehr als zuvor. Und das, obwohl sie Flechter Austins Nichte war und eine *angelo*.

Er drängte das braune Pferd den Kamm hinauf und verließ

den schlammigen Pfad. In Gedanken blieb er jedoch bei Carly und dem übermächtigen Verlangen, das er nach ihr verspürte. Sein Bruder hatte sie auch begehrt. Zu sehr. Er hatte sein Leben dafür gelassen.

Das war nicht Carlys Schuld. Nichts, was seit jenem Tag, als er sie kennengelernt hatte, passiert war, hatte sie wirklich verschuldet, und doch überlegte er, wie seine Tante und seine Mutter wohl reagieren würden, sollten sie erfahren, daß sie die Frau war, die an dem Abend des Überfalls den Alarm ausgelöst hatte. Er hoffte inständig, daß das nie der Fall sein würde.

Er dachte daran, wie er sie bei der Hochzeit behandelt hatte, erinnerte sich an die grausamen Dinge, die er gestern abend zu ihr gesagt hatte. Die Schuldgefühle bedrückten ihn so sehr, daß ihm der Schweiß auf der Stirn ausbrach. Er hatte sie schlecht behandelt, hatte sich von seiner eigenen Unsicherheit verleiten lassen, Dinge zu sagen und zu machen, die er nicht wirklich hatte tun wollen.

Dennoch hatte er keine andere Wahl gehabt. Er konnte es sich nicht leisten, den Gefühlen nachzugeben, die sie bei ihm weckte, und verstand auch nicht, wieso er das Bedürfnis verspürte, sie zu beschützen. Ebensowenig schmeckte ihm die Eifersucht, die ihn plagte, sobald ein Mann nur in ihre Richtung schaute. Aber auch die Wärme, die er in ihrer Nähe verspürte, war ihm fremd.

Ramon zügelte sein Pferd oben auf dem Hügel und schaute hinunter ins Tal. Las Almas war längst aus seinem Blickfeld verschwunden, aber trotzdem konnte er die westliche Grenze des Achttausend-Hektar-Grundstücks von Rancho del Robles sehen. Grund und Boden, der ihm gehörte. Grund und Boden, den er geschworen hatte, seiner Familie zurückzugewinnen — das den de la Guerras zugewiesene Land, das jetzt Fletcher Austin gehörte, dem einzigen lebenden Verwandten seiner *anglo*-Frau.

Er hätte bei ihr bleiben sollen, überlegte er erneut. Was würde sie denken, wenn sie herausfand, daß er sie gleich nach der

Hochzeitsnacht verlassen hatte? Zumindest hatte er sie behutsam genommen, und in seinem tiefsten Innern wußte er, daß er das auf jeden Fall getan hätte, gleichgültig, wie wütend er gewesen wäre.

Er erinnerte sich an ihre ungestüme Leidenschaft, das unglaubliche Verlangen, das sie in ihm weckte. So verrückt wie nach ihr war er nie zuvor nach einer Frau gewesen. Nicht mal Lily hatte sein Blut so in Wallung gebracht wie seine kleine Frau. Trotzdem hatte er sie in dem Glauben gelassen, sie sei wie jede andere, mit der er im Bett gewesen war.

Das stimmte aber nicht. Er sehnte sich so sehr nach ihr, daß es fast schon an Besessenheit grenzte. Das wagte er ihr jedoch nicht zu zeigen. Sie war eine *gringa*, und die dachten über die Ehe anders als spanische Frauen. Den Ehemann zu betrügen bedeutete ihnen nichts. Mit einem Dutzend verschiedener Männer zu schlafen bedeutete ihnen auch nichts. Sie suchten sich ihr Vergnügen, wo immer sie es fanden.

In Spanien hatte er sich in den Kreisen bewegt, in denen sich die ewig herumziehenden Reichen, zumeist Amerikaner, Engländer und Franzosen, bewegten. Dabei hatte er Lily kennengelernt, im Hause eines engen Freundes in Sevilla. Zuerst war er von Lily hingerissen gewesen. Doch in den darauffolgenden Jahren hatte er mit einem Dutzend solcher Frauen geschlafen.

Vielleicht war Caralee anders. Er hoffte es zumindest sehr, aber sicher war er sich nicht.

In vielen Dingen vertraute er ihr, aber nicht mit dem Schlüssel zu seinem Herzen.

Er gab dem Hengst die Sporen, so daß die feuchte Erde unter den Hufen des Tieres wegspritzte. Es gab ein paar Dinge, um die er sich im Lager kümmern mußte, und wenn er ein paar Tage von Carly getrennt war, hatte er Zeit, sein inneres Gleichgewicht wiederzuerlangen. Bis zu seiner Rückkehr würden Sanchez und die Vaqueros schon auf sie aufpassen. In drei Tagen kamen auch seine Mutter und seine Tante von ihrem Besuch bei seinen Cousinen zurück. Dann war sie nicht länger allein.

Ramon beachtete nicht das leise Bedauern, das ihn unwillkürlich bei dem Gedanken, drei ganze Tage in den Armen seiner leidenschaftlichen kleinen Braut verpaßt zu haben, beschlich.

Er hatte ihr eine Notiz auf den Kaminsims gelegt. Darauf stand, daß er im Lager etwas zu erledigen hatte, aber Carly wußte es besser. Gestern abend hatte Ramon sie nur genommen, weil er unbedingt eine Frau brauchte, aber sie hatte es nicht geschafft, ihm Vergnügen zu bereiten. In Wirklichkeit hatte sie ihn weggetrieben.

Ihr wurde schwer ums Herz, und ihre Kehle fühlte sich an wie zugeschnürt. Unruhig ging sie in dem warmen, gemütlichen *sala* des Hauses auf und ab, bemerkte dabei kaum die dunklen, geschnitzten Balken über sich oder das Knistern des niedrig brennenden Feuers in dem großen, felsigen Kamin. Gemälde von Ramons Vater und Mutter, seiner Tante und seinem Bruder zierten die weißgekalkten Wände des Landhauses. Weiße Spitzendeckchen hingen über der Rückenlehne des Sofas und schmückten die dunklen Eichentische. Carly merkte von alledem kaum etwas. Sie war viel zu sehr mit ihren Schuldgefühlen und dem schrecklichen Bewußtsein, versagt zu haben, beschäftigt.

Pedro Sanchez war früh am Morgen schon bei ihr gewesen. Er wollte sie wissen lassen, daß sie auch während Ramons Abwesenheit in Sicherheit war. Die Vaqueros hatten den Auftrag bekommen, sich um ihr Wohl zu kümmern. Ramon hatte mit ihnen gesprochen, ehe er im Morgengrauen aufgebrochen war. Blue würde für sie kochen und den Haushalt führen. Sicher würde es Carly gutgehen, bis ihr Mann aus dem Lager zurückkehrte.

Natürlich würde es ihr gutgehen.

Warum fühlte sie sich dann bloß nicht auch gut?

Wenn sie nur an die schöne Frau dachte, die Ramon in Llano Mirada erwartete, wurde ihr schon übel. Wenn ihr nur etwas mehr Zeit geblieben wäre, hätte sie bestimmt gelernt, Ramon Vergnügen zu bereiten.

Denn das wollte sie gern tun, erkannte Carly. Lieber sogar als alles andere auf der Welt.

Sie wollte es — weil sie ihn liebte.

Ein stechender Schmerz durchzuckte sie, und sie sank auf das Roßhaarsofa. Warum hatte sie das nicht bemerkt? Wie konnte sie die Wahrheit so lange vor sich selbst verbergen? Sie war in Ramon verliebt, schon seit dem Tag, als er sie vor Villegas gerettet hatte, vielleicht sogar schon viel eher.

Es konnte sein, daß sie ihn bereits von dem Augenblick an liebte, als sie ihre Augen geöffnet und ihn an ihrem Bett hatte beten sehen.

Und wenn sie ihn liebte, war das auch der Grund, warum sie die Hochzeit erzwungen hatte. Zu dem Zeitpunkt hatte sie nicht darüber nachgedacht. Sie hatte es einfach als notwendig betrachtet, als die einzige Lösung aus einer mißlichen Lage. Nur in ihrem tiefen Innern wollte sie sich nicht eingestehen, daß sie bereit war, alles zu tun, um ihn zu bekommen, weil sie ihn so sehr begehrte. Wenn das aber der Fall sein sollte, war sie nicht besser als Vincent Bannister. Bei dem Gedanken zog sich Carlys Herz schmerzlich zusammen.

Es vergingen drei Tage. Zuerst war es ihr peinlich. Ramon hatte sie gleich nach ihrer Hochzeitsnacht verlassen, und Pedro, die Vaqueros und alle anderen auf Las Almas wußten das. Sie verbrachte Stunden damit, durch das Haus zu wandern und fand dann einen neuen Freund in der Scheune — Bajito, den kleinen, braunweiß gefleckten Hund, den sie an dem Tag, als das Pferderennen stattgefunden hatte, auf Rey del Sols Rücken gesehen hatte.

Der Hund schlief in einer der Boxen neben seinem großen Palominofreund, aber er spielte liebend gern, und Carly hatte ihn nach draußen gelockt, um mit ihm Stöckchenholen zu spielen. Danach war sie jeden Tag mit einem Zuckerklümpchen für Rey und ein paar Essensresten für Bajito in die Scheune gegangen.

Dann, als sie wieder einmal auf dem Boden in der Scheune saß und mit dem struppigen kleinen Hund Tauziehen machte — sie hielt das eine Ende eines alten Lappens in der Hand, während Bajito sich gefährlich knurrend am anderen Ende festgebissen hatte —, hörte sie ein paar Vaqueros draußen miteinander reden.

Pancho Fernandez, einer der Vaqueros auf Las Almas, war an dem Abend der *fandango* auf del Robles gewesen. Er hatte gehört, was in der Scheune passiert war, wie Don Ramon zu der Ehe gezwungen worden war, und es unter den anderen Männern weitererzählt. Ramon wollte sie eigentlich nicht, sagte er, und das sei der Grund, warum er gegangen wäre.

Carlys Kehle war wie zugeschnürt. Es war die Wahrheit, aber es schmerzte sie, sie zu hören.

»Das glaube ich nicht«, widersprach ein anderer, während sie sich davonschlich, ehe jemand sie entdeckte. »Welcher gesunde Mann würde sie nicht wollen, he? Außerdem habe ich mitbekommen, wie er sie anschaut. Es liegt etwas in seinen Augen, das ich noch nie darin gesehen habe.«

Bei den Worten glomm ein schwacher Hoffnungsschimmer in ihr auf, ein winziger Funke, der fast schon erloschen war. Vielleicht konnte sie es lernen, ihm Vergnügen zu bereiten und seine Liebe zu gewinnen. Die Hoffnung wuchs und wurde mit jedem Tag ein bißchen größer. Überraschenderweise verstärkte sie sich noch, als seine Tante und seine Mutter zurückkehrten und sich wunderten, daß Ramon weg war.

»Er ... er hatte etwas zu erledigen«, stammelte Carly und errötete. »Ich bin sicher, er wird so rasch zurückkommen, wie er kann.«

Seine Mutter runzelte die Stirn, aber seine zerbrechliche, altjüngferliche Tante lächelte. »Mach dir keine Sorgen, *niña*. Für meinen Neffen ist es ungewohnt, verheiratet zu sein. Die Fesseln stören ihn, aber mit der Zeit wird sich das legen.«

Carly wurde warm ums Herz, und sie war der älteren Frau dankbar für die freundlichen Worte. In den nächsten Tagen unterhielten sie sich öfter, obwohl Ramons Mutter sie praktisch ignorierte. Tia Teresa jedoch hatte eine Art, die Barrieren zwischen ihnen zu überwinden, die Carly gefiel. Sie fühlte sich bei ihr wie bei ihrer Großmutter, einer Irin, die mit der Familie McConnell in den Kohlengrubensiedlungen gewohnt hatte, eine mutige Frau mit viel Herz. Carly hatte alles an ihr geliebt, die Geschichten, die sie von der mühseligen Reise aus ihrer Heimat in die Neue Welt zu erzählen wußte, ihre knorrigen alten Hände, mit denen sie ihr das Haar flocht, und selbst den schwachen Geruch nach irischem Whiskey, der gelegentlich in ihrem Atem mitschwang.

Granny McConnell lebte nicht mehr, aber nach ein paar Tagen schon fühlte Carly sich mit Tia Teresa so verbunden wie mit ihrer Großmutter, etwas, das sie seit dem Tod ihrer Mutter nicht mehr erlebt hatte.

»Bist du sehr beschäftigt, Tia?« sprach Carly die zierliche alte Frau eines Abends an, als Mutter de la Guerra schon zu Bett gegangen war. Die ältere Frau saß im *sala* und stickte. Sie bewegte ihre von starken, bläulichen Adern durchzogenen Hände so geschickt und flink, daß man ihnen das Alter nicht anmerkte. Carly kam von draußen aus der Küche herein. Sie hatte Blue beim Abwaschen geholfen.

Das mußte sie nicht tun. Ramons Mutter zeigte sich ein wenig entsetzt, daß eine de la Guerra solche niederen Arbeiten verrichtete, aber Blue war schon alt, und Carly machte diese Tätigkeit nichts aus. So war sie wenigstens beschäftigt und etwas abgelenkt.

Tia Teresa legte ihre Handarbeit behutsam neben sich auf das

Sofa. »Was gibt es denn, *niña*? Machst du dir Sorgen wegen Ramon, ja?«

»Ja, ich glaube schon.« Sie machte sich jeden Tag Sorgen um ihn und betete, daß er und seine Männer sich auf kein gefährliches Unternehmen eingelassen hatten. »Aber das ist es nicht, weswegen ich mit dir sprechen wollte.«

»Nicht? Was dann?«

Hitze stieg ihr in die Wangen. »Es geht um den Abend unserer Hochzeit. Es ist ziemlich peinlich, aber ich ...« Sie holte tief Luft. »Weißt du, ich wußte nicht genau, was ich tun sollte. Ramon war ...«, großartig, unglaublich, einmalig, setzte sie im stillen hinzu, »jedenfalls denke ich, daß ich irgend etwas verkehrt gemacht und ihn enttäuscht habe.«

»Du glaubst, das ist der Grund, warum er gegangen ist?«

»Ja ...«

»Es ist die Aufgabe des Mannes, über diese Dinge Bescheid zu wissen. Was kannst du getan haben, das ihn enttäuscht hat?«

»Ich weiß es nicht. Ich habe überlegt ... wie würde sich eine spanische Dame in ihrer Hochzeitsnacht verhalten?«

Die alte Frau lächelte, und ihr Gesicht wirkte weniger zerknittert. »Ich kann dir nur sagen, was meine Mutter mir einmal erzählt hat und was andere Frauen gesagt haben. Ich kann nicht aus eigener Erfahrung sprechen.«

»Ich weiß.« Ramons Tante hatte von ihrem *novio* berichtet, einem jungen Mann namens Esteban. Er war umgekommen, und sie war nie verheiratet gewesen. Ganz offensichtlich trauerte Tia Teresa selbst nach all den Jahren noch um ihn. In gewisser Weise beneidete Carly sie darum. Wie sehr mußten die beiden sich geliebt haben, daß ihre Gefühle die Zeit überdauert hatten!

Die alte Frau griff wieder nach ihrer Handarbeit, ihre knochigen Finger bewegten sich rhythmisch, die Nadel glitt durch den Stoff, ohne daß Teresa sich besonders darauf konzentrieren mußte. »Wenn ein Spanier heiratet, gibt es immer ein großes

Fest. Musik und Tanz beginnen gleich nach der Hochzeit. Es wird die ganze Nacht durch gefeiert, manchmal eine Woche lang. Oft kommen die Braut und der Bräutigam nicht dazu, die Ehe zu vollziehen. Das kann Tage dauern.«

Carly widerstrebte es, eine so intime Frage zu stellen, aber es war sonst niemand da, an den sie sich wenden konnte. »Und wenn es dann soweit ist?«

Tia schaute von ihrer Arbeit auf. »Die Braut ist sehr nervös und natürlich auch sehr schüchtern. Sie wartet in ihrem Bett auf ihren Mann, und wenn er dann zu ihr kommt, gewährt sie ihm seine ehelichen Rechte, wie sie es ihm durch die Hochzeit versprochen hat.«

»Wie ... wie geschieht das?«

Die alte Frau warf einen gespielt genervten Blick zur Decke, als wundere sie sich über die Naivität der jungen Leute. Dann lächelte sie. »Sie bläst die Kerze neben ihrem Bett aus, hebt ihr Nachthemd und erlaubt ihrem Mann, sich mit ihr zu vereinen.«

»Ihr Nachthemd? Sie geht im Nachthemd zu Bett?«

»*Si.* Im allgemeinen ist es aus Baumwolle, aber ich dachte, Seide wäre hübscher. Ramon mag hübsche Sachen.«

»Es ... es ist sehr schön.« Aber sie hatte es nicht anbehalten. Dumpf erinnerte sie sich, wie Ramon es ihr über die Schultern gestreift hatte, aber das war vielleicht nur passiert, weil sie nicht im Bett auf ihn gewartet hatte. Sonst hätte er es ihr wohl nur bis zur Taille hochgeschoben. Sie konnte es sich nicht vorstellen, nicht nach den Dingen, die er gemacht hatte. Sie konnte sich nichts anderes zwischen ihnen vorstellen als erhitzte, schwitzende Haut und feuchte, leidenschaftliche Küsse.

Etwas Seltsames fiel ihr ein. Carly richtete sich plötzlich kerzengerade auf. Ein schrecklicher Gedanke schoß ihr durch den Sinn. Lieber Himmel! Sie beugte sich in ihrem Sessel Tia Teresa gegenüber leicht vor. »Am Morgen, als ich«, *das Bett abgezogen habe, um das Blut aus den Laken zu waschen*, sie schluckte,

»das Bett gemacht habe, fiel mir etwas Merkwürdiges auf. In dem oberen Laken war ein Loch. Es war sehr hübsch mit Weiß umstickt, ein Blumenbukett, das einen Kranz um das Loch bildete. Das hatte ich vollkommen vergessen. Sicherlich...«

Carly befeuchtete sich nervös die Lippen und hoffte inständig, daß sie sich irrte. »Die Frau legt sich doch nicht etwa darunter... und der Mann benutzt...« Als sie Tia Teresa ansah, bekamen die Wangen der alten Frau etwas mehr Farbe.

Sie nickte lächelnd. »Es wurde lange benutzt, um die Sittsamkeit der Frau zu schützen. Mein Neffe hat dir doch sicherlich gezeigt... wie es gemacht wird?«

Carly spürte, wie ihr heiß wurde. »Ich glaube, wir haben das schon geschafft, Tia, aber nicht direkt auf diese Art.«

Tia Teresa tätschelte ihr die Hand. »Ich bin überzeugt, du hast alles richtig gemacht. Außerdem muß ein Mann verstehen, wenn die Frau beim ersten Mal schüchtern ist.«

Schüchtern? Nun breitete sich die Hitze über ihren ganzen Körper aus, und sie erinnerte sich, wie sie Ramon angefleht hatte, nicht aufzuhören, wie sie sich ihm entgegengebogen und sich an seine muskulösen Schultern geklammert hatte.

Ihr Magen zog sich nervös zusammen. Offenbar machte eine weiße *mantilla* noch keine echte spanische Dame aus ihr. Wenn sie Ramon also gefallen und ihn nicht an seine schöne Geliebte verlieren wollte, mußte sie lernen, sich so zu benehmen wie eine spanische Frau.

»Du mußt dir keine Sorgen machen, *niña*. Es ist nicht schwer, zu ertragen. Du mußt einfach still daliegen und ihm seinen Willen lassen. Es ist die Bürde, die eine Frau tragen muß. Wenn ich mir das bei meinem Esteban vorstelle, weiß ich, daß es mir nichts ausgemacht hätte.«

Carly klopfte der Kopf. Nichts ausgemacht? Sie hatte sich nach Ramons Zärtlichkeiten gesehnt, hatte darauf gebrannt, ihn zu spüren, und es nicht nur ertragen. Ihr Körper war für ihn entflammt. Selbst jetzt verlangte sie nach ihm, wenn sie nur daran dachte, welche Gefühle er bei ihr erzeugt hatte. Welche Frau benahm sich so? Offenbar nicht eine Frau spanischer Herkunft.

Meine Güte, da war es kein Wunder, daß er weggeritten war.

»Danke, Tia«, sagte Carly schließlich ein wenig gepreßt. »Es tut mir leid, daß ich dich mit solchen Dingen belästigt habe, aber es war niemand sonst da, den ich hätte fragen können.«

Die alte Frau winkte sofort ab. »Ich freue mich, wenn ich dir helfen kann.« Sie lächelte. »Ramon wird bald zurückkommen, und diesmal weißt du ja, was er erwartet.«

»Ja...« Carly wich ihrem Blick aus und verdrängte eine neuerliche Woge der Verlegenheit. Bis zu diesem Augenblick hatte sie sich nicht dafür geschämt, was zwischen ihnen geschehen war. Sie hatte nur gehofft, es würde wieder passieren.

Jetzt, wo ihr klar war, wie schamlos sie sich benommen hatte, war sie entsetzt über sich. Meine Güte, wie konnte sie ihm jemals wieder unter die Augen treten?

»Es wird spät.« Carly stand auf. »Ich werde jetzt schlafen gehen.«

Tia Teresa nickte. »Für mich wird es auch Zeit.«

Sie verließen das Zimmer zusammen, trennten sich und jeder von ihnen ging den überdachten Flur längs der Terrasse hinunter zu seinem Quartier. Carly dachte die ganze Zeit an das umstickte Loch in dem Laken, das Ramon hätte benutzen sollen.

Sie haßte sich dafür, daß sie eine tiefe Enttäuschung empfand, wenn sie daran dachte, sie würde beim nächsten Mal nicht mehr die Hitze seiner glatten, dunklen Haut auf ihrem Körper spüren.

Zehn Tage vergingen. Ramon drängte seinen braunen Hengst den Hügel hinunter auf Rancho Las Almas zu. Er freute sich darauf, wieder zu Hause zu sein. Freute sich auf das Wiedersehen mit seiner Frau und konnte es kaum erwarten, wieder mit ihr zu schlafen.

In den Tagen nach seiner Hochzeit hatte er es geschafft, mit seinen Gefühlen für sie ins reine zu kommen. Sein Schwur war gebrochen, aber das war ebensosehr seine Schuld wie ihre. Es hatte keinen Sinn, sich im nachhinein in Reue zu ergehen. In Wahrheit hatte er Carly McConnell von Anfang an begehrt. Jetzt war sie seine Frau, und obwohl er nie beabsichtigt hatte, sie zu heiraten, konnte er nicht sagen, daß es ihm leid tat.

Fletcher Austin stellte ein Problem dar wie auch die Tatsache, daß Ramon nach wie vor seinen Grund und Boden wiederhaben wollte. Aber jetzt lebte Andreas nicht mehr, so daß es keine Überfälle mehr geben mußte. Ramon war von Anfang an dagegen gewesen, weil er ein legales Mittel finden wollte, um ihre Probleme zu lösen. Andreas hatte nicht auf ihn hören wollen. Nach dem sinnlosen Tod des Vaters und dem Verlust des De-la-Guerra-Besitzes war er blind vor Zorn.

Als Ramon aus Spanien zurückkehrte, hatte El Dragón bereits begonnen, seine Überfälle zu verüben. Er fühlte sich verpflichtet, seinem Bruder Beistand zu leisten. Andreas hatte immerhin die Verantwortung übernommen, die Familie zu schützen — eigentlich Ramons Aufgabe —, während er sich, ohne etwas davon zu wissen, in einer Villa in Sevilla vergnügt hatte.

Jetzt war auch Andreas tot, Ramon der Kopf der Familie, und sofern er einen friedlichen Weg finden konnte, seinen Besitz wiederzugewinnen, wollte er ihn beschreiten. Mit den Einwänden seiner Frau würde er schon zu gegebener Zeit fertig werden.

Er berührte die Flanken seines Pferdes, und der Hengst beschleunigte seinen Schritt bergab. Ramon wünschte sich, er säße auf Rey del Sol, aber der Palomino war zu leicht zu erkennen, ebenso wie der wunderbare schwarze Hengst, den El Dragón geritten hatte. Zumindest war der Braune gut eingeritten — dafür hatte Pedro gesorgt.

So wie er sich um Ramons Familie und seine Frau gekümmert hatte.

Meine Frau, wiederholte er in Gedanken. Meine angetraute Ehefrau. Seine Lenden verspannten sich, wenn er nur an den bevorstehenden Abend dachte. Fast konnte er fühlen, wie Carly ihn küssen würde und wie leicht er ihr Verlangen spüren würde. Vor seinem geistigen Auge sah er sie nackt, mit dem weißen Seidennachthemd, das um ihre schlanken Fesseln lag, den vollen, bebenden Brüsten und den rosigen Knospen, die sich unter seinen Händen verhärtet und aufgerichtet hatten.

Die Hitze seiner Lenden wuchs zu einem wahren Feuer an. Heftiges Verlangen erfaßte ihn. Es gab ein Dutzend Möglichkeiten, wie er sie nehmen, zahlreiche empfindsame Stellen, die er küssen wollte. Er wußte, daß sie ihm sein Weggehen übelnahm, aber vielleicht konnte er es ihr erklären. Es mochte aber auch genügen, wenn er sie innig küßte, damit sie merkte, wie sehr er sie vermißt hatte.

Ramon zog seinen Hut tiefer in die Stirn, gab dem Hengst die Sporen und trieb das Tier zum Galopp an. Es würde dunkel sein, bis er zu Hause ankam.

Doch die Ankunft konnte er kaum mehr erwarten.

»Er kommt! Ramon kommt!«

Carlys Herz begann zu jagen und hämmerte gegen ihre Rippen. Sie lief zu Mutter de la Guerra, die vor dem Fenster stand und in die Nacht hinausschaute.

»Wo denn? Ich sehe ihn nicht.«

»Dort ...« Sie deutete auf einen Ort, wo der Pfad in östliche Richtung führte und den Fluß neben dem Haus überquerte. »Kannst du ihn nicht sehen? Er watet gerade durch den Fluß.«

Es war das erste Mal, daß Carly die Señora so aufgeregt sah. Die meiste Zeit saß sie im Schaukelstuhl oder schaute teilnahmslos aus dem Fenster. Carly hatte Mitleid mit ihr. Zuerst war ihr nicht aufgefallen, wie sehr die alte Frau um ihren jüngsten Sohn trauerte.

Wie immer brachte der Gedanke leises Bedauern mit sich. Wenn sie nur nicht die Glocke geläutet hätte und Andreas nicht versucht hätte, sie zu verschleppen ... Aber nun war es so geschehen, und er war tot.

Carly verdrängte die unangenehme Erinnerung. Das Schicksal war anders verlaufen, und was geschehen war, ließ sich nicht mehr ändern. Selbst Ramon hatte es überwunden.

Ramon. Sie sah ihn auf sich zureiten, hoch und aufrecht im Sattel, geschmeidig und kraftvoll. Er und das Pferd bewegten sich mit einer Eleganz, die sie immer wieder begeisterte.

»Er wird Hunger haben.« Tia Teresa trat neben sie. »Willst du nicht mal nachsehen, was Blue noch vom Abendessen übrig hat?«

Carly lächelte. »Ja. Ja, natürlich, das mache ich sofort.« Sie lief in die Küche, bat die alte Indianerin, Reste aufzuwärmen und kehrte ins Wohnzimmer zurück. Sie wollte ihn vor der Haustür begrüßen, ihm gleich sagen, wie leid es ihr täte, daß sie sich so schamlos benommen hätte, daß heute abend alles anders sein würde, aber sie wußte nicht, was er dann dachte. Und sie wollte sich doch so gern wie eine richtige Dame benehmen.

Sie hatte geglaubt, sie hätte alles Notwendige dafür in Mrs. Stuarts Schule für moderne junge Damen gelernt, aber niemand hatte ihnen beigebracht, wie man sich in der Hochzeitsnacht zu verhalten hatte. Carly errötete allein bei dem Gedanken daran, und genau in dem Moment trat Ramon ein. Sein Blick begegnete ihrem, kaum daß er im Raum war.

Er nahm seinen Hut ab und hängte ihn auf den Kleiderständer neben der Tür, dann wandte er sich um und umarmte seine Mutter. Er küßte ihr die Hand und die Wange, eine Geste der Liebe und des Respekts unter seinen Leuten, dann umarmte und küßte er seine Tante. Aber über ihre Köpfe hinweg schweifte sein Blick zu Carly hinüber, die neben dem Sofa stand, und seine dunklen Augen leuchteten auf.

»*Buenas tardes, Caracita.*« Ein herzlicher Unterton, mit dem sie nicht gerechnet hatte, schwang in seiner Stimme mit. »Ich habe dich in den vergangenen Tagen vermißt.« Er mochte sich entschieden haben, ihr das beschämende Verhalten zu verzeihen und ihr eine zweite Chance zu geben. Sie dachte an Miranda, empfand einen stechenden Schmerz und hätte gern gewußt, wie diese Frau sich in seinem Bett verhalten hatte, verdrängte den Gedanken daran jedoch rasch wieder. Er war mit ihr verheiratet, nicht mit Miranda. Er gehörte zu ihr, und diesmal würde sie es schaffen, ihm Freude zu bereiten.

»Es ist schön, dich zu sehen, Ramon.« Sie lächelte ihn an, und leises Verlangen glomm in seinem Blick auf. »Hast du ... Hunger?«

Ja, sagte sein Blick, aber nicht auf eine Mahlzeit. »*Si.* Ich habe seit heute morgen nichts mehr gegessen.«

Sie lief nach draußen in die Küche und war froh, etwas Zeit zu haben, in der sich ihr klopfendes Herz beruhigen konnte. Mit einem Teller *cocido*, einem Gericht aus Fleisch und Würsten, Chilischoten, Möhren und Bohnen, und einer Schale Kürbissuppe, heißen Tortillas und einem Glas Rotwein kehrte sie zurück.

»Ißt du mit mir?« fragte er und schaute von den dampfenden Tellern auf. Sein Blick glitt über ihr schlichtes, braunes Kleid und blieb schließlich an ihren Lippen hängen.

Carly befeuchtete sie nervös. »Nein, ich ... wir haben bereits gegessen.« Sie wünschte sich, sie hätte so viel Zeit gehabt, sich etwas Hübscheres anzuziehen und ihr Haar zu frisieren, statt es im Nacken zusammengedreht zu tragen.

»Komm, setz dich zu mir, bis ich fertig gegessen habe.«

»Gut.«

»Mutter?« Er winkte die alte Frau zu sich. »Ich möchte gern hören, was ihr, du und Tia, getan habt, um meine Braut während meiner Abwesenheit zu unterhalten.«

Seine Mutter lächelte schwach. »Deine Frau arbeitet zuviel«, erklärte sie rauh, aber es schwang mehr Wohlwollen in ihrer Stimme mit, als Carly bisher gehört hatte. »Sie hilft dieser nutzlosen alten Indianerin Blue. Ich habe ihr schon gesagt, daß sie eine de la Guerra ist. Die Frauen der de la Guerra arbeiten nicht wie Sklaven, aber sie hört nicht auf mich. Jetzt, wo du zu Hause bist, wird sie vielleicht auf dich hören.«

Ramon lachte. »Auf mich hat sie auch schon vorher nicht gehört. Ich kann mir nicht denken, daß sie das jetzt tun wird.«

Carly errötete. Sie konnte die Zuneigung in seiner Stimme hören wie jeder andere auch. Der schwache Hoffnungsfunke in ihrem Herzen verwandelte sich in eine strahlendhelle Flamme. Eine Woge der Liebe zu ihm wallte in ihr auf, und ihre Kehle war plötzlich wie zugeschnürt. Heute abend würde sie ihm Vergnügen bereiten, ihm zeigen, daß sie die Frau sein konnte, die er sich gewünscht hatte.

Sie wartete geduldig, während er aß, und hörte zu, wie er sich mit seiner Mutter und seiner Tante unterhielt. Als er fertig war, schob sie ihren Stuhl zurück und wollte das Geschirr abräumen.

Ramon faßte nach ihrer Hand. »Die Stunde ist schon vorgerückt. Warum überläßt du das nicht Blue und begibst dich statt dessen schon in unser Zimmer? Ich komme gleich nach.«

Bei seinem verlangenden Blick schwindelte ihr. Meine Güte, sie wußte genau, woran er dachte. Dachte sie doch auch daran!

»Ja ...«, flüsterte sie. Ihr Mund war wie ausgetrocknet, und ihre Wangen brannten. »Ich warte dort auf dich.«

14. Kapitel

Carly konnte die Frauen nicht ansehen, konnte ihre wissenden Blicke nicht ertragen, gleichgültig, wie wohlwollend ihre Gedanken auch sein mochten. Rasch verließ sie den Raum und ging den Korridor hinunter zu ihrem Schlafzimmer, im stillen froh, daß die Wände des Hauses fünfundvierzig Zentimeter dick waren. Dort angekommen, zog sie sich hastig ihre Sachen aus, das schlichte braune Tageskleid mit dem runden weißen Pikeekragen, ihre Strümpfe und Schuhe. Die Californio-Frauen der oberen Klasse kleideten sich nach europäischer Mode wie die Amerikanerinnen. Nur die *paisanos* kleideten sich so, wie sie es in den Bergen getan hatte.

Sie war anständig gekleidet, doch sie wünschte sich, sie hätte etwas anderes angehabt, das safrangelbe Kleid, das im Schrank hing, oder vielleicht das wollene Grüne. Zum ersten Mal seit langer Zeit war sie froh, daß ihr Onkel ihr die Kleider gekauft hatte.

Sie zog die Schublade der schweren Eichenkommode auf, die extra für ihren Gebrauch angeschafft worden war, und holte ein weiches Baumwollnachthemd heraus. Nicht das aus reiner weißer Seide. Das konnte sie nicht wieder anziehen, ohne daran zu denken, wie ihre Haut geprickelt hatte, als Ramon sie darin gesehen hatte. Wie durchdringend er sie mit seinen dunklen Augen angeschaut hatte, bis ihr heiß geworden war.

Statt dessen zog sie sich das schlichte, langärmelige, weiße Baumwollnachthemd über den Kopf und beeilte sich, die vielen winzigen Knöpfe vorn am Oberteil zuzumachen. Sie löste ihr Haar aus dem Knoten im Nacken, bürstete es aus und flocht es rasch in einen Zopf. Dann hastete sie zum Bett hinüber. Sie schlug die bunte Decke zurück, kletterte unter die Laken und legte sich unter das aufwendig umstickte Loch.

Ein wenig albern kam sie sich dabei schon vor. Denn Ramon

hatte sie bereits nackt gesehen. Doch andererseits wußte sie zu wenig über die spanischen Bräuche, und wenn ihm das Vergnügen machte, war sie bereit, sich zu fügen.

Sie streckte die Hand nach der Lampe aus und drehte den Docht so weit herunter, daß sie gerade noch brannte, dann legte sie sich abwartend zurück. Es dauerte nicht lange, da erklangen schwere Schritte draußen auf dem Korridor, die Tür wurde aufgestoßen, und Ramon kam herein. Seine Schultern waren so breit, er füllte fast den Rahmen damit aus. Er war sehnig und muskulös, seine langen Beine von der schwarzen, enganliegenden Hose umhüllt. Seine maskulinen, markant geschnittenen Züge traten deutlich hervor in dem sonnengebräunten Gesicht.

Nachdem er die Tür geschlossen hatte, das Mondlicht verschwunden war, konnte sie sein Gesicht kaum mehr erkennen, so schwach war das Lampenlicht, aber sie merkte, wie er kurz innehielt. Vielleicht hatte er gedacht, sie würde so auf ihn warten wie davor und ihn in Verlegenheit bringen, weil sie sich genauso lüstern verhalten würde.

Schweigend zog er sich aus, und sie bemühte sich, nicht auf die Bewegung seiner Muskeln, auf seinen flachen Bauch und die schmalen Hüften zu achten. Sie versuchte auch, die heißen Wogen der Erregung zu unterdrücken, die sie durchfluteten, und wünschte sich, sie könnte die verräterische Feuchtigkeit zwischen ihren Schenkeln kontrollieren.

Die Matratze gab unter seinem Gewicht nach. Er streckte seine Arme nach ihr aus und zog sie an sich. »Ich habe dich vermißt, Cara. Es war dumm von mir, dich zu verlassen.« Er küßte sie, ehe sie etwas darauf erwidern konnte. Mit einem innigen, leidenschaftlichen Kuß, bei dem sie der Mut verließ, verschloß er ihr den Mund. Meine Güte, das wird viel schwerer, als ich gedacht habe!

Sie erwiderte seinen Kuß, gewährte seiner Zunge Einlaß, doch wagte sie nicht, sie mit ihrer eigenen zu berühren. Ihre Hände ruhten sacht auf seinen Schultern, aber sie klammerte sich nicht an ihn, wie sie es davor getan hatte, obwohl ihr verräterischer Körper sich danach sehnte.

Er streichelte ihr Haar und hielt erneut inne. »Mir gefällt es besser, wenn es offen ist«, murmelte er und zog das Band am unteren Ende ab. Mit seinen sehnigen Fingern strich er durch ihr Haar und breitete ihre dichten Strähnen um ihre Schultern herum auf dem Kissen aus.

Carly schluckte schwer. Überall, wo er sie berührte, wurde ihr heiß. Trotzdem lehnte sie sich in die Kissen zurück und starrte zur Decke auf, wo sie die schweren Eichenbalken zählte, um das Klopfen ihres Herzens unter Kontrolle zu bekommen. Ramon beugte sich über sie, umfaßte ihre Brüste und begann sie durch das Nachthemd zu streicheln. Feine Hitzestrahlen breiteten sich von dort in ihrem Körper aus. Er liebkoste ihre Brustspitzen, bis sie hart und fest wurden, beugte sich darüber und nahm sie zwischen seine Lippen, so daß der Stoff feucht wurde.

Lieber Himmel! Carly blinzelte und richtete ihren Blick zur Decke. Sie zwang sich, an etwas anderes zu denken. Aber ihr Körper stand in Flammen, und das Blut rauschte ihr in den Ohren.

»Ich will dich ohne Nachthemd«, verlangte ihr Mann ernst und begann die kleinen Knöpfe aufzumachen. »Ich will dich nackt sehen.«

»Aber ...« Das durfte doch nicht passieren! Er behandelte sie wie eine *gringa*. Von einer richtigen Spanierin hätte er das nicht verlangt. Durch diese Worte fühlte sie sich gekränkt. Bestätigte er ihr damit doch, was er ihr gegenüber empfand. Er küßte sie erneut, strich mit seiner Zunge über ihre Lippen und drang in ihren Mund. Ein leichtes Kribbeln breitete sich auf ihrer Haut aus. Sie dachte an die *cocida*, die sie zum Abend gegessen hatten, an das schwierige Rezept, das Blue ihr am Nachmittag gezeigt hatte — an alles andere, nur nicht an ihn.

Das harsche Zerreißen des Nachthemds unterbrach ihre Gedanken. »Ich sagte, ich will dich nackt sehen.« Seine Stimme klang unnachgiebig. Nicht ein Funken von dem Respekt, mit dem er eine richtige Spanierin behandelt hätte, schwang darin mit. Erneut fühlte sie sich gekränkt. Doch ihre Entschlossenheit wuchs.

»Ich glaube, es wäre besser, wenn wir das Nachthemd so lassen«, erklärte sie leise, aber würdevoll. »Ich werde es gern für dich anheben, wenn du das möchtest.« Sie wollte schon von ihm verlangen, daß er das Loch im Laken benutzen sollte, aber eine innere Stimme warnte sie davor. Dennoch wollte sie sich wie eine Spanierin verhalten. Sie wollte ihm damit eine Freude bereiten — und von ihm respektiert werden.

In dem schwachen Licht der Lampe konnte sie sein Gesicht kaum erkennen. Sie bemerkte ein leichtes Unbehagen, einen Anflug von Unsicherheit, und dann zeichnete sich Zorn auf seinem Gesicht ab.

Er riß sie an den Schultern hoch. »Ich hätte es wissen müssen, aber ich dachte, du wärst anders. Du bist genauso wie alle anderen.« Er schnaubte verächtlich. »Ich bin ein wenig überrascht, daß du mich so schnell leid bist — aber du bist eben eine *gringa*. Manche von ihnen geben nur vor, daß es ihnen Spaß macht. Andere brauchen ein Dutzend verschiedener Männer, um ihr Vergnügen zu finden.«

Er ließ ihre Schultern los und wandte sich von ihr ab. »Zu welchen du auch immer gehörst, mir ist es gleichgültig, denn ich werde nicht das Bett mit dir teilen.«

Carly starrte ihn entsetzt an. Lieber Himmel, was hatte sie nur gemacht? »Ramon, bitte ... wo gehst du hin?«

Aber er antwortete ihr nicht mal mehr, zog sich seine Hose und seine Stiefel an und schritt mit bloßem Oberkörper nach draußen.

Um Himmels willen! Tränen brannten ihr in den Augen und

rannen ihr über die Wangen. Erneut hatte sie versagt. Sie hatte fest geglaubt, es sei wichtig, daß sie sich wie eine echte Spanierin verhielt. Aber damit hatte sie ihn nur erneut weggetrieben.

Zitternd stieg Carly aus dem Bett und legte sich ihren dunkelblauen Umhang über die Schultern. Vielleicht fand sie ihn und konnte es ihm erklären. Unwillkürlich dachte sie an Miranda, die im Lager auf ihn wartete. War er etwa schon wieder aufgebrochen, um seine Geliebte in Llano Mirada zu besuchen? Wie mochte sich Miranda in seinem Bett verhalten, lüstern oder damenhaft? Was auch immer sie tat, sie machte es offenbar richtig.

Carly tastete sich über den Teppich, der den Erdboden bedeckte, und öffnete die Tür. Der Vollmond warf sein strahlendes Licht auf die Erde und überzog die Felder mit einem silbernen Glanz. Auf der anderen Seite des Hofes sah sie Ramon neben dem Korral stehen, den Ellenbogen auf den Zaunpfahl gestützt. Er starrte in die Dunkelheit hinaus, sog an einer dünnen Zigarre, die er sich zwischen die Lippen gesteckt hatte, und blies den Rauch in den sternenübersäten Himmel hinauf.

Ohne auf den kalten, feuchten Boden unter ihren bloßen Füßen zu achten, lief Carly zu ihm. Ihre Gedanken kreisten nur um Ramon und ihr eigenes Versagen, ihm Freude zu bereiten. Er richtete sich auf, als er sie näher kommen sah, und warf seine Zigarre weg, die einen rotglühenden Bogen durch die Luft zog. Er schaute sie zwar an, machte aber keine Regung, mit ihr sprechen zu wollen.

Carly klopfte das Herz bis zum Hals. Sie fühlte sich tief getroffen, und doch hob sie ihr Kinn an. »Du hast mich schon mal verlassen... den Morgen nach unserer Hochzeit. Pedro sagte mir, du wärst nach Llano Mirada geritten. Bist du bei ihr gewesen?« Sie schluckte schwer, setzte sich jedoch über ihre Beklemmung hinweg. »Bist du bei Miranda gewesen?«

Er musterte sie eindringlich, kühl und unbeweglich. »Was kümmert dich das?«

»Bist du bei ihr gewesen?«

Er schaute sie einen Moment stumm an, dann schüttelte er den Kopf, so daß ihm ein paar schwarze Strähnen in die Stirn fielen. »Nein, ich habe sie im Lager gesehen, aber nicht mit in mein Bett genommen.«

Carly biß sich auf die Unterlippe. »Das tut mir leid wegen heute abend. Ich weiß, du wirst es nicht glauben, aber ich wollte dir nur eine Freude machen.«

Er schnaubte verächtlich und bitter, sagte aber nichts.

»Ich ... ich dachte, wenn ich mich wie eine echte Spanierin verhalte, würde dich das glücklich machen. Ich habe geglaubt, du erkennst mich dann als Frau an und siehst in mir nicht nur ein Weib, das dein Bett wärmt. Das letzte Mal, als wir zusammen waren, habe ich mich so schlecht benommen, daß du gegangen bist. Ich hoffte, dieses Mal ... würdest du bleiben.«

Reglos starrte Ramon sie an, sein Blick wich nicht von ihrem Gesicht. »Du hast geglaubt, deshalb wäre ich gegangen? Du hast geglaubt, du hättest etwas falsch gemacht?«

Hitze stieg ihr in die Wangen. »Ich habe dich angefleht, nicht aufzuhören. Ich habe mich ... überall von dir anfassen lassen. Sicherlich würde eine richtige Dame das nicht ...«

Er schnitt ihr das Wort ab, faßte nach ihr und zog sie fest an sich. »*Santos de Christo*. Wie konntest du nur so etwas glauben?«

»Tia Teresa hat gesagt ...«

»Tia Teresa war nie mit einem Mann zusammen.« Er hob ihr Kinn an, und sie spürte, wie seine Finger bebten. »Von dem Moment an, wo ich hier weggegangen bin, habe ich an nichts anderes gedacht als daran, dich zu lieben. Ich habe mich an jede Berührung, jeden Kuß erinnert. Ich habe mich danach gesehnt, dich wieder anfassen zu können.« Er streifte ihren Mund mit seinen Lippen. »Ich hätte dir sagen sollen, wie sehr es mir gefallen hat. Was ich jedoch zu dir gesagt habe ... ist nur passiert, weil ich wütend war ... es war nicht die Wahrheit. Ich war verwirrt und unsicher wegen meiner Gefühle dir gegenüber. Ich wollte dich an dem Abend nicht etwa, weil ich eine Frau brauchte. Die Wahrheit ist, ich brauchte dich.«

Tränen sammelten sich in ihren Augen. Sie blinzelte, doch sie rannen ihr über die Wangen. »Ramon ...« Sie schlang ihre Arme um seinen Nacken und klammerte sich an ihn.

»Verzeih mir, *querida*. Ich habe wenig Erfahrung mit der Unschuld, wie du sie besitzt. *Por Dios*, wie kann ein Mann ein solcher Narr sein?« Er küßte sie, kühn, innig und stürmisch, daß ihr heiß wurde.

Diesmal wehrte Carly sich nicht gegen ihre Empfindungen. Sie wollte ihm doch Vergnügen bereiten.

Sie liebte ihn.

Rückhaltlos erwiderte sie seinen Kuß, ging auf sein Zungenspiel ein und hörte ihn aufstöhnen. Sie beendete den Kuß nicht eher, bis er sich von ihr löste und sie auf die Arme hob.

»Ramon?« Sie hielt sich an seinem Hals fest, als er zum Haus zurückkehrte.

»*Si, querida?*«

»Was ... was ist denn mit dem Loch?«

»Welches Loch?«

»Ich meine das umstickte in dem Laken.«

Ramon verhielt seinen Schritt und mußte laut auflachen. »Meine Tia hat ein gutes Herz, aber sie versteht nichts von Männern. Ich glaube nicht, daß es jemals einen Spanier gegeben hat, der das Loch in den Laken benutzt hätte.«

Da mußte auch Carly lachen. Ihr war fast schwindlig vor Erleichterung, und neue Hoffnung stieg in ihr auf. Er war nicht bei Miranda gewesen, sondern zu ihr zurückgekommen. Sie wollte ihm sagen, daß sie ihn liebte. Doch wenn sie das tat, mochte er sich daran erinnern, daß sie die Ehe erzwungen hatte. Er mochte glauben, sie hätte ihn unbedingt einfangen wollen.

Aber sie wollte sich nicht mehr seinen Zorn zuziehen, sie wollte nur noch von ihm geliebt werden.

Ihr Lachen erstarb, als sie sich dem Haus näherten. Ramon stieß die schwere Eichentür mit seiner Schuhspitze auf, ging hinein und trug sie zum Bett.

»Für das, was zwischen uns passiert, mußt du dich nie schämen«, sagte er und umrahmte ihr Gesicht mit seinen Händen. »Versprich mir, daß du das nie vergessen wirst.«

»Werde ich nicht.«

Er faßte nach ihrem Nachthemd und zog es ihr aus. »So etwas brauchst du nicht. Wir schlafen miteinander, wie Gott uns geschaffen hat.« Sie errötete, aber die Vorstellung, seine dunkle Haut, seinen starken männlichen Körper jede Nacht so fühlen zu können, erschien ihr wunderbar, und eine Woge der Lust erfaßte sie.

Sie schaute ihm zu, wie er sich entkleidete, genoß es, sein Muskelspiel zu bewundern. Er kam nackt zu ihr, und Carly empfing ihn mit offenen Armen — und mit all der Liebe, die sie für ihn verspürte und nicht mehr länger leugnen konnte.

Er küßte sie verlangend, dann zärtlicher und verstärkte so ihre Erregung. Er nahm sie leidenschaftlich, füllte sie aus und brachte sie dazu, ihn beim Namen zu rufen. Danach nahm er sie mit liebevoller Zärtlichkeit und leisen spanischen Koseworten, und diesmal wußte sie, daß sie ihm Vergnügen bereitet hatte. Mit der Zeit würde er sie möglicherweise sogar lieben.

Sie schliefen eine Zeitlang, dann nahm er sie erneut, und noch einmal kurz vor der Morgendämmerung. Ihre Lippen fühlten sich von den vielen Küssen leicht geschwollen an, ihr Körper ein wenig matt, aber unvergleichlich satt. So zufrieden und glücklich war sie noch nie gewesen.

Dann dachte sie an die Hindernisse, die noch zwischen ihnen lagen: der Haß ihres Onkels, Ramons Schwur, Rancho del Robles wiederzugewinnen, die Gefahr, der er sich als El Dragón aussetzte. Doch vielleicht noch schlimmer war, daß sie nicht die Frau war, die er hatte heiraten wollen.

Obwohl sie sich so in seine Arme geschmiegt hatte, fiel es Carly schwer, Schlaf zu finden.

»Ich kann es einfach nicht fassen, daß sie tatsächlich hingegangen ist und ihn geheiratet hat. Sie kennt ihn noch nicht mal.« Vincent Bannister saß Fletcher Austin im Stockmans Club in San Francisco gegenüber.

Fletcher war für das alljährliche Herbsttreffen mit seinem Anwalt Mitchell Webster und seinem Freund und Finanzberater William Bannister in die Stadt gekommen, um sich über die Verteilung der Gewinne nach der *matanza* im Herbst zu unterhalten. Zu der Jahreszeit wurden Tiere geschlachtet, um Häute und Talg zu verwerten, wie auch etliche Stück Vieh zum Verkauf nach Norden zu den Goldfeldern gebracht.

Das Treffen war verlaufen wie geplant. Webster war gegangen, aber William hatte ihn in den vornehmen Stockmans Club begleitet, und der junge Bannister hatte sich zu ihnen gesellt. Von dem Moment an, wo der junge Mann da war, hatte er nur von Caralee gesprochen.

»Wie konnte sie das nur tun?« fuhr er fort und sprach mehr zu sich selbst als mit Fletcher. »Ich dachte, sie würde mich wenigstens ein bißchen mögen.«

»Ja, wahrscheinlich haben wir sie zu sehr gedrängt.« Ein Kellner brachte Kristallgläser mit feinem irischen Whiskey und Tafelwasser. Der Mann stellte sie auf den polierten Rosenholztisch vor sie hin und ging leise weg.

Fletcher schüttelte den Kopf. »Ich hätte wissen müssen, daß sie rebelliert ... immerhin ist sie die Tochter ihrer Mutter.« Letzteres sagte er mit einer eigenartigen Mischung von Stolz. Lucy Austin war eine Frau gewesen, wie er sie kaum wieder kennengelernt hatte, schön, begabt und intelligent. Sie hatte sich an einen nichtsnutzigen Kohlengrubenarbeiter verschenkt, den sie in Philadelphia kennengelernt hatte. Sicher, die Familie war damals arm gewesen, und Lucy hatte ihrem älteren Bruder nicht geglaubt, als er ihr gesagt hatte, eines Tages werde er reich sein, reich genug, um sie beide zu versorgen.

Daß sie Patrick McConnell geheiratet hatte, war dumm gewesen. Sicher, er hatte gut ausgesehen und hatte hübsche, blaue Augen gehabt. Lucy hatte sich für diesen Fehler ein Leben lang abplagen müssen. Aber in den Dutzenden von Briefen, die er über die Jahre von ihr bekommen hatte, hatte sich seine Schwester nie beschwert.

William, der in dem Polstersessel ihm gegenübersaß, meldete sich zu Wort und unterbrach Fletchers Gedanken. Der größere Mann hatte seine übereinandergeschlagenen Beine gelöst und richtete sich gerade auf. »Es war auf jeden Fall eine eigenartige Wende«, sagte er. »Wie du siehst, hat mein Sohn sich noch nicht von der Niederlage erholt. Es scheint, er hat eine hohe Meinung von Caralee.«

»Das tut mir leid, mein Junge. Ich bin nicht ganz unschuldig daran. Ich glaube nicht, daß sie sich so benommen hätte, wenn wir ihr etwas mehr Zeit gelassen hätten.«

Vincent beugte sich vor. »Sie glauben also, sie hat es nur getan, um Ihnen zu trotzen? Und in Wirklichkeit hat sie doch etwas für mich übrig gehabt?« Er lehnte sich in seinem Sessel zurück. Seine braunen Augen leuchteten zufrieden. »Ja, das muß es sein. Wie gesagt, sie kannte den Mann schließlich kaum. Mein Gott, wer weiß, in welchem Elend sie jetzt steckt! Aber das ist wohl unser beider Pech.«

Vincent fuhr fort, Carlys schreckliche Situation zu bedauern, aber Fletchers Gedanken wanderten mit einem Mal in eine ganz andere Richtung.

»Entschuldige, Vincent. Was hast du vorhin gesagt... daß sie ihn doch kaum kannte?«

»Richtig.«

Gedankenversunken rieb er sich das Kinn. »Vielleicht kannte sie ihn besser, als wir ahnen.«

»Wie meinen Sie das?«

»Ramon de la Guerra könnte mit diesem Verbrecher, El Dragón, etwas zu tun haben. Er und Caralee waren vielleicht zusammen, als sie in den Bergen gefangengehalten wurde.«

»Ich kann mir nicht vorstellen, daß da etwas Wahres dran sein soll«, widersprach William ihm. »Die Familie de la Guerra hat ein hohes Ansehen. Außerdem war Don Ramon an dem Abend bei uns, als der spanische Dragón die Kutsche überfallen hat.«

»Sicherlich, aber er kann trotzdem damit zu tun haben. Falls das so ist, wäre es denkbar, daß de la Guerra die Entführung befohlen hat. Zwischen uns herrscht eine große Feindschaft. Es würde zu ihm passen, sich etwas anzueignen, was mein ist ... möglicherweise sogar meine Nichte. Wenn dieser Bastard ihr die Unschuld geraubt hat, wird Carly sich verpflichtet gefühlt haben, ihn zu heiraten.«

»Sollte das tatsächlich stimmen«, mischte sich Vincent ein, »warum hätte sie es dann geheimgehalten, nachdem sie entkommen war?« Ganz offensichtlich gefiel dem jungen Mann die erste Erklärung besser, aber Fletcher war auf den Gedanken gekommen, daß er auf die Wahrheit gestoßen sein mochte.

»Ich weiß es nicht.« Er lehnte sich auf dem grünen Brokatzweisitzer zurück und trommelte mit seinen fleischigen Fingern gegen das Glas. »Aber sobald ich nach del Robles zurückgekehrt bin, werde ich mich bemühen, das herauszufinden.«

Seit Ramons Rückkehr war eine Woche vergangen. Eine Woche leidenschaftlicher Küsse und heißer Nächte, stürmischer Liebe und vieler Geheimnisse, was den muskulösen Körper ihres Mannes betraf. Einmal machten sie sich auf den Weg zu einem Ort, der auf del Robles' Land lag, einem verschwiegenen Fleckchen, wo Ramon schon als Junge gewesen war. Ein schmaler Wasserfall ergoß sich von einem hohen Felsrand in einen seichten Teich, der von Nadelbäumen umgeben war. Dort liebten sie sich in dem weichen Gras neben dem Teich.

Carly lächelte, als sie sich an diesem Morgen daran erinnerte, schwang die Beine über die Bettkante und stand auf. Ramon war bereits weg. Er half den Männern bei der Arbeit für die Herbst-*matanza*. Alle hatten hart zugepackt, die Rinder zusammengetrieben, Kälber mit Brandzeichen versehen, fremde Ausreißer-Tiere von der Herde getrennt und die Tiere danach sortiert, ob sie geschlachtet oder verkauft wurden.

Carly reckte sich und gähnte. Ihr Rücken war ein wenig steif von den vielen Stunden, die sie damit zugebracht hatte, an den Talgtöpfen zu stehen, den großen Eisenkesseln, die benutzt wurden, um das Fett von den geschlachteten Stieren zu erhitzen. Es wurde zu Schmalz ausgelassen, das sie teils behielten und teils verkauften. Etwas Talg wurde auch gelagert, um später Seife und Kerzen daraus zu machen.

Selbst Ramons Mutter und seine Tante faßten mit an. Offenbar freuten sie sich, daß Carly nicht im geringsten zögerte, kräftig mitzuhelfen.

Sie trug einen schlichten, grauen Baumwollrock und eine weiße Bluse, legte sich ein Umhängetuch über die Schultern und verließ das Haus. Draußen herrschte bereits große Geschäftigkeit. Die Vaqueros sattelten ihre Pferde, und aus der Küche kamen die Stimmen der Männer, die den Rest ihres Frühstücks aßen. Die alte Blue war seit geraumer Zeit auf, hantierte mit Töpfen und Pfannen in der Küche herum, stellte Blechteller auf den Tisch. Selbst auf dieser kleinen Ranch war die Köchin weit vor dem Morgengrauen auf, entfachte das Feuer, kochte Kaffee und Kakao, briet Tortillas und Fleisch.

Carly half ihr eine Zeitlang, genoß den köstlichen Duft des Essens und die gute Laune der Frauen. Aber sobald die Sonne höher stieg, die Felder mit hellem Licht übergoß, fühlte sie sich aus der *cocina* gelockt und sah sich nach Ramon um. Die Bewegung tat ihr gut, dachte sie bei sich, half ihren müden Muskeln. Das Wetter war warm, der Himmel über ihr strahlendblau.

Carly machte sich auf den Weg zu dem Platanenhain. Er war nicht bei den Vaqueros, fand sie heraus, die damit beschäftigt waren, Rinder auf einem offenen Feld einzufangen, auf dem sie zusammengetrieben worden waren. Dennoch blieb sie kurz stehen, um zuzusehen, und bewunderte die Fertigkeit der Männer, mit dem langen, geflochtenen Lederriemen umzugehen, den sie *reata* nannten. Sie beobachtete, wie ein Stier von der Herde ausgesondert wurde. Einer der Reiter brachte seine Schlinge um den Kopf des Tieres, ein anderer um die Fersen, so daß das Tier zu Boden sackte.

Das Schlachten lief rasch ab, aber der Anblick trieb Carly wieder zum Haus zurück. Dabei entdeckte sie einige Männer auf einer der weiter entfernt gelegenen Weide und lief in diese Richtung. Neben dem breiten Stamm einer Eiche trat sie wenig später aus dem Dickicht und schaute sich nach Ramon um. Doch nur Rey del Sol war da, seine weiße Mähne schimmerte, als er seinen auffallend kräftigen Nacken senkte. Er schnaufte und stampfte mit den Hufen und rieb seine Nase mit einer hübschen, kleinen Palominostute. Da wurde ihr bewußt, was er vorhatte.

Farbe stieg in ihre Wangen, aber sie wandte sich nicht ab, sondern schaute zu, wie der wunderschöne Hengst die ebenfalls schöne Stute bestieg. So viel Kraft, dachte sie, und ungezähmtes Verlangen. Die Tiere wieherten und schnaubten, scharrten mit den Hufen und stampften auf den Boden. Der Hengst bleckte seine Zähne und packte dann die Stute fest im Nacken, um sie sich gefügig zu machen.

Er hob sich über sie und positionierte seine Hufe auf ihrem Rücken. Dann schob er sich mit seiner ganzen Länge tief in sie, beherrschte sie mit Leichtigkeit, nahm sich, was ihm von der

Natur zugedacht war, und Carly spürte, wie ihr heiß wurde. Als der Hengst sich zu bewegen begann, immer wieder kraftvoll in seine Partnerin stieß, lief ihr ein heißes Prickeln über den Rücken. Ihr Mund war wie ausgetrocknet, und die Hand, mit der sie sich am Stamm der Eiche abstützte, wurde feucht.

Sie hörte nicht Ramons leise Schritte, spürte bloß mit einem Mal seinen warmen Atem seitlich an ihrem Gesicht.

»Ein einmaliger Anblick, nicht wahr? Der Hengst besteigt seine Stute. Das ist eine Huldigung an das Leben, finde ich.«

Sie befeuchtete sich die trockenen Lippen und merkte plötzlich, wie sich Ramon an sie preßte. Er war erregt, stellte sie fest, sein hartes Glied drängte sich an ihre Hüften.

»Ja, in gewisser Weise ist es sehr schön.«

»*Si*... ich glaube, das ist es wirklich.« Er streichelte ihre Brüste und entdeckte, daß die Knospen sich bereits aufgerichtet hatten. Durch die Berührung seiner Finger verhärteten sie sich noch mehr. Seine geflüsterten Worte wirkten nicht minder zärtlich. »Spürst du es, Cara? Spürst du meinen Hunger, mein Verlangen nach dir? Siehst du, wie er sie beherrscht, sich nimmt, was er will, und sie dazu bringt, es zu akzeptieren?«

Sie nickte, und bei jedem Wort, das er sagte, bei jeder liebevollen Berührung klopfte ihr Herz rascher.

»Es geschieht nur, weil die Stute es auch so will. Sie muß wissen, daß ihr Partner stark genug ist, sie zu beschützen. Wie soll sie ihm sonst folgen, wenn sie nicht seine Stärke kennt?« Er umfaßte ihre Brust, massierte sie sacht durch die Bluse und rieb ihre geschwollene, aufgerichtete Spitze. »Wenn er sie nimmt, so wie jetzt, sich tief in sie bohrt, weiß sie, daß er stärker ist als sie... und daß sie bei ihm sicher ist.«

Er zog sie ein wenig zurück, bis sie hinter dem Baumstamm verborgen waren. Carly klammerte sich an der rauhen Rinde des Baumstammes fest und lehnte ihre Stirn dagegen. Ramon ließ seine Hände über ihre Seiten gleiten, faßte nach ihren Röcken und hob sie bis zu ihrer Taille hoch. Sie spürte, wie er ihr Hinterteil streichelte und dabei nach dem Schlitz in ihrer Hose suchte. Carly schnappte nach Luft, als sie seine Hand auf ihrer bloßen seidigen Haut fühlte. Dann schob er einen Finger dazwischen und drang in sie, stieß sacht und tief hinein, bewegte sich rhythmisch in der Feuchtigkeit, die sich dort angesammelt hatte, als sie den Tieren beim Paaren zugeschaut hatte.

»Eine Frau ist genauso«, erklärte er ihr leise. »Sie muß wissen, daß der Mann stark ist.« Er biß ihr spielerisch in den Nacken. Eine Woge der Erregung und der Lust rann durch ihren Körper. Er knöpfte ihre Bluse auf und begann erneut, ihre Brüste zu streicheln. Ein zweiter Finger gesellte sich zu dem ersten, bewegte sich raus und rein. Ein süßes Verlangen breitete sich zwischen ihren Schenkeln aus. »Sie muß wissen, daß er die Macht hat, sie zu beherrschen, wenn er das will.« Er drückte ihr viele feuchte heiße Küsse auf den Hals. Dann ließ er ihre Brust los. Sie fühlte, wie er seine Hose aufknöpfte, seinen langen Schaft befreite und sich mit seiner Härte in sie drängte.

»Öffne deine Beine, *querida*«, flüsterte er und strich mit der Zunge über den Rand des Ohrs. »Tu es für mich.« Ein feiner Schauer durchflutete sie und sandte bis zu ihrer feuchten Weiblichkeit eine heiße Woge aus.

Sie bewegte die Beine, öffnete sich stumm für ihn. Es kam ihr nicht in den Sinn, ihn davon abzuhalten. Genau wie die Stute wollte sie ihn in sich aufnehmen und die Stärke seiner männlichen Kraft spüren.

Ramon kam ihrem unausgesprochenen Wunsch nach, spreizte sie und schob sich in sie. Deutlich fühlte sie die Hitze seiner Lenden an ihrem Po, als er ihre Taille umfaßte, sie festhielt und mit einem einzigen Stoß tief in sie drang.

Carly unterdrückte einen lustvollen Aufschrei bei der überwältigenden Hitze, die sie erfaßte. Statt dessen umklammerte sie den Baum, während Ramon immer wieder in sie stieß. Tiefer, fester, zuerst langsam, preßte er sich an sie, dann bewegte er sich schneller, mit größerer Entschlossenheit. Vor ihrem geistigen Auge sah sie, wie der Hengst sich in die Stute bohrte, mit seinen langen, heftigen Stößen Besitz von ihr ergriff und ihr seine männliche Macht aufzwang. Dann tauchte Ramons Gesicht auf. Sie sah seinen muskulösen Körper, und die Bilder vermischten sich miteinander, der hochgewachsene, breitschultrige Spanier und die wilden, tiefen Stöße des Hengstes, mit denen er in seine Partnerin drang.

Kraftvoll erlebte sie den Höhepunkt. Ihre Muskeln, die Ramons Härte umfangen hielten, zogen sich zusammen, was ihm ein Aufstöhnen entriß. Zwei weitere heftige, tiefe Stöße, und er stöhnte erneut auf, umklammerte ihre Hüften und ergoß sich wollüstig und heiß in sie.

»*Por Dios*«, keuchte er, als das Erschauern seines Körpers nachließ. »Wenn sich das für den Hengst so anfühlt wie für mich, ist es die Stute, die ihre Kraft unter Beweis stellt.«

Carly lachte und lehnte sich gegen seine Schulter. Ich liebe dich, Ramon, dachte sie, aber sie sagte es nicht. Sie fühlte, wie er sich von ihr löste und ihre Röcke herunterfallen ließ. Er knöpfte seine Hose zu, drehte sie zu sich um und küßte sie zärtlich auf den Mund. Dann nahm er ihre Hand und führte sie an seine Lippen.

»Soll ich dich zum Haus zurückbringen?«

Carly schüttelte den Kopf. »Sie könnten denken, wir ...«

»... hätten das getan, was wir getan haben?«

Sie schmunzelte. »Ja.«

Ramon lachte leise. »Ach, *querida*, wie habe ich nur so eine Frau wie dich gefunden?«

Carly war nicht sicher, was er mit diesen Worten meinte, aber sie mochte die Art, wie er sie dabei anschaute. Und sie mochte die Gefühle, die sein zärtlicher Blick bei ihr erzeugte.

Ohne den Einwand zu beachten, den sie gerade gemacht

hatte, nahm er sie bei der Hand und schritt mit ihr auf das kleine Landhaus zu. Lächelnd zog er sie an sich und gab ihr einen Abschiedskuß. Dann glitt sein Blick jedoch über ihren Kopf hinweg, und als Carly der Richtung folgte, tauchte eine schmale Gestalt aus dem Platanenhain auf, kam durch das hohe braune Gras auf sie zu und ging an der Obstwiese vorbei, ehe sie erkannte, wer es war.

»Das ist Two Hawks!« Schon wollte sie zu ihm hinüberlaufen, so sehr freute sie sich über das Wiedersehen mit dem Jungen, den sie in ihr Herz geschlossen hatte. Doch sie hielt inne, als er näher kam. An seinem verstörten Gesichtsausdruck erkannte sie, daß etwas nicht stimmte.

»Was hast du, Two Hawks? Was ist passiert?« Das einzige Kleidungsstück, das seltsam verschlungene Hüfttuch des Jungen war schmutzig und mit verkrustetem Blut verschmiert. Im Gesicht und auf den Armen hatte er lange, tiefe Schrammen. Das eine Auge war blau angelaufen und seine Oberlippe geschwollen und ebenfalls blutverkrustet.

Er blickte zu Boden, schien aber nichts wahrzunehmen. »Die Soldaten ... die Miliz ... sie kamen in unser Dorf. Zuerst waren wir nur überrascht, daß sie uns überhaupt gefunden haben, weil wir so tief in den Bergen leben. Dann begannen sie auch schon auf uns zu schießen.«

Carly verkrampfte sich das Herz. Als der Junge zu ihr aufsah, schimmerten seine teerschwarzen Augen feucht.

»Zuerst haben sie auf die Männer gezielt«, sagte er mit tränenerstickter Stimme, »und alle umgebracht, die sie sahen, dann haben sie ihre Gewehre auf die anderen gerichtet ... die Frauen, sogar auf ein altes Pferd und dann auf die Kinder. Wir sind in die Wälder geflüchtet, aber sie haben uns verfolgt. Ich habe mit einem von ihnen gekämpft — und ihn mit seinem eigenen Messer erstochen. Ich habe es ihm in die magere Brust gestoßen, und darauf bin ich stolz.« Sein Gesichtsausdruck verzerrte sich, doch wirkte dann ausdruckslos und leer, als er hinzufügte: »Aber Lena ist tot ... und viele andere auch.«

»Du lieber Himmel!« flüsterte Carly.

»Ich wußte nicht, was ich tun sollte. Eine Weile bin ich durch die Berge gezogen ... dann hierhergekommen.«

»Es tut mir so leid, Two Hawks.« Sie faßte nach seiner Hand, die kalt und leblos schien, ohne Energie.

»Es war richtig, daß du hergekommen bist«, bemerkte Ramon und trat neben sie. »Du kannst gerne so lange bleiben, wie du möchtest.«

Der Junge antwortete nicht darauf, sondern schluckte schwer und nickte. Falls es ihn überraschte, Carly in Las Almas anzutreffen, so zeigte er das nicht. Aber natürlich hatte seine Schwester sowieso geglaubt, daß Caralee zu Don Ramon gehörte.

Ramon musterte die Kleidung des Jungen, sein zerschundenes Gesicht und seinen abwesenden Gesichtsausdruck. »Du wirst allerdings arbeiten müssen, aber du kannst bei den Vaqueros unterkommen.« Bei diesen Worten kam wieder Leben in die Augen des Jungen.

Two Hawks schaute zu Ramon auf. »Ich werde hart arbeiten. Das verspreche ich. Two Hawks will nichts haben, was er sich nicht verdient hat.«

Ramon legte dem Jungen eine Hand auf die Schulter und schüttelte ihn sacht. »Ich werde dafür sorgen, daß du dir deinen Unterhalt verdienen kannst. Talg muß zu Kerzen verarbeitet werden, im Garten ist zu hacken und Unkraut zu jäten, Schweine müssen geschlachtet werden ... aber später dann ...«, sagte er, da er genau wußte, worüber der Junge sich am meisten freuen würde, »... hat Mariano vielleicht Zeit, dir etwas über Pferde beizubringen.«

Der Mann war Ramons *segundo*, jetzt, wo Pedro ins Lager zurückgekehrt war. »Das würde dir doch gefallen, oder? Zu lernen, was ein Vaquero macht?«

Two Hawks' Gesichtsausdruck veränderte sich. Hoffnung zeichnete sich in seinem Blick ab. »*Si*, Don Ramon, darüber würde ich mich riesig freuen.«

»Zuerst kannst du jetzt mit mir kommen«, schlug Carly vor und zwang sich zu einem aufmunternden Lächeln, obwohl ihr schwer ums Herz war. Mit Lena hatte sie eine Freundin verloren, und den Kummer des Jungen konnte sie nachfühlen. »Du brauchst etwas zum Anziehen, und ich werde dir etwas zu essen geben.« Mit einem Blick auf Ramon führte sie ihn zur Küche hinüber. Blue Blanket hatte sicher genug vom Frühstück übrig, so daß er sich satt essen könnte, während sie sich um entsprechende Kleidung kümmerte.

Abgesehen von dem Essen, hoffte sie auch, daß Blue Blanket den Jungen etwas trösten könnte. Two Hawks war zwar vom Stamm der Yocuts und Blue vom Stamm der Mutsen, aber das spielte bestimmt keine große Rolle. Denn beide Stämme hatten das gleiche tragische Schicksal erlitten, und das vereinte die Menschen wie nichts anderes.

Sie ließ den Jungen in der Obhut der alten Frau zurück und suchte passende Kleidung, die sie ihm dann brachte. Sie wartete auf ihn, während er zum Bach ging, um sich zu säubern und umzuziehen.

Sie lächelte, als er zurückkam. Obwohl ihm die Sachen etwas groß waren, sah er in der Büffelhauthose, dem weißen Leinenhemd und den abgeschabten Lederstiefeln gleich wie ein anderer Mensch aus. Das lange, rabenschwarze Haar hatte er sich gewaschen und mit einem Lederband im Nacken zusammengebunden.

»Ich bin bereit, an die Arbeit zu gehen«, erklärte er.

»Du hast ein schreckliches Erlebnis hinter dir, Two Hawks. Willst du dich nicht eine Weile ausruhen? Mit der Arbeit kannst du morgen anfangen.«

Seine Schultern sackten herab, und sein Blick war schmerzerfüllt. Als Ramon zu ihnen trat, schaute er sofort hoffnungsvoll auf.

»Es gibt Arbeit im Korral«, erklärte Ramon. »Mariano wartet schon auf dich.« Das war der Vaquero, der an dem Tag für Carly gesprochen hatte, als sie die Männer über die unerwünschte Hochzeit des Don hatte reden hören. Carly mochte den rauhbeinigen Mann. Trotzdem war sie der Ansicht, daß Two Hawks zu jung wäre und außerdem zu sehr in Trauer.

»Ich finde, er sollte sich erst erholen«, wandte Carly ein. »Ich habe ihm gesagt ...«

»Was möchtest du, *muchacho*?« Ihr Mann schaute den Jungen freundlich an, der zu ihm aufsah und zum ersten Mal wieder lächelte, wie Carly feststellte.

»Ich möchte arbeiten, Señor.«

Ramon nickte. »Gut, dann geh. Es gibt viel zu tun. Wenn du fertig bist, bringe ich dich zu Bajito. Ich glaube, ihr beide würdet euch gut verstehen.«

»Bajito?«

»*Sí*, aber das machen wir später. Geh jetzt.«

Der Junge stürmte eifrig davon. Sein langer, schwarzer Zopf hüpfte auf seinem Rücken. Carly schaute Ramon an. Er hatte recht gehabt.

»Er braucht die Arbeit«, sagte er und hob die breiten Schultern. »Das wird ihm helfen, schneller zu vergessen.«

»Ja ... und mit Bajito wird er sich anfreunden. Ich bin froh, daß du genau im rechten Moment gekommen bist.«

Andererseits war sie immer froh, Ramon zu sehen, und in letzter Zeit schien er nicht minder glücklich, sie zu sehen. Ihr wurde warm ums Herz vor Liebe und Hoffnung. Sie kamen von Tag zu Tag besser miteinander aus, obwohl es immer noch einen gewissen Abstand zwischen ihnen gab. Das lag daran, daß er sie nicht liebte. Aber sie wollte sich damit begnügen, daß er sie mochte.

Immerhin wäre es mit Vincent nicht anders gewesen.

Doch eigenartigerweise erschien ihr das mit Ramon nicht genug.

15. KAPITEL

Carly sah Ramon nach, als er wegging, und hätte gern gewußt, was ihn beschäftigte. Mittlerweile hatte sie ihn sehr ins Herz geschlossen und wußte, daß ihre Liebe zu ihm unaufhörlich wuchs. Wie gut er zu dem Jungen gewesen war. Sicher, sie hatte bereits erlebt, wie er sich Kindern gegenüber verhielt. Doch was würde er für die Kinder empfinden, die sie ihm einmal schenken mochte? Ob er sie auch so lieben würde, als wären sie rein spanischer Herkunft?

Das war ein beunruhigender Gedanke, der sie schon eine Weile verfolgte, seit sie an dem Nachmittag Seite an Seite mit seiner Mutter und seiner Tante arbeitete. Sie schmolzen das letzte Fett eines Stieres zu Talg ein. Es war harte, schweißtreibende Arbeit, aber schließlich waren sie damit fertig, und Carly schlenderte alleine zu dem Ort hinüber, wo der Fluß zwischen den Bäumen hervortrat. Sie setzte sich an den großen Granitfelsen neben einem dicken Baum, hob eine Handvoll glänzender, schwarzer Kieselsteine auf und begann sie nacheinander ins Wasser zu werfen.

Dort fand Ramon sie, wie sie auf das Wasser starrte und tiefer zu grübeln schien als jemals zuvor.

Er setzte sich zu ihr. »An was denkst du, Cara, daß du so unglücklich aussiehst?«

Sie schaute zu ihm auf. »Ich habe daran gedacht, was Two Hawks und Lena zugestoßen ist. Wie kann so etwas Schreckliches passieren? Warum haben die Soldaten sie umgebracht?«

Ramon lehnte sich gegen den Stamm des mächtigen Baumes zurück. »Ich habe mit dem Jungen darüber geredet. Er sagt, zwei der jungen Männer aus dem Dorf hätten Raubüberfälle gemacht. Sie haben ein halbes Dutzend Pferde von einer Ranch im Tal von San Juan Grade gestohlen. Der Mann, dem der Besitz gehört, ist mit einem Schuß in die Schulter verwundet worden und hat die Miliz zu Hilfe gerufen. Leider haben sie die Spur der jungen Männer bis ins Dorf zurückverfolgt.«

»Sein Volk muß die Pferde aber sehr dringend gebraucht haben. Ich habe nur ein paar gesehen, als wir bei ihnen im Lager waren.«

Ein Lächeln huschte über Ramons Gesicht. »Das, *querida*, liegt daran, daß sie die Tiere essen.«

»Was?«

Er nickte. »Viele Jahre waren Pferde die Hauptnahrungsquelle für die Yocuts. Früher einmal gab es Zehntausende wilder Pferde, die durch diese Hügel und das große Tal dahinter gezogen sind. Von ihnen stammen die meisten unserer eigenen Pferde heute ab.«

»Sie ... essen sie tatsächlich?«

»*Si.* Sie essen auch Beutelratten — sie braten sie samt Fell, Flöhen und allem. Grashüpfer sind für sie eine Delikatesse, die sie im Frühjahr zu essen bekommen. Sie kochen auch die dicken Erdwürmer und essen die Larven der Wespen. Sie braten Echsen, Schlangen, Maulwürfe ...«

»Schon gut«, sagte sie und schnitt ihm hastig das Wort ab. »Ich sehe schon, ihr Speiseplan ist ... sehr viel reichhaltiger als unserer.« Sie mußte die Übelkeit, die ihr aus dem Magen hochstieg, verdrängen.

»Du kannst froh sein, daß wir unsere eigenen Nahrungsmittel mit ins Dorf genommen hatten.«

»Und ich wollte auf eines ihrer Feste gehen«, murmelte sie vor sich hin, worauf Ramon leise lachte.

»Sie sind anders als wir. Deshalb haben auch so viele Menschen Vorurteile ihnen gegenüber. Manchmal können sie auch sehr grausam sein. Mit tödlicher Geschicklichkeit haben sie gegen die ersten Rancher gekämpft und viele von ihnen ermordet. Noch heute machen sie gelegentlich Raubüberfälle, bei denen sie ebenfalls kaltblütig morden.«

»Aber Frauen und Kinder erschießen ... das ist einfach nicht recht.«

»Nein, *chica*, das ist auch nicht recht. Es tut mir leid, daß Lena tot ist, aber ich bin froh, daß Two Hawks sich retten konnte.«

Das war Carly auch. Sobald der Junge sich ganz erholt hatte, hart arbeitete und das lernte, was ihm Ramon und die Vaqueros beibrachten, würde er eines Tages zu einem starken und hoffentlich klugen Mann werden.

»Es war nett von dir, ihm zu helfen«, sagte Carly.

Ramon lächelte. »Vielleicht habe ich es nur getan, um dir zu gefallen.«

Sie schüttelte den Kopf, so daß die Haarsträhne, die sich aus ihrem Zopf gelöst hatte, ihre Wange streifte. »Das glaube ich nicht. Ich glaube, du würdest jedem helfen, der dich darum bittet. Das ist einfach deine Art.«

Ramon erwiderte nichts darauf, aber seine dunklen Augen leuchteten. Er freute sich, daß sie so über ihn dachte, nahm sie bei der Hand und machte sich mit ihr auf den Weg zum Haus.

»Ich habe mich heute nachmittag mit deiner Mutter unterhalten«, sagte sie und erwähnte ein Thema, über das Ramon bislang nicht gesprochen hatte. »Sie hat mir gesagt, daß du in ein paar Tagen verreisen wirst ... daß du geschäftlich in Monterey zu tun hast.« Sie hoffte inständig, daß es nicht mit El Dragón zusammenhing.

»*Si*, das stimmt.« Ein leichtes Unbehagen flackerte in seinen Augen auf. Carly schnürte es die Kehle zu.

»Wie lange wirst du weg sein?«

»Es ist keine anstrengende Reise. Ich habe überlegt, ich könnte das Geschäftliche erledigen und anschließend etwas Zeit mit dir verbringen. In Monterey gibt es ein gutes Hotel. Ein paar Tage für uns ganz allein ist bestimmt nicht zuviel verlangt für ein jungverheiratetes Paar.«

»Oh, Ramon!« Sie schlang ihre Arme um seinen Nacken, und er drückte sie an sich.

»Wenn ich geahnt hätte, daß du dich so darüber freust, hätte ich die Reise schon eher geplant.«

Sie lachte glücklich, dann dachte sie an Two Hawks und bekam plötzlich ein schlechtes Gewissen. »Vielleicht sollte ich lieber hierbleiben ... und mich um Two Hawks kümmern. Er hat sehr unter seinem Verlust zu leiden.«

»Mariano wird auf den Jungen achtgeben. Two Hawks' größter Wunsch ist es, ein Vaquero zu werden. Wenn du dich einmischst, kann er dieses Ziel gar nicht verfolgen.«

Sie dachte über die Worte nach. Ganz unrecht hatte er damit nicht, wie sie ja heute vormittag schon gemerkt hatte. Dennoch mußte er sich doch sehr einsam fühlen. »Ich ... ich weiß nicht. Er ist so jung und ...«

»Dir bleibt genug Zeit, ihn zu bemuttern, bis wir abreisen. Danach gehört mir allein deine ganze Aufmerksamkeit.«

Carly lächelte beglückt. »Wann reisen wir ab?«

»Übermorgen. Bis dahin sollte Two Hawks sich eingelebt haben, denn die Angelegenheit verträgt keinen längeren Aufschub.«

»Um was geht es dabei?«

Sein Blick veränderte sich ein wenig, und seine Augen wurden dunkler. »Nichts, worüber du dir Gedanken machen müßtest. De-la-Guerra-Angelegenheit, mehr nicht.«

Sie ignorierte den feinen Stich, den sie bei seinen Worten empfand. Ich bin auch eine de la Guerra, wollte sie schon sagen, aber in den Augen ihres Mannes würde sie das vermutlich nie sein.

»Ich glaube, ich laufe schon mal vor«, sagte sie, und ihr Lächeln war weniger fröhlich. »Blue kocht *carne asada* zum Abendessen. Ich wollte mir von ihr zeigen lassen, wie es zubereitet wird.«

Ramon hielt sie am Arm zurück, als sie davoneilen wollte. »Es hat eine Zeit gegeben, da haben drei Bedienstete die Mahlzeiten zubereitet. Vielleicht kommt die Zeit bald wieder.«

Carly entzog sich ihm. »Das spielt für mich keine Rolle, Ramon. Solange du da bist, habe ich alles, was mich glücklich macht.«

Ramon schaute auf. Überraschung zeichnete sich in seinen dunklen Augen ab. Sicherlich wußte er, was sie für ihn empfand. Aber möglicherweise war er sich nicht sicher. Sollte das der Fall sein, dann war sie froh. Sie hatte ihn mit Pilar Montoya und Miranda Aguilar beobachtet. Beide waren sehr schön und offensichtlich verliebt in ihn. Doch ebenso eindeutig war, daß er ihre Liebe nicht erwiderte.

Sie war Ramons Frau – bloß nicht die Frau seiner Wahl. Was auch immer er für sie empfand hatte nichts mit Liebe zu tun.

Bei dem Gedanken verspürte sie einen Stich. Was mochte Ramon für sie empfinden? Er begehrte sie, daran gab es keinen Zweifel. Aber er hatte auch andere Frauen begehrt. Er hatte immer eine Reihe Geliebte gehabt. Wie würde sie sich fühlen, wenn er sie für eine andere verlassen würde oder zu Miranda oder Pilar Montoya zurückkehrte? Warum sollte sie glauben, keine andere würde ihn je wieder anziehen?

Carly verkrampfte sich der Magen. Es hatte eine Zeit gegeben, da hätte sie das vielleicht ertragen. Jetzt wußte sie, daß ein Teil von ihr sterben und sie sich nicht mehr wie die Frau fühlen würde, die sie geworden war, seit sie Ramon begegnet war.

Zum ersten Mal wurde ihr klar, welches Risiko sie eingegangen war, indem sie Ramon ihr Herz geschenkt hatte.

Das Lächeln auf ihren Lippen erstarb. »Du brauchst dir keine Sorgen um mich zu machen«, behauptete sie. »Harte Arbeit macht mir nichts aus. Du behandelst mich gut, und mit dir zu schlafen ist auf jeden Fall besser als mit Vincent Bannister.« Mit den kühlen Worten ließ sie ihn stehen. Wohl war ihr dabei nicht. Die Ungewißheit, ob er ihr treu bleiben würde, war mehr als bedrückend.

Trotzdem huschte ein Lächeln über ihr Gesicht. In diesem Augenblick hatte sie eine Entscheidung getroffen. So sehr sie Ramon liebte, so sehr diese Liebe von Tag zu Tag stärker wurde, zeigen durfte sie es ihm nicht. Erst wenn sie sicher war, daß er diese Liebe erwiderte. Vielleicht würden sie sich in Monterey näherkommen.

Aber tief in ihrem Herzen nagte die Unruhe, ob er das je zulassen würde. Sie vermochte sich fast nicht vorzustellen, daß irgendeine Frau Ramons Liebe ganz für sich gewinnen konnte.

Besonders nicht, wenn es sich um eine Frau handelte, die nicht spanischer Herkunft war.

In den nächsten zwei Tagen verdrängte Carly ihre Ängste und beschäftigte sich voll und ganz mit den Reisevorbereitungen. Sie war noch nie in der alten spanischen Siedlung von Monterey gewesen. Mit Ramon zu reisen, fast eine Woche mit ihm allein zu sein, erschien ihr das höchste der Gefühle. Sie machte sich ein wenig Sorgen um Two Hawks, aber der Junge schien sich tatsächlich den Umständen entsprechend gut einzuleben und kam mit den Männern zurecht. Blue Blanket umsorgte ihn wie eine Henne ihr Küken. Außerdem waren noch eine Reihe anderer Indianer auf der Ranch. Einer von ihnen arbeitete auch als Vaquero.

Dennoch verhielt Two Hawks sich anders als in seinem Dorf. Er war still und die meiste Zeit zurückgezogen. Bis auf die Augenblicke, die er mit dem kleinen Bajito verbrachte, war er nicht mehr das sorglose Kind, das er in den Bergen gewesen war, obwohl er genauso liebenswürdig blieb. Auch war er immer bereit, mit anzufassen, wenn es sein mußte – und er hatte ständig Hunger. Carly wunderte sich, wie er es geschafft hatte, vom Dorf bis zu ihnen zu gelangen, ohne einen Bissen zu essen, denn seit er hier war, schien er nie satt zu werden.

Deshalb war sie wenig überrascht, als einer von Tia Teresas Blaubeerkuchen verschwunden war.

»Ich kann mir nicht vorstellen, wie das passiert ist«, sagte Tia zu Anna. »Eben noch hat er draußen auf dem Fensterbrett der *cocina* gestanden, und gleich darauf war er verschwunden.«

»Was war verschwunden?« fragte Carly und brachte eines von Ramons weißen Hemden mit in den *sala*. Nadel und Faden hatte sie auch bei sich.

»Mein Kuchen«, erklärte Tia. Sie kochte nicht oft, aber ihr Kuchen war eine seltene, köstliche Spezialität. »Zuerst dachte ich, ein wildes Tier hätte ihn gestohlen, und dann fand ich diese kleinen, runden Steine dort, wo der Kuchen gestanden hatte. Ich kann mir nicht vorstellen, was das zu bedeuten hat.«

Carly musterte nachdenklich die polierten runden Steine. »Ich habe keine Ahnung. Vielleicht weiß Ramon es.« Allerdings glaubte sie zu wissen, wer den Kuchen genommen hatte. Sie hoffte nur, daß Tia nicht die Blaubeerflecken an Two Hawks' dünnen Jungenhänden sehen würde. Die Aufklärung dieser Angelegenheit mußte allerdings bis Monterey warten ...

Zwei Tage später brachen sie zu ihrer Reise nach Monterey auf. Ramon saß in seinem silbern verzierten Sattel und zog gerade den Kopf ein, um unter einem überhängenden Zweig hindurchzukommen. Ein bronzefarbenes Blatt flatterte herab, als er den Zweig beiseite hielt, damit Carly vorbeireiten konnte. Das Wetter war klar und frisch, die Sonne schien, und der Himmel zeigte sich blitzblau. Ramon schmunzelte und dankte im stillen der Heiligen Jungfrau, die seiner Braut und ihm einen so herrlichen Tag beschert hatte.

Sie reisten zu Pferde. Ramon hatte mit der Kutsche fahren wollen, aber seine Frau hatte ihn damit überrascht, daß sie das ablehnte.

»Mit jeder Reitstunde kann ich es besser«, hatte sie erklärt. »Sicherlich sind wir schneller, wenn wir querfeldein reiten. Du hast gesagt, es gäbe eine Abkürzung durch die Berge – die könnten wir nehmen, wenn wir nicht auf der Straße bleiben müssen.« Sie hatte ihn verführerisch angelächelt. »Außerdem brauche ich die Übung.«

Er hatte seine Hand gegen ihre Wange gelegt. »Aye, *querida,* wenn du mich so anlächelst, wie soll ich dir da etwas abschlagen?« Es war nur eine zweitägige Reise, und er war stolz darauf, daß sie ihre Fertigkeiten verbessern wollte.

Sie hatte ihn erneut überrascht, als sie sich am Morgen in dem schweren, alten Damensattel seiner Tante zu ihm gesellt hatte. Zumindest war das Leder des Sattels nicht mehr so steif und gewellt. Irgendwer hatte ihn liebevoll bearbeitet, das Leder weichgeklopft und so lange eingerieben, bis es glänzte. Sogar die Silberverzierungen waren poliert worden. Er hegte den starken Verdacht, daß sie selbst es gewesen war, die sich die Mühe gemacht hatte.

»Bist du ganz sicher, Cara?«

»Bei meiner Rückkehr nach del Robles habe ich begonnen, einen Damensattel zu benutzen. Ich wollte lernen, wie eine Dame zu reiten.«

»Aber der Sattel ist viel zu groß für dich. Bist du sicher, daß du damit zurechtkommst?«

»Ich schaffe das, Ramon. Der Sattel, auf dem ich gelernt habe, war auch so groß.«

Er lächelte. »Gut, die Sonne geht auf. Es wird Zeit, daß wir aufbrechen.«

Sie sah bildhübsch aus in ihrem saphirblauen samtenen Reitkostüm und mit ihrem feuerroten Haar, das in üppigen Schillerlocken auf ihre Schultern herabfiel. Ihm wurde schon beim Anblick heiß, und Verlangen, sie erneut zu nehmen, überkam ihn, obwohl sie sich noch am Morgen geliebt hatten.

Ramon unterdrückte ein Aufstöhnen. Die Frau entfachte jedesmal, wenn er sie ansah, ein Feuer bei ihm. Er hatte gehofft, sein Bedürfnis nach ihr würde nachlassen. Statt dessen war es mit jedem Tag, der verging, stärker geworden. *Madre de Dios*, das war nicht seine Art. Er wünschte, er wüßte, was er tun sollte.

»Bist du sicher, daß du genug Kleidung eingepackt hast?« Nur eine Tasche hing auf dem Rücken des Maultiers, das sie mit ihren Schlafmatten und Vorräten beladen hatte.

Es sollte eine angenehme Reise werden, deshalb hatte Ramon sich einiges gegönnt. In ihren Satteltaschen befanden sich Nahrungsmittel für unterwegs. Äpfel, *pinole, carne seca* – getrocknete Fleischstreifen –, Tortillas, Kaffee und Yerba-Buena-Tee. Das Maultier trug frisch gebratenes Hähnchenfleisch, gebackene Bohnen, Käse und süßes Brot. Sogar eine dünne Federmatratze für die Nächte, die sie auf dem Boden verbringen mußten, hatten sie dem Tier auf den Rücken geschnallt.

»In der Tasche ist mehr drin, als du denkst«, erwiderte Carly, und ihre grünen Augen funkelten vor Aufregung. »Du hast gesagt, ich sollte etwas Hübsches auswählen, und das habe ich getan. Die Kleider müssen nur gelüftet und geplättet werden, wenn wir da sind.«

Er konnte sich vorstellen, welche Mengen Pilar Montoya mitgebracht hätte. Bestimmt hätten sie drei Maultiere für ihr Gepäck gebraucht. Andererseits hätte er vermutlich kein einziges Maultier benötigt. Pilar hätte sicher darauf bestanden, mit der Kutsche zu reisen.

Beide, seine Mutter und auch Tia Teresa, kamen mit vor die Tür, um sich von ihnen zu verabschieden. Two Hawks arbeitete mit Mariano in der Scheune, wo er jeden Abend hinging, sobald er seine Arbeit erledigt hatte.

»Gute Reise, mein Sohn«, verabschiedete sich seine Mutter von Ramon. Lächelnd wandte sie sich an Carly. »Dir auch ... meine Tochter.«

Feucht schimmerten die Augen seiner Frau. Sie lächelte seine Mutter so liebevoll an, daß ihm warm ums Herz wurde. Er hatte gehofft, daß seine Mutter und seine Tante sie annehmen würden. Aber er hatte sich nicht vorstellen können, daß sie Carly so lieben würden. Wie er es tat.

Unwillkürlich umfaßte Ramon die Zügel straffer, so daß Rey del Sol zu tänzeln begann und ungeduldig seine Mähne schüttelte. Er hätte es nicht aussprechen können, nicht mal in Gedanken formulieren. Er durfte es nicht zulassen, daß ihm so etwas durch den Sinn ging.

Kannte er doch die Gefahr, die damit verbunden war. *Por Dios,* er wußte genau, wie es war, wenn eine Frau sein Herz mit Füßen trat.

»*Vaya con Dios*«, rief seine Tante ihnen nach. Geht mit Gott, hieß das. »Genießt eure Zeit — und Ramon, grüß deine Cousinen von uns.« Ein Brief war eingetroffen. Maria de la Guerra weilte mit ihrer Tochter in Monterey.

»Ich werde sie einladen, daß sie zu Besuch kommt«, sagte er.
»Paßt gut auf euch auf«, rief Carly ihnen zu.

Ramon winkte ein letztes Mal zum Abschied und gab seinem Pferd leicht die Sporen. Carly ritt neben ihm und saß stolz auf einer wohlerzogenen, kleinen weißen Stute.

»Die beiden sind liebenswert«, sagte sie und schaute sich nach den beiden Frauen um, von denen sie sich zunehmend entfernten. Ein letztes Mal hob sie ihre Hand und winkte ihnen zu. »Sie sind mir sehr ans Herz gewachsen.«

Ramon sagte nichts dazu. Er haderte noch mit sich, weil er sich immer mehr in Caralee McConnell verliebte. Ich kann etwas dagegen machen, sagte er sich, einfach auf Abstand gehen. Ihr Aussehen und ihr Lächeln nicht so auf mich wirken lassen, mich von ihrem Lachen und ihrer Leidenschaft nicht mitreißen lassen.

Er bewunderte sie jedoch. Den Mut, den sie besaß, schätzte er sehr und respektierte, daß sie keine Angst hatte, etwas zu sagen, auch ihm gegenüber nicht. Respekt war gut in einer Ehe. Das und auch Freundschaft, gepaart mit einer entsprechenden Dosis Lust war alles, was er brauchte.

Dabei will ich es auch belassen, bestärkte er sich. Er würde sie nicht näher an sich heranlassen, als sie ihm schon war.

Dann schaute er zu ihr hinüber, bemerkte ihr begeistertes Lächeln, als sie auf einen prächtigen Hühnerhabicht deutete, der hoch über ihnen zwischen den Wolken dahinsegelte. Er erwiderte ihr Lächeln und spürte, wie sein Herz weit wurde. Da wußte er, daß seine Gefühle für sie bereits viel tiefer reichten, als er es sich gewünscht hatte.

Sheriff Jeremy Layton traf auf seinem rotbraunen Wallach bei der Hazienda der de la Guerra ein, saß aber nicht ab. Es war Sitte unter den Ranchern, nicht abzusteigen, solange man nicht eingeladen wurde. Bis jetzt hatte das niemand getan, und zu diesem Zeitpunkt sah Jeremy keinen Grund, sich Ramon de la Guerra oder einem der anderen Familienmitglieder gegenüber unhöflich zu verhalten, da sie immerhin angesehene Mitglieder der Gemeinde waren.

Dennoch ... Fletcher Austin hatte seinen Verdacht gegen den Don geäußert, daß er mit El Dragón zu tun haben mochte. Austin galt als hartnäckig, rücksichtslos und sogar als ein bißchen gierig.

Aber niemand hatte jemals behauptet, er sei ein Dummkopf.

Ein untersetzter, dunkelhäutiger Mann kam auf ihn zu, etwa Mitte Dreißig, mit muskulösem Oberkörper und einem buschigen Schnäuzer.

»*Buenas tardes*, Señor Sheriff. Sie wollen zu Don Ramon?«

Der Mann hieß Mariano, soweit Jeremy sich erinnern konnte. Einer der Vaqueros des Don. »Ich wollte mal mit ihm reden. Ist er da?«

»Nein, Señor. Der Don ist nicht hier.«

»Dann kann ich vielleicht mit seiner Frau sprechen.«

»Tut mir leid. Wenn Sie vielleicht mit der Señora sprechen wollen ... oder mit Don Ramons Tante ...«

»Können Sie mir sagen, wo der Don und seine Frau hingegangen sind?«

Er zögerte nur kurz, dann grinste er. »Eine Hochzeitsreise, Señor. Eine junge Frau ist oft schüchtern, nicht wahr? Es mag da ein paar Dinge geben, die der Don ihr beibringen möchte ... und die sich am besten weit weg von Familie und Freunden erlernen lassen.«

Oder der Don hatte ihr diese Dinge schon in den Bergen beigebracht, wie Fletcher Austin vermutete. »Richten Sie ihnen meine Glückwünsche aus«, erwiderte Jeremy. »Und bestellen Sie ihnen, ich werde demnächst mal wieder vorbeikommen.«

»*Si*, das werde ich ihnen sagen, Sheriff Layton.«

Er schaute zum Haus hinüber und ließ seinen Blick über die Umgebung schweifen, doch fiel ihm nichts Außergewöhnliches auf. »Haben Sie etwas dagegen, wenn ich mein Pferd zur Tränke führe, ehe ich mich wieder auf den Weg mache?«

»Nein, natürlich nicht. Es war unhöflich von mir, Ihnen das nicht gleich anzubieten. Vielleicht kann ich Ihnen auch noch eine Erfrischung holen ... Kaffee oder Schokolade ... Oder vielleicht etwas zu essen?«

»Nein danke. Nur Wasser für mein Pferd.«

Mariano nickte und brachte ihn zu einem moosbedeckten Wassertrog. Jeremy ließ das Pferd ausgiebig trinken und wich vom Trog zurück. Als er die Hand zum Gruß an den Hut hob, bemerkte er aus den Augenwinkeln, wie die Vorhänge hinter einem der Fenster des Hauses beiseite geschoben wurden, aber niemand kam zur Tür. Nicht sehr gastfreundlich, die Leute hier.

Andererseits, wenn der Don nicht zu Hause war, mochten die beiden alten Damen Bedenken haben, mit einem Mann zu sprechen, den sie nicht kannten.

Oben auf dem Hügel angekommen, hielt er inne und schaute sich nach der Hazienda um. Der untersetzte Vaquero sprach mit einem dunkelhäutigen Indianerjungen, dann half er ihm in den Sattel eines leicht lahmenden Pferdes. Ein kleiner gescheckter Hund rannte dem Tier bellend um die Füße, aber das schien ihm nichts weiter auszumachen. Um das Paar herum ließ sich niemand in seiner Arbeit stören. Einige Männer reparierten ein Stück umgefallenen Zaun, während zwei andere Vaqueros im Schatten saßen und lange dünne Leder-*reatas* flochten. Nichts Verdächtiges.

Dennoch hätte er gern noch einmal mit dem Mädchen geredet. Und auch mit Don Ramon. Am Sonntag würden einige der Männer zur Messe in die Mission kommen. Mit ihnen konnte er sich dann vielleicht unterhalten.

Jedenfalls hatte El Dragón keinen Raubüberfall mehr verübt.

Eventuell war genau der Mann, der ihm Informationen geben konnte, zu sehr mit seiner temperamentvollen jungen Frau beschäftigt.

Pueblo Monterey, ehemals die Hauptstadt von Alta California, schien sich wenig verändert zu haben im Vergleich zu der Anfangszeit unter spanischer Herrschaft. Der verschlafene kleine Ort lag auf einem sachten, tannenbedeckten Hügel, von dem aus man eine herrliche Aussicht auf die Bucht hatte. Eine amerikanische Flagge wehte über dem Fort auf dem Felsen und an den Regierungsgebäuden der Stadt. Ein hübsches gelbes Steinhaus diente als Rathaus. Auf der einen Seite sah Carly eine Reihe massiv gebauter Häuser, manche im Landhausstil, andere aus Holz.

Und in dem klaren, blauen Wasser der Bucht lagen Dutzende Schiffe vor Anker.

»Das ist aber schön hier, Ramon.«

»*Si*, Cara. Das Presidio war immer eine schöne kleine Stadt.« Er runzelte jedoch die Stirn, als er sich etwas vorbeugte und sich mit dem Ellenbogen auf seinem breiten flachen Sattelknauf abstützte, um die Szenerie unter ihnen zu betrachten. »Es hat sich sehr verändert, seit die Anglos hierhergekommen sind. So viel mehr *cantinas*. Überall wird gespielt. Die Männer widmen sich von morgens bis abends dem Billard. Sie spielen Karten und Monte. Und keines der Häuser ist jemals zu, nicht mal sonntags.«

Er lächelte, aber es wirkte ein wenig gezwungen. »Aber dafür gibt es jetzt auch ein ordentliches Hotel. Komm, ich werde es dir zeigen. Allmählich wird es spät. Sicherlich bist du froh, wenn du dich ausruhen kannst.«

Schön, aber so müde fühlte sie sich noch nicht, und überraschenderweise war sie auch nicht wund. Der Ritt von Las Almas hatte ihr großen Spaß gemacht. Nie würde sie dieses Erlebnis vergessen.

Er half ihr beim Absitzen, und sie meldeten sich im Cypress Hotel an, einem hübschen, alten, mit Ziegeln gedeckten Landhaus, von dem aus sie einen wunderbaren Ausblick auf die Bucht hatten. Früher einmal war es der Wohnsitz des Gouverneurs gewesen, erzählte Ramon ihr. In jüngster Zeit war es von einer Gruppe Amerikaner aufgekauft worden, die es gestrichen und von Grund auf renoviert hatten. Der *sala*, jetzt die Eingangshalle, nahm zwei Etagen ein, war mit bleiverglasten Fenstern und massiven Holzbalken ausgestattet. Auf der einen Seite befand sich ein offener Kamin, der so groß war, daß ein Mensch mit Leichtigkeit hätte hineinspazieren können.

Ihr Zimmer, wenn auch klein, war gut möbliert, mit massiven Eichenbetten, blaßblauer Steppdecke und weißen Vorhängen an den Fenstern. Vom Balkon aus konnten sie auf den Pazifik hinausschauen.

»Es ist einmalig hier, Ramon«, schwärmte Carly, als ihr Mann die schwere Holztür schloß.

»Es ist nicht so großartig, wie ich es mir wünschen würde, aber es ist angenehm.« Ein Lächeln huschte über sein Gesicht. »Nach dem Essen werden wir mal ausprobieren, ob das Bett so einladend ist wie der Rest des Zimmers.« Sein Blick glitt über ihre Figur und blieb an ihren Brüsten hängen. Er streckte seine Hand nach ihr aus und zog sie an sich. »Oder vielleicht sollten wir es jetzt gleich ausprobieren.«

Er küßte sie innig, lang und leidenschaftlich, bis ihr schwindelte und sie sich an seinen Schultern festhalten mußte. Sie fühlte den Beweis seiner Erregung, dachte daran, wie es sein würde, wenn er in sie drang, und überlegte schon, ob sie die Mahlzeit ganz auslassen sollten.

Doch da löste sich Ramon von ihr. »Ja, *querida*, bei dir kann ein Mann den Verstand verlieren. Wir werden nachher noch genug Zeit für uns haben. Zuerst einmal habe ich dir ein Bad bestellt. Ich muß mich jetzt um etwas anderes kümmern. Danach werde ich mich im Badehaus rasieren und mir die Haare schneiden lassen. Und wenn ich zurückkomme, essen wir zusammen.«

»In Ordnung«, stimmte sie ihm ein wenig atemlos zu. Er gab ihr einen letzten festen Kuß, nahm sich frische Kleidung zum Wechseln mit und verließ sie.

Als er zurückkam, trug sie ein tiefausgeschnittenes malvenfarbenes Seidenkleid, das eine indianische Bedienstete für sie geplättet hatte, während Ramon eine engsitzende graue, mit Schwarz abgesetzte *calzonevas* anhatte, die seine Schenkel wie eine zweite Haut umschloß und unten zu den Stiefeln hin weiter wurde. Eine dazu passende *charro*-Jacke, unter der das weiße Seidenhemd mit Rüschen fast verschwand, betonte seine breiten Schultern.

»Wo werden wir essen?« fragte Carly, als er sie zur Tür führte.

»Meine Cousine Maria ist von Santa Barbara angereist. Sie wollte, daß wir uns zu ihr und ihrer Tochter Carlotta sowie einigen anderen Gästen bei Ricardo Micheltorena gesellen, wo sie sich während ihres Besuchs aufhält.« Er lächelte vielsagend. »Leider habe ich ihre großzügige Einladung ausschlagen müssen ... zumindest für heute abend. Da will ich dich für mich ganz allein haben.«

Eine leichte Woge der Erregung durchflutete sie. »Ich würde sie wirklich gern kennenlernen, aber ich kann nicht behaupten, es täte mir leid, wenn ich sie heute abend noch nicht zu sehen bekomme.«

»Dazu ist später noch Zeit.«

Sie aßen im Speisesaal des Hotels ein einfaches Gericht: einen *asada* mit Hähnchen und roten Paprikaschoten, Gurken, Mais und einem *quisado* aus Fleisch und Kartoffeln. Alles war sehr schmackhaft zubereitet.

Sie unterhielten sich über ihre Reise von Las Almas, und Carly sagte ihm, wie sehr sie den Ritt durch die Berge Kaliforniens genossen hatte. Sie sprachen auch über Two Hawks und wie begeistert er war, daß er lernen durfte, was ein Vaquero macht.

»Das Leben, das er geführt hat, muß hart gewesen sein«, stellte Carly mit gerunzelter Stirn fest. »Ehe er nach Las Almas kam, glaube ich, hat er nie genug zu essen gehabt.«

»Früher einmal gab es reichlich Wild. Die Indianer mußten sich keine Sorgen machen. Heute, wo die Goldsucher durch die Berge streifen, sind auch die Fleischjäger unterwegs. Sie töten alles, was ihnen vor die Flinte kommt, obwohl vieles davon verschwendet wird. Viele der jüngeren tapferen Krieger verlassen rechtzeitig das Dorf und suchen sich Arbeit. Die älteren Menschen, die Frauen und Kinder müssen allein zurechtkommen.«

Carly nickte ernst. Dann fiel ihr der fehlende Blaubeerkuchen ein, und lächelnd erzählte sie ihm davon. »Ich glaube, Two

Hawks hat einen von Tias Kuchen gestohlen. Da ich weiß, wie hungrig er immer ist, habe ich nicht den Mut gehabt, ihn anzusprechen.«

»Er hat ihn nicht gestohlen«, erklärte Ramon ernst. »Two Hawks ist viel zu ehrlich dazu. Er hat ihn gekauft.«

»Gekauft? Aber wie konnte er ...« Lächelnd brach sie ab. »Mit den Steinen, die er auf das Fensterbrett gelegt hatte.«

Ramon erwiderte ihr Lächeln. »Handelssteine. In seinem Volk werden sie als Zahlungsmittel benutzt. Für ihn sind sie so viel wert wie Geld.«

Carly lachte. »Ich glaube, Two Hawks bringt uns noch genausoviel bei wie wir ihm.«

Ramon bejahte. Sie beendeten ihre Mahlzeit und kehrten in ihr Zimmer zurück. Dort entkleideten sie sich und liebten sich leidenschaftlich zum Rauschen des Windes in den Bäumen und dem fernen Wellenschlagen an der felsigen Küste.

Am nächsten Morgen machte Ramon sich auf den Weg zu dem geschäftlichen Treffen, für das er nach Monterey gekommen war. Carly bedauerte nur, daß er es vermied, ihr zu sagen, um was es dabei ging.

»*Buenas tardes*, Don Ramon, bitte, kommen Sie herein.« Alejandro de Estrada, ein distinguierter, leicht ergrauter Mann Anfang Fünfzig bat den hochgewachsenen Spanier herein. Alejandro hatte dem Don vor einiger Zeit geantwortet und freute sich darauf, den Sohn eines alten *compadre*, Diego de la Guerra, ein Mann, den er gekannt und respektiert hatte, kennenzulernen.

»*Gracias*, Don Alejandro, ich habe seit einiger Zeit auf diese Gelegenheit gewartet.«

»Ich auch, Don Ramon.« Er lächelte. »Ehe wir zur Sache kommen, möchten Sie etwas Kaffee oder eine Tasse Kakao?«

»Kaffee wäre mir recht.« Eine untersetzte Dienstmagd brachte die Erfrischungen in das kleine, ordentliche Büro.

Die Wände waren weiß gekalkt. Nur ein Gemälde von einem Künstler, der ihm Geld schuldete, und seine Urkunden, die besagten, daß er im Staate Kalifornien als Anwalt tätig sein durfte, schmückten die Wände.

Alejandro setzte sich an den kleinen Eichenschreibtisch, schob etliche Briefe beiseite, die er gelesen hatte, und Ramon de la Guerra nahm in dem Ledersessel ihm gegenüber Platz.

»Sie sind hergekommen, um sich mit mir über Rancho del Robles zu unterhalten«, begann Alejandro. »Ich bin mir der Schwierigkeiten bewußt, in denen Sie stecken. Ihr Vater war bereits zu Anfang dieser ganzen Sache bei mir. Er hatte gehofft, ich könnte verhindern, daß ihm der Besitz genommen wird, aber damals, wie ich bedauerlicherweise sagen muß, war ich nicht in der Lage, ihm irgendwie zu helfen.« Er seufzte schwer und dachte an den tragischen Tod seines guten Freundes. »Ich wünschte nur, ich hätte etwas tun können.«

»Sie waren viele Jahre sein *abogado*, Don Alejandro. In Ihrem Brief erwähnten Sie, daß Sie auf etwas gestoßen sind, was die Lage ändern könnte?«

»*Si*, das stimmt. Die Urkunde Ihres Vaters auf Rancho del Robles ist in dem Feuer hier in Monterey vor zwanzig Jahren vernichtet worden, und die Beschreibung der Landmarkierungen in dem ursprünglichen *diseno* sind so vage, daß das Gericht sich weigerte, sie als Beweis anzuerkennen.«

Der Don sah ihn gespannt an. »Und jetzt haben Sie einen Beweis gefunden?«

»Nachdem Ihr Vater seinen Fall verloren hatte, wurde ein anderer eröffnet. Der *haciendado*, dem das Land gehörte, Don Hernando Seville, brachte Kirchenurkunden als zusätzliche Beweismittel ins Spiel — und zwar die Geburts- und Sterbedaten sämtlicher Familienmitglieder, die im Besitz des Grund und Bodens gewesen waren. Zuerst wollte die Landkommission das nicht anerkennen, da sie der katholischen Kirche gegenüber schon immer mißtrauisch gewesen waren, aber am Ende hat Don Hernando gewonnen. Seine Forderung wurde für gültig erklärt, und Rancho Las Palmas blieb in Familienbesitz.«

»Falls es solche Urkunden gibt, könnte sich damit nicht auch der Anspruch der de la Guerra nachweisen lassen?«

Alejandro nickte. »Das ist möglich. Leider will der Priester, der das wissen müßte, nach Los Angeles fahren und macht sich bereits reisefertig. Es wird Monate dauern, bis er zurückkehrt, falls überhaupt — außer, Sie könnten ihn heute noch erreichen.«

Der Don beugte sich erregt vor. »Wo ist er?«

»In einer kleinen Kirche etwa fünfundvierzig Kilometer südlich von hier. Ich habe durch einen Priester aus der Mission in Carmelo von seiner Abreise erfahren. Der Mann, Vater Renaldo, zu dem Sie wollen, ist sehr alt. Eine Zeitlang hat er auch in der Mission von San Juan Bautista gelebt.«

»*Si*... ich glaube, ich kann mich erinnern, daß ich ihn als Junge mal gesehen habe.«

»Die Urkunden sind nicht mehr da, aber falls sie noch existieren, weiß er sicherlich, wo sie zu finden sind.«

»Dann muß ich zu ihm... und ihn sprechen, ehe er abreist.«

Alejandro schob seinen Stuhl zurück, und beide standen gleichzeitig auf. Er hielt seinem hochgewachsenen Gegenüber die Hand hin. »Gott sei mit Ihnen, mein Sohn.«

»*Gracias*, Don Alejandro. Meine Familie und ich sind Ihnen dankbar für Ihre Hilfe.« Er trat an die Tür, hob den Riegel und öffnete sie.

»Ach, und übrigens...«, Alejandro lächelte, »... meine herzlichsten Glückwünsche zu Ihrer Hochzeit.«

Für einen kurzen Augenblick wirkten die verhärteten Gesichtszüge des jungen Mannes weicher. »*Gracias*. Ihre freundlichen Worte werde ich meiner Frau überbringen.« Dann wurde sein Gesicht wieder grimmig. Mit langen Schritten machte er sich auf den Weg, und Alejandro schloß die Tür hinter ihm.

»Es tut mir leid, *chica*. Ich lasse dich nicht gern allein, aber ich kann dich auch nicht mitnehmen. Vielleicht sollte ich mit meiner Cousine sprechen ... mal hören, ob sie in Casa Micheltorena ein Zimmer für dich haben.«

»Sei nicht albern. Wenn es so wichtig ist, wie du sagst, dann mußt du dich natürlich unverzüglich auf den Weg machen. Ich werde schon allein zurechtkommen. Morgen abend wirst du ja wieder zurück sein.«

Er beugte sich über sie und küßte sie. »Monterey ist eine friedliche Stadt, aber nicht mehr so sicher, wie sie mal war. Versprich mir, daß du im Hotel bleibst, und achte darauf, daß du die Tür abschließt, ehe du schlafen gehst.«

»Ich sage dir doch, ich komme allein zurecht.«

»Versprich es mir!«

»Na gut, ich verspreche es.«

Ramon lächelte. Wie hübsch sie aussah. Was für eine Schande, daß er sie allein lassen mußte! »Ich werde die Stunden bis zu meiner Rückkehr zählen.« Er nahm seine Satteltaschen an sich und wandte sich zur Tür.

»Ramon?«

»Si, querida?«

»Bist du sicher, daß du mir nicht sagen willst, um was es geht?«

Unbehagen zeichnete sich auf seinem Gesicht ab. Er wünschte sich, er könnte ihr die Wahrheit sagen, ihr begreiflich machen, daß das Land seiner Familie gehörte, und das schon seit Generationen, und er nur alles tun wollte, was in seiner Macht stand, damit es in die Hände der rechtmäßigen Eigentümer zurückgegeben wurde. Aber der Mann, gegen den er vorgehen mußte, war ihr Onkel. Er wußte nicht, wie sie sich bei einer solchen Konfrontation verhalten würde.

»Vielleicht, wenn ich zurückkomme.« Er nahm sie ein letztes Mal in die Arme, drückte ihr einen besitzergreifenden Kuß auf die Lippen, damit sie merkte, daß sie zu ihm gehörte und das nicht vergessen würde. »*Hasta mañana*, meine hübsche Frau. So schnell ich kann, werde ich wiederkommen.«

»Viel Glück, Ramon.«

Erneut befiel ihn Unbehagen. Im Lager hatten sie zuletzt über ihren Onkel gesprochen. Es war so, als hätten sie beide Angst vor dem Thema, das sie mit Sicherheit zu Gegnern machen würde. Gern hätte er gewußt, ob sie ihm auch noch viel Glück gewünscht hätte, wenn sie wüßte, was er vorhatte.

»*Gracias, querida.* Paß gut auf dich auf, bis ich wieder da bin.«

16. Kapitel

Carly wollte zuerst wirklich im Hotel bleiben, aber das Wetter war so herrlich, und sie war noch nie in Monterey gewesen.

Entschlossen, einen kurzen Spaziergang zu machen, um sich den verschlafenen kleinen Ort anzusehen, den Ramon ihr versprochen hatte zu zeigen, schlenderte sie durch die Straßen und sah sich die Auslagen in den kleinen Schaufenstern der Geschäfte an. Von dort wanderte sie zum Hafen hinunter und blieb stehen, um zuzusehen, wie ein kleiner Zweimaster, dessen weiße Segeltücher schlaff im Wind hingen, in die Bucht einlief.

»Das Schiff, das da gerade kommt, wirkt so, als würde es etwas ziehen«, sagte sie zu einem wettergegerbten alten Fischer, der auf dem felsigen Rand der Bucht saß und eine Angel in der Hand hielt. Er hatte langes, graues Haar und einen nicht minder langen, spitzen Bart. »Was machen die da?« erkundigte sie sich bei ihm. Neben ihm blitzten eine Reihe Fischleiber silbern im Sonnenlicht auf, die Körper halb im, halb aus dem Wasser.

»Das ist ein Walfänger aus Boston, Mädchen. Sie bringen ihre Ladung mit — etwa einen vierundzwanzig Meter langen Grauen, schätze ich. Das gibt mindestens zwölftausend Liter Öl.«

»Sie bringen Wale nach Monterey?«

»Sicher tun sie das. Wenn sie ihn erst mal ausgeschlachtet haben, ziehen sie ihn aus der Bucht. Am Strand südöstlich von hier liegen Hunderte von vertrockneten, gebleichten Knochen.«

»Ich verstehe.« Sie beobachtete das Schiff eine Weile, dann glitt ihr Blick zu einem anderen Abschnitt des Wassers hinüber. Nicht allzuweit von der Küste entfernt ließ sich ein kleines, fellbedecktes Tier auf den Wellen treiben.

»Seeotter, Mädchen. Ist das nicht ein niedlicher kleiner Teufel, was?«

»Was macht er denn?«

»Er beißt sich sein Essen auf. Sie fressen Austern, wissen Sie. Benutzen eine leere Schale, um sie aufzuknacken. Sie lassen sich dabei auf dem Rücken treiben und sonnen sich. Die führen ein schönes Leben, wenn Sie mich fragen.« Leichte Röte stieg in seine rauhen, bärtigen Wangen. »Entschuldigen Sie, Mädchen, habe mich lange nicht mehr mit einer Dame unterhalten, jedenfalls nicht, seit ich Aberdeen verlassen habe.«

»Das macht nichts, Mister...?«

»MacDugal. Die meisten Leute nennen mich einfach Mac.«

Carly lächelte. »Nett, Sie kennenzulernen, Mac. Ich bin Carly de la Guerra.«

»Ist mir ein Vergnügen, Miss... de la Guerra, sagten Sie?«

»Richtig. Wieso? Kennen Sie meinen Mann?«

»Heißt er Angel? Ein richtig gutaussehender, schlanker Bursche mit lockigem schwarzem Haar?«

»Mein Mann heißt Ramon.«

»Dann ist das ein anderer.« Er schüttelte den Kopf, so daß sein grauer Bart erzitterte. »Ich will nicht behaupten, daß es mir leid tut, das zu hören. Denn ich meine, der hat nur die ganze Nacht in Conchitas Cantina getrunken und gehurt. Nicht so ein Mann, den ein Mädchen wie Sie als Ehemann haben sollte.«

Auf jeden Fall nicht. Dennoch fragte Carly sich, ob Angel mit Ramon verwandt sein könnte. Er hatte erwähnt, daß seine Verwandten in der Stadt waren, obwohl er außer Maria und ihrer Tochter keine Namen genannt hatte.

»Es wird schon etwas spät«, meinte Carly. »Ich denke, ich sollte mich auf den Rückweg machen. Es war nett, sich mit Ihnen zu unterhalten, Mac.«

»Hat mir auch gefallen, Mädchen. Passen Sie gut auf sich auf, hören Sie?«

Carly nickte und machte sich auf den Rückweg zum Hotel. Dabei dachte sie noch über Angel de la Guerra nach. Aber wie von selbst wanderten ihre Gedanken zu Ramon und wie einsam sie heute abend ohne ihn sein würde.

An der Seite eines Gebäudes unter einer überdachten Veranda lehnte Angelo de la Guerra mit aufgestütztem Bein an der Wand und beobachtete die hübsche *americana*. Den ganzen Nachmittag war er ihr gefolgt. Nachdem sein Cousin das Hotel verlassen und aus den Ställen weggeritten war, hatte er geduldig gewartet, bis sie auftauchte. Angel war auf die junge Frau seines Cousins neugierig gewesen, nachdem er zufällig mitbekommen hatte, wie Ramon seiner Schwester am Abend vorher von ihr erzählt hatte.

Er sog kräftig an seiner handgerollten *cigarillo* und blies den Rauch durch seine gerade, wohlgeformte Nase aus.

Das also war Ramons errötende Braut.

Nicht schlecht ... für eine *gringa*. Aber andererseits hatte sein Cousin immer einen guten Geschmack bei Frauen gehabt.

Und er hatte sich in den vergangenen fünf Jahren ausgiebig mit ihnen vergnügen können, während Angel in einem Gefängnis in Arizona gesessen hatte. Er dachte daran, wie oft er sich eine Frau gewünscht hatte, die dann seinen Cousin ihm vorzog. Sie hatten immer miteinander rivalisiert, selbst schon als Kinder. Und früher hatte Ramon ihn jedesmal in allem, was er tat, übertroffen.

Angel schnaubte verächtlich. Kein Wunder! Diego de la Guerra war reicher und mächtiger als sein Vater. Ramon war gebildeter, größer und der bei weitem bessere Pferdekenner und Reiter. Frauen fühlten sich von seinem guten Aussehen und Charme angezogen und blickten auf Angels weniger geschickte Versuche, sie zu umwerben, verächtlich herab. Verglichen mit Ramon de la Guerra war Angel immer nur die zweite Wahl gewesen.

Selbst Yolanda, seine Jugendliebe, hatte sich insgeheim nach Ramon verzehrt. Sie hatte ihm einmal gestanden, daß sie ihn nicht heiraten könne, weil sie in einen anderen verliebt sei. Die Tatsache, daß Ramon sie nicht wollte, hatte nichts daran geändert, daß sie ihn nach wie vor begehrte.

Angel sog ein letztes Mal an seiner *cigarillo* und warf sie auf die Straße. Eine kleine Staubwolke stob auf und erstickte den glühenden Rest. Er dachte an die Frau mit dem flammendkupfernen Haar und spürte, wie seine Erregung wuchs. Er war nicht mehr der schüchterne Junge wie damals, als Ramon ihn zuletzt gesehen hatte. In den vergangenen fünf Jahren hatte er sich verändert.

Er begehrte diese Frau. Und da er ein freier Mann war, wollte er sich nehmen, wonach ihn gelüstete. Es wurde Zeit, daß er für den gerechten Ausgleich sorgte.

Carly borgte sich ein in Leder eingebundenes Buch, Pilgrim's Progress, vom Regal in der Hotelhalle und kehrte damit auf ihr Zimmer zurück. Sie hatte das Abendessen auf dem Zimmer einnehmen wollen, aber die Zeit schien sich endlos zu dehnen, und schließlich gab sie ihrem Wunsch nach und ging nach unten. Der Eßsaal war nicht groß. Es stand nur ein langer Tisch in der Mitte, der zu beiden Seiten von Bänken umgeben war. Drum herum waren ein paar kleinere Tische angeordnet, an denen jeweils Stühle mit sehr dünnen Beinen standen. Sie setzte sich an einen Tisch in der Ecke, und eine vollbusige, lächelnde Mexikanerin eilte heran.

»Señora de la Guerra. Ihr Mann sagte uns, daß Sie vielleicht zum Essen kommen. Er hat uns auch gebeten, daß wir in seiner Abwesenheit besonders gut auf Sie aufpassen.«

Carly lächelte. »Ich weiß, ich sollte vermutlich lieber auf dem Zimmer essen, aber ich ... nun ja, ich dachte, es wäre interessanter, hier unten zu sitzen.«

»Sicher, Señora. Warum sollte eine so hübsche Frau wie Sie sich in einem leeren Zimmer verstecken?«

Carly freute sich über die Ermunterung.

»Möchten Sie etwas essen, Señora?« Die runde Frau wischte sich ihre fleischigen Hände an der Schürze ab, die sie um ihre kräftigen Hüften gebunden hatte.

»Ich habe großen Hunger. Der Spaziergang, den ich vorhin gemacht habe, hat meinen Appetit angeregt.«

»Da haben wir sicher etwas Gutes für Sie. Wie wäre es mit frischem *chilena*-Kuchen? Die Maiskruste ist goldgelb, genau richtig gebacken. Ich sage Ihnen, er schmeckt köstlich.«

»Danke, das klingt wunderbar.«

Die Frau lief davon, um das Essen zu holen, während Carly ihren Blick über die übrigen Gäste schweifen ließ. Vier von ihnen waren Spanier, ein Mann und seine Frau mit ihren zwei Kindern. Zwei trugen die Kleidung der Minenarbeiter, Jeans und Flanellhemden. Es mußten Amerikaner aus den Goldminen sein. Ein paar andere Männer hatten Anzüge an. Das waren wohl Geschäftsleute oder Regierungsbeamte. An einem kleinen Tisch neben der Tür saß mit dem Rücken zur Wand ein schlanker, verbissen wirkender Mann mit welligem, schwarzem Haar und dunklen Augen. Sie sah, daß er sie beobachtete.

Er lächelte, als ihre Blicke sich begegneten. Lässig stand er auf und kam zu ihr. Seine Schritte leichtfüßig und sicher. Er ähnelte Ramon so sehr, daß es nicht schwer für sie war zu erraten, wer er sein mußte.

»Señora?«

»Ja?«

»Ich bin der Cousin Ihres Mannes, Angel. Haben Sie etwas dagegen, wenn ich mich zu Ihnen setze?«

»Warum ... nein ... natürlich nicht. Ich habe gehört, daß einige seiner Verwandten in der Stadt sind. Es freut mich, Sie kennenzulernen.«

Er rückte sich einen Stuhl zurecht und setzte sich zu ihr. Er war kleiner als Ramon, ein wenig schlanker, aber ebenso breitschultrig und muskulös. Wie Mac gesagt hatte, der Mann sah gut aus, auf eine andere, strengere Art als Ramon, die dennoch anziehend wirkte.

»Mein Cousin hat Sie allein hier zurückgelassen? Das ist nicht Ramons Art, eine hübsche Frau sich selbst zu überlassen ... besonders nicht, wenn es seine Ehefrau ist.«

»Es kam etwas dazwischen. Er mußte recht unerwartet aufbrechen. Ich habe ihm gesagt, ich käme auch allein zurecht.«

Angel lächelte und zeigte dabei seine weißen Zähne, doch sein Lächeln wirkte nicht herzlich wie Ramons. »Es tut mir leid, daß ich ihn verpaßt habe ... Ich bin erst heute nachmittag hier angekommen.«

Den Eindruck hatte sie nach Macs Erzählen nicht gehabt. »Dann weiß Ihre Schwester noch gar nicht, daß Sie hier sind?«

»Noch nicht. Ich hatte geschäftlich dringend etwas zu erledigen.«

Trinken und Huren in Conchitas Cantina, dachte Carly und wünschte sich fast, sie wäre auf ihrem Zimmer geblieben. Angelo de la Guerra hatte etwas an sich, das sie nicht näher beschreiben konnte, doch es behagte ihr nicht.

Sie rang sich ein Lächeln ab. »Wollen ... wollen Sie mit mir essen?«

»Tut mir leid, ich habe schon gegessen. Außerdem habe ich noch etwas Wichtiges zu erledigen.« Er stand auf, faßte nach ihrer Hand und führte sie an seine Lippen. Sie fühlten sich kühl und trocken an, kein bißchen angenehm. »Es war mir ein Vergnügen, Sie kennenzulernen ...?«

»Caralee«, half sie ihm und wünschte sich seltsamerweise, sie müßte ihm nicht ihren Namen sagen. Aber der Mann war der Cousin ihres Mannes. Ihr blieb kaum eine andere Wahl.

»Es war mir ein Vergnügen, Cousine Caralee. Grüßen Sie Ramon von mir.«

Carly nickte nur. Sie sah ihm nach, wie er den Saal verließ. Er stolzierte mehr davon als er ging. Als die rundliche Mexikanerin ihr das Bestellte brachte, fiel Carly auf, daß ihr der Appetit vergangen war.

Unlustig stocherte sie auf ihrem Teller herum, zwang sich jedoch dazu, wenigstens einen Teil des Gerichts aufzuessen. Dann kehrte sie auf ihr Zimmer zurück, um das Buch zu lesen. Mehrmals mußte sie an Angel de la Guerra denken und verspürte sogleich dieses mulmige Gefühl, das sie in seiner Gegenwart empfunden hatte. Schließlich verschwamm ihr das Gedruckte vor den Augen, und sie legte das Buch auf den Nachttisch. Müde blies sie die Lampe aus und kroch tiefer unter die Decken. Überraschenderweise dauerte es nicht lange, bis sie einschlief.

Sie träumte von Ramon, ein schöner Traum, erfüllt von Zärtlichkeit, Liebe und Hoffnung auf die Zukunft. Gern hätte sie gewußt, ob Ramon auch von ihr träumte.

Angel de la Guerra schlich leise über den Flur. Er bewegte sich mit der Geschicklichkeit eines Mannes, der genau weiß, was er tut. Es war das Selbstvertrauen, das er sich in den Jahren im Gefängnis angeeignet hatte ... vielleicht, nachdem er gezwungen war, einen Menschen zu töten.

In der Eingangshalle unten tickte leise die große Standuhr und zerschnitt die Stille. Es war weit nach Mitternacht. Kein Licht schimmerte unter den verschlossenen Türen hindurch. Die Hotelgäste schliefen bereits. Er horchte auf das Geräusch von Schritten, hörte aber nichts. Behutsam zog er einen langen, dünnen Draht aus seinem Hosenbund, schob ihn in das Türschloß, drehte ihn einmal nach rechts und einmal nach links und hörte, wie das Schloß nachgab.

Er nahm den Draht wieder an sich, drehte leise den Knauf und stieß die Tür auf. Dann trat er geräuschlos in den Raum.

Am Fuß des Bettes blieb er stehen. Caralee de la Guerra schlief fest, das lange kupferfarbene Haar auf dem Kissen ausgebreitet. Sie trug ein wunderschön besticktes, weißes Seidennachthemd, das so durchsichtig war, daß er die rosigen Kränze an der Spitze ihrer vollen Brüste sehen konnte. Laken und Decke waren ihr bis zur Taille weggerutscht. Sofort fiel ihm auf, wie schmal sie war über den leicht gerundeten Hüften.

Erregung überkam ihn nur schon bei dem Gedanken an das, was er vorhatte. Sein Glied war hart und pochte, seine Hände begannen zu schwitzen, wenn er sich nur vorstellte, wie er sich an ihrem reifen, grazilen Körper befriedigen würde, das Erlebnis um so süßer, weil er wußte, daß sie Ramon gehörte.

Sie schlief fest. Leise zog er sich aus, hob die Decken an und stieg zu ihr ins Bett. Sie hatte sich nur kurz geregt. Jetzt wandte sie sich ihm zu, legte ihre schmale Hand auf seinen Oberkörper und lächelte im Schlaf.

Angel lächelte auch. Behutsam streifte er ihr das Nachthemd von den Schultern, entblößte eine helle, üppige Brust, umfaßte sie mit der Hand und begann die Spitze zu reiben. Kaum daß sie sich verhärtete, flogen ihre Augen auf, und sie wollte sich aufrichten. Er fing ihren Schrei mit seinem Mund ab, preßte seine Lippen über ihre und packte sie bei den Handgelenken, um sie tiefer in die Matratze zu drücken. Nur durch den sechsten Sinn, den er im Gefängnis entwickelt hatte, vermochte er zu hören, wie die Tür aufgestoßen wurde.

Er wandte sich gerade rechtzeitig um und sah seinen Cousin im Rahmen stehen, das Gesicht finster vor Zorn. Angel wappnete sich. Auf keinen Fall wollte er sich unterkriegen lassen.

»Ramon ... was machst du denn hier?«

Der größere Mann regte sich nicht, stand nur wie versteinert in der Tür. »Ich glaube, die Frage sollte ich lieber dir stellen.«

»Ramon ...«, flüsterte Carly.

Angel schaute auf sie hinunter und lockerte seinen harten Griff. »Es tut mir leid, Cousin. Ich wußte nicht, daß diese kleine Hure zu dir gehört.«

An Ramons unbeweglichem Kinn zuckte ein Muskel. »Diese kleine Hure ist meine Frau.«

Angel fluchte leise. »*Dios mio*, das wußte ich nicht.« Er schwang sich aus dem Bett. »Ich bin ihr unten im Eßsaal begegnet. Wir haben kurz miteinander gesprochen, und sie hat mich aufs Zimmer eingeladen. Wenn ich gewußt hätte, wer sie ist ... *por Dios*, Ramon ...«

»Verschwinde!« stieß Ramon gepreßt hervor.

»Was ... was sagst du da?« Carly starrte von Ramon zu Angel. Noch bebte sie am ganzen Körper vor Furcht und Zorn. »So ... so war das nicht.«

»Tut mir leid, Cousin.« Angel schnappte sich seine Hose, schlüpfte hinein, zog sich sein Hemd über und stieg in die Stiefel. Dann ging er zur Tür.

»Du glaubst ihm doch nicht etwa?« Endlich fand Carly so weit ihre Stimme wieder, daß sie etwas sagen konnte. »Er ist hier eingedrungen und hat versucht ... hat versucht ... und du läßt ihn einfach so gehen?«

Angel schloß die Tür hinter sich, und Ramon schaute sie an. Zorn blitzte aus seinen Augen. Er sah so rücksichtslos und brutal aus, wie sie ihn kennengelernt hatte. »Vielleicht möchtest du, daß ich lieber gehe, da du mit meinem Cousin ziemlich beschäftigt warst.«

»Was?!«

»Hab wenigstens so viel Scham, dich ordentlich zu bedecken. Du kannst sicher sein, daß ich nicht mehr länger an deinen abgenutzten Reizen interessiert bin – gleichgültig, wie anziehend sie sein mögen.«

Carly schaute an sich herunter und stellte fest, daß Angel eine ihrer Brüste entblößt hatte. Entsetzt errötete sie und richtete hastig ihr Nachthemd.

»Ramon, bitte ... du glaubst doch nicht, was er gesagt hat, ist die Wahrheit. Ich weiß nicht mal, wie er es geschafft hat, hier einzudringen.«

»Aber du weißt, wer er ist? Du bist ihm unten im Eßsaal begegnet, wie er behauptet hat?«

»Ich habe kurz mit ihm gesprochen. Aber ich habe ihn nicht aufs Zimmer eingeladen. Wie kannst du nur glauben, daß ich so etwas tun würde?«

»Ich bin nicht blind, Cara, wie du offenbar annimmst. Ich habe dich mit ihm zusammen gesehen, verstehst du? Er hat dich geküßt und deine hübschen Brüste gestreichelt.« Er faßte nach der Decke und riß sie ihr weg, so daß sie ungeschützt in dem zerwühlten Bett dasaß. Sie zitterte am ganzen Körper. Das Nachthemd war ihr bis zu den Schenkeln hochgerutscht.

»Zieh dich an«, verlangte er rauh. »Wir reisen ab.«

Tränen brannten ihr in den Augen, und ihre Kehle war wie zugeschnürt. Erst allmählich wurde ihr klar, was geschehen war, und trotzdem vermochte sie es noch nicht zu fassen. »Wir können doch nicht jetzt abreisen. Du bist die ganze Nacht geritten. Sicher brauchst du etwas Sch-schlaf.«

Er packte sie am Arm und riß sie aus dem Bett. »Tu gefälligst, was ich dir sage!« Zornentbrannt starrte er sie an. Seine Wut schien grenzenlos. Seine dunklen Augen funkelten wenig verheißungsvoll. »Ich habe dir mal versprochen, daß ich dir nie wieder weh tun würde, aber im Moment fällt es mir schwer, das Versprechen zu halten.« Er ließ sie so abrupt los, daß sie das Gleichgewicht verlor und rücklings aufs Bett fiel.

»Tu, was ich sage. Pack deine Sachen und mach dich reisebereit.«

Carly starrte ihn reglos an. Ihre Handgelenke brannten, wo Angel sie festgehalten hatte. Ihre Lippen, auf die er seinen harten, trockenen Mund gepreßt hatte, waren geschwollen. Tränen brannten ihr in den Augen, und ihr war so schwer ums Herz, daß sie glaubte, sie müsse zusammenbrechen.

»Warum? Warum fällt es dir so leicht, ihm zu glauben? Warum glaubst du nicht mir?«

Ramon antwortete nicht. Er nahm ein paar ihrer Kleider aus dem Schrank und warf sie ihr aufs Bett. »Zieh dich an, meine kleine *puta*. Ich hätte mit dir nie hierherreisen dürfen. Ich hätte wissen müssen, daß die Versuchung für eine *gringa* wie dich zu groß sein würde.«

Eine *gringa* wie mich, dachte Carly voller Gram und verspürte erneut einen stechenden Schmerz. Eine Anglo-Frau, eine Frau, deren Wort niemals gegen das eines de la Guerra standhalten konnte. Sie blinzelte und heiße, salzige Tränen rannen ihr über die Wangen. »Du und Angel ... ich dachte, ihr seid so grundverschieden wie die Sonne und der Mond. Vielleicht bist du doch nicht so viel anders, als ich dachte.«

Ramon erwiderte nichts. Wortlos wandte er sich ab, während sie ihr Reitkostüm anzog und sich mit bebenden Fingern das Haar zu einem langen, dicken Zopf flocht. Er ließ ein paar Gold-*reals* auf dem Nachttisch als Bezahlung für ihr Zimmer zurück und zog sie mit sich in den Flur und die Hintertreppe hinunter.

Er ließ sie in der Gasse stehen, die kalte Nachtluft verursachte ihr Gänsehaut, während er zu den Ställen hinüberging, um die Pferde zu holen.

Die weiße Stute war gesattelt und fertig, aber Rey del Sol, der Hengst, war offenbar zu erschöpft von dem langen Ritt, den Ramon hinter sich hatte. Sein großer spanischer Sattel lag auf dem Rücken eines braunen Wallachs.

»W-wo ist das Maultier?« fragte Carly.

»Das habe ich gegen das Sattelpferd eingetauscht. Rey braucht Zeit, um sich zu erholen, und so reisen wir weniger beladen.« Er lächelte bitter. »Ich will nämlich möglichst schnell zu Hause sein.« Sein Griff schmerzte ihr in der Taille, als er sie hochstemmte und in den Damensattel hob. Er schwang sich auf sein Pferd und ritt schweigend durch die leeren, schmutzigen Straßen in die Berge hinauf.

Er trieb sie den ganzen Morgen an, machte nur Rast, um den Pferden Wasser zu gönnen, und ritt weiter. Carly aß nichts. Ramon auch nicht. Sie konnte sich vorstellen, wie erschöpft er sein mußte. Bis abends fühlte sie sich nicht minder erschöpft. Hinzu kam die Erkenntnis, daß sie in einer einzigen, langen Nacht in Monterey ihren Mann für immer verloren hatte.

Sie versuchte, die Tränen zurückzuhalten, doch in den langen Stunden der Dunkelheit konnte sie es nicht verhindern, daß sie ihr schließlich über die Wangen rannen. Sie hatte ihn so sehr geliebt und hätte alles für ihn getan. Alles. Dummerweise hatte sie geglaubt, daß er diese Liebe eines Tages erwidern könnte.

Statt dessen hatte er sie eine Hure genannt und geglaubt, sie hätte mit seinem Cousin geschlafen. Angel mochte ein de la Guerra sein, mochte rein spanischer Herkunft sein, aber Carly hätte einen Menschen wie Angel nicht mal bespuckt. Hätte sie am Abend zuvor eine Waffe gehabt, hätte sie ihn vermutlich erschossen.

Und was war mit Ramon? Sie hatte begonnen, ihn zu bewundern. Jetzt sah sie, was ihr vorher nicht aufgefallen war. Das Vorurteil, das er gegen die Anglos hatte, sein Haß auf Leute, die Andersartige verfolgten, war genauso stark wie bei den Menschen, gegen die er eingestellt war. Ihr wurde schwer ums Herz, wenn sie nur darüber nachdachte. Und das Wissen, nie seinen Erwartungen zu genügen, nie sein Vertrauen zu gewinnen, weil sie nicht die gleiche Herkunft hatte wie er, bedrückte sie.

Sie hatte es gewußt. Er hatte es schließlich von Anfang an deutlich gesagt, aber sie hatte es nicht wirklich geglaubt. Sie hatte es nicht glauben wollen, weil sie ihn so sehr liebte.

Carly, die jetzt auf ihrer Schlafmatte lag, rollte sich fest zusammen in ihrem Elend und barg den Kopf auf ihren Armen. Ihr Körper wurde geschüttelt von den Tränen, die ihr über die Wangen liefen und die Decke benetzten. Es interessierte sie nicht, ob Ramon ihr Weinen hörte oder nicht. Es interessierte sie überhaupt nichts mehr. Sie hatte nur das Gefühl, ihr Leben sei zu Ende, ihr Herz gebrochen und die Liebe, die sie für ihn empfand, verronnen wie Wasser aus einem zerbrochenen Gefäß.

Sie weinte, bis sie keine Tränen mehr hatte. Dann lag sie reglos da und starrte zu den Sternen hinauf. Sie sah sie nicht wirklich. Ihr Schmerz und die Verzweiflung waren zu groß. Noch ehe die Sonne aufging, überquerte sie die Lichtung zu der Stelle, wo die Pferde angebunden waren, sattelte ihre Stute, band ihre Schlafmatte fest, kletterte auf einen Felsen und hievte sich in den Damensattel.

Sie wäre davongeritten, wenn Ramon nicht aufgesprungen wäre und ihr Pferd am Zügel festgehalten hätte.

»Was glaubst du, wohin du gehst?«

Ein bitteres Lächeln huschte über ihr Gesicht. »Dorthin zurück, wo ich hergekommen bin. Ich werde nicht sagen nach Hause, weil ich keines mehr habe. Ich kehre nach Rancho del Robles zurück. Wenn mein Onkel mich nicht aufnimmt, werde ich woanders hingehen. Ich brauche dich nicht, um meinen Weg zu finden.«

An seiner Wange zuckte ein Muskel. »Du wirst mit mir weiterreisen«, bestimmte er gepreßt. »Wenn du nach del Robles willst, werde ich dafür sorgen, daß du dorthin kommst.« Grimmig verzog er den Mund. »Vielleicht ist jetzt alles so gelaufen, wie du es von Anfang an geplant hast. Wenn du einen Weg findest, kannst du deine Annullierung bekommen. Sicherlich gibt es viele Männer, die dir dasselbe Vergnügen bereiten wollen, wie ich es dir gegeben habe, manche noch weitaus raffinierter, als ich begonnen hatte, sie dir beizubringen.«

Sie holte aus und verpaßte ihm eine kräftige Ohrfeige. Im ersten Moment glaubte sie, er würde sie vom Pferd zerren, so haßerfüllt schaute er sie an. Doch dann war seine Wut verschwunden. Trauer und grenzenlose Verzweiflung traten an ihre Stelle. Gegen ihren Willen fühlte sie sich von dem Blick angezogen und wünschte sich, sie könnte ihn trösten.

»Ich habe nicht das getan, was dein Cousin behauptet hat. Du willst es mir nicht glauben, aber es ist die Wahrheit.«

Ein verächtliches Grinsen huschte um seine Lippen. »Du hast dir den falschen Mann ausgesucht ... *mi amor* ..., als du versucht hast, einen de la Guerra zu verführen. Angel und ich sind zusammen aufgewachsen. Er ist für mich mehr wie ein Bruder als ein Cousin.«

»Er ist auch ein Lügner, aber das spielt vermutlich keine Rolle.«

Ramon schaute auf.

»Ich habe dich praktisch zur Ehe gezwungen. Du wolltest eine Frau spanischer Herkunft, statt dessen hast du mich bekommen. Es kann sein, daß ich dich damals zu sehr geliebt habe und deshalb zu allem bereit war, um dich zu bekommen. Ich kann nur sagen, wenn es so war, tut es mir leid.« Die kleine Stute tänzelte zur Seite, und Carly zog an den Zügeln. »Jetzt hast du eine zweite Chance. Vielleicht findest du diesmal die Frau, mit der du glücklich werden kannst.« Sie grub dem Pferd die Fersen in die Flanken, das Tier machte einen Satz nach vorn und trug sie von ihm weg den Pfad hinauf.

Sekundenlang starrte Ramon ihr nach. Dann schwang er sich auf den Rücken seines Braunen und folgte ihr mit donnerndem Galopp. Er hatte die Zähne aufeinandergebissen, und sein Gesichtsausdruck war grimmig. Das Herz in seiner Brust schlug dumpf, war taub vor Schmerz und Kummer. Seine Hände zitterten, mit denen er die Zügel hielt.

Er hatte gewußt, daß es so kommen mußte. Immer wieder hatte er es erlebt. Sie war eine Angelo. Wie hatte er ihr vertrauen können? Er wußte genau, eines Tages würde sie ihm das Herz brechen.

Und doch hatte er es geschehen lassen, entgegen jeglicher Vorwarnung, entgegen seines Schwurs, sie nicht zu nah an sich heranzulassen. Hatte er sie so sehr geliebt? Hatte er den Kummer riskieren wollen, den ihm eine Frau wie Caralee bringen mußte?

Die Antwort kam rasch und heftig. Sie brannte ihm bitter auf der Zunge. Ja, er hatte sie geliebt. Mehr als sein eigenes Leben. Selbst jetzt ging er ein noch größeres Risiko ein, da er wußte, sie konnte durchaus zu ihrem Onkel gehen und ihm verraten, wer er war. Vermutlich würde sie es auch tun.

Es störte ihn nicht.

Nichts spielte mehr eine Rolle, nicht mehr seit dem Moment, als er das Zimmer betreten und sie halbnackt in den Armen seines Cousins hatte liegen sehen. Hätte er seine Pläne nicht geändert, hätte er nicht ein zusätzliches Pferd gemietet, um schneller zu ihr zurückkehren zu können, wäre er nicht wie ein Verrückter geritten. Weil er sie so unbedingt wiedersehen wollte, hatte er sie mit Angel erwischt.

Er wäre ebenso leicht hinters Licht geführt worden wie zuvor.

Por Dios, was war er für ein Narr!

Und für diese Dummheit bezahlte er mit dem Schmerz, der ihm jetzt das Herz zusammenzog.

Sie ritten den ganzen Tag über, machten nur kurz Rast, um die Pferde zu tränken. Am späten Nachmittag hatten sie die Gabelung des Pfades erreicht, von der die eine nach Rancho del Robles führte und die andere nach Las Almas und die Ländereien dahinter. Carly zügelte ihr Pferd.

»Komme ... komme ich hier entlang zu meinem Onkel?«

»*Si*. Es sind nur noch anderthalb Kilometer nach Norden. Ich werde dich hinbringen.«

Sie schüttelte den Kopf. »Nein, ich will allein reiten.« Sie wandte sich ein wenig ab, und ein Sonnenstrahl, der durch das Geäst einer Eiche fiel, warf helle Lichtblitze in ihr Haar. Der Anblick ihres schönen Gesichts schien sich dadurch unvergeßlich in sein Gedächtnis einzubrennen. Das Beben ihrer Lippen ließ sein Herz erzittern.

Ramon sagte nichts, sondern betrachtete sie nur, wie sie hochaufgerichtet auf ihrem Pferd saß. Innerlich zerriß es ihm fast das Herz. Dabei durfte er gar nicht solche Gefühle hegen, durfte nicht daran denken, wie sie die ganze Nacht geweint hatte. Das leise, herzerweichende Schluchzen war quer über den Lagerplatz bis zu ihm gedrungen, und es hatte ihn seine ganze Willenskraft gekostet, nicht zu ihr zu gehen, ihr zu verzeihen und sie zu bitten, bei ihm zu bleiben. Er durfte nicht daran denken, wie entsetzt und ungläubig sie ihn angeschaut hatte, als er sie eine Hure genannt hatte, durfte sich nicht erinnern, welche Trauer in ihrem Blick gelegen hatte, als sie ihm gestanden hatte, daß sie ihn liebte.

Es war nicht die Wahrheit. Wenn sie ihn liebte, hätte sie ihn nicht betrogen.

»Ramon?«

»*Si*, Cara?«

»Wir waren einmal Freunde, vielleicht sogar mehr. Denk

daran, wie es da zwischen uns war, ja? Tu so, als wäre in Monterey nichts geschehen. Erinnere dich an die Dinge, die wir zusammen gemacht haben, das Vergnügen, das wir miteinander hatten, und die guten Zeiten, nicht die schlechten. Willst du das meinetwegen tun?«

Seine Kehle war wie zugeschnürt. »*Si*, Cara, ich werde es versuchen«, stieß er gepreßt hervor. Seine Hände zitterten, und mit jedem Atemzug, zu dem er sich zwang, schmerzte es ihn in der Brust. Er wollte seinen Hengst schon weglenken.

»Und noch eins.«

Er wandte sich ihr wieder zu und sah die Tränen in ihren Augen schimmern. »Du mußt dir nicht so sehr zu Herzen nehmen, was passiert ist. Wenn du mich wirklich geliebt hättest, wäre es dir leichtgefallen, die Wahrheit zu erkennen, selbst wenn du es mit den Augen nicht hättest sehen können. Such dir eine Frau, die du lieben kannst, Ramon, und geh keinen Kompromiß ein.«

Ihm zog sich das Herz zusammen. Die Kehle brannte ihm, und er vermochte kaum zu schlucken. »Cara, bitte ... ich kann nicht ...«

Mehr sagte er nicht, und sie schwieg auch, aber ihr Blick haftete auf seinem Gesicht, als ob sie sich seine Züge einprägen wolle.

Die Augenblicke verstrichen. Lange, unermeßliche Sekunden, die das Ende all dessen markierten, was zwischen ihnen vorgefallen war und ihr Leben jetzt veränderte. Die Einheit, die sie einmal erlebt hatten, gehörte der Vergangenheit an. Nie würden sie die Dinge machen, die er sich erhofft hatte, von denen er begonnen hatte zu träumen. Es würde keine Zukunft für sie geben, keine Kinder, auf die sie eines Tages stolz sein konnten.

Er wehrte sich gegen den erneut aufwallenden Kummer. Carly wendete ihre kleine Stute, drückte ihr die Füße in die Flanken und ritt den Pfad hinunter. Wenn du mich geliebt hättest, hatte sie gesagt, aber sie irrte sich. Er liebte sie wirklich. So sehr, daß die Trennung von ihr ihm den größten Kummer bereitete, den er je erlitten hatte. Er sah ihr nach, wie sie davonritt, und ihm war, als ob das Licht in seinem Leben erlosch und er in vollkommener Dunkelheit zurückblieb.

Seine Hände krallten sich um den Sattelknauf, und er fühlte sich verzweifelter als je zuvor. Wie konnte er sie lieben und sie gleichzeitig so sehr hassen? Wie konnte er sie hassen und dennoch begehren?

Ramon schloß die Augen und versuchte, den Anblick seines nackten Cousins, wie er die bloße Brust seiner Frau betastet hatte, zu verdrängen. Hätte ein anderer Mann sie angefaßt, wäre er jetzt tot gewesen. Aber Angel gehörte zur Familie. Er war ein de la Guerra und war ebenso hinters Licht geführt worden wie Ramon.

Er lenkte den Hengst die andere Abzweigung entlang und führte das Sattelpferd mit sich. Oben auf dem Hügel hielt er inne und vergewisserte sich, daß Caralee sicher zur Ranch gelangte. Sie weint, dachte er, war sich aber nicht ganz sicher. Auf ihre Art hatte sie ihn vielleicht doch geliebt.

Ihr Pferd fand den Weg ins Tal hinunter. Caralee saß aufrecht im Sattel, das Kinn vorgereckt und die Schultern gestrafft. Gern hätte er gewußt, was sie dachte und ob es ihr leid tat, was sie getan hatte. Ob sie sich ebensosehr wünschte, nach Las Almas zurückzukehren, wie er sich danach sehnte, sie mit nach Hause zu nehmen?

Er sah ihr noch eine Weile nach und ignorierte den dumpfen Schmerz in seiner Brust wie auch den brennenden Wunsch, die Zeit zurückdrehen zu können bis zu jenem Tag vor ihrer Abreise nach Monterey. Wenn er noch einmal die Möglichkeit hätte, sich neu zu entscheiden, mochte sie ihn vielleicht so sehr lieben, daß sie ihm nicht untreu geworden wäre.

Als das Hufgetrappel verklungen war und er nur noch den Wind durch die Bäume rauschen hörte, versuchte er sich mit der

Trennung abzufinden und die Lage so zu akzeptieren, wie sie war.

Die Vergangenheit war abgeschlossen und ließ sich nicht mehr ändern. Wie sein Bruder Andreas war Caralee für ihn gestorben und nicht mehr länger ein Teil seines Lebens. Gestern hatte er mit Padre Renaldo, dem alten Mann, wegen dem er einen so weiten Weg zurückgelegt hatte, gesprochen. Der Priester hatte gesagt, daß die Dokumente, die er brauchte, vermutlich in einem Verlies in der Mission von Santa Barbara zu finden seien. Sobald er sie gefunden hatte, konnte er möglicherweise den Besitz seiner Familie zurückverlangen.

Zum ersten Mal seit dem Tod seines Vaters und seines Bruders interessierte Ramon das nicht mehr.

17. KAPITEL

»Ist das nicht meine Nichte, die da auf die Ranch geritten kommt?« Fletcher Austin stand am Fenster im *sala* und schaute auf die grasbewachsene und mit Eichen bestandene Ebene hinaus. Er sprach mit Rita Salazar, einer Frau, die, auf der Suche nach Arbeit kurz vor Caralees Hochzeit zu ihm gekommen war.

»*Si*, Señor Fletcher. Das ist sie, glaube ich.« Rita war halb Spanierin und halb Miwokindianerin. Fletcher hatten ihre reife, frauliche Figur, das lange, schwarzglänzende Haar und ihre vollen Lippen auf den ersten Blick gefallen. Er hatte sie für Küchenarbeiten eingestellt, war aber nicht minder erfreut, als sie schließlich auch sein Bett wärmte.

Gedankenversunken tätschelte er Ritas rundlichen Hintern und musterte Caralee, die heranritt, aufmerksam besorgt und mit dem unerwarteten Gefühl jäher Herzenswärme. Er wußte nicht, warum Caralee zu ihm kam. Vielleicht wollte sie ihn nur besuchen, wie er beabsichtigt hatte, es zu tun, nur um sich zu vergewissern, daß es ihr gutging. Andererseits hatte sie vielleicht eine Lehre aus ihrem Handeln gezogen und kehrte nach Hause zurück.

Eigenartigerweise hoffte er, daß es so war. Er hatte nämlich festgestellt, daß er sie vermißte.

Doch auch, wenn sie zurückkehren sollte — die Frau, die er gefunden hatte, würde er nicht aufgeben. Seine Nichte war nicht mehr unschuldig. Ramon de la Guerra hatte einen schlimmen Ruf. Inzwischen mußte seine Nichte sehr wohl mit dem Vergnügen, das eine Frau einem Mann bereiten konnte, vertraut sein, so wie Rita es gelernt hatte, ihm Vergnügen zu bereiten. Er hatte seit Jahren keine Frau mehr gehabt und hatte sich dem Bedürfnis nach etwas Gefühlvollem in seinem Leben verschlossen. Aber die Gegenwart seiner Nichte hatte bei ihm die Sehnsucht nach der Nähe einer Frau geweckt. Er war froh, daß Rita genau zu dem Zeitpunkt aufgetaucht war.

Er bedeutete der vollbusigen Frau mit einem knappen Kopfnicken, in die Küche zu gehen, trat vom Fenster zurück und öffnete die schwere Haustür.

»Caralee, meine Liebe. Wie schön, dich wiederzusehen.« Er lächelte. »Ich habe mir schon Sorgen gemacht. Noch ein paar Tage ohne eine Nachricht von dir und ich wäre gezwungen gewesen, nach Las Almas zu kommen, um mich nach dir zu erkundigen.«

Sie scheint müde, dachte er bei sich, und abgespannt, als einer der Vaqueros herbeieilte, um ihr vom Pferd zu helfen. Ihr Blick wirkte leer, und ihre Augen waren geschwollen, so als hätte sie geweint.

»Es tut mir leid, Onkel Fletcher. Ich hätte dir einen Brief schicken sollen. Das wollte ich auch tun, aber ich wußte nicht so ganz, was ich schreiben sollte.«

Er musterte ihr blasses Gesicht eingehend und entdeckte die

Zeichen der Erschöpfung darin. Vielleicht hatte Vincent doch recht gehabt, und sie war mit dem Don nicht glücklich geworden. Möglicherweise hatte sie eingesehen, daß es ein Fehler gewesen war, ihn zu heiraten.

»Ich hoffe, es ist alles so gelaufen, wie du es dir vorgestellt hast«, sagte er und meinte es auch so.

Sie kam auf ihn zu und blieb vor ihm auf der Veranda stehen. »Nicht ganz. Eigentlich nicht mal annähernd. Die Wahrheit ist, du hattest recht, Onkel Fletcher. Ich hätte lieber auf dich hören und Vincent heiraten sollen.«

Sie blickte so trostlos drein, daß er sie wie von selbst in die Arme nahm und an sich drückte. »Na, na, meine Liebe, so schlimm wird es nicht sein.«

»Doch, ich fürchte schon.« Sie begann zu weinen. Leise Klagelaute verwandelten sich in heftiges Schluchzen, das ihm die Kehle zuschnürte.

»Schon gut, Caralee. Du bist jetzt zu Hause, wieder im Schoß deiner Familie, wo du hingehörst.«

Verwundert schaute sie zu ihm auf. »Du meinst, ich kann bei dir bleiben? Du verzeihst mir das, was ich getan habe?«

»Es gibt nichts zu verzeihen, und natürlich kannst du hierbleiben.« Er strich ihr das feuchte kupferrote Haar aus dem Gesicht. »Wir machen alle mal Fehler. Nicht jeder von uns ist so mutig, sie einzugestehen.«

Caralee nickte. Einen Moment lang noch klammerte sie sich an ihn, dann schniefte sie leise und wandte sich ab.

»Besser?« fragte er und reichte ihr sein Taschentuch.

Sie schnäuzte sich die Nase und trocknete sich die Augen. »Viel besser. Danke, Onkel Fletcher.«

Er nahm die Tasche entgegen, die der Vaquero vom Sattel gelöst hatte, führte sie ins Haus und den Flur hinunter zu ihrem alten Zimmer. »Hast du Hunger? Soll Candelaria dir etwas zu essen bringen?«

»Ich habe keinen Hunger.« Sie holte zitternd Luft und bemühte sich, nicht erneut in Tränen auszubrechen.

»Gräm dich nicht so«, riet er ihr und drückte ihr die Hand. »Wir werden schon damit fertig werden, warte es ab. Wenn dein Onkel etwas kann, dann eine Situation zu seinen Gunsten wenden.« Er faßte ihr unters Kinn. »Du bist immer noch eine schöne Frau — vergiß das nicht. Der richtige Mann wird zu schätzen wissen, was er an dir bekommt.«

Caralee rang sich ein Lächeln ab. »Danke, Onkel Fletcher. Es tut mir leid, daß ich dir so viel Kummer gemacht habe.«

»Daran wollen wir jetzt nicht denken. Warum ruhst du dich nicht ein Weilchen aus? Es ist alles im Raum so gelassen worden, wie es war. Du hast genügend Kleidung, und wenn du irgend etwas anderes brauchst...«

»Nein, ich habe alles, was ich brauche, in meinem Koffer.«

Er nickte und übergab ihn ihr. »Du kannst dich ein wenig hinlegen, dann ein Bad nehmen und dich umziehen. Später, wenn du willst, kannst du mir erzählen, wie es dir ergangen ist.«

Sie tupfte sich die letzten Tränen von den Wangen. »Ich würde es lieber vergessen, wenn du nichts dagegen hast. Es zählt nur noch, daß die Ehe zerbrochen ist. Wenn es eine Möglichkeit gibt, das amtlich zu machen, dann möchte ich das tun.«

Er lächelte. »Hab keine Sorge, mein Kind. Überlaß das alles mir. Mach dir keine Gedanken darüber, ruh dich jetzt erst einmal aus.«

Er wartete, bis sie in dem Zimmer verschwand und die Tür hinter sich zumachte. Im Geiste ging er gleich die Möglichkeiten durch, überprüfte einige, verwarf ein paar und hielt an dem Rest fest. Fletcher schmunzelte vor sich hin. Wie gewöhnlich ergaben sich die Dinge von selbst. Caralee war zu Hause, und es konnte durchaus passieren, daß Vincent Bannister ihr früher oder später verzeihen würde. Eine Hochzeit der beiden mochte sich noch einrichten lassen.

Vincent würde in seiner Schuld stehen und ebenso sein Vater. Sobald er mit einer so einflußreichen Familie wie den Bannisters verbunden war, ließ sich nicht sagen, was er noch erreichen konnte. Er hoffte nur, daß Caralee kein Kind von dem Spanier unter ihrem Herzen trug. Aber selbst wenn das der Fall sein sollte, mußten sie nur rasch handeln, um damit fertig zu werden.

Dabei fiel ihm ein, daß er seine Nichte auch unbedingt noch danach fragen wollte, inwieweit Ramon de la Guerra mit dem spanischen Dragón in Verbindung stand und ob er möglicherweise an den kriminellen Übergriffen des Verbrechers beteiligt war. Fletcher ging in sein Arbeitszimmer, schloß die Tür hinter sich, trat ans Sideboard und schenkte sich einen Brandy ein.

Zeit war alles, was er jetzt brauchte, und die hatte er jetzt, wo Caralee zu Hause war. Fletcher lächelte zufrieden, setzte das Glas an die Lippen und leerte es in einem Zug.

Ramon vergrub sich in seine Arbeit. Vom Morgengrauen bis zur Abenddämmerung arbeitete er unermüdlich, bis die Erschöpfung ihn übermannte. Doch selbst dann konnte er noch nicht schlafen. Stille lag über der Ranch, stumme Verzweiflung, die sich von ihm auf seine Männer übertrug und wie ein Schatten über seine Mutter und seiner Tante lastete.

Er hatte niemandem erzählt, was geschehen war, bloß erwähnt, daß Caralee die Ehe beenden wollte. Seine Mutter war entsetzt und hatte ihm klarmachen wollen, daß es so etwas nicht gab. Sie hatte ihn angefleht, ihr doch zu sagen, was vorgefallen war, bis er schließlich seine Beherrschung verloren und sie angeschrien hatte, sich nicht einzumischen.

Seine Tante hatte sich taktvoller verhalten, sprach allerdings über Caralee, wenn er da war und redete so liebevoll über seine Frau, bis er schließlich aus dem Haus stürmte. Er wollte sich schon nach Santa Barbara aufmachen, um die Dokumente zu suchen, mit deren Hilfe er Rancho del Robles zurückgewinnen konnte, doch zu guter Letzt schickte er Mariano an seiner Stelle. Er fürchtete, seinen Cousin dort anzutreffen. Angel mochte auf die kleine Hazienda seiner Familie zurückgekehrt sein, und Ramon traute sich nicht zu, seinem Cousin gegenüber erneut nachsichtig zu bleiben.

In den vergangenen zwei Wochen hatte er im Lager gelebt. Eigenartigerweise war er froh, daß Miranda nicht dort weilte, sondern mit Pedro zu einem Besuch bei der Familie ihres verstorbenen Mannes hinunter ins große Tal aufgebrochen war. Ramon war nicht bereit für eine Frau. Für keine einzige. Nur der Gedanke an das Liebesspiel erinnerte ihn schon an Angel und Caralee, und sofort empfand er einen bitteren Geschmack im Mund.

Es hatte eine Zeitlang gedauert, aber er hatte es schließlich geschafft, seine Gefühle unter Kontrolle zu bringen. Wie er es in der Vergangenheit getan hatte, versuchte er seinen Kummer mit Zorn zu ersticken und nährte ihn, als wäre er ein Lebewesen, dann labte er sich daran, um den Schmerz von sich zu weisen. Tagsüber zwang er sich dazu, an den Augenblick zu denken, wo er sie zusammen in seinem Zimmer überrascht hatte, und durchlitt erneut den heftigen Schmerz, der ihn wie ein Messerstich durchzuckt hatte. Er dachte daran, wie er sie mit Villegas angetroffen hatte und versuchte sich einzureden, daß sie ihn vielleicht auch gewollt hatte und die rauhe Behandlung des Mannes genossen hätte, wenn er nicht dazugekommen wäre.

Erst nachts schaffte er es nicht mehr, sich das glauben zu machen. Denk daran, wie es zwischen uns war ... Tu so, als wäre in Monterey nichts gewesen. Erinnere dich an die Dinge, die wir zusammen gemacht haben, das Vergnügen, das wir miteinander hatten, und an die guten Zeiten, nicht an die schlechten.

Und in seinen Träumen tat er das. Er erinnerte sich, wie schön sie in ihrer Hochzeitsnacht ausgesehen hatte, dachte daran, wie sie ihn gebeten hatte, sie sanft zu nehmen. Er hatte nicht vergessen, mit welchem Mut sie sich durch die Berge gekämpft hatte, entschlossen, sich gegen ihn zu stellen und am Ende damit seinen Respekt gewonnen hatte. Er konnte auch nicht vergessen, wie hart sie an sich gearbeitet hatte, um etwas aus sich zu machen, welchen Weg sie aus den armen und bedrückenden Verhältnissen in den Kohlengrubensiedlungen zurückgelegt hatte, bis so eine anmutige und schöne Frau aus ihr geworden war, die sich in den vornehmsten gesellschaftlichen Kreisen bewegen konnte.

Er erinnerte sich auch an die vielen Stunden, in denen sie Seite an Seite mit Lena die Kranken im Indianerdorf versorgt hatte, wie sehr sie sich um Two Hawks gekümmert hatte und wie betrübt sie über den Verlust seiner Schwester gewesen war.

Er dachte an den Tag, als sie das Paarungsspiel der Pferde beobachtet hatte, das überwältigende Verlangen, das er nach ihr empfunden hatte ... das gleiche heiße Verlangen, das sie ihm entgegengebracht hatte. Während der langen Nächte in den verschwommenen Bildern seiner Träume fragte er sich, wie sie ihn nur hatte betrügen können.

Wenn sie vielleicht gewußt hätte, was er wirklich für sie empfand ...

Sobald er aufwachte, sah er wieder die Wahrheit vor Augen. Sie war eine Angelo. Wie Lily. Wie ihr Onkel. Ebenso rücksichtslos, ebenso grausam.

Aber ob Tag oder Nacht, er sehnte sich nach ihr und dachte sogar daran, sie dazu zu zwingen, daß sie zu ihm zurückkehrte. Immerhin war sie seine Frau. Sie gehörte zu ihm – er konnte mit ihr umspringen, wie er wollte. Aber selbst wenn er sie nähme, seinen Zorn an ihrem vollerblühten, zarten Körper ausließ, würde er am Ende darunter leiden. Denn jedesmal, wenn er sie in die Arme nahm, würde er unweigerlich daran denken müssen, daß sie es gewesen war, die ihn betrogen hatte.

Statt länger zu grübeln, verdrängte er sie aus seinem Gedächtnis, so gut er konnte, und richtete seine Gedanken auf die Probleme, die er im Lager zu lösen hatte. Das Geld vom Verkauf der Pferde war fast aufgebraucht. Inzwischen war es Herbst und die *gringos* würden bald ihre Rinder und Pferde verkaufen. Die Kutschen waren mit Gold beladen. Es wurde Zeit, daß El Dragón wieder in Aktion trat.

Zum ersten Mal seit er sich auf diese Überfälle eingelassen hatte, freute Ramon sich auf die Möglichkeit, seinen Zorn an den Anglos auszulassen, die ihm so viel Kummer bereitet hatten.

»Wir müssen miteinander reden, Caralee.«

»Entschuldige, Onkel ... was hast du gesagt?« Sie stand auf der Rückseite des Hauses und schaute aus dem Fenster zu den Bergen im Südosten hinüber, Richtung Rancho Las Almas.

»Ich sagte, wir müssen miteinander reden.«

Sie lächelte gedankenversunken. »Sicher, was immer du möchtest.«

Er führte sie den Flur hinunter in sein Arbeitszimmer und schloß die Tür hinter sich.

Carly wandte sich ihm zu. »Was ist denn, Onkel Fletcher?«

»Um es kurz zu machen, meine Liebe – es geht um diesen Verbrecher, El Dragón. Er hat die San-Felipe-Kutsche überfallen und zweitausend Dollar Lohngelder erbeutet, die zur New-Idria-Mine gebracht werden sollten.«

Carly befeuchtete sich die Lippen. In den vergangenen drei Wochen hatte sie nichts empfunden. Hatte es nicht zugelassen, etwas zu empfinden. Jetzt begann ihr Herz zu rasen, und in ihren Ohren dröhnte es.

»H-hat man ihn erwischt?«

»Nein. Der Hurensohn ist verschwunden. Es ist ein Suchtrupp aufgestellt worden. Ich werde heute nachmittag auch mit ein paar Männern dazustoßen.« Er musterte sie prüfend. »Ich hatte gehofft, du könntest uns etwas sagen, was uns von Nutzen ist.«

Sie zerknitterte den modischen Rock ihres pflaumenfarbenen Seidenkleides. »Wenn ich etwas wüßte, würde ich dir das sagen. Sicherlich kannst du dir das denken.«

»Ich wünschte, ich könnte es dir glauben, Caralee.« Er kam auf sie zu und faßte nach ihren Händen, die plötzlich kalt geworden waren. »Ich kann mir vorstellen, daß du dich sehr zerrissen fühlen mußt. Immerhin ist Don Ramon ...«

»Don Ramon? Was ... was hat Ramon damit zu tun?«

»Ich hatte gehofft, du könntest mir das sagen.«

Ruhig schaute sie auf, doch innerlich bebte sie. »Ramon hat nichts mit dem spanischen Dragón zu tun. Er ist sehr angesehen, das weißt du genausogut wie ich.«

»Der Mann ist auf Rache aus, Caralee. Er glaubt, ich hätte ihm den Besitz gestohlen. Es würde mich nicht überraschen, wenn er deine Entführung befohlen hatte, nur um sich an mir zu rächen.«

Lieber Himmel! Das war viel zu dicht an der Wahrheit. »Stimmt das denn?« fragte sie. »Hast du ihm den Besitz gestohlen?«

»Sei nicht albern. Ich habe Grund und Boden einem Mann namens Thomas Garrison abgekauft.«

Den Namen hatte sie auf der Urkunde gefunden. »Und wo hatte Garrison ihn her?«

Ihr Onkel räusperte sich. »Nun, er ... er hat ihn aufgekauft, als er angeboten wurde. Diego de la Guerra konnte seinen Anspruch nicht nachweisen. Die Landkommission hat sein Eigentum konfisziert und den Verkauf angeordnet. Es war vollkommen legal, das versichere ich dir.«

Erleichtert sank sie auf einen der Stühle. »Entschuldige, Onkel Fletcher. Das alles hat mich sehr aufgeregt.«

»Das verstehe ich, meine Liebe. Ich hätte dich auch nicht bedrängen sollen. Ich hatte nur gehofft, ... na ja, vielleicht haben wir diesmal Erfolg. Wir haben ein paar indianische Fährtensucher angeheuert, durch die wir auch diesen beiden Schurken bis zu ihrem Dorf im Hochland folgen konnten. Es sind die besten, denen ich je begegnet bin.«

Sämtliches Blut wich aus ihrem Gesicht. »Du ... du willst doch nicht etwa sagen, daß du bei dieser Miliztruppe dabeiwarst, als ... als sie in das Dorf der Yocuts eingedrungen sind?«

»Die Wachmannschaft brauchte Verstärkung. Das Land muß geschützt werden – natürlich bin ich mitgegangen.«

Langsam stand sie auf und umklammerte die Rückenlehne des nächststehenden Stuhls, damit ihre Beine nicht zitterten. »Du hast ihnen geholfen, ein ganzes Indianerdorf auszulöschen? Du hast unschuldige Frauen und Kinder umgebracht?«

»Es gab keine andere Wahl, meine Liebe. Sie mußten bestraft werden, diese Mörder, alle, wie sie da sind.«

»Sag mir, das ist nicht die Wahrheit. Sag mir, daß du dich an so etwas Schrecklichem nicht beteiligt hast.«

Der Gesichtsausdruck ihres Onkels verhärtete sich. Er faßte nach ihren Schultern. »Du verstehst das Gesetz des Landes nicht, Caralee. Es geht um morden oder ermordet zu werden. Die Starken siegen über die Schwachen. Diesen Indianern mußte Einhalt geboten werden, ebenso wie El Dragón. Nur wenn wir den finden, wird er nicht eines so leichten Todes sterben wie diese armen, dummen Wilden.«

Carly riß sich aus seinem Griff los. »Ramon de la Guerra steht in keiner Weise mit dem spanischen Dragón in Verbindung. Wenn du mich jetzt entschuldigst ...« Sie hastete an ihm vorbei. Ihre Röcke raschelten gegen ihre Beinkleider, als sie aus dem Zimmer stürmte und die Tür hinter sich zuschlug. Sie zitterte am ganzen Körper, als sie ihr Schlafzimmer betrat, und lehnte sich gegen die Wand. Sie schloß die Augen und mochte nicht daran denken, daß ihr Onkel Lena und die anderen im Dorf umgebracht hatte.

Sie kam nicht aus ihrem Zimmer, als ihr Onkel davonritt, um zu dem Suchtrupp zu stoßen, kam nicht zum Abendessen und stocherte lustlos auf ihrem Teller herum, den Candelaria ihr gebracht hatte.

Spät am nächsten Morgen, nach einer schlaflosen Nacht, zog sie sich ihr rostbraunes Reitkostüm an, schlüpfte in ihre knöchelhohen Knöpfchenstiefel und hastete zur Tür. Sie mußte aus dem Haus, weit genug weg von den Gedanken an ihren Onkel und der Ungewißheit, was Ramon zustoßen mochte.

Sie lief zur Scheune hinüber und bat den großen, schlanken Vaquero namens José, ihr ein Pferd zu satteln. Seit ihrer Rückkehr auf die Ranch war sie nicht mehr geritten. Doch jetzt konnte sie kaum begreifen, warum sie so viel Zeit im Haus verbracht hatte.

»Ich habe Ihnen Chimara gesattelt«, sagte der schlaksige Californio und führte einen kleinen, braunen Wallach aus dem Stall.

»Danke, José.« Der Vaquero hob sie in den Damensattel. Sie lehnte ihr Knie an die dafür vorgesehene Stelle und schob den Fuß in den Steigbügel. Erst da fiel ihr auf, daß sie nicht den alten abgewetzten Sattel hatte, mit dem sie hergeritten war, sondern einen neuen, den Vincent ihr an dem Abend der *fandango* geschenkt hatte.

»Entschuldigen Sie, José, das ist nicht mein Sattel. Der gehört Señor Bannister.«

»Nein, Señora. Ihr Onkel hat uns an dem Tag Ihrer Rückkehr erklärt, daß dies der Sattel sei, den Sie von jetzt an benutzen sollten. Er sagte, er sei extra für Sie angefertigt und aus San Francisco hierhergebracht worden.«

Ihr Onkel hatte ihn gekauft, und nicht Vincent! Das sah ihm ähnlich. Er hatte ihn nur benutzt, um sie zu beeinflussen, und doch war es seine Aufmerksamkeit, die ihn dazu bewogen hatte, ihn zu kaufen. Sie würde ihren Onkel nie verstehen, niemals begreifen, warum er das tat, was er tat, und doch mochte er sie auf seine Art. Er war gut zu ihr und ihr einziger Verwandter. Das Entsetzen über den Vorfall in dem Indianerdorf, ihre Zweifel und Unsicherheiten änderten nichts an der Zuneigung, die sie für ihn empfand.

»Danke, daß Sie mir das gesagt haben, José.«
»Der Sattel ist wunderschön, nicht wahr?«
»Ja, er ist sehr schön.« Liebevoll strich sie mit der Hand über das kunstvoll von Hand verzierte Leder und konnte im ersten Moment kaum schlucken. Wie konnte Onkel Fletcher einerseits so nett sein und andererseits so grausam?

Sie nahm die Zügel in ihre Hände und drängte den Braunen vorwärts. Kaum daß die Scheune aus ihrem Blickfeld verschwunden war, beugte sie sich über den Hals des Tieres und trieb es zum Galopp an. Sie wollte den Wind auf ihren Wangen fühlen, und auch wenn sie kein direktes Ziel hatte, wollte sie sich so weit wie möglich von der Ranch entfernen. In der finsteren Stimmung, in der sie sich befand, suchte sie verzweifelt nach einem Lichtstrahl.

Vielleicht ritt sie deshalb zu dem seichten Teich unten am Fluß, der in den Bergen entsprang. Dort war sie glücklich gewesen, hatte sich der Zärtlichkeiten ihres Mannes erfreut, geborgen und sicher gefühlt wie nie zuvor. Ob nicht von dem Glück, das sie hier erfahren hatte, etwas übriggeblieben war? Würde das nicht ihre bedrückte Stimmung heben?

Carly hoffte es inständig. In den vergangenen drei Wochen hatte sie sehr um Ramon getrauert, obwohl sie sich bemüht hatte, ihn zu vergessen. Doch innerlich fühlte sie sich leer und verloren. Nach dem Gespräch mit ihrem Onkel war der Kummer über die Trennung von Ramon erneut aufgebrochen und drohte jetzt, sie vollkommen zu überwältigen.

Sie fand den Fluß, obwohl sie nicht sicher gewesen war, daß sie es schaffen würde, stieg vom Pferd und folgte ihm bis zu dem Teich. Dort band sie das Tier unter einer Platane fest. Eine leichte Brise wehte durch die Zweige, aber es war angenehm warm, und überrascht merkte sie, daß sie ins Schwitzen kam. Vielleicht lag es aber auch nicht an der Wärme, sondern an ihren Gedanken. Ramon und die Art, wie er sie dort in dem weichen, grünen Gras genommen hatte, gingen ihr nicht aus dem Sinn.

Es schmerzte sie, nur an ihn zu denken. Vermutlich hätte sie lieber nicht herkommen sollen.

Sie kniete sich an den Teichrand, faßte ins Wasser und öffnete die obersten Knöpfe an ihrem Kostüm, um sich ein wenig zu erfrischen. Ihr Blick glitt über die schimmernde Wasseroberfläche des Teichs, und ihr fiel ein, daß es an jenem Tag kühler gewesen war. Deshalb hatten sie nicht im Wasser gebadet.

Heute war es nicht kühl, und plötzlich empfand sie das Bedürfnis, in dem Wasser die Trauer abzuspülen, die sie nicht loszuwerden schien. Sie öffnete die Knöpfe ihres Kostüms, setzte sich hin, um die Stiefel auszuziehen, und rollte ihre Strümpfe herab. Dann faßte sie nach den Schnüren ihres Korsetts.

Ein leichtes Rascheln erklang hinter ihr. Erschrocken schaute sie auf. Sie trug nur noch ihr Korsett, die dünne Unterhose und das Hemd, als sie ihren Mann auf einem Felsen am Rand des Teiches sitzen sah. Er kaute auf einem langen Grashalm herum und beobachtete sie mit unergründlichem Blick. Er sah so gut aus wie an dem Tag, als sie ihn zum ersten Mal gesehen hatte.

»*Buenas tardes... mi amor.*« Bitterkeit schwang in seiner Stimme mit und triefte wie Gift aus seinen Worten.

»Was machst du denn hier?«

Gleichmütig hob er die breiten Schultern. »Dasselbe wie du, schätze ich. Auf der Suche nach Erfrischung von der Hitze.« Er warf den goldbraunen Halm weg, stand auf und kam auf sie zu. Seine Bewegungen wirkten geschmeidig und anmutig wie die einer Raubkatze, die sich auf ihr Opfer stürzen will.

Unwillkürlich wich sie einen Schritt zurück. »Das ist del-Robles-Boden. Du betrittst ihn unerlaubt.«

»Aber *querida*... sicher wirst du deinem Mann nicht mißgönnen, einen Ort zu besuchen, den er aus Kindertagen in guter Erinnerung hat.« Er hielt nicht inne, blieb nicht eher stehen, bis er bei ihr war und sie zwang, zu ihm aufzuschauen.

Carly befeuchtete nervös ihre Lippen, die sich plötzlich so trocken anfühlten, daß sie kaum sprechen konnte. »Ich... ich bin nicht angezogen. Zumindest kannst du dich umdrehen, bis ich meine Kleidung hergerichtet habe.«

Ein spöttisches Lächeln huschte über sein Gesicht. »Warum sollte ich das wollen?«

»Bestimmt nicht, weil du ein Gentleman bist.«

Er lachte bitter auf. »Nein, bestimmt nicht deswegen.«

Ihr Herz klopfte heftig. Dennoch hob sie ihr Kinn und schaute ihm in die Augen. »Ich finde, du solltest gehen.«

Er lachte erneut, etwas weniger harsch. »Ich habe vergessen, daß du wie eine Tigerin sein kannst, wenn du wütend bist.«

»Und ich habe vergessen, wie leicht du mich in Rage bringst.« Sie griff nach ihrem Reitkostüm, das sorgfältig gefaltet auf einem Felsen lag. Ramon streckte ebenfalls seine Hand danach aus und nahm es ihr ab.

»Du brauchst keine Kleidung... zumindest jetzt nicht.«

Eine heiße Woge der Erregung durchflutete sie. Lieber Himmel! Sie schaute in diese dunklen, funkelnden Augen, erkannte das Verlangen, das er nicht versuchte zu verbergen, und ein feines Prickeln breitete sich in ihrem Bauch aus. Um Gottes willen, sie begehrte ihn immer noch. In diesem Moment vielleicht sogar mehr als je zuvor.

Er mußte ihre Gedanken erraten haben, denn es zuckte anzüglich um seine Lippen. »Also... spürst du es auch. Ich habe mich schon gefragt, ob...«

Sie wandte sich ab und versuchte verzweifelt, das innere Beben unter Kontrolle zu bekommen, das sie erfaßt hatte. »Geh weg, rühr mich nicht an, Ramon!«

Er faßte nach ihrem Arm und zwang sie, ihn anzusehen. »Das glaube ich nicht.« Er riß sie hart an sich und preßte seine Lippen brutal auf ihren Mund. Carly riß sich von ihm los, holte aus und wollte ihm eine Ohrfeige verpassen.

Doch er war schneller und fing ihre Hand ab, ehe sie ihn traf. »Das habe ich einmal zugelassen. Vielleicht wollte ich den Schmerz spüren. Doch das ist jetzt vorbei.« Er küßte sie erneut, rauh, wild und innig, und stieß mit seiner Zunge heftig in ihren Mund.

Carly wollte sich gegen ihn wehren. Sie wußte, was passieren würde, wenn sie es nicht tat. Eine innere Stimme warnte sie: Tu es nicht! Denk an den Kummer! Wenn er weg ist, wird es unerträglich. Sie stemmte sich mit beiden Händen gegen ihn, wollte ihn von sich schieben, obwohl ihre Lippen nach mehr verlangten.

Ein leises Aufstöhnen kam über ihre Lippen. Sie wollte Ramon, sie liebte ihn wie keinen anderen. Verzweifelt klammerte sie sich an sein weißes Hemd, gab seinem drängenden Kuß nach und ließ sich auf sein Zungenspiel ein.

Carly hörte, wie er aufstöhnte. Geschickt öffnete er die Schnüre an ihrem Unterhemd und umfaßte ihre Brüste, die sich ihm entgegendrängten. Er liebkoste sie, küßte ihre Knospen, rieb die aufgerichteten Spitzen zwischen Daumen und Zeigefinger, bis sie dunkelrot vor Erregung durch den dünnen Stoff schimmerten. Er zog an dem Band ihrer Unterhose und streifte sie ihr über die Hüften ab. Zärtlich strich er über ihre Hüften und ließ seine Hände über ihren Po gleiten, schob sie zwischen ihre Körper, faßte in das kupferbraune Haar zwischen ihren Schenkeln und streichelte das Zentrum ihrer Weiblichkeit.

Er schob sie ein wenig von sich, bis sie die rauhe Rinde eines Baumes an ihren Schultern spürte. Sie ließ den Kopf in den Nakken sinken und bot ihm ihren Hals dar. Sogleich bedeckte er ihn mit vielen kleinen Küssen bis zur Schulter hinunter. Sacht schob er die Träger ihres Unterhemds beiseite, um ihre Brüste von dem letzten Kleidungsstück zu befreien. Er beugte sich über sie, begann an den Spitzen zu saugen und nahm sie tief in den Mund.

»Ramon...«, flüsterte sie gequält, tiefbetrübt und von Leidenschaft erfüllt. Er bedeckte auch ihre andere Brust über und über mit Küssen und nahm ihre Spitze ebenso tief in den Mund. Carly bog sich ihm entgegen. Sie bebte am ganzen Körper, und im Herzen ihrer Weiblichkeit hatte sich eine feuchte Hitze gebildet. Schon begann er seine Hose aufzuknöpfen, seine harte Länge zu befreien. Er hob sie an und schlang ihre Beine um seine Taille.

»Du weißt, du willst das auch, Cara. Leg deine Arme um meinen Nacken.« Ohne groß zu überlegen, kam sie seiner Aufforderung nach. Er spreizte ihre Beine und schob sich mit seiner steifen Länge dazwischen, bereit, in sie zu dringen. Sacht und verheißungsvoll rieb er sich an ihr, hielt sie umfangen und drang, so tief er es vermochte in sie.

Carly biß sich auf die Lippe, um nicht aufzuschreien, als er ihre Hüften packte, sie anhob und wieder und wieder ausfüllte. Wie wild stieß er in sie, tief und leidenschaftlich, bis eine mächtige Hitze sie durchflutete, ihr Herz wie verrückt gegen ihre Rippen schlug und sie keinen klaren Gedanken mehr fassen konnte.

»*Te quiero*«, flüsterte er. Ich will dich.

»Ja...«, erwiderte sie ebenso leise. »Ich will dich auch.« So sehr sogar, daß sie überzeugt war, ohne ihn nicht mehr leben zu können. Und in gewisser Weise stimmte das. Denn die Spannung in ihrem Innern löste sich und verwandelte sich in Licht und Sterne, die nicht in diese Welt gehörten. Carly wimmerte bei dem Glücksgefühl, das sie durchflutete, der herrlichen Süße, die wie flüssiger Honig durch ihre Adern rann.

»Ramon!« stöhnte sie auf.

»*Sí*, Cara... ich bin hier... tief in dir.«

Er hielt sie einen Moment fest, genoß ihre Lust und stieß dann erneut in sie, heftiger, fester, schneller, tiefer. Sie fühlte sich mitgerissen, erlebte erneut die Freude der Leidenschaft und verlor sich an sie. Ramon versteifte sich und erreichte seinen Höhepunkt. Heiß ergoß er sich in sie. Unbewußt schlang sie ihre Arme fester um seinen Nacken und barg ihren Kopf an seiner Schulter. Tränen begannen ihr über die Wangen zu rinnen.

»Ramon«, raunte sie. »Ich liebe dich so sehr.«

Er erstarrte. Im ersten Moment vermochte er nicht durchzuatmen. Dann löste er sich von ihr und ließ ihre Beine sacht zu Boden gleiten. Er sah die Tränen auf ihren Wangen und schaute über sie hinweg in die Ferne. Sekundenlang stand er so da. Dann begann er, sich das Hemd aufzuknöpfen.

Carly beobachtete, wie er es auszog, sich bückte, um sich der Stiefel und der Hose zu entledigen. Sie machte keinerlei Anstalten wegzugehen, sondern schaute ihm fasziniert zu, wie er sich auszog, verfolgte die Bewegung seiner Muskeln und wollte ihre Hände ausstrecken und ihn berühren. Nackt, wie er war, zog er sie an sich und half ihr aus den restlichen Sachen.

Carly sagte nichts dazu, als er die Nadeln aus ihrem Haar zog und die schweren, kupferfarbenen Locken herabfielen. Behutsam kämmte er sie mit seinen Fingern durch. Dann hob er sie auf die Arme, und sie hielt sich an ihm fest. Er küßte sie zärtlich und watete mit ihr ins Wasser. Langsam ließ er sich mit ihr hineinsinken und nahm sie mit bis unter die Oberfläche. Engumschlungen tauchten sie wasserspuckend wieder auf. Sein schwarzes Haar glänzte wie Pech in der Nachmittagssonne.

Dort, am Ufer des Teichs, nahm er sie erneut und strich ihr hinterher das nasse Haar aus dem Gesicht. Dicke Wassertropfen perlten auf ihrer erhitzten Haut.

»Ich habe von dem Überfall gehört«, sagte sie nach einiger Zeit leise, »und mir Sorgen um dich und die anderen gemacht. Mein Onkel sucht jetzt noch nach euch.«

»Er wird nichts finden. Es sei denn, du entschließt dich, ihm zu sagen, wer ich bin.«

»Du weißt genau, das würde ich niemals tun.«

»Warum nicht?«

»Weil ich dich und die anderen mag... gleichgültig, was du glaubst.«

Daraufhin schwieg Ramon eine Weile und musterte sie auf seine nachdenkliche Art mit einem Blick, der ihr tief ins Herz schnitt. Schließlich stützte er sich auf seinen Ellenbogen. »Es wird allmählich spät. Ich muß mich auf den Rückweg machen.«

Ihre Kehle war wie zugeschnürt. Sie wußte, er würde gehen, und doch hatte sie gehofft, ... gebetet ...

»Du hast mich begehrt. Ich dachte... und hoffte, daß es mehr sei.«

Es flackerte etwas in seinen Augen auf. »Ich habe dich immer schon begehrt, Cara. Selbst dein Verrat hat nicht das Feuer erstickt, das ich in mir fühle.«

Ihr wollte schier das Herz brechen. Vermochte sie ihn mit nichts dazu zu bringen, daß er ihr glaubte? Carly sah ihm zu, wie er geschmeidig aufstand und sich anzog.

»Du bist meine Schwäche, Cara«, gestand er ihr. »Gleichgültig, was ich tue, es gelingt mir nicht, dich zu vergessen. Auch nicht, wenn ich mich daran erinnere, wie ich dich in den Armen meines Cousins liegen sah.«

Zorn flammte in ihr auf und verdrängte den Kummer. Wie leicht er sie beschuldigte, wie schnell er bereit war, das Schlimmste von ihr anzunehmen. »Du glaubst, du wärst anders, aber das stimmt nicht. Du bist genauso wie mein Onkel. Dein Haß ist derselbe, dein Vorurteil... macht dich ebenso blind wie die Anglos, die du verachtest.«

Er straffte die Schultern und zwang sich, in aller Ruhe die restliche Kleidung anzuziehen.

»Du glaubst, du kannst herkommen und dir nehmen, was

du willst«, fuhr sie aufgebracht fort. »Du glaubst, du kannst mich benutzen und wegwerfen, ganz wie es dir beliebt. Nun, da irrst du dich, Ramon. Mein Stolz ist ebenso groß wie deiner ... und dasselbe gilt für meine Ehre. Wenn du mich jetzt verläßt und weiterhin an deinem Glauben festhältst, lasse ich dich nicht mehr in meine Nähe.«

Im ersten Moment stand er reglos da. Als er sich ihr zuwandte, hatte seine Wut wieder die Oberhand gewonnen. »Du bist meine Frau. Solange das der Fall ist, gehörst du zu mir. Ich werde dich nehmen, wann immer ich möchte, und werde dich benutzen, wie mein Cousin es getan hätte.«

Carly verdrängte die heißen Tränen, die ihr die Kehle zuschnüren wollten. »Du bist ein rücksichtsloser, brutaler Mann, Ramon. Mehr als einmal habe ich das erlebt, aber jedesmal vergesse ich es wieder.« Sie schaute ihm nach, wie er zu seinem Pferd hinüberging, den Stiefel in den Steigbügel steckte und sich geschickt auf den Rücken des Hengstes schwang.

»Ich habe den Nachmittag sehr genossen«, erklärte er. »Vielleicht werde ich dich holen kommen und mit nach Llano Mirada nehmen. Jetzt, wo Miranda nicht mehr da ist, brauche ich eine Hure.«

Nun vermochte sie die wütenden Tränen nicht länger zurückzuhalten. Heiß rannen sie ihr über die Wangen. »Wage es, einen Fuß auf den Grund und Boden meines Onkels zu setzen! Sollte er dich nicht umbringen, werde ich es tun.«

Ein spöttisches Lächeln huschte über sein Gesicht. »Das spielt vermutlich keine Rolle. Ich fühle mich sowieso schon, als wäre ich tot.« Sein Gesicht wirkte wie aus Granit gemeißelt und sein Blick leer. Nichts von dem Feuer, das sie vorhin darin gesehen hatte, schien noch übrig zu sein. Zum ersten Mal erkannte Carly, daß es ihn genauso schmerzte wie sie.

»Eines Tages wirst du vielleicht die Wahrheit erkennen«, flüsterte sie. »Leider wird es dann zu spät sein.«

Ramon erwiderte nichts darauf, starrte sie nur einen spannungsgeladenen Moment lang an. Dann drückte er seinen flachrandigen schwarzen Filzhut tiefer in die Stirn, spornte sein Pferd an und setzte mit donnernden Hufen davon.

Kaum war er weg, brach Carly in Tränen aus. Wenn sie geglaubt hatte, hier am Teich etwas Ruhe zu finden, so hatte sie sich gründlich geirrt. Der Kummer quälte sie noch mehr als zuvor. Sie fühlte sich wie eine zehnmal größere Närrin und wünschte, sie könnte einfach davonreiten, ohne einen Blick zurückwerfen zu müssen. Könnte sie doch ihre unglückliche Liebe zu Ramon vergessen und die Kränkung, die sie empfand, wenn er in ihre Nähe kam.

Statt dessen bestieg sie ihr Pferd und machte sich auf den Heimweg. Innerlich war sie froh, daß ihr Onkel weg war, niemand ihre Tränen sehen würde und sie mit ihrem Kummer allein sein konnte.

18. Kapitel

Ramon kehrte nicht nach Llano Mirada zurück. Er hätte es gern getan – dort schweiften seine Gedanken nicht so oft zu Caralee. Aber sie hatten gerade einen Raubüberfall verübt. Deshalb mußte er zu Hause bleiben, um keinerlei Verdacht zu wecken. Er trieb den Hengst gnadenlos den ganzen Weg nach Las Almas und genoß die Herausforderung seiner Stärke, der es bedurfte, um mit dem kräftigen Tier umzugehen, sowie die beruhigende Wirkung von Sonne und Wind.

Er wollte nicht an Carly und die heftige Sehnsucht denken, die ihn in dem Moment befallen hatte, als er sie an dem Teich gesehen hatte. Er wollte nicht mehr wissen, wie sehr er sich fast gegen seinen Willen zu ihr hingezogen gefühlt hatte. Sie nur an dem Ort zu sehen, wo sie sich einmal so herrlich geliebt hatten, brachte sein Blut in Wallung und ging ihm unter die Haut. Das Bedürfnis, sie anzufassen, in sie zu dringen, war fast überwältigend stark gewesen.

Ich habe es getan, um sie zu bestrafen, redete er sich ein. Und einfach weil er sie begehrte. Er war ihr Mann, gleichgültig, mit wie vielen Männern sie geschlafen haben mochte. Sie gehörte zu ihm, und er konnte mit ihr machen, was er wollte. Er sagte sich, er hätte einfach eine Frau gebraucht. Sie war da, und sie zu nehmen würde ihm Spaß machen. Er hatte ein halbes Dutzend verschiedener Ausreden parat, aber keine davon entsprach der Wahrheit. Er war zu ihr gegangen, weil er nicht anders konnte.

Sie hatte gesagt, sie liebte ihn. Wieder und wieder hatte sie es ihm gesagt. Dafür haßte er sie. Und dafür, daß sie sein Verlangen nach ihr schürte. Daß sie ihn dazu brachte, sie weiterhin zu lieben.

Ramon beugte sich auf seinem Sattel vor und ritt in gestrecktem Galopp über den Hügel, so daß der Hengst Staub aufwirbelte und seine weiße Mähne im Wind flatterte. Schließlich zügelte er das Tier und ging zu einem gemäßigteren Tempo über. Rey war schweißgebadet und wurde allmählich müde, genau wie er selbst. An die Vergangenheit zu denken brachte nichts. Was immer er für Caralee empfunden hatte, war vorbei. Er hatte andere Probleme, die er lösen mußte. Seine Mutter hatte sich nicht gut gefühlt, und er machte sich Sorgen um sie.

Außerdem machte er sich Sorgen um den Jungen.

Immer noch sah er das entsetzte Gesicht von Two Hawks vor sich, als der Junge ihn nach Caralee gefragt hatte.

»Don Ramon?«

Er war draußen in der Scheune gewesen, hatte Rey del Sol gestriegelt, der still in seiner Box stand, während der kleine Bajito zu seinen Füßen im Stroh lief. »*Si, muchacho,* was ist denn?«

»Mariano sagt, die Señora wird nicht zurückkommen.«

Ramon hatte innegehalten und unwillkürlich die Bürste umklammert. »*Si*, das stimmt.«

»Warum, Señor? Ich dachte, es gefällt ihr hier. Sie hat mir erzählt, sie wäre hier sehr glücklich.«

Er bürstete dem Hengst die Schulter. »Manchmal passiert so etwas.«

»Aber sie ist Ihre Frau. In meinem Volk muß eine Frau bei ihrem Mann bleiben. Ist das in Ihrem Volk nicht so?«

Ramon ignorierte das unwohle Gefühl im Magen. »*Si*, aber... manchmal läuft nicht alles so, wie wir es planen.«

Mit großen, dunklen Augen hatte der Junge ihn angestarrt. »Sie ist nicht etwa meinetwegen weggegangen? Wegen dem, was im Dorf passiert ist... weil ich einen weißen Mann umgebracht habe?«

Ramon hatte den Kopf geschüttelt. »Nein, Two Hawks. Du hast nur getan, was jeder andere an deiner Stelle auch getan hätte. Du hast nur versucht, deine Lieben zu schützen. Die Señora hat das verstanden. Ihr Weggehen hat nichts mit dir zu tun.«

Aber Two Hawks schien ihm das nicht glauben zu wollen, und in den folgenden Wochen war der Junge immer abweisender und nachdenklicher geworden. Ramon sorgte sich um ihn, obwohl er nicht wußte, wie er ihm helfen sollte.

Erst sechs Tage nach seiner Rückkehr vom Teich fiel ihm eine Lösung ein. Sechs Tage lang hatte er verzweifelt versucht, Caralee zu vergessen. Und doch war es das Wiedersehen mit ihr, das ihn schließlich auf die richtige Idee brachte. Es war früh morgens, als er zum Korral ging und den Jungen suchte.

»Sie wollten mich sprechen, Don Ramon?« Two Hawks kam sofort gelaufen, das Gesicht schweißbedeckt.

»Ich habe eine Aufgabe für dich, *muchacho*. Es liegen ein paar Sachen der Señora auf der Couch im *sala*. Ich will, daß du sie ihr nach Rancho del Robles bringst.«

Er blinzelte und wurde aschfahl im Gesicht. »Sie wollen, daß ich zur Señora gehe?«

»*Si*, das will ich.«

»Was ... was soll ich machen, wenn sie mich nicht sehen will?«

Ramon legte dem Jungen eine Hand auf die Schulter. »Sie will dich sehen, Two Hawks. Was immer zwischen meiner Frau und mir passiert ist, hat nichts mit dir zu tun. Ich verspreche dir, sie wird sich freuen, dich zu sehen.«

Er blickte unsicher drein, nickte aber resigniert. Er hatte sich das schwarze Haar etwas abgeschnitten, doch band er es immer noch mit einem Lederband zu einem Zopf im Nacken zusammen. Es schien so, als wäre er ein paar Zentimeter gewachsen, und bei dem kräftigen Essen und der Fürsorge hatte er auch begonnen zuzunehmen.

»Kennst du den Weg nach Rancho del Robles?« fragte Ramon ihn.

»*Si*, ich war mal mit meiner Schwester dort.«

»Dann mach dich auf. Sorg dafür, daß die Señora ihre Sachen bekommt. Ich bin sicher, sie wird froh sein.«

Er sah dem Jungen nach, als er ging, und wußte genau, daß Carly, gleichgültig, was sie getan hatte, sich um den Jungen kümmern würde. Sie würde seine Ängste auch erkennen und durch ihre herzliche Begrüßung verscheuchen.

Ramon ignorierte die leichte Eifersucht, die er bei dem Gedanken, daß der Junge liebevoll von ihr aufgenommen werden würde, verspürte.

Two Hawks kehrte aus der Scheune zurück und führte den leicht lahmenden Wallach mit sich, auf dem Mariano ihm das Reiten beigebracht hatte. Er saß bereits ganz gerade im Sattel und konnte mit dem Tier umgehen, als wäre er für die Aufgabe geboren worden. Er wird einmal ein guter Vaquero sein, dachte Ramon. Hielt er sich doch schon genauso stolz wie die einmaligen Andalusianer, mit denen er gerade lernte umzugehen.

Two Hawks winkte ihm noch einmal über die Schulter zu, ehe er durch das Tor hinausritt und an einem Reiter vorbeikam, der hinein wollte. Ramon beschattete seine Augen, um den Mann zu erkennen, der starr im Sattel saß, als wäre er auf der Hut vor allem, was da kommen könnte.

Ein bitteres Lächeln zuckte um Ramons Lippen. Vielleicht hatte sein Cousin allen Grund, auf der Hut zu sein. Selbst jetzt mußte Ramon schwer an sich halten, um Angel nicht auf der Stelle vom Pferd zu zerren und zu verprügeln. Statt dessen zwang er sich, seine Fäuste zu entspannen und den Gruß des Cousins mit einem Lächeln zu erwidern und höflich zu bleiben.

»Angel, du bist der letzte Mensch, mit dem ich hier gerechnet hätte.«

»Das glaube ich dir, Cousin. Dennoch bin ich hergekommen.«

»Das sehe ich. Du willst etwas?« Die Frage klang kurz angebunden, auch wenn er sich bemühte, die Spannung aus seiner Stimme zu halten.

»Ich werde nicht bleiben, wenn das deine Sorge ist. Ich bin sicher, deine ... Frau ... hat dafür gesorgt, daß ich nicht länger willkommen bin.«

Ein wenig ließ Ramons Zorn nach. An dem, was geschehen war, trug Angel ebensowenig Schuld wie er. »Es tut mir leid, Cousin. Sicher bist du willkommen. Was meine Frau betrifft, sie ist nicht mehr hier.«

Angel entspannte sich ein wenig und nickte. »Wir hatten keine Möglichkeit, uns in Monterey zu unterhalten. Ich habe gerade erst erfahren, daß Andreas tot ist.«

»*Si.*« Ein dumpfer Schmerz wallte in ihm auf, als er den Namen seines Bruders hörte. Im allgemeinen schaffte er es, den Kummer von sich zu weisen, aber er trug ihn ständig mit sich herum und empfand ihn weitaus stärker, seit Carly nicht mehr da war. »Deine Schwester muß es dir gesagt haben. Es ist nicht so allgemein bekannt, da nur wenige wußten, daß er im Land war.«

»Es tut mir leid, Cousin. Dein Bruder war ein guter Mensch.« Angel lächelte dünn. »Und ein guter Anführer, habe ich gehört.«

Ramon verspannte sich erneut, aber Angel schien das nicht aufzufallen.

»Es gibt nur wenige Geheimnisse innerhalb der Familie, Ramon. Ich habe von diesem *bandito*, El Dragón, gehört und weiß, daß Andreas dieser Mann war. Jetzt ist dein Bruder tot, aber ein anderer führt die Bande an, und die Verbrecher setzen ihre Raubüberfälle auf die Anglos fort. Ich will mich zu ihnen gesellen, Ramon, und glaube, du kannst mir sagen, wo ich ihn finde.«

Früher einmal hätte er nicht gezögert, seinem Cousin die ganze gräßliche Geschichte zu erzählen. Jetzt erwiderte er ausweichend: »Sie haben ihr Lager in Llano Mirada. Du erinnerst dich sicher noch an das Hochplateau aus unseren Kindertagen, das wir in dem ersten Sommer gefunden haben, als wir auf Jagd gingen?« Bald schon würde Angel erfahren, daß Ramon dazugehörte, aber noch nicht.

»*Si*, ich erinnere mich.« Angel lächelte. Eigenartigerweise wirkte er plötzlich jünger und sah besser aus als zuvor. Ob es an diesem Lächeln gelegen hatte, daß Carly ihn in ihr Bett eingeladen hatte? überlegte Ramon bitter.

»Es führen zwei Wege dorthin«, fuhr Ramon fort. »Beide sind schwer bewacht. Sag ihnen, du bist Andreas' Cousin.« Er nahm den schweren Goldring mit dem Rubin und dem Familienwappen der de la Guerra vom Finger, den er Caralee am Tag ihrer Hochzeit angesteckt hatte. Er hatte ihn in seiner Satteltasche gefunden, als er aus Monterey zurückgekehrt war.

»Zeig ihnen das hier und sag ihnen, ich hätte dich geschickt.« Er gab Angel den Ring und überging die Ironie der Situation, daß ausgerechnet sein Cousin den Ring bekam, den er Caralee zur Hochzeit gegeben hatte.

»Gracias, amigo.«

»Ich wußte nicht, daß sie dich aus dem Gefängnis entlassen haben«, bemerkte Ramon.

»Das haben sie auch nicht getan. Es ist eher so, daß ich entkommen bin.« Angel begann sein Pferd zu wenden. »Es tut mir wirklich leid, was in Monterey passiert ist.«

»Mir auch«, erwiderte Ramon. »Und ich würde dir raten, das Thema am besten nicht mehr zu erwähnen.«

Angel preßte seine Lippen aufeinander. »Wie du willst«, sagte er. »Danke für die Information.« Er wendete sein Pferd, gab dem Tier wesentlich fester die Sporen als nötig und galoppierte mit donnernden Hufen davon.

Ramon starrte ihm nach, bis sich der Staub, den er aufwirbelte, hinter ihm legte. Der Gedanke, seinem Cousin jedesmal in Llano Mirada zu begegnen, verursachte ihm ein starkes Unwohlsein. Andererseits würde es sicherlich bald keine Rolle mehr spielen. Mariano war aus Santa Barbara zurückgekehrt, und in einer Truhe, sicher im Haus versteckt, hatte Ramon die Dokumente, mit deren Hilfe er Rancho del Robles zurückbekommen konnte. Er hatte bereits Alejandro de Estrada in Monterey geschrieben, und morgen schon würde er dem Anwalt die Papiere zukommen lassen.

Sobald der Fall eröffnet worden war, würde ihm die Ranch zurückgegeben werden, und seine Überfälle hatten ein Ende. Wie davor würde seine Familie reich sein, und es gäbe Arbeit und Nahrung für seine Leute in Hülle und Fülle.

Sosehr er sich auch danach sehnte, tief im Innern wußte er, ohne Caralee an seiner Seite würde er nicht glücklich sein. Ramon verdrängte den schmerzlichen Gedanken und kehrte ins Haus zurück.

Carly lief in ihrem Schlafzimmer unruhig auf und ab. Ihr Onkel war gestern abend sehr spät zurückgekommen, hundemüde, der lange Leinenmantel staubbedeckt, und wütend, daß sie es wieder einmal nicht geschafft hatten, El Dragón zu fassen. Sie wollten jedoch nicht aufgeben, hatte er grimmig gesagt. Die indianischen Fährtensucher würden weiterhin das Gebiet sorgfältig abkämmen, Zentimeter um Zentimeter von den Gabilan Montains bis nach Diablo Range absuchen.

Captain Harry Love, der Mann, der den berühmten Banditen Joaquin Murieta zur Strecke gebracht hatte, führte den Suchtrupp an. Er war überzeugt, daß sie diesmal den spanischen Dragón und seine Männer erwischen würden.

Carly kam nicht zur Ruhe. Sie machte sich Sorgen um Ramon wie auch um Pedro, Florentia, Tomasina und die anderen im Lager. Sie wollte nicht, daß ihnen dasselbe zustieß wie Lena und ihrem Volk im Dorf der Yocuts.

Sie mußte mit Ramon sprechen, ihn davon überzeugen, daß er mit den Überfällen aufhören sollte, bevor es zu spät war. Aber sie war nicht mal sicher, wo er sich aufhielt, und so wie die Dinge zwischen ihnen standen, wäre es sehr seltsam gewesen, wenn sie nach Las Almas geritten wäre. Sie wollte auch bei ihrem Onkel nicht noch mehr Verdacht wecken.

Carly drehte sich auf dem Absatz um, raschelte mit ihren Seidenröcken und wandte sich in die entgegengesetzte Richtung. Außer ihrer Sorge um Ramon störte sie noch etwas anderes. Langeweile. Bis vor ihrer Rückkehr nach del Robles hatte sie nicht bemerkt, wie sehr sie die Arbeit genossen hatte, die sie auf Las Almas verrichten konnte. Dort wurde etwas getan, auch wenn alles kleiner war als auf del Robles.

Sie arbeiteten auf ein Ziel hin, und sie war ein Teil davon gewesen.

Ganz anders war ihr Leben auf del Robles.

Sicherlich leichter. Hier wurde sie von vorne bis hinten bedient, es wurden keine Ansprüche an sie gestellt, Hauptsache, sie lächelte immer damenhaft und unterhielt sich beim Abendessen höflich. Leider war sie nicht der Typ, der den ganzen Tag im *sala* sitzen und den Nachmittag verstreichen lassen konnte, wie ihr Onkel erwartete. Sie konnte sich nicht damit amüsieren, nur stundenlang auf dem Klavier zu spielen. Sie las gelegentlich ein wenig, aber in Wirklichkeit hatte Carly zu viele Jahre an frischer Luft verbracht. Sie arbeitete gern hart, freute sich über das Ergebnis, und obwohl auf Las Almas nicht von ihr erwartet wurde, daß sie bis zum Umfallen arbeitete, hatte selbst Ramon ihre Mitarbeit begrüßt.

Vielleicht hatte er bemerkt, daß sie das brauchte, und sich ihrem Bedürfnis gebeugt – oder einfach angenommen, da sie nicht spanischer Herkunft war, also auch keine richtige Dame, wäre die Arbeit für eine *gringa* wie sie passend. Der Gedanke war nicht ermutigend, aber wie auch immer, sie hatte ein Teil des Ganzen auf der Ranch sein wollen.

Es mochte auch daran liegen, daß sie ein eigenes Heim brauchte, wie ihr Onkel mal gesagt hatte.

Bei dem Gedanken wurde ihr schwer ums Herz. Sie hatte schon mal ihr eigenes Heim gehabt. Ein richtiges Zuhause, wie sie geglaubt hatte. Sie hatte einen Ehemann gehabt, Menschen, die sie mochten, eine Schwiegermutter und eine Tante, die sie ins Herz geschlossen hatte. Glaubten sie dasselbe wie Ramon? Hielten sie sie für fähig, ihn zu betrügen? Was hatte er ihnen erzählt? Was hatte Angel seiner Schwester Maria erzählt?

Tränen brannten ihr in den Augen, und sie ballte die Hände zu Fäusten. Ramon glaubte seinem Cousin, nur weil er ein de la Guerra war. Aber er war auch ein Lügner, obwohl sie es nicht beweisen konnte. Und selbst wenn sie es könnte, wäre sie immer noch eine *gringa* und nicht die Spanierin, die ihr Mann sich zur Frau gewünscht hatte.

Carly seufzte. Was spielte es schon für eine Rolle? Ramon hatte sie aus seinem Leben verbannt, als hätte es sie nie gegeben, und daran würde sich nichts ändern. Er hatte eine Leere hinterlassen, die sich nie wieder füllen ließ, aber sicherlich gab es eine Möglichkeit, wie sie wieder glücklich werden konnte. Onkel Fletcher hatte recht. Sie sollte Vincent heiraten. Er hatte ihr bereits seine Grüße geschickt. Erst gestern nachmittag war ein Brief von einem Boten eingetroffen. Anscheinend hatte ihr Onkel ihren ehemaligen Bewerber umgehend von ihrer Rückkehr informiert und offensichtlich aus den Schwierigkeiten, die er durch seine Manipulationsversuche erzeugt hatte, nichts gelernt.

Wenn Vincent sie andererseits noch immer wollte, liebte er sie vielleicht wirklich. Sie sollte ihn wohl heiraten und ihr Leben endlich in die Hand nehmen. Carly zweifelte nicht daran, daß es ihrem Onkel gelingen würde, eine Annullierung der Ehe zu erreichen. Er wollte ja, daß sie Vincent heiratete. Wäre sie gleich seinem Wunsch gefolgt, hätte sie sich den schrecklichen Kummer, den sie durchlitten hatte, erspart.

Sie begann erneut, auf und ab zu gehen, schaute aus dem Fenster und blieb so abrupt stehen, daß sie fast gestolpert und hingefallen wäre. Entsetzt blinzelte sie nach draußen und versuchte sich einzureden, daß das, was sie sah, nicht wirklich da war.

»Lieber Himmel!« Sie wirbelte zur Tür herum, riß sie auf und stürmte in den Flur. Das Herz klopfte ihr bis zum Hals, als sie nach draußen rannte, die Tür hinter sich zuschlug und auf den Hof lief. »Hört sofort auf! Was macht ihr da? Ihr müßt auf der Stelle aufhören.«

Aber die Peitsche sauste erneut nieder, schnitt in den schmalen, braunen Rücken, der bereits mehrere lange Striemen und drei Blutspuren aufwies. Carly stolperte vorwärts, rannte zu dem Jungen, während die Peitsche durch die Luft sauste. Sie duckte sich, hastete zwischen ihn und die erhobene Peitsche, schlang ihre Arme um seine dünnen Schultern, beugte sich über ihn, um ihn zu schützen, und fing den gemeinen Hieb für ihn ab.

Sie schnappte erschrocken nach Luft, als der Lederriemen sie traf, und war entsetzt, welchen Schmerz der Junge bereits hatte ertragen müssen.

»Zum Donnerwetter, Mann, aufhören!« schrie ihr Onkel, obwohl der Mann mit der Peitsche seinen Fehler bereits bemerkt hatte.

»Entschuldigen Sie, Miss McConnell.« Cleve Sanders, der rauhbeinige Vorarbeiter ihres Onkels, rollte die Peitsche zusammen. »Ich hoffe, ich habe Ihnen nicht weh getan.«

Der dünne Lederriemen hatte durch ihre Kleidung geschnitten und sicherlich einen Striemen auf ihrer Haut hinterlassen. Er brannte wie Feuer. Bis auf diese Tatsache war ihr nichts passiert. »Um den Jungen sollten Sie sich Sorgen machen, nicht um mich.«

Two Hawks starrte reglos vor sich hin und hatte die Zähne aufeinandergebissen. Stumm kämpfte er gegen den Schmerz an. Die Arme hatten sie ihm über den Kopf hochgezogen und an den niedrig hängenden Zweig eines Baumes gebunden. Sein Rücken war entblößt, die übergroße Hose war tief auf seine dünnen Hüften herabgerutscht. »Binden Sie ihn los!« verlangte Carly.

Als die Männer keine Bewegung machten, ihn zu befreien, sondern nur von einem Fuß auf den anderen traten, verärgert dreinblickten und sich gegenseitig etwas zuraunten, lenkte sie ihre Aufmerksamkeit auf ihren Onkel, der jetzt aus einiger Entfernung näher kam.

»Entschuldige, Caralee, aber du hast hier draußen nichts zu suchen. Das ist eine reine Männerangelegenheit. Geh wieder ins Haus zurück.«

»Was ist hier los, Onkel Fletcher? Was kann ein Junge in seinem Alter getan haben, daß er dafür solche Schläge verdient hat?«

»Der Junge ist ein Dieb, Caralee. Ob es dir gefällt oder nicht, ich werde mir von keinem dieser verbrecherischen Wilden etwas auf del Robles wegnehmen lassen.«

»Two Hawks ist kein Verbrecher. Was hat er denn weggenommen?«

»Hat ein Huhn gestohlen, Miss«, mischte sich Sanders ein. »Von diesem verdammten Pack sind alle gleich.«

»Ein Huhn? Wo ist es? Warum sollte er herkommen, um eine Henne zu stehlen?«

»Kein lebendiges Huhn, Miss. Ein geschlachtetes. Die Köchin hat eine ganze Reihe davon gebraten und bereitet sie zum Abendessen zu. Der Junge hat durchs Fenster hineingefaßt und sich direkt eines von der Feuerstelle gestohlen.«

Carly wandte sich dem Jungen zu. »Hast du für das Huhn bezahlt, Two Hawks?«

Er nickte steif. »Ein dutzend Handelsperlen ... viel mehr, als der alte, zähe Vogel wert war.«

Carly drehte sich das Herz im Leib herum. Sie warf Sanders einen finsteren Blick zu und preßte die Lippen fest aufeinander. »Da, hören Sie es? Er hat das Huhn nicht gestohlen, er hat es gekauft. Jetzt binden Sie ihn los!«

Ihr Onkel wollte schon widersprechen, doch als er ihr unbewegliches Gesicht sah, nickte er. »Binden Sie ihn los.« Der große, hagere Vorarbeiter, der die Peitsche geschwungen hatte, nahm ein Messer zur Hand und schnitt die Fessel am Zweig ab, dann schnitt er die Schnur an Two Hawks' Handgelenk durch. Der Junge stolperte und bemühte sich, auf den Beinen zu bleiben. Carly fing ihn auf und stützte ihn unter den Armen.

»Schaffst du es bis zur Küche?« flüsterte sie ihm zu, so daß nur er es hören konnte.

Sofort straffte er sich. »Eines Tages werde ich ein großartiger Vaquero sein. Ich kann alles, was ich können muß.«

Da sie wußte, wie stolz er war, versuchte sie nicht, ihm zu helfen, sondern begleitete ihn auf dem Weg zur Küche. Kaum daß sie drinnen waren, half sie ihm, sich auf einen kräftigen Eichenstuhl zu setzen, und wandte sich an die beleibte Frau, die Tortillateig knetete.

»Sie heißen Rita, nicht wahr?«

»*Si*, Señora.«

»Ich brauche etwas für seinen Rücken, Rita. Können Sie mir sagen, was ich da nehmen kann?«

»*Si*, ich habe hier das Richtige. Wir halten es immer für die Vaqueros bereit, für Verbrennungen, Schnittwunden und Insektenstiche.« Sie reichte Carly eine Salbe, die nach Schmalz und Kamille roch.

»Danke.«

Two Hawks zuckte zusammen, als sie ihm die Striemen auswusch und die Salbe auf die Haut auftrug, aber er gab keinen Klagelaut von sich.

»Es tut mir leid, daß das passiert ist, Two Hawks«, sagte Carly, als sie fertig war. »Ich wünschte, ich wäre eher da gewesen.«

Zum ersten Mal lächelte er. »Das war sehr mutig von dir, Sonnenblume. Don Ramon wird so eine tapfere Frau wie dich nicht wiederfinden.«

Tränen füllten Carlys Augen. Sie blinzelte kräftig, um sie zu verdrängen. »Wie geht es ihm, Two Hawks?« fragte sie leise.

»Er hat sich verändert, jetzt, wo du nicht mehr da bist. Er lächelt nicht mehr wie früher. Ich glaube, er wünscht sich, du kämst zurück.«

Gott! »Du irrst dich, Two Hawks. Das ist das letzte, was Don Ramon sich wünscht.«

Der Junge wollte ihr schon widersprechen, doch Carly legte ihm einen Finger gegen die Lippen und schüttelte den Kopf. »Wo ist dein Hemd?«

»Die Männer haben es zerrissen.« Sein Gesicht verfinsterte sich. »Es war ein sehr gutes Hemd.«

Carly mußte lächeln. »Nun, das wird sicherlich nicht das erste Mal sein, daß du ohne Hemd auskommen mußt. Don Ramon wird dir wohl ein neues besorgen, wenn du wieder zu Hause bist.«

»Er hat mich zu dir geschickt. Ich sollte dir ein paar von deinen Sachen bringen, aber ich glaube, er hat das nur getan, damit ich mich davon überzeugen kann, daß du mir nicht böse bist.«

Carly faßte nach seiner Hand. »Hast du das etwa geglaubt? Daß ich dir böse wäre?«

Er nickte. »Wegen dem, was im Dorf passiert ist ... was ich dem weißen Mann angetan habe.«

Sie konnte sich gerade noch zurückhalten, ihm nicht eine Hand über den Mund zu legen. Lieber Himmel, wenn ihr Onkel wüßte, daß der Junge einen der Männer umgebracht hatte, die die Vocuts abgeschlachtet hatten, würde er keinen Tag länger leben.

»Du hast nur getan, was du tun mußtest. Ich verstehe jetzt erst allmählich, wie schwer das Leben hier draußen wirklich ist.« Sie zwang sich zu lächeln. »Jetzt sag mir lieber, wo die Sachen sind, die du mir mitgebracht hast. Dann kann ich sie holen.«

Er wollte schon aufstehen, aber sie drückte ihn sacht auf den Stuhl zurück. »Ich hole sie. Du bleibst hier.«

»Es geht mir jetzt besser, Señora. Ich hole sie.«

Sie wollte ihm widersprechen, aber er war jung und stark. Natürlich wollte sie ihn nicht kränken. Sie stand an der Tür und wartete, während er das lahmende Pferd samt dem Bündel holte, das Ramon ihr geschickt hatte.

»Ich will, daß du hier auf mich wartest«, sagte Carly zu ihm. »Ich gehe mich eben umziehen, dann reiten wir zusammen nach Las Almas zurück ... zumindest einen Teil der Strecke.«

Er nickte nur. Ein paar Minuten später kehrte sie in ihrem rostbraunen Reitkostüm zurück, führte ihn zur Scheune hinüber und befahl einem der Männer, ihr ein Pferd zu satteln. Auf dem Weg zur Ranch sprachen sie wenig miteinander. So starr, wie er im Sattel saß, sah Carly ihm an, daß ihm der Rücken weh tun mußte. Außerdem brannte ihr Striemen nicht gerade wenig.

Oben auf dem Kamm, von dem aus ein Pfad ins Tal hinunterführte, wo die Hazienda stand, zügelte sie ihr kleines braunes Pferd.

»Erzähl Don Ramon, was auf del Robles passiert ist. Zeig ihm deinen Rücken, und er wird dafür sorgen, daß jemand nach den Wunden sieht. Bestell ihm, ich hätte gesagt, es täte mir leid, wie mein Onkel und seine Männer sich verhalten hätten.«

Two Hawks nickte. »Das werde ich ihm erzählen. Ich werde ihm auch sagen, er ist nicht der einzige, der unglücklich ist.«

»Nein! Two Hawks, du kannst nicht ...« Aber schon hatte der Junge das Pferd herumgerissen und galoppierte davon. Carly holte tief Luft und war überrascht, daß ihre Hände zitterten und Tränen in ihren Augen brannten. Was machte es schon aus, wenn Ramon erfuhr, wie sie sich fühlte?

Es hatte ihn nicht interessiert, als er sie für schuldig hielt und ihr vorwarf, eine Hure zu sein. Doch schmerzte die Kränkung mehr als der dünne Striemen auf ihrem Rücken.

Sie wendete ihr Pferd und kehrte nach Rancho del Robles zurück. Dabei schwor sie sich erneut, Ramon zu vergessen, mit dem Abschnitt ihres Lebens abzuschließen. Aber das Leben bei ihrem Onkel schien auch keine Lösung. Nicht, wenn jeder Tag erwies, wie rücksichtslos Fletcher Austin tatsächlich war.

Und mit jedem Tag wurde der Verdacht, daß ihr Onkel sich den Besitz der de la Guerra wohl doch widerrechtlich angeeignet hatte, stärker.

Ramon ließ die Axt niedersausen und spaltete das kräftige Stück Eichenholz exakt in der Mitte. Er warf es auf den wachsenden Stapel und wischte sich mit dem Handrücken den Schweiß von der Stirn.

Drei Tage waren vergangen seit Two Hawks' Rückkehr mit seinem brennenden Rücken und der unglaublichen Geschichte über das gestohlene Hühnchen – und der Tatsache, daß Caralee einen der Peitschenhiebe abgefangen hatte, um ihn zu schützen. Sie hatte ihrem Onkel getrotzt und dem Zorn der Männer standgehalten.

»Wah-suh-wi ist sehr tapfer«, hatte der Junge gesagt. »Du wirst keine andere Frau finden, die deiner Sonnenblume gleicht.«

Wenn er nur daran dachte, war sein Mund wie ausgetrocknet. Am liebsten hätte er Fletcher Austin gepackt und ihm so lange den Hals zugedrückt, bis ihm alle Luft ausgegangen war. Er wollte sich nicht vorstellen, was mit dem Jungen passiert wäre, wenn Carly sich nicht eingemischt hätte. Die Geschichte des Jungen und den Mut seiner Frau bezweifelte er keine Sekunde lang. Aber in den Wochen, seit er von Caralee getrennt war, hatte er begonnen, an etwas anderem zu zweifeln.

Ramon schlug erneut mit der Axt zu, reckte den nackten Oberkörper, so daß das Spiel seiner Muskeln deutlich zu sehen war. Er brauchte die körperliche Anstrengung, mußte die Spannung ableiten, die ihn erfaßt hatte, seit Two Hawks' von del Robles zurückgekommen war.

Er durfte sich nicht von der Wut auf Fletcher Austin hinreißen und leiten lassen. Ebensowenig wie er dem quälenden Verlangen, das die Worte des Jungen bei ihm nach Caralee geweckt hatten, nachgeben konnte.

Wenn du dich irrst? Bisher hatte er bewußt nicht darüber nachgedacht. Nicht eine Sekunde lang. Er wollte sich selbst nicht die Möglichkeit einräumen, daß er sich wünschte, ihr zu verzeihen.

Wenn er das täte und sie ihn wieder hinters Licht führte, glaubte er nicht, es ertragen zu können.

Denn so sehr liebte er sie – so sehr, daß es ihn bei jedem Atemzug schmerzte. Wie hatte sie das gemacht? Wie hatte sie ihm das

Herz so stehlen können? *Por Dios*, er hatte sich so dagegen gewehrt, und trotzdem war sie für ihn der wichtigste Mensch auf der Welt geworden.

Wenn du dich irrst? Er hätte nicht zulassen dürfen, daß ihm der Gedanke durch den Sinn ging, denn jetzt, nachdem das passiert war, schwärte er wie eine offene Wunde. Er hatte sich nicht geirrt. Er hatte sie zusammen gesehen. Angel war wie ein Bruder für ihn, schon seit seiner Kindheit. Er war ein de la Guerra. De la Guerras logen nicht.

Wenn du dich irrst? Die Axt rutschte und flog ihm fast aus den Händen. Er traf das Holz von der Seite, so daß es gegen einen der umstehenden Bäume prallte. *Santo de Christo* – er irrte sich nicht. Carly wußte es genausogut wie er. Aber was sie an dem Tag am Teich gesagt hatte, konnte er nicht vergessen. Du bist wie mein Onkel. Dein Haß ist der gleiche, dein Vorurteil ... Es macht dich genauso blind wie die Anglos, die du verachtest.

Die schwere Axt klirrte, als er das letzte Stück in dem Stapel teilte, und Ramon schlug die Schneide tief in den Baumstumpf, den er benutzt hatte, um die Holzklötze zu zerhacken. In Gedanken bei Carly wandte er sich zum Haus um und war überrascht, als er Pedro Sanchez auf seinem großen, gesprenkelten grauen Hengst durch das Tor reiten sah.

Er trocknete sich den Schweiß im Nacken und auf den Schultern mit dem groben Leinentuch, nahm sein weißes Hemd an sich und ging ihm entgegen.

»Schön, dich zu sehen, mein Freund«, rief Ramon ihm zu. Pedro war von seiner Reise ins Tal zum Zeitpunkt des letzten Überfalls noch nicht zurückgekehrt, so daß es mindestens zwei Monate her war, daß Ramon ihn gesehen hatte.

»Es ist auch schön, dich wiederzusehen, Don Ramon.« Der alte Vaquero zügelte sein Pferd und saß ab. »Es tut mir leid, daß ich so spät erst ins Lager zurückgekehrt bin, aber ich habe gehört, der Überfall ist gut verlaufen.«

»*Si*, sehr gut. Es dauert nicht mehr lange bis zum Winter. Vielleicht müssen wir noch einmal zuschlagen, solange das Angebot reichhaltig ist.«

Pedro dachte darüber nach und ging mit Ramon Seite an Seite zum Korral hinüber. Er begann sein Pferd vom Geschirr zu befreien. »Jetzt, wo Andreas nicht mehr da ist, wird die Gefahr der Entdeckung, jedesmal wenn du reitest, größer.«

»*Si*, das stimmt. Mariano sagte, Sheriff Layton ist hier gewesen, während ich in Monterey war. Mariano glaubt, er habe bereits Verdacht geschöpft.«

»Und trotzdem willst du weitermachen?«

»Nur solange es sein muß.«

Pedro erwiderte nichts, lockerte nur den Gurt und hob den schweren Sattel vom Rücken des Hengstes. Dampf stieg von dem feuchten Fell des Tieres unter der buntgewebten Decke auf.

»Wie war deine Reise?« erkundigte sich Ramon.

»Ich wäre eher zurück gewesen, aber Mirandas Besuch bei ihren Schwiegereltern ist anders verlaufen als geplant. Sie hat sich entschlossen, wieder ins Lager zurückzukehren. Inzwischen hat sie sich mit der Trennung von dir abgefunden ... und jetzt erfahre ich, daß sie möglicherweise wieder hoffen kann.«

Ramon zuckte mit den Schultern, aber eine leichte Spannung erfaßte ihn. »Meine Frau ist nicht mehr hier, wenn du das meinst. Wir sind nicht miteinander ausgekommen.«

»Das habe ich gehört.« Er lockerte den Zügel, streifte dem Hengst einen Halfter über die Nüstern und befestigte ihn hinter den Ohren des Tieres.

»Es ist kein Geheimnis. Caralee ist zu ihrem Onkel zurückgekehrt.«

»Weil du deinen Cousin bei ihr im Bett angetroffen hast.«

Verblüffung zeichnete sich auf Ramons Gesicht ab. Er biß die Zähne so fest aufeinander, daß er kaum ruhig antworten konnte. »Woher weißt du das? Ich habe es niemandem erzählt.«

»Was glaubst du, woher ich das weiß? Dein Cousin Angel hat damit geprahlt ... bis Ignacio ihm den Mund gestopft hat. Seither hat er nicht mehr darüber gesprochen.«

»Das will ich nicht glauben.«

»Nein?« Pedro kam um das Pferd herum und blieb direkt vor ihm stehen. »Du hattest keine Schwierigkeiten, die Geschichte zu glauben, die er dir über deine Frau erzählt hat?«

»Auch wenn er hätte schweigen sollen, so hat er nicht gelogen. Ich habe ihn in ihrem Bett angetroffen.«

»Daß er dort war, bedeutet nicht, daß deine Frau dich betrogen hat. Wie kannst du so sicher sein, daß dein Cousin die Wahrheit sagt?«

»Angel ist ein de la Guerra. Er ist vom selben Fleisch und Blut wie ich. Warum sollte ich ihm nicht glauben?«

»Angel schwört, deine Frau wollte ihn unbedingt haben – also muß es natürlich stimmen. Ich kenne ihn ebenso lange wie du. Hat es jemals eine Frau gegeben, die sich Angel nicht zu Füßen geworfen hätte?«

Ramon stöhnte auf bei der Erinnerung, an die Pedro mit seinen Worten rührte. Angel hatte schon früher geprahlt, wie die Huren in jeder Stadt von San Juan bis zur Grenze auf ihn warteten. »Angels Reden nach nicht.«

»Huren sind keine Damen, mein Freund, und ich glaube nicht, daß es so viele waren.«

Ramon dachte darüber nach. »Vielleicht nicht.«

»Und was ist mit der Frau in Santa Fe?«

»Welche Frau?«

»Die Frau, die behauptet hat, er habe sie in der Nacht vergewaltigt, als er wegen Raub und Mord festgenommen wurde.«

Ein ungutes Gefühl breitete sich in Ramons Magen aus. »Bestimmt war die Anklage falsch. Eine Lüge, die von den *gringos* erfunden wurde, um die anderen falschen Vorwürfe zu untermauern.«

»War das wirklich eine Lüge?« Pedro schaute ihm in die Augen. »Oder wäre deine Frau ein weiteres hilfloses Opfer geworden, wenn du nicht zu dem Zeitpunkt gekommen wärst?«

Ramon sank auf einen Strohballen neben dem Zaun. Seine Beine vermochten ihn nicht länger zu tragen. »*Dios mio*, was du sagst, kann nicht stimmen.«

»Deine Frau hat ihre Ehrenhaftigkeit bewiesen, Ramon, nicht einmal, sondern wieder und wieder. Sie weiß, wer du bist, und doch hat sie nichts gesagt. Vielleicht könnte sie sogar das Lager finden, wenn sie wollte.« Er legte Ramon seine von Adern durchzogene Hand auf die breite Schulter und drückte sie. »Erkennst du nicht, daß deine Frau schweigt, weil sie dich liebt? Daß sie eine Anglo ist, reicht nicht, um ihrem Wort zu mißtrauen.«

»Du mußt dich irren. Das kann nicht stimmen.«

»Du hast deinen Cousin fünf Jahre lang nicht gesehen, Ramon. Selbst wenn er vorher ein ehrlicher Mensch war – was ich mittlerweile bezweifle —, weißt du nicht, wie so viele Jahre im Gefängnis einen Mann wie ihn verändert haben.« Ramon sagte nichts dazu. »Deine Treue deinem Cousin gegenüber ehrt dich, mein Freund, aber ich glaube nicht, daß er dir gegenüber genauso empfindet.«

»Wie meinst du das?«

»Er ist eifersüchtig auf dich, Ramon. Es steht ihm im Gesicht geschrieben, wenn er von dir spricht. Hättest du nur etwas Zeit mit ihm verbracht, hättest du erkannt, daß er nicht der Mann ist, für den du ihn hältst.«

Ramon fuhr sich mit der Hand durch das verschwitzte Haar. »Du willst mir sagen, daß ich mich irre. Daß meine Frau nichts Schreckliches getan hat. Wie kannst du von mir erwarten, daß ich das glauben soll, wo ich sie mit meinen eigenen Augen gesehen habe?«

»Manchmal ist das, was du glaubst zu sehen, gar nicht das,

was du siehst. Wie der Pfad, der nach Llano Mirada führt. Wenn deine Frau sagt, sie ist unschuldig, dann glaube ich ihr. Ich würde Caralee McConnell auf jeden Fall eher glauben als einem Mann wie Angel de la Guerra.«

Ramon befeuchtete sich seine plötzlich trockenen Lippen. Sein Herz klopfte dumpf. »Was ist, wenn du dich irrst?«

»Es gibt eine Möglichkeit, das herauszufinden.«

»Wie? Sag es mir bitte.«

»Richte dich nach deinem Herzen, Ramon. Es sagt dir die Wahrheit. Ich glaube, daß du das auch weißt. Und du weißt es schon die ganze Zeit. Du hast nur Angst, es zu glauben, das ist alles.«

Wenn du mich wirklich liebst, erkennst du die Wahrheit, selbst wenn deine Augen sagen, es stimmt. »Habe ich tatsächlich so große Vorurteile, Pedro? Ist es möglich, daß ich mich in meinem Haß auf die Anglos so habe blenden lassen, daß ich die Wirklichkeit nicht mehr erkenne?«

»Was glaubst du, Ramon? Nur du kannst das mit Sicherheit sagen.«

Und auf einmal erkannte er es. So deutlich, daß es geradezu greifbar war. Er starrte über das Tal hinaus, und die Wahrheit, die ihn durchflutete, ließ die riesigen Eichen höher erscheinen, das goldbraune Gras dichter und den Himmel über ihm blauer.

»*Por Dios*«, flüsterte er und sah Carlys tränenüberströmtes Gesicht vor seinem geistigen Auge. Ich liebe dich, Ramon. Ich liebe dich so sehr. »Sie hat sich gegen Angel gewehrt, nicht ihn freudig aufgenommen.«

»*Si*, das denke ich auch.«

»*Santo de Christo*, wie konnte es passieren, daß ich das nicht erkannt habe?« Ganz vage erinnerte er sich an Yolanda, die Frau, die sein Cousin hatte heiraten wollen. Sie hatte Angels Antrag abgelehnt, weil sie Ramon begehrte. Es war Ramon, nicht Angel, der immer die Frauen anzog. Schöne, begehrenswerte Frauen. Frauen, die sein Cousin hatte haben wollen. Frauen wie Caralee.

»Er muß gewußt haben, daß sie meine Frau ist. Wenn er mich hat wegreiten sehen, kann er gewartet haben und sich ihr im Eßsaal genähert haben. Er kann ihr bis auf unser Zimmer gefolgt sein und ist dort eingedrungen. Er wollte sie bestimmt vergewaltigen und hat angenommen, sie würde sich zu sehr schämen, um es mir zu sagen. Er hat vielleicht sogar damit gerechnet, daß ich ihm eher glaube als ihr.«

Als Ramon aufschaute, erschien ihm die Welt verschwommen, und seine Augen brannten. »Und ich habe es getan, Pedro. Ich habe mich tatsächlich so verhalten, wie Angel es vorhergesehen hat.« Schwerfällig stand er auf. »Ich werde ihn umbringen, das schwöre ich.«

Pedro packte ihn bei den Schultern. »Hör mir zu, Ramon. Du mußt jetzt an deine Frau denken. Bist du dir sicher? Das mußt du sein, wenn du Erfolg haben willst. Was du getan hast, läßt sich nicht so leicht wiedergutmachen. Du darfst nie wieder an ihrem Wort zweifeln.«

Ramon schluckte. Seine Kehle war wie zugeschnürt. »Ich kann es kaum glauben, daß ich es vorher nicht erkannt habe.«

»So viele Jahre hast du die Anglos gehaßt. Aber überall gibt es gute und schlechte Menschen. In deinem Herzen weißt du das. Durch den Verlust deines Bruders hast du das eine Zeitlang vergessen.«

Ramon nickte. »Ich habe so viele Fehler gemacht. Wenn es um meine Frau geht, kann ich überhaupt nicht klar denken.«

»Du liebst sie, mein Freund. Liebe kann einen Mann blind machen. Er sieht dann weniger als in der schwärzesten Nacht.«

»Ich muß zu ihr, sie nach Las Almas zurückholen.«

»Das könnte gefährlich sein. Du wirst nicht willkommen sein auf del-Robles-Boden.«

»Das interessiert mich nicht. Ich werde warten, bis es dunkel ist, dann hineingehen. Es muß mir gelingen, sie zu überzeugen, daß sie mir verzeiht.« *Vielleicht wirst du eines Tages die Wahrheit erkennen ... aber bis dahin ist es zu spät.*

Ramon zog sich der Magen zusammen. Zu spät. Zu spät. Zu spät. Sosehr er sich wünschte, daß das nicht der Fall sein sollte – wenn es doch so wäre, konnte er es ihr nicht übelnehmen. Nie hatte er ihr etwas anderes bereitet als Kummer. Im stillen schwor er sich, falls sie ihm verzieh, den Rest seines Lebens dafür zu sorgen, daß sie nie wieder solchen Kummer ertragen mußte wie seit jenem Tag, als sie ihm das erste Mal begegnet war.

19. Kapitel

Carly saß vor ihrem Frisiertisch und strich gedankenversunken mit der silbernen Bürste durch ihr langes, kupferfarbenes Haar. Die Öllampe brannte niedrig und warf Schatten über ihr Gesicht, die auf die weißgekalkten Wände des hohen Raumes fielen.

Sie dachte an die Vergangenheit, an ihre Zeit auf Las Almas und die Menschen, die sie liebgewonnen hatte. Sie machte sich Sorgen um Two Hawks, hoffte, daß seine Striemen auf dem Rücken abgeheilt waren. Sie hätte gern gewußt, ob Ramons Mutter und Tia Teresa begonnen hatten, aus dem Talg, den sie gewonnen hatten, Seife zu machen. Sie hoffte, daß die beiden alten Frauen nicht zu hart arbeiten mußten. Auch dachte sie an Rey del Sol und den kleinen Bajito, an Pedro Sanchez und Florentia sowie alle anderen im Lager.

Sie dachte an Ramon und grübelte, ob er jetzt, da Miranda weg war, mit Pilar Montoya schlief ... oder ob er eine neue Frau gefunden hatte.

Die Vorstellung versetzte ihr einen schmerzhaften Stich. Carly zwang sich, an etwas anderes zu denken. Doch leider hatte das, was ihr einfiel, nicht viel weniger mit Ramon zu tun. Morgen würden ihr Onkel und ein Dutzend Männer del Robles verlassen, um zu Captain Harry Love und seinem Suchtrupp – die Spürhunde nannten sie sich – zu stoßen. Diesmal glaubten sie, sie würden den spanischen Dragon finden und schließlich gefangennehmen können.

Carly fröstelte allein bei dem Gedanken daran. Sie rutschte auf dem Stuhl herum und schaute gerade in dem Moment in den Spiegel, als die Vorhänge sich aufblähten. Ein langes, schlankes Bein in enger schwarzer Hose wurde über den Fenstersims hereingestreckt.

»Ramon«, flüsterte sie, als sein Kopf in der Öffnung erschien. In wenigen Sekunden war sie auf den Beinen, hastete zum Nachttisch neben ihrem Bett, riß die Schublade auf und nahm die alte Einzelschußpistole an sich, die ihre Mutter ihr nach dem Tod des Vaters gegeben hatte, als sie sich allein versorgen mußten. Die Waffe hatte sie auf ihrer Reise um Kap Hoorn bei sich gehabt.

Mit zitternden Fingern zielte sie auf Ramon, beobachtete, wie er sich zu seiner vollen Größe reckte und ein spöttisches Lächeln über sein Gesicht huschte.

»So, jetzt willst du mich also erschießen.«

»Ob du es glaubst oder nicht, ich weiß, wie. Ich weiß auch, was du willst, und ich werde mich nicht von dir nach Llano Mirada verschleppen lassen. Du wirst mich nicht zu deiner Hure machen.«

Sein Lächeln erstarb. »Du glaubst, daß ich das will?«

»D-das hast du letztes Mal gesagt. Da Miranda weg wäre, bräuchtest du eine H-hure.«

Sein Gesichtsausdruck wurde grimmig. »Miranda ist zurückgekehrt, aber das spielt keine Rolle. Du bist meine Frau, nicht meine Hure.«

»So hast du das nicht gesagt.« Die Waffe wackelte in ihren Händen. Ihre Finger fühlten sich feucht und klamm an. Es fiel ihr schwer, sie länger festzuhalten.

Er reckte sich noch ein Stück. »Entweder du drückst ab, Cara, oder du legst sie weg, ehe einer von uns verletzt wird.«

Sie biß die Zähne aufeinander. Die Pistole bebte noch einen Moment, dann ließ Carly sie seufzend sinken. »Also gut, dich kann ich vielleicht nicht erschießen, aber trotzdem lasse ich mich nicht von dir verschleppen. Ich schreie das Haus zusammen, wenn du nur einen Schritt auf mich zukommst.«

Um seine Lippen zuckte es. »Ich habe dich vermißt, *querida*. Es war viel zu langweilig auf Las Almas ohne dich.«

»Was willst du?« Ihr Körper verspannte sich, und sie war bereit, aus dem Zimmer zu flüchten, sollte es nötig sein. Entführen, benutzen und erniedrigen würde sie sich nicht von ihm lassen, nur weil sie ihn immer noch begehrte, auch wenn ihr Verlangen bereits geweckt war, kaum daß sie ihn sah.

»Ich bin hergekommen, um mit dir zu reden, sonst nichts. Es gibt ein paar Dinge, die ich dir sagen möchte ... nicht leicht für einen Mann wie mich. Ich hoffe nur, du hörst mir zu.« Warum schaute er sie so an? Mit diesem bittenden, zärtlichen Blick? Ihre Knie wurden weich, und ihr wurde eigenartig warm ums Herz.

Er trat einen Schritt näher, doch Carly wich zurück. »Ich meine es ernst, Ramon. Ich schreie nach meinem Onkel. Ehe du mich anfassen kannst, werden ein Dutzend Männer hier im Raum erscheinen.«

»Dann tu das. Vielleicht wünschst du dir ja, daß ich sterbe. Wenn das so ist, nehme ich dir das nicht übel.« Entschlossen kam er auf sie zu, Schritt um Schritt.

»Ich schreie, ich schwöre es!«

Doch er blieb nicht eher stehen, bis er direkt vor ihr angekommen war. »Das glaube ich nicht.« Er nahm ihr die Waffe aus der leblosen Hand und legte sie auf die Kommode hinter sich.

»Verdammt ... ich hasse dich! Ich verwünsche dich von Herzen.« Und in dem Moment war das die Wahrheit. Sie haßte ihn, weil er sie dazu brachte, ihn zu lieben. Sie haßte ihn, weil ihr Puls bei seinem Anblick sofort schneller schlug.

»Mag sein, daß es so ist. Wie gesagt, ich würde es dir nicht verübeln.«

»Was willst du? Warum bist du hergekommen?«

Er faßte nach ihrer Wange. Seine Hand zitterte ein wenig, als er sie sacht berührte. »Es gibt so viele Gründe ... da ist so vieles, was ich möchte. Doch werde ich nichts davon wollen, wenn ich dich nicht überzeugen kann.«

Sie musterte ihn wachsam und versuchte, seine Worte zu enträtseln. »Ich habe dich gefragt, was du willst.«

Er holte tief Luft und atmete langsam aus. »Ich bin hergekommen, um dir zu sagen, daß ich mich geirrt habe, was in Monterey passiert ist.« Carlys Magen machte einen Hopser, und ihr schwindelte plötzlich. »Es war genauso, wie du gesagt hast – ich habe dir nicht geglaubt, weil du eine Anglo bist. Durch meinen Haß auf die *gringos* habe ich die Wahrheit nicht erkannt.«

Carly wankte auf ihren Füßen und spürte, wie Ramon sie am Arm faßte und festhielt.

»Ist alles in Ordnung?« fragte er mit besorgter Miene. Sie nickte, und langsam ließ er sie los, wenn auch widerstrebend, wie es schien. »Es war nicht nur der Verlust von Rancho del Robles oder der Tod meines Bruders ... es gibt da etwas, das ich mal erlebt habe, was auch dazu beigetragen hat.«

»W-was denn?« stammelte Carly. Ihr war unwohl, und ihr Mund schien wie ausgetrocknet. Sie befeuchtete ihre Lippen mit der Zungenspitze und sah, wie Ramons Augen sich plötzlich verdunkelten. Mit seiner ganzen Willenskraft arbeitete er gegen das Verlangen, und der begehrliche Blick wurde schwächer.

»Es hatte mit einer Frau zu tun«, antwortete er, »einer hübschen *gringa*. Sie hieß Lily. Vielleicht war ich in sie verliebt.

Wenn ich es aber damit vergleiche, was ich für dich empfinde, glaube ich das heute nicht mehr, aber sicher bin ich mir nicht. Ich war jünger und unerfahrener. Sie bedeutete mir alles, aber ich ihr herzlich wenig. Eines Tages fand ich sie im Bett mit zwei jungen Männern von der Universität, Freunde, die ich aus der Schulzeit kannte.« Sein Blick wurde abweisend und hart, als könnte er es noch heute sehen. »Nach Lily gab es andere Anglo-Frauen, nur, ab dem Zeitpunkt habe ich sie benutzt.«

Er trat unruhig von einem Fuß auf den anderen, das Thema berührte ihn offenbar schmerzlich. »An dem Abend in Monterey ... als ich auf unser Zimmer kam ... sah ich, was ich immer geglaubt hatte, eines Tages zu sehen – wie meine Anglo-Frau mich mit einem anderen Mann betrügt.«

Carly starrte zu ihm auf. Ihr zog sich das Herz zusammen, und Tränen der Enttäuschung brannten in ihren Augen. »Wie konntest du so etwas denken, Ramon? Ich habe nie jemand anderen gewollt als dich. Vom ersten Moment an, als ich dich sah, gab es für mich nur dich.«

»Es tut mir leid, Cara. Ich weiß, das ist nicht genug, aber ich bin hergekommen, um dir das alles zu erzählen. Und dir zu sagen, daß ich dich liebe. Vielleicht fällt es dir sehr schwer, das zu glauben, aber es ist die Wahrheit.«

Carly biß sich auf die zitternde Unterlippe. Wie sehr hatte sie sich danach gesehnt, diese Worte zu hören. Jetzt, wo Ramon sie aussprach, erkannte sie jedoch, daß sie die Zweifel, die in ihrem Herzen brannten, nicht mehr zu löschen vermochten. »Manchmal reicht es nicht, wenn man jemanden liebt«, flüsterte sie.

Ramons dunkler Blick ruhte durchdringend auf ihr. »Ich will nicht glauben, daß es so ist. Wenn ich das täte, wäre ich nicht gekommen. Ich liebe dich. Du hast gesagt, du liebst mich. Du bist meine Frau, Cara. Ich will, daß du nach Hause kommst.«

Sie schaute ihm in die warmen braunen Augen, erinnerte sich an die heißen Nächte, die sie in seinen Armen verbracht hatte, und ein brennender Schmerz breitete sich in ihrem Innern aus. Erst vor ein paar Tagen hatte sie sich genau nach diesen Worten gesehnt. Seither hatte sie Zeit gehabt, alles in Ruhe zu überdenken, die Dinge zum ersten Mal seit Wochen klar zu sehen. »Ich ... ich kann das nicht, Ramon.«

Ein Muskel zuckte an seiner Wange. »Wieso nicht? Du gehörst nach Rancho Las Almas.«

Sie schüttelte den Kopf. Innerlich bebte sie und mußt sehr gegen die Tränen ankämpfen, die ihr in die Augen springen wollten. »Wir sind zu verschieden, du und ich. Immer wieder hast du mir das gezeigt. Du wußtest es von Anfang an, aber ich war zu sehr verliebt in dich, um es klar zu erkennen. Was in Monterey passiert ist, kann jederzeit wieder geschehen. Dein Vorurteil ist zu stark, Ramon. Ich glaube nicht, daß deine Liebe ausreicht, um das Problem zwischen uns zu überwinden.«

»Du irrst dich, Cara. Inzwischen sehe ich die Dinge, wie ich es noch nie konnte. Und der Grund dafür bist du. Du bist diejenige, die mir die Augen geöffnet hat.« Die Tiefe seiner Gefühle flackerte wie ein Feuer in seinen dunklen Augen auf. Es weckte bei ihr das Verlangen, ihn zu berühren, ihn in die Arme zu nehmen und den Kummer zu vertreiben. »Komm zurück nach Las Almas, Cara. Sei meine Frau.«

Sie betrachtete sein geliebtes Gesicht, die kräftigen Wangenknochen, die gerade Nase und das kantige Kinn. Sie streckte ihre Hände aus und schlang die Arme um seinen Nacken. Sofort drückte er sie an sich.

»Ich liebe dich, Ramon«, flüsterte sie, aber sosehr sie das tat, sie wußte dennoch, daß sie nicht mit ihm gehen konnte. Es mochte etwas anderes passieren, und sie war nicht gewillt, das Risiko erneuten Kummers einzugehen.

Sie spürte, wie er mit seinen Händen liebevoll in ihr Haar faßte, ihren Kopf in den Nacken bog und sie zwang, ihm in die Augen zu sehen. »*Te amo*«, flüsterte er. Ich liebe dich. »*Te nece-*

sito.« Ich brauche dich. Dann küßte er sie, zuerst zärtlich, dann mit wachsendem Nachdruck. Carly erschauerte bei seiner Glut und der Stärke seiner kräftigen Arme.

Sie blinzelte, um nicht den Tränen freien Lauf zu lassen. »Ich liebe dich, Ramon, so sehr, daß ich manchmal glaube, mein Herz zerbricht. Aber ich kann nicht zu dir kommen, gleichgültig, wie sehr ich mir das wünsche. Es könnte etwas anderes passieren ... und es gibt da noch etwas, was du nicht weißt über mich.«

Sie spürte, wie seine Arme sich anspannten. »Sag mir nicht, es gibt einen anderen Mann. Falls ja, schwöre ich dir, ich bringe ihn um.«

Sie lächelte schwach und den Tränen nahe. »So etwas ist es nicht. Es ist nur ...«, daß ich nicht das bin, was ich zu sein scheine. Ich bin nicht die Tochter eines wohlhabenden Mannes aus dem Osten, wie mein Onkel dich glauben gemacht hat. Ich bin nur ein armes Straßenkind aus den Kohlengrubensiedlungen Pennsylvanias. Aber Carly sprach das nicht aus. Sie brachte die Worte nicht über die Lippen, aus Furcht, er könnte sie so ansehen wie an dem Abend in Monterey.

»Bitte, Ramon, mein Onkel hat bereits die Annullierung der Ehe eingeleitet. Sobald das erreicht ist, kannst du eine echte Spanierin heiraten ...«

Innig verschloß er ihr den Mund mit seinen Lippen, hob sie auf die Arme, trug sie hinüber zu ihrem hohen Federbett und ließ sie sachte mitten auf die Matratze sinken. Dann legte er sich zu ihr und drückte sie mit seinem sehnigen Körper tiefer in die Federn.

»Das geht nicht, Ramon. Hierzubleiben ist zu gefährlich für dich. Wenn mein Onkel uns hört ...«

»Das interessiert mich nicht.«

»Mich aber.« Sie stemmte sich hoch und wollte sich von ihm befreien. »Ich werde das nicht zulassen. Geh dorthin zurück, wo du in Sicherheit bist.«

»Du bist meine Frau«, sagte er. »Ich will keine andere. Wenn ich dich genommen habe, wirst du mich anflehen, dich mit nach Hause zu nehmen.« Er küßte sie erneut leidenschaftlich und stieß mit seiner Zunge in ihre feuchte Mundhöhle. Gleichzeitig knöpfte er geschickt ihr Nachthemd auf und zog es ihr über den Kopf.

»Ich will das nicht, Ramon. Du mußt gehen.«

Er fluchte leise, ließ sie los und ging zur Kommode hinüber. Hastig riß er die oberste Schublade auf und wühlte darin herum, ehe er zum Bett zurückkehrte.

»Was machst du da?«

»Ich will nicht, daß du dich gegen mich wehrst. Ich will dir nur Vergnügen schenken, dir zeigen, was ich für dich empfinde.« Er zog einen ihrer Seidenstrümpfe aus dem Bündel, das er in der Hand hielt, band ihn mit einem Ende an den Bettpfosten und mit dem anderen an ihr Handgelenk. Carly sah ihn nur erstaunt an, als er das gleiche mit ihrem anderen Handgelenk machte.

Er lächelte, und das starke Verlangen zeichnete sich auf seinem Gesicht ab. Aber Carly entdeckte auch ebenso große Zärtlichkeit in seinem Blick. »Ich werde dich nehmen, Cara. Wenn du willst, daß ich aufhöre, brauchst du nur nach deinem Onkel zu rufen. Aber ich glaube nicht, daß du das tun wirst.«

Er umfaßte ihre Fessel, wickelte das eine Ende eines Seidenstrumpfes darum und band das andere an den Pfosten am Fuße des Bettes. Auch der letzte Seidenstrumpf fand Verwendung, wurde am Fußende befestigt, so daß sie weit gespreizt vor ihm lag. Carly stieg die Röte in die Wangen, daß er sie so sah, doch gleichzeitig bildete sich eine feuchte Hitze zwischen ihren Schenkeln.

Sie beobachtete, wie er sich das Hemd auszog, und mochte ihren Blick nicht von seinem breiten Rücken nehmen, so faszinierend war das Spiel seiner Muskeln. Kräftige Bänder und Sehnen bewegten sich auf seinen Schultern, als er seine Hose abstreifte und sein Hinterteil entblößte. Unwillkürlich rieselte ihr ein warmer Schauer nach dem anderen über den Rücken. Als er sich ihr zuwandte, stand sein Glied hoch.

»Ramon...«, flüsterte sie, als er sich über sie beugte, sie küßte und ihr mit seiner Zunge spielerisch über die Lippen strich. Dann rieb er seine Nase an ihrem Hals, biß ihr ins Ohrläppchen und drückte ihr viele kleine, feuchte Küsse auf den Nacken und die Schultern. Er hielt inne, um an ihrer rechten Brust zu saugen, dann eine Spitze nach der anderen zu liebkosen und mit der Zunge zu umkreisen. Zum Schluß biß er sanft hinein und saugte die Knospe in den Mund.

Ramon beugte sich tiefer und drückte ihr zärtliche Küsse auf den Bauch, hielt inne, um ihren Nabel mit der Zunge zu umkreisen, und erzeugte Gänsehaut auf ihrem Bauch. Carly schnappte nach Luft, als sie erkannte, was er vorhatte, und zerrte an ihren Fesseln, als sie seinen Atem zwischen ihren feuchten Schenkeln spürte. Dann teilte er ihre Schamlippen mit der Zunge, liebkoste sie sacht und behutsam, aber entschieden und rieb den Kern ihrer Weiblichkeit, bis er vor Erregung glühte.

Dann drang er mit der Zunge in sie, streichelte sie und stieß erneut tief in sie. Er schob seine Hände unter ihren Po und hob sie an, so daß er seine Lippen fest auf sie pressen und am Punkt ihres Verlangens saugen konnte. Immer wieder strich er dabei zwischendurch mit der Zunge darüber, bis Carly am ganzen Körper bebte und sich ihm entgegenbog, während sie einen wilden, überwältigenden Höhepunkt erlebte. Sie mußte sich sehr zusammenreißen, um ihn nicht laut beim Namen zu rufen. Helle Lichter tanzten vor ihren Augen, als das Glücksgefühl sie so mächtig durchflutete, daß ihr schwindlig wurde. Ramon legte sich über sie, sein steifes Glied pochte sacht gegen ihren Bauch, und seine dunklen Augen leuchteten, als er aufmerksam beobachtete, wie ihr Höhepunkt langsam verebbte.

»Das hat dir gefallen, ja, *querida*?«

Sie errötete und wurde mehr als verlegen.

»Das war schön, Cara. Mir hat es auch gefallen. Merkst du das nicht?« Er drang in sie und füllte sie aus. Sie wollte erneut an ihren Fesseln zerren, wollte ihn umarmen und ihn unbedingt tiefer in sich aufnehmen. Da erst merkte sie, daß er sie schon von den Seidenstrümpfen befreit hatte.

Sie stöhnte auf, als sie ihn so stark und groß in sich spürte, schlang ihre Beine um seine Hüften und zog ihn so tief in sich, bis es nicht mehr weiter ging. Das Gefühl war unbeschreiblich. Dennoch befielen sie in dem Moment sämtliche Zweifel, sämtliche Ängste, die sie durchlebt hatte. Bei einem Mann so drangvoll wie Ramon würde sie früher oder später Kinder bekommen, Kinder, die zur Hälfte Anglo waren. Würde er sie genauso lieben wie Kinder, bei denen er wußte, daß sie rein spanischer Herkunft waren? Was würde passieren, wenn er erfuhr, daß sie in Pennsylvania in einer Kohlengrubensiedlung aufgewachsen war? Wie würde er dann auf ihre Kinder reagieren?

Oder ein anderes Problem konnte sich einstellen, bei dem er ihrem Wort nicht glauben würde. Wenn er ihr nicht glaubte, konnte er sie mit ihren Kindern wegschicken oder, schlimmer noch, die Kinder behalten und sie für etwas bestrafen, was sie nicht getan hatte, indem er sie aus seinem Leben verbannte, wie es jetzt geschehen war. Ein zweites Mal könnte sie das nicht verkraften.

Ihre Kehle war wie zugeschnürt. Sie faßte mit beiden Händen in sein dichtes schwarzes Haar und zog ihn fester an sich. Sie gab sich ihm restlos hin, umklammerte seine Schultern und küßte ihn so leidenschaftlich, so sehnsüchtig und zärtlich, daß er spüren mußte, wie sehr sie ihn liebte. Die Tränen brannten in ihren Augen und begannen langsam über ihre Wangen zu rinnen. Wenn diese Nacht vorbei war, würde auch ihr Leben mit Ramon vorbei sein. Diesmal wollte sie auf ihren Onkel hören und vielleicht auch Vincent heiraten. Sie würde ihr Herz und sich vor weiterem Kummer, den sie nicht ertragen konnte, bewahren.

Ramon stieß heftig und tief in sie, bewegte sich mit solcher Kraft, daß er sie fast anhob. Liebe und Leidenschaft vermischten sich und steigerten ihre Erregung bis zur äußersten Grenze. Sie wand sich unter ihm, bog sich ihm entgegen, fing seine heftigen Stöße auf und erwiderte sie gleichermaßen wild und verlangend.

Heute abend gehörte er ihr. Morgen würde er nicht mehr dasein. »Ramon ...«, hauchte sie, suchte Halt an ihm und barg ihr Gesicht an seiner Schulter.

»*Te adoro, mi amor.*« Ich bete dich an, meine Liebste.

Sie schluchzte an seiner Schulter und umklammerte ihn, als wolle sie ihn nie wieder freigeben. Gemeinsam erreichten sie den Höhepunkt und ließen sich von einer intensiven Woge der Erfüllung in eine andere Welt tragen, bis sie erschöpft und befriedigt engumschlungen innehielten. Es dauerte eine geraume Zeit, ehe sie sich wieder bewegten. Sie sollte ihn wegschicken, das wußte sie, aber sie brachte es kaum fertig. Sie wollte sich nicht ausmalen, was passieren mochte, wenn ihr Onkel ihn bei ihr antreffen würde. Doch statt etwas zu unternehmen, als er sie erneut küßte und in ihr hart wurde, stöhnte sie nur leise auf und überließ sich ganz seiner zärtlichen Umarmung.

Es dämmerte fast, als sie erwachte und Ramon am Fuß des Bettes stehen sah, angezogen und bereit zu gehen. Im ersten Moment erschrak sie und glaubte, er hätte sie erneut nur benutzt, hätte nur gesagt, er liebte sie, damit er die Nacht in ihrem Bett verbringen konnte. Doch dann schaute sie ihm ins Gesicht und erkannte die Ränder unter seinen Augen.

»Schau mich nicht so an!« bat er. »Ich habe jedes Wort ernst gemeint und hätte noch einiges mehr zu sagen gehabt, das unerwähnt geblieben ist.«

Carly biß sich auf die Unterlippe und sank erleichtert in ihr Kissen zurück.

»Du hast im Schlaf geweint. Weißt du das?«

»Nein.« Ihr Herz verkrampfte sich.

»Du hast mich angefleht zu gehen. Du sagtest, du könntest mir nicht länger vertrauen. Empfindest du das wirklich so?«

Sie krallte sich in das Laken. »Einerseits würde ich dir mein Leben anvertrauen. Doch andererseits ...«

Er biß die Zähne aufeinander. Dunkel funkelten seine Augen. »Seit Wochen hast du jetzt mein Leben in deiner Hand, obwohl ich dir nicht vertraut habe, wußtest du das? Von dem heutigen Tag an wird das anders. Ich werde dir der Ehemann sein, der ich dir hätte sein sollen. Das schwöre ich dir. Gleichgültig, was geschieht, wer auch immer etwas gegen dich sagt, ich werde nie wieder an dir zweifeln.« Er wandte sich ab und wollte den Raum durchqueren.

»Wo gehst du hin?«

Er hielt inne und schaute ihr ins Gesicht. »Als ich herkam, wollte ich dich mitnehmen, aber du bist nicht bereit mitzukommen. Du hast jetzt mehr Angst vor mir als in der ersten Nacht in den Bergen. Aber ich habe keine vor dir und auch nicht vor meinen Gefühlen für dich. Ich werde dich zurückgewinnen, Cara. Und das nächste Mal, wenn ich dich zu meiner Frau mache, werde ich dich nie wieder gehen lassen.«

Tränen verschleierten ihr die Sicht, als sie ihn zum Fenster gehen sah. Nach einem letzten zärtlichen Blick in ihre Richtung schwang Ramon sich über das Fenstersims, zog den Kopf ein, um hindurchzuschlüpfen, und sprang auf den Boden.

Carly schaute ihm nach, wie er in der Dunkelheit verschwand, und ihr wurde schwer ums Herz. Dennoch konnte sie das, was er gesagt hatte, nicht vergessen. Vermochte sie ihm erneut ihr Vertrauen zu schenken? Durfte sie hoffen, daß die Dinge zwischen ihnen wieder ins Lot kamen? Er wollte, daß sie nach Hause zurückkehren sollte, nach Las Almas, das einzige richtige Zuhause, das sie seit Jahren gehabt hatte.

Das wollte sie auch am liebsten, mehr als alles andere sogar. Und doch hatte sie Angst.

Erschöpft ließ sie sich in die Kissen sinken, lauschte in die Stille und horchte auf die ersten Geräusche der erwachenden Ranch. Eine Stunde verging. Ihr Onkel ritt mit einer Gruppe bewaffneter Männer davon, und ihre Sorge um Ramon wurde stärker als alles andere.

War er nach Llano Mirada aufgebrochen? Sie wünschte sich von ganzem Herzen, daß, wenn er das getan haben sollte, ihr Onkel ihn nicht finden würde, und daß er und die anderen sicher wären.

Zwei Tage später eroberten Captain Harry Love, Fletcher Austin, Jeremy Layton und an die dreißig Männer den Paß zum Llano Mirada.

Angel de la Guerra sah sie den Wagenpfad auf der Rückseite, der eigentlich als Fluchtweg gedacht war, wie ein vom Wind getriebenes Feuer heraufstürmen. Sie hatten die Wachposten ausgeschaltet, ein paar von ihnen gefangengenommen, ehe sie in das Gebiet eindrangen, und andere mit einem gutplazierten Schuß aus dem Weg geräumt, während sie auf verschwitzten Pferden vorbeidonnerten. Die Frauen schrien und rannten in ihre Hütten, in der Hoffnung, wenigstens die Kinder vor Grausamerem bewahren zu können.

Tomasina Gutierrez stand an der Seite ihres Mannes und feuerte aus einem langen Sharpgewehr, während Santiago in jeder seiner Pranken eine Remington-Armeepistole hielt. Pedro Sanchez, Ruiz Domingo, Ignacio Juarez und ein Dutzend anderer kämpften zu Pferd, zielten und feuerten ihre Gewehre ab, ritten an einen anderen Platz und feuerten erneut. Miranda Aquilar hockte hinter einem Wassertrog und schoß mit einem schweren Revolver, den Ramon ihr geschenkt hatte. Er hatte ihr auch gezeigt, wie sie damit umgehen mußte. Mit ihrem vierten Schuß holte sie einen feisten Mann von seinem Pferd. Er fiel zu Boden und rollte ihr fast bis vor die Füße.

Erstaunlicherweise konnten sie die erste Angriffswelle abwehren, obwohl sie die Wachen und vier weitere Männer verloren hatten, und den Suchtrupp zum Rückzug an den Rand des Lagers zwingen.

»Sie werden nicht lange warten, bevor sie zurückkommen«, sagte Angel und hockte sich neben Pedro Sanchez.

»Nein. Und wir können sie auch nicht länger aufhalten.« Pedro wandte sich an Ruiz Domingo. »Schick die Frauen und Kinder in den Wald. Sag ihnen, sie sollen sich verteilen und so gut es geht verstecken. Hauptsächlich sind sie hinter den Männern her. Wir werden so lange durchhalten, wie wir können, und dann flüchten. Wir treffen uns alle bei der Höhle von Arroyo Aquaje.« Das war ein Plan, den sie von Anfang an ausgemacht hatten, sollte das Lager jemals eingenommen werden.

Sie verwendeten nur wenige Momente zu einem stillen Abschied und gaben sich mit Blicken zu verstehen, daß sie um ihre geringen Chancen wußten. Trotzdem übernahm jeder Mann seine Aufgabe, und als die gemeinen Spürhunde erneut zuschlugen, waren alle kampfbereit. Sie hielten ihnen sogar länger stand, als sie gedacht hatten. Zwei Stunden lang schafften sie es, Angriffswelle um Angriffswelle mit einem endlosen Hagel von Blei abzuwehren. Gleichzeitig zogen sich Stück für Stück Männer und Pferde in das dichte Buschwerk und hinter die hohen Granitfelsen, die den Cañon umgaben, zurück.

Eine Weile hing zwischen den Gewehrsalven, die Pedro Sanchez, Ignacio Juarez, Carlos Martinez und drei weitere Männer abfeuerten, vollkommene Stille in der Luft. Sie waren die letzten Verteidiger, die zwischen den Felsen über dem hinteren Eingang des Lagers hockten.

Ihre Aussichten waren schlecht, doch Pedro überraschte die anderen mit seinem Grinsen. »Die werden sich wundern, wenn sie schließlich durchbrechen und feststellen müssen, daß die meisten Männer entkommen sind, was?«

Ignacio lächelte ebenfalls. »Am meisten wollen sie ja El Dragón, und der ist ebensowenig hier wie die anderen.«

Pedro überlegte. Die anderen waren in Sicherheit, aber wenn er und seine *compadres* weiterhin Widerstand leisteten, würden sie in der nächsten Angriffswelle sicherlich erschossen werden. Gaben sie jedoch auf, wurden sie vermutlich gefangengenommen und nach San Juan Bautista gebracht – ehe man sie hängen würde. Wenn das der Fall wäre ...

»Zieh dein Hemd aus, *amigo*!« verlangte Pedro von Ignacio.

»Was?«

»Ich will bereit sein. Sobald die Männer eine neue Runde Feuer eröffnen, werden wir uns ergeben.«

»Bist du verrückt geworden?« Ignacio wollte ihm widersprechen, doch Pedro erklärte ihm rasch seine Überlegungen.

»Das ist zumindest eine Möglichkeit«, räumte Ignacio ein. »Besser als hier zu sterben. Ich werde es den anderen sagen.« Rasch zog er sein schmutziges weißes Hemd aus und reichte es Pedro. Dann bückte er sich in das hohe, dichte Gras und suchte sich bedachtsam einen Weg durch das Unterholz und Gestrüpp zu den anderen Männern, die das Lager verteidigten.

Als die Schießerei erneut einsetzte, reagierten sie nur kurz auf das Feuer, dann winkte Pedro mit dem Gewehr, an dessen Lauf er Ignacios zerrissenes, blutverschmiertes Hemd befestigt hatte. Carlos Martinez wurde von einer Kugel in die Brust getroffen und fiel, wie auch einer der anderen Männer, ehe die letzten Schüsse verhallten. Pedro, Ignacio und zwei andere Vaqueros wurden von einer Reihe wütender Männer gefangengenommen, von denen Pedro Fletcher Austin und den Sheriff von San Juan Bautista, Jeremy Layton, erkannte.

Es war der Sheriff, der sich ihm näherte und sein Gewehr locker auf Pedro gerichtet hielt. »Wo ist er?«

»Wer, Señor Sheriff?«

»Sie wissen genau, wen ich will – diesen Bastard, der sich der spanische Dragón nennt.«

Fletcher Austin schob sich vor. »Lassen Sie das mal meine Männer versuchen, Sheriff. Wir werden den Fettsack schon zum Reden bringen.« Austin riß Pedro am Hemd hoch und versetzte ihm einen kräftigen Faustschlag in die Magengrube, so daß er sich vor Schmerzen krümmte und nach Atem rang.

»Halt, Gentlemen!« Der Befehl kam von dem Mann namens Harry Love, dem Anführer des Suchtrupps. »Es gibt keinen Grund für weitere Gewaltanwendungen«, erklärte er mit seinem starken texanischen Akzent und lächelte listig. »Die anderen mögen entkommen sein, aber nicht der Mann, den wir haben wollten. Gentlemen, darf ich Ihnen den berühmt-berüchtigten El Dragón vorstellen.«

Pedro verkrampfte sich der Magen. Er ließ seinen Blick suchend umherschweifen und wandte sich dann dem Stimmengewirr und dem Schleifen kräftiger Lederstiefel zu. Staubwolken stiegen auf, als ein Mann in Schwarz mit gefesselten Händen und Füßen herbeigezerrt und direkt vor Pedros Füße auf den Boden gestoßen wurde.

Der Mann war Angel de la Guerra.

20. Kapitel

Seine schöne Frau lag schlafend da, das ebenmäßige Gesicht von ihrem kupferfarbenen Haar umrahmt. Ihre Wangen wirkten blaß und die Augen leicht geschwollen, als ob sie viel geweint hätte. Eine Hand hatte sie zur Faust geballt und unter ihr Kinn geschoben. Sie hatte sich zusammengerollt und wirkte wie ein hilfloses Kind.

Er trat näher ans Bett und beobachtete, wie ihre Brust sich mit jedem schwachen Atemzug hob und senkte. Er beugte sich vor, faßte behutsam ihr Gesicht mit beiden Händen und nahm die Wärme ihrer Haut in sich auf. Ihm zog sich das Herz in der Brust zusammen, als er sich über sie beugte und sie küßte, ganz sacht und zärtlich ihren Mund mit seinen Lippen berührte. Er streifte ihren Mundwinkel in liebevoller Geste, dann strich er über ihre Unterlippe, und sie wachte auf. Er lächelte, als sie langsam ihre Augen öffnete.

»Ramon...«, flüsterte sie schlaftrunken. »Was machst du denn...?« Im nächsten Moment richtete sie sich kerzengerade auf. »Ramon! Um Gottes willen, wie bist du entkommen? Onkel Fletcher hat gesagt, sie würden dich hängen!« Erschrocken schaute sie sich zur Tür um. »Lieber Himmel, du hättest nicht hierherkommen sollen. Wenn er dich findet, bringt er dich um. Du mußt sofort flüchten.« Sie schwang die Beine aus dem Bett und sprang auf, aber Ramon nahm sie einfach in seine Arme.

»Langsam, Cara, laß es mich dir in aller Ruhe erklären.« Aus großen, grünen Augen schaute sie ihn erstaunt an. Ihre Wangen wirkten noch blasser als vorhin. Sie seufzte leise und schlang ihre Arme um seinen Nacken. Ramon drückte sie fest an sich.

»Ich habe mir solche Sorgen gemacht«, gestand sie ihm und zitterte am ganzen Körper. »Als mein Onkel heute nachmittag zurückkam, sagte er, sie hätten endlich das Lager gefunden. Er behauptete, sie hätten El Dragón und vier seiner Männer gefangengenommen. Captain Harry Love und Sheriff Layton würden sie ins Gefängnis nach San Juan bringen. Er meinte, sie würden in drei Tagen auf dem Platz vor der Kirche gehängt werden.«

»Du hast meinen Namen nicht erwähnt?«

»Nein, natürlich nicht. Sie sollten nicht erfahren, daß ich wußte, wer du bist.«

Er entspannte sich ein wenig. Daß Carly ihn unabsichtlich

verraten könnte, hatte er vorher nicht in Betracht gezogen. Innerlich kochte er. Angel blieb nämlich noch reichlich Zeit dazu.

»Erzähl mir, was passiert ist«, bat sie.

Ramon seufzte müde. »Die indianischen Fährtensucher des Suchtrupps haben den Hintereingang nach Llano Mirada gefunden.«

»Lieber Himmel! Was ist mit den anderen, Pedro und Florentia, den Frauen und den Kindern?«

Ein Muskel zuckte an seinem Kiefer. »Fast ein Dutzend der Männer sind umgekommen. Viele von den anderen sind verwundet worden, wer genau, weiß ich nicht. Alle Frauen und Kinder konnten sich in Sicherheit bringen. Sie haben Pedro und drei der Vaqueros aus Llano Mirada gefangengenommen.«

»Und was ist mit dir? Wie bist du ihnen entkommen?«

»Ich war nicht da. Als ich dort ankam, war der Kampf bereits vorbei. Ich habe das Geschehen nur aus Berichten und Erzählungen der Männer, die ich im Wald antraf, rekonstruiert. Mein Cousin Angel ist der Mann, den die *gringos* für El Dragón halten.«

»D-dein Cousin?«

»*Sí*. Bis jetzt hat er sie in dem Glauben gelassen. Warum, weiß ich nicht. Ich schätze, ich kann froh sein, daß alles so gekommen ist. Nach der Nacht, wo ich dich verlassen hatte, wollte ich nach Llano Mirada. Ich hatte dort noch etwas ... mit meinem Cousin zu regeln.«

»Du wolltest Angel meinetwegen zur Rechenschaft ziehen?«

»Hast du geglaubt, ich würde ihn am Leben lassen, nachdem ich jetzt die Wahrheit wußte?«

»Meine Güte, Ramon, du kannst ihn doch nicht einfach umbringen.«

»Ich könnte ihn mit meinen bloßen Händen erwürgen für das, was er dir antun wollte. Und dafür, daß er uns damit getrennt hat.«

Sie musterte ihn einen atemlosen Moment lang, dann reckte sie sich auf die Zehenspitzen, verstärkte ihren Griff um seinen Nacken, zog ihn leidenschaftlich an sich und barg sein Gesicht in ihrem nach Zimt und Rosen duftenden Haar.

»Ich mußte dich sehen«, erklärte er. »Ich werde heute nacht unterwegs sein, die Männer an dem Ort treffen, der Arroyo Aquaje heißt. In drei Tagen, der Nacht vor der Hinrichtung, reiten wir nach San Juan und befreien die Vaqueros.«

Sie löste sich von ihm und schaute ihm besorgt ins Gesicht. »Das kannst du nicht machen. Sicher erwarten sie euch.«

»Das glaube ich nicht. Sie denken, die Männer wären versprengt, jetzt wo ihr Anführer im Gefängnis sitzt. Außerdem spielt es keine Rolle. Pedro und die anderen werden gehängt werden. Das kann ich nicht zulassen. Mit der Hilfe meiner Leute, glaube ich, kann ich sie befreien.«

Carly nagte an ihrer Unterlippe und schien fieberhaft nachzudenken. »Ich will nicht, daß du das tust. Ich habe Angst um dich, Ramon.«

Es zuckte um seine Mundwinkel. »Heißt das, du bist bereit, nach Hause zu kommen?«

Carly ließ ihn los und wich einen Schritt zurück. »Wie ... wie geht es deiner Mutter und deiner Tante?« wich sie einer konkreten Antwort aus. Die Unsicherheit stand ihr deutlich im Gesicht geschrieben.

Er seufzte enttäuscht. »Meine Mutter war krank, aber jetzt geht es ihr besser. Tia ist wie immer die alte, ein unverrückbarer Fels, an dem wir uns alle festhalten können. Beide haben mich ohne Unterlaß bearbeitet, ich sollte mich nicht so albern benehmen und endlich meine Frau nach Hause bringen. Zu guter Letzt hatten sie natürlich wie immer recht.«

Sie musterte ihn aufmerksam. »Was ist, wenn ich zurückkomme und sie erfahren, was in der Nacht passiert ist, als Andreas umgekommen ist? Daß ich die Alarmglocke geläutet habe? Kannst du dir vorstellen, welchen Kummer es ihnen verursachen wird? Was glaubst du, wie sie mich dann sehen?«

»Sie würden dich genauso sehen wie ich. Das, was du getan hast, war nicht viel anders als das, was Two Hawks tun mußte, als er gegen die Männer kämpfte, die sein Dorf überfallen haben. Du hast nur getan, was jeder andere von uns auch gemacht hätte, wenn sein Zuhause bedroht worden wäre. Und das wissen Sie, Cara. Tia hat mir erzählt, daß sie es bereits seit dem Abend der *fandango* wußten.«

»Sie wußten es?«

»*Si*. Nicht mal ich wußte, daß sie es erfahren hatten, obwohl ich mir das hätte denken können. Tia hat sich Sorgen gemacht, daß es mit ein Grund wäre, warum du nicht mit mir von Monterey zurückgekommen wärst. Ich habe ihr nicht gesagt, daß es meine Grausamkeit, mein Vorurteil waren, die dich weggetrieben haben.«

Sie schaute auf. Im goldenen Licht der Lampe glänzte ihr Haar feuerrot. Er fühlte, wie die Erregung sich seiner bemächtigte, als er die wohlgeformten Rundungen unter ihrem dünnen weißen Nachthemd sah.

»Du sprichst so leichtfertig über die Vergangenheit«, hielt sie ihm vor. »Dabei ist das alles von viel größerer Bedeutung. Hast du daran gedacht, daß wir, wenn ich zurückkäme, früher oder später Kinder haben werden? Mischlingskinder, Ramon, halb Anglo, halb Spanier. Wie würdest du zu ihnen stehen? Würdest du sie weniger lieben, weil ihre Mutter eine *gringa* ist?«

Er trat auf sie zu und umfaßte sacht ihre Schultern. »*Madre de Dios*, ich kann nicht begreifen, daß ich dir das angetan habe – daß du sogar an meinen tiefsten Gefühlen zweifelst. Glaubst du wirklich, ich würde unsere Kinder nicht lieben? *Santo de Christo*, ich kann mir nichts Schöneres vorstellen als ein kleines Mädchen, das ganz nach dir gerät. Oder einen Sohn mit deinem Mut und deiner Kraft.«

Ihre Augen wurden feucht. Sie blinzelte und verdrängte die Tränen. »Ich bin nicht mutig, ich bin feige. Ich habe Angst, daß ich dich erneut verlieren könnte, wenn ich zurückkomme, und sollte das passieren, könnte ich es nicht ertragen.«

Er nahm sie in seine Arme, küßte sie zärtlich auf Augen, Nase und Mund. »Du wirst mich nicht verlieren. Ich habe Fehler gemacht, aber ich bin nicht dumm. Ich werde dieselben Fehler nicht wieder machen. Ich liebe dich. Wenn du nach Hause kommst, werde ich dir jeden Tag für den Rest unseres Lebens beweisen, wie sehr.«

Eine einzelne Träne kullerte über ihre Wange. »Ich brauche Zeit, Ramon. Ich höre noch, was du alles zu mir gesagt hast, die schrecklichen Ausdrücke. Ich muß immer daran denken ...«

»Sag es nicht. Ich weiß, was ich für ein Mann bin. Ich weiß, daß ich rücksichtslos sein kann und manchmal grausam. Ich bin durch die Umstände so geworden, aber es ist nicht wirklich meine Art.« Er fuhr sich mit beiden Händen durchs Haar. Enttäuschung und wachsendes Verlangen erzeugten eine innere Spannung bei ihm. »Ich will nicht behaupten, daß es sich mit mir leicht leben läßt. Ich weiß, ich habe ein furchtbares Temperament. Manchmal kann ich auch arrogant sein.«

Ein schwaches Lächeln huschte über ihr Gesicht. »Ja, du kannst manchmal ganz schön arrogant sein.«

»Bin ich wirklich so schrecklich, Cara?«

Sie schaute ihm in die Augen, als wollte sie ihn mit ihrem Blick durchbohren. »Du bist starrköpfig und überheblich. Du bist anstrengend und fast unersättlich im Bett. Und du bist der wunderbarste Mann, den ich je kennengelernt habe.«

»Cara...« Sein Herz quoll über vor Liebe. Gerne hätte er sie zum Bett hinübergetragen und sie so genommen wie beim letzten Mal, als er bei ihr gewesen war. Er wollte sich tief in sie senken, sich ganz in ihrer feuchten Hitze verlieren und ihr Erschauern unter sich fühlen. Er wollte Besitz von ihr ergreifen, sie nehmen und von ihr hören, daß sie sein war. Statt dessen überging er das Klopfen in seinen Lenden und zwang sich dazu, nicht zu vergessen, warum er hergekommen war.

»Ich werde wiederkommen, sobald ich die Männer befreit habe. Wenn ich zurück bin, werde ich es nicht länger zulassen, daß du ablehnst, und wenn ich dich dafür wegtragen muß.«

Sie umfaßte seine Wangen, und er spürte, wie ihre Hände bebten. »Sei vorsichtig, Ramon. Ich würde nicht mehr leben wollen, wenn du stirbst.«

Er zog sie fest an sich und küßte sie so leidenschaftlich und innig, wie er vermochte. Sie gehörte zu ihm, und er wollte ihr das zeigen. »Ich komme wieder«, versprach er. »Ich schwöre es.«

Am liebsten wäre er bei ihr geblieben, aber seine Männer waren von ihm abhängig. Er hätte nicht herkommen sollen, aber er hatte sie ein letztes Mal sehen wollen. Sein Vorhaben war kühn und gefährlich. Es konnte wirklich danebengehen. Doch das Leben seiner Freunde war noch nicht verloren. Er hatte vor, alles daranzusetzen, sie zu retten. Er küßte sie erneut, rasch und nachdrücklich, dann durchquerte er den Raum, ging zum Fenstersims hinüber und stieg leise aus dem Fenster. Sekunden später war er in der Dunkelheit verschwunden.

Wenn er ohne Pause ritt, würde er die Höhle bei Arroyo Aquajes gegen morgen mittag erreichen. Die anderen waren bereits dort, wie ihm von einem seiner Vaqueros mitgeteilt worden war. Am selben Tag an dem die Nachricht von Alejandro de Estrada eingetroffen war, der ihm mitteilte, daß seine Mühen, die alten Kirchendokumente aufzutreiben, vergebens gewesen waren.

Nachdem sie sich die Unterlagen angesehen hatten, weigerte sich die Landkommission, ihre Eintragungen zu ändern. Der Fall sollte nicht wiedereröffnet werden. Es gäbe keinen rechtlichen Weg, hieß es in Don Alejandros Nachricht, für die de la Guerras, Rancho del Robles zurückzubekommen.

Und mit illegalen Methoden war es ihnen auch nicht gelungen. Die Überfälle, die sie verübt hatten, machten nicht den gewünschten Eindruck auf Fletcher Austin oder die anderen Anglos in der Umgebung. Obwohl Andreas geglaubt hatte, das wäre eine Möglichkeit, hatte Ramon gleich von Anfang an gewußt, daß sie ihren Feind so nicht besiegen konnten.

Die Vergangenheit war vorüber. So oder so hatten die Tage El Dragóns ein Ende. Ein letzter Ritt durch die Nacht, ein letzter Überfall, um seine Männer zu befreien, und sein Dasein als Verbrecher wäre endlich vorbei. Sollte er diese eine letzte Nacht überleben – und sollte Angel ihn nicht verraten haben —, hatte er die Möglichkeit, das alles hinter sich zu lassen. Er konnte seine Frau nach Hause holen und sich ein Leben mit ihr auf Las Almas einrichten. Es wäre nicht das Leben, das sie auf del Robles hätten führen können, aber da es Carly nichts auszumachen schien und sie auch so glücklich war, konnte er sich damit zufriedengeben. Gemeinsam würden sie sich eine Zukunft aufbauen und Kinder haben.

Ein letzter Raubzug, sagte er sich, als er sich in den Sattel der kräftigen braunen Stute schwang, die ihn nach Arroyo Aquajes bringen würde, wo der schwarze Hengst auf ihn wartete.

Nur noch ein letzter Überfall.

Hoffentlich gelang es ihm, den zu überstehen.

Carly konnte in der Nacht kein Auge zutun. Sie machte sich zu große Sorgen um Ramon. Er würde nach San Juan Bautista reiten, vor den Sheriff treten und sein Leben riskieren, um seine Männer zu retten. Sie hatte nicht versucht, ihn davon abzuhalten, wußte sie doch zu gut, daß ihr das niemals gelungen wäre. Er liebte Pedro Sanchez wie einen Vater und war zumindest seiner Meinung nach für die anderen Männer verantwortlich.

Sie zog ihr blaues Reitkostüm an, das Two Hawks ihr zurückgebracht hatte, aber viele ihrer Kleidungsstücke und persönlichen Habseligkeiten waren auf Las Almas geblieben. Warum Ramon alles behalten hatte, wußte sie nicht so recht. Sie hatte die Sachen absichtlich dort zurückgelassen, weil sie sich nicht vollkommen von ihrem ehemaligen Zuhause trennen wollte. Es waren zwar nur Kleinigkeiten, aber es gab ihr das Gefühl, noch eine innere Verbindung mit Las Almas zu haben.

In Gedanken weilte Carly bei den Menschen dort, die sie vermißte, verließ das Haus und ging zu den Ställen hinüber. Sie brauchte etwas Zeit für sich. Ausreiten war ihr da das willkommene Mittel.

»José, sind Sie da?« rief sie, und der Vaquero, der sich um die Pferde kümmerte, streckte seinen Kopf aus einer der Boxen.

»*Si*, Señora. Ich bin hier.«

»Ich möchte gern ausreiten. Würden Sie mir ein Pferd satteln?«

Er grinste über das ganze Gesicht, wie sie an dem Aufblitzen seiner weißen Zähne in der Dunkelheit der Scheune sah. »*Si*, Señora, ich habe sofort eines für Sie fertig, eines, das Ihnen gefallen wird.«

Sie musterte ihn etwas verwundert und folgte ihm nach hinten zu der Box, aus der er gekommen war. Carly hielt den Atem an, als er die Tür öffnete und die schönste Palominostute herausführte, die sie je gesehen hatte.

»Für Sie, Señora, von Ihrem Mann, Don Ramon. Mariano hat sie erst heute morgen hergebracht.«

Plötzlich war ihre Kehle wie zugeschnürt. Ramon hatte das für sie getan. Ramon. »Sie ist wunderschön, José. Das schönste Pferd, das ich je gesehen habe.«

»Sie ist andalusischer Abstammung«, erklärte er. »Don Diego, Don Ramons Vater, hat sie zu Hunderten gezüchtet, als er auf Rancho del Robles lebte. Sie wurden verkauft, als die Ranch auf den Markt kam. Don Ramon hat ein paar zurückgekauft. Sein Hengst, Rey del Sol, gehört auch dazu.«

»Ich kenne Rey, aber nicht diese Stute hier. Die habe ich nie zuvor gesehen.«

»Es sollte eine Überraschung sein. Ein Hochzeitsgeschenk, wie Mariano sagte. Der Don hat sie irgendwo in den Bergen aufziehen lassen. Einer der Vaqueros hat sie für Sie zugeritten.«

Vermutlich Pedro Sanchez. Vielleicht in Llano Mirada. »Sie ist wunderschön«, wiederholte Carly und streichelte der Stute über die samtene Nase. »Wie heißt sie denn?«

»Sonnenblume.«

Carly blinzelte. Doch ihre Augen füllten sich dennoch mit Tränen, und einige davon rannen ihr über die Wangen.

»Mariano sagte, der Don hätte sie Ihnen selbst geben wollen, aber gestern hat er seine Meinung im letzten Moment geändert. Er meinte, so würden Sie immer an ihn erinnert werden, gleichgültig, was passiert.«

Carly biß sich auf die Unterlippe. Lieber Himmel, er wollte, daß sie die Stute bekam, falls er in San Juan umkam. Sie mußte unbedingt ein wenig ausreiten, ehe sie in Tränen ausbrach und haltlos zu weinen begann. »Satteln Sie sie für mich, ja, José?«

Er lächelte. »*Sí*, Señora.«

Carly wischte sich die Tränen von den Wangen und wartete draußen, während der tänzelnden goldbraunen Stute mit der schneeweißen Mähne und dem hellen Schweif der Damensattel übergelegt wurde. Sie sah genauso aus wie Rey del Sol, war nur kleiner und zierlicher gebaut. Da fiel ihr ein, daß sie das Tier einmal gesehen hatte, daß es die Stute auf der Wiese war, die sich mit Rey del Sol gepaart hatte. Also mußte sie jetzt das Fohlen des Hengstes unter ihrem Herzen tragen.

Es war ein großes Geschenk, eines, das man nur aus Liebe machen konnte.

Als sie an Ramon dachte und wie sehr er sie liebte, befiel sie erneut die Angst um seine Sicherheit. Carly stieg auf den Aufsitzklotz und setzte sich in den Damensattel der kleinen Stute.

Sie ritt den ganzen Morgen, lernte den leichten Schritt und den prompten Gehorsam der Stute schätzen. Unbewußt wagte sie sich weiter in die Berge, als sie zuerst vorgehabt hatte, und gelangte schließlich an den Teich, wo sie und Ramon sich geliebt hatten.

Sosehr sie sich auch um ihn sorgte, ertappte sie sich dabei, wie sie lächelte. Wenn er sie abholen sollte, würde sie mit ihm gehen, und das mit Vergnügen. Sie liebte ihn und er sie. Eigentlich war sie nie feige gewesen – das war nur vorübergehend der Fall gewesen. Und für die Liebe Ramons würde sie alles riskieren.

Sie stieg aus dem Sattel und ließ das Pferd von dem klaren Wasser trinken. Seine Nüstern bebten, und es tauchte seine Schnauze tief hinein. Carly streichelte und tätschelte es. Mit aller Macht verdrängte sie die schreckliche Furcht, Ramon könnte in San Juan erschossen werden und würde nie mehr zurückkehren, um sie nach Hause zu holen.

Miranda Aquilar klopfte an die Tür der *cocina* auf Rancho del Robles an, und die vollbusige Rita Salazar öffnete ihr.

»*Dios mio!*« Ritas Augen schimmerten feucht. »*Mi hija*, wo warst du?«

Miranda umarmte die Mutter, die sie in den vergangenen drei Jahren nicht mehr gesehen hatte. »An verschiedenen Orten, Mama. Ich wußte vorher nicht, daß du hier bist. Ich habe es erst vor kurzem zufällig erfahren.«

Rita legte ihrer Tochter einen Arm um die schmalen Schultern, drängte sie in die Küche und setzte sich mit ihr auf die Bank vor einem grobgezimmerten Tisch.

»Ich bin erst vor ein paar Monaten nach del Robles gekommen«, erzählte sie. »Davor war ich in San Miguel. Dein Vater ist gestorben. Deshalb habe ich Monterey verlassen, wo ich gearbeitet habe.«

»Das tut mir leid, Mama, das wußte ich nicht.« Miranda schluckte und wich ihrem Blick aus. »Ich habe versucht, dich zu finden, aber Inocente war nie lange genug an einem Ort. Du hattest recht, Mama, ich hätte ihn nicht heiraten sollen. Er war ein hartherziger Mann und oft grausam. Manchmal hat er mich sogar geschlagen. Es hat mir nicht leid getan, als er erschossen wurde.«

»*Pobrecita*«, sagte ihre Mutter liebevoll und strich ihrer Tochter das dichte schwarze Haar aus dem hübschen Gesicht.

»Seine Familie war nett zu mir. Ich habe sie auf einer Ranch, die El Tejon heißt und am Ende des großen Tals liegt, besucht. Sie wollten mich dabehalten, aber ich habe mich entschieden, das nicht zu tun. Dort erfuhr ich auch von einem der Vaqueros, daß du hier bist. Deshalb bin ich nach Llano Mirada zurückgekehrt, an den Ort, an den mich Inocente mitgenommen hat, ehe er erschossen wurde. Dort habe ich auch El Dragón kennengelernt.« Miranda erwähnte nicht, daß sie mit Ramon de la Guerra geschlafen hatte oder mit Ruiz Domingo, nachdem Ramon gegangen war.

Rita bekreuzigte sich. »Señor Austin und die anderen haben diese Verbrecher endlich geschnappt.«

»*Si*, ich war dort. Ich hatte Glück, daß ich fliehen konnte.«

»*Por Dios*, wie ist dir das gelungen?«

Miranda seufzte schwer. Die Reise von Arroyo Aguajes war lang, aber sie hatte das Bedürfnis gehabt hierherzukommen. Sie war nicht sicher, wann sie ihre Mutter wiedersehen würde.

»Als die Schießerei anfing, hat einer der Vaqueros, ein Mann namens Ruiz Domingo, die Frauen und Kinder tiefer in die Berge geführt. Wir hatten immer schon vorgehabt, sollte so etwas passieren, uns an der Höhle in den Bergen zu treffen. Die Männer sind jetzt dort versammelt. Sie wollen am Abend vor der Hinrichtung nach San Juan reiten und die Gefangenen befreien, habe ich gehört.«

»*Por Dios* – sie werden alle erschossen werden!«

»Das glaube ich nicht. Sie werden sich anschleichen, ins Gefängnis einbrechen, dann nach Süden durch ein altes, trockenes *arroyo*, das sich um die Stadt zieht, wegreiten. Der Plan ist gut, denke ich.«

Rita umarmte ihre Tochter. Ihr voller Körper stand so sehr im Gegensatz zu der schlanken Figur Mirandas. »Du darfst nicht mehr darüber sagen. Señor Austin würde wütend werden.«

»Ich habe es nur dir erzählt. Bleiben kann ich nicht. Ich kehre in die Berge zurück.« Trotz ihrer dunklen Haut schimmerten ihre Wangen plötzlich rosig. »Ich werde mit Ruiz gehen. Er ist ein netter Vaquero, Mama, und ich mag ihn.«

Rita umfaßte mit ihren kräftigen Händen das Gesicht ihrer Tochter. »Ich bin froh, daß du hier warst. Sobald du einen festen Platz hast, kannst du mich wieder besuchen, ja?«

»*Si*, Mama. Das hoffe ich.«

»Du mußt noch etwas essen, ehe du dich auf den Weg machst. Du bist viel zu dünn.« Rita drückte ihrer Tochter die Hand. »Ich habe gerade ein paar Tamales und eine frische Portion Tortillas gebacken. Dafür hast du doch Zeit, oder?«

Miranda lächelte. »*Si*, aber ich muß mich beeilen. Man hat mir gesagt, Señor Austins Nichte ist hier. Wenn sie merkt, daß ich auch hier bin, könnte es sein, daß ich nicht länger willkommen bin.«

Rita runzelte die Stirn, sagte aber nichts dazu. Sie machte sich mehr Sorgen um ihre Tochter und wünschte sich, ihr Kind könnte länger bleiben, aber im Moment war es nicht sicher. Sie war nur froh, daß Señor Fletcher nichts von diesen Dingen erfuhr. Sonst würde er in der Nacht des Überfalls in San Juan Bautista sein.

Angel de la Guerra saß allein in der Zelle des kleinen, unbequemen Gefängnisses von San Juan Bautista. In einer anderen Zelle, am entgegengesetzten Ende, hockten Pedro Sanchez und drei von El Dragóns Vaqueros auf dünnen Maisschotenmatten oder auf dem harten Holzboden. Sheriff Jeremy Layton saß in seinem Büro in einem separaten Gebäude, ein paar Dutzend Meter von ihnen entfernt.

Auf dem Platz vor der Mission war bereits ein provisorischer Galgen errichtet worden, an dem vier Schlingen befestigt waren. Die Schlingen des Henkers. Und eine davon wartete auf Angel de la Guerra.

Er saß auf dem Boden seiner Zelle, und es zuckte spöttisch um seine Mundwinkel. Immer schon hatte er gewußt, daß es einmal so kommen würde. Er konnte sich glücklich schätzen, daß er dem Galgen entkommen war, nachdem er den ersten Mord begangen hatte. Selbst wenn er ihnen gestand, er wäre nicht El Dragón, würde ihn das nicht mehr retten. Er hatte sich in Llano Mirada versteckt gehabt, auf die Leute des Suchtrupps geschossen und mindestens vier der Männer verwundet.

Außerdem wurde er für den Mord an einer der Wachen im Gefängnis gesucht, aus dem er entkommen war.

Es war beinahe zum Lachen. Andreas war El Dragón gewesen, aber Andreas war tot. Ramon de la Guerra hatte auch unter dem Namen agiert, aber Angel war auch ein de la Guerra. Warum sollte er sich nicht ein wenig in dem Ruhm sonnen? Nun, wenn er schon sterben mußte, warum sollte er den Ruhm dann nicht ganz für sich beanspruchen?

Er lachte trocken auf. Ramon würde nie die Wahrheit eingestehen und ebensowenig einer seiner Männer. Angel konnte zur Legende werden, fast so wie der berühmte Bandit Joaquin Murieta.

Ja, wenn er gehängt werden würde, dann wollte er wenigstens etwas davon haben. Er lehnte sich gegen die kalte, harte Wand der Zelle. Eine Küchenschabe huschte über den Boden zu seinen Füßen, und der Geruch nach Feuchtigkeit und Urin wehte ihm in die Nase. Wenn er die Wahl zwischen dem Tod oder einem Platz wie diesem hier hatte, wollte er lieber in den Tod gehen.

Er zerdrückte die Küchenschabe mit der Ferse seines Stiefels. Das häßliche Knirschen hallte von den Wänden der Zelle wider. Vielleicht war das eine gewisse Gerechtigkeit. Ramon hatte ihn immer in allem übertrumpft. Jetzt konnte Angel sich einen Platz in der Geschichte ergattern – ein gerechter Tausch für die Nacht, die er im Bett der hübschen Frau seines Cousins hatte verbringen wollen.

»Ich hoffe, Sie sind sich da sicher.« Fletcher Austin warf seinem sehnigen Vorarbeiter Cleve Sanders, der neben ihm vor der Scheune stand, wo sie die Pferde sattelten, einen harten Blick zu. Die Dämmerung war heraufgezogen, ein dunkler violetter Schimmer hing am Horizont.

Sanders lächelte bloß. »Vollkommen sicher, meiner Quelle nach. Ich habe Ihnen gesagt, was ich gehört habe, aber Sie können die Frau ja selbst fragen.«

Fletcher runzelte die Stirn. Rita würde mit keinem Wort ihre spanischen Freunde verraten. Er hätte es aus ihr herausprügeln müssen, und das wollte er nicht. Nicht, wenn es nicht sein mußte. »Ich glaube, wir wissen so viel wie wir wissen müssen. Wir werden sie hinreiten lassen und auf sie warten, wenn sie zurückkommen. So wird niemand in der Stadt verletzt, wenn ihnen der Bleihagel um die Ohren fliegt, und wir können die Bastarde auf der Stelle erledigen.«

»Erscheint mir sinnvoll«, versetzte Sanders mit einem zufriedenen Lächeln. »Wir wissen, welchen Weg sie aus der Stadt nehmen wollen. Da brauchen wir nur zu warten und ihnen aufzulauern.«

»Genau.« Fletcher zog den Sattelgurt stramm, legte seinem Pferd das Zaumzeug über, schnallte die Zügel fest und schwang sich auf den Rücken des Tieres. Ungeduldig schaute er zum

Haus hinüber und wollte sich unbedingt auf den Weg machen, als er sah, wie die Vorhänge sich bewegten und das Gesicht seiner Nichte an einem der Fenster erschien.

Ehe er noch etwas unternehmen konnte, kam sie schon aus der Tür auf den Hof gestürmt. Ihre pflaumenblauen Seidenröcke umwehten ihre Beine und gaben den Blick auf ihre Fesseln frei. Verdammt, würde das Mädchen denn nie lernen, sich wie eine Dame zu benehmen?

»Wo willst du hin, Onkel Fletcher?« Ein wenig atemlos und offensichtlich außer sich blieb sie neben seinem Pferd stehen. »Ich wußte gar nicht, daß du heute abend mit den Männern ausreitest.«

»Darüber brauchst du dir auch keine Sorgen zu machen, meine Liebe. Die Männer und ich haben etwas in der Stadt zu erledigen.«

»D-du reitest nach San Juan?«

»Richtig. Du brauchst nicht auf mich zu warten. So, wie es aussieht, sind wir vermutlich nicht vor morgen früh zurück.«

Carly befeuchtete ihre Lippen. »Du hast deine Waffe bei dir. Rechnest du mit irgendwelchen Schwierigkeiten?«

»Wie gesagt, es gibt keinen Grund zur Sorge. Geh zurück ins Haus. Es wird Zeit, daß wir aufbrechen.«

»Aber...«

»Tu, was ich dir sage, Caralee. Ich will es nicht wiederholen müssen.«

Carly sagte nichts mehr. Sie wich in den Schatten zurück, wandte sich um und ging ins Haus. Ihr Onkel hatte in den vergangenen zwei Tagen kaum ein Wort mit ihr gewechselt. Er war wütend darüber, daß sie die Stute von Ramon als Geschenk angenommen hatte. Er hatte verlangt, daß das Tier sofort nach Las Almas zurückgebracht wurde, aber Carly hatte sich standhaft geweigert.

Jetzt wünschte sie sich, sie hätte ihn wenigstens freundlicher gestimmt. Vielleicht hätte er ihr dann mehr über sein Vorhaben heute nacht erzählt. Statt dessen hatte sie die Männer nur zufällig draußen gesehen und eine ungute Ahnung verspürt. Ihr Herz klopfte heftig. Sie wartete im Haus, bis die Männer davongeritten waren. Ihre Beine fühlten sich an wie Pudding, und ihre Hände zitterten vor Furcht. Sie hatte keine Zeit, sich umzuziehen. Deshalb rannte sie, kaum daß die Männer über den Hügel verschwunden waren, in die Scheune hinüber, riß die Tür zu Sonnenblumes Box auf und führte die kleine Stute nach draußen.

In wenigen Minuten hatte sie das Pferd gesattelt, das Zaumzeug übergestreift und war bereit, aufzusitzen. Sie kletterte auf den Aufsteigeklotz, hievte sich in den Damensattel, raffte ihre Seidenröcke, faßte nach den Zügeln und brach in die Dunkelheit auf.

Wie hatte ihr Onkel von dem Plan der Befreiung erfahren? Oder vielleicht wußte er nichts Genaues, sondern hegte nur einen Verdacht, daß die Männer einen solchen Versuch wagen würden, da die Hinrichtung für morgen angesetzt war.

Sie verwarf den Gedanken wieder. Wenn das der Fall wäre, hätten die Männer auch in den vergangenen zwei Nächten das Gefängnis bewacht. Sie konnten ja nicht wissen, in welcher Nacht ein solcher Überfall stattfinden mochte. Nein, sie mußten sicher sein, überlegte Carly. Jemand mußte es ihnen gesagt haben.

Wer konnte es gewußt haben?
Wer würde sie verraten haben?
Wer – außer ihr?

Heiß durchfuhr Carly der Schreck. Sie wankte und hätte fast ihren Halt im Sattel verloren. Lieber Himmel, Ramon würde glauben, daß sie es ihnen gesagt hätte. Immerhin hatte er ihr von seinem Vorhaben berichtet. Natürlich würde er das glauben. Ramon würde erschossen werden, und noch während ihn die Schüsse trafen, würde er annehmen, daß sie ihn erneut verraten hatte.

Mein Gott, nur den Gedanken daran konnte sie schon nicht ertragen.

Carly drängte die Stute zum Galopp. In ihrer Brust zog sich alles zusammen. Sie konnte kaum noch durchatmen. Sie mußte die Männer einholen, aber sie durfte sich ihnen nicht zeigen. Sie mußte herausfinden, was ihr Onkel beabsichtigte zu tun und versuchen, Ramon zu warnen.

Die Stute stolperte über einen Stein und wäre beinahe gestürzt. Carly ließ die Zügel lockerer, damit das Tier sich fangen konnte, dann ritt sie weiter, doch ihr Herz schlug mit jedem Kilometer, den sie zurücklegte, schneller. Bis auf eine dünne, silberne Sichel erhellte kein Mondlicht den Pfad. Dunkle Wolken ballten sich am Himmel zusammen und nahmen ihr zeitweise sogar noch diesen dünnen Strahl.

Sie ritt über den Kamm der niedrigen, eichenbedeckten Hügel und erspähte die Männer unter sich im Tal. Sie bewegten sich rasch, bemühten sich, den Hauptteil der Strecke im Galopp hinter sich zu bringen. Sie folgte ihnen in einem einigermaßen gleichmäßigen Tempo, darauf bedacht, sich ihnen nicht zu sehr zu nähern.

Da es allmählich kühler wurde, löste sie die Decke, die sie hinter ihrem Sattel befestigt hatte, und legte sie sich um die bloßen Schultern und ihre Brustansätze, die das teure Seidenkleid so großzügig freigab. Ihre gestärkten Unterröcke schrammten ihr an den Beinen, und ihr Korsett schnitt ihr unter ihren Brüsten in die Haut. Ihre Haarnadeln rutschten durch die heftige Bewegung allmählich weg, und ihr langes kupferfarbenes Haar umwehte schon bald zerzaust ihre Schultern. Doch sie ritt immer weiter.

Sie war erschöpft, als sie die Außenbezirke von San Juan Bautista erreichte, zügelte ihre Stute, als die ersten Lichter in Sicht kamen, und tastete sich behutsam einen Weg durch das trockene *arroyo*, in das die Männer vor ihr geritten waren. Sie zog erneut an den Zügeln, als sie ihre Stimmen hörte und merkte, daß sie abgestiegen waren.

In einiger Entfernung band sie ihre Stute fest, kroch durch das felsige, ausgetrocknete alte Flußbett, bis sie nah genug an sie herankam, um erkennen zu können, was sie machten. Sie suchten sich feste Plätze, um sich auf die Lauer zu legen, wo sie nicht sofort gesehen werden konnten. Sie duckten sich hinter umgefallenen Bäumen, Granitfelsen und versteckten sich außer Sichtweite um die Kurve des *arroyo*. Offenbar bereiteten sie einen Hinterhalt für Ramon und seine Männer vor.

Die Falle war tödlich. Keiner der Männer würde entkommen.

Furcht durchzuckte sie, als sie sich auf den Rückweg zu ihrer kleinen Stute machte.

21. KAPITEL

Ramon saß auf seinem mächtigen, schwarzen Hengst, Viento Prieto. »Dunkler Wind« jagte mit seinem Herrn durch die Nacht, als wäre er tatsächlich der Wind persönlich. Neben Don Ramon ritten Ruiz Domingo, Ignacio Juarez und ein Dutzend seiner Vaqueros, alle, die nach dem Überfall auf Llano Mirada noch lebten. Sie besahen sich den Ort San Juan Bautista, der am Fuß der Berge über dem fruchtbaren Tal darunter lag.

»Jeder von euch weiß, was er zu tun hat?«

»*Si*, Don Ramon«, murmelten die Männer. Die Spannung, die sie beherrschte, war so greifbar stark, daß sogar die Tiere sie fühlten. Sie schnaubten unruhig und sogen die Luft durch bebende Nüstern ein, scharrten mit den Hufen, und eine Wildheit zeigte sich in ihrem Blick, die der der Männer entsprach.

»Ruiz und Ignacio werden mich bis zum Gefängnis begleiten«, erinnerte Ramon sie. »Emilio und Esteban werden die Tür bewachen, während alle übrigen die bereits besprochenen Posten beziehen. Alle Mann bereit?«

Wieder ertönte leise Zustimmung.

»Teilt euch auf und bewegt euch leise vor. Schont eure Pferde nicht, sobald die Männer befreit sind und aus der Stadt reiten können.« Entschlossen machten sie sich auf den Weg den Berg hinunter. Jeder von ihnen wußte, welchen Preis sie zahlen würden, wenn sie es nicht schafften. Sie würden erschossen und ihre Freunde würden erhängt werden.

Wie geplant verteilten sie sich und ritten in die Stadt, trabten leise die schmalen Straßen und Gassen entlang, bis sie das Büro des Sheriffs gegenüber der Mission erreichten. Ramon biß die Zähne aufeinander, als er die bereits aufgestellten Galgen auf dem Platz sah. Die vier Schlingen mahnten gleichsam, welches Schicksal auch ihnen drohte. Vorsichtig schlich er sich an das massiv gebaute, dick mit Holz verkleidete Gefängnis, das zwei kleine Fenster hatte, und nickte einem seiner Männer zu, der den Wachposten auf der Rückseite außer Gefecht setzte.

Mit dem Knauf einer Pistole wurde der zweite Wachposten unschädlich gemacht, der an dem Gebäude lehnte, in dem das Büro des Sheriffs untergebracht war. Das Schild über der Tür ruckelte kurz durch die Bewegungen, die von den Männern darunter verursacht wurden, und Ramon hielt den Atem an. Hoffentlich bemerkte niemand das Knarren der Scharniere. Das Geräusch verebbte schließlich, und es kam niemand nach draußen. Ein weiterer Wachposten fiel geräuschlos durch die starken, muskulösen Arme eines Vaqueros, der dem Mann den Hals zudrückte.

Keiner der Männer wurde umgebracht. Ramon hatte sie ausdrücklich gewarnt, nur so viel Gewalt anzuwenden wie unbedingt notwendig. Um so weniger hitzig würden sie verfolgt werden. Außerdem paßte es nicht zu seiner Einstellung, die Männer umzubringen, die für Recht und Ordnung sorgten.

Er trat näher an den Wachposten, der neben der Gefängnistür stand, eine Schrotflinte im Arm und eine dicke Zigarre zwischen den Lippen.

»Angenehmer Abend zum Rauchen, nicht wahr?«

Bei dem Klang der Stimme wirbelte der stämmige Mann herum. »Wer, zum Teufel, sind Sie?« wollte er wissen.

Statt einer Antwort schwang Ramon seinen langläufigen Colt und verpaßte dem Mann einen Kinnhaken damit. Mit einem gedämpften Aufstöhnen sackte er in sich zusammen und fiel zu Boden, die Zigarre zerbrach, und von dem einen Ende, das noch glühte, wehte eine leichte Rauchwolke auf.

Ignacio trat aus dem Schatten. »Der Sheriff ist mit zwei Männern in seinem Büro. Im Gefängnis ist nur ein Wachposten.«

Ramon nickte und klopfte zweimal an die Tür.

»Bist du das, Wilkins?« erklang es von drinnen durch die starken Eichenbretter.

»Laß mich rein«, antwortete Ramon und bemühte sich, seinen Akzent zu verbergen. Es mußte ihm gelungen sein, denn die Tür schwang auf, und in dem Moment sauste der Lauf seines Gewehres auch schon auf den kahlen Kopf des Mannes nieder. »Nimm dir die Schlüssel«, befahl Ramon Ignacio, der sie dem Wachposten aus der Tasche zog. Ein dünnes Rinnsal Blut lief dem Mann über die Stirn, die Nase und die Wange, ehe es auf den Boden tropfte.

»Don Ramon!« Pedro Sanchez eilte vor und umfaßte die Gitterstangen der Zelle. Santiago Gutierrez und die anderen beiden Vaqueros sprangen ebenfalls auf.

Ramon lächelte und war froh, sie alle so gesund wiederzusehen. »Schön, euch wiederzusehen, *compadres*.«

»Besser noch ist es, dich wiederzusehen, mein Freund«, erwiderte Pedro. Ignacio drehte den Schlüssel um, das schwere Eisenschloß knirschte, und kaum daß die Tür aufsprang, stolperten die Männer aus der Zelle in den kleinen Raum.

»Was ist mit Angel?« erkundigte sich Pedro und bemerkte die Unentschlossenheit auf Ramons Gesicht.

»Ich sollte ihn dalassen, damit er gehängt wird.«

Pedro lächelte, und die Falten um seine Augen verstärkten sich. »*Si*, aber ich glaube nicht, daß du das tun wirst.«

Ramon schüttelte den Kopf. »Nein, ich glaube nicht.« Er lief ans andere Ende des Flurs, schloß die Tür zu Angels Zelle auf, wandte sich wortlos ab und kehrte zu den drei anderen Männern zurück.

»*Vamanos, amigos*. Wir haben bereits zu viel Zeit hier vertan.« Er achtete nicht darauf, ob Angel ihnen folgte, sondern eilte nach draußen und schwang sich auf sein nachtschwarzes Pferd. »Wir reiten durch das alte *arroyo*, das sich um die Stadt zieht. Sobald wir sicher draußen sind, kürzt den Weg ab und macht euch auf in die Berge.«

»*Si* ... El Dragón«, sagte einer der befreiten Vaqueros mit einem Grinsen. Gesattelte Pferde warteten bereits auf die Männer, die sich hastig auf ihren Rücken schwangen. Ramon wendete Viento, hob die Hand, gab seinem Pferd die Sporen und galoppierte durch die Straßen davon zu dem trockenen Flußbett, das aus der Stadt führte.

Ich werde es nicht mehr schaffen! Der furchtbare Gedanke zerriß Carly schier, als sie mit ihrem Pferd über den grasbewachsenen Platz vor der Mission stürmte. Ein wenig nach rechts befand sich die schwere, mit Schnitzereien verzierte Tür der Kirche. Sie zügelte ihre Stute, sprang vom Sattel, verlor ihr Gleichgewicht, kam hart auf und verstauchte sich ihren Knöchel.

Sie schimpfte wenig damenhaft vor sich hin, riß die Röcke ihres pflaumenfarbenen Kleides hoch und humpelte, so schnell sie konnte, durch die schwere Holztür in das Innere der Kirche, stieg die Treppe zur Chorempore und den Seilen hinauf, mit denen die Glocken in der *campanario* geläutet wurden, der hohen Glockenwand neben der Kirche. Bis sie Ramon entdeckt hatte, ritt er schon in die Stadt, und es war zu spät, ihn aufzuhalten. Sie hatte nur noch die Möglichkeit, ihn zu warnen.

Sie wußte, welches Risiko sie dabei einging. Ihr waghalsiger Plan mochte ihn in noch größere Gefahr bringen, doch es war die einzige Möglichkeit.

Sie betete im stillen, daß er verstehen würde, was ihre schreckliche Warnung zu bedeuten hatte.

Bei jedem Schritt, den sie die Treppe hinaufstieg, zuckte sie vor Schmerz zusammen. Sie schaute zu den drei Glocken empor, die jede in einer der Rundbogenöffnungen hing. Sie faßte nach dem langen Seil, das an der obersten befestigt war, zog mit aller Kraft daran und begann die große eiserne Glocke zu läuten.

Von dem laut klingenden Metall ging ein Zittern aus, das sie über das Seil bis in ihren Arm spürte. Der Klang der Glocke hallte über den weiten Kirchenplatz. Er wurde bis zur Segundo Street getragen, weiter bis Castro, und begann die Leute zu wecken. Vorhänge wurden aufgerissen, Köpfe erschienen in den Fenstern, Leute kamen aus ihren Häusern gelaufen, um zu sehen, was passiert war. Zu dieser Nachtzeit fand in der Kirche nichts statt, weder eine Hochzeit noch ein Begräbnis. Irgend etwas mußte passiert sein.

Am Rande der Stadt fluchte Ramon beim Klang des Geräuschs. In wenigen Sekunden war die ganze Stadt auf den Beinen und würde von den ausgebrochenen Banditen erfahren. Der Sheriff und seine Männer konnten ihnen sofort folgen. Gern hätte er gewußt, wer, zum Teufel, da die Alarmglocke läutete, dann runzelte er die Stirn über die Ironie des Schicksals. Andreas war durch den Klang der Glocke gefallen, jetzt schien er an der Reihe zu sein.

Ramon verkrampfte sich der Magen, als ihn eine ungute Vorahnung beschlich. Sie war so stark, daß er sie nicht abzuschütteln vermochte. Fast hatten sie das *arroyo* erreicht. In wenigen Sekunden konnten sie in dem trockenen, alten Flußbett außer Reichweite sein und befanden sich fast in Sicherheit.

Oder nicht?

»Halt!« kommandierte er, hob einen Arm und hielt die Männer, die hinter ihm herdonnerten, an. »Wir werden eine andere Route nehmen, reitet über den Kirchplatz, den Berg hinunter zum Fluß. Umkehren, auf der Stelle!«

Sie warteten keine Erklärung ab. Zu oft hatte El Dragón in der Vergangenheit recht gehabt, weil er seinem Instinkt gefolgt war – und immer war das ihre einzige Rettung gewesen. Jetzt sagte ihm dieser Instinkt, daß es sicherer für sie war, in die entgegengesetzte Richtung zu reiten und nicht in das ausgetrocknete Flußbett.

Die Männer wendeten ihre Pferde, gaben ihnen die Sporen und drängten sie wieder zum gestreckten Galopp. Ein Gewehrschuß erklang, dann ein weiterer und noch einer. Die Schüsse kamen nicht aus der Stadt, sondern von irgendwo hinter ihnen. Bei einem Blick über die Schulter bemerkte Ramon, daß eine Gruppe Männer auf Pferden aus dem Flußbett in die Stadt geprescht kam. Seine eigenen Männer erwiderten das Feuer, drosselten aber nicht ihr Tempo. Einer der Männer fiel, einen anderen traf eine Kugel in die Schulter, aber er ritt weiter.

Ramon riß seine Pistole aus dem *bandolero* auf seiner Brust und feuerte über die Schulter. Er traf einen der Männer, während Ignacio einen weiteren verwundete. Sie ritten an der Kirche vorbei, und die Männer, die ihm bereits ein gutes Stück voraus waren, hatten bereits den Kamm erreicht und stürmten zum Fluß hinunter. Ramon folgte ihnen nicht. Statt dessen beugte er sich weit über Vientos Hals, riß das Pferd zur Seite, ritt links um den Platz herum und gelangte auf die Rückseite der Mission.

An der Wand des Glockenturms entdeckte er, was er geahnt hatte: Caralees Palominostute und seine Frau, die mit schmerzverzerrtem Gesicht auf ihn zuhumpelte.

»Ramon!« rief sie, als sie ihn sah. Sofort sprang er vom Pferd, lief zu ihr, fing sie auf und hob sie in den Sattel ihrer Stute, ehe sie mehr sagen konnte.

»Reite, Cara – zurück durch das *arroyo*. Die Männer sind nicht mehr dort, und ich bin sofort hinter dir.«

Sie wendete ihre kleine Stute, und das Pferd gehorchte sofort. Schüsse hallten noch durch die Stadt, aber sie kamen vom Fluß unten, wurden seltener und hallten aus verschiedenen Richtungen wider. Die Männer hatten sich aufgeteilt. Ihre Verfolger würden das gleiche tun müssen.

Ramon lächelte grimmig. Seine Vaqueros waren die besten Reiter der Welt. In einem Wettkampf um Leben und Tod wie diesem zweifelte er keine Sekunde, daß die Californios gewannen.

Er schaute nach vorn, sah, wie seine Frau sich über den Hals des Tieres neigte und schnurstracks auf das *arroyo* vor ihm zuritt. Ihre pflaumenfarbenen Seidenröcke waren weit übers Knie hochgerutscht, ihr Unterrock schimmerte weiß im Mondlicht, doch sie saß fest und sicher im Sattel. Wäre er nicht so besorgt um ihre Sicherheit gewesen, hätte er jetzt gelächelt, wieviel sie gelernt hatte. Statt dessen beeilte er sich, die Entfernung aufzuholen und sie vor jedwedem, der ihnen folgen mochte, zu schützen. Schließlich erreichten sie ein gleichmäßiges Tempo auf dem steinigen Boden.

Sie wollten gerade um eine Kurve in Sicherheit biegen, als Pferdehufe hinter ihnen ertönten. Ein Gewehrschuß fiel, und die Kugel pfiff dicht an seinem Kopf vorbei. Gleich darauf zischte noch eine und noch eine.

»Reite weiter!« rief er Caralee zu und zog erneut seine Pistole. Er feuerte einmal, zweimal auf ihren Verfolger, sah, wie der Mann zusammenzuckte, als die Kugel ihn an der Schulter traf. Er schoß jedoch noch einmal zurück, ehe er sein Pferd wendete.

Ramon stöhnte auf vor Schmerzen. Das heiße Blei traf ihn wie ein Hammerschlag, brannte ihm im Rücken und schoß vorn durch die Brust heraus. Der furchtbare Schmerz hieb ihn fast aus dem Sattel.

Unbewußt verstärkte er den Griff um die Zügel, und Viento drosselte das Tempo.

»Ramon!« rief Carly schrill vor Angst, wendete ihre Stute und ritt auf ihn zu.

»Wir müssen weiterreiten«, sagte er und biß die Zähne aufeinander, um gegen den Schmerz anzukommen. »Wir sind nicht eher sicher, bis wir weit genug von hier weg sind.«

»Aber du bist verwundet!«

»Wir werden anhalten, sobald es geht.«

»Du brauchst einen Arzt. Wir müssen ...«

»Wir müssen weiterreiten, *querida*. Es gibt keine andere Möglichkeit.«

»B-bist du sicher, daß du es schaffst?«

Er lächelte grimmig und kämpfte gegen das Schwindelgefühl an, das auf die nahende Bewußtlosigkeit hindeutete. »Keine Angst, Cara. Ich habe einen starken Lebenswillen. Ich werde es schaffen.«

Sie ritten, ohne anzuhalten, bis sie südlich von der Stadt tief in den Bergen waren, dann schlugen sie die Richtung nach Las Almas ein. Inzwischen hatten die anderen sich verteilt. Der sicherste Ort für Ramon würde sein Zuhause sein.

Noch immer kämpfte er gegen das Schwindelgefühl und den furchtbaren Schmerz in seinem Rücken und in seiner Brust an. Zwischendurch schaute er zu seiner Frau hinüber, die mit besorgtem Gesicht neben ihm herritt. Austin und seine Männer hatten ihnen aufgelauert. Ein paar Sekunden später und die Falle wäre zugeschnappt. Er und seine Männer wären jetzt tot, hätte Carly nicht die Glocke geläutet.

Er dachte daran, wie merkwürdig das doch war, kurz bevor er vom Pferd rutschte.

»Ramon!« Carly zügelte ihre Stute. Das Herz klopfte ihr wie wild gegen die Rippen. Sie glitt aus dem Sattel und humpelte zu der Stelle, wo Ramon auf dem Boden lag. Er war zwar noch bei Bewußtsein, aber nur mühsam, und stöhnte leise, als er versuchte, sich aufzurichten.

»Lieber Himmel...« Sie unterdrückte ein Schluchzen und drückte ihn sacht zurück. »Beweg dich nicht«, wies sie ihn an und bemühte sich, ihre Angst aus ihrer Stimme zu halten. »Bleib ruhig liegen, bis ich etwas gefunden habe, um deine Blutung zu stoppen.«

Er ließ sich auf den Rücken sinken und lag einen Moment reglos da. Sein Atem ging schwer. Carly riß ihm mit zitternden Fingern das Hemd auf. Meine Güte, so viel Blut! Ein häßliches Loch klaffte direkt über seinem Herzen, die Haut war zerfetzt und bereits violett angelaufen. Aus dem blutigen Einschußloch floß das Blut seinen Rücken hinunter. Es war eine schreckliche, schmerzhafte Wunde, von der er sterben konnte – doch den Gedanken wollte sie nicht aufkommen lassen. Sie hatten es bis hierher geschafft und so viel gelitten. Der Gott, den sie liebte, konnte das nicht zulassen.

»Bleib ruhig liegen, Liebster«, flüsterte sie, »es wird alles gut werden.« Sie biß sich auf die Unterlippe, um das Zittern in ihrem Körper zu unterdrücken. Anstatt der Furcht nachzugeben, hob sie ihre Seidenröcke und riß hastig einen Streifen von ihrem weißen, gerüschten Unterrock ab. Sie faltete ihn zusammen, preßte ihn auf die Austrittswunde auf seiner Brust und ignorierte Ramons Luftschnappen.

»Der Schuß ist glatt... durchgegangen«, sagte sie und verdrängte die Tränen, als sie sah, welche Qualen er litt. »Ich schätze, das ist gut, wenn wir die Blutung stoppen können.« Wenn. So ein erschreckendes Wort, sobald jemand sterben konnte, den man liebte.

Lieber Gott, betete sie, ich werde alles tun, was du von mir willst – wenn du ihn leben läßt.

»Ich ... ich muß dich etwas bewegen. Ich versuche es ganz vorsichtig.« Behutsam rollte sie ihn auf die Seite und legte einen zweiten zusammengefalteten Baumwollstreifen auf die Einschußwunde in seinem Rücken. Bis sie schließlich den provisorischen Verband angelegt hatte, für den sie einen weiteren Streifen ihres Unterrocks um seine breite Brust gebunden hatte, zitterten ihre Hände so sehr, daß sie die Enden kaum verknoten konnte.

Ramon umfaßte sanft ihre Handgelenke. »Hab keine Angst, *querida*. Bis hierher haben wir es geschafft. Wir schaffen auch den Rest. Wir können alles bewältigen ... solange wir zusammen sind.«

Carly vermochte kaum zu schlucken. »Ich habe es ihnen nicht gesagt, Ramon. Ich weiß nicht, wer es war, aber ich nicht – ich schwöre es.«

Er schaute ihr ins Gesicht. »Nicht eine Sekunde lang habe ich das gedacht. Du hast mich nie verraten. Wenn einer von uns den anderen im Stich gelassen hat, dann war ich das. Ich allein habe Verrat begangen.«

Sie wich seinem Blick aus. Ihr wurde schwer ums Herz, und sie konnte ihm nicht in die Augen sehen. »Da ist noch etwas, das ich dir unbedingt gestehen muß. Ich hätte es dir schon längst erzählen sollen.« Sie wandte sich ihm zu. Unsicherheit nahm ihr die Kraft, und ihre Worte klangen ein wenig gepreßt. »Ich bin nicht die, für die du mich hältst. Meine Familie war nicht reich ... so wie mein Onkel das alle glauben macht. Ich bin in einer Kohlengrubensiedlung in Pennsylvania geboren und nur die Tochter eines armen Grubenarbeiters. Verglichen mit der Herkunft deiner Familie bin ich nicht mal wert, die Schuhe eines de la Guerra zu tragen.«

»Ich habe mich schon gefragt, wie lange es dauern würde, bis du mir das erzählst.«

Tränen sprangen ihr in die Augen. »Du hast es gewußt? Wie bist du darauf gekommen?«

»Du hast sehr viel gesprochen, als du krank warst, in der Zeit in Llano Mirada. Es hat damals schon keinen Unterschied gemacht, und es spielt für mich auch jetzt keine Rolle.«

»Aber sicherlich...«

Er legte ihr einen Finger auf die Lippen. Dann strich er ihr sacht übers Haar und schob seine Hand in ihren Nacken. Er zog sie zu sich heran, um ihr einen zärtlichen Kuß zu geben.

»*Te amo, mi corazon*«, flüsterte er. »*Te amo como jamas he amado.*« Ich liebe dich, mein Herz. Ich liebe dich so sehr wie nie zuvor.

Da begann sie zu weinen. Dicke Tränen rannen ihr über die Wangen und fielen auf seine verbundene Brust. Sie liebte ihn auch so sehr. Sie konnte den Gedanken nicht ertragen, daß sie ihn verlieren könnte.

Ramon lächelte zärtlich und faßte ihr unters Kinn. »Jetzt ist nicht der rechte Zeitpunkt zum Weinen. Du kannst zusammen mit meiner Mutter weinen, sobald wir sicher zu Hause sind.«

Carly schniefte und schaute auf. »Du willst reiten?«

»*Si*, anders kommen wir nicht dorthin.«

»Aber du hast so viel Blut verloren und...« Carly straffte sich. Der dicke Stoffverband half. Das Blut, das aus seiner Wunde ausgetreten war, hatte nachgelassen. Wenn sie es bis Las Almas schafften, konnten seine Mutter und Tia ihr helfen, ihn zu versorgen. Sie konnten ihn gesund pflegen – dafür würde sie selbst sorgen. »Schaffst du es, bis zu deinem Pferd zu kommen?«

»*Si*. Für dich, *querida*, bringe ich alles fertig.«

Er stützte sich schwer auf sie, richtete sich unsicher auf und humpelte mit ihr zusammen zu den Pferden hinüber. Sie half ihm, einen Stiefel in den Steigbügel zu schieben. Ramon wankte nach vorn, und Carly hievte ihn in den Sattel. Danach band sie die Zügel ihrer Stute zusammen, damit sie nicht auf dem Boden schleiften. Sie ließ das Tier frei laufen. Es würde ihnen folgen. Dann führte sie den schwarzen Hengst zu einem Felsen und kletterte hinter Ramon. Sie schlang ihre Arme um ihn, wendete den Hengst in Richtung Las Almas, und dann machten sie sich auf den Weg. Die Stute lief folgsam mit, und Carly hoffte im stillen, daß sie mit dem feurigen schwarzen Tier umgehen konnte.

Hunderte Male glaubte sie, sie würden es nicht schaffen. Oder daß es, selbst wenn es ihnen gelang, zu spät wäre. Durch den unebenen Boden, über den sie ritten, blutete seine Wunde wieder stärker. Er war kaum noch bei Bewußtsein von dem Blutverlust, stöhnte vor Schmerzen bei jedem Hufschlag des Pferdes. Ein paarmal verlor er das Bewußtsein, und nur weil sie ihn festhielt, konnte er nicht vom Pferd fallen.

Die ganze Zeit betete sie inständig, bat Gott und die Jungfrau Maria, ihnen sicher nach Hause zu helfen.

Die Nacht schien endlos. Die Dunkelheit hing wie ein Vorhang über ihnen. Das Schreien einer Eule ertönte im Schatten, gefolgt von dem Heulen eines Wolfs und später von dem leisen Brummen eines Bäres, irgendwo vor ihnen in der Finsternis.

Carly fröstelte, wenn sie daran dachte, was alle passieren mochte, wenn eines der herumstreifenden Tiere sie angriff oder den Hengst so erschreckte, daß sie ihren schwachen Halt im Sattel verlor. Allein der Pfad stellte schon ein Problem dar. Sie hatten einen weniger benutzten Weg gewählt, der zum Teil stark überwuchert war und manchmal ganz verschwand.

Als sie schon überzeugt war, sie hätte sich verirrt und würde nie mehr nach Hause finden, erreichte sie den Hügel über der Ranch und entdeckte das kleine Landhaus unten im Tal.

»Gott sei Dank«, hauchte sie und meinte ihre Worte ernst. Erleichterung durchflutete sie, während neue Hoffnung sie beseelte. Sie drängte den großen Hengst vorwärts, ritt ins Tal hinunter und wurde von einem besorgten Mariano begrüßt. Auch Two Hawks erschien mit dem kleinen bellenden Bajito auf den Fersen. Ihnen folgten Tia und Mutter de la Guerra.

»Santa Maria«, flüsterte Tia Teresa und eilte herbei.

»Ramon ist angeschossen worden, Tia. Ich fürchte, er ist ziemlich schwer verwundet.« Noch während Carly die Worte aussprach, kam die Furcht in ihr auf. Unterwegs hatte sie es geschafft, sich unter Kontrolle zu halten – es war keine Zeit gewesen für Angst. Jetzt, wo sie bei seiner Familie angekommen war, konnte sie sich kaum noch halten.

Mariano und Two Hawks trugen Ramon ins Haus.

»Don Ramon ist kräftig«, beruhigte der Junge sie. »Er wird es schaffen, Señora ... jetzt, wo Sie zu Hause sind.« Er schenkte ihr ein aufmunterndes Lächeln und ging nach draußen, um die verschwitzten Pferde abzureiben, zu füttern und in den Stall zu bringen. Tia half Carly ins Schlafzimmer zu humpeln. Dann begannen Carly und Ramons Mutter, ihm die blutverschmierten Sachen auszuziehen, während Tia Teresa zu Blue Blanket hinüberging, um heißes Wasser zu holen, mit dem sie die Wunden auswaschen konnten.

»Es ist nicht so schlimm, wie du denkst«, meldete sich Ramon da leise. »Ich habe Schlimmeres durchgestanden.« Jetzt, wo er zu Hause war, hatte er einen Teil seiner Kraft zurückgewonnen. Obwohl er blaß und sein Gesicht von den Schmerzen verspannt war, lächelte er Carly liebevoll an. Sie drückte seine Hand.

»Ich werde nicht sterben«, sagte er. »Ich könnte allerdings so tun. Das würde ich auch sofort machen, wenn ich wüßte, daß du dann nach Hause kommst.«

Ihr zog sich das Herz zusammen. »Ich bin zu Hause, Ramon. Ich werde dich nie wieder verlassen.«

Tia und seine Mutter wechselten stumme Blicke, wandten sich ab und stahlen sich leise aus dem Zimmer.

Ramon drückte ihre Hand. »Du kannst nicht hierbleiben, Cara, jedenfalls nicht heute abend. Dein Onkel darf nicht erfahren, daß du beteiligt warst – oder ich. Sollte das passieren, war alles, wofür wir so hart gekämpft haben, umsonst.«

Ihre Augen verschleierten sich bei seinen Worten. »Aber ... aber ich kann nicht einfach weggehen – du bist verwundet! Ich muß hierbleiben und mich um dich kümmern.«

Er lächelte sie zärtlich an. »Du weißt genau, daß ich recht habe.«

»Mein Onkel wird nicht vor morgen früh zurückkehren. Sicher kann ich bis dahin bleiben.«

Ramon schaute sie so sehnsüchtig an, daß sie hart schlucken mußte. »Glaubst du, ich möchte, daß du gehst? Mir wäre lieber, du bleibst. Wenn ich die Kraft dazu hätte, würde ich dich in mein Bett ziehen und mich über dich legen. Ich würde dir auf Hunderte verschiedene Arten zeigen, wie sehr ich dich liebe. Statt dessen muß ich dich wegschicken.«

Carly umklammerte seine Hand. »Laß mich bleiben.«

»Es ist zu gefährlich für dich hierzubleiben. Die Frauen werden meine Wunden versorgen – du mußt dir keine Sorgen machen. Ich habe dir doch gesagt, ich habe schon Schlimmeres überstanden ... und ich habe einen Grund zum Leben.« Er drückte einen sachten Kuß in ihre Hand. »Two Hawks bringt frische Pferde. Mariano wird dich zur Ranch zurückbringen. Sobald es sicher ist, kannst du zurückkommen. Ich warte sehnsüchtig auf dich.«

Ihre Kehle war zugeschnürt, und ihre Augen schimmerten feucht. Eine schwere Last lag auf ihrer Brust. Sie schaute Ramon an, und während er sie anschaute, fielen ihm die Augen zu. Der Blutverlust und die Erschöpfung raubten ihm erneut das Bewußtsein.

Er könnte heute nacht sterben, und sie würde nicht bei ihm sein.

Er könnte sterben, und sie würde ihn nie wiedersehen.

Er könnte leben, und ihre Abwesenheit auf del Robles würde ihren Onkel alarmieren und Ramon sicher an den Galgen bringen.

Ihr Herz klopfte dumpf. Carly beugte sich vor und küßte ihn sacht auf die Lippen, dann wandte sie sich um. Tia und Mutter de la Guerra standen im Türrahmen.

»Wir werden uns um ihn kümmern«, versprach Tia unter Tränen.

»*Si*«, pflichtete seine Mutter bei. »Aber die beste Medizin für meinen Sohn wird sein, wenn seine Frau zurückkehrt.«

Carly blinzelte gegen die erneut aufsteigenden Tränen an. »Ich will nicht gehen, aber ich muß. Damit er sicher ist.«

Die ältere Frau nickte.

»Ich werde wiederkommen, sobald ich kann.« Sie umarmte sie, und sie halfen ihr nach draußen. Draußen im Hof warteten Two Hawks und Mariano bereits mit frischen Pferden. Der kräftige Vaquero hob sie auf einen braunen Wallach, schwang sich selbst in den Sattel seines Tieres und band Sonnenblumes Zügel an seinen Sattelknauf.

Schweigend ritten sie nach del Robles, keiner von beiden sprach davon, welche Sorgen er sich um Ramon machte oder daß Fletcher Austin vielleicht schon zurückgekehrt war und ihre Abwesenheit bemerkt hatte. Was würde sie ihm sagen, wenn es so war? Welche Lüge konnte sie ihn glauben machen?

Oben auf dem Hügel, von dem aus sie auf die Ranch hinunterschauen konnten, wechselten sie die Pferde. Mariano half ihr auf Sonnenblumes müden Rücken. Dann ritt sie den Berg hinunter zum Stall. Dabei umging sie die Barracken und hoffte, daß niemand sie sah.

In der Scheune glitt sie müde von der Stute und zuckte zusammen, als sie mit ihrem verstauchten Fuß aufkam. In dem dünnen Licht, das durch das Fenster hereinfiel, begann sie, ihrem Pferd den Sattel abzunehmen.

»Das werde ich machen, Señora.«

Carly zuckte beim Klang der Stimme zusammen. »José! Lieber Gott, Sie haben mich fast zu Tode erschreckt.«

»Das wollte ich nicht.« Der kräftige Vaquero trat neben sie und begann, den Sattelgurt zu lösen. »Gehen Sie schon ins Haus«, sagte er und wandte sich ihr zu. »Und machen Sie sich keine Sorgen – ich werde niemandem sagen, daß Sie weg waren.«

Carly befeuchtete nervös ihre Lippen. »Danke, José.« Er nickte bloß, als sie in den Schatten der Scheune trat und sich leise ins Haus schlich. Candelaria wartete in Carlys Schlafzimmer und half ihr rasch, sich auszuziehen.

So viele Leute mußten schweigen. Doch sie glaubte ihnen, daß sie es tun würden.

»Beeilen Sie sich, Señora. Señor Austin wird jeden Moment nach Hause kommen.«

»Er hat aber gesagt, er wäre vor morgen früh nicht zurück«, erwiderte Carly und dachte an die Abschiedsworte ihres Onkels.

»Er wird gleich hier sein. Einer der Männer ist vorausgeritten und hat bestellt, daß Ihr Onkel bei der Schießerei in San Juan verwundet worden ist.«

»Was?«

»Das hat er gesagt. Mehr weiß ich leider auch nicht.«

»Weiß der Mann, daß ich nicht da war?«

»Nein, ich habe ihm gesagt, Sie wären schon schlafen gegangen, und ich würde Ihnen ausrichten, daß Señor Austin verletzt worden wäre und nach Hause gebracht würde.«

»Danke, Candelaria.«

Das Mädchen zuckte nur mit den Schultern. »Wir sind Freundinnen ... und Sie sind Don Ramons Frau.«

Carly erwiderte nichts darauf, sondern schlüpfte nur in ihr Nachthemd und zog den Satinmorgenmantel über, ehe sie in das Schlafzimmer ihres Onkels hinüberging, um alles vorzubereiten.

»Weck Rita«, bat sie Candelaria. »Sie soll Wasser aufsetzen und alles mitbringen, was wir brauchen, um die Wunden meines Onkels zu versorgen.«

»*Si*, Señora.«

Aber sicherlich ist er nicht so schwer verletzt, dachte sie. Schließlich kannte sie ihren scheinbar unbesiegbaren Onkel nur, wie er Befehle austeilte und Kommandos gab. Es war Ramon, der wirklich verletzt war. Ihr Mann brauchte sie – und sie war nicht bei ihm.

22. Kapitel

Carly wäre unentwegt auf und ab gegangen, hätte ihr Knöchel nicht wie wild geklopft. Statt dessen saß sie am Fenster in ihrem Schlafzimmer, hatte das Bein auf ein Kissen hochgelegt, machte sich schreckliche Sorgen um Ramon und nicht mindere um ihren Onkel, als schließlich Hufgetrappel die Luft zerschnitt.

Sie schlang den rosa Gürtel ihres Morgenmantels enger, humpelte zur Tür, um die Gruppe der Männer zu empfangen, die mit donnernden Hufen in den Hof geritten kamen und eine mächtige Staubwolke aufwirbelten.

Gleich vorn unter den ersten, vornübergebeugt und auf sein Pferd gebunden, erkannte sie in der blutüberströmten Gestalt ihren Onkel. Entsetzen packte sie.

»Lieber Himmel!« flüsterte sie mit plötzlich trockenen Lippen. Sie hielt sich am Türrahmen fest, als Cleve Sanders näher kam.

»Es sieht wirklich sehr schlimm aus, Miss McConnell.«

Wie benommen nickte sie. »Beeilen Sie sich, bringen Sie ihn ins Haus, damit wir uns um ihn kümmern können.« Sanders und drei andere Männer hoben ihn vom Pferd und trugen ihn über die Hintertreppe ins Haus. Seine Hose war zerrissen und verstaubt von dem Sturz, den er vom Pferd gemacht hatte. Sein Hemd war rotdurchtränkt von der riesigen Wunde im Bauch. Aus einer weiteren Verletzung auf seiner Brust sickerte ebenfalls Blut.

»Bringen Sie ihn ins Schlafzimmer.« Carly biß sich auf die Unterlippe, um die Angst zu unterdrücken, die sich ihrer bemächtigt hatte. Plötzlich verloren die hitzigen Auseinandersetzungen, ihre Meinungsverschiedenheiten und auch die Manipulationsversuche ihres Onkels an Bedeutung. Onkel Fletcher lag im Sterben. Er litt Schmerzen und hatte Angst. Auf seine Art war er gut zu ihr gewesen. Er war der einzige Verwandte, den sie noch hatte. Der Bruder ihrer Mutter. Und sie war die einzige, die ihm nahestand.

»Caralee?« Er sprach ihren Namen so leise aus, sie verstand ihn fast nicht. Sie trat näher, als die Männer ihn auf die hohe Matratze legten und ihm die Stiefel auszuziehen begannen.

»Ich bin hier, Onkel Fletcher.« Sie rang sich ein Lächeln ab und wischte sich die Tränen von den Wangen, dann faßte sie nach seiner Hand. Sie setzte sich auf einen Stuhl neben dem Bett. Ihre Beine wollten sie nicht länger tragen. Auf der gegenüberliegenden Seite des Bettes halfen Cleve Sanders und Rita, ihm das zerrissene und blutdurchtränkte Hemd auszuziehen und seine Wunden auszuwaschen, auch wenn alle wußten, daß es sinnlos war.

Ein leises Aufstöhnen kam über seine Lippen. Er holte tief Luft und atmete rasselnd aus. »Wollte nicht, daß es so... kommt.« Er starrte zu ihr auf, die Wangen eingefallen von den Schmerzen, seine Haut so wächsern wie eine Kerze. »Wollte ...

dafür sorgen ... daß es dir gutgeht. Deine Mutter ... hätte sich das so gewünscht.«

Sie vermochte kaum etwas darauf zu erwidern. Ihr schmerzte die Kehle. »Du hast dein Bestes getan, Onkel Fletcher.«

»Hatte gehofft, du ... und Vincent ...«

»Ich weiß. Versuch nicht zu reden. Du brauchst deine Kraft.« Lieber Himmel, er würde wirklich sterben.

»Keine ... Zeit dafür.« Sein schwacher Griff um ihre Hand verstärkte sich ein wenig. »Will, daß du weißt ... auf meine Art ... habe ich dich lieb. Habe ich nie jemandem gesagt. Nicht ... so. Nicht mal deiner Mutter. Habe ... ich immer bedauert.«

Sie schluckte schwer. »Ich liebe dich auch, Onkel Fletcher. In den Jahren nach Mamas Tod war ich so einsam. Ich kam her, und du hast mir diese Einsamkeit genommen.«

Er verzog das Gesicht vor Schmerzen. »Wollte, daß du glücklich wirst ... das bekommst, was deine Mutter nie gehabt hat.« Er begann zu husten, und ein feiner Blutstrahl sickerte über seine blauen Lippen.

Carly drückte ihm ein weißes Taschentuch gegen den Mund, um die Flüssigkeit wegzuwischen. Ihre Hände zitterten, und Tränen rannen ihr über die Wangen. »Ich bin glücklich, Onkel. Und ich habe alles, was ich mir je gewünscht habe – das verspreche ich dir.«

Er musterte sie mit seinem wissenden Blick. »Du sprichst von dem Spanier. Du ... bist immer noch in ihn verliebt. Habe ich gleich von Anfang an gemerkt.«

»Ich weiß, wie du ihn siehst, Onkel Fletcher, aber ...«

»Er wird für dich sorgen ... daran habe ich nie gezweifelt. Ein guter Mann, wenn man ihn zum Freund hat ... schlimm ist nur, wenn er der Feind ist.«

Carly erwiderte nichts darauf, sondern umfaßte nur stumm die blutleere Hand ihres Onkels. »Ich wünschte, es wäre nicht so gekommen. Ich würde alles dafür geben, wenn ...«

»So ist das Leben, Kind. Vieles ... wünschte ich, hätte ich nicht getan. Vieles ... möchte ich ... ändern.«

Ein Aufschluchzen erklang, doch es wurde rasch unterdrückt.

»Wo ist Rita?« fragte er.

»Ich bin hier, Señor Fletcher.« Sie trat vor. Ihr Gesicht war aschfahl, und dicke Tränen rannen ihr über die Wangen.

Fletcher atmete keuchend ein. »Ich werde dich vermissen, Frau. Das habe ich auch nie zu jemandem gesagt.«

Rita sprach mit ihm in Spanisch, bat ihn flehentlich, sie nicht zu verlassen, doch schon wurde seine Lebenskraft sichtlich schwächer. Carly konnte es förmlich spüren, wie sie dahinschwand.

»Caralee?« flüsterte er.

»Ja, Onkel Fletcher?«

»Werde glücklich«, sagte er mit einem letzten Atemzug. Dann war alles vorbei.

Rita beugte sich über ihn und schluchzte hemmungslos an seiner breiten Brust, aber Carly stahl sich leise aus dem Raum. Wie benommen ging sie durch den Flur in das dunkle Wohnzimmer hinüber. Den Schmerz in ihrem Knöchel spürte sie kaum. Sie setzte sich vor die Glut, die in dem offenen Kamin zu Asche niedergebrannt war, und lehnte sich erschöpft auf dem Sofa zurück.

In einer einzigen Nacht hatte sich ihr Leben von Grund auf geändert. Ramon war schwer verletzt und ihr Onkel gestorben. Der Sheriff verfolgte noch Pedro Sanchez und die übrigen in den Bergen.

Sie alle suchten nach El Dragón.

Sie senkte den Kopf, faltete ihre Hände und begann leise für ihren Onkel zu beten. Danach sprach sie ein Gebet für Ramon und die anderen Männer. Ein leicht schlurfendes Geräusch unterbrach sie, dann erklangen Stimmen im Flur.

Cleve Sanders blieb mit dreien seiner Männer stehen. »Zumindest haben wir den Dreckskerl, der das getan hat.«

Carly straffte sich auf dem Sofa. »Was ... was haben Sie gesagt?«

»Entschuldigen Sie, Miss McConnell, ich wußte nicht, daß Sie hier sind.«

»Das macht nichts. Was sagten Sie?«

»Ich habe den Jungs nur gesagt, daß wir den Mann erwischt haben, der Ihren Onkel ermordet hat. Riley Wilkins hat den spanischen Dragón erschossen.«

Sprachen sie von Ramon? War auf Las Almas etwas geschehen, nachdem sie die Ranch verlassen hatte? Carly zog sich das Herz zusammen. Lieber Himmel, das durfte nicht wahr sein!

»W-was ist passiert?«

»Wir sind ihnen den Pfad nach Norden zum Fluß gefolgt. Die Banditen hatten sich geteilt, und wir haben ihre Spur in den Bergen verloren, aber der Anführer hat kehrtgemacht. Er kletterte in die Felsen hoch und hat Ihrem Onkel einen Hinterhalt gestellt.«

»Woher wissen Sie, daß es El Dragón war?« erkundigte sie sich mit angehaltenem Atem.

»Ich habe ihn an dem Tag gesehen, als wir Llano Mirada eingenommen haben. Wir waren mit Sheriff Layton zusammen, als er ihn ins Gefängnis transportiert hat.«

»Und das war derselbe Mann, der Onkel Fletcher umgebracht hat?«

»Ganz richtig. Riley Wilkins hat ihn erschossen.«

Darauf erwiderte Carly nichts mehr. Zitternd stand sie von ihrem Platz vor dem ausgebrannten Kamin auf und ging etwas unsicher auf den Beinen den Flur entlang zu ihrem eigenen Zimmer. Sie wünschte, sie könnte auf der Stelle zu Ramon gehen, ihm sagen, daß ihr Onkel tot war, genau wie sein Cousin, aber jetzt war nicht der rechte Moment dazu. Sie durfte nicht das Risiko eingehen, das die Verfolger doch noch zu Ramon führen würde. Wenn sie erfuhren, daß er verwundet war, würden sie wissen, daß er bei dem Überfall auf das Gefängnis auch dabeigewesen war.

Sie mußte José nach Las Almas schicken, um herauszufinden, wie es ihm ging. Jetzt wußte sie auf jeden Fall, daß sie ihm vertrauen konnte. Morgen nachmittag mochte sie dann vielleicht selbst zu ihm gehen können. Jetzt, wo ihr Onkel tot war, würde es niemanden überraschen, sollte sie zu ihrem Mann zurückkehren.

Restlos erschöpft, angstvoll und einsamer als je zuvor seit dem Tod ihrer Mutter, ging Carly in ihr Zimmer und machte langsam die Tür hinter sich zu.

Ramon warf sich unruhig auf der Matratze hin und her. Geschwächt von dem Blutverlust hatte er stundenweise geschlafen. Sein Zustand hatte sich seit seiner Rückkehr nach Las Almas verschlechtert. Am Nachmittag des folgenden Tages bekam er Fieber und wurde mehrmals bewußtlos. Seine Umgebung nahm er nur schwach wahr.

José brachte Carly die Nachricht über seinen Zustand. Sie rang die Hände und kämpfte tapfer mit den Tränen. Unruhig und besorgt lief sie auf und ab, aber sie wagte es nicht, die Ranch zu verlassen. Nicht solange Sheriff Jeremy Layton in dem Arbeitszimmer ihres Onkels auf sie wartete.

Er sprang auf, als sie den Raum betrat, runzelte die Stirn bei dem leichten Humpeln, das sie krampfhaft zu verbergen suchte, und nickte ihr höflich zu.

»Mein herzliches Beileid für Ihren Onkel, Ma'am.«

»Danke, Sheriff Layton.«

»Ich weiß, daß jetzt nicht der rechte Zeitpunkt ist, aber ich habe da noch ein paar Fragen, die ich Ihnen unbedingt stellen muß.«

Sie setzte sich neben ihn und glättete ihre weiten schwarzen Bombazinröcke. »Natürlich. Ich bin Ihnen gern behilflich, wenn ich kann.« Sie richtete die knappe weiße Spitze ihrer Manschetten und versuchte, nicht so nervös zu erscheinen, wie sie sich fühlte. »Was wollen Sie denn wissen?«

Der Sheriff nahm wieder Platz. »Ich will ganz ehrlich sein, Ma'am. Ihr Onkel hegte den starken Verdacht, daß Ihr Mann in gewisser Weise mit dem Verbrecher in Verbindung stand, der ihn umgebracht hat. Er glaubte, der Don gebe Informationen weiter und wäre möglicherweise bei den Überfällen mitgeritten. Ich dachte, das wäre auch mit ein Grund, daß Sie ihn verlassen hätten und hierher zurückgekommen wären.«

»Ich fürchte, ich verstehe nicht ganz, was Sie meinen.«

»Was ich sagen will, ist folgendes: Sollte der Don in etwas verwickelt sein, das Ihnen mißfällt, war das vielleicht auch der Grund, warum Sie die Ehe annullieren lassen wollten.«

Also wußte er auch, daß ihr Onkel bereits die ersten Schritte dazu unternommen hatte. Andererseits schien Jeremy Layton sowieso alles zu wissen.

Carly zwang sich, ihm in die Augen zu sehen. »Tatsächlich hatte ich mich schon entschieden, zu meinem Mann zurückzukehren, bevor mein Onkel ermordet wurde. Ehrlich gesagt hätte ich ihn nie verlassen dürfen.«

»Ich weiß, das geht mich nichts an, aber ich fände es beruhigend, wenn Sie mir sagen würden, warum Sie ihn dann verlassen haben.«

Sie suchte angestrengt nach einer Antwort, die er ihr glauben würde – eine, die nichts mit Angel de la Guerra zu tun hatte. »Ich ... ich, also, Sheriff Layton, ich war eifersüchtig. Ich habe erfahren, daß mein Mann eine Geliebte hatte – ehe wir geheiratet haben, allerdings. Doch fühlte ich mich gekränkt. Nun, inzwischen haben wir die Angelegenheit geklärt. Die Frau spielt keine Rolle mehr im Leben meines Mannes, und er hat mich überzeugt, daß ich die einzige Frau bin, die er braucht.« Sie straffte ihre Schultern. »Es tut mir leid, daß ich Sie enttäuschen muß,

Sheriff, aber mein Mann hat weder früher noch jetzt etwas mit dem Banditen El Dragón zu tun gehabt.«

Der Sheriff stand auf. Er war ein großer Mann. »Nun, dann ist die Angelegenheit damit erledigt ... zumindest so lange, wie es keine weiteren Vorfälle gibt.«

»Was wird aus den anderen? Werden Sie sie weiter mit dem Suchtrupp verfolgen?«

Er schüttelte den Kopf. »Ich schätze, die sind inzwischen meilenweit von hier entfernt. Ohne Anführer, glaube ich nicht, daß sie zurückkommen.« Er lächelte. »Es freut mich, daß Sie und der Don Ihre Schwierigkeiten bereinigen konnten. Wissen Sie, eigentlich habe ich ihn immer gemocht.«

»Ich werde ihm Grüße von Ihnen ausrichten«, sagte sie und stand ebenfalls auf.

Jeremy Layton nahm seinen breitkrempigen Hut von der Stuhllehne. »So wie es aussieht, werden wir den richtigen Namen des Kerls wohl nie erfahren.«

»Sie meinen den des spanischen Dragón?«

Er nickte. »Niemand hier scheint ihn zu kennen. Zumindest gibt es keiner zu. Andererseits ist es vielleicht besser so.« Er musterte sie durchdringend. Carly wagte kaum, Luft zu holen. Dann drehte er seinen Hut in den Händen und wandte sich zum Gehen. »Jetzt, da Fletcher nicht mehr lebt, denke ich, werden Sie und der Don wohl hier auf del Robles wohnen.«

Carly schaute auf und sah ihn vollkommen reglos an. »Was haben Sie gesagt?«

»Erscheint mir nur natürlich. Der Besitz gehört doch jetzt Ihnen.«

»Rancho del Robles gehört mir?«

Er nickte. »Sicher, Ma'am. Daran hat Fletcher Austin keine Zweifel gelassen. Er sagte, sollte ihm mal was zustoßen, gehöre del Robles selbstverständlich Ihnen. Er hat mir mehr als einmal gesagt, daß Sie seine einzige Verwandte sind.«

»Ja ... ich schätze, das ist der Fall. Es ging alles so schnell, daran habe ich überhaupt nicht gedacht.«

»Bestimmt hat er das auch alles schriftlich geregelt. Mag sein, daß Sie etwas in seinem Schreibtisch darüber finden. Wenn Sie Zeit haben, sollten Sie die Papiere durchsehen. Sicher wird einer seiner Anwälte in San Francisco die Angelegenheit regeln. Wie auch immer, ich möchte wetten, daß er Ihnen den Besitz vermacht hat.«

Carly starrte ihn nur an. Sie konnte das Ausmaß der Bedeutung noch nicht ganz begreifen. »Danke, Sheriff Layton. Ich werde mich darum kümmern.«

Rancho del Robles gehörte vermutlich tatsächlich jetzt ihr. Lieber Himmel, sie konnte es nicht glauben. Und doch wollte sie es – mehr mit jeder Sekunde, die verging.

Spät am Nachmittag fand die Beerdigung für Fletcher Austin statt. Er hätte sich bestimmt eine aufwendigere Begräbnisfeier gewünscht und es gern gesehen, wenn seine reichen Freunde aus San Francisco hätten kommen können. Dafür war jedoch keine Zeit, und was Carly betraf, änderte das nichts daran, daß ihr Onkel tot war. Ihre Sorge galt jetzt den Lebenden.

Während der Schreiner, der auf del Robles arbeitete, einen stabilen Eichensarg zimmerte, wurde der Leichnam ihres Onkels gewaschen und vorbereitet. Er trug seinen feinsten schwarzen Anzug. Carly, Rita Salazar, Cleve Sanders und ein Dutzend weiterer Leute, die auf der Ranch arbeiteten, hatten sich oben auf dem Berg unter einer alten Eiche versammelt, von der aus man die Hazienda sehen konnte. Es war ein herrlicher Fleck, um die Reise in die Ewigkeit anzutreten. Zumindest wußte sie, daß ihm sein letzter Ruheplatz gefallen hätte.

Mehr schuldete ihm das schöne Tal nicht. Eigentlich bekam er schon zu viel, gestand sie sich ein – nach der häßlichen Wahrheit, die sie erst heute morgen entdeckt hatte.

Dennoch, er war ihr Onkel. So rücksichtslos, wie er gewesen war, sie hatte ihn gemocht und weinte um ihn, als Riley Wilkins Verse aus der Bibel vorlas. Wenn es doch nur hätte anders sein können! Als die Zeremonie vorüber war, kehrten alle zum Haus zurück, wo ein großes Büfett hergerichtet worden war: Hühnchen und frisch gebackene Tortillas, Teller mit dampfendem Mais, gebratenen Kartoffeln und gebratenem Fleisch. Ein junger Stier drehte sich am Spieß über dem Feuer. Es gab Wein und Sangria zu trinken sowie selbstgebackene Kuchen und Schokolade in Tortillas.

Nachdem sie die Beileidswünsche entgegengenommen hatte, verschwand Carly auf ihr Zimmer, um sich umzuziehen. Sie hatte lange genug gewartet. Sie würde nach Las Almas reiten und zu ihrem Mann zurückkehren, hatte sie den anderen gesagt. Sie brauchte ihn, jetzt, wo ihr Onkel nicht mehr lebte. Und sie liebte ihn.

Das war die Wahrheit.

Sie ließ jedoch nicht durchblicken, welche Sorgen sie sich um ihn machte, daß ihr schwer ums Herz war, mit jedem Schritt, den ihre kleine Stute in Richtung Las Almas machte.

Ramon regte sich auf dem Bett und öffnete die Augen. Seine Schulter pochte, und die Haut um die Wunde brannte wie Feuer. Aber sein Kopf machte ihm nicht mehr zu schaffen. Seine Haut war kühler, nicht mehr verschwitzt und feucht. In der Nacht hatte er die Decke weggetreten und sich in seiner gewohnten Art auf dem weißen Laken ausgestreckt.

Im ersten Moment sagte er nichts, freute sich nur, daß er auf dem Weg der Besserung war, beobachten konnte, wie sich der Himmel draußen vor dem Fenster von der Morgenröte zu seiner üblichen Bläue verfärbte. Auch hörte er das leise Atmen der Frau, die in dem Stuhl neben seinem Bett schlief.

Er wußte, daß sie gekommen war, hatte es sofort gespürt, als sie den Raum betreten hatte. Doch hatte er sie nicht gesehen. Seine Haut war so heiß gewesen, daß er glaubte, sie müsse aufspringen wie bei einer gekochten Kartoffel. Er hatte nicht die Kraft gehabt, die Augen zu öffnen und vermochte nicht, seinen Kopf zu heben.

Dann hatte er etwas Kühles auf seiner Stirn gespürt, die wunderbare Stimme seiner Frau gehört, die versuchte, ihn in seinen Fieberträumen zu trösten. Sie würde ihn nie wieder verlassen, das wußte er wohl. Caralee war gekommen, um bei ihm zu bleiben.

Danach hatte er besser schlafen können. Das Feuer in seinem Körper ließ nach. Er kam zur Ruhe, und danach begannen seine Kräfte zurückzukehren.

So leise wie er konnte, da er sie nicht wecken wollte, richtete er sich zum Sitzen auf, lehnte sich mit dem Rücken gegen das Kopfteil des Bettes und griff nach dem Wasserglas auf seinem Nachttisch. Er spülte sich den Mund aus und trank den Rest, dann fuhr er sich mit der Hand durch das verschwitzte, zerzauste schwarze Haar. Er schaute zu seiner Frau hinüber und bemerkte, daß sie sich die Bluse etwas aufgeknöpft hatte. Ihre Brustansätze lugten hervor. Sofort regte sich sein Körper. Er zog das Laken über sich.

Ja, er war eindeutig auf dem Weg der Besserung.

Dennoch wollte er sie nicht wecken. Sie brauchte ihren Schlaf, und es gefiel ihm, so neben ihr zu sitzen. Er freute sich, wie ihr kupferfarbenes Haar in der frühmorgendlichen Sonne leuchtete, und hätte ihr am liebsten die Haarnadeln aus dem Knoten im Nacken gezogen, um es mit seinen Fingern durchzukämmen. Wie lange würde sie ihn wohl leiden lassen, bis sie ihn für gesund genug erklärte, daß sie wieder mit ihm schlafen würde?

Bei dem Gedanken mußte er lachen. Jedenfalls nicht so lange, wie sie vermutlich verlangen würde.

Sie rührte sich auf dem Stuhl neben ihm. Langsam öffnete

sie ihre großen, grünen Augen, und ihr Blick erfaßte ihn. »Ramon?«

Buenos días, querida.«

»Ramon!« Sie sprang auf und konnte sich gerade noch zurückhalten, sich ihm nicht um den Hals zu werfen. Statt dessen faßte sie nach seiner Stirn und überprüfte mit der Hand, wie warm sie war. »Dein Fieber ist gesunken!«

»*Si, mi amor*. Ich bin eindeutig auf dem Weg der Besserung.« Er blickte auf die rosigen Lippen seiner Frau, und sein Glied richtete sich unter den Laken auf. Er grinste verschmitzt. »Ich fühle mich fast schon so wie sonst.«

Carly musterte ihn von Kopf bis Fuß. Das schwarze Haar fiel ihm verführerisch in die Stirn, und kaum daß er sich bewegte, war das Spiel seiner Brustmuskeln zu sehen. »Wie kann ein Mann, der so schwer verletzt war wie du, so gut aussehen?«

Er lachte nur. Doch dann zuckte er unwillkürlich zusammen, als ihm ein heftiger Schmerz durch die Schulter fuhr. »Freut mich, daß du das findest, da ich bereits deine Verführung plane.«

Carly lachte. »Nun, dann fühlst du dich aber wirklich besser.« Das Lächeln verschwand jedoch wieder. Sie griff nach seiner Hand und setzte sich zu ihm auf das Bett. »Ich habe mir solche Sorgen gemacht. Es tut mir leid, daß ich nicht eher kommen konnte.«

»Es war besser, daß du gewartet hast. Ist alles in Ordnung auf Rancho del Robles?«

Carly schüttelte den Kopf. »Es ist so viel passiert, was ich dir erzählen muß.«

»Sag mir, daß du auf Las Almas bleibst. Mehr will ich gar nicht wissen.«

Ihr Griff verstärkte sich. »Bist du sicher, daß du es verkraften kannst? Vielleicht solltest du dich noch etwas ausruhen. Ich möchte nicht, daß du dich gleich überanstrengst.«

»Erzähl es mir, *chica*. Ich möchte die Neuigkeiten hören.«

»Mein Onkel ist tot. Er ist bei den Kämpfen außerhalb von San Juan Bautista angeschossen worden und erlag diesen Verletzungen. Angel ist ebenfalls umgekommen.«

»Angel ist tot?«

Sie nickte. »Alle haben ihn für El Dragón gehalten. Es ist vorbei, Ramon. Der Sheriff sagt, er werde die anderen nicht weiter verfolgen, außer es käme wieder zu Überfällen.«

Er sank in das Kissen zurück. Erleichterung durchflutete ihn. Doch plötzlich fühlte er sich auch erschöpft.

»Du hattest recht, was du über meinen Onkel gesagt hast«, berichtete Carly weiter. »Am Tag seiner Beerdigung war der Sheriff da. Er hat mir geraten, mir die Papiere meines Onkels anzusehen. Ich fand ein Schlüsselbund in seinem Schreibtisch, mit dem ich eine Reihe von Schubladen öffnen konnte. In einer davon fand ich eine Akte, in der Abschriften von Bankeinzahlungen aus dem Jahre 1851 lagen. Eine davon war auf den Namen Henry Cheevers ausgestellt. Der Betrag belief sich auf zweitausend Dollar. Ich hätte mir nichts dabei gedacht, außer daß der angegebene Monat April 1853 war und Onkel Fletcher den Titel zu Rancho del Robles weniger als dreißig Tage später erworben hat. Aus einer anderen Akte ging hervor, daß Henry Cheevers im Vorstand der Landkommission war.«

Schweigend hörte er ihr zu, aber man sah ihm eine leichte Spannung an.

»Ich glaube, mein Onkel hat Henry Cheevers bestochen, damit er den Anspruch deiner Familie zurückweist. Statt dessen wurde der Besitz an einen Thomas Garrison für eine kaum nennenswerte Summe verkauft. Es gab auch einen Nachweis von Garrison und einen über den Kauf der Ranch. Selbst mit den Bestechungsgeldern hat Onkel Fletcher den Besitz für ein Zehntel vom tatsächlichen Wert erhalten.« Tränen standen ihr in den Augen. »Mein Onkel hat euch den Grund und Boden gestohlen, Ramon, genau wie du gesagt hast.«

Ich bin dazu bestimmt, dich zu lieben,
und das will ich dir zeigen.
Was ist das schwer für einen Mann,
wenn er so verliebt ist.

Welches harte Los trifft den,
der sich verliebt auf den ersten Blick?
Er ist so trunken, als hätte er Wein genossen
und geht zu Bett ohne einen Bissen.

Töte mich nicht, töte mich nicht
mit einer Pistole oder einem Messer.
Töte mich lieber mit deinen Blicken, meine Liebe,
und mit deinen roten Lippen, nimm mir das Leben.

Alte spanische Ballade
»El Capotin« (»Das Regenlied«)

Epilog

Sie gaben eine *fandango*. Es war ein besonderer Abend, den Ramon geplant hatte, obwohl er seltsamerweise sehr wenig darüber gesagt hatte. Er hatte nur erwähnt, daß sie aus besonderem Anlaß eine große Fiesta halten würden. Carly war nicht sicher, aus welchem Anlaß, aber das interessierte sie auch nicht. Sie hatte eine eigene Überraschung für Ramon.

Die Musik wehte zu ihr herüber. Draußen vor dem Fenster spielten die Musikanten auf Gitarren und Geigen, unterhielten die Gäste, die bereits angekommen waren, während Carly ungeduldig auf einem Stuhl vor ihrem Spiegel saß und sich wünschte, Candelaria möge sich etwas mehr beeilen.

»Könnten Sie vielleicht mal ruhig sitzenbleiben?« erkundigte sich das Mädchen verärgert. »Wenn Sie wollen, daß ich mich beeile, dürfen Sie nicht so rumzappeln.«

»Ich kann nichts dafür. Ich hätte schon längst fertig sein sollen. Ramon wird sich sicher Sorgen machen, wo ich bleibe.«

»Sie hätten Rita die Vorbereitungen überlassen sollen, wie der Don vorgeschlagen hat, anstatt selbst noch so viel zu tun.«

Das junge Dienstmädchen runzelte die Stirn, bis Carly ihre Nervosität tief seufzend unterdrückte. Sechs Monate waren vergangen seit dem Tod ihres Onkels. Ein paar Wochen später war sein Testament verlesen worden, nach dem sie die Ranch erbte, wie der Sheriff gesagt hatte. Aber die Papiere mußten erst ausgestellt und die Konten auf ihren Namen übertragen werden. Jede Menge Unterlagen mußten unterschrieben werden. Zwei Monate nach Onkel Fletchers Tod waren sie und Ramon auf Rancho del Robles eingezogen, und Ramon hatte die Leitung der Ranch übernommen.

Seine Mutter und seine Tante entschieden sich, in dem kleinen Landhaus auf Las Almas zu bleiben. Es war nur einen kurzen Ritt von ihnen entfernt, und für die beiden älteren Frauen war es inzwischen ein vertrautes Zuhause.

»Auf Rancho del Robles möchte ich nicht mehr wohnen«, hatte seine Mutter gesagt. »Dort sehe ich in allem, was ich tue, die Hand deines Vaters. Die Erinnerung ist für mich zu schmerzlich. Hier habe ich meinen Frieden.« Mariano blieb bei ihnen, wie auch Blue Blanket und ein paar der anderen Vaqueros. Die übrigen Männer, einschließlich Pedro Sanchez, kehrten nach Rancho del Robles zurück.

Mehrmals in den vergangenen Monaten hatte Carly mit Ramon über die Eigentümerverhältnisse der Ranch sprechen wollen, doch er weigerte sich, mit ihr darüber zu reden. Rechtlich gehörte die Ranch ihr, beharrte er. Ihm reiche es, dorthin mit seinen Leuten zurückkehren zu können.

Carly reichte das nicht. Sie wollte das Unrecht beseitigen, das angerichtet worden war, und heute abend war die passende Gelegenheit dazu.

»Wir sind fast fertig, Señora.« Als Candelaria zurücktrat, um ihre Arbeit zu betrachten, stand Carly auf und trat vor den Drehspiegel.

Sie glättete ihre dunkelgrünen Seidenröcke und betrachtete eingehend ihr Spiegelbild. Zufrieden musterte sie ihr gerüschtes Oberteil, dessen Ausschnitt tief genug, aber nicht zu tief war, und freute sich, daß ihre Taille so zierlich wirkte. Üppig umrahmten die kupferfarbenen Locken ihr zartes Gesicht. Candelaria hatte sie zu Schillerlocken gedreht, die kunstvoll auf ihre bloßen Schultern herabhingen. »Das ist eine schöne Farbe, finden Sie nicht?«

»*Sí*, Señora. Sie paßt zu der Farbe Ihrer Augen.«

»Ich hoffe, Ramon wird es gefallen.«

Candelaria lächelte. »Ihrem Mann gefällt alles, was Sie tun. Ich wünschte nur, ich könnte auch einen Mann finden, der mich nur halb so liebt wie der Don Sie.«

Carly stieg Hitze in die Wangen. »Ich hoffe, er weiß, wie sehr ich ihn liebe.«

Das dunkelhaarige Dienstmädchen lächelte nur. Sie hob eine wunderschöne, schwarze *mantilla* aus Spitze an, die zum Besatz ihres Kleides paßte, und half Caralee, sie über die Steckkämme zu streifen, die mit Perlen besetzt waren und die Ramon ihr vorhin noch geschenkt hatte.

»Ich weiß, es ist albern, aber ich bin aufgeregt. Ich kann nicht verstehen, warum.«

»Vielleicht liegt es daran, daß der Don den Abend extra für Sie geplant hat.«

Carly wandte sich dem Mädchen zu. »Glaubst du?«

»Das werden Sie sicherlich noch merken. Gehen Sie nur. Lassen Sie Ihren ungeduldigen Mann nicht länger warten.«

Carly verließ das große Schlafzimmer, das sie und Ramon jetzt teilten, ging den Flur hinunter und betrat den *sala*. Ihr Mann lief bereits vor dem Fenster auf und ab. Der weite, rotumrandete Saum seiner engen, schwarzen Hose wischte jedesmal über die glänzenden, schwarzen Stiefel.

Er lächelte, kaum daß er sie sah. »*Aye, querida*...« Seine dunklen Augen leuchteten auf. »Bei deinem Anblick stockt mir der Atem.«

Carly lächelte. »Schön, daß dir das Kleid gefällt.«

»Mehr noch gefällt mir die Frau, die es trägt.« Er musterte sie so kühn und vielsagend, daß ihr heiß wurde. »Aber komm, dazu haben wir später Zeit. Jetzt kümmern wir uns um unsere Gäste. Heute abend wird gefeiert!«

Gemeinsam verließen sie das Haus und traten auf die Terrasse. Sie war dekoriert mit bunten Papierlaternen und Dutzenden selbstgemachten Papierblumen. Fähnchen hingen von den Zweigen der Bäume, und die Tische waren mit Rosengirlanden geschmückt. Musikanten in schwarzen *calzonevas* und kurzen *charro*-Jacketts standen an dem einen Ende des Tanzbodens und spielten eine spanische Serenade.

Die Party hatte bereits begonnen. Die Herreras, die Juarezes, die Montoyas und ein Dutzend anderer waren bereits eingetroffen. Don Alejandro de Estrada und die Micheltorenas waren extra aus Monterey gekommen. Zahlreiche Vaqueros – Two Hawks strahlte vor Stolz, daß er unter sie aufgenommen worden war – waren von anderen Ranchs – so weit entfernt gelegen wie San Miguel – zusammengekommen. Viele von ihnen saßen noch auf ihren Pferden, wie es Brauch war, andere waren bereits abgestiegen und mischten sich unter die Tanzenden.

Ramons Tante und Mutter waren natürlich ebenfalls da. Sie lachten und waren so glücklich, wie Carly sie selten gesehen hatte. Es war Tia Teresa, die sie als erste ansprach.

»Ist das nicht ein wunderschönes Hochzeitsfest?«

»Hochzeitsfest?« Carly errötete. »Ich wußte nicht...«

»*Si*, Tia«, erwiderte Ramon lächelnd. »Es ist eine große Feier zu unserer Hochzeit.«

Carly schaute Ramon an. »Das ist es, was wir feiern? Unseren Hochzeitsempfang?«

»*Si*, so würdest du es nennen. Ich wollte, daß meine Freunde und Nachbarn die Frau kennenlernen, die ich geheiratet habe. Wie jeder frischgebackene Ehemann wollte ich meine Frau allen zeigen.«

Carly schnürte es die Kehle zu. Plötzlich begriff sie, warum er den Abend so sorgfältig geplant hatte. Er wollte allen Leuten damit zeigen, wieviel sie ihm bedeutete. Er ließ jeden wissen, daß sie die Frau war, die er begehrte. Daß sie eine Anglo war, spielte keine Rolle. Jetzt war sie eine de la Guerra, und er war stolz darauf, daß sie seine Frau war.

»Danke.« Tränen sprangen ihr in die Augen. Ramon mußte sie bemerkt haben, denn er hob ihr Kinn an und drückte ihr einen zarten Kuß auf die Lippen.

»Es freut mich, daß es dir gefällt. Ich wünschte nur, ich hätte das schon viel eher getan. Jetzt komm, da sind eine Reihe Leute, die du kennenlernen wolltest, und dann werde ich dir beibringen, La Jota zu tanzen.«

Sie begaben sich unter die Gäste. Ramon stellte sie stolz den Leuten vor, die sie noch nicht kannte, und denen, die sie bereits kennengelernt hatte, ehe er mit ihr tanzte.

Sie lachten vor Vergnügen und ließen keinen Tanz aus. Ramon brachte ihr geduldig die Schritte bei, bis sie sie schließlich beherrschte. Freunde zerschlugen bunte *cascarones*, ausgeblasene Eier, mit Gold- und Silberkonfetti gefüllt, über ihren Köpfen, wie sie es bei einem frischvermählten Brautpaar getan hätten. Die kleinen, glitzernden Papierstückchen blieben in ihrem Haar und an ihrer Robe hängen.

Die Vaqueros verführten Ramon, etwas von ihrem feurigen *aguardiente* zu probieren, und der starke Alkohol brachte ihn noch mehr zum Lachen. Er sang mit ihnen auch die unanständigen Lieder, die sie feixend angestimmt hatten.

Aber er war nicht wirklich betrunken, das merkte sie, als er auf sie zukam und sie erneut auf die Tanzfläche führte. Er war lediglich ausgelassen und fröhlich wie ein Kind. Er genoß es, nach so langer Zeit mit seinen Freunden mal wieder ein großes Fest feiern zu können.

Er lächelte sie glücklich an, gab den Musikanten einen Wink, und schon änderte sich das Tempo. Ein Paar nach dem anderen hörte auf zu tanzen und beobachtete Ramon. Wie von selbst bildeten sie einen Kreis um ihn.

Er faßte nach Carlys Hand, beugte sich darüber und hauchte einen Kuß darauf. »Jetzt tanze ich nur für dich«, sagte er heiser und hob beide Hände über den Kopf.

Er klatschte einmal, zweimal, stampfte mit dem Stiefel auf, bog den Rücken und begann sich geschmeidig zum Rhythmus der Musik zu bewegen. Dabei stampfte er immer wieder mit seinen Stiefeln auf. Das Laternenlicht fiel auf die silbernen *conchos* an der Seite seiner schwarzen Hose, glänzte auf den silberumrandeten Aufschlägen seines *charro*-Jacketts, das nur knapp bis zu seiner schmalen Mitte reichte.

Sein Blick war auf Carly gerichtet. Er hielt den Kopf hoch, und seine dunklen Augen funkelten nicht weniger als der Nachthimmel über ihnen. Sein Blick schien sie zu durchbohren und zu fesseln wie in jenen Tagen in den Bergen. Anmutig und sinnlich ließ er seine Hände kreisen, und ihr kam es so vor, als würde er sie berühren.

Ihr Atem ging rascher. Ihre Brüste hoben und senkten sich in dem tiefen Ausschnitt. Ihr Herz machte einen Satz und schlug unregelmäßig vor Erregung. Sie ließ ihren Blick an seinem Körper hinuntergleiten und musterte seine breiten Schultern, seinen flachen Bauch und die Sehnen seiner muskulösen Schenkel, die sich mit jeder Bewegung anspannten. Seine Hose war so eng, daß seine Männlichkeit deutlich zu sehen war.

Sie wollte ihre Arme ausstrecken, sich an seine mächtige Brust lehnen und diese schlanken Hände auf ihrer Haut spüren, wie er sie streichelte und langsam in sie drang. Sie wollte seinen warmen Atem auf ihrem Mund fühlen und erleben, wie er mit seiner ganzen Kraft tief in sie stieß.

Ihre Brustspitzen richteten sich wie von selbst auf und begannen unter dem Stoff der Rüschen zu reiben. Sein Blick fiel auf sie, als sie hart wurden, und ein sinnliches Lächeln huschte über sein Gesicht. Er wußte, welche Wirkung sein Tanz hatte. Er hatte ihn nicht zum ersten Mal ausprobiert, merkte sie in dem Moment, und empfand einen leisen Stich der Eifersucht. Ein heißes Prickeln rann ihr über den Rücken, als sie seine Absicht erkannte.

Die Musik strebte zum Höhepunkt. Das Tempo wurde schneller, baute sich zu einer Kraft auf, die der Hitze glich, die sie erfaßt hatte. Ramon wirbelte herum, stampfte mit den Füßen auf und klatschte in die Hände. Als er sich nach hinten bog und sein Becken vorschob, spürte sie, wie sie zwischen den Schenkeln feucht wurde. Unbewußt befeuchtete sie die Lippen mit der Zunge, und Ramons Augen verdunkelten sich vor Verlangen. Der Blick war unmißverständlich, auch für die Umstehenden. Er wollte sie. Es war die Begierde eines Mannes nach seiner Frau, und niemand zweifelte daran, daß Ramon sie nehmen würde.

Sie wäre vermutlich rot geworden, wäre sie nicht so fasziniert gewesen. Als die Melodie sich dem Ende näherte, er mit den Stiefeln immer schneller auf den Boden stampfte, die Menge begeistert klatschte und ihn im Rhythmus anfeuerte, trat sie, von seinem Blick gefangengenommen, dichter an ihn heran. Das letzte Crescendo erklang. Seine Hacken kamen laut klackend auf dem Boden auf. Ruckartig hob er den Kopf, ohne jedoch ihrem Blick auszuweichen. Er blinzelte nicht einmal, zuckte nicht zurück, sondern stand einfach da und lockte sie zu sich.

Die Menge machte Platz, als sie auf ihn zuging und dicht vor ihm stehenblieb. Sie reckte sich auf die Zehenspitzen, schlang ihre Arme um seinen Nacken und spürte, wie ihre Taille von zwei starken Händen umfaßt wurde. Dann drückte er sie fest an sich, bog sie nach hinten und küßte sie so leidenschaftlich, daß alle ihnen begeistert zujubelten.

Sie war atemlos, als sein Kuß endete, und merkte kaum, daß er sie auf die Arme hob, mit ihr von der Tanzfläche schritt und sie zum Haus hinübertrug. Doch dann errötete sie, und die Hitze, die in ihre Wangen stieg, reichte bis zu ihren Brustspitzen hinunter.

»Du warst wunderbar«, flüsterte sie. »Wunderschön...«

»Du bist wunderschön, *querida*, und ich bin der glücklichste Mann der Welt.« Er stieß die Tür mit seinem Stiefel auf und brachte sie in die Eingangshalle, die von niedrigbrennenden Lampen erhellt war. Der weiche Glanz der Kerzen zog sich den Flur hinunter. Er ging ihn entlang und brachte sie in ihr Schlafzimmer, in dem es nach frischgeschnittenen Blumen duftete, die auf der Kommode in einer Vase standen. Blütenblätter waren auf ihr Bett gestreut worden.

Ramon nahm ihr die Nadeln aus dem Haar und ließ die kupferfarbenen Strähnen herabfallen. »Weißt du, wie sehr ich dich liebe?«

Carly spürte Tränen in den Augen. »Ja, Liebster. Ich weiß es. Heute hast du mir gezeigt, wie sehr.«

Er lächelte. »Das war nur der Anfang. Erst wenn der Morgen anbricht, kennst du die wahren Ausmaße meiner Gefühle für dich.« Er wollte sie entkleiden, aber Carly wich ihm aus.

»Zuerst muß ich dir noch etwas geben.« Sie öffnete die Schublade der Kommode, entnahm ihr ein zusammengerolltes Papier und reichte es ihm.

»Was ist das?« fragte er.

»Heute abend hast du mir etwas so Schönes und Wertvolles gegeben, wie ich es mir in den wundervollsten Träumen nicht hätte ausmalen können. Du hast eine echte de la Guerra aus mir gemacht und mir den Platz an deiner Seite vor aller Augen gegeben.«

»Ich habe dir nur gegeben, was dir zustand und was ich dir schon davor hätte geben sollen.«

»Nein, du hast mir viel mehr gegeben als das. Du hast mir Freunde geschenkt, die mich mögen, eine Familie, die mich liebt und mir das Gefühl vermittelt, daß ich dazugehöre. Das will ich dir geben.« Sie drückte ihm das Papier in die Hände. »Nimm es, mach es auf.«

Behutsam rollte er das Pergamentpapier auseinander. NOTARIELLE URKUNDE stand in eleganter blauer Tinte darauf.

»Das ist die Urkunde von Rancho del Robles.« Er schaute sie an. Verwirrung lag in seinen dunklen Augen. »Hier steht, daß die Ranch mir gehört.«

»Das stimmt. Sie ist damit wieder in den Besitz ihres rechtmäßigen Eigentümers gegangen. Der Mann bist du.«

»Ich kann das nicht ...«

»Denk an Andreas, Ramon. Und an deinen Vater.« Sie nahm sein Gesicht in beide Hände. »Ich bin deine Frau und werde alles mit dir teilen. Bald schon werde ich dir Söhne schenken. Aber der Besitz gehört dir, wie es von Anfang an hätte sein sollen.« Tränen liefen ihr über die Wangen. »*Te amo, mi corazon. Te amo como jamas he amado.*« Ich liebe dich, mein Herz. Ich liebe dich, wie ich noch nie jemanden geliebt habe.

Ramon zog sie an sich. Er vermochte nichts darauf zu erwidern. Seine Kehle war wie zugeschnürt, und mit Worten ließ sich die Liebe, die er empfand, nicht ausdrücken. Carly klammerte sich an ihn, als er sie auf den Hals küßte, bog sich ihm entgegen, als er seine Hände unter die gerüschte Seide schob und ihre Brust zärtlich streichelte.

In wenigen Minuten hatte er sie und sich entkleidet und legte sie aufs Bett. Er wollte sie behutsam nehmen und knurrte entschuldigend, als er statt dessen leidenschaftlich in sie drang und sich keine Minute länger zurückhalten konnte. Doch es schien genau das, wonach sie sich gesehnt hatte. Sie verlangte nach seinen kühnen Zärtlichkeiten, seiner ungezähmten Lust und Begierde. Sie wollte sich von ihm mitreißen lassen, bis sie selbst befriedigt war.

Als der erste Ansturm ihrer Gefühle verebbte, lagen sie engumschlungen da und lauschten dem Lachen und der Musik, die noch draußen vor ihrem Fenster erklangen. Nach einer kurzen Pause nahm er sie erneut, diesmal jedoch ließ er sich Zeit, erregte sie langsam, streichelte, küßte und stieß in sie wieder und wieder, bis sie ihren Höhepunkt erreichte und mit einem gutturalen Aufschrei seinen Namen rief. Er hielt sie fest in seinen Armen und schaute zu, wie die Hitze langsam aus ihren Wangen wich und ihr Atem sich beruhigte.

»Ich liebe dich«, flüsterte sie.

Ramon strich ihr das Haar aus dem Gesicht und verteilte zärtliche Küsse auf ihre Schläfen. »So wie ich dich liebe, *mi vida*.« Mein Leben. »Nie hätte ich geglaubt, daß ich jemals ein so glücklicher Mann werden würde.« Er lächelte und war immer noch bewegt über das unfaßbare Geschenk, das sie ihm gemacht hatte.

Er hatte eine Frau gefunden, die die Kraft und Schönheit besaß, ihn allezeit zu lieben. Die Frau seines Herzens. Sie hatte ihm sogar seinen Besitz zurückgegeben – Rancho del Robles würde seinen Söhnen gehören und danach auf deren Söhne übergehen.

Endlich hatte er seinen Frieden durch die Frau gefunden, die er in den Armen hielt.

Und damit war Ramon im wahrsten Sinne nach Hause zurückgekehrt.

Nachwort der Autorin

Die Jahre um 1850 sind in Kalifornien als das Jahrzehnt der Desperados bekannt. Joaquin Murieta und ein Dutzend Männer wie er, viele von ihnen enteignete Californios, die von den Anglos mißhandelt und ihrer Besitztümer beraubt worden waren, haben Überfälle verübt und geplündert, bis ihnen schließlich Einhalt geboten werden konnte.

Harry Love war der Mann, dem nachgesagt wird, er habe Murieta erschossen. Ich habe mir die Freiheit genommen, ihn auch als Gegner für Ramon de la Guerra zu nehmen. Ebenso habe ich mir eine Erlaubnis von der Stadt San Juan Bautista geholt, damit ich ein paar der Gebäude erwähnen konnte, die zu der Zeit noch nicht dort standen. Dennoch war und ist der Ort auch heute noch eine der frühen spanischen Städte.

Die indianischen Worte, die ich benutzt habe, entstammen der Sprache der Yocuts, obwohl jeder kleine Stamm früher in Kalifornien seine eigene Sprache hatte. Es muß eine aufregende Zeit gewesen sein, damals um 1850, eine Epoche des Wachstums und der unermeßlichen Chancen. Ich hoffe, Ramon und Carlys Geschichte hat Ihnen gefallen und daß ich die Möglichkeit habe, einen weiteren Roman über diese faszinierende Periode zu schreiben.

EVA IBBOTSON

London, Ende der dreißiger Jahre. Aus Deutschland und Österreich strömen Emigranten in die Stadt. Ein englischer Professor rettet das Leben der Wiener Studentin Ruth Berger – durch eine Paßehe, die so schnell wie möglich wieder gelöst werden soll. Aber die Liebe geht ihre eigenen Wege...

»Ein kluges und wunderbar leichtes Buch – mitreißend erzählt, so daß man es bis zur letzten Seite atemlos liest.«
Brigitte

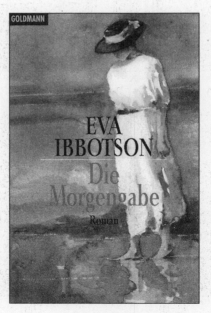

GOLDMANN

43414

SCHMÖKERSTUNDEN BEI GOLDMANN

42747

43250

43310

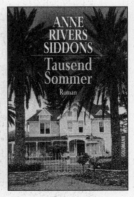

43746

GOLDMANN

GOLDMANN

*Das Gesamtverzeichnis aller lieferbaren Titel erhalten Sie
im Buchhandel oder direkt beim Verlag.*

Taschenbuch-Bestseller zu Taschenbuchpreisen
– Monat für Monat interessante und fesselnde Titel –

✳

Literatur deutschsprachiger und internationaler Autoren

✳

Unterhaltung, Thriller, Historische Romane
und Anthologien

✳

Aktuelle Sachbücher, Ratgeber, Handbücher
und Nachschlagewerke

✳

Esoterik, Persönliches Wachstum und
Ganzheitliches Heilen

✳

Krimis, Science-Fiction und Fantasy-Literatur

✳

Klassiker mit Anmerkungen, Autoreneditionen
und Werkausgaben

✳

Kalender, Kriminalhörspielkassetten und
Popbiographien

Die ganze Welt des Taschenbuchs

Goldmann Verlag · Neumarkter Str. 18 · 81673 München

Bitte senden Sie mir das neue kostenlose Gesamtverzeichnis

Name: _____

Straße: _____

PLZ / Ort: _____